U0943253

PERCY JACKSON

波西·杰克逊系列

波西·杰克逊与希腊英雄

PERCY JACKSON YU XILA YINGXIONG

[美] 雷克·莱尔顿 著 高微茗 译

接力出版社
Publishing House

桂图登字: 20-2011-188

图书在版编目(CIP)数据

波西·杰克逊与希腊英雄/(美)雷克·莱尔顿著;高微茗译. —南宁:接力出版社,2017.7
(波西·杰克逊系列)
书名原文:Percy Jackson's Greek Heroes
ISBN 978-7-5448-4880-0

Ⅰ.①波… Ⅱ.①雷… ②高… Ⅲ.①儿童文学-长篇小说-美国-现代 Ⅳ.①I712.84

中国版本图书馆CIP数据核字(2017)第123176号

责任编辑:马 瑄　美术编辑:王 叙　责任校对:王 静
责任监印:张昌舒　版权联络:金贤玲
社长:黄 俭　总编辑:白 冰
出版发行:接力出版社　社址:广西南宁市园湖南路9号　邮编:530022
电话:010-65546561(发行部)　传真:010-65545210(发行部)
http://www.jielibj.com　E-mail: jieli@jielibook.com
经销:新华书店　印制:北京明月印务有限责任公司
开本:710毫米×1000毫米 1/16　印张:23.75　字数:375千字
版次:2017年7月第1版　印次:2017年7月第1次印刷
印数:00 001—15 000册　定价:38.00元

PERCY JACKSON

目　录

写在前面 /001

珀修斯想要一个拥抱 /001

普绪喀打开了一盒美容霜 /038

法厄同没通过驾照路考 /081

奥托拉发明了亚马逊（以及两天内免费送货！）/099

代达洛斯差不多发明了其他所有东西 /114

忒修斯痛击强权——噢，快看！有只小白兔！ /141

阿塔兰塔对决三个果子：终极死亡之战 /185

不管是啥事，反正柏勒洛丰没干 /206

昔兰尼一拳击中狮子 /225

俄耳甫斯一个人来了 /236

海格力斯做了十二件蠢事 /252

伊阿宋找到了一块能让全国齐心的毛毯 /319

结束语 /369

献给贝吉，她一直是我的英雄。

——雷克·莱尔顿

写在前面

你看，我来这儿只是为了比萨。

出版商大概是这样说的：“噢，你去年写希腊诸神写得多好啊！我们想请你再写一本讲古希腊英雄的书！这书肯定会很酷的！”

我大概是这样回答的：“唉，我可是有阅读障碍啊。我光是读书都够费劲的了。”

然后他们答应我让我免费吃一年的意式香肠比萨，蓝豆豆软糖想吃多少吃多少。

我投降了。

我想这事挺酷的。如果你有亲自去跟怪物作战的打算，这些故事可以使你避免一些常见的错误——比如脸对脸盯着美杜莎看啦，或者从某个叫克鲁斯提[①]的家伙那儿买床垫啦。

不过，读古希腊英雄们的故事最大的好处是让你感到自己过得还不错。无论你觉得自己的生活有多烂，这些哥们儿姐们儿过得可都比你惨多了。他们在天界的抽签游戏里抽到的都是下下签。

---

① 克鲁斯提是《波西 · 杰克逊与神火之盗》中出现的人物，表面上销售水床，实际是借此机会杀人的坏蛋。——本书脚注若无特别说明，均为译者注

对了，如果你还不认识我，我的名字是波西·杰克逊。我是个生活在现代的半神，波塞冬之子。我自己的生活里发生过不少倒霉事，不过我将要为你讲述的这些英雄，他们可是最早的经典倒霉鬼案例啊。他们的悲惨遭遇都是之前从来没人遇到过的。

我从他们中选出了十二个。这应该就够多的了。等你读完所有他们生活中的惨事——关于下毒，背叛，重伤，谋杀，发疯的家人，还有吃生肉的牲口之类的事——如果这些都不能让你对自己的日子感觉好一点，那我就不知道还有什么能了。

好了，拿起你的火焰矛，穿上你的狮皮披风，擦亮你的盾，检查你箭袋里的箭够不够。我们要回到四千年前，去砍下怪兽的头颅，拯救险境中的王国，射中某些神祇的屁股，还要大闹冥界，从恶棍手中偷走战利品。

最后，作为餐后甜点，我们将又痛苦又悲惨地死掉。

准备好了吗？跟我来吧。

Percy Jackson

PERCY JACKSON

珀修斯想要一个拥抱

我得从这个人讲起。

毕竟，他跟我同名[①]嘛。我们的父亲是不同的神，不过我的妈妈喜欢珀修斯的故事只有一个简单的理由：他活着。他没被砍得七零八落的，也没被诅咒遭受永世不绝的酷刑。考虑到其他英雄的遭遇，这一位的结局相当幸福。

这倒不是说他的人生不糟糕。他确实也杀了不少人。不过换成你也未必能比他做得更好。

珀修斯的霉运在他出生前就开始了。

首先，你得知道当年希腊还不是一个国家。它被分成数不清的不同小王国。没有人拜访别人的时候会说："嗨，我是希腊人！"人们会问你来自哪一个城邦：希腊、底比斯、斯巴达、宙斯城[②]还是别的什么地方。希腊的大陆部分是一大片不动产。每个城市都有自己的国王。还有数百个小岛散落在地中海里，每个岛也都是一个独立王国。

套用今天的生活去想象一下那是什么样子。也许你生活在曼哈顿，你们当地的国王拥有他的私人军队，他还能征税和立法。如果你触犯了曼哈顿的法律，你

① 波西本名珀修斯，波西是他的昵称。

② 原文是Zeusville，这个地名是作者杜撰的，取自"宙斯"(Zeus)和法语的"城镇"(Ville)。

可以逃到新泽西州的哈肯萨克去，哈肯萨克的国王可以保护你，曼哈顿王对此无能为力（当然啦，除非这两位国王结成了同盟，那你就完蛋了）。

城市之间随时都会开战。布鲁克林的国王可能会攻打斯塔滕岛。又或者布朗克斯、格林威治会和康涅狄格组成军事联盟入侵哈勒姆。你看，这会让生活变得多有意思呀。

总之，希腊大陆上有一个城市名叫阿尔戈斯。它既不是最大的城邦，也不是最有势力的，不过它的规模也很可观。该城的居民自称阿尔戈斯人，可能是因为要是叫“阿尔戈斯寄居者”听起来像某种细菌似的[①]。阿尔戈斯的国王名叫阿克里西俄斯。他是个很惹人厌的人。如果他是你的国王的话，你绝对会想逃到哈肯萨克去。

阿克里西俄斯有一个美丽的女儿达那厄，不过他对此可不怎么满意。在那个年代只有儿子们才重要。你必须得有个儿子才能继承家族的名号，并且在你死后接管王国什么的，都是老一套。女儿怎么就不能接管王国了？我可不知道。虽然这很愚蠢，但那时候就是这样的。

阿克里西俄斯不停地对他的妻子大吼：“生儿子呀！我要儿子！”不过这也不管用。等他妻子去世（可能是因为压力太大吧）的时候，这个国王真的开始紧张了。要是他还没有男性继承人就死了的话，他的弟弟普洛透斯就要接管这个王国了，而这兄弟俩看对方都很不顺眼。

由于绝望，阿克里西俄斯动身去德尔斐祈求神谕，好知道自己的命运。

好了，去求神谕就是我们经常说的那种“糟糕的主意”。你必须走上很长的路才能到达德尔斐城，再到城郊的一个黑黑的岩洞去，那里有一位蒙面女郎坐在三脚凳上，整天都因为吸入火山蒸气而看见幻象。进门之前你需要先付给祭司很贵的祭品，然后你才能问神使——就是那个蒙面女郎——一个问题。她很有可能会用一个不着边际的谜语回答你。然后你就得走人了，又迷糊又害怕，而且还比来时更穷了。

不过，我说过了，阿克里西俄斯很绝望。他问道：“神使啊，没有儿子我会变

---

① 阿尔戈斯人原文为Argives，阿尔戈斯寄居者原文为Argosites，后者的词尾与parasite（寄生虫）相同，所以作者说听起来像细菌。

成什么样啊？谁会登上王座，传承家族名号呢？”

这一次，神使没有出一个谜语让他猜。

“这很简单，”她用刺耳的声音说，“你永远不会有儿子。某一天你的女儿达那厄会生下一个儿子。这个男孩会杀了你，成为阿尔戈斯的下一任国王。谢谢你的祭品，祝你今天过得愉快。”

阿克里西俄斯又惊又怒地回了家。

他一回到宫中，他的女儿就来见他了。“父亲，你还好吗？神谕是怎么说的？”

他盯着达那厄，这个美丽的女孩有着长长的黑发和可爱的棕色眸子。许多男子都向她求过婚。而现在阿克里西俄斯想到的只有那个预言。他绝不会允许达那厄嫁人。她更是永远不能生儿子。她现在已经不是他的女儿了，而是他的死亡判决书。

“神谕说你就是我的问题，”他咆哮道，“你会背叛我！你会眼看着我被人杀死！”

“什么？”达那厄蜷缩着身子，惊恐至极，“我绝不会这样的，父亲！”

“侍卫！”阿克里西俄斯吼道，“把这个恶心的女人带走！”

达那厄不明白自己做错了什么。她总想成为心地善良，善解人意的人。她爱她的父亲，尽管他很可怕，很爱生气，而且喜欢带着一群凶猛的猎狗在树林里捕猎无辜的农民。

达那厄总是向诸神献上恰如其分的祭礼。她总是做祷告，吃掉该吃的蔬菜，把作业做得好好的。为什么父亲突然就认定她是叛徒了呢？

她得不到答案。侍卫把她带走，关在戒备森严的地下囚室里。这是个跟衣柜差不多大的小黑屋，有个马桶，一张石板就算是床了，四面都是十二英寸[①]厚的青铜墙壁。天花板上有一个装着厚重格栅的通风口，让达那厄得到一点点阳光和可呼吸的空气。可天气炎热的时候，青铜囚室就像烧开了的水壶一样烫。房门有三重大锁，没有窗户，只在底部有一个窄口用来传送食物托盘。阿克里西俄斯保管着唯一的钥匙，因为他信不过侍卫。每天达那厄只能得到两片干脆饼和一杯水。没有放风时间，更不允许探视，当然也上不了网。什么都没有。

① 1英寸约合2.54厘米。

你可能会觉得好奇：要是阿克里西俄斯这么害怕女儿生孩子，他干吗不干脆杀了她？

这个嘛，我的坏心眼朋友，诸神对家族内的谋杀看得很重（这可真奇怪，毕竟诸神简直就是家族内谋杀的发明人嘛）。如果你杀了你的亲生孩子，哈迪斯保证会为你在地底世界准备好特殊的刑罚。复仇女神会紧跟着你，命运女神会剪断你的生命线。那些最大最坏的报应会搅得你的生活一团糟。不过呢，如果你的孩子只是“不小心”死在了一间地下青铜囚室里……那就不算严格意义上的谋杀。更像是——“哎呀，怎么就发生这种事了呢？”

有好几个月的时间，达那厄在地下囚室里越来越憔悴。在这儿没什么可做的，除了用干脆饼和水捏面团娃娃，或者和马桶先生说话。所以她主要把时间花在了祈祷诸神来救她这件事上。

可能她最终得到了神祇的注意是因为她非常善良，也可能是因为她以前总在神庙里献上祭品，又或者是因为达那厄惊人的美貌。

有一天，宙斯，即天空之主，听见了达那厄在呼唤他的名字（诸神就是这样，你一提到他们的名字，他们的耳朵就竖起来了。我敢打赌他们也会花很多时间在谷歌上搜索自己）。

于是宙斯从天庭用他那超级敏锐的 X 光级别的视力俯瞰人间。他看到了被囚禁在青铜囚室里的美丽公主，她为自己的残酷命运哭得正伤心呢。

“老兄，这可不对啊，”宙斯对自己说，“什么样的父亲会囚禁自己的亲生女儿，好让她无法谈恋爱更不能生孩子呢？”

（其实吧，这正好是那种宙斯可能会做的事，不过管他呢。）

“她也挺迷人的呀，”宙斯喃喃自语道，“我看我得去拜访一下这位淑女。”

宙斯总是干这种事。他总是对某个凡人姑娘一见钟情，像氢弹一样一头栽进她的爱情生活中，把她的整个人生搅得一团糟，然后头也不回地回到奥林匹斯山上去，让他的女朋友们孤零零地抚养他们的孩子。不过说真的……我肯定他的本意是真诚的（咳嗽——没错——接着咳嗽）。

在达那厄这里，宙斯唯一的挑战是想出进入戒备森严的青铜囚室的办法。

当然啦，他可是个神啊，他有特别的技巧。他可以直接把门炸开，不过这可能会吓着那个可怜的姑娘。再说了，这样他就得杀掉一大群侍卫，那场面可不会太好看。引发爆炸，再留下一长列被砍得面目全非的尸体，可不能给第一次约会营造出什么好气氛来。

于是他决定走一条简单的路线，变成某种小东西从通风口偷溜进去。这会让他和他的梦中情人来一场足够私密的约会。

但是变成什么好呢？蚂蚁可能不错。宙斯以前跟另一个姑娘约会的时候变过蚂蚁。不过他想留下更好的第一印象，而蚂蚁可不能制造那种让人情不自禁哇地叫出声来的效果。

他决定变成一种截然不同的东西——一阵金雨！他化身成一团带着24K金闪光的云，从奥林匹斯山疾驰到人间。他通过通风口倾泻而下，用温暖的、闪闪动人的金光填满了达那厄的牢房，让她惊讶得忘了呼吸。

“别怕，”金光发出了声音，“我是宙斯，天空之主。你很漂亮呀，姑娘。你想跟我约会吗？”

达那厄从来没有过男朋友。尤其是没有一个能变成金光的神来当男朋友。于是很快——大概也就五六分钟吧——她就陷入了疯狂的恋爱之中。

时光飞逝。达那厄在囚室里那么安静，搞得门外的侍卫都无聊死了。直到有一天，大概在金光事件发生九个多月之后，一个侍卫像平常一样把食物托盘从门下的窄缝中推进去，却听到了非常奇怪的声音：囚室里有婴儿的哭声。

他立刻跑去找阿克里西俄斯——因为这就是那种大老板肯定想知道的事。国王一来到这儿就亲自打开门，暴怒着冲进囚室，发现达那厄抱着一个裹在毯子里的新生儿。

“什么……”阿克里西俄斯环顾整间囚室。没有别人在。没有人进得来，因为阿克里西俄斯保管着唯一的钥匙，况且也没人能通过马桶先生钻进钻出。“怎么……谁……”

“陛下，”达那厄答道，眼中闪过一丝怒火，“宙斯神曾来看望过我。这是我们的儿子。我已经给他起名叫珀修斯。”

阿克里西俄斯差点被自己的舌头给噎死了。珀修斯这个词的意思是“复仇者”或“毁灭者”，用哪个意思取决于你自己的理解。国王可不希望这孩子长大以后跟钢铁侠和绿巨人一起玩[①]，而达那厄瞪着他的样子又让他很聪明地想到了她想毁灭的人是谁。

国王最恐惧的预言成真了——不得不说这可有点傻啊，要不是他脑子太不好使，竟然把自己的女儿监禁起来，这个预言本来不会实现的。不过预言总是通过这种方式实现的。你生怕掉进陷阱，就在担心这个的时候你自己挖了个陷阱，最后一丝不差地掉了进去。

阿克里西俄斯想杀了达那厄和小男孩。这看起来是最稳妥的做法。不过那个不准杀害家人的禁忌还在呢。烦人的细节问题！再说了，如果达那厄说的是实话，珀修斯真的是宙斯的儿子……嗯，宇宙之王的怒火对延长阿克里西俄斯的寿命可没有什么帮助。

阿克里西俄斯决定换个办法。他命令侍卫们找来一个带盖子的大木箱。他下令在箱子顶上钻几个通气孔，只为了显示自己的仁慈，然后他就把达那厄和她的小婴儿塞进箱子里，把盖子用钉子钉死，再把箱子扔进了大海。

他觉得这样做不算是直接杀死他们。他们可能会因为干渴和饥饿死去，也可能被一场仁慈的暴风雨打成碎片沉进大海。不管发生了什么，反正不是他的错！

国王终于能够回到宫里去睡个好觉了，这可是这么多年来的头一次。再没有什么事能比判处你的女儿和外孙经受漫长又恐怖的死刑更能抚慰你的心灵啦。假设你是一个阿克里西俄斯这样的“坟蛋”，你就会这么想的。

同时，达那厄在箱子里向宙斯祈祷。“嗨，呃，是我，达那厄。我本来不想打扰你的，不过我爸把我赶出家门了。我在一个箱子里，在海上漂着呢。珀修斯跟我在一起。所以……就这样吧。如果你能给我回个电话或者发个短信什么的，那就最好不过了。”

宙斯的行动比这可强多了。他送来了一阵清凉的细雨，从通气孔中滴落的雨珠让达那厄和小婴儿喝到了干净的淡水。他还说服了他的兄弟海神波塞冬，让海浪平静下来，改变海流的方向，使箱子的航行平稳又顺畅。波塞冬甚至还让一些小沙丁鱼跳到箱子上，扭动着从通气孔里掉进箱子，这样达那厄就有新鲜寿司可以吃啦（我的老爸波塞冬在这方面还是很棒的）。

---

① 钢铁侠和绿巨人都是美国漫画中的超级英雄，属于复仇者联盟。

于是，达那厄和珀修斯活得好好的，既没有被淹死也没有被渴死。过了几天，“木箱号”小船抵达了一座名叫塞里福斯的岛屿，这个岛大概在阿尔戈斯以东一百英里[①]的地方。

达那厄和孩子还是有可能死掉，因为箱子的盖子依然是钉死的。幸运的是，一个名叫狄克堤斯的渔夫正好坐在岸边修补渔网，他刚刚撒网捕鱼忙碌了一整天。

狄克堤斯见到这个巨大的木箱随着浪头载浮载沉，心想，哇，这可真是怪事一桩。

他带着渔网和鱼钩走进水中，费力地把箱子拖上了岸。

“不知道这里面是什么？”他自言自语道，“可能是酒，或是橄榄……也可能是金子！”

“救命！”箱子里传出了一个女人的声音。

“哇……哇……哇……”还有另一个小小的哭声。

“……或者是人，”狄克堤斯继续说，“也可能装满了人！”

他拿出随身带着的渔夫小刀，小心翼翼地撬掉了箱子盖。达那厄和小珀修斯坐在里面——两人都又脏又累，闻起来像放了几天的寿司一样臭，不过毫无疑问他们还活着。

狄克堤斯帮他们从箱子里出来，给了他们一些面包和水。（天哪，达那厄想，再多来点面包和水吧！）随后，渔夫问达那厄究竟发生了什么事。

她决定不要说得过于详细。毕竟，她不知道自己这是在哪儿，也不知道这里的国王是不是她父亲的朋友。据她所知，她可能是到了哈肯萨克。她只告诉狄克堤斯，她父亲把她赶出了家门，因为她未经他同意就谈了恋爱，还生了个孩子。

“孩子的父亲是谁？”狄克堤斯好奇地问。

“噢……呃，是宙斯。”

渔夫惊讶得睁大了双眼，他立刻就相信了她的话。尽管达那厄此时脏兮兮的，他仍然能看出她的美貌足以吸引一位天神。而她高雅的谈吐和从容的气度也

---

① 1英里约合1.6千米。

让他相信对方是一位公主。狄克堤斯很想帮助她和她的孩子，但心中也同时产生了十分矛盾的复杂情绪。

“我可以带你去见我的哥哥，”他带着几分犹豫说，“他名叫波吕迪克忒斯，是这个岛的国王。”

“他会欢迎我们吗？”达那厄问，“他会保护我们吗？”

“我肯定他会的。”狄克堤斯尽量让自己听起来不那么紧张。不过他的哥哥可是个臭名昭著的花花公子。波吕迪克忒斯很可能会过分热情地欢迎达那厄。

达那厄皱起了眉头。“如果你的哥哥是国王的话，为什么你只是个渔夫呢？抱歉，我是说，渔夫也很酷的。”

“我不太想一直在宫殿里待着，”狄克堤斯说，“就是些家事。”

达那厄对所谓的家事再清楚不过了。她对求助于波吕迪克忒斯王这件事有点不安，不过她也别无选择，除非她想在海边住下，用那个大木箱给自己搭一间小屋。

“我应该先收拾干净再去见国王吗？”她问狄克堤斯。

“别，”渔夫说，“要见我哥，你看起来越没有魅力越好。其实吧，你要是在脸上抹点沙子，在头发上缠点海藻就更好了。”

狄克堤斯带着达那厄和小宝宝走到了塞里福斯的中心。国王的宫殿矗立于其他所有楼宇的上方——那是一座用白色大理石柱和沙石墙砌成的庞大建筑，角楼上飘扬着许多旗帜，一群凶神恶煞的侍卫守卫着大门。达那厄不禁开始怀疑起住在海边的箱子小屋里到底是不是个糟糕的主意了，不过她还是跟着她的渔夫朋友走进了国王的正殿。

波吕迪克忒斯王坐在坚硬的青铜王座上，那看起来可起不到什么支撑后腰的作用。他身后的墙上装点着各种战利品：武器、盾牌、旗帜，还有几个被制成了标本的敌人首级。你懂的，就是那类常见的能让国王的王座厅熠熠生辉的装饰品。

“不错，不错！”波吕迪克忒斯说，“你给我带来了什么呀，弟弟？看起来你终于用你的渔网抓住了一件有价值的东西啦！”

“呃……”狄克堤斯苦苦思索该怎么表达“请对她好一点，拜托别杀了我”这层意思比较好。

“你退下吧。”国王说。

侍卫们立刻把可怜的渔夫推了出去。

波吕迪克忒斯向达那厄俯下身子。他咧嘴一笑，但并没显得更加友善，因为他有好几颗又黄又歪的牙。

达那厄身上褴褛的衣衫，脸上的泥沙，头发里缠着的海藻和几条小沙丁鱼，甚至怀里抱着的破布包都没能骗过国王的眼睛。（她干吗抱着那个布包？难道这是她的行李包？）波吕迪克忒斯看得出来这个姑娘有多美。那双眼睛太迷人了。那张脸——简直太完美了！只要给她洗个澡，再换上合适的衣服，她就像公主一样了。

“别害怕，我亲爱的，”他说，“你需要什么呢？”

达那厄决定展现作为受害者的一面，国王应该会被打动的。她双膝跪地，开始哭诉。“我的主君啊，我是达那厄，阿尔戈斯的公主。我的父亲，阿克里西俄斯将我逐出家门。我祈求得到您的庇护！”

波吕迪克忒斯的心虽然没有怎么被触动，但他头脑中的小齿轮倒是开始旋转了。阿尔戈斯——相当不错的城。他听说过阿克里西俄斯，那个没有儿子的老国王。噢，这可太好了！如果他能娶达那厄为妻，他波吕迪克忒斯就会成为两座城的统治者。他终于能得到两间正殿啦，这下就有足够的墙面空间把仓库里所有的标本首级都挂出来啦！

“达那厄公主，我当然会庇护你！”他大声说，声音大到足以让他的所有随从都听见，“我以诸神的名义发誓，你跟我在一起会很安全！”

他从王座上站起来，沿着台阶走下来。他本想拥抱达那厄一下，好显示自己是多么善良惹人爱。可他离达那厄还有五英尺[①]远的时候，公主的破布包里传出了哭叫声。

波吕迪克忒斯吓得跳开了。哭叫声立刻止住了。

“这是什么鬼把戏？”波吕迪克忒斯奇怪地问，“你的破布包还会叫？”

“这是个婴儿，主上。”达那厄拼命忍住，才没因为波吕迪克忒斯被吓得语无伦次而偷笑出声，“这是我的儿子，珀修斯，宙斯之子。我希望您许诺的庇护也

---

① 1英尺约合0.305米。

包括我可怜的小儿子。”

波吕迪克忒斯的右眼皮跳了一下。他讨厌婴儿——皱巴巴又胖乎乎的小生物，又爱哭又爱拉。他很后悔没能早点注意到这孩子，不过那时达那厄的美貌让他分心了。

他现在不能收回自己的诺言。他所有的随从都听见了他的话。再说，如果这孩子真是宙斯之子，问题就复杂了。你不可能把身为半神的孩子扔进垃圾桶而不触怒众神——不管怎么说，大多数情况下是这样。

“当然啦，”国王斟酌着措辞，“多可爱的小……东西啊。他也将得到我的庇护。我跟你说啊……”

国王慢慢挪着靠近了一点，珀修斯又哭开了。这孩子看来自带“坏国王探测雷达”功能。

“哈，哈，”波吕迪克忒斯勉强笑着说，“这个小男孩的肺很强壮嘛。他可以在雅典娜神庙里长大，远在城市的另一头……我是说，位于市中心繁华地带，交通便利。那儿的祭司会给他最好的照顾。与此同时呢，亲爱的公主，我们两人可以好好认识一下彼此。”

波吕迪克忒斯以前总能得逞。他估计只需要十五分钟，最多十六分钟就能让达那厄同意嫁给他。

然而，接下来的十七年成了波吕迪克忒斯人生中挫折最多的日子。他费尽心机想跟达那厄“好好认识一下”，可公主和她的儿子每个回合都能挫败他的企图。国王在宫里为达那厄准备了一套卧房，还送给了她华丽的衣服、漂亮的珠宝、好多个侍女，以及皇家自助餐的吃到饱折扣券。不过达那厄没有上当。她知道自己在这里跟以前在青铜囚室里差不多，仍然是个囚犯。除了仆人以外，她唯一能见到的人就是她的儿子和他在雅典娜神庙的保姆。

达那厄非常喜欢儿子来看她。他还是个婴儿的时候，每一次国王靠近达那厄他都会大哭起来。因为国王受不了这种声音，他总是迅速离开去吃点阿司匹林止住头疼。珀修斯不在的时候，达那厄找到了别的法子拒绝国王的调戏。每一次他登门拜访，她就装出想呕吐的样子，道歉说自己生病了。她会躲到宫里的洗衣房去。她还会在侍女们在身旁的时候放声大哭，一直哭到国王感到尴尬，不得不离开为止。

许多年来，国王一直想赢得她的芳心。许多年来，她也一直拒绝他。

他俩不相上下的固执能让人留下深刻的印象，真的。

随着珀修斯渐渐长大，事情对达那厄就容易多了，对波吕迪克忒斯则相反。

毕竟，珀修斯是个半神，他拥有强大得可怕的天赋。他刚满七岁，就能在摔跤比赛中把成年男子压在地板上了。他十岁的时候，弓箭的射程就能横穿这个岛，而精湛的剑术也超过了国王麾下最好的战士。珀修斯在雅典娜神庙成长的过程中，学会了关于战争和智慧的知识：如何选择战斗的时机，如何向神祇表示敬意——都是些应该懂得的知识，如果你想顺利活过青春期的话。

他是一个好儿子，也就是说他一有机会就去看望妈妈。波吕迪克忒斯出现的时候他已经不会再哭叫了，不过如果国王想调戏达那厄，珀修斯就会站在前面，死死盯着国王，双臂交叉在胸前，好几样致命武器悬挂在腰带上。他就这样坚持到国王撤退为止。

你会认为，波吕迪克忒斯也该放弃了吧，对吗？世上还有很多别的女人可以骚扰啊。不过你也知道，一旦别人不准你得到什么，你就更想得到了。珀修斯十七岁那年，波吕迪克忒斯的胃口被吊得发了疯。他想趁达那厄还没老到生不了孩子之前跟她结婚。他想看到他的亲生儿子成为阿尔戈斯和塞里福斯的国王。这一切算下来只有一个结论：珀修斯非消失不可。

不过除了直接杀死他之外，有什么办法能摆脱一个半神呢？

特别是考虑到年仅十七岁的珀修斯已经是岛上最强壮也最出色的格斗家了。

波吕迪克忒斯需要一个精巧的陷阱……一条让珀修斯直接走向死亡，而又绝不会让自己受到任何指责的路。

这么多年来，国王见过不少英雄四处闲逛：手刃怪物啦，拯救村庄和可爱的小狗狗啦，赢得王子和公主们的青睐啦，签下金额巨大的代言合同啦。波吕迪克忒斯对这些玩意儿不感兴趣，不过他发现大多数英雄都有致命的弱点——有一些弱点（如果运气好的话）会害得他们被杀死。

珀修斯的致命弱点是什么呢？

这孩子是阿尔戈斯王子，宙斯之子，不过他也是在异国他乡长大的落难者，一文不名，除了母亲以外没有一个亲人。这让他对自己的名声有些神经过敏。他极度渴望证明自己。他会接受任何挑战。如果波吕迪克忒斯可以利用这一点对付他……

国王露出了微笑。噢，这就对了。他刚想到了一项合适的挑战。

这个星期晚些时候，波吕迪克忒斯宣布他要征集结婚礼物，送给邻近岛国的公主希波达弥亚。她的父亲俄诺玛俄斯是波吕迪克忒斯的老朋友了，不过这些都不重要。

这只不过是征集礼物的借口而已。

波吕迪克忒斯把塞里福斯岛上的名流富豪都邀请到王宫宴会上，想知道能从他们怀里掏出什么宝贝来。每个来客都想取悦国王，所以他们互相攀比谁能拿出最酷的礼物。

有一家人献上了一个嵌满红宝石的银瓶。另一家送上一辆纯金的双轮战车和一队纯白的骏马。还有人提供了价值一千德拉克马[①]的苹果影音库礼券。总之，国王只要最好的礼物，才不管新娘叫什么，要嫁给谁呢！

等到礼物堆成了山，波吕迪克忒斯把在座所有人分别恭维了一番，让这些名流富豪都觉得自己和别人不一样（就好像他们平时没有这种自信似的）。最后他终于看到了站在放开胃小菜的桌子旁的珀修斯。珀修斯跟他妈妈在一起，正琢磨着怎么偷偷从宴席上溜走呢。

珀修斯不想出席这个愚蠢的宴会。观赏一群妄自尊大的贵族拍国王的马屁对他来说可不是什么好消遣。不过他有责任保护好妈妈，以防波吕迪克忒斯又起了色心，所以他还是来了，一边喝温热的潘趣酒[②]一边吃插在牙签上的迷你香肠。

“哎呀，珀修斯！”国王隔着整间屋子叫道，“你给我盟友的女儿带了什么结婚礼物呀？你可是塞里福斯岛上最强壮的战士，人人都这么说！所以你肯定带来了最了不起的礼物吧。”

这番话可太没水准了。人人都知道珀修斯很穷。其他宾客都偷笑起来，把鼻子都翘到天上去了，暗自高兴这个年轻的新贵认清了自己的地位。他们可不希望从外乡来的英俊、强壮又有天赋的半神在任何方面超过他们。

珀修斯的脸顿时羞得通红。

---

① 德拉克马是古希腊货币单位。

② 潘趣酒是一种用果汁或红酒加糖和香料调成的低酒精度饮料，是常见的派对饮品。

达那厄在他身后悄声说："什么也别说，我的好儿子。他只想激怒你，这像是陷阱。"

珀修斯没有听见，他讨厌被取笑。他是宙斯之子，而国王和他的贵族像对待一文不名的流浪汉一样对他。他受够了波吕迪克忒斯，也受够了他把达那厄像囚犯一样关在宫里。

珀修斯走到大厅正中间。贵族们自动围着他三三两两站了一圈。他向国王发话道："我可能不是这里最有钱的人，不过我言而有信。你想要什么，波吕迪克忒斯？说出你想送给那个什么公主的结婚礼物是什么。只要你说出来，我就把它带来。"

人群中传来了带有几分紧张的窃笑（对，我查过字典了，窃笑这个词就是这么写的[①]）。

"真是个美妙的承诺，"国王答道，"不过空口许诺总是很容易的。不如你指着什么起个誓吧……比方说，指着斯提克斯冥河起誓？"

（友情提示：不要指着冥河起誓。这是你能发的最重的誓。如果你食言了，基本上等于是在邀请哈迪斯、他的复仇女神们，还有冥界的所有鬼怪来把你拖下去，接受持续到永远的惩罚，没有得到假释的机会。）

珀修斯瞥了一眼妈妈。达那厄摇了摇头。珀修斯知道对一个像波吕迪克忒斯这样的坏人发誓是不明智的。抚养他长大的雅典娜神庙的祭司们也不会允许的。珀修斯环顾了一周正在对他发出冷笑的人群。

"我以冥河之名起誓！"他叫道，"你到底想要什么，波吕迪克忒斯？"

国王放松地靠在了他那张不舒服的青铜王座上。他回答时目光没有离开他墙上的装饰品，那些标本首级。

"带给我……"

此处播放插曲：充满戏剧性的管风琴乐曲。

"美杜莎的头。"

此处镜头扫视：吓得倒吸一口凉气的人群。

---

① 此处"窃笑"的单词是titter，它的词根tit是个不文雅的词，所以波西特别强调没写错。

就连说出美杜莎这个名字都能带来厄运。猎杀她而且砍下她的头？就连对你最恶毒的敌人你都不忍心让他去冒这个险。

美杜莎是希腊人所知的最恐怖的怪物。她曾经是个美丽的女子，直到她跟波塞冬在雅典娜神庙里有了一段情（可能就是珀修斯长大的那个神庙），雅典娜就把这个可怜的姑娘变成了一个丑恶的怪物。

你觉得自己刚睡醒的邋遢样子很难看？美杜莎难看到了只要瞥一眼就能让人变成石头的地步。没有人见过她之后还能活着，不过有传言说她长着金色的蝙蝠翅膀，每一根指头都是黄铜的利爪，头发是一群活生生的毒蛇。

她住在距此地很远的东方，跟她的两个姐姐在一起。她们也被变成了长着蝙蝠翅膀的怪物——也许是因为她们居然胆敢留在自己的妹妹身边吧。这三姐妹被称为戈耳工，听起来像是一个很酷的暖场乐队的名字。“下面登场的是：约翰尼·格雷克斯和戈耳工三姐妹！”好吧，可能也没那么酷。

曾有许多英雄冒险远行去寻找美杜莎，想杀死她，因为……呃，我其实也不知道为什么。据我所知她没招惹到任何人。可能只因为这是一项艰巨的任务吧。也可能杀死最丑陋的怪物能得到什么大奖。不管是为了什么，去找美杜莎的英雄没有一个回来过。

有那么一小会儿，整个王座厅的空气都凝固了。人们看起来都被吓坏了，达那厄看起来也被吓坏了。珀修斯被吓得最惨，他的脚指头都失去知觉了。

波吕迪克忒斯笑了起来，像圣诞节提前到了似的。“你确实说了‘只要你说出来，我就把它带来’，对吧？那么，”国王张开双臂，“把那个带来吧。”

紧张的气氛被打破了。人群中爆发出一阵大笑。看看珀修斯吧，这个才十七岁的无名小卒，想象一下他砍掉美杜莎的脑袋的情景——简直笑死人了。

有人喊道：“你到了那儿就给我买一件戈耳工主题T恤衫啊！”

“给我带个甜筒！”还有人喊。

珀修斯羞愧得跑掉了。他妈妈在后面叫他，不过他没有停下来。

波吕迪克忒斯在王座上舒心地沐浴在欢笑声中。他指定了下一轮播放的派对音乐，同时请在座的每个人再喝一杯温热的潘趣酒。他现在很有心情庆祝一下。

最少最少，如果珀修斯不敢去，他就再也没脸回来了。大概众神会因为他背弃誓言而杀了他。就算这小子真的蠢到去找美杜莎……那么他最后也会变成一个巨大的半神镇纸。

国王的麻烦解决啦！

跑出宫殿之后，珀修斯跑到海边的一个断崖上。他站在崖边，拼命忍住眼泪。夜晚的天空乌云密布，仿佛宙斯也为他感到羞辱而不想看到他。

“爸，”珀修斯说，“我从来没跟你要过什么东西。我从来没抱怨过。我总是献上合适的祭品，也一直在当我妈的好儿子。现在我搞砸了。我张开我这张大嘴巴乱发了个实现不了的誓言。我不是求你帮我解决这个问题，不过拜托了，我真的需要得到指导。我自己一个人怎么能解决这个？”

就在他身后，一个声音说：“多好的祈祷词啊。”

珀修斯吓得跳了起来，差点掉下悬崖。

站在他身后的是一个带着顽皮笑容的二十多岁的年轻人，一头鬈曲的棕发，戴着一顶很奇怪的只有前面有帽檐儿的帽子。这个人的穿着也很怪——棕色紧身裤，棕色紧身上衣，看起来又像靴子又像凉鞋的黑色系带鞋。他上衣的左胸前缝了一个口袋，上面绣了几个不是希腊文的字母：UPS[①]。

珀修斯心想这个人肯定是个天神，因为没有凡人会穿成这副傻样。“您是……我的父亲宙斯吗？”

陌生人咯咯笑了起来。“老弟，我还没老到能当你爸呢。说真的，我看起来比一千岁的样子要老吗？哪怕一天？我是赫尔墨斯，信使和旅人的守护神！宙斯派我来这儿帮助你。”

“这也太快了吧！”

“我以快速的服务而自豪。”

“你衣服上这些记号是什么意思？”

“哦，”赫尔墨斯看了看自己的打扮，“现在是哪个世纪来着？抱歉，我有时候会有点糊涂。”他打了个响指。他的衣服变成了普通的样式——头戴旅行者常戴的那种能遮挡阳光的宽檐帽，身穿白色束腰外衣，肩披羊毛长袍。“好了，我说到哪儿啦？对了！宙斯听到了你的祈祷，派我来给你一些很酷的有魔力的物件，好帮你赢得挑战！”

---

① UPS 是全球最大的快递公司，棕色的制服和货车很有名。

赫尔墨斯又打了个响指。他很得意地拿出一个跟背包差不多大的皮口袋。

“这是个袋子。”珀修斯如实指出。

“我知道！你砍掉美杜莎的脑袋之后，可以把它放在里面！”

“哇。多谢了。”

“还有……”赫尔墨斯在袋子里摸索着掏出一个样式简单的青铜头盔——就是最一般的头盔，国王的步兵戴的那种。“这个小宝贝能让你隐身。”

“真的假的？”珀修斯接过头盔看了看里面，“为什么这里刻了一行字‘孟加拉制造’？”

“噢，别管那个了，”赫尔墨斯说，“这是哈迪斯的黑暗之盔的未授权仿制品。不过用起来没问题，我保证。”

珀修斯戴上了他的便宜山寨版头盔。一眨眼他就看不见自己的身体了。“这太酷了。”

“对吧？好了，摘掉头盔吧，因为我还有别的东西给你。这些都是专门定制的。”

从他那装满不可思议的好东西的皮口袋里，赫尔墨斯拽出了一双凉鞋。鞋子的脚踝部分长着几只小小的白鸽翅膀。这位天神拿着鞋带让鞋子悬空，小翅膀们拍打个不停，挣扎着想获得自由，就像被绳索拴住了的鸟儿一样。

“我自己也有一双这样的鞋。”赫尔墨斯说，“穿上它你就能飞啦！要去美杜莎那儿可比走路或游泳快多了。而且你可以隐身，所以你就不用注册成为航空公司会员什么的啦！”

珀修斯的心跳和小翅膀拍打的一样快。自从很小的时候他就想要飞翔。他试着穿上了鞋子，一瞬间就被发射到了天空中。

“耶！”他开心得大叫起来，“这个棒呆了！”

“好了，孩子！”赫尔墨斯冲这个在云层间穿梭的小黑点儿喊道，“你现在该下来了！”

珀修斯回到地面，赫尔墨斯向他解释了接下来要做的事。“首先，你要找到三个老太太，她们被称为格赖埃姐妹。”

“她们为什么叫这个？”

“因为她们是灰色的[1]。此外，她们还很丑，而且不是凡人。只要她们有机会，就会把你吃掉。”

“那为什么我要去找她们？”

“因为她们知道美杜莎的秘密老巢的位置。就连我都不清楚这项信息。另外，她们还有一些其他东西能够在任务中帮助你。”

“什么东西？”

赫尔墨斯皱起了眉头。他从口袋里掏出一张纸照着念了起来。“我不知情。它们未被列入证物清单中。不过我是从雅典娜那儿得到这个消息的，她一般不说没根据的话。现在就开始朝东边飞吧。大约两天之后，你就能看到格赖埃姐妹所在的岛。你不可能找不到它。它是……嗯，灰色的。”

“谢谢你，赫尔墨斯！”珀修斯心中充满感激之情，想给赫尔墨斯一个拥抱。

这位天神躲开了。“好了，孩子，别这么激动。祝你好运，回程别撞到山上，好吗？”

赫尔墨斯化作一阵烟雾消失了。珀修斯冲上云霄，用他的飞行鞋能达到的最高速度开始一路向东飞去。

格赖埃姐妹的岛是彻头彻尾的灰色。

一座巨大的灰色山峦从灰色森林中耸入天空，笼罩在烟灰色的浓雾中。暗灰色页岩山崖插入波涛汹涌的灰色大海。

这一定就是那个地方了，珀修斯心想。他如此机智，不可能搞错。

他戴上隐身帽，朝着一股从树丛中升起的炊烟准备降落——看来是有人点起了篝火。

那里有一片水面覆盖着绿色浮沫的湖，旁边有一块冷清的空地，三个老太太围坐在那里烤火。她们穿着灰色的破旧衣服，头发看上去像脏兮兮的稻草。火上架着烤肉扦子，扦子上穿着一大块嗞嗞响的肉，珀修斯真心不想知道那块肉是什么肉。

他再靠近了一点，能听到她们在吵架。

“给我眼睛！”一个人喊着。

---

① 格赖埃姐妹（Gray Sisters）字面意思是“灰色姐妹”。

“先给我牙齿再说！”第二个人回答。

“轮到我了！”第三个人哀号起来，“上一季《行尸走肉》[①]我刚看到一半的时候你就把眼睛拿走了。你怎么能这样？”

珀修斯慢慢又挪近了一点。这些老妇人的脸干瘪松弛得像烤化了的面具。她们的眼眶都是空空的——除了中间那个，即丑老太 2 号以外。她有一只绿色的眼睛。

坐在右边的丑老太 1 号，正在享用一大块神秘烤肉。她只能用唯一一颗长了污垢的门牙把肉丝扯下来。另外两位老妇人看上去一颗牙也没有。她们郁闷地大声啜饮杯装的达能牌脱脂希腊酸奶。

丑老太 1 号把另一块肉扔进嘴里，别有滋味地嚼着（我是说，很愉快地嚼着。她并没有什么其他用来调味的东西[②]）。

“好啦，”她说，“我吃好了。我用牙跟你换眼睛。”

“这不公平！”丑老太 3 号说，“该轮到我了！我什么都没有！”

“别废话，老实喝你的酸奶去。”丑老太 1 号说。她一把把那颗牙从嘴里拽出来。

丑老太 2 号把手罩在眼睛上，用力打了个喷嚏，眼球便冲出眼眶掉进她的掌心。见此情景，珀修斯恶心得差点吐出来。

“好了吗？”丑老太 1 号问，“数到三，我们同时扔，不许耍花招！”

珀修斯意识到机会来了，他得干点肮脏又恶心的勾当。他匍匐着再凑近了些。

“一，”丑老太 1 号数着，“二……”

就在她喊出“三”的那一刻，珀修斯冲上前来。他在雅典娜神庙所受的全部训练和他花费在玩《使命召唤》[③]上的时间看来确实大大提高了他的手眼协调能力，因为他稳稳地在空中截获了眼球和牙齿。

灰发老太太们还在伸着手，等着接住她们刚交换的身体升级装备。

“发生了什么事？”丑老太 1 号问，“你没有扔。”

“我扔了眼球！”丑老太 2 号回答，“是你没有扔牙齿！”

---

① 《行尸走肉》（*The Walking Dead*）是 2010 年开播的美国电视剧，现在仍在播出。

② 原文是 Chewed it with relish，其中 relish 既有调味料的意思，也指吃得津津有味。

③ 《使命召唤》（*Call of Duty*）是 2003 年发布的第一人称射击游戏。

"我扔了！"丑老太1号尖叫道，"肯定是别人拿了。"

"嘿，别看我！"丑老太3号说。

"我怎么看你？"丑老太1号吼道，"我又没有眼睛！"

"眼睛在我这里。"珀修斯插话道。

格赖埃姐妹们陷入了沉默。

"还有牙齿也在。"他补充道。

三个老太太齐刷刷地从破衣服下抽出匕首，向他的声音传出的地方刺去。珀修斯踉跄着向后退了一步，堪堪幸免于成为扦子上的神秘烤肉的命运。

我得记住这条教训，他心想，看不见并不影响盲人的行动能力。

丑老太1号和丑老太2号的头撞在一起，摔倒在地，扭打起来。丑老太3号踩进了火里，立刻尖叫着滚了出来，想扑灭衣服上的火苗。

珀修斯一边绕着篝火转圈一边说："如果你们想把眼睛和牙齿要回来，最好老实听话。"

"它们是我们的财产！"丑老太1号哀号着。

"它们是我们的宝贝！"丑老太3号哭叫着。

"拿错剧本了，你这个笨蛋！"[①]丑老太2号怒吼道。

三姐妹都站起身来。她们的样子在火光的映照下显得格外骇人——阴影在她们空洞的眼眶周围跳动，匕首的利刃闪烁着血光。

珀修斯踩到了一根断枝。三姐妹立刻转向他，像猫一样发出嗞嗞声。

珀修斯尽量克制住内心的紧张。"你们再攻击我一次，"他警告道，"我就立刻把你们的眼球挤碎。"

他轻轻地挤压了一下那个黏糊糊的球状物。格赖埃姐妹都哀叫起来，绝望地抓挠着她们空洞的眼眶。

"好吧！"丑老太1号愤愤地说，"你想怎么样？"

"首先，告诉我美杜莎的巢穴在哪儿。"

丑老太3号发出了像耗子被踩到时发出的那种声音。"我们不能告诉你！我们答应过要为戈耳工保密！"

---

① "它是我的宝贝"是奇幻小说《魔戒》中小怪物咕噜的名言。

“还要保护预言中所说的武器！”丑老太 2 号补充说。

“很好，”珀修斯说，“那我还要那些预言中所说的武器。”

三姐妹哀号得更厉害了，还互相打对方的头。

“我们不能给你武器！”丑老太 3 号说，“戈耳工她们全靠我们了！她们会来抓住我们把我们杀掉的！”

“我还以为你们是不死之身呢。”珀修斯说。

“那倒是……”丑老太 1 号承认，“不过你是不认识戈耳工三姐妹！她们会折磨我们，给我们起难听的绰号，还会——”

“如果你们不帮我，”珀修斯打断她，“你们就再也没有牙齿和眼睛了——永远。”

他加了一点力气挤压了眼球一下。

“好好好！”丑老太 1 号态度软化了，“还我们牙齿和眼睛，我们就帮你。”

“你们先帮我，”珀修斯说，“我保证之后会立刻把你们的眼睛和牙齿还给你们。”

（这倒是个一点也不难遵守的承诺，因为这两样东西实在太恶心了。）

“戈耳工的洞穴在东方，”丑老太 2 号说，“距离这里有乌鸦飞三天那么远。你到了那片大陆之后，会在海边看到一座高高的悬崖。洞穴就在悬崖中部，有五百英尺高。岩壁上有一条突起的岩脊形成的小道，那是唯一的入口。你会找对地方的，只要去找那些雕像就行了。”

“那些雕像。”珀修斯重复道。

“对！”丑老太 3 号说，“现在该还我们东西了！”

“还没到时候呢，”珀修斯说，“你们说的武器呢？”

丑老太 3 号发出绝望的怒吼，她一刀刺向珀修斯。他很轻松地躲开了，丑老太 3 号猛地撞上了树，是脸先撞上去的。“嗷呜！”

“武器呢？”珀修斯又问了一次，同时给那个三姐妹共用的眼球施加了更大的压力。

“好好好！”丑老太 1 号尖叫道，“从这里往南一英里有一棵枯死的大橡树，武器就埋在最大的两条根之间。可别告诉美杜莎武器是我们给你的！”

“我不会说的，”珀修斯保证道，“我杀她都忙不过来了，没工夫提起这个。”

“还我们眼睛！”丑老太 2 号说，“还有牙齿！”

“没问题。”珀修斯把这两样东西都扔进了泛着绿泡沫的湖里，“我保证我会立刻还给你们，不过我可不想让你们跟着我实施报复。所以你们现在最好马上潜水去找回它们，不然可能有哪条鱼会发现你们的眼珠看起来很好吃。”

格赖埃姐妹尖叫着跌跌撞撞地走进湖里。她们潜水时像是一群脏兮兮的海象。

珀修斯忙着用上衣把手擦干净，眼珠上的黏液真恶心。他启动了飞行鞋，飞越树林。

他毫不费力地找到了那棵枯死的橡树。珀修斯在两条最大的根之间挖下去，找到了一样东西，看起来像蒙着皮毯子的井盖。他把浸过油的皮革掀开，立刻被一面圆形青铜盾牌的光芒闪瞎了眼。这块盾牌的表面经过精细抛光，像镜面一样。就算是在这样昏暗的森林里，它反射的光线也像汽车的前灯一样亮，都足以引起车祸了。

珀修斯注视着他刚挖出来的这个洞。好像还有什么东西在下面——某种长而细的东西，也被包裹在浸过油的皮革里。他把这东西拖出来，打开一看，是一把很美的剑：黑色皮制剑鞘，青铜和皮制的剑柄。他抽出剑来，不禁露出了笑容。剑身重量恰到好处，剑刃如剃刀一般锋利。

他举起剑来向一根很粗的橡树枝挥去，想试试这把剑是否真有这么锋利。剑身穿透树枝，再穿过树干，轻轻松松就把整棵树一分为二，仿佛树身是用橡皮泥做的。如果你在半神购物网站上看到这番展示，肯定会毫不犹豫地下单购买：只要 19.99 美元，外加运费包装费，就能把这把利剑带回家！

“哦耶，”珀修斯说，“干得漂亮。”

“请小心一点。”一个女人的声音说。

珀修斯急忙转过身，差点把雅典娜女神的头砍掉了。

他立刻就认出了雅典娜。毕竟他是在她的神庙里长大的，那儿有许多雅典娜雕像，还有画着她的旗帜、咖啡杯和杯垫。雅典娜本人穿着白色的无袖长裙，一头长长的黑发，戴着高高的战盔；一手拿长矛，一手拿方形盾牌，两者都闪耀着带有魔力的光芒。她的面容十分美丽，但也有些可怕，正是战争女神应有的模样。她的双眸是暴风雨的灰色——跟这座岛上各种各样的灰都不一样——目光炯炯，充满强烈的能量。

“雅典娜！”珀修斯赶忙俯首下跪，“对不起，我差点砍下您的头颅！”

“不要紧，”女神说道，“起来吧，我的英雄。”

珀修斯站起身来。他鞋子上的小翅膀贴着他的脚踝紧张兮兮地拍打着。“这些……这些武器是给我的吗？”

“我希望如此，”雅典娜说，“我把这把剑和这面盾放在这里，知道有一天会有一位伟大的英雄来取走它们——一位配得上结束美杜莎受诅咒的命运的英雄。我希望你就是那位英雄。我想美杜莎已经受苦够久的了，你说呢？”

“所以，您的意思是……等下，我有点不明白。您要把她变回人类吗？”

“不。我会让你把她的头砍掉。”

“噢，那就好。”

“是啊，我希望如此。接下来这样：趁着白天戈耳工睡觉的时候，你偷偷溜进她们的洞窟。这把剑足够锋利，要知道美杜莎的脖子可是跟大象的皮一样厚的。”

“那盾用来干什么？”珀修斯眼睛一亮，“噢！我懂了！我可以把它当作镜子！我可以在镜子里看着美杜莎，就不必直接看着她了，所以她就不能把我变成石头了。”

雅典娜微笑了。“很不错。看来你在我的神庙里学到了一点智慧。”

“我也在玩《战神》[①]的时候学到了，”珀修斯说，“有一关是这样的——”

“无所谓了，”女神说道，“要小心，珀修斯！美杜莎即使死去，她的脸还是具有把凡人石化的力量。仔细把她的头藏在皮口袋里，不要拿给任何人看，除非你想把对方变成一块坚硬的大理石。”

珀修斯点点头，在心中记下这些注意事项。“我怎么对付美杜莎的两个姐姐呢？就是另外两个戈耳工？”

“我倒不太担心她们。她们睡得非常沉。如果你走运的话，可以在她们醒来之前离开那里。再说，你就算想杀也杀不了她们。跟美杜莎不同，另外两位戈耳工是不死之身。”

“为什么啊？”

“见鬼，我怎么知道？知道是这样就行了。重点是，如果她们醒了，立刻离开那里，动作要快。”

---

① 《战神》（*God of War*），是一款2005年发行的动作冒险类游戏，故事背景是希腊神话传说。

珀修斯看起来吓坏了。

雅典娜抬起手臂祝福珀修斯。“你能做到的，珀修斯。把荣耀带给我、赫尔墨斯，以及我们的父亲宙斯吧。你的名字将永世流传！可别搞砸了。”

“谢谢您，伟大的女神！”珀修斯受宠若惊，想要给雅典娜一个拥抱，不过她退开了。

“噢，别动，好孩子。禁止碰触女神。”

“对不起——我只是——”

“没关系。现在出发吧！祝你狩猎愉快，珀修斯！”

女神化身成一道光消失了。

远远地，珀修斯听见格赖埃姐妹在叫喊着谋杀什么的，于是他决定是时候离开此地了。

美杜莎的洞窟前的景象和星期六在草坪上举行的清仓甩卖会差不多。[①]

正如格赖埃姐妹所形容的，洞穴坐落在陡峭悬崖的半山腰，俯瞰着大海。洞口和通往洞口的岩脊小道布满了真人大小的大理石战士像。有的举起了剑，有的躲在盾牌后面。还有一个倒霉蛋蹲在地上，裤子脱到了脚踝[②]，就变成石像而言，这真是一个很糟糕的姿势。所有这些本可能成为英雄的人有一个共同点：他们的表情都充满了绝对的恐惧。

此时太阳升到了岩壁上方，石像的阴影随之移动，让这些石像看起来栩栩如生。这番景象对缓解珀修斯的紧张没有什么帮助。

因为能飞，所以他不必担心崎岖的小道。因为能隐身，所以他不必担心被看见。

不过……他还是超级紧张。他看着那么多大理石像，他们都曾想做到他现在要去做的事。他们中每一个人都足够勇敢才能来到这里，也曾下定决心要杀死美杜莎。

可现在他们都死了。还是没死呢？也许他们被变成石头以后仍然有意识，那就比死更糟糕了。珀修斯想象着永远一动不动地站着的感觉，无论鼻子有多痒都

① 美国人习惯周六早上在自家门前的草坪上举行闲置物品的甩卖活动，他们会把各种各样的物品都摆出来。

② 这是暗示这个人被变成石头时正在大便。

不能挠一下，直到身上出现裂缝再崩塌成碎片才算完。

“这一次会不一样的，”珀修斯对自己说，“这些人没有得到两位天神的帮助。”

不过他也不太肯定这一点。他可能只是众神的试验对象名单中的一个？赫尔墨斯和雅典娜可能正坐在奥林匹斯山上观察他的进展，要是他失败了，他们的反应可能只是：得，这个人不成。再送下一个过去吧。

他在洞窟入口着陆，匍匐着爬进去，他的盾牌已经举起，剑也已经出鞘。

洞窟里面很暗，挤满了比外面还多的大理石英雄。珀修斯小心翼翼地经过一个全副武装，保持着投出长矛姿势的英雄；还有一个弓箭手，他的石头弓已经有裂痕了；还有一个毛发浓密，有一个大大的啤酒肚的家伙，他全身上下没有任何武器和防御，只穿了一条缠腰布。显然此人的计划是冲进来，大喊大叫，挥舞胳膊，让自己看起来比戈耳工更丑，好把美杜莎吓一跳。看来这一招没什么用。

珀修斯越深入洞窟，光线就越暗。凝固的英雄们面庞扭曲，死死盯着他。他们的石头剑也时不时地戳到他身上不舒服的地方。

最后他听见洞窟深处传来了一曲由轻柔的咝咝声组成的合唱……那是上百条小蛇发出的声音。

他紧张万分，嘴里发干发涩，味道像电池的酸液似的。他举起盾牌的抛光面，里面映照出一个睡在简陋的小床上的女人，距离他大概有五十英尺远。她背朝这边，胳膊挡住了脸，看起来跟人类差不多。她穿着一件朴素的白色长袍，肚子看起来异常的鼓胀。

等一下……

美杜莎怀孕了？

珀修斯忽然想起了美杜莎当初受到诅咒的原因。她和波塞冬在雅典娜的神庙里乱搞。这就意味着……我的众神啊。自从美杜莎变成怪物之后，她就怀着波塞冬的孩子，但是不能把孩子生下来，因为……呃，天知道什么原因。可能这也是诅咒的一部分吧。

珀修斯的勇气消失了。杀死一个怪物是一回事，杀死一个怀孕的准妈妈？嗯哼，这就完完全全是另一回事了。

美杜莎在睡梦中翻了个身，面朝他这边了。她背后的金翅膀有一边朝着洞穴的墙壁打开了。她的胳膊垂了下来，露出了手指上锋利的铜爪子。她的头发蠕动着——那是一窝滑溜溜的绿色毒蛇。毒蛇的芯子在她头皮上忽隐忽现，怎么可能有人愿意跟她睡在一起？

再说她的脸长得……

珀修斯差点没忍住想偷看一眼美杜莎真正的样子，想确定他看到的镜像是不是出了什么错。像野猪的尖牙一样的獠牙戳出她的嘴外，让她的嘴唇永远保持着冷笑的形状。她的眼球突出，让她看起来像某种两栖动物。不过真正让她看起来丑陋不堪的是她的脸部特征奇形怪状而且不成比例。她的鼻子、眼睛、下巴、眉毛——都组合到一起之后，形成了一张如此奇怪的脸，简直不符合任何规律。

你知道有一种光学错觉图吧，如果盯着看太久，这种图能让你头晕想吐。美杜莎的脸就接近那样，只不过效果还要强烈一千倍。

珀修斯直直地盯着盾牌里的镜像，他的双手满是汗水，快要握不住剑了。美杜莎头发上那股爬行动物特有的气味钻进他的鼻孔，几乎让他感到窒息。尽管看不到他，但那些毒蛇显然感觉到有什么地方不对劲儿。随着珀修斯的靠近，它们发出更强烈的咝咝声并且亮出了小毒牙。

珀修斯没看到另外两个戈耳工。可能她们睡在洞穴的其他地方，也可能她们去购物了，买点不刺激小蛇的头发洗护产品。

他一寸寸地挪过去，直到站在美杜莎身边。不过他很犹豫要不要杀她。

她毕竟是个孕妇，不对，怀孕的怪物。她的丑陋只让他感到同情，而不是愤怒。他应该砍掉的是波吕迪克忒斯王的头才对。可惜他已经发了誓。如果他现在胆怯逃跑了，恐怕也不会再得到第二次机会了。

接着美杜莎帮他下定了决心。

她肯定是感觉到了他的存在。可能是她的小蛇头发警告了她，也可能是她闻到了半神的气味（我听说我们半神在怪物闻起来就像黄油吐司一样，不过我也不敢保证）。

她的鼓眼睛猛然睁开了，爪子收紧了。她发出像上了电椅的胡狼一样的尖叫声，同时一跃而起，想把珀修斯撕成碎片。

珀修斯闭着眼睛挥下了他的剑。

扑通。

美杜莎向后倒下了，倒在她的床上。

咚，咚，咚。有什么温热湿润的东西滚落到珀修斯脚边不远处。

恶……

他鼓起全部的勇气才没有去看那个东西，没有发出像幼儿园小朋友一样的尖叫再逃跑。垂死的小蛇头在咬他的鞋带。

珀修斯小心翼翼地把剑收回鞘中。他把盾牌扔到背后，打开了皮口袋。他跪在地上，眼睛死死盯着洞穴顶部，拽着那些死蛇头发提起了美杜莎的头。他把美杜莎的头塞进了袋子里，把袋口扎得紧紧的。

这是十几分钟里的头一次，珀修斯呼了一口气。

他的任务完成了。他看着美杜莎的尸体在小床上摊开。地板上黑色的血聚成了血泊，形成了旋涡和一些奇怪的图案。血还会变成这样吗?

两个形体在血泊中形成了——它们逐渐膨胀升高，而美杜莎的身体同时逐渐萎缩，直至消失。

珀修斯像被钉在原地一样呆呆看着，只见一匹成年公马挤开血泊冲了出来，就像从一扇无形的门里挤出来一样。马儿抬起前腿发出嘶鸣，同时展开像鹰翼一样的翅膀，上面还带着美杜莎的血迹。

珀修斯并不知道自己刚刚见证了珀伽索斯的诞生，它是这世间的第一匹天马。

接着第二个形体也冲破了血泊，是一个手持金剑身着金甲的男子。随后他被命名为克律萨俄耳，黄金战士。他肯定是继承了他母亲的某些外貌特征，因为珀修斯迅速躲开了他。

你可能有些奇怪：为什么美杜莎的孩子一个是黄金战士，一个是有翼天马?他们怎么能藏在美杜莎的身体里这么多年?

见鬼，我不知道。我刚刚已经告诉你全部情况了。你要是希望事情都合乎逻辑的话，这个宇宙可不适合你。

我不知道克律萨俄耳本来是会跟珀修斯打起来还是会感谢他什么的，但是他们还没顾得上交换电话号码，珀修斯就碰倒了身后的一个大理石雕像。这个雕像倒在了另一个雕像上，接着是下一个，就像多米诺骨牌一样，一个接一个……好了，你懂的。岩洞中顿时充满了英雄石像摔碎的声音。

“哎呀。”珀修斯说。

从洞穴的左边传来了一个咝咝响的女声：“美杜莎！怎么了？”

从洞穴右边传来了第三个戈耳工的咝咝声："有入侵者！杀人啦！"

珀修斯还戴着他的隐身帽，不过他不完全信得过它的保护作用。他发动了他的飞行鞋，开足马力冲出洞穴。

剩下的两个戈耳工尖叫着追了上来。她们的金翅膀拍打空气的声音像敲锣一样。这个声音越来越大了，但珀修斯不敢回头看。他暗自期望他的飞行鞋飞得更快些。他的脚踝都能感觉到小翅膀扑扇得像要着火一样滚烫。有什么东西剐到了他的鞋底，有种不好的感觉告诉他那是一只戈耳工的爪子。

珀修斯采取了一个极为冒险的策略，他盘旋着飞，这样背上的盾牌就能反射阳光，戈耳工姐妹尖叫起来，暂时被晃得看不清了，珀修斯于是加速冲进了云层。

几个小时后，珀修斯非常肯定他已经甩掉了戈耳工姐妹，不过他还是没有停下，直到他的飞行鞋开始冒烟。在这种时候，美国联邦航空局管理条例的意见是，你真的应该降落并进行安全检查了。

珀修斯在大海中央露出来的一块光秃秃的大石头上休息。举目四顾能看到的只有海水，不过他还正好看到了海平线上最后一抹夕阳的余晖。

"好吧，"他自言自语道，"至少我知道那边是西边。只要我朝那个方向飞，最后肯定能飞到家。"

可惜他错了。这个小伙子在躲避戈耳工的追杀时没顾得上辨别方向，或者是他用了苹果地图来导航，因为他现在是彻底迷失方向了。

他再次看见陆地的时候，看到的不是塞里福斯岛，而是一大片平坦的大陆：焦红色的小丘和沙漠在月光下一直延伸到视野的尽头。

珀修斯在雅典娜神庙里学过一些地理知识。他只能想到一个地方看起来是这个样子的。"非洲？这就是那个非洲？"

答对了。这是非洲的海岸，说明珀修斯飞得太偏南了。

此时珀修斯实在是太累太饿也太渴，已经顾不得这个了。他只想找到一个村镇，搞明白方向并且休息一阵子。他沿着海岸一直飞到太阳升起，这时他看见了远处有几座属于城市的塔楼。

"万岁！"他对自己说，"有城市就有人！我爱人类！"

他飞得离城市更近之后，发现有什么事情不太对劲儿。几千人聚集在港口的码头上。他们都注视着水面，好像在等待着什么。在人群后方有一座丝绸制成的大帐篷，里面坐着的人看起来是这座城的国王和王后，他们也在关注着将要发生的事。

码头的入海口有一座嶙峋的孤岩兀立在海中。大约离海面四十英尺高的岩壁上有一小块突起的岩石，那上面用链条锁着一个十几岁的少女。

这真是不寻常的做法，珀修斯心想。他摘下了自己的隐身帽以免吓着这个少女（就好像一个穿着带翅膀的鞋的小伙子凭空出现朝自己飞过来就不可怕似的），随后下降到跟她的位置一样高的地方。

这个少女的表现冷静得有些奇怪。她用美丽的黑色眼睛注视着他。她的头发像乌木一样漆黑，她的皮肤就像抛光过的黄铜一样有光泽。她只穿着一条朴素的绿色裙子，露出了她美丽的手臂和颈项。

珀修斯在她身旁的空中盘旋。“嗯，呃……”他努力回想该怎么说出一个完整的句子。他很确定自己不久以前还有能力做到这件事。

“你不应该来这儿，”姑娘对他说，“海怪随时都可能会来，他会杀了你的。”

“海怪？”珀修斯从迷糊状态中清醒过来，“发生了什么事？你为什么被锁在这块岩石上？”

“因为我的父母超级超级差劲。”

“好吧……能再提供一点细节吗？”

“我的名字叫安德洛墨达，我是那边那个王国埃塞俄比亚的公主。”

“你是说你的父母是国王和王后？”珀修斯问，“他们还让你锁在这儿？”

安德洛墨达那双迷人的眼睛翻了个白眼。“这就是他们害的！说来话长。我的妈妈——卡西欧佩亚王后——是个极其自负的人。一年以前，她夸口说我比波塞冬的海洋仙女们还要美丽。”

“不是吧？”珀修斯从没见过任何一个海洋仙女，不过他听说过她们。她们是一群受波塞冬管辖的海中女神，而且据说极其有魅力。他也非常清楚众神十分不喜欢人类拿他们自己跟不朽的神祇相提并论。

“就是啊，”安德洛墨达点点头，“所以波塞冬发火了，派来这只臭海怪袭击我们的城市。它会弄沉船只，向港口喷火，生吞渔民，而且还害得人们不能在海滩上晒日光浴。所以本城的臭祭司还是之类的什么人告诉我爸爸，也就是刻甫斯王，唯一能让波塞冬高兴的办法就是把我锁在这块岩石上作为活祭品。”

“这太糟糕了，”珀修斯说，“这又不是你的错。”

“我试过跟城里的居民解释这个，沟通过程不怎么顺利。”

“你看起来倒不怎么害怕嘛。”

安德洛墨达尽可能地耸了耸肩，虽然她的胳膊被链条捆住了，要做这个动作不太容易。“我对这种情况也做不了什么。再说了，被海怪杀死也不比跟我那对超级烂的父母一起生活糟糕多少。如果他们指望我哭叫求饶的话，我可不想让他们满意。海怪来了之后，我准备用脏话骂它，把它那对水生动物的小耳朵骂出血。我练习过的。”

珀修斯思考了一小会儿。“我相信你的骂人话肯定威力十足。不过如果还有别的办法呢？如果我把链条砍断把你救出来呢？”

“这是很棒啦，”安德洛墨达回答，“不过这没有解决海怪的问题。我的意思是，本城居民对我是很差劲，不过我也不想看到海怪屠杀他们。再说，海怪也有可能会继续跟踪我。”

“不会的，”珀修斯说，“因为我会杀了它。”

安德洛墨达打量着他。“无意冒犯，你很讨人喜欢，我相信你也很勇敢，不过海怪啊，它就像……好了，其实呢，它现在来了。”

就在岩石后面，海水沸腾了。海怪的头在海面上高高耸起，足有翻斗车那么大。它的脸上覆盖着蓝绿色的鳞片，嘴里整齐地排列着像针一样锋利的尖牙。它的脖子弯曲着从水中抬起，完全伸直的时候它那爬行动物特有的黄眼睛和安德洛墨达被锁住的位置正好平齐。在海面之下，这个怪物巨大的身体轮廓看起来就像吃了类固醇[①]的尼斯湖水怪[②]。

这只怪物发出咝咝声，口中喷出唾液和火焰。它肯定是刚刚吃了几条鲸鱼当作开胃甜点，因为它呼出的气臭不可闻。

在岸上，城中的居民们叫喊起来。珀修斯听不出来他们到底是受惊了还是感到兴奋。

不过，由于经历了和美杜莎的战斗，珀修斯并不怎么在意这只海怪。

---

① 类固醇，一种激素类兴奋剂，有增加爆发力的作用。

② 尼斯湖水怪，传说生活在英国尼斯湖中的生物，形象接近蛇颈龙。

“安德洛墨达，”他说，“闭上你的眼睛。”

“好的。”

“嘿，老兄，”珀修斯问怪物，“你想看看我袋子里有什么吗？”

海怪歪了歪它那巨大的脑袋。它不是很习惯凡人这么冷静地跟它说话，不过它很喜欢惊喜。

珀修斯闭上了眼睛，把美杜莎的头拽出了口袋。

一种破裂声顺着海怪的身体往下传，就像湖面在一瞬间变成冰的声音。

珀修斯默数到三之后把美杜莎的头塞回袋子里，然后睁开眼睛。

海怪已经变成了世界上最大的沙雕。珀修斯看着它逐渐破碎，沉入大海。

“呃，”安德洛墨达问，“我现在可以睁眼了吗？”

“可以了。”

“看起来很恶心吗？”

“不，一点也不。”

安德洛墨达往下看着巨大的海怪碎块打着旋儿沉入波浪中。“哇……你怎么做到的？”

珀修斯解释了他有美杜莎的头这件事。安德洛墨达瞥了一眼他挂在腰带上的那个口袋，“太酷了。那么我的锁链……”

珀修斯斩断了锁链，释放了她。“你想结个婚什么的吗？”

“听起来很棒。”安德洛墨达回答。

“你能拥抱我一下吗？”

“你当然可以得到一个拥抱。”

这时珀修斯确定了这一定就是真爱。他们拥抱并亲吻了彼此。他环抱着她的腰，飞向了岸边的城市。

他们在国王和王后的帐篷前降落了。你可以想象得到，一个希腊战士把海怪变成了沙雕，然后从天而降，这件事可以得到多少哇呀哎呀的叫声。安德洛墨达说明了事情的经过，并且宣布她已经决定要跟这个英俊的希腊王子结婚了。

“除非有任何反对意见。”珀修斯补充道。

刻甫斯王打量着宙斯之子，看着他发达的肌肉，带翅膀的飞行鞋，血迹斑斑的盔甲，还有看起来削铁如泥的利剑。

“完全没有！”国王宣布。

王后哽住了，仿佛刚刚吞下了一大块干巴巴的烤饼。

“好极了！”珀修斯说，“我希望你们为了我的胜利向众神致谢，好吗？同时，你们懂的，也要为你们做的蠢事表示歉意。在那块岩石的峰尖，就是你们锁住自己女儿的地方，我希望你们建立三个神龛。左边的那个是给赫尔墨斯的，右边的那个是给雅典娜的，中间的那个则献给宙斯。要是波塞冬因为他的海怪被杀了而发怒的话，那么……那三个神龛会让他明白这座城市在这三位神祇的庇护之下。除非他想找他们干一架，否则他就会冷静下来。当你们做这件事的时候，不要忘了献祭几头母牛给这几位天神。”

“母牛是吗？”国王说。

“没错。三头应该就很好了。现在，让我们举行婚宴吧！”

刚刚还在为安德洛墨达即将死去而欢呼的人群，现在为她的婚礼而欢呼起来。国王和王后匆匆在宫殿里安排了一场宴会，美食应有尽有，所有人都在跳舞，有木屐舞，也有圆舞和别的舞蹈，反正都是埃塞俄比亚人逃过一劫之后狂欢庆祝时会跳的舞。卡西欧佩亚王后大部分时间都在用珀修斯的盾牌欣赏自己的影子（因为有些人就是不会吸取教训）。

不幸的是，并不是所有人都为这桩婚事感到高兴。当地有位富豪名叫菲纽斯，他曾经牵着安德洛墨达的手许下婚约，这是在海怪出现之前的事。既然危机已经过去了，菲纽斯很生气他未来的妻子被嫁给了某个希腊人，这小子不过是有一把闪亮的剑和一个装在袋子里的头颅而已。

就在宴席上，菲纽斯聚集了五十个他的死党。他们喝多了，骂骂咧咧一阵子之后，觉得他们完全可以打倒这个新来的小子珀修斯。

他们冲进了宴会大厅，挥舞着武器，闹出很大的动静。

“把我妻子还给我，你这个垃圾！”菲纽斯向珀修斯掷出了一支长矛，不过由于他喝了太多酒，长矛从珀修斯的头顶掠了过去。

（这是一个教训，孩子们。不要酒后掷长矛。）

珀修斯霍地站了起来。“这个小丑是谁？”

“他叫菲纽斯。”安德洛墨达不屑地说。

“这是什么鬼名字啊？听起来像卡通人物才会叫的名字。”

“他就是我们这儿的一个混蛋，”安德洛墨达说，“不过有几个钱罢了，就觉得我是他的财产。”

“要是他死了，又突然又悲惨地死了，你能接受吗？”

“我想我能从悲痛中挺过来的。”公主轻松地说。

“你听到公主的话了，菲纽斯，”珀修斯警告说，“你和你的朋友最好趁还能走赶快离开。”

“垃圾希腊佬！”菲纽斯大吼道，“我们拿下他！”

再加一条劝告：用“我们拿下他”作为你的临终遗言刻在墓碑上真的是个很糟糕的选择。

五十个埃塞俄比亚战士冲上前来，珀修斯于是开工了。

我是不是说过他是塞里福斯最好的战士？看来，他可能到哪里都是最好的战士。他杀死了一些家伙，又砍伤了一些人，差不多把宴会变成了血泊。

菲纽斯英勇地驻守在人群后方，掷出好几支长矛，不过都偏了。到后来珀修斯有些不耐烦了。他抓住一支长矛扔了回去。它本来会刺穿菲纽斯的，不过最后一秒钟菲纽斯躲到了雅典娜神像的身后，长矛当的一声刺中了女神的石头盾牌，掉在了地上。

“噢，这太卑鄙了！”珀修斯嚷道，“躲在我最喜欢的女神后面！”

他更生气了，于是杀了更多人。

最终珀修斯把菲纽斯和他剩下的朋友逼到了一个角落里。

“放弃吧，”他说，“我不想再杀下去了，你害得我的结婚礼服溅满了血。”

“我们绝不投降！”菲纽斯高叫着。他的朋友们也挥舞着手中的剑，虽然他们看起来好像对自己的剑已经没有那么大的信心了。

“好吧，随你们便吧，”珀修斯说，“我警告过你们了。”他用整个房间里的人都能听到的音量叫道，“所有对我友好的人，都把眼睛闭上！我要把美杜莎的头拿出来了！”

于是聪明人都把眼睛闭上了。

“噢，得了吧！”菲纽斯说，“他只不过是在编瞎话耍我们。海怪可能是他弄出来的幻影，想显示自己很强悍。他根本不可能把美杜莎的头装在他的——”

珀修斯把美杜莎的头拿了出来。菲纽斯和他的朋友们都变成了石头。

珀修斯把那颗头放回了袋子里，就近找了块帘子把他沾满鲜血的剑擦干净。他看了看刚刚成为他岳父岳母的国王和王后。

“对不起，搞得这么乱。”他说。

“完全没关系。”国王用一种受到极度惊吓后变得又尖细又急促的声音说。

王后没有搭话。她忙着查看自己在酒杯里的影子呢。

“安德洛墨达，”珀修斯问，“你准备好离开这儿了吗？”

“好的。”公主最后轻蔑地看了一眼她的父母，“这个王国真是一团糟。”

他们在夕阳的映照下飞走了，朝塞里福斯飞去。这次他们是认真地用苹果地图确认了最佳路线后才出发的。

故事讲到这个阶段的时候，古希腊和古罗马作家给珀修斯写了很多次要的冒险故事。他们言之凿凿地说他去了意大利和其他好多个岛，不过我觉得他们只是想搭上珀修斯主题旅游业的顺风车。比如打些广告：“珀修斯下榻处！”“珀修斯杀死恐怖的马耳他疣猪之地，为您提供摄影留念服务！”我可不相信这一套。

甚至有一个故事描述了珀修斯如何飞到非洲的最西端，见到了泰坦阿特拉斯，也就是支撑起天空的那一位泰坦，还用美杜莎的头把阿特拉斯变成了石头。讲故事的人说这就是北非的阿特拉斯山脉的由来。

我也不相信这个故事，因为：第一，美杜莎的头不能将不朽的神变成石头；第二，阿特拉斯还在许多后来发生的故事里出现过，活得好好的；第三，我亲眼见过阿特拉斯，他绝对不是一座石像。他的头脑是顽固得像石头，但他本人并不是石头。

言归正传，珀修斯和安德洛墨达顺利地回到了塞里福斯岛。他们刚到那儿，就受到了比遇上一群戈耳工还大的惊吓。

整座城市都披上了彩旗和鲜花组成的盛装，看来是某位大人物要举行婚礼。珀修斯有种沉重的预感，这恐怕不是国王的老朋友那个什么公主的婚礼。

他和安德洛墨达俯冲掠过城堡的高墙，他们穿过一扇窗户直接飞进了王座厅，这里有一大群参加婚礼的人。

波吕迪克忒斯王站在他的王座台上，穿着白金两色的华服，脸上浮现出大大的微笑，看着两名壮硕的侍卫把珀修斯的母亲达那厄拖上来。她一边挣扎一边叫喊，不过除了一个人以外，其他人都袖手旁观。那个想救她的人是渔夫狄克堤斯，他多年前在海边解救了达那厄和珀修斯。珀修斯正好看到的情景是这名渔夫想推开其中一个侍卫，不过侍卫一掌扇在这个老人的脸上，把他打倒在地。

“住手！”珀修斯吼道。他和安德洛墨达降落在了屋子正中央，人们纷纷惊讶地倒吸凉气，同时往后退去。

波吕迪克忒斯王吓得脸煞白。他简直不敢相信珀修斯居然活着回来了，而且恰好现在回来了。这个死小孩就不能再多等五分钟吗？而且，国王也不怎么高兴看到珀修斯拿着那把崭新的宝剑，还有一个血迹斑斑的皮口袋系在腰带上。不过既然这儿有这么多观众，国王还是表现出一副无所畏惧的样子。

“哎哟，看看这是谁呀，”波吕迪克忒斯嘲笑道，“忘恩负义，只会说大话的流浪儿！你怎么回来啦，小子？给你的失败找了什么借口？”

“哦，我找到了美杜莎。”珀修斯让自己的声音听起来很平静。他举起了皮口袋，“这就是她的头，正如我所承诺过要带来的。现在这里是在搞什么？”

“很简单！”国王说，“你母亲终于同意嫁给我了！”

“不，我没有！”达那厄叫起来。一个侍卫捂住了她的嘴。人群中有些人——就是那些曾经在珀修斯接受任务离开时嘲笑他的人——发出了神经质的笑声。

安德洛墨达把自己的手伸到珀修斯手中。“我是不是该闭上眼睛了，亲爱的？因为那边那个国王是在找死。”

“我同意。”珀修斯说，“波吕迪克忒斯，你永远娶不了我母亲。你既配不上她，也不配当国王。摘下你的王冠，我会网开一面流放你。不然——”

“可笑！”国王尖声叫道，“来人，杀了他！”

十几个士兵举起他们的长矛，把珀修斯和安德洛墨达围在当中。

“住手吧，”珀修斯警告他们，“我会把你们变成石头的。”

“对对对，好好好！”国王嚷嚷起来，“有本事拿出来呀！”

再提醒一次，这句话作为你的临终遗言刻在墓碑上也很难看。

“站在我这边的人，”珀修斯高声叫道，“现在闭上眼睛！”

安德洛墨达、达那厄和狄克堤斯都闭上了眼睛，珀修斯把美杜莎那可怕的头颅拿了出来。

一阵东西破裂的声音传遍了整个大厅，随后是一片死寂。

珀修斯把美杜莎的头收起来，然后睁开眼睛。整间屋子的人（除了他的亲友）都变成了石像，这就意味着塞里福斯的大理石雕像售价将要暴跌了。

波吕迪克忒斯以正在惊叫的样子凝固在了自己的王座上。侍卫们看起来就像放大了很多倍的国际象棋棋子。那些嘲笑过珀修斯的无礼贵族今后再也不能嘲笑任何人了。

“嘿，这招很帅哟。”安德洛墨达亲了她的丈夫一口，“干得漂亮。”

珀修斯立刻去看他母亲是否平安无事，她给了他一个大大的拥抱。然后他扶起了老渔夫狄克堤斯。

“谢谢你，我的朋友。”珀修斯说，“你总是对我们这么好。你是一个好人。现在既然你的哥哥已经死了，我想让你当塞里福斯的国王。”他对着整间王座厅高声喊道，“有人反对吗？”

凝固了的贵族们没有一个人提出反对。

“我……”渔夫看起来有点困惑，“我是说，谢谢你，这样说没错吧？不过你怎么办，珀修斯？你不想当这里的国王吗？”

珀修斯微笑道：“塞里福斯从来都不是我的家。我生在阿尔戈斯，那里才是我应该成为国王的地方。”

他让妈妈留在了塞里福斯，因为她一点也不想回到儿时的故乡。（你也不能怪她，是吧？）他保证会一直发短信和打视频电话，因为他是个好儿子呀。之后，他和安德洛墨达就飞往希腊大陆了。

结果呢，珀修斯的外祖父——你还记得老阿克里西俄斯吗？就是有青铜牢房，还一直大喊大叫的那位？——提前知道了他外孙要回来。我也不知道他怎么知道的。可能他听到了一个预言，或者做了个噩梦。总之，等珀修斯回到阿尔戈斯的时候，阿克里西俄斯已经逃出城了。

没有人反对珀修斯和安德洛墨达成为阿尔戈斯的国王和王后。他们的婚姻很幸福，生了好多好多孩子。珀修斯把他那些有魔力的物品都还给赫尔墨斯了（因为你不能对这类东西产生贪念），把美杜莎的头献给了雅典娜女神。她对这个礼物喜欢得不得了，把它变成了她的盾牌上的装饰，也就是埃癸斯盾正中的青铜浮雕，用来震慑与她作战的敌人。

故事讲到这个地方，你们一定很想知道这个故事开始的时候那个预言怎么样了。珀修斯不是会杀死自己的外祖父吗?

他是杀了，在后来。不过这完全是个意外。

珀修斯当上国王之后过了很多年，他有一次去参加邻国举行的运动会。很多贵族都会展开竞赛，来表现自己的炫酷并且赢得诱人的奖品。珀修斯报名参加了掷铁饼项目。

老国王阿克里西俄斯正巧也在那儿。他伪装成乞丐，藏在这个国家有一阵子了，不过他想办法弄到了前排的位子来观看比赛，因为运动会能让他回忆起他过去的好日子，那时候他还是国王，不必永远活在性命难保的恐惧中。

珀修斯准备上场了。你们要是从来没见过铁饼的话，我来告诉你们，它基本上就是一个三磅[①]重的金属飞盘。这项竞赛的内容是把铁饼尽可能远地抛掷出去，好证明你有多强壮。

阿克里西俄斯自从珀修斯还是个婴儿的时候就再也没见过他了，他也不知道这位参赛者是谁，直到广播员大声说出:“向来自阿尔戈斯的珀修斯认输吧！”

老人的眼睛吃惊得瞪大了。他不禁喃喃咒骂道:“噢，讨厌的东西。”也可能是某些更难听的话吧。

阿克里西俄斯还来不及离开，珀修斯就掷出了铁饼。一阵怪风吹来，让铁饼的飞行轨道拐向了阿克里西俄斯，使他当场毙命。

“哎呀！”人群发出了一阵惊呼。

珀修斯感到难受极了，因为他害死了一位无辜的老人。不过在古埃及的犯罪调查人员确认了尸体是阿克里西俄斯，而且死因是意外事故之后，珀修斯说服自己相信这就是众神的意愿。他回到了阿尔戈斯，和安德洛墨达又生了好多孩子。

他们这个大家庭实在是太人丁兴旺了，以至于后来半个希腊的人都说自己是珀修斯的后代。他的一个儿子佩尔塞斯将成为第一个波斯国王。他还有一个女儿叫作戈尔戈福涅。不过这究竟是为什么啊？这个名字的意义不是“听起来像戈耳工”吗？还是说她以珀修斯的紧急求助热线电话命名？“快点，珀修斯王，你的

① 1磅约合0.454千克。

戈耳工热线打进了一个电话！”[①]

他最有名的后人是一个名叫海格力斯的人。

我们之后会讲到他的。

现在，我们就让珀修斯好好享受他的故事的幸福结局吧，他能得到好多来自安德洛墨达和他的小半神宝宝们的拥抱。

因为我接下来想证明安德洛墨达的妈妈卡西欧佩亚不是史上最糟糕的岳母或婆婆。这份荣耀应该归于爱情女神阿芙洛狄忒。她让一个名叫普绪喀的女孩饱受磨难……那么，如果你还有兴趣听一听与恶龙搏斗、受酷刑折磨、拜访哈迪斯、面对整群食人羊的故事，就继续往下读吧。

这故事可一点也不温柔。

---

① 戈尔戈福涅（Gorgophone）这个名字的词头与戈耳工（Gorgon）相似，而词尾phone是古希腊常见的女性名字后缀，但是在英语里也有“听起来”和“电话”的意思，所以作者这样调侃。

PERCY JACKSON

普绪喀打开了一盒美容霜

天生超级漂亮一定是件很烂的事。

不要怀疑，我是认真的。想想看吧。

普绪喀本来应该有一个幸福的童年。她的双亲是希腊某个城邦的国王和王后。在她之前她父母已经有了两个女儿，所以不会为她在学校里表现得好不好和她应该嫁给什么样的人这种事给她太大压力。她应该可以过得轻轻松松的，享受作为小公主的日子，过着自己理想中的生活。

可惜，她太漂亮了。

我不是在说普通人水准的漂亮。她的姐姐们就是普通的漂亮女孩。如果普绪喀跟她们两个一样好看，甚至比她们更好看一点点，那都没什么问题。

不过普绪喀刚满十三岁，人们看到她的反应就从"那个小孩子好可爱哟"变成了"众神在上，哦，哇，她真是个超级大美人"。

她只要一打开自己房间的窗户，下面的街上就会聚起一百个年轻人，又是欢呼又是鼓掌，还把花朵抛上来送给她（如果不巧被砸中脸真的很疼）。无论何时她想从街上走过，都必须带上四个保镖，好把爱慕者赶开。

她没有因此而骄傲，她没有觉得自己高人一等，她也不想受到这么多关注。事实上，她希望自己是一个貌不惊人的普通女孩，但她也没办法跟任何人抱怨自己的苦恼。

“哦，你这个小可怜！”她的朋友们会这样说，脸色还会因为嫉妒变得铁青，“你的美貌太惊人了！这一定是很痛苦的负担吧？”

随着她一天天长大，她越来越难交到朋友。学校的每个人都变得对她没有好脸色。他们排挤她，传她的坏话，因为人们感觉到自己被比下去了的时候就会这样做。不过我想只要你上过学，不管在哪里上的，你应该已经了解这种情况了。

普绪喀的两个姐姐对她最差劲。她们假装对她好，其实背后说她的坏话说得最夸张，而且还鼓励其他人也这样做。

“就算是这样好了，”你可能会这样想，“可因为她超级漂亮，她至少是想跟哪个男孩在一起就能跟谁在一起，对吧？”

并非如此。

普绪喀太美了——美得有点吓人了——所以没有哪个男生敢约她出去。他们爱慕她，他们扔花朵给她，他们为她叹息，盯着她的脸一直看，在自习室里画她的画像，可是他们对她的爱跟你对你最喜欢的歌，或者奇幻电影，或者网上的插画师美图集的爱是一样的。她美得不像真的——她因为无法触及而无比完美，又因为无比完美而无法触及。

普绪喀的父母一直在等待向她求婚的人蜂拥而至。不过一个都没有。她的姐姐们因为是世俗意义上的漂亮姑娘而跟其他城邦的富有的国王结了婚，而普绪喀还住在父母的宫殿里，孤身一人，没有朋友，也没有男朋友，什么也没有。

这让普绪喀备受煎熬，不过爱慕她的人一点也没有减少。

她十七岁生日那天，本城居民给她建了一个真人大小的大理石像，竖立在中央广场上。开始有流言说她不是人类，而是从奥林匹斯山上下凡的天神——第二个阿芙洛狄忒，甚至比阿芙洛狄忒还美。附近王国的人也纷纷赶来，想得到看她一眼的机会。她的家乡由于普绪喀主题旅游业而变得很富裕。居民们卖她的主题T恤衫，还提供导游服务。他们甚至还生产了全套化妆品，号称能让使用者变得跟普绪喀一样美!

普绪喀想阻止他们这样做。她对神祇很虔诚，而且也很聪明（这些品质都无人注意，因为她的美貌太抢眼了）。她总是去神庙祷告，并且献上祭品，因为她不想惹恼众神。

“我不是女神！”她总是对人们说，“别再那样说了！”

“是是，”她一走开人们就嘟哝着说，“她就是一个女神，错不了。”

普绪喀的受欢迎程度变得更夸张了。不久以后，整个地中海地区的人成群结队地到她的城市来瞻仰她，而不再去朝拜阿芙洛狄忒的神庙了。

你大概可以猜到阿芙洛狄忒对此会有什么反应。

某天，这位女神从她在奥林匹斯山上的私人美容沙龙俯瞰人间，本以为能在她的圣岛基西拉岛看到大群仰慕她的粉丝聚集在她的主神庙前。然而，神庙却是一派荒芜的景象。地板上积了一层厚厚的灰，神坛也空无一物。就连祭司们都不见了。门上贴着一张告示，写着：去朝拜普绪喀了。稍后回来。

“这是怎么了？”阿芙洛狄忒一下子坐直了，差点弄花了她的美甲，“人都到哪里去了？为什么没人来朝拜我？谁是普绪喀？”

她的仆人都支支吾吾的，因为他们以前见识过女神发火的样子，不过用不了多久她就自己搞清楚了。只需观察人间几分钟，再在网上搜索一下热门关键词，她就完全了解这位爆红的普绪喀的一切了。

“噢，冥王啊，不！”阿芙洛狄忒咆哮道，“我是宇宙中最重要也最美丽的女神，我会被一个凡人女孩抢了风头？厄洛斯，给我过来！”

根据某些传说，厄洛斯甚至比阿芙洛狄忒还年长。也有另一些传说认为，他是阿芙洛狄忒的儿子。我不知道哪种说法是对的，不过在这个故事里，阿芙洛狄忒对待他的方式毫无疑问跟对待儿子一样。可能厄洛斯确实是她的儿子，也可能只是阿芙洛狄忒这样认为，而厄洛斯不敢纠正她。不管厄洛斯是怎么出生的，反正他是爱情之神，有点像是阿芙洛狄忒的男性版本。他的罗马名字——丘比特，更加为人熟知。

这就表示他是一个胖乎乎的情人节小天使，长着小翅膀，拿着小弓，还有一袋可爱的小箭？并不尽然。

厄洛斯极为俊美，甚至到了恐怖的地步。每一位女士都想用他的照片来当屏保图片。你想要细节描述？抱歉，我写不出来。和阿芙洛狄忒一样，他的外表取决于你的期望。所以，女士们，想象一下你们心目中完美的那个他是什么样子……那就是厄洛斯的样子。

厄洛斯踱着懒散的步子走进他母亲的会客室，穿着时尚的紧身牛仔裤和正流行的撕口T恤衫，他的头发乱得恰到好处，眼神里带着一丝狡黠的目光，他的主题背景音乐《看我多性感》回荡在房间里（这些都是瞎编的，我当时不在那里）。

“怎么啦？”他问。

“你说怎么啦？”阿芙洛狄忒尖叫着说，“你没听说过那个叫普绪喀的女孩吗？你对下界发生了什么看过一眼吗？”

“呃……”厄洛斯摸着他那英俊的下巴，“普绪喀？没听过。想不起来。”

阿芙洛狄忒于是解释了一下普绪喀如何偷走了她应得的鲜花和祭品，还有八卦杂志上的头条标题。

厄洛斯有些紧张地慢慢往后退。他不太喜欢阿芙洛狄忒不高兴的时候会发生的事，她会用迷人的粉红炸弹把各种东西给毁了。“所以你想让我怎么办呢？”

阿芙洛狄忒瞪着他。“我想让你怎么办？当然是你分内的事！你的弓箭不是能让凡人坠入爱河吗？找到那个丫头给她个教训。让她爱上世上最恶心、最可怕的男人。比如一个臭烘烘的老乞丐，或者是一个变态杀人狂——我不细说了，当个好儿子，给我个惊喜吧！让她为她的美貌后悔！”

当然了，普绪喀已经为她的美貌而后悔了，不过阿芙洛狄忒又不知道。这种念头根本无法被她那非人类的脑袋瓜所理解。

厄洛斯挥动起他的白羽毛翅膀（对了，他长着巨大的翅膀。我刚才说过了吗？），回答道：“我这就去……那个，妈，不用担心。”

厄洛斯飞出了阿芙洛狄忒的日间美容沙龙。他向凡间盘旋而下，急着完成任务。他对这个姑娘很好奇，也想看看闹上这么一出到底是为什么。他特别喜欢把人们和意想不到的伴侣凑到一起。也许他应该让这姑娘爱上某个二手战车贩子，或者某个得了传染性皮肤病的老头儿。那效果应该挺搞笑的。

“没错，”厄洛斯自顾自地笑起来，“普绪喀会后悔见到我的！”

根据后来发生的事看，他说对了，不过不是以他想象中的这种方式……

同时，在下界的宫殿里，普绪喀正对自己的人生感到绝望。

她的姐姐们都出嫁了，她也没有朋友，孤身一人，身边只有父母和一群保镖。于是她大部分时间都躺在床上，把帘子拉起来，用被子蒙住头，伤心欲绝地哭泣。

自然，她的父母为此感到忧虑。他们也指望她能有一门好婚事，因为这能带来各种利益，比如跟别国订立军事同盟啦，在媒体上进行正面炒作啦。他们弄不明白为什么这样一个美貌又出名的女儿，下一位阿芙洛狄忒，会过得这么悲惨。

国王来探望她。“宝贝，怎么了？有什么我能做的？”

普绪喀抽泣着说：“让我死了算了。”

“我想的是给你一杯热可可，或者一只新的泰迪熊娃娃？”

“爸，我都十七岁了！”

“这样吧，不如我去德尔斐求一个神谕？阿波罗神会告诉我们该怎么做的！”

我是不是说过去德尔斐一般都不是什么好主意？

国王反正是去了。他问神使，怎样给他的女儿找一位好丈夫。

神使吸入了一些火山口的蒸气，以一个低沉的男性声音——阿波罗的声音——说话了。

“绝望吧，国王！”她咆哮着说出这句你决不期望从她口中听到的开场白，“你的女儿要嫁的并非凡人。她注定要嫁给怪物——一头就连众神都会害怕的暴烈又野蛮的猛兽！给她穿上丧服吧，那就是她的婚服。把她带到你们王国里最高的山顶上。她将在那里遇到自己的厄运！”

“厄运！厄运！厄运！”洞穴中传来了回声。

神使的声音恢复了正常。“谢谢你的祭品，祝你今天过得愉快。”

国王匆匆赶回家，立刻去看女儿。“宝贝……我有一个好消息和一个坏消息。好消息是你会找到一个丈夫。”

普绪喀听完预言之后，变得一动不动，一言不发，这比起哭个不停还让她的父母担忧。她接受了她的命运。她说过想死的，不是吗？显然众神满足了她的心愿。她就要嫁给一头怪兽了，按她的理解，“嫁给”是一种委婉语，表示“被撕成碎片，作为怪物的营养早餐食物之一被吞掉”。

她的父母泣不成声，不过普绪喀拉起他们的手。“别为我哭泣了。这就是凡人挑战天神之后会发生的事。我应该早点让他们停止那个‘新阿芙洛狄忒’闹剧的。我就知道这样会惹来麻烦的。我不是女神，只是一个女孩！如果我的死能让一切恢复正常，并从众神的愤怒之下解救我们的城邦，那我能接受。这会成为我人生中做过的第一件好事。”

她的父母悲痛极了，可惜他们得到的是天神阿波罗的直接指示，而凡人是不能无视阿波罗的，除非你想被一阵带着火焰的死亡箭雨化为灰烬。

消息传开之后，整座城市都沉浸在哀悼之情中。他们那具有圣洁之美的公主，重生的爱情女神，就要被献祭给王国里最高的山峰上的怪兽了。这对本地的“普绪喀”牌化妆品行业可不是什么好消息。

普绪喀的父母为她穿上了黑色的丝绸丧服，在她脸上蒙上黑色的婚纱，再把一束黑色的花朵放在她手中。他们陪她来到王国的边境上，那儿有一座五百英尺高的石山高耸入云。几百年前，人们绕着山体修筑了一条通往山顶的窄路，好利用这座山充当瞭望塔。普绪喀独自沿着这条小道爬上山，一直爬到了山顶。

这里什么也没有，她心想，同时往下看着远在山脚下的岩石地面。我希望我下次投胎的时候长得很普通，长得丑也可以，换成丑陋的样子我也情愿。

她并不感到害怕，这倒有点让她意外。事实上，这么些年里第一次，她感到了内心的平静。她等了一阵子，等着有某只怪兽从天而降，一口咬掉她的半个身体。而这并没有发生，于是她决定自己解决这个问题。

她跳了下去。

她的父母其实藏在山顶后面的一个隐蔽处偷看她，从他们的角度看来，普绪喀跳崖死去了。他们没能找到她的尸体，但这也不说明什么问题。那天刮了很大的风，他们伤心到不能发起地毯式搜索。再说，假设普绪喀没有死去，那就意味着怪兽把她带走了，那就更糟了。国王和王后回了家，心碎不已，想着他们再也见不到他们可爱的女儿兼旅游业最大卖点了。

故事完。

还早着呢。

长远来看，普绪喀要是就此死去，还能少受些罪，可惜她没有。她刚从山上跳下来，就被一阵旋风包裹住了。在距离山脚四十英尺高的地方，这阵风减缓了她的下落并带着她升了起来。

“嗨，”一个声音凭空说话了，“我是泽费罗斯，西风之神。你今天过得如何？”

“呃……非常糟？”普绪喀说。

“很好，”泽费罗斯说，“我们今早这班短途航班将要飞往的是我主人的宫殿。天气情况良好，爬升的最初阶段可能有轻微颠簸。”

“你主人的宫殿？”

“请扣好您的安全带，请不要关闭盥洗室中的烟雾报警器。”

“你说的是哪国的语言？”普绪喀问道，“你到底在说什——啊啊啊！”

西风猛然带着她加速到每小时一千英里，普绪喀的五脏六腑都要留在原地了，同时还留下了一条飘散的黑色花瓣形成的轨迹。

他们在一座绿草如茵，野花盛开的山谷中降落了。蝴蝶在阳光下翩翩起舞，山谷上方不远处矗立着普绪喀有生以来见过的最美的宫殿。

“感谢您今天和我们一起飞行，”泽费罗斯说，“我们明白您在选择四方风神时还有其他选择，感谢您选择搭乘我们的航班。现在，您该过去了，他在等您呢。”

“谁在——？”

然而风停息了。普绪喀能感觉到风神已经离开了。

她有些紧张地走向那座占地极广的白色豪宅。好几个花园和果园围绕着主楼。一条清澈的小溪在花圃间流过。亭子上覆满了沉甸甸的忍冬花藤。

普绪喀穿过大门，走进了一间天花板上镶嵌着雪松和象牙的起居室，这间屋子四壁用银质蚀刻几何图案作为装饰，地板铺满稀有宝石制成的马赛克。舒适的白色躺椅前摆着一张茶几，上面摆满了碗碟，有的盛着香甜的水果，有的盛着热气腾腾的刚出炉的面包，除了这些之外，还有好几罐冰镇柠檬水。

而这只是第一个房间里的景象。

普绪喀带着惊叹之情在宫殿里漫步。她发现这里的中庭都附带玫瑰园和亮晶晶的喷泉，这里的卧室都配有上好的亚麻床单和蓬松的羽绒枕头，图书室都装满了书卷，室内游泳池还配有水滑梯，此外还有一间高级设施齐全的厨房，一条保龄球道，一间家庭影院——里面有柔软舒适的靠背椅，也有爆米花机——这个地方应有尽有。跟这里相比，她家的王宫看起来就像脏兮兮的临时教学楼。

她随手打开了一个橱柜，一堆堆金条在里面闪闪发光。她打开了另一个柜子，里面装满了分门别类排列得整整齐齐的保鲜盒，上面的各种标签写着：钻石、绿宝石、红宝石、领结、毡帽、蓝宝石。这里有这么多财富，随便哪个杂物间里装的东西都足以买下一座私人岛屿，外加一支保卫它的私人军队。

“到底是谁住在这儿呢？”普绪喀不禁出声问道，“谁拥有这么多财富？”

就在她身旁，一个女人的声音说：“是您，我的女主人。”

普绪喀吓了一跳，撞倒了一个大花瓶，它摔碎了，里面装着的钻石撒了一地。“谁在说话？”

“我很抱歉吓着您了，夫人。”看不见的女人回答道，“我是您的仆人之一。因为您提问了我才开口的。这是您的宫殿。这里的一切都属于您。”

“可是……可是我……”

“不必担心这些杂物，夫人。”女仆说。

一阵风吹来，把钻石和花瓶的碎片都扫走了。

“您的任何需要我们都将满足，”女仆说，“我已经为您备好了一缸舒适的热水供您沐浴。之后，如果您饿了，您的私人自助餐全天开放服务。如果您想听音乐，只需开口即可。隐身乐师对您爱听的歌曲了如指掌。天黑以后，我会带您去您的卧室，您的丈夫那时就要来了。”

普绪喀的喉咙顿时像橡皮糖一样绞紧了。“我的丈夫？”

“是的，夫人。”

“我的丈夫是谁？”

“这座宫殿的主人。”

“可这座宫殿的主人又是谁呢？”

“当然是您的丈夫了。”

普绪喀无力地叹了口气。“我们可以永远这样兜圈子下去，是吧？”

“如果您想这样，夫人。我是来服侍您的。”

普绪喀认为洗个热水澡会比较好，因为她需要冷静一下。

她在浴缸里泡完澡之后（泡澡时有几十种芳香沐浴油可供选择，还有漂浮在水面上的蜡烛，有一千种喷嘴的涡流按摩模式，还有舒缓的音乐），隐身仆人带来了她从来没有穿过的最漂亮、最舒适的衣服。

她吃了有生以来最好吃的一顿晚饭，同时隐身乐师为她演奏她最喜欢的歌曲榜单上的前十首，夕阳的余晖洒在庭院里那些鲜花怒放的苹果树枝条上。

可她的不安感更加强烈了。

她的丈夫天黑以后就要来了。

神谕曾经警告过她的父母：她命中注定要嫁给一头怪物，一头连众神都害怕的凶残的野兽。不过这个怪物怎么会住在这样一个地方？如果他想杀了她的话，她现在怎么还没死呢？

（对了，如果这个故事听上去开始像是《美女与野兽》——同样有一个神秘的怪兽住在一间超级酷的宫殿里，还有魔法仆人伺候——这不是巧合。《美女与野兽》正是根据普绪喀的故事改编的。不过别指望这个故事里也会出现会唱歌的茶壶[①]，这儿没有这种事。）

最后夜幕降临了。普绪喀本可以拒绝去睡觉，她本可以设法逃跑，不过她想通了，那至多也只能让她命中注定要发生的事推迟来临而已。在几个小时的纠结和担忧之后，夜晚简直可以算是一种解脱了。再说，她必须承认她也有一丁点儿好奇。她从来没有过男朋友，更别说丈夫了。要是……要是他并没有那么糟糕呢？

隐身仆人把普绪喀领到她的卧室，给了她一套温暖舒适的小天马图案的睡衣，还有配套的拖鞋。她爬上了她的大床，这张床松软极了，睡在上面就像睡在云上（她可是很清楚睡在云上的感觉的，多亏了那趟和泽费罗斯一起的飞行之旅）。

一阵微风吹过房间，熄灭了蜡烛和油灯。在彻头彻尾的黑暗中，普绪喀听见门开了。有光脚踩在大理石地面上走过来的声音。床垫的边缘因为某种东西的重量而陷了下去。

“你好。”一个男人的声音说。

他的声音听起来并不像是一头怪兽，而更像是一位电台主播。他的嗓音很温柔，又有几分幽默，仿佛他也明白这样的第一次会面有多可笑。

“我很抱歉把这一切弄得这么夸张，”他说，“这是唯一一种方法，让我既能见到你，又不至于……让某些人发现。”

普绪喀发现自己几乎说不出话来，因为她的心都提到嗓子眼了。“你……你是谁？”

这个男人轻声笑了。“我恐怕不能告诉你我的名字。我本不应该在这儿，我本来也不该娶你为妻。所以如果你能就称呼我为‘丈夫’，这样就行了……当然，这是在你愿意嫁给我的前提下。”

“我还有选择吗？”

“你看……我很爱你。我知道这很疯狂，因为我们从没见过面，但是我已经看着你很长时间了。当然，并不是像跟踪狂那样。”他叹了口气，“抱歉，我真的

---

① 迪斯尼动画电影《美女与野兽》中出现过会唱歌的茶壶。

说得乱七八糟的。”

普绪喀的心绝望地揪紧了。她很习惯被人注视，她这一辈子都在忍受这个。“你认为你爱我是因为我长得漂亮吗？”

“不，”这个男人说，“嗯，也不能说不是。当然你是很漂亮。不过我爱你是因为你对这件事的态度。你从没有特别在意这件事。你还想说服别人也不要在意。你对众神始终很虔诚。我特别钦佩你忍受悲伤和孤独的方式。”

她并不想哭，但她的眼睛热热的。从来没有人对她说过这么贴心的话。她很庆幸自己处于彻底的黑暗之中，这样外表什么样就无所谓了。

男人碰了碰她的指尖。普绪喀惊讶地发现他的手既温暖又强壮，而且完全是人类的手的样子。

“我甚至不能让你看见我的长相，”他的声音很悲伤，“你只要知道了我的身份，我们的婚姻就会破裂。你会受很多苦。这会毁了一切的。”

“为什么？”

“我……我很抱歉。你只需要相信我就够了，如果你愿意。我向你保证：我会当一个好丈夫。你不管想要什么，只要开口就好。不过有几条基本原则必须遵守：我们只能在这里见面，只能在夜晚彻底的黑暗中相见。每天早上，我会在清晨之前离开。你绝不能知道我的真名。你绝不能看到我的样子，想都不要想。”

普绪喀能感觉到当她拉着他的手的时候心跳加快了。“如果我不小心看到你了呢？比如满月夜或者——”

“别担心这个，”他说，“黑暗只是附加的预防措施，我是隐身的。唯一你有可能看到我的时候是我睡觉的时候。我睡着了就不能让自己保持隐身了。不过你只要不做一些傻事，比如半夜起床点亮蜡烛，故意来看我，那我们就不会有事的。普绪喀，我是认真的。你不会想要看到我的，这会毁了我们俩。”

我们。他说了这个词，仿佛真有其事似的，仿佛他们就是一对夫妻。

“我不想强迫你，”他说，“我们可以只聊聊天。我知道这一切都很尴尬。”

“吻我。”她说，她的心跳变得非常快。

他迟疑了。“你确定吗？”

“你长了嘴唇的吧，是不是？你不是那种，比如说，鸟类的怪兽或者僵尸什么的吧？”

他低声笑起来。“是的，我有嘴唇。”

他吻了她，普绪喀觉得自己要融化在她的小天马睡衣里了。

当他最终放开她时，她都快要想不起来怎么说话了。“这太……哇。这个……哇。”

“是的，”他同意她的话，“非常……”

“再亲我一次，丈夫。”

她几乎可以感觉到他微笑了。

“你是老大，听你的。”他说。

接下来的几个星期美妙极了。每个白天，普绪喀都在宫殿里闲逛，充分享受她的花园、室内游泳池和保龄球道。每个夜晚，她都焦急地等待她的丈夫回家。他是她见过的最善良、最风趣也最迷人的男子。

他绝对不是怪物。她摸过他的脸，摸起来完全像一张普通人类的脸——其实，是一张帅哥的脸，非常帅。他的手臂既光滑又肌肉发达。他的……行了，实话对你们说吧，我觉得我只能说这么多了。我已经尽全力了，不过我真的不习惯用女性的视角去描述某个男性。对不起啦。

普绪喀的新婚生活很幸福。就说这么多吧。

唯一的问题在于：她很想她的家人。

为什么？好问题。她的姐姐们对她总是很薄情，至多也只是装出好心的样子。她的父母总是不理解她。他们曾经让她穿上丧服当婚纱，还任由她跳下山崖。不过血缘关系就是这么古怪。就算你的亲人对你不是特别好，他们始终还是跟你血脉相连。你不可能彻底断绝这种联系（相信我，我巴不得跟我爸那边的某些亲戚断绝关系，可惜不可能）。

有时候，普绪喀会静静地坐在她的花园里，觉得听到了她的家人在很远很远的地方喊她的名字。有一次她听到了她父亲的声音，然后是母亲的。她最常听到姐姐们的声音，而且那声音听起来很悲伤，都不像是她们的声音了。

这让普绪喀难以安心享受她的游泳池，她的自助午餐，或者是由水疗中心隐身服务员提供的肩部按摩。

一天晚上，普绪喀问起她的丈夫那些声音是怎么回事，因为她有些担心自己是不是疯了。

黑暗中，他让自己的手指与她的交缠在一起。“你没有发疯，我亲爱的。自从你失踪以后你的父母过得不是很好。他们因为悲痛病倒了。因为一直找不到你的遗体，他们让你的姐姐们去找你。每一天，你的姐姐们都到你当初跳下去的那座山的山顶去找你。她们一直在叫你的名字。”

普绪喀的心顿时变得比花岗岩还要沉重。这些天她只顾自己了，完全没想到她的家人有多伤心。

“我得回家去，”她说，“我得去见我的父母。”

“你不能去，”她的丈夫说，“一旦你离开了这座山谷，就再也回不来了。”

“为什么？泽费罗斯不就能——”

“没那么简单，”她丈夫的声音听起来很难过，可能还有一点畏惧，“普绪喀，我是在保护你。你是被众神宣判了死刑的人。当然，尤其是其中一位女神……”

普绪喀几乎都忘了她因为过于美貌而惹上的那些麻烦事了。“你是说阿芙——”

“不要说出她的名字，”她的丈夫警告她，“这很容易引起她的注意。如果你在人间露面的话，那些爱慕你的人又会聚集起来。人们会宣布你就是女神。那我们就有大麻烦了。我们在这里的一切……这个只属于我们的世界就会被牺牲掉。求你了，就让你的家人认为你死了吧。”

普绪喀觉得心要被撕成两半了。在这里，她人生中头一次感到了幸福。除了他们的关系需要受到一些古怪的限制以外，她几乎是立刻就爱上了她的丈夫。她不想失去这段感情，何况这里的自助餐又那么好吃。

另一方面，她的父母都悲伤成疾了。她的姐姐们每天都在找她，呼唤着她的名字。普绪喀不是一个自私的人，她不想冷漠地对待别人。她不能明知别人在受苦还心安理得地享受自己的幸福生活。

“有没有折中的办法呢？”她问，“我不离开这儿，但是让我的姐姐们过来。”

“普绪喀……”

“我会让她们发誓保守秘密！她们只来一小会儿，只要看到我活着而且过得很好就够了。她们只会告诉我们的父母我还活着，这样他们就不会再伤心了。就这样而已！”

“这样真的很不好，”她的丈夫说，“你的姐姐们总是嫉妒你。如果你把她们带到我们家来，她们会给你灌输不好的想法。如果你真的爱我，就听我的话。她们会毁了我们的。”

她吻了他的手。“你知道我爱你。我保证我会很谨慎的。不过你也说过，我想要什么都可以提出来。我就想要这个。”

尽管很不情愿，但她的丈夫还是答应了。

第二天一早，普绪喀走到她最初降落的那片开满野花的草地上。远远地，她听见她的姐姐们在叫她的名字。

“泽费罗斯，”她说，“请把她们带到这儿来吧。”

一眨眼的工夫，她的姐姐们就从天而降了，还一边尖叫一边扑腾着胳膊。她们脸先着地掉在花丛中。我猜泽费罗斯没怎么照顾她们，可能她们搭乘的是经济舱吧。

“姐姐！”普绪喀说，“呃，见到你们太好了！我来扶你们吧！”

你有没有过这样的冲动？你很想做某件事，心想：“老天，这个主意再好不过了。”可当你真的做了以后，又会想：“我之前到底是中了什么邪啊？”

普绪喀一见到她的姐姐们就产生了这种感觉。她忽然想起了她们对她曾经有多刻薄。她开始后悔带她们来这儿了。不过现在已经太迟了，她决定还是尽力而为吧。

普绪喀带着她们参观了整座宫殿。她解释了一下风神怎么把她送来这儿，她怎么见到了她的丈夫。她很抱歉没有打电话和写信联系家里，但这都是由于众神宣判了她的死刑这档子事，而且，让人间的所有人都相信她确实是死了非常非常重要。

一开始，她的姐姐们还没从惊吓中缓过神来，没说什么。接下来的几个小时，她们的感受从疑惑变成了对她们的小妹妹还活着感到如释重负，再变成了藏在心底的愤怒，因为普绪喀的新家简直太酷了。普绪喀带她们参观了保龄球道，室内游泳池，自助餐厅，数不清的卧室、花园和起居室，还有家庭影院和爆米花机。

“这里面是什么？”大姐打开了一扇柜门，结果差点被金条、钻石、红宝石和领结的混合雪崩给埋起来了。

“噢，只是一些杂物。”普绪喀不好意思地说。

二姐盯着这堆比她丈夫的整个王国还值钱的财宝，问道：“你有很多这样的放杂物的柜子吗？”

“呃……我没数过。可能有几十个？这不是什么要紧事啦！”

在吃午餐以前，她给两个姐姐各准备了一间套房用来梳洗。隐身仆人给她们准备了热水浴和按摩，还给她们剪了新发型，做了美甲。她们还得到了比原来的衣服时髦五十倍的新衣服，以及比她们的父亲的全部财产还值钱的珠宝首饰。

随后她们在回廊上享用了花生黄油果酱三明治，因为普绪喀最爱吃这个。

“你丈夫是什么人呀？”大姐忍不住打听起来，“他怎么能供得起这里的一切呢？”

“噢，呃……他是个商人。”普绪喀很不愿意撒谎，但是她跟丈夫保证过不透露太多细节——尤其是不能说出他会隐身，而且只在彻底的黑暗里来找她。他担心这样会让她的姐姐们受惊，虽然我不明白这有什么好怕的。

“商人，”她的二姐重复道，“一个能控制风和隐身仆人的商人。”

“嗯，他的生意做得很成功。”普绪喀敷衍着回答。

“我们能见到他吗？”大姐问。

“他出远门了……做生意去了。”普绪喀生硬地转移了话题，“那么，很高兴见到你们，姐姐们！我真的要回去忙……一些事了！”

她给姐姐们装满了昂贵的礼物，把她们送到了山谷尽头。

“可是，普绪喀，”二姐说，“至少让我们再来见你一次吧。我们可以让你知道家里发生了什么事，而且……我们想你啊。你不想我们吗，妹妹？”

大姐连连点头，紧攥着自己的手，都快用长指甲在手掌心戳出洞来了。“对呀，我们可想你了！求你了，让我们再来看你一次吧！”

“我不知道行不行……”普绪喀说，“我答应过我丈夫——”

“他不会不许你最亲的亲人来看你的！”二姐笑着说，“他不是个怪物吧？”

“呃……嗯，他不是——”

“好极了！”大姐说，“我们下个星期这时候再来看你！”

泽费罗斯把两个姐姐带走了，可普绪喀觉得被卷进龙卷风里的不是她们，而是她自己。

那天晚上，她跟她丈夫说了姐姐们白天到访的情况。当他听说姐姐们还想来一次的时候，他可没表现出兴高采烈的样子。

“我警告过你的，她们会玩弄你的感情，”他说，“别让她们再来了。别让她们毁了我们的幸福。而且——”他轻轻地把手放在她的肚子上，“你还要操心小宝宝的事呢。”

普绪喀的心跳顿时加快了一拍。“我……我怀上……”

“没错。”

“你肯定吗？”

“当然。”

“你怎么知道？”

“我就是知道。拜托了，别再让你的家人过来了。忘了你的姐姐们吧。”

普绪喀也希望她能做到，可是如果她就要生孩子了，她至少得告诉家人这件事吧……她能不说吗？再说，她姐姐的问题一直在她的脑海里回响：他不是个怪物吧？

“我……我保证，”普绪喀说，“我保证我不会让我的姐姐们毁了我们的幸福。只要再让她们来一次就行了。”

她的丈夫把手从她肚子上拿开了。“我不会阻止你的。”他的声音里饱含着沉重的悔意。

之后，普绪喀第一次在她舒适的新床上失眠了。

就在同一个晚上，西风刚把普绪喀的姐姐们送回山顶，她们就开始互相抱怨起来了。

“我的众神啊！”二姐夸张地叫起来，“你看到那栋豪宅了吧？”

“你看到那些花园了吧？”大姐反问，“还有保龄球道？大得可以走进去的衣帽间？搞什么鬼啊？我却得嫁给一个又秃头又口臭的老头子国王，他的房子还比不上这间豪宅的一半呢。”

“你别抱怨了，”二姐说，“我的丈夫腰背都不行了，又不讲卫生，恶心死了！他根本没给过我珠宝和隐身仆人。还有啊，那个爆米花机——”

“众神啊，那个爆米花机！”

两个姐姐同声感叹起来。你几乎都能看见妒火在她们头顶上熊熊燃烧，发出绿光了。

“我们可不能让咱们的小妹留在那个地方，”大姐说，“那肯定是什么障眼法或者魔法。她的丈夫可能是个怪物。”

“肯定是个怪物，”二姐说，“为了她好，我们得找出真相。”

“是为她好，”大姐同意道，“众神在上，我现在恨死她了。”

“我懂的。”

她们回到了父母的宫殿。由于姐妹俩此时心中满腔恶意，所以她们并没有告诉父母真相，而是告诉他们普绪喀已经死了。

“我们看到尸体了，”二姐说，“只剩下了部分残骸，不过那肯定是她。挺恶心的。”

“是挺恶心。”大姐重复道，“我们把她埋了。真让人想吐。”

这个消息让她们的父母心都碎了。还不到三天，国王和王后就都去世了。

姐妹俩哭泣起来，不过不怎么伤心。现在她们俩可以平分这个王国了。再说，她们的父母活该如此，谁叫他们只偏爱普绪喀那个臭小鬼，只让她嫁得那么好呢。

是啊……这两姐妹。她们真是值得信赖的好姐姐。

一个星期后，她们又爬到了山头上。西风来接她们了，把她们送到了普绪喀那个满是爆米花和钻石的秘密宫殿。这一次他没有把她们脸朝下扔到草地上，因为普绪喀事先跟他说好了不许他这样做，但他还是用不给她们讲解正确的安全提示的方式表示了消极抵抗。

不管怎么说，当她们坐下和普绪喀一起吃午餐时，两个姐姐已经做足了准备。

“那么，”大姐说，“你的好丈夫最近怎么样啊？”

“噢，他啊……他很好。”普绪喀说。

二姐的笑容带着怂恿的意味。“你说过他是做什么的来着？”

普绪喀想不起来了。她一直都不擅长撒谎，现在也想不起来她跟姐姐们说过什么了。“嗯，他是个牧场主。”

“牧场主。”

“对，”普绪喀小心翼翼地说，“一个很有钱的牧场主。”

她的大姐身子往前倾，拉起她的双手。她露出了她最真诚的“我真的好关心你啊”的表情，尽管她内心想要掐死这个走运的、根本配不上这一切的、惹人生气的漂亮丫头。“普绪喀，你有什么事没告诉我们？上个星期你说你丈夫是个生意人，现在他又成了个牧场主了。我们是你的亲姐姐呀，我们会帮你的！”

“可是……一切都很好呀。”

两个姐姐交换了一个默契的眼神。

“当人们过得不好的时候就会这么说，”二姐说，“普绪喀，我们觉得你现在有危险。你还没有忘记德尔斐的神使是怎么预言的吧，对不对？你命中注定要嫁给一头怪物——一头连众神都害怕的野兽。预言总是要成真的。爸爸一直都很担心。他一直不停地提起这件事，直到他死。”

普绪喀正在喝柠檬水，听了这话被呛了一口。“等等，爸爸死了？”

“是啊。他是伤心而死的，因为你不肯回去看看他。不过现在这个不重要了。你一定得告诉我们：你丈夫到底是什么人？”

普绪喀觉得自己像被沙子埋到了脖子一样难受。她的父亲死了。她的姐姐们想帮她。预言绝不会出错。但是她的丈夫的声音是那么善良，他那么温柔……

“我不知道他是谁，”普绪喀承认了，“他不准我看他。”

“什么？”二姐说，“噢，噢，噢。来，坐直了，好好跟我们说说。”

普绪喀知道自己不该这样，但她还是坦白了她丈夫总是隐身，总是晚上才来，还有不告诉她他的名字这些事。她告诉她们她怀孕了，还有她有一件小天马图案的睡衣和配套拖鞋——所有的一切。

“这比我想的还要可怕，”大姐说，“你看出来这是怎么回事了吧？”

“没看出来。”普绪喀回答。

“你的丈夫是条恶龙啊。”大姐说，“恶龙是可以变成人形的。它们也会隐身，会施展各种魔法。我敢打赌它让你活着只是为了把你养肥，只要你的肚子长得够大了——”

“姐姐！”普绪喀抗议道，“这不可能！而且太变态了！”

“不过她说得对呀，”二姐说，“恶龙总是这样做的。”

“他……他会这样？”普绪喀说。

大姐严肃地点点头。“你必须得自救！今晚，你丈夫睡着以后，点亮一盏油灯或别的什么，查看一下他的真实形态。我也希望我说错了。真的，我巴不得我错了！不过我不会错的。你最好拿上一把趁手的匕首或者剃刀什么的。当你看到他那张恐怖的怪物才有的脸的时候，你动作得快！把他的头砍下来！然后把我们找来，我们会帮你离开这儿的。”

“我们可以平分所有这些讨人喜欢的财宝。”二姐说。

“虽然这个并不重要。”大姐补充道。

“一点也不重要，”二姐表示赞同，“我们只关心你的安全和幸福，普绪喀。我们会带你回家，给你找个合适的凡人丈夫，就像我们俩的丈夫那样。”

“对对。”大姐附和道，同时心想：给你找个更老更臭的丈夫。

“我……我不知道，”普绪喀说，“我不能——”

“好好想想我们说的，”大姐催促道，“众神在上，你一定要谨慎啊！”

就这样非常谨慎地劝告普绪喀毁掉她的生活之后，姐姐们搭乘泽费罗斯航班回到凡间去了。

那天夜里，普绪喀准备好要做人类史上最愚蠢的事情了。在一间洗手间的柜子里，她找到了一把折叠剃刀——就是老式剃刀，理发师陶德[①]用的那种，很适合作为武器使用，如果你受到袭击的话。比如说吧，被一头巨大的野猪袭击的时候（只是打个比方，我对这种事情可是一点概念也没有哟）。她把这把剃刀藏在她的床头柜抽屉里，同时还藏了一盏油灯和一盒火柴，或者是其他什么他们当年用来点灯的东西。见鬼，我又不知道。

和平常一样，她的丈夫天黑以后回到了家。所有的灯都熄灭了，他坐在床边和她说了一会儿话。类似于这样的：“你今天过得怎么样？”“噢，很好。我的姐姐们并没有说什么能让我变成变态杀人狂的话。”“那就好。爱你哟。晚安。”大概还说了一些别的吧。

大约凌晨三点的时候，普绪喀通过她丈夫沉重的呼吸声判断出他睡得很香，于是她偷偷从自己睡的那边溜下了床，从床头柜抽屉里摸出了剃刀和油灯。普绪喀点燃了灯芯，一丝昏暗的红光照亮了整张床。

她的丈夫朝另一边躺着，背对着她。羽绒被堆在他背后。

等一下……那不是羽绒被。普绪喀惊讶地盯着那双巨大的白色羽毛翅膀，它们在她丈夫的肩胛骨后面折叠得好好的。

这怎么可能呢？她从来都没有摸到他背上长了翅膀。

而且……如果她不知怎么搞的没有注意到他的翅膀，还有什么是她可能没发

① 蒂姆·波顿导演的惊悚片《理发师陶德》中的男主角。

现的呢？如果他的脸没有那么帅——甚至都不是人类的脸——一点也不像她的指尖在黑暗中摸出来的那副样子，那该怎么办呢？

“你的丈夫是条恶龙。”她姐姐的声音在她脑海中悄然响起，“一头连众神都能吓倒的野兽。”

普绪喀的心在胸腔中怦怦直跳，仿佛一把锤子敲在她的胸骨上。她慢慢地绕着床挪过去，直到站在她丈夫的身旁。阴影从他那沉睡中的面庞上慢慢褪去。

普绪喀的呼吸停了一拍。

她的丈夫实在是太……令人难以置信地帅了。

（正在偷看的各位，这一次我也把细节描述留给你们的想象力吧。）

他太英俊了！事实上，他英俊到让普绪喀的胳膊都发软了。油灯在她手里摇晃，剃刀也沉重得快要拿不动了。

普绪喀不明白为什么她的丈夫会担心被看到。他有什么可隐瞒的呢？

然后她注意到了某件东西——一张弓和一个箭袋正挂在他的床头柜把手上。

他有翅膀……他用弓箭……他的脸完美得不像凡人。普绪喀忽然明白了。

“厄洛斯，”她轻声自言自语道，“我的丈夫是厄洛斯。”

友情提示：当你不想引起神祇的注意时，绝对不要说出对方的名字。尤其是当你站在某个神的身边，手里拿着剃刀和油灯时，你能说出他的名字吗？当然不能了。

厄洛斯肯定是感觉到了她如此之近。他在睡梦中咕哝了几句，同时翻了个身。这让普绪喀吓了一跳。一滴滚烫的油从她手中的油灯里洒了出来，落在这位天神光着的肩膀上。

“噢！”厄洛斯身子一哆嗦，他的眼睛也猛地睁开了。

这对夫妻在油灯的红光中看着对方，暂时凝固了。在一微秒的时间里，厄洛斯的表情从吃惊变成了悔恨，再变成了痛苦。他抓起他的弓箭，张开翅膀，将普绪喀一把推开。

“不！”普绪喀扔下了剃刀和油灯。她冲上去，刚好来得及在她的天神丈夫起飞时抓住他的左脚踝。“求求你！对不起！”

厄洛斯穿过窗户飞了出去，连同普绪喀也带上了。他们在花园上方飞过的时候，普绪喀抓不住了，摔了下来。尽管厄洛斯很生自己的气，但他还是迟疑了。

他停在一棵柏树的树梢上，向下看看普绪喀受伤没有。其实这已经不重要了，他们的婚姻完了。

普绪喀瘫倒在地上，一边哭泣一边呼唤他的名字。可他的心变硬了。那一滴灯油烫得他太疼，他都无法好好思考了。

“普绪喀，你太傻了，”他在树梢上说，“我警告过你的。众神都能为我做证，我警告过你的！”

“厄洛斯！求你了，我不知道会这样。对不起！”

“对不起？”他怒吼道，“我为了你背叛了我的母亲！我把所有的一切都赌上了！阿芙洛狄忒命令我让你爱上我能找到的最卑贱的男人。可是，我自己却爱上了你。我创造了这整个山谷——宫殿、隐身仆人，所有这一切——这样我就能把你藏起来，不让我的母亲发现了。我们本来可以平安地住在这儿，但只要你看到了我，只要你说出了我的名字——魔法就失效了。你看！”

在他们身后，宫殿坍塌了，化为尘土。花园凋敝了。整个山谷变成了一块光秃秃的空地，在月光下显得既荒芜又灰暗。

“你听从了你的姐姐们，”厄洛斯说，“她们就想要这个结果。她们想让你活得很悲惨。我警告过你，可你选择相信她们而不是我。我母亲早晚会发现你的，这只是时间问题。她会发现真相的，我们俩没有一个能逃得过她的怒火。趁你还能走，赶紧逃吧，普绪喀。除非杀了你，否则她绝不会放弃的。因为你让她感到羞辱。现在你也让我感到羞辱。”

“我爱你！”普绪喀悲痛地叫道，“求你了，我们可以重归于好，我们可以——”

厄洛斯张开双翼飞进了夜空中，留下了心碎的、怀着身孕的、孤身一人的普绪喀。

故事变得好看起来了，对吧？你们现在觉得有意思了吗？

等等，情况变得更糟了。

厄洛斯离开之后，普绪喀在迷茫中乱走一气。在山谷的尽头，她发现了一条河，于是她决定跳进河里淹死。

现在，读者们，你们应该知道跳进河里淹死永远不能解决问题，特别是假如它只有两英尺那么深，跟普绪喀跳进去的这条河一样。于是普绪喀只是在河里摔了一跤，然后傻傻地坐在那儿放声大哭。

就在这时，潘神，半羊半人的山林之神，正在这附近打盹儿呢，他刚刚开完一个三天三夜的派对。普绪喀掉进水里的声音和哭声把他弄醒了。他蹒跚着走到河边，看见一个十分美貌的姑娘在水里挣扎，不禁想自己是不是出现了幻觉。

"嗨，美人儿。阿嚏！"潘神斜倚在一棵树上，以免站不稳摔倒，"你看起来——阿嚏！——很悲伤。让我猜猜这是怎么回事。别提示我。恋爱问题，对吧？"

普绪喀太心烦意乱了，根本不在乎跟她说话的是一个醉醺醺的半羊人。她悲伤地点点头。

"那好，你别淹在水里了！"山林之神说，"这帮不了你。你知道你该怎么做吗？向厄洛斯祈祷，他是爱神！他是唯一能帮助你的人！"

普绪喀爆发出一阵号啕，像要把眼珠子哭出来一样。

潘神跌跌撞撞地往后退去。"好吧……很高兴跟你聊了两句。我现在得……离开这儿了，就现在。"他飞快地逃走了。即使没有这姑娘的哭叫声和跳河自尽的夸张桥段，醉酒已经够让他头疼的了。

随着黎明的到来，普绪喀开始冷静下来。她的悲伤并没有消退，只是变得更加沉重和冰冷，渐渐变成了一个决心。

"可能那个半羊人说得对，"她对自己说，"厄洛斯是唯一能帮助我的人。我要找到他，让他原谅我。他一天不原谅我我就努力一天。不过首先……"

她的眼中闪过了一丝寒光。可能此时周围没有别人是件好事，因为要是有人看到了这个眼神，准会打电话给变态杀人狂防范热线。"首先我得感谢我的姐姐们给我提供的帮助。"

原来普绪喀也能变得很冷酷。要让她生气是很难的，但是毁掉她的婚姻？这绝对足以点燃她的怒火了。

她在山里跋涉了好几天，才找到了她大姐嫁过去的那个城邦。一开始门卫想把普绪喀赶走，因为她现在的样子就像个流浪女，不过后来他们认出了她（他们通过近期的报道《五位值得崇拜的新性感女神》认出来的），于是把她带进王宫去见她姐姐。

"噢，亲爱的，看看你！"大姐这么说着，内心却很高兴，"我可怜的普绪喀啊，这是怎么回事？"

"说来话长，"普绪喀一边说，一边擦掉一滴眼泪，"我按照你的建议做了，可结果跟我想的不一样。”

“你丈夫？他……他是怪物吗？他死了吗？”

“都不是。”普绪喀叹气道，“我看到了他的真身。说来你不会相信的，他是天神厄洛斯。”

她描述了一番他是多么迷人——一个细节都没漏掉。她不必假装自己有多伤心。她把发生的事情原原本本地告诉了她姐姐……除了最后的结局。

“他飞走之前，”普绪喀说，“厄洛斯告诉我他抛弃我了。他说他想另娶我姐姐，而且提到了你的名字。”

大姐的眼睛瞬间瞪得跟金币一样大。如果说之前她还对普绪喀的故事有些怀疑的话，现在她是彻头彻尾地相信了。这再合理不过了！除了爱神，还有谁能拥有那样一个价值亿万的豪宅，附带隐身仆人、家庭影院和水滑梯呢？厄洛斯还提到了她的名字！显然他的品位相当好。他已经厌倦了普绪喀那种傻气的美貌。大姐最终会得到她应得的一切。

“噢，普绪喀，”她说，“我很为你难过。请原谅我现在得离开一会儿。”

大姐跑出了这间屋子，她在她丈夫的会客厅停了一下，冲他吼道：“我要离婚！”然后她牵出了马厩里最快的马，骑上它冲出了王国。

她一口气骑到那座石山顶上，就是当初她被泽费罗斯带走的地方。她爬到山峰最高处大喊道：“我在这儿，厄洛斯！带我走吧，我的爱人！”

她跳了下去，直接摔死了。

哎呀，泽费罗斯看到这一幕可是笑了个够。在登机口排队排到你之前，任何人都是不能登上飞机的。谁不知道这个呢！

同时，普绪喀继续她的旅程。她找到了她二姐所在的那个城邦，告诉了她同样的故事。

“最奇怪的是，”普绪喀总结说，“厄洛斯说他现在想娶的是我的姐姐，他提到了你的名字。”

在欲望之火的鼓动下，二姐跑出了宫殿，下令要了一匹马，冲向那座山的山顶，内心满怀着希望，纵身一跳，迎接了自己的死亡。

普绪喀太冷酷了吗？我想是吧。不过要说有什么人活该从五百英尺高的山崖上头朝下掉下来，那绝对就是这两位公主了。

把姐姐们解决掉之后，普绪喀走遍了整个希腊，她从一个城市走到另一个城市，决心找到厄洛斯。她去他的神庙找过，也去路边的神龛找过。她找过洛杉矶健身中心，找过夜总会，找过单身男女《圣经》学习小组，每一个爱神可能出现的地方。但没能找到他。

这是因为厄洛斯自己也有问题要解决。

当他离开普绪喀的时候，他唯一的计划是远离他破裂的婚姻，找个岩洞躲上几世纪，直到阿芙洛狄忒消气。不过他肩膀上的伤很快就变得痛彻心扉。

一小滴热油不应该造成这么大的伤害。它烧进了他的中央神经系统，侵蚀着他的神性。这种疼痛比他经历过的任何感觉都要强烈……可能要除掉他第一眼看见普绪喀时内心的疼痛吧。

看来这两件事是有联系的，厄洛斯心想，这就是比喻之类的东西吧！

（我这么说是为了让你们的英文老师有个题目好给你们布置一篇作文。抱歉啦。我说过我被比萨和蓝豆豆软糖收买了，对吧？）

总之，厄洛斯很虚弱，飞不了多远。他飞去了阿芙洛狄忒离他最近的度假行宫，亚得里亚海边上的一座宅子。他蹒跚着走进自己的卧室，一碰到床单就昏昏沉沉地睡过去了。

你可能在想，他想躲开他妈妈，于是去了他妈妈的房子？真“聪明”啊。

不过我猜他可能是按照自动导航定位的路线飞的。要不就是他想睡在他自己的床上，你们生病时也会想这么做的。或者他想明白了，他早晚得面对他妈妈解决这个问题，于是干脆不躲了。

不管是哪种情况，流言都飞快地传开了，说厄洛斯因为某个凡人姑娘而伤心欲绝。可能是泽费罗斯的风精灵说出去的，因为他们都脑袋空空①的嘛。

阿芙洛狄忒听说她的儿子成了全天界的笑柄时正在她的圣岛基西拉岛上度假。她立刻动身去找他——部分原因是担心他，但绝大部分原因是这会对她自己造成不利影响。

她到了她的亚得里亚海行宫，冲进厄洛斯的房间。“她是谁？”

---

① “脑袋空空”的原文为 airhead，一语双关，既指没脑子的人，也指风精灵的脑子里都是空气。

“妈，”他蒙在被子里抱怨道，“你都不会敲门的吗？”

“那个让你伤心的贱人是谁？”她逼问道，“自从几个月前那个叫普绪喀的丫头之后，我还没有这样丢脸过！”

“那个，其实吧，这件事呢……”

厄洛斯把真相都告诉了她。

阿芙洛狄忒的怒火掀翻了屋顶。这不是一个比喻。她用一个可爱的粉红炸弹把天花板炸成了碎片，这让厄洛斯终于得到了一个他一直都想要的新天窗。

“你这个忘恩负义的小屁孩！”她尖叫道，“你总是给我惹麻烦！你从来不听我的话。你把每个人的情绪搞得一团糟，连我也不例外！我应该跟你断绝母子关系。我应该剥夺你的神力，还有你的弓箭，把它们给我的哪个男仆。随便哪一个凡人奴隶都能干好你的活儿。那又不是什么难事。你一直都这么没用。你从来都不守规矩。你——”等等，等等。

她就这么说呀说呀，说了大概六个小时。

最后她发现厄洛斯的脸色很苍白，还流了很多冷汗，你一般不会看到不朽的神变成这副样子。他在毯子底下瑟瑟发抖，眼神都变得涣散了。

“你这是怎么了？”阿芙洛狄忒走到他躺的那一侧床边，拉开了被子，发现了他肩膀上那个正在溃烂和冒热气的伤口。“噢，不！我可怜的小宝贝！”

妈妈的心情能够转变得如此之快真是一件有趣的事。她刚才还想掐死你，然后砰的一下，她发现你受了有一点点威胁到生命的伤，于是立刻就对她可怜的小宝贝百般体贴起来。

她给他拿来了一条冷毛巾，按摩药酒，一卷绷带，还有鸡汤——里面加了神食。她叫来了医药之神阿波罗，不过他也被这个伤口难住了。

“一般情况下一滴热油不会造成这种伤口。”他说。

“那还真是谢谢你啊，迷人医生。”阿芙洛狄忒抱怨道。

“别客气！”阿波罗说，“现在，我得回我那些热情的女粉丝那边了……我是说回我的奥林匹斯山音乐会现场。”

看来没有什么能治疗得了厄洛斯的伤口，就连阿芙洛狄忒的魔法美容霜也不行。一般情况下只要一擦上这种美容霜，无论什么瑕疵都会消失不见。

阿芙洛狄忒尽了自己最大的努力让厄洛斯舒服一点。然后她把注意力放在了她可以消除的瑕疵上——那个凡人女巫普绪喀，是她引起了所有这些麻烦。

她正准备出发时，门铃响了。得墨忒耳和赫拉两位女神带着鲜花、气球和慰问卡来了。

“噢，阿芙洛狄忒！”赫拉说，“我们听说了厄洛斯的事。”

“那是，我知道你们肯定听说了。”阿芙洛狄忒咕哝道。她想象过其他所有女神都很高兴听说她家这桩新丑闻的样子。

“我们很难过。”得墨忒耳说，“我们能帮上什么忙吗？”

对此，阿芙洛狄忒的心里闪过了好几个很不礼貌的回应，不过她还是忍住了没说出口。“不用了，谢谢你们，”她勉强回答道，“我要去找那个凡人女孩普绪喀，把她碾碎。”

“你很生气呀，”赫拉说，因为她总是很有洞察力，“但你有没有想过那个女孩可能对厄洛斯有好的作用？”

阿芙洛狄忒整个人都僵住了。“你说什么？”

“是这样，厄洛斯也长大成人了，”赫拉继续说，“合适的女人能让他安顿下来。”

得墨忒耳点头附和。“他如果感到幸福，可能肩膀上的伤口也会好的。阿波罗跟我们说了神药对那个烫伤不起作用。”

阿芙洛狄忒的双眼顿时闪烁着粉红色的怒火。

这两位女神知道自己是在冒险，那么为什么她们要冒这个可能会被阿芙洛狄忒当成不乖的孩子教训一顿的险呢？很简单。她们更害怕厄洛斯。她们认为这是一个给他留下好印象的机会。

厄洛斯总是随机行事，他很危险。他可能用他的箭射中你，让你的整个生活变得一团糟，因为他让你爱上了某个丑陋的凡人，或者一条时髦的喇叭裤，或者随便什么东西。预言不是说过普绪喀会嫁给怪物吗？放在厄洛斯身上完全成立。每个人都怕他，就连众神都是。

阿芙洛狄忒瞪了得墨忒耳和赫拉一眼。“我要去毁了普绪喀。没人能妨碍我。没人。听明白了吗？”

她像一阵风一般冲出了行宫，开始寻找普绪喀。

对普绪喀来说很幸运的是，阿芙洛狄忒真的很不擅长找人。

如果她是要找她的梳子或者她最喜欢的高跟鞋，那就容易多了。可是在一个满是凡人的世界里找一个凡人女孩？那就难了。而且还很无聊。

她在空中驾着她的金车把希腊的每个城市都梳理了一遍，那辆车是由巨大的鸽子拉的。（我觉得这一点挺让人发毛的。你们觉得这样会很浪漫吗——被福特皮卡车那么大的白鸟拉着到处飞？而且它们拉的鸟粪肯定会掉……好吧，我不说了。）

阿芙洛狄忒的注意力老是被商场大减价、好看的男人，或者凡人姑娘们这一季穿戴着的闪亮珠宝和裙子吸引过去。

与此同时，普绪喀还在四处跋涉，在最遥远的神龛、神庙和洛杉矶健身中心寻找她的丈夫。

随着时间流逝，她怀孕的肚子也变得明显了。她的衣服变脏变破了，她的鞋子掉了，她总是又饥又渴，但绝不肯放弃寻找。

有一天她在希腊北部的群山中游荡，远远看见了一座旧神庙的遗址。嘿，她想，这可能是一座厄洛斯的神庙！

她艰难地爬上陡峭的山崖，走到那栋荒废的建筑前。很可惜，这不是厄洛斯的神庙。从神坛上雕刻的麦捆浮雕和地板上的灰尘厚度可以判断出来，这是一座得墨忒耳的神庙，而且已经废弃几十年了。

在这样杳无人迹的荒山里建造一座谷物女神的神庙做什么呢？我不知道，不过普绪喀看着布满灰尘的神坛，横躺在地板上的坏掉的神像，墙壁上乱涂乱画的痕迹，于是想，我不能让这个地方这个样子。这是不对的。

尽管她自己身上发生了那么多事情，普绪喀还是敬畏神祇的。她在清洁工的柜子里找到了一些工具，花了一个星期的时间清理了整座神庙。她擦掉了涂鸦，擦干净了神坛，还修好了神像——通过很有技巧地使用强力胶带。

她刚刚弄完这一切，一个声音就在她身后说："干得漂亮。"

普绪喀转过身来，得墨忒耳就站在神坛上。她穿着绿棕两色的袍子，头上戴着一顶麦穗做成的冠冕，手中拿着一把金镰刀。普绪喀立刻敬畏地跪下了，当你遇到一位拿着镰刀的女神时这是很正确的做法。

"噢，伟大的得墨忒耳啊！"她哭着说，"也许您愿意帮我。我必须找到我的丈夫，厄洛斯！"

得墨忒耳的脸抽搐了一下。"嗯……这件事呀，阿芙洛狄忒想杀了你，小姑娘。她不看到你被毁灭绝不会罢休，而我不能阻止她。老实说，我很愿意帮助你。如果我有机会做点什么，比如不会留下痕迹的什么事，我会做的。但你得靠自己找到厄洛斯。”

某些人听到这里可能会崩溃，而普绪喀只是低下了她的头。“我明白了，我会继续找他的。”

内心深处，她知道她必须自己解决这个问题。是她搞砸了，没有哪个女神能为她解决这一切。普绪喀不指望凭借清理了得墨忒耳的神庙就能得到奖励。她做这件事是因为这样做才对。

我知道，她的想法很奇怪，对吧？不过这个姑娘在这方面表现得简直像个英雄。

女神消失了，普绪喀继续旅行。几天后，当她走在一座森林里时，她发现一块空地上有一座荒废的神殿。从模糊的铭文和常春藤覆盖下的神像，普绪喀猜到了这里从前应该是赫拉的神殿。

我不能看着它像这个样子，普绪喀心想。（要是我的话，我会给所有神像画上墨镜和小胡子，然后撒腿就跑。不过这是因为赫拉和我有过一段不愉快。）

普绪喀清理了神坛，拔掉了神像上的常春藤，做了她能做的一切让这座神殿重新焕发光彩。

她干完活儿以后，赫拉在她面前现身了，她穿着闪闪发光的白色长裙，肩上披着孔雀羽毛制成的披风。她手中拿着一支权杖，顶端雕刻着一朵莲花。“你做得很好，普绪喀。你甚至连角落都清理了，现在没有人会这样做了。”

普绪喀跪下了。“赫拉天后！我不需要奖赏，可我孤身一人，怀有身孕，而且还被阿芙洛狄忒追杀。您能庇护我吗？只需要很短的时间，让我把孩子生下来就好。我知道您是所有母亲的守护神。”

赫拉皱起了眉头。“唉，无能为力呀，我的孩子。阿芙洛狄忒疯了一样想杀你。如果她不再为清仓大甩卖分心的话，她会把你杀掉的。可能今后我有机会暗中悄悄帮助你，但现在我不能保护你。你的问题只有一个解决办法。我想你已经知道那是什么了。”

普绪喀站起身来。她太累了，几乎无力思考，但她知道赫拉的意思。

“我必须跟阿芙洛狄忒对峙，”普绪喀说，“女人和女人的对峙。”

“没错。祝你好运。”赫拉说道，并且很英勇地消失了。

普绪喀继续她的旅程，不过现在她的目的地变了。她要去寻找阿芙洛狄忒的宫殿。

最终普绪喀找对了地方：亚得里亚海边的巨大白色豪宅，周围风景极佳，环绕着可爱的花园。这个地方让普绪喀痛苦地想起了她曾和她的丈夫共享的那座宫殿。

她敲了敲巨大的闪闪发光的青铜门。

来应门的仆人看到来者是谁之后，惊讶得下巴都掉了。

“你是主动来这儿的？”他问，“好吧。我会带你去见女主人。不过我要先戴上我的橄榄球头盔，以防她开始扔东西——家具啦，我啦，你啦。”

他带普绪喀去了阿芙洛狄忒的王座厅，女神正在那里休息，她刚经历了又一轮无聊的普绪喀搜寻行动。阿芙洛狄忒看到她一直找不到的女孩走进来时，这件事简直让她气死了——就好比你花了整个早上去找眼镜，最后发现它就戴在你头上（我不戴眼镜，不过我的好朋友伊阿宋戴。看到他用这种方式弄丢眼镜真的很好玩）。

“是你！”阿芙洛狄忒恶狠狠地对普绪喀说。她开始踢这个可怜的姑娘，揪她的头发，用指甲抓她。这位女神本来可能会杀了普绪喀，但她发现对方怀孕了，于是就狠不下心下死手了。

普绪喀没有反抗。她蜷成一团，等着阿芙洛狄忒的怒气慢慢消退。

女神终于停下来检查自己的指甲受损了没有——因为杀死凡人很有可能会把美甲弄坏——这时普绪喀开口了。

“亲爱的婆婆，”她说，“我来面见您是为了请求您的处罚，因为我曾不信任我的丈夫。您可以用一切您认为恰当的方式处罚我。我愿意做任何事来证明我爱他，并赢得他的原谅。”

“原谅？”女神尖叫道，“我不承认你们的婚姻。我不承认你是我的儿媳妇！不过惩罚我肯定是要安排的。侍卫！把这个凡人丫头关进我的地牢！我是有个地牢没错吧？鞭打她，折磨她，再把她带回来见我。到时候我们就能知道我有没有心情原谅她了。”

侍卫照她的吩咐做了。场面不堪入目。他们没有杀普绪喀，但当他们把她带回来的时候，她被打得遍体鳞伤，简直都认不出来了。阿芙洛狄忒就是这样一位了不起的主人。

“那么，小丫头，”女神发问道，“你还想证明自己吗？”

神奇的是，普绪喀竟然能勉强站得住。“是的，婆婆。任何事都行。”

阿芙洛狄忒不禁有那么一丁点儿被感动了。她决定给普绪喀布置一系列挑战——不可能完成的那种，她反正还是会失败而且死掉，不过这样一来今后就没有人会说阿芙洛狄忒没给过她机会了。

（除了我，现在我就告诉你们：阿芙洛狄忒没给她一点机会。）

“我会试试你，”女神宣布，“看看你配不配得上得到我的原谅和我儿子的爱。你长得这么丑，要想成为一个好妻子必须很会做家事才行。让我们瞧瞧你能把一个谷仓管理得有多好。”

很性感的挑战吧？毫无疑问。很有阿芙洛狄忒的风格吧？完全正确。

她把普绪喀拖到她的神膳房，命令仆人们把储藏室里的每一袋粮食都倒出来——大麦、小麦、燕麦、稻米、有机藜麦，诸如此类——转眼间厨房里就被这场谷物暴雪埋起来了。

“把这些粮食都分好类，”阿芙洛狄忒下令道，“晚饭以前把它们都放回原来的袋子里去。如果你做不到，我就杀了你。你也可以现在就认输，那我会饶你不死。我会流放你，你将永远不能再看我儿子一眼，不过你至少还能保住自己那条贱命。”

“我愿意接受挑战。”普绪喀说，尽管看着堆成山的粮食，她不知道自己怎么可能做得到。

阿芙洛狄忒气冲冲地走了，去重新做美甲。

普绪喀开始给粮食分类了。她刚刚开始工作一小会儿——这是藜麦，这是大麦，这是灰尘，这是燕麦——就有一只蚂蚁从厨房角落里轻快地向她爬过来。

“这是咋了？”蚂蚁说。

普绪喀死死盯着它。“你会说话？”

“那当然。得墨忒耳派我来的。你需要帮手吗？”

普绪喀不是很确定一只蚂蚁能帮上什么忙，不过她还是说：“呃，好的。谢谢。”

“行啊。不过要是有谁问起来，别告诉他你见过我们。”

“我们？”

这只蚂蚁响亮地吹了一个叫出租车用的口哨。“好啦，朋友们，抓紧时间干活儿吧！”

上百万只蚂蚁从墙缝里钻了出来开始干活，把各种谷物放进不同的袋子里。不到一个小时的工夫，整个厨房就变得干净整洁了，碗柜也都收拾好了。蚂蚁们甚至还装满了一个新袋子，在上面认真地贴了一个标签，写着“陈年灰尘及其他物品”。

“太感谢了。”普绪喀说。

“嘘——”蚂蚁说，“你从来没见过我们。”

“从来没见过谁来着？”

“说得好，姑娘。”蚂蚁说。这一整支大军又列队回到了墙缝里，消失无踪了。

阿芙洛狄忒回来的时候大吃一惊。随后她就生气了。“我可不傻，臭丫头。显然你自己干不了这活儿。哪个女神帮了你，嗯？有人想看我出丑！是谁？”

“呃……”

“随你的便！”阿芙洛狄忒吼道，“你作弊了，所以这次挑战不算。你可以再多活一晚上，就睡在厨房地板上，拿一块干面包皮当晚餐吧。明早我会给你一个更难的挑战！”

普绪喀就在地板上过了一宿。她一点也不知道，就在这同一栋楼宇之中，仅仅和她相距几个房间之遥，厄洛斯正痛苦得辗转反侧，为了他受伤的肩膀和（此处有比喻！）受伤的心灵。阿芙洛狄忒没有告诉他普绪喀来了，但厄洛斯能感觉到她的存在，这让他的疼痛更加强烈了。

第二天一早，在得到另一块“营养丰富”的干面包皮作为早餐之后，普绪喀得到了她的第二项任务。

“我需要羊毛，”阿芙洛狄忒宣布，“每一个妻子都要学会缝补衣服，这项工作需要合适的材料。在这个山谷的西头有一条河，你会在河边找到一群羊。给我取一些羊毛来。日落以前就得回来，不然我就杀了你！除非你现在就想放弃，那样的话——”

“我知道这套流程了。”普绪喀的骨头又酸又疼，还饿得两眼发花，不过她只是向女神鞠了一躬，“我会给您带羊毛回来的。”

阿芙洛狄忒忘记提到跟那群羊有关的一些细节问题了（可能她脑子里有过那么一闪念吧）。比如说，它们的羊毛是纯金的。而且，它们还长着锋利的角和牙齿，口中有毒液，脚下则有钢铁的蹄子，跟攻城槌一样致命。（懂这个双关语吗？

公羊等于攻城槌[①]？）

普绪喀在清晨的阳光下站了一会儿，远远地观察那群羊杀死并吞食任何靠近它们的动物——刺猬、兔子、鹿，还有小象。那片牧场被兽骨和人骨装饰得十分夺目。普绪喀清楚地知道哪怕只是靠近那群羊都是不可能的。

“好吧……”她瞟了一眼那条河，“我真想知道这里的水是不是深得足够淹死我。”

“哦，可别这样做。”一个声音说。这个声音似乎来自河畔的一丛芦苇后方。

“你是谁？”普绪喀问，“从那丛芦苇后面出来！”

“我做不到，”芦苇说，“我就是芦苇。”

“哦。”普绪喀说，“你要教我怎么投河自尽吗？”

“投河自尽解决不了任何问题，”芦苇说，“不过我会教你一些取羊毛的秘诀，因为赫拉让我来帮你。”

普绪喀松了一口气。跟一丛芦苇请教如何取羊毛可能要算她近来遇到的最不奇怪的事了。“谢谢你。请说吧。”

“如你所知，如果你现在靠近那些羊，它们会把你撕得粉碎。不过到了下午，阳光变得刺眼，天气也热了，它们就会犯困，动作也会变慢。它们会聚集到左边那些高大的悬铃木的树荫底下去。你看到那些树了吗？”

“那些看起来完全不像飞机的树？[②]”

“就是那些。当它们去了树荫底下之后，你就偷偷溜到草地另一边的荆棘丛那儿去。看到了吗？”

“就是那些因为太远了，所以我看不出来是荆棘的树丛？”

“你反应挺快的。摇一摇那些荆棘丛，你的问题就解决了。”

“恕我失礼，智慧的沼泽圣草啊，请问摇一摇荆棘丛怎么就能解决我的问题呢？”

那些芦苇什么也没说。它们又恢复成了普通的、不会提供建议的植物。

---

① 原文是Ram，这个词既有“公羊”的意思，也有“攻城槌”的意思，一语双关。

② 悬铃木（Plane tree）是一种树的名字，别称法国梧桐，英文字面意思是“飞机树”，所以普绪喀这样问。

普绪喀明白她最好还是试试这个计划。如果赫拉想帮她，不照做的话就太失礼了。她一直等到了中午。千真万确，那群嗜杀的金羊聚集到悬铃木的树荫下去睡午觉了。

普绪喀爬到了草地的另一端。她摇了摇离她最近的荆棘丛，一簇金羊毛便从枝头掉了下来。这群羊肯定经常用荆棘丛来当挠背工具。普绪喀尽可能静悄悄地挨着荆棘丛行动，把金羊毛从枝头上摇下来，直到再多就带不动了为止。然后她飞快地赶回阿芙洛狄忒的宫殿去。

普绪喀回到那儿的时候正赶上爱情女神在吃她常吃的晚餐：三根芹菜和一杯卡布奇诺口味的蛋白质奶昔（这套减肥餐也许能解释她的心情为什么总那么坏）。她看到了金羊毛，内心的情绪说不清是愤怒还是惊奇。她决定还是表现得冷酷无情，这是她面对其他女人时的默认情绪设定。

“你没带回来多少羊毛嘛，”女神说，“而且，我也不相信你聪明到能想到怎么收集这些羊毛，除非有哪个天神在帮你。这次是谁呀？”

“其实，那里有一丛芦苇——”

“不说就不说！”阿芙洛狄忒叫道，“你这个肮脏的东西，光是跟你讲话都害得我要去洗澡了。”

她拿起一个水罐，把里面装的东西倒空了。“一个好妻子应该能给她的丈夫准备好干净的水让他洗澡。你的第三个任务：这里往北一英里有一座高山，山崖上有一道瀑布。瀑布顶上有一眼圣泉——那是斯提克斯冥河的源头之一，那里的水最终会流到冥界去。用这个罐子装满泉水。不要取瀑布底下的水！如果你作弊可瞒不过我。趁泉水还像冰一样冷的时候把水罐带回来。否则——”

“您会杀了我，”普绪喀疲惫地说，“而且，不，我不会放弃。我仍然爱您的儿子。为了赢得他的原谅我愿意做任何事。我会带着给您的斯提克斯冥河水回来。”

这两个女人都不知道，厄洛斯一直在偷听。他的卧室下面就是大厅，他能听到餐厅里有说话声。不知怎的，他认定其中一个说话的人就是普绪喀。尽管他的肩伤仍然在折磨他，他还是强撑着下了床，蹒跚着走进大厅，然后躲在门背后偷看。看到普绪喀在这里，他的精神立刻振作起来，感觉肩伤也好了一点。这让厄洛斯有些困扰，不过他也无能为力。他仍然爱她。

当他听到母亲给普绪喀布置了瀑布挑战，他立刻感到惊恐万分。瀑布挑战是不可能完成的！阿芙洛狄忒真是一个……嗯，此处适用的各种词语都不是一个儿子应该用来称呼他的亲生母亲的。

厄洛斯同样被普绪喀要赢回他的爱的决心打动了。

他想冲进餐厅，让他的母亲放弃这个愚蠢的铁人主妇三项挑战，但他没有，因为：第一，他太虚弱了，有可能会脸朝地摔下去，当场晕倒；第二，他的病容太难看了，他不想让普绪喀看到他这个样子。

（普绪喀自己的样子也好不到哪儿去，不过厄洛斯不觉得。爱情总是能做到如此奇妙的事。有一次我看到我的女朋友顶着一头像被老鼠做了窝一样的乱发，那模样简直可爱极了……抱歉，我扯远了。）

厄洛斯踉踉跄跄地走回他的卧室。他走到窗边，对着天界大喊："宙斯陛下，听我说！我这些年来给你帮过不少忙，现在我需要你帮我一个忙！"

同时，普绪喀走到了山脚下。她仰望着光滑而近乎垂直的山崖，发现她亲爱的婆婆又给她布置了一项凡人无法完成的工作。好极了！

从瀑布顶端大约有半英里那么高的地方，几股水流倾泻而下，轰隆的水声听起来简直像人类的说话声："滚回去！想都不要想！此处的水寒冷至极，不可碰触！"

阿芙洛狄忒没有说谎，这个地方是斯提克斯河在地表上的几处源头之一，而这一点使它对于凡人而言是致命的。只不过是靠近瀑布就让普绪喀心中充满绝望。也许她能逼自己从瀑布脚下取水装满罐子……可爬到山顶取那里的水？她做不到啊。

阿芙洛狄忒特别强调要山顶的水，而普绪喀也不想作弊。倒不是因为她可能会被揭穿，而是因为这违背她的天性（再说一次，我知道——奇怪的念头。不过我给你们讲的是英雄的故事。这群英雄都疯疯癫癫的）。

正当她站在那儿看着瀑布的时候，一只巨大的鸟从云层中盘旋而下。普绪喀认出那是一只金色的鹰——宙斯的圣鸟。

圣鹰降落在了不远处的一块岩石上。"这是咋了？"它问。

"呃，嗨，"普绪喀说，"你是从宙斯那儿来的吗？我很确定我最近没有打扫过他的神庙。"

"放轻松，"圣鹰说，"你有一位很有本事的朋友从老大那里讨了一个人情。我很佩服你的精神，不过除非你长了翅膀，否则不可能亲自取到水。把你的罐子拿来。”

圣鹰攫住罐子，飞向瀑布顶端。它用水罐装满了像冰一样冷的超自然之水，斯提克斯冥河水——来自纯净的水源地！——再飞回来交给普绪喀。

“这就成了，”圣鹰说，“我本来可以带你飞回行宫去的，不过最好还是别让阿芙洛狄忒看见我。拜拜。”

圣鹰飞走了。

普绪喀回到阿芙洛狄忒的餐桌旁，奉上了一罐新鲜极寒的死亡之水，这位女神对此万分惊讶。

“不可能。”阿芙洛狄忒说。她用水洗了手，只有神祇这么做才不会尝到大苦头（这一点你们可要相信我）。阿芙洛狄忒想挑出点毛病来，可惜做不到。她能感知到这水来自瀑布顶端，完全符合她的要求。

“这到底是什么鬼把戏？”女神眯起了眼睛，“你是怎么完成我的这些任务的，普绪喀？”

“哦……您知道的。坚持不懈，规律生活。现在能让我丈夫回到我身边了吗？”

普绪喀以为三个任务就够了。我的意思是，这是惯例，对吧？做三件事。回答三个问题。打败三条恶龙。吃掉三只小猪。重要的事情总是三个一起来。

不过阿芙洛狄忒不知道这个规矩。或者她只想让这个故事将来被某个混血英雄讲述的时候变得又臭又长（多谢了，夫人）。

“第四个任务！”她高声说。

“什么？”普绪喀不禁问道，“拜托！”

“给我做最后一件事，”女神说，“然后你就能证明自己有资格成为我儿子的妻子。或者，如果你想放弃——”

“你真的很烦。”普绪喀嘀咕道。

“你说什么？”

“我说我得把这事弄完，”普绪喀说，“这个任务是什么？”

“显然，作为妻子最重要的品质就是美貌。”阿芙洛狄忒以她一贯的愚蠢口吻说道，“我一直忙着照料我受伤的儿子——”

“厄洛斯？”普绪喀打断了她，因为她完全不知道他在这座行宫里，“他受伤了？他生病了？”

女神挑起了眉毛。“多亏了你。你倒在他肩膀上的那滴油一直在灼烧他的精神，就像你的背叛一样！这简直像打油诗。”

普绪喀眨了眨眼。“我想您说的是比喻吧。”

“无所谓啦。”

“我要见他！”普绪喀坚持，“我必须去帮助他！”

“哦，你现在倒想帮他了。我是他的妈妈，我都搞定了，你的好意心领了。我刚才说了，女人最重要的品质是美貌。我一直忙于照料儿子，为了他我连著名的魔法美容霜都用光了。我已经没有美容霜了，我需要再弄来一些。”

“等等……您是用美容霜来治厄洛斯的伤的？”

“哼！”阿芙洛狄忒翻了翻白眼，“总之，我要更多美容霜，不过它到处都断货了，就是说，每一家店都没的卖。所以我需要一种合适的替代品。只有一个女神的化妆品我用了以后不会毁容，她就是珀耳塞福涅。”

“冥后珀耳塞福涅？”普绪喀的膝盖打战了，“你……你想让我去……”

“是的。”阿芙洛狄忒对普绪喀眼中的恐惧十分享受，“去地底世界跑个腿，问问珀耳塞福涅，我能不能借用一点她的美容霜。你可以用这个来装。”

女神打了个响指。一个打磨得十分光滑的掐金丝红木盒子出现在普绪喀的手中。“最后一次机会选择放弃，接受流放。”

普绪喀竭力隐藏她的痛苦。“不。我宁可死也要赢回厄洛斯的爱，我不放弃。我会给您带回您的美容霜。”

“要带无香的那种哟，”阿芙洛狄忒说，“防过敏的。还要快点。奥林匹斯山今晚有一出新戏要上映，我得打扮好才行。”

普绪喀拖着沉重的步子走出宫殿，接受最终任务。

同时，厄洛斯在门背后又一次听到了一切。他仍然虚弱得无法行动，不过他简直不能相信他的母亲竟能如此丧心病狂。他必须去帮助普绪喀。她为向他表示歉意，赢回他的心做了这么多……他之前太傻了。他本来应该一开始就当面跟他母亲争取与这位凡人公主结婚的权利。他不能让普绪喀独自面对最后的挑战。

因为他的身体软弱无力，他将自己的灵魂释放出去，希望至少能找到某种方式跟他的爱人沟通。

普绪喀四处徘徊，心中并不知道该去哪里。冥界的入口并不会在导航仪上标出来。最后，在一块黑暗的平原尽头，她无意间发现了一座岌岌可危的瞭望塔，于是决定爬上去。也许她能在塔顶上观察到什么。

站到护墙边之后，她想起了那座石山的山顶，泽费罗斯在那里将她救起并带走了。那似乎是很久很久以前的事了（忘事是女孩的特权。其实差不多是三十页以前的事吧）。

普绪喀想，向虚空中迈出一步，结束她的苦难又有什么难的呢？这应该是一种去冥界的方法——也许是她能办到的唯一一种。不过她还要顾及未出生的孩子。她一路走来也不是为了就此放弃的。再说，她过去那么多次自寻死路的企图也都没得逞。

“别这样做，”一个声音从她脚下的石头里隆隆传出，“跳下高塔永远不能解决问题。”

普绪喀从墙边退了一步。“你好，是……是这座塔在讲话吗？”

“是的，”塔说，这轰鸣声仿佛一支巨大的石头音叉，“我就是这座塔。”

不过，这声音听起来有些耳熟……

普绪喀高兴得心跳加快了。“厄洛斯？是你吗？”

片刻的沉默。

“不是，”那个声音现在改用假音说，“我不知道谁是厄洛斯。听我说……”塔清了清喉咙。（或者清了清塔能用来代替喉咙的部位，比如楼梯井？）

它以一种更低沉的声音说：“前往斯巴达城，找到泰纳若斯山。在山脚下你将看到一个火山口，那是冥界的通风口。尽管有一定难度，不过你可以从那里往下爬进哈迪斯的国度。”

“噢……好的。”

“在你爬下去之前，你要先带上两块蜂蜜糯米糕和两枚德拉克马硬币。你可以在斯巴达买到蜂蜜糯米糕，不然的话，我记得在高速公路的五十三号出口附近有一家便利店。”

“呃，没问题。我能用这些东西做什么？”

“时候到了你就知道了。不过，听好，不要让任何事情阻止你找到珀耳塞福涅。我妈妈会想方设法来干扰你的。”

“你妈妈？”

又一次停顿。接着说话者继续用假音说："显然，塔是没有妈妈的。我说的是你的婆婆，阿芙洛狄忒。"

普绪喀现在确信是跟她闹翻了的丈夫在想办法帮她。她好爱他这一点，就连他用的假音都有点可爱。不过她决定陪他玩下去。"我在听，伟大的塔啊，您一点也不像我亲爱的丈夫。"

"很好，那么，"那个声音说，"我刚才说到，阿芙洛狄忒会制造干扰来考验你的决心。她知道你很善良，乐于助人，她会设法利用这一点来针对你。在你前行的路上无论是谁向你请求帮助，都不要听！不要停步！"

"谢谢你，尊敬的塔。假设你是我的丈夫，厄洛斯，当然你不可能是，但假设是的话，我想告诉你我非常非常爱你，而且我很抱歉。还有，你的肩膀怎么样了？"

"很疼，"塔说，"不过我想……"换成假音，"塔是没有肩膀的，傻瓜。"

塔不再说话了。普绪喀亲了护墙一口。然后她就踏上了超级"有趣"的前往泰纳若斯山和地底世界的征途。

我能占用一秒钟时间对此表达一下我的看法吗？

有很多英雄曾经去过冥界，我接下来会给你们讲讲其中一些人的故事。他们中的大多数都是手拿利剑，胆大包天的男子汉。见鬼，我自己去冥界的时候也带着一把剑，而且胆大包天。

然而普绪喀踏上这条路时什么也没有，除了两块蜂蜜糯米糕和两枚德拉克马硬币，而且她此时还怀着七个月身孕。

向她致敬。

当她往下沿着窄窄的岩脊进入火山口时，正巧路过一个蹩脚的蠢司机。

（别以为我在开玩笑。这就是原版故事对他的定义：蹩脚的蠢司机。这哥们儿是个跛子，他还赶着一头驴。你们觉得我说的是哪个意思？[①]）

言归正传，普绪喀觉得在火山口里看到一个跛脚男人和他的屁股，我是说，

---

① "蹩脚的蠢司机"原文是lame ass-driver，lame的原义是"跛脚"，ass的原义是"驴"，driver的原义则是"驾驶者"，所以也可以用来指"跛脚的赶驴人"。

和他的驴[1]一起闲逛，实在很诡异（我没有笑。真的，一点也没笑）。

那个男人大声叫她："你好，看这儿，姑娘！你看上去像个乐于助人的好人。我的屁股掉了一些东西……这话的意思当然是说，我的驴子掉了一些它背着的柴火棒。你能帮我捡起这些棒子，放回我的屁股，不，驴子身上吗？[2]"

我猜阿芙洛狄忒是在试探普绪喀是否会为了帮助别人而分心，不然她就是想让普绪喀笑得两脚发软，掉到火山口里去。

不过普绪喀没有理会这个人。她想起了厄洛斯的警告，继续往下爬。

那个赶驴人像幻影一样消失了，这让普绪喀和所有正在阅读本书的家长都松了一口气，因为关于他的这部分好像有点不得体。

继续前进……

普绪喀爬到了火山口底部，在冥界那黑暗的荒原上跋涉，一直走到了斯提克斯冥河的岸边——一块幽暗的广阔水域，笼罩在冰冷的浓雾里。

就在岸边，地狱船夫卡隆正在将亡灵们赶到他的渡船上。他瞟了普绪喀一眼。"活人，是吧？对不起，宝贝。要放你过去需要办理数不清的手续哪。"

"我有一个硬币。"普绪喀拿出一枚德拉克马。

"嗯……"卡隆喜欢闪闪发光的钱币。亡灵一般会把他们下葬时放在舌头底下的硬币给卡隆。卡隆拿到这些钱币的时候，它们总是又脏又锈，而且还有一股去不掉的死人味。"那好吧。我们就对这趟旅行保持沉默吧，怎么样？"

渡船行驶到河心时，普绪喀犯了个错，看了一眼船舷。在深不见底的水中，一个老人浮在水面上，不停挥舞着胳膊。"救我！"他大叫道，"我不会游泳！"普绪喀那颗温柔的心让她很想把他拉起来，不过她意识到了这又是一个试探。

"眼睛紧盯目标，"她对自己说，"厄洛斯需要我。"

那个老人发出咕嘟咕嘟的声音，沉到了水下，这正是他应得的下场。每个人都应该知道，没有穿好救生衣不能在斯提克斯冥河里游泳。

---

① ass也有"屁股"的意思，此处仍然是关于ass的双关语笑话。

② 同上，此处也是关于ass的双关语笑话。

在冥河对岸，厄瑞玻斯[1]的黑墙在幽暗中显露出来。普绪喀从渡船上下来，立刻在岸边看到了一位老妇人，她正在用织布机编织一块挂毯。

这也太凑巧了，普绪喀想。这一定又是一个试探。

“哦，求求你，亲爱的，”老妇人说，“请帮我织一小会儿好吗？我的手指太酸了。我的眼睛也模糊了。你肯定能抽出一点点时间来帮助我这样的老太太吧？”

这让普绪喀有些伤心，因为这个老妇人的声音让她想起了她的母亲，不过她还是没有停下脚步。

“好吧，很好！”老妇尖叫道，“你就继续这样吧！”

她化为一阵轻烟消失了。

最后，普绪喀来到了冥界的铁门前，亡灵们在此排队鱼贯而入，就像泽西高速公路收费站前的汽车长龙一样。大门正中坐着哈迪斯的宠物，长了三个头的怪物罗威纳犬——刻耳柏洛斯。

刻耳柏洛斯冲着普绪喀狂吠，还想咬她，它知道她是活人，想把她当成一顿好吃的大餐。

好吃的大餐，普绪喀想。当她还是个小女孩，在宫殿里玩耍的时候，她总是偷偷把剩菜喂给狗儿们吃。它们喜欢吃她喂的东西。

“嘿，好孩子，”她说，尽力不表现出自己有多害怕，“想吃点心吗？”

刻耳柏洛斯的三个头都歪向了一边。它喜欢吃点心。

普绪喀扔出了一块蜂蜜糯米糕。趁着三个头忙着争抢糯米糕的时候，她溜进了冥界大门。

穿过长春花之地费了她不少工夫——要躲开嘈杂的亡灵群，复仇三女神，僵尸边境巡逻队——不过最终普绪喀来到了哈迪斯的宫殿。她在珀耳塞福涅的花园里找到了这位女神，珀耳塞福涅正在一片银骨树林中间的露台上喝茶。

这位春天女神现在处于冬季状态。她的长裙是灰白色和绿色的——青草上的寒霜的颜色。她的眼睛像十二月的太阳一样是淡金色的。她看到普绪喀这样一个怀有七个月身孕的凡人女子跌跌撞撞地走进她的花园，似乎并不惊讶。

“请坐吧，”珀耳塞福涅说，“喝点茶，吃些小甜饼吧。”

---

① Erebus，既指上古神卡俄斯的儿子，即黑暗之神，又指冥界中死者最先到达的地方。

茶和小甜饼对普绪喀很有吸引力，因为她最近一直靠吃阿芙洛狄忒那儿的不新鲜的面包皮过活，不过她听说过很多与在冥界吃东西有关的不幸故事。

“谢谢您，不用了，”她说，“珀耳塞福涅夫人，我有个不寻常的请求，希望您能帮我。阿芙洛狄忒想问问您能否借一些美容霜给她。”

珀耳塞福涅身后有一丛紫色的花朵枯萎了。“你说什么？”女神问。

普绪喀解释了一下她和厄洛斯之间的问题。她尽量忍住眼泪，但却隐藏不了话语中的悲伤。

珀耳塞福涅打量着这位凡人女子，冥后被她的故事吸引住了。珀耳塞福涅自己的婚姻也有一些问题，而且她也和阿芙洛狄忒有过争执。她想，这大概就是爱情女神派普绪喀来这儿的原因，对方希望珀耳塞福涅对普绪喀发怒，甚至杀了她。

不过……珀耳塞福涅不准备接下这份阿芙洛狄忒给她的脏活儿。如果爱情女神想借些有魔法的东西那就拿去好了，尽管珀耳塞福涅只有一种东西可以借给她。

“打开盒子。”珀耳塞福涅说。

女神向她自己的掌中吹了一口气。一束光像水银一样聚集在了她的掌心里。珀耳塞福涅把它倒进了红木盒子并关上了盒盖。

“给你，”珀耳塞福涅说，“不过要记住这一点，孩子——不要打开盒子。里面的东西是只给阿芙洛狄忒本人的。你明白了吗？”

“我明白了，”普绪喀说，“谢谢您，夫人。”

普绪喀高兴极了。终于完成了！她沿着来路从冥界返回，用第二块蜂蜜糯米糕引开了刻耳柏洛斯，用第二枚德拉克马登上了卡隆的渡船驶过冥河。她往上爬回到凡间，踏上返回阿芙洛狄忒的宫殿的漫漫长路。

她走完一半路的时候，突然被一个念头弄得心烦意乱。

“我到底在干什么？”普绪喀自言自语道，“就算我完成了任务，赢回了厄洛斯，他还想要我吗？我的样子糟透了。我筋疲力尽了，最近除了面包皮我什么也没吃，我的衣服破破烂烂的，而且我都七个月没洗过澡了。我有满满一盒女神的美容霜要给阿芙洛狄忒，可她根本用不着这个。我应该拿出一点点来自己用。”

很傻是吧？也许。不过就体谅她一回吧。普绪喀几个月来不停地接受任务，她又困又饿，可能丧失了思考能力。再说，你越接近完成某件事，就越有可能变得粗心大意或犯错，因为你太希望再也不犯错了（哎哟，我也有这样的经验）。

再说——我要大胆推测一下——我认为普绪喀最大的缺点就是缺乏安全感。她非常有勇气，还有其他很多了不起的品质，但她对自己没有信心。她不相信像厄洛斯那样的人会爱上她这样一个人的本来面貌。这就是她的姐姐们能够指使她的原因，也是她打开了美容霜盒子的原因。

不幸的是，珀耳塞福涅放进盒子里的不是美容霜。她放进去的是纯粹的“冥河之眠”——冥界的精华。珀耳塞福涅的本意是给阿芙洛狄忒一份小小的“谢礼”，感谢她把珀耳塞福涅扯进她自己的问题里。

我不太确定这种东西对像阿芙洛狄忒这样的女神会发挥什么作用——可能会让她昏迷一会儿，或让她的脸变僵硬，这样一来她会几个星期都说不清楚话。然而当普绪喀打开盒子的时候，冥河之眠立刻充满了她的肺部，让她一瞬间失去了意识。

她的生命开始慢慢衰竭。

回到阿芙洛狄忒的行宫里，厄洛斯的肩膀开始抽痛，仿佛有人在用一把烧红的匕首反复刺它。他意识到他的妻子一定是出了什么事。他不顾疼痛，从病床上爬了起来，发现自己恢复了一点力气。自从他变成伟大的假音塔和普绪喀谈过话之后，他的灵魂就开始恢复健康了。他张开翅膀，飞出窗户，飞向普绪喀。

他用双臂抱起了昏迷不醒的普绪喀。“不，不，不，我的挚爱，你到底做了什么？”

他抱起了她，径直飞向了奥林匹斯山。他闯进了宙斯的王座厅，所有的天神都聚在那里，准备欣赏一出阿波罗创作的新戏，那部戏名叫《我的二十件得意之事》(不用在百老汇找这部戏了，它在首演之后就不再上演了)。

“宙斯陛下！”厄洛斯喊道，“请您给我一个公道！”

大多数神都知道不要气冲冲地闯进宙斯的宫里找他要什么东西，尤其是公道。宙斯可没有多余的公道能给你。

不过呢，即使是奥林匹斯之王也有一点害怕厄洛斯，所以宙斯召他上前来说话。

“你为什么把这个凡人带到我们之中来？”宙斯问，“她是挺漂亮的，我得承认，不过她的肚子也挺大了，而且好像快死了。”

就在这时，阿芙洛狄忒也来看戏了。她迈着猫步走进大厅，本来盼着每个人都恭维一番她穿着的新裙子有多美丽，然而所有神的注意力都在厄洛斯和普绪喀身上。

我的众神啊，阿芙洛狄忒心想，真是难以置信，就算又脏又臭还昏过去了，那个丫头还是能得到所有人的注意！

“这是怎么回事？”女神抱怨道，“那个女孩是我要对付的人。”

“不要说话，阿芙洛狄忒，”宙斯对厄洛斯点点头，“爱神，你说。你想说什么？”

厄洛斯给各位神祇讲述了整个故事。即使是奥林匹斯山上的天神也被普绪喀的勇敢感动了。是的，她犯了一些错，她偷看了厄洛斯的真身，她打开了要给阿芙洛狄忒的盒子，不过她也表现出了极大的忠诚和决心。最重要的是，她对众神表现出了恰如其分的虔诚。

“太荒唐了！”阿芙洛狄忒叫道，“她都没有完成她的最后一个任务！盒子里都没有装满防过敏配方的美容霜！”

厄洛斯阴沉着脸对她说：“她是我的妻子。你必须接受这一点，母亲。我爱她，而且绝不会让她死去。”

宙斯捋了捋他的胡子。“我想帮这个忙，厄洛斯。不过她陷入冥河之眠太深了。我不确定我能不能让她完全恢复成原来的样子。”

赫拉向前一步说：“那就让她成为一位女神吧，普绪喀配得上这份荣誉。如果她要成为厄洛斯的妻子，这也是唯一让他们相配的办法。”

“说得对，”得墨忒耳也附和道，“让她成为女神。我并不指望从厄洛斯那儿得到什么回报，虽然这完全是我的建议。”

“也是我的建议。”赫拉补充说。

阿芙洛狄忒继续抗议，不过她看得出来奥林匹斯议会和她意见不一致。她很不情愿地投了赞成票。这样本次奥林匹斯投票表决就全票通过了。

当普绪喀睁开眼睛时，她的体内流动着新生的力量。属于神祇的灵液在她的血管中流动。她发现自己穿上了闪闪发光的精美长袍，而且还长出了像蝴蝶一样的翅膀（这倒是有点奇怪，不过不重要了）。她拥抱了她的丈夫厄洛斯，他现在已经痊愈了，而且比什么时候都开心。

“我的挚爱，”他说，“我永生的妻子！”

“我还是老大吗？”她问。

厄洛斯笑了。“你当然是老大。”

他们亲吻了彼此，重归于好。普绪喀成了掌管人类灵魂的女神——她会在我们需要坚强和理解时来关照我们，因为她比任何神都了解人类的痛苦。

她生下的女儿叫赫多涅，后来成了欢愉女神。你得承认，在普绪喀经历过这么多事情以后，她应该得到一些欢愉。

就讲到这儿吧。故事完。

等等……我答应过你们要讲关于死亡和苦难的故事，现在却连续讲了两个喜剧结尾的故事。这是怎么回事？

不如我们来讲讲另一个半神遭遇的严重交通事故吧——这个孩子冲撞、烧毁了半个世界。让我们认识一下法厄同。他会让你对我重新充满信任的！

法厄同没通过驾照路考

自从他的父母给他起了名字，这位哥们儿就受到了诅咒。

我是说法厄同，在古希腊语中，这个词的意思是“闪亮”。他的老爸是太阳神，所以我想他叫这个名字还是有几分道理的。不过，任何一个跟《闪灵》这部老电影——杰克·尼科尔森在里面扮演一个变态斧子杀人狂——同名[①]的孩子都不可能过上幸福的生活。

他的母亲克吕墨涅是一位与人类居住在一起的水仙女。她在尼罗河畔有一座屋子，在埃及的南部。她肯定是极其美丽的，因为赫利俄斯这位掌管太阳的泰坦爱上了她，而他毫无疑问是有能力随意挑选他喜欢的女子的。

赫利俄斯每天都驾着他的太阳战车驶过天空，那辆车堪称约会利器，他就这样巡视所有的漂亮妞儿。太阳落山以后，他会穿上他的泡吧战袍，镇住各个夜店的场子。姑娘们都无法抵抗他那泰坦式的英俊相貌，他的力量，还有他的名望。

“你看起来很眼熟啊，”女士们会这样问，“你上过电视吗？”

“我能驾驭太阳，”赫利俄斯会这样回答她们，“你懂的，就是天上的那个大火球。”

“噢，我的众神啊！怪不得我见过你！”

---

① “闪亮”原文是The shining，它也是一部惊悚电影的片名，中文译为《闪灵》。

赫利俄斯一遇到克吕墨涅，就不再出去拈花惹草了，变成了一个只爱一位仙女的男人（至少有那么一阵子如此。众神是不搞“直到死亡把我们分开”这一套的）。他们一起生了七个女儿，我不知道这些女儿是七胞胎还是年纪各不相同，总之，当当！他们的女儿可够多的。没人记得住她们各自的名字，所以她们被统称为赫利阿得斯，意思是“赫利俄斯的女儿”。她们有统一的亮片外套，就像一支体操队一样，当然，她们的其他东西也都是配套的。

最终，赫利俄斯和克吕墨涅生了一个儿子，法厄同。不用说，因为他是最小的孩子，又是唯一的男孩，他得到了所有的宠爱。

法厄同长到能记事的年纪时，赫利俄斯已经不在这个家里了。情况大概像这样吧：“嗯，克吕墨涅，跟你生了八个孩子是挺不错的。跟他们好好过吧！我要回去驾着我的约会利器巡视天空了。”

这就是神祇会对你做的事。

法厄同依然喜欢听他妈妈讲赫利俄斯的故事。克吕墨涅总是对法厄同说，他比其他小男孩都要特别，因为他的父亲是一位天神。

“看，法厄同！”她在他三岁那年某天早晨对他说，“那是你的父亲，太阳神！”

“太痒神①？”

“是太阳神，亲爱的。他在驾着他的战车越过天空！不，不要直视他。你的视网膜会被灼伤的。”

他的姐姐们本来有理由对她们的小弟弟感到嫉妒，但她们实在忍不住要疼爱他。他绕着屋子蹦蹦跳跳，一边喊着“我系太痒神！我系太痒神！”的样子太可爱了。他喜欢冒险，比如拿着小刀跑步，把硬币塞进插座里，用最快的速度骑他的小三轮车。

七位赫利阿得斯很快就学会了如何照顾他。事实上，附近的居民开始管她们叫“赫利阿直升机”，因为她们总是盘旋在法厄同身边。这孩子在八位溺爱他的女性的照料下长大，这让他变成了一个很自负的人。

随着法厄同渐渐长大，他迷上了战车竞赛。为什么？这还用说吗？他的父亲可拥有史上最好的战车。不幸的是，他的母亲不准他参加竞赛。她对运动中的

---

① 法厄同因为年纪小，把sun（太阳）说成了fun（好玩），谐音译为“太痒”。

危险怕得要死。无论何时，只要法厄同想去看战车竞赛，她都要逼他戴上安全头盔，因为你永远不知道哪个车手什么时候会失控，一头撞进人群里。

法厄同长到十六岁的时候，他对他那过度保护主义的妈妈和七个直升机式的姐姐彻底绝望了。他决心弄到属于自己的战车。

有一天放学后，他沿着小路往前走。此地的一位名叫厄帕福斯的王子正在炫耀他的新车——马克V形西风战车，配备青铜子午线轮胎，低底盘液压系统，马轭上装有流水转向灯——应有尽有。人们围着他聚成一圈。所有的男生都在说："哇……"所有的女生都在说："你太帅了！"

"没什么大不了的，"厄帕福斯对他的仰慕者们说道，"国王陛下，也就是我的父亲，给了我所有我想要的东西。"

可能你们也认识某些王子，或者某些自认为是王子的家伙。他们是可以变得很讨厌的。

内心深处，法厄同受到嫉妒和愤怒的煎熬，因为他知道厄帕福斯那辆战车的花费比大多数人一辈子能挣到的钱还多。而且，再过几个星期王子殿下就会对他的新玩具感到厌倦，最终它只能落得个在王室车库里积满灰尘的下场。

厄帕福斯让他的女粉丝轮流执起缰绳，给他的马喂胡萝卜，或是打开轮子上的可伸缩刀刃。

"这是世界上最好的战车，"他装作不经意地说，"没有哪个人的车比它还好。当然这都不算什么啦。"

法厄同再也忍不住了。他的喊声穿过了整个人群。"这车就是垃圾！"

人群顿时静了下来。

"谁说的？"王子问道。

每个人都转向法厄同，还用手指着他，感觉像在说："哥们儿，很高兴认识你！"

法厄同走上前去。他把头抬得高高的，不去在意自己还戴着一顶贴着反光贴纸的安全头盔这个事实。"你说那是世界上最好的战车？跟我父亲的战车比起来，它就是一件大型垃圾。"

厄帕福斯挑起了眉毛。"你是叫法厄同，是吧？你有七个很可爱的保姆……我是说，姐姐。你住在，啊，那间河边的简陋小屋里。"

观众发出了窃笑。法厄同长得很帅，也挺聪明，可惜他不怎么受欢迎。他有被惯坏了的名声，而且，他在学校里也没交到多少朋友。因为他妈妈不让他参加体育运动——就算要参加，也必须带上衬垫足够厚实的头盔、救生衣、急救包和水壶。

法厄同正视着王子。“厄帕福斯，你的父亲可能是国王，不过我的父亲是赫利俄斯，太阳神。他的战车能把你的车熔化成一堆废铁。”

他说话的口吻充满了自信，人群不禁后退了几步。法厄同看起来的确像是半神。他个子很高，肌肉也很结实，正是适合成为战车驾驭者的身材。他那古铜色的皮肤，鬈曲的黑发，还有他那带有王者之风的面相，都让他的话听起来更加可信了……由于愤怒，他的眼睛甚至闪烁着他内心的烈焰——还是说，那只是反光造成的错觉？

厄帕福斯对此报以大笑。“你……赫利俄斯的儿子。告诉我，你的父亲在哪儿？”

法厄同指向天空。“当然就在天上，驾驶着他的战车。”

“那他每天晚上都会回到你家那个河边小屋，是吗？”

“这个，不……”

“你多长时间见到他一次？”

“我从来没有真正见到过他，不过——”

“那你怎么知道他是你的父亲？”

“我的母亲告诉我的！”

人群又爆发出一阵笑声。

“噢，我的众神啊。”一个女孩说。

“这套把戏太烂了。”另一个女孩说。

厄帕福斯摩挲着他战车上定制的青铜饰物。“你的母亲……就是这位夫人让你走到哪儿都戴着那顶傻里傻气的头盔吗？”

法厄同的脸变得滚烫。“脑震荡可不是闹着玩儿的。”他嘀咕道，然而他的信心在崩溃。

“你有没有想过，”王子说，“你的母亲可能说了谎？她只是想让你觉得好过一点，因为你是个无名无分的下等人。”

“你胡说！”

“要是你的父亲真的是赫利俄斯，就证明给我们看啊。你让他到下界来，到这儿来呀。”

法厄同朝上看着太阳（你们绝对不能在没戴合适的护眼装置的情况下这样做，法厄同的母亲都告诉过他一百万次这个道理了），默默地在心中祈祷他父亲给他某种迹象。

“来来来，”厄帕福斯冲他起哄，“让太阳给我们走一个‘之’字形看看。让它兜几个圈！我的战车能在六十英里的时速下表演前轮离地特技，喇叭还能播放墨西哥舞曲呢。太阳战车当然能做得比这更好啦！”

人们也纷纷欢快地叫起来。

“求你了，爸爸，”法厄同恳求道，“帮我解围吧。”

有那么一秒钟，他以为太阳变得更亮了一点点……可惜没有。什么也没发生。

法厄同羞愧得跑掉了。

“这就对了，闪亮男孩！”王子在他身后喊道，“回家找你的妈咪和姐姐们去吧。她们可能都给你准备好了围嘴和婴儿食品啦！”

法厄同回家之后，重重地把自己房间的门摔上了。他把音乐开到最大音量，把课本都冲着墙扔过去，扔了一遍又一遍（好吧，这只是我的猜测，不过当我心情很糟的时候，只有把《趣味代数方程》变成无敌飞盘扔来扔去才能让我感觉好过一点）。

法厄同的七个姐姐聚在他房间门口，问他到底怎么了。他不愿意回答，她们就跑去把母亲找来了。

最终克吕墨涅让法厄同从房间里出来了。他把跟厄帕福斯王子的争执都告诉了她。

“噢，宝贝，”克吕墨涅说，“我希望你去战车赛道的时候没忘了擦防晒霜吧？”

“妈，这不是重点！”

“对不起，亲爱的。你想要一块烤芝士三明治吗？你每次只要吃了这个就会开心起来。”

“我不想要烤芝士三明治！我想要能证明我父亲就是赫利俄斯的证据！”

克吕墨涅不安地把双手绞在一起。她一直在担心这一天的到来。她一直在尽最大的努力保护儿子，然而安全警示和保护软垫能做的也只有这么多了。迟早，麻烦事总会找上半神孩子的（这点我可以做证）。

她决定采取最后一个措施，看看能不能安抚他。

“跟我来。”她说。

她带着法厄同到外面去。在大街正中间，克吕墨涅举起双臂，伸向正缓缓落到棕榈树后方的夕阳。

“听我说吧，众神啊！”她大声说道，“我的儿子法厄同，是赫利俄斯这位太阳之主的亲生儿子！”

“妈妈，”法厄同小声说，“你这样我会觉得丢脸的。”

“如果我说了谎，”克吕墨涅继续大声说，“就让赫利俄斯用一道闪电把我劈死吧！”

什么都没发生。要是赫利俄斯对此做出某种反应会更酷一点，不过众神不喜欢按照别人的吩咐做事，即使是用闪电把人劈死这种好玩的事。

克吕墨涅微笑着说：“看到了吧，儿子？我还活着呢。”

“这也证明不了什么，”法厄同小声说，“我想见一见我的爸爸，我想听他亲口告诉我！”

克吕墨涅的心都快要碎了。她知道现在是时候让儿子选择自己的路了，可是她并不想这样做。她想把他用襁褓包起来，再永远把他安全地储藏在填满减震泡沫的箱子里。“噢，法厄同……拜托，别这样。去赫利俄斯的宫殿的路太危险了。”

“所以你知道怎么去？告诉我吧！”

克吕墨涅叹了一口气。“如果你非去不可的话，一直朝东边地平线的方向走去，走到第四天凌晨，你就会抵达太阳的宫殿。只在夜里走，白天不要赶路。”

“因为白天我爸在驾驶战车穿过天空。他只在晚上才回家。”

“对，”克吕墨涅说，“而且，白天赶路实在太热了，你会脱水的。”

“妈！”

“一定要小心，宝贝。做什么事都别匆匆忙忙的！”

法厄同已经听过这种警告差不多有一百万回了，所以这句话也只是擦着他的安全头盔滑了过去。

“谢谢你，妈妈！”他亲了她一下道别。接着他拥抱了他的每一个姐姐，她们都在为他哭泣，因为眼看着他就这样上路了，没打旅行前的疫苗，没带净水药片，甚至没带个后备轮胎，实在让人不放心。

刚走到她们的视野之外，法厄同就扔掉了他的安全头盔。接着他就开始了寻找太阳宫殿的征程，他坚信这趟旅程能让他赢得名声和荣耀。

名声，那是少不了的。荣耀？这就未必了。

他离开尼罗河，朝东边一连走了三个晚上。这时，如果这么赶路的是一般人的话，他们就会看到红海和一大片高级海滨度假村了。法厄同，作为赫利俄斯的儿子，则在地平线的尽头找到了他父亲的神宫，这里就是每一天赫利俄斯出发寻找漂亮妞儿——我是说，光芒万丈地升向空中——的地方。

法厄同凌晨三点走到了那儿。即使是在黎明前的黑暗中，他仍然得戴上太阳镜才能正视这座宫殿的炫目光芒。护墙像熔化的黄金一样闪亮，大殿正面的仙铜柱一字排开，柱子上环绕着烈焰。白银大门上的蚀刻图案——由火神赫菲斯托斯亲自设计——是凡间的生活景象，但是像视频画面一样会活动。

法厄同一走到门口，大门就自动打开了。一进门是一间跟体育场一样大的会客厅。众多的小神，也就是赫利俄斯的大臣们，三三两两地聚在一起，等待着开始一天的公务。时序三女神，即掌管季节的女神们，正在一边小口喝咖啡一边吃早餐玉米卷。一位穿着闪闪发光的蓝金两色长袍的女士——赫墨拉，白昼女神——正在跟一位长了翅膀的、穿着玫瑰色长裙的美丽姑娘聊天。法厄同猜想她一定是厄俄斯，黎明女神，有着玫瑰般的手指的女神，因为她的手真的是前所未有的红[①]。她要么是黎明女神，要么就是用血画的手指画，到底是哪种情况法厄同就不得而知了。

在另一个角落里站着一群身穿同样风格的蓝色制服的男子，他们的背上写着不同的时间——中午十二点，凌晨一点，下午四点——还有两个词“擦洗浴缸”。法厄同心想，他们大概是小时之神。

是的，一天里的每个钟头都有一个小神。你能想象成为下午两点的神的感受吗？所有上学的孩子都讨厌你。他们会说：“为什么现在不能是三点半呢？我想回家！”

在大厅正中央，泰坦赫利俄斯坐在一张完全由绿宝石制成的王座上（不，他不是在炫耀。这位老兄可能还有一个用钻石做的马桶呢。你每冲一次水都会被闪

---

① 黎明女神以美貌著称，荷马曾用“玫瑰一般的手指”形容她的手之美，作者借此调侃。

瞎眼）。

他的紫色袍子映衬着他古铜色的肌肤，乌黑的头发上戴着一顶金色的桂冠。他的笑容很温暖（当然，他是太阳，他干什么事都很温暖），这能缓和他眼神中的残酷。他的瞳孔像工业锅炉的长明灯一样燃烧着。

“法厄同！”他叫道，“欢迎你，我的儿子！”

我的儿子。这几个字眼充实了法厄同的整个人生。一股骄傲之情温暖了他，要不就是王座厅让他有点发烧了，这里的空调大概设置成了一百二十华氏度①吧。

“这么说这是真的？”他小声问，“我是你的儿子？”

“当然是啊！”赫利俄斯说，“快过来，让我看看你！”

法厄同走到了王座旁。其他神祇都聚集过来，交头接耳地发表评论，诸如“他的鼻子像爸爸”，“体态很优美”，“英俊的年轻人”，“可惜他没继承那双燃烧的眼睛”之类的。

法厄同有些迷糊了。他不知道自己来到这里到底是对是错。接着他想起了厄帕福斯如何取笑他，怀疑他的血统。那个愚蠢的王子，还有他那愚蠢的低底盘战车。

法厄同的怒气给了他新的勇气。他是个半神，他完全有权来到这里。他站直了，正视他父亲的火焰眼眸。

赫利俄斯凝视着自己的儿子。“你长成了一个很不错的年轻人。你配得上你的名字：闪亮。我的意思是你年轻、强壮又英俊，不是说你跟那个变态斧子杀人狂电影有任何关系啊。”

“呃，谢谢……”

“那么，我的儿子，”这位天神说，“你为什么来看我呢？”

一滴汗珠顺着法厄同的脸颊流了下来。他本想回答“因为你从来没来看过我，你这个混账”，不过他猜这么说不会有什么好果子吃。

“父亲，身为您的儿子我很骄傲，”法厄同说，“不过在我家乡没人相信这一点。他们嘲笑我，说我撒谎。”

赫利俄斯皱起了眉头。“他们为什么不相信你？他们没注意到你母亲发那个誓的时候我没把她烧成灰吗？”

---

① 120华氏度约合48.89摄氏度。

“我不认为有谁会因为这个相信我。”

“他们不知道你的名字的意思是闪亮吗？”

“他们没注意这个。”

“这些凡人！什么都不能让他们满意！”

赫利俄斯陷入沉思。他很不高兴他的儿子在战车赛场上被取笑。他想帮助法厄同，不过不知道该怎么帮。他其实可以做点容易做到的事，比如写一张签名便条，或者在图片社交网站上发布一张父子合影。又或者他可以在太阳战车后面挂一条横幅：法厄同是我儿子，你们想怎么样？

然而，赫利俄斯做了一件极其鲁莽的事。

“为了证明我是你的父亲，”这位天神说，“你可以向我提出一个请求，随便什么都行，我会满足你的。”

法厄同的眼睛亮了起来（不是像他老爸的眼睛那样亮起来，不过也差不多了）。“真的？你说真的？”

赫利俄斯哈哈大笑。现在的孩子们啊……他认为法厄同会向他要一把有魔力的剑，或是全国运动汽车竞赛的门票之类的东西。“我以斯提克斯冥河的名义发誓。”

再说一遍，你绝对不能发这种誓，而众神和英雄似乎总是在最不恰当的时机让这种誓言冲口而出。

尽管如此，我还是能理解为什么赫利俄斯要这样做。就像很多天神老爸（还有凡人老爸）一样，他对没怎么花时间陪伴孩子感到愧疚。他想用昂贵的礼物来弥补这一点——在本故事中，是用发一个愚不可及的誓来弥补。

法厄同毫不犹豫地想到了自己想要什么。他还是个小男孩的时候就只想要这个。他这一生做梦都想要得到它。

“我想明天驾驶太阳战车！”他宣布，“一整天，就我一个人！”

一种像唱针刮擦声般的声音顿时充满了整间王座厅，因为所有神祇都猛地朝这边伸长了脖子，仿佛在问：“你说什么？”

赫利俄斯的天神下巴合不拢了，他的天神屁股也在绿宝石王座上坐不住了。

“哇，哇，哇，”他想笑一声，不过发出的声音更像是要被什么东西噎死了，“孩子，我们别这么疯狂好吗？选个别的什么吧。真的，这是唯一一个我不能同意的请求。”

“你保证过什么都行的，”法厄同说，“你又没有在这件事上面打个星号，标明不能选。”

“这件事不是明摆着打了星号的吗！别这样，孩子。太阳战车太危险了！换成一套很棒的火柴盒玩具战车怎么样？”

“爸，我都十六岁了。”

“那就来一辆真的战车！我会给你一辆比别的孩子的车都棒得多的战车。马克Ⅴ形西风战车，配备青铜子午线轮胎和——”

“爸！”法厄同说，“你是要遵守承诺，还是不要？”

赫利俄斯觉得自己陷入了绝境——比那次他下午四点弄掉了一个车轮，只好在午后的天空中原地等待道路救援还要糟糕。“法厄同，好吧，我是发誓了，我不能收回。不过我能跟你讲道理。这是一个糟糕的主意。如果这世上有一个糟糕主意之神，他会把‘让凡人驾驶太阳战车’画在他的盾牌上的，因为这是史上最糟糕的主意。”

法厄同的激情没有退去。这十六年来他的母亲和姐姐们老是在对他说，一切他想要的东西都是错误的——太不安全了，太冒险了。而现在他可不会这样就被说服了。

“让我驾驶太阳战车，”他说，“这是我唯一想要的东西，这是我的梦想！”

“但是，儿子……”赫利俄斯环视了一圈他的廷臣，想找个人帮忙，不过他们突然都对自己的早餐玉米卷产生了浓厚的兴趣。“除了我以外，没有人能控制战车的热量。就连宙斯都不能，尽管他是最有力量的神。我的四匹马极难驾驭，行程也非常艰难。首先你要垂直向上攀升，就像最刺激的过山车一样。达到最高点时，你的位置高得足以碰到天穹顶部，那些星座怪物全都可能来袭击你！接着就要下降了，这是最吓人、最恐怖的肾上腺素大爆发……我好像没能说服你？”

“这听起来太酷了！”法厄同说，“我什么时候能上战车？”

“让我驾车带你吧。你可以坐在副驾驶位上，还能挥手和扔糖果下去。”

“不，爸爸。”

“让我在你拿上缰绳之前训练你几个月吧，或者几个世纪。明天就去实在太扯淡了。”

“不。”

赫利俄斯长叹了一声。“你要让我心碎了，孩子。好吧，来吧。”

太阳战车的车库可不是那种堆满了收纳箱、坏了的家具，还有用过的圣诞节装饰品的地方。那里的大理石地板一尘不染，马厩刚刚擦洗过，小时之神组成的后勤小分队穿着他们的“擦洗浴缸”统一制服忙里忙外，给战车的外部装饰抛光，用吸尘器打扫车内，把跟大象一样大的烈焰马都牵到车辕旁，上好马轭。

战车的轮子有法厄同身高的两倍那么高。车轴和轮辋都是纯金的，而轮辐和玛莎拉蒂牌刹车片都是纯银的。车身两侧镶嵌有赫菲斯托斯的金属装饰画——金银铜三种色调、变化不休的奥林匹斯山景象。战车内饰是纯黑色皮革，装有定制的豪华立体声系统，24K 金杯架，后视镜上还挂了一个松树状的车用空气清新剂。

法厄同迫不及待地爬上车去，不过他一抓住扶手，就感到它像炉灶一样烫。

“等一下。”他的父亲拿出一瓶看起来像防晒霜的东西，“我先给你涂上这个，不然你会被火焰点着的。”

赫利俄斯给他的脸和胳膊涂魔法乳液的时候，法厄同一直在不安分地扭来扭去。他从很小的时候就有这种经验了。当其他孩子都在尼罗河岸边尽情玩耍的时候，他的妈妈会给他全身涂上厚厚一层防晒霜，而且还要上一堂傻里傻气的讲座，讲述中暑或鳄鱼或其他什么鬼东西有多么多么危险。真是烦死了！

“好了，”赫利俄斯说，“这应该能暂时保住你的命。只要车轮一开始转动，战车的温度就会升高到三百度，这还是在车内空调开到最大时的温度。”

“才不可能那么热呢。”法厄同说，尽管他的手掌已经被烫出了好多个水疱。

“听着，孩子，过不了多久就该日出了。我会尽力告诉你一些注意事项，好救你的命。”

“哇！”法厄同爬进车里，跑向仪表盘。“你有内置蓝牙音箱？”

“法厄同，听我说！”赫利俄斯紧跟着他跳上车，刚好来得及阻止他发动火箭推进器，“不要碰那些按钮！不管你要做什么，都不要鞭打马儿让它们跑得更快。”

“还有鞭子？酷！”法厄同握住鞭子柄，挥动了一下金鞭子，弯曲的火舌便朝空中喷发出来。

“不要用它！”赫利俄斯用恳求的口吻说，“马儿们跑得已经够快的了。对了，它们的名字是火焰、黎明、火光和火苗。不要叫它们惊雷、闪电、彗星和丘比特[1]。它们讨厌被这样叫。”

“为什么？”

“当我没说。如果你想让它们慢下来，就拉住缰绳。动作一定要坚决，不然它们发现你没有经验，就会乱来。”

“别吓唬人了，”法厄同说，“这些马儿看起来那么乖。”

这几匹公马抖动着它们带火苗的鬃毛。它们呼出的气是火山灰的黑烟，跺蹄子时会在大理石地板上留下灼烧的痕迹。

“呃，也对。”赫利俄斯说，“最重要的是——绝对不要离开天空正中。你升上天空之后，会看到我的车辙印——基本上就是蒸气形成的刹车印。沿着那道车辙走，马儿都认路。不要升得太高，不然天庭会着火的。也别降得太低，否则你就会毁灭大地。”

“明白啦。”

“不要太偏北，也不要太偏南，记住是天空的正中。只要你做到了这个，不要做什么傻事，你就有很小的概率能幸存。”

对法厄同而言，所有这些都等于平常听到的那些唠叨。他的妈妈和姐姐们从开天辟地时就开始对他说教了。他满脑子想的都是美好的火焰鞭，棒极了的喷烟马，还有他驾驶着这辆黄金战车升上清晨的天空时看起来有多神奇。

赫利俄斯的手机闹钟音乐《太阳驾到》响起来了，他爬出了战车。

黎明女神厄俄斯跑进了车库。她按了墙上的一个按钮，车库门升了起来。探照灯打开了，一道光照亮了清晨的天空。厄俄斯把她那玫瑰色的双手放在灯光前，开始进行手影艺术表演。法厄同过去不知道每天的日出是这样一种怪里怪气的现场表演。

“最后一次机会，”赫利俄斯恳求他的儿子，“求你别这样做。”

“我不会有事的，爸！哎呀，我会把你的战车带回来，一条划痕都不会有。”

“不要大声放音乐。手放在缰绳上。如果你必须平行停车[2]——”

---

① 惊雷、闪电、彗星和丘比特是给圣诞老人拉雪橇的九只驯鹿中四只的名字。

② 平行停车指把车停在路边的两辆车首尾之间的空位，需要比较熟练的驾车技术，否则容易磕碰。

“回头见，爸！谢谢！”法厄同抖动缰绳，“驾！”

马儿们打了一个趔趄，向前跑去，拉着法厄同和战车冲进天空中，留下赫利俄斯在他身后大叫：“保险卡在仪表盘贮物箱里！”

驾驶太阳战车比法厄同想象的还要美妙。

他放声大叫，高兴得跳起了舞，随着战车以每小时十亿英里的速度跃升。

“耶，宝贝！”他高声叫道，“谁是太阳？我是太阳！”

马儿们已经要发疯了。火焰、黎明、火光和火苗不喜欢法厄同这么轻地握住它们的缰绳。它们也不喜欢他跳的舞。它们的速度是平时的两倍，但是由于它们是在垂直上升，而且法厄同从来没有驾驶过这辆战车，所以他没有察觉哪里不对劲儿。

地面上的人类肯定是发现了。比方说，他们六点钟起床，二十分钟之后，太阳就到了大中午的位置了。

战车开始与天顶平行行驶，法厄同的兴奋劲儿也平静下来了。他偷瞄着仪表盘上所有不该去按的按钮。他一只手握着缰绳，另一只手翻找他老爸的唱片，想找些不那么没劲的音乐来听，可惜这里的唱片收藏让他绝望：《早安，阳光》《阳光漫步》《你是我生命中的阳光》——一首接一首跟太阳有关的老歌。

法厄同尝试过专注于横跨天空的烟痕车辙，沿着他老爸让他走的路驾驶。不过只过了……呃，大概五分钟吧，这就变得无聊死了。再说，尽管空调开到了最大，尽管擦上了魔力防晒霜，战车里还是很热。很快法厄同就感觉汗流浃背，烦躁不安。

“我好无聊啊，”法厄同说，“这真的很无聊。”

这听起来难以置信，不过我可以解释。大多数半神都有注意力缺陷多动障碍。不管某种体验有多美妙或多可怕，只要做上这件事几分钟，我们就已经想做别的事了。而且……当你乘坐着温度有一百万摄氏度的死亡火焰战车在平流层疾驰的时候，能说一句“我好无聊啊”简直都算是令人羡慕的命运了。

法厄同俯瞰遥远的下界，看到的景象既可怕又迷人。他从来没有从这么高的地方往下看过。也没有凡人做到过，因为这时飞机之类的东西还没有发明呢。他很肯定自己辨认出的那条蓝线就是尼罗河。他的家乡就在尼罗河中游，就在那边。

“嘿，厄帕福斯！”他大声朝下喊，“你觉得我这种兜风怎么样？”

但是，当然了，厄帕福斯听不见。老家没有人能知道法厄同驾驭了太阳。过不了几天，就在经历过他一生中最激动人心的体验之后，法厄同假如回老家夸耀这段经历，将不会有任何人相信。他会恢复到一开始的样子——滑稽可笑，不受待见，被迫戴上安全头盔，穿上救生衣……这样过上一辈子，被保护得无微不至的、无聊至极的一辈子。

“除非……”他咧嘴一笑，“除非我做了什么不寻常的事，能证明是我驾驶了这辆战车。”

马儿们跑到了它们这条路的最高点。上方的天空是漆黑的，空气很稀薄，不过我不认为你能把法厄同接下来要做的事归咎于缺氧。

他最大的缺点就是鲁莽冲动。这一点确实很明显。

没错，你可以责怪他的母亲和姐姐们对他保护得太过度了。也许她们这种强迫症式的忧虑把法厄同变得鲁莽了。然而也有可能是她们太了解他了，知道如果她们要是不好好照看他的话会发生什么事。

不管是哪种情况，法厄同反正认为这是个好主意：低飞掠过他的家乡上空，好让他对家乡的人们喊话，表明是他坐在驾驶位上。

“快！”他对马儿们说。

马儿们已经跑得够快的了。它们既搞不懂为什么它们的车手不像平常那样牢牢握住缰绳，又很讨厌这一点。不过它们认识平时跑的路，而且严格按照路线在跑。

法厄同握住鞭子，挥舞起来，让火舌抽打在马儿们的后背上。“快！”

马儿们喷着响鼻，嘶叫起来，仿佛在说：“是你要这么干的，老弟。”

它们加快了速度。法厄同很幸运，左手缠在了缰绳上。不然他就会跟鞭子、地板垫和他老爸的唱片收藏一起从战车后部飞出去了。

他惊叫起来，因为他是第一个体验到失重感的人类，不过他内心也多少感觉很激动。当他向地面俯冲时，他可以很清楚地看到他的家乡了——房屋、宫殿和赛车道出现在他的视野中心。

“人们会注意到我的！”他大喊道。

他们确实注意到了。第一个信号就是棕榈树化作了熊熊烈焰。接着尼罗河也沸腾了。用茅草扎成的屋顶都着火了。法厄同惊恐地看着整个非洲北部地区：平日总是绿意盎然，此刻却被大火烧焦了，变成了一片巨大的沙漠。

“不，”他喃喃道，“不，不，不！向上，彗星还是闪电，不管你们叫什么！”

马儿们不喜欢被这样叫。它们狂蹬猛跳，极速转弯，把战车从一边甩到另一边，希望把这位愚蠢的少年车手甩下去。

纯粹是偶然吧，它们开始向上方急转，一路往北。它们攀升到了欧洲上空。由于它们升得太高了，这块大陆的北部开始结冰了。冰雪在群山山顶堆积起来。冰川扩散到大陆上，吞没了一个又一个村庄。战车内的温度开始冷得难受，这可不是什么好事，考虑到车内温度本应有三百度之高。马轭开始结霜了。马儿呼吸时喷出的火焰也变成了蒸气。

星星出现在了白天的天空中——这些怪物般的星座有的像暴怒的公牛，有的像盘成一团的巨蛇，有的像正准备蜇人的蝎子。

我不太清楚法厄同在天空中到底看到了什么，不过这快要把他吓疯了。他明白了，尽管为时已晚，自己实在不该请求驾驶这辆战车。他希望自己要是没被生下来就好了。

“拜托了，”他祈祷着，“让我回家去吧。我再也不会不乖了。”

在地面上，凡人们也都在祈祷。史上最短的上午已经过去，最漫长、最糟糕的下午降临了。大地的南部被炙烤着，变得荒芜。大陆北部则变得冰封千里。人们奄奄一息，庄稼灰飞烟灭。要休假的人的计划破灭了。气象专家在电视台演播室的地板上像胎儿那样蜷成一团，歇斯底里地又哭又笑。

在这个故事的某些版本中，法厄同这场愉快的小旅行还把非洲人烧伤了，所以他们的皮肤变成了棕黑色。我不相信这种说法。我猜这是因为古希腊人试图解释人类为什么有不同的肤色，不过我认为同样有可能的情况是人类一开始都是深色皮肤的，而某位洗涤之神不小心用漂白剂把欧洲人洗成了白色。

总之，法厄同现在完全失控了。太阳现在确实在天空中兜起了圈子，还走起了“之”字形。凡人都扯破了嗓子向众神之王祈祷：“嘿，宙斯！我们在下面都要死了！帮个小忙行吗？”

宙斯正坐在他的王座厅里，津津有味地阅读最新一期的《GQ》（即《天神季刊》）[①]杂志，不过他听到有这么多人都在呼唤他的名字，便瞟了一眼窗外。

“神圣的我自己啊！”他看到城市在燃烧，人们在死去，大海在沸腾，他的神庙灰飞烟灭，“我的神庙！不——！谁在驾驭太阳？”

他把自己的超凡天神视力聚焦到了战车上，立刻就认出拿着缰绳的小瘦子不是赫利俄斯。“唉，我真讨厌新手司机。嘿，伽倪墨得斯！过来！”

众神之王的侍者从角落里探出头来。“什么事，老板？”

“把我的闪电拿一道过来。就放在门厅的茶几上，挨着我的钥匙串。”

“要多大号的闪电？”

“给我拿十号的吧。”

伽倪墨得斯的眼睛睁大了。宙斯几乎从来不用十号闪电。十号闪电是留给特殊情况的，比如婚礼和末日之战。一分钟之后，伽倪墨得斯回来了，拖着一个仙铜制成的圆柱体，大小跟火箭推进器差不多。

宙斯举起它，仔细地试着瞄准。他必须击中战车驾驶者，但不能损坏战车。他不太确定要是把太阳给射中了会发生什么事，但估计不会是什么好结果。现在……战车仍然处于失控状态。它正在破坏宙斯的神庙，还有几座他最喜欢的他本人的神像。必须使用最严厉的手段了。

法厄同的最后一个念头是，他是不是让天空爆炸了？

啊啊啊啊啊！

也有可能，虽然是很小很小的可能，他也许同时在想：感谢众神。

最后一刻，他明白自己这段愉快的驾车之旅必须结束了。他让自己的家人和整个人类都面临危险。他都吓得神志不清了。没有哪辆过山车能一直行驶，就算它来了个最恐怖的世界末日般的肾上腺素大爆发也不能。

一道明亮的闪电过后，法厄同的人生就此落幕。宙斯准确地击中了这个孩子，让他从战车中飞了出去，他的尸体像一道燃烧的彗星一样坠向大地。

没了烦人的驾车者，马儿们把太阳战车拉回到原来的轨道上。火焰、黎明、火光和火苗认为它们应该因为这一天把活儿干得很好而得到烤胡萝卜和焦燕麦作

---

① *GQ* 是美国著名男性时尚杂志，原名 *Gentlemen's Quarterly*，此处作者杜撰了一本名称缩写相同的杂志 *God Quarterly*。*GQ* 的中文版名叫《GQ 智族》。

为奖励。

在太阳兜圈日过去之后，生活发生了很大的变化。

众神召开了一个紧急会议来审议驾驶者的安全规章。赫利俄斯则在悼念他的儿子。他的内心感到十分苦涩。他没有责怪自己允许法厄同驾驶战车，倒是怪罪宙斯杀死了那孩子。有时神祇（以及人类）的行为真是很奇怪。

“我永远不会再驾驭太阳了！”赫利俄斯宣布，“让别的什么人来干这个蠢活儿吧！”

可能就是从这时起，人们认为阿波罗成了太阳神。赫利俄斯辞掉了这份工作，既没拿到失业救济金又没拿到解雇补偿金。也有可能众神软硬兼施，让赫利俄斯又多干了一阵子。不管是哪种情况，赫利俄斯再也没有让他的任何一个孩子借用他的车，或者弄乱他的唱片收藏。

至于法厄同那着了火的尸体，他可怜的妈妈和七个姐姐看着他消失在北方的地平线后面。

克吕墨涅知道她的儿子死了，没有人被宙斯的闪电击中后还能活下来。不过七位赫利阿得斯认为，她们不找到弟弟的尸体就不能安心。

她们远行了几个月之久，最终走到了意大利北部的荒野。在这里，靠近波河河口的沼泽地，她们找到了弟弟的安息之地。

宙斯的闪电不知怎的把这位半神变成了一个永不枯竭的燃料之源。他的身体处于闷烧状态，冒出浓烟，但永远不会碎裂。他掉进了一个小湖泊，栽进了湖底。他躺在那里，永远燃烧着，让整个湖都变热了，冒出了许多有毒气泡。气泡升到湖面，让整个地区都变得有毒了。就连从湖上飞过的鸟儿都会死掉。

七位赫利阿得斯站在湖边哭泣。她们没有任何办法取回法厄同的尸体，但又不愿离开。她们不吃不喝，一直哭泣。最终宙斯对她们产生了同情。尽管法厄同是这样一个大傻瓜，众神之王还是很欣赏他的姐姐们对他的真挚感情。

“你们就永远跟他在一起吧，”宙斯决定，“你们就站在那里，作为太阳兜圈日发生的事的纪念物吧。”

姐姐们的身体改变了。她们的衣服变成了硬硬的树皮。她们的脚趾变长了，变成了树根。她们的头发向四周、向天空伸展出去，变成了树枝和树叶。她们的眼泪变成了金色的树液，变硬之后就成了琥珀。

这就是古希腊人把琥珀叫作“光之石”的原因——因为它是太阳神之女的眼泪形成的。

到了今天，已经无人知晓那个湖究竟在哪里，可能它沉入了大海或沼泽。不过在当年，大约在太阳兜圈意外事故发生一百年后，另一位名叫伊阿宋的英雄驾驶着他的船“阿尔戈号”路过波河上游。有一晚，他听见了树林的哭声——幽灵般的哀鸣吓坏了他的船员。湖中冒出的烟气也依然有毒。一道诡异的金光在湖底闪烁着，法厄同的尸体就在那里，还在闷烧着。不过我们以后再讲伊阿宋的故事。

总之，你们现在知道法厄同为什么永远不能拿到驾照了。

这个故事的教训？毁灭地球会让你立刻落得靠边停车的下场。

或者是：不要向你的孩子做出愚蠢的承诺。

又或者是：如果你的妈妈看起来对你过度保护了，有可能是因为她懂的比你多。（我必须把这一点加进来。我妈在一边点头一边说：“谢谢你呀。”）

这就是法厄同的故事了。一个很完美的悲剧结尾，死了一大堆人。

感觉好些了吗？

很好。

因为我们还没讲完呢。男性英雄并没有垄断大屠杀和大毁灭行动。让我们前往亚马逊国，去认识一位甜心杀手，她的名字叫奥托拉。

奥托拉发明了亚马逊[①]

（以及两天内免费送货！）

从古代故事中我们并不能了解多少奥托拉的事情。

那些古希腊人不关心奥托拉从哪里来，是什么造就了她。

为什么会这样呢？

第一，她是个女人。

第二，她是个可怕的女人。

第三，她是个可怕的女人，能杀死希腊男人。

一开始，她生活在黑海周围的陆地北部——大概就在后来诞生了伟大的“人道主义者”匈奴王阿提拉[②]的那片地方。奥托拉属于哪个民族？我们不得而知。也有可能这是因为她把自己的族人都杀了。我们只知道，某一天，她觉得作为青铜时代的家庭主妇过日子实在是糟透了。她决定做点什么改变自己的人生。

你可能会感到好奇：是什么让一个普通的女性发狂，杀死了她部落里的所有男人，建立了一个嗜杀的女人组成的王国？

---

① 古希腊传说中的Amazons通常译作阿玛宗人，也译作亚马逊人。由于与当代电商公司亚马逊和南美洲的亚马孙河同名，作者借此调侃，故本书中译为亚马逊。

② 阿提拉是公元5世纪野蛮入侵了罗马帝国的匈奴王，作者用“人道主义者”称呼他是一种反语。

我不是说了身为青铜时代的家庭主妇很糟糕吗？

如果你是那个时代的一个女人，以下情景是你的最佳境遇：你可能生在斯巴达。无论何时，生活在斯巴达还算是最好的呢，否则你会完全陷入大便溪[①]，连把船桨都没有。至少，在斯巴达，妇女可以拥有财产。她们作为战士的母亲能够得到尊敬。年轻女子可以作为助理祭司在阿耳忒弥斯的神庙里工作，为了取悦女神，她们会协助鞭打作为祭品的年轻男子，让他们的血染红祭坛（欲知详细内容，请参考《斯巴达：绝对怪胎》[②]）。

而如果你作为女性出生在雅典这个民主的摇篮，你的境遇几乎和奴隶一样糟糕（没错，他们是有奴隶的）。你不能拥有财产。你不能在集会中投票。你不能做生意。你甚至不应该去广场——居民区市场兼露天购物中心——尽管有很多女人还是会去，因为，你懂的，广场餐饮区的柠檬鸡真的很好吃。

基本上，女人除了待在家里什么也不能做，她们只能做饭、打扫卫生、打扮得漂漂亮亮，而且很可能需要同时做好这些事。现在，我自己——作为一个帅气的当代半神男性——能够轻松完成这些事。但不是每个人都做得到的。

（我的女朋友安娜贝丝正在我背后读这段话，并且哈哈大笑。你笑什么啊？）

雅典的女性甚至无权选择自己的结婚对象。对当年的大多数女性来说就是如此。你还小的时候，你的父母是你的监护人（等于：你的父亲是你的监护人，因为你的母亲只负责教你怎么打扫卫生、做饭、打扮自己）。你的父亲负责为你的人生做各种决定。

哦，你不喜欢他的决定？那么，你还可以选择挨打、被杀，或被卖给奴隶贩子。你慢慢想好了再选吧。

一旦你长到了那个年代认为的应当结婚的年纪——我的意思是十二三岁——你的父亲就会给你找个丈夫。这个幸运儿可能很老，也可能很丑，或很肥。不过别担心！你父亲只会给你找社会背景理想的丈夫，这样对他的声望有利。你父亲会给你丈夫一笔费用——作为他娶你的代价。作为交换，你丈夫会

---

① 原文是Poop Creek，通常用shit creek，字面意义为“大便溪”，up shit creek without a paddle是个俗语，意指陷入麻烦。

② 这是作者杜撰的书名。

在政治和商业交易中成为你父亲的盟友。所以，在你待在家里，为你又老又丑又肥的丈夫做饭和梳妆打扮的时候，你可以很放心，因为他是符合你父亲利益的最佳人选。

成为已婚妇女以后，你的丈夫就成了你的监护人。他决定你生活中的一切事务，就像之前你父亲所做的那样。

哦，你不喜欢他的决定？请选择你将接受的各种惩罚，详情见上文。

现在能体会嗜杀的女人的感觉了吗？

那么你可能就能理解是什么激发了奥托拉了。你以为是我刚才描述的雅典和斯巴达的情况吗？在北方大陆，奥托拉出生的地方，生活更艰难，女性的生存状况比雅典和斯巴达还要糟糕十倍。

当奥托拉最终爆发时，她用了一种很夸张的方式。

自从她小时候起，奥托拉最喜欢的神就是阿耳忒弥斯和阿瑞斯。阿耳忒弥斯是年轻处女的守护神，这就是理由。阿耳忒弥斯不需要任何臭男人来照顾她，这对奥托拉很有吸引力。如果她的族人和斯巴达人有相似之处的话，我敢打赌奥托拉会早早成为一名阿耳忒弥斯的初级祭司。我完全可以想象到她把作为活祭的男人鞭打得鲜血流满祭坛的景象。

“嘿，”她肯定会这样想，“鞭打男人，让他们流血？这太有趣了！”

不过，奥托拉不想完全成为阿耳忒弥斯的追随者。那意味着要永远弃绝男女关系。不不，奥托拉喜欢男人——只要他们不对她发号施令。以后她会有很多男朋友。她甚至还生了两个女儿。我们稍后就会说到这个……

另一个她最喜欢的神是阿瑞斯，战争之神。一个像阿瑞斯这样的神对奥托拉而言很有意义。她生活在蛮荒之地，生活很野蛮。你要是想要什么，就为它去杀戮。你要是生气了，就一拳打在某人脸上。简单，直接，血腥，有趣！

就像当时的大多数地方一样，奥托拉的家乡由男人统治，女人没有任何权力和权利。她们无疑被禁止去战斗，但某一刻奥托拉对做她丈夫的洗衣女工兼厨子兼地板清洁工兼花瓶老婆的生活感到绝望。她决定自学防身术以防万一……好吧，是以防万一哪一天想用上这个。

她在夜里偷偷溜进树林，带着她丈夫的剑和弓。她通过劈砍大树，模仿年轻男性战士的动作自学武艺。她还自学射箭，最后能够做到在黑暗中射中两百码[①]之外的野生动物。奥托拉对自己的能力有足够的信心之后，就去找其他跟她一样绝望的本地妇女。她们厌倦了自己又老又臭又肥的丈夫不停地对她们发号施令，稍有怨言就殴打她们、杀死她们，或者把她们当成奴隶卖掉的生活。

奥托拉开始偷偷教她的朋友们如何战斗。在夜晚的树林里，她们学习阿耳忒弥斯的狩猎术，同时也向阿瑞斯祈求得到战斗中的力量和勇气。同时崇拜这两位神祇是一种很不寻常的混合信仰，就好比——“阿耳忒弥斯告诉我们男人都是愚蠢的野蛮人。因此，我们来崇拜阿瑞斯吧，所有男人中最愚蠢野蛮的那一个。”不过这种混合崇拜是有作用的。奥托拉和她的追随者们很快就变得凶猛无惧。

有一段日子，她们在家里假装一切如常。而某一天，某件事让奥托拉像核弹一样爆发了。我不知道发生了什么事。也许她丈夫不停地叫她从冰箱里拿啤酒出来；也许他因为她在擦地的时候打扮得不够好看而冲她大吼。

奥托拉冷静地从壁橱里拿出了她丈夫的剑。她把剑藏在裙子里，走向她丈夫坐着的地方。

“我想离婚。”她说。

她丈夫打着嗝儿说：“你不能离婚。只有我才能决定你的事。你属于我。再说，离婚还没被发明出来呢！”

“我刚发明了。”奥托拉抽出剑来，向她丈夫挥去。他再也不能向她多要一瓶啤酒了，不过他把血都洒在奥托拉刚擦干净的地板上了。她可讨厌这种麻烦事了。

奥托拉执剑在手，走出她的小屋。她模仿乌鸦叫了几声——乌鸦是阿瑞斯的圣鸟。她的追随者们听见了这个信号。她们纷纷找出了自己的剑、匕首和切肉刀，此地的男人们顿时陷入了绝境。

大多数男人要么被杀要么被俘。少数幸运者逃走了。他们逃往最近的村子，告诉对方发生了什么。

你可以想象这番对话是什么样的：

“我老婆朝我拔出了剑！”

“你就逃跑了？”

---

① 1码约合91.44厘米。

“她们发疯了！女人们把男人都杀了！”

“你们村的家庭主妇把最出色的战士都杀了？你们也配当男人？我们去教训教训这帮娘儿们！”

邻村的男人向奥托拉的村子进军，不过他们没怎么把这场出征当回事。毕竟，他们是要去跟女人打仗啊。他们觉得无非是走进村子，打打她们的屁股，喝喝啤酒，接着就能把最漂亮的女人当成奴隶带回家。

实际上完全不是这么一回事。奥托拉已经沿路设下了绊马索和陷阱。她在各个大门前筑起了街垒，由她最好的弓箭手和剑士防御。那些男人一出现，奥托拉的追随者们就痛宰了他们。

奥托拉向邻村进军。她解放了女人，征召了那些想加入她的队伍的女人，让不想加入的女人自由离开。她杀死或奴役了还活着的男人。少数惊慌的幸存者逃往附近的村镇，传话告诉他们疯女人奥托拉和她的女子杀戮军团的事。

下一个村子的男人试图阻止她。她的士兵们屠杀了他们。收拾干净，再来一次。不久之后，奥托拉已经控制了十余个村镇，拥有一支由凶残的女性组成的新生军队，她们随时准备着为了荣誉追随她。她们渴望战斗，因为一旦她们输了，那些男性敌人绝不会轻饶她们。女人们不会得到战俘待遇。她们会被殴打，卖做奴隶，最后被杀死。这就是赢家三部曲。

奥托拉还在学习如何组织她的队伍，而附近城市的男人开始重视她了。那些男人召集了一支真正的、干练的军队——数千名坚强而训练有素的军人，配备真正的武器，对喝啤酒和打屁股不存丝毫幻想。

奥托拉的探子警告了她将要面临的危险。

“我们需要更多时间，”她说，“我们还没有训练好所有女人。再说，这片地区太荒凉空旷了，真的很糟糕。这里不值得守卫。让我们前往更加富庶的地方，开拓我们自己的女王国吧！”

这对她的追随者而言要比一场她们可能会输掉的全面战争强得多。整个女战士部落带着她们的奴隶和战利品、她们的孩子和家畜，还有她们最喜欢的零食，开始向黑海的另一边移民，即现在的土耳其的北部海岸一带。光荣将属于她们！同样，大量流血事件和某种食肉鸟也在等待她们……

奥托拉在忒耳摩冬河畔建立了一个新的都城——锡诺普。她训练军队，征召新兵，逐步扩大她的领土，同时找到了最好吃的馆子在哪些地方。

她的王国所在的地理位置相当不错——位于希腊的东北方，波斯湾的西北方，是一片无人区。（懂了吗？无“男”区[①]？）她每征服一个新的村镇，都非常谨慎，确保不留下任何男性活口。因此，流言传出去的速度非常之慢。等到邻近地区发现她是个威胁的时候，为时已晚。这个新的国家已经根深蒂固地建立起来了。她们升起了自己的恐怖旗帜——图案是一个身上打了大大的叉的棍状小人，当然是男人。她们以亚马逊人这个名字为世人所知、所惧。

为什么她们要叫亚马逊人？没人知道。

这跟南美洲的亚马孙河没有任何关系（老兄，在安娜贝丝纠正我之前我好长时间都很糊涂。在我印象中她们是一群在热带雨林中活动的女战士，和鹦鹉、猴子以及食人鱼在一起）。古代亚马逊人同样和现代的那个著名公司没有任何关系，该公司也不是她们为了征服世界而布置的秘密掩护（咳咳。对，没错。咳咳）。

某些希腊人认为亚马逊这个名字是从“阿玛卓”（amazos）这个词来的，意思是“少了一个乳房”。他们不知怎的想出了这个——预警：此处非常恶心——那就是亚马逊女人割掉了她们的右乳，这样更有利于她们拉弓和投掷长矛。

好吧，首先，不是这样。一点也不是。这不仅很恶心，而且很愚蠢。亚马逊人干吗要这样做？我是说，没错，她们是经过强化训练的杀人者，但你完全可以好好地拉弓或投掷长矛，即使不割掉……你懂的。

再说，如果你看过任何古希腊的亚马逊人雕像或绘画作品，其中没有任何证据显示亚马逊人是……呃，不对称的。

最后，我亲眼见过亚马逊人。她们显然不打算毫无必要地弄伤自己。弄伤其他人？没问题！但对她们自己就另当别论了。

有些希腊作家认识到这是个很没脑子的理论。一个叫希罗多德的家伙，把奥托拉的族人另称为“安德罗克顿人”（androktones），意思是“杀男人的人”。荷马把她们称为“安提阿涅瑞人”（antianeirai），意思是“像男人一样战斗的人”。这两个称呼都比“把自己弄出个大伤疤只为了把弓拉得更好的人”要准确得多。

我本人比较喜欢以下理论，那就是亚马逊人这个名字源于波斯语“哈马赞”

---

① “无人区”的英文是no-man's land，字面意思是“没有男人的地方”。

(ha-mazan)，意思是“战士”。我喜欢这个理论是因为安娜贝丝喜欢，而且如果我不喜欢她喜欢的，她就会在我面前变成“哈马赞”了。

总之，亚马逊人来了，喧闹而骄傲地来了。她们变得更强大，人数更多，因为她们培育了自己下一代中的女孩，她们的思想和行为都像战士一样。

你可能会感到好奇——等等，这个国家只有女人，她们怎么能有下一代呢？这些可爱的亚马逊杀手小婴儿是从哪里来的？

嗯，亚马逊人有男性奴隶。我提到过这一点，对吧？这些男人中的某些人成为第一批家庭主夫，他们和其他国家的女人享有同等的权力和权利，即一点也没有。这可真不错。

而且，亚马逊人和一个叫作加加尔人的邻近部落有一种奇怪的合作关系。加加尔人住在亚马逊国东北部的大山背面。他们是一个只有男人的部落，这是为什么我真的不懂。说真的，一个全都是男人的部落？你懂的，脏衣服永远不洗，起居室就是受灾地区，冰箱里的剩菜会比法厄同湖的有毒气体还难闻。

你可能会认为一个全是男人的部落会成为亚马逊人最大的敌人，不过看来并非如此。听过这句老话吗？“围墙修得牢，邻里关系好。”我其实也没听过。不过安娜贝丝说，这话的意思大概是“别碰我的东西我们就能好好相处”。就加加尔人和亚马逊人而言，一座大山让他们的邻里关系好得不得了。这两群人从来不会去骚扰另一方。每年一次，通过双边协议，他们会在山顶上吃一顿百乐餐①，办一场通宵宴会。亚马逊人会和加加尔人亲密接触。你知道后来怎么样了吗？九个多月之后，许多亚马逊人就生下了可爱的杀手小婴儿。

她们把女孩留下，抚养她们成为下一代战士。至于男孩……嗨，谁需要男孩啊？

亚马逊人会把最强壮和健康的男孩送给加加尔人抚养。如果奥托拉认为哪个男婴太病弱了（他可是个婴儿啊，婴儿怎么可能不弱？），她就会把这个小男孩遗弃在荒野中，留在岩石上，让其顺应自然。残酷又野蛮？这就对啦。那时候的生活可比现在“精彩”多了。

奥托拉带领她的战士们在小亚细亚和希腊之间进行了无数次胜利的征讨。她

---

① 百乐餐即每个参加者都自带一道菜，聚在其中一人家里分享食物的聚餐活动。

们在土耳其西海岸建立了两座著名的城市——士麦那和以弗所[①]。为什么叫这两个名字呢，我实在不知道。要是我的话会选“踢屁股镇”和“摁倒在地城”，不过这只是我的个人意见啦。

她们跟希腊人大战了很多次，所以如果你现在去雅典的话，能看到数以吨计的绘画主题是希腊－亚马逊战争。画面总是表现希腊人获胜的情景，不过那只是一厢情愿。实际情况是，亚马逊人把希腊人吓得屁滚尿流。奥托拉的战士抓了很多希腊男人当奴隶。她们打起仗来像魔鬼一样，她们当然不会给你煮饭或者擦地。

很快，亚马逊人的兵力就分散得很广了，所以她们分裂成了不同的部落。这些自由女性建立的城镇在各地纷纷涌现。古希腊作家在描述亚马逊人的定居地时彻底被搞糊涂了：“她们在这儿。不，她们在那儿。她们哪儿都是！”

奥托拉仍然是整个帮派的女王[②]（我非常确定这是她的正式头衔）。她在自己的首都锡诺普发号施令，如果她发动战争，各支亚马逊人都会响应。你不会想见到奥托拉的阴暗面的。不幸的是，当跟男人打交道时，她只有这一面。

好吧……我收回这句话。她确实爱上过一个男人。他们的罗曼史比任何战争中的杀戮都要残酷。

一天，奥托拉刚刚结束了一整天屠杀邻人的辛勤工作。在一场战斗之后，她和她的战士们走在黑海岸边——把尸体上的有用物品都掠走，奴役生还者——就在此时，一道红光在云层间闪过。

“你干得很漂亮，”一个低沉的声音在天空中隆隆作响，“到海平线上的小岛来见我。我们有事要商量。”

亚马逊人可不容易被吓住，但那个声音让她们吓坏了。

女王的一位副官看着她。“你不会去吧，对吗？”

奥托拉眺望着远处的海面。千真万确，海平线上有一小块几乎远得看不见的

---

① 士麦那（Smyrna）为土耳其城市伊兹密尔的旧称；以弗所（Ephesus）为土耳其历史文化名城。

② 原文是Queen of the whole Enchilada，enchilada是一种墨西哥玉米卷饼，the big enchilada则是“首领，老板”的意思，而the whole enchilada则指“整桩事情，一切东西”，所以此处含义非常丰富。

黑色土地。

“我要去。”她心意已决，“战场上出现了一道红光和一个奇怪的声音……要么是我们昨晚上吃错了东西现在都出现了幻觉，要么就是战神阿瑞斯在讲话。我最好还是去看看他想要什么。”

奥托拉独自划船去了那座小岛。战神阿瑞斯就站在岸边，他身高七英尺，身着全套青铜战甲，手执火焰矛。他的披风是血红色的。他的靴子沾满了泥点和血迹（因为他喜欢在敌人的尸体上跳踢踏舞）。他的相貌有一种粗犷的帅气，如果你喜欢尼安德特杀人狂类型的长相。他的眼神中闪动着一种纯粹的惨绝人寰的烈焰。

“奥托拉，我们终于见面了，”他说，“嘿，小妞儿，你长得不错。”

奥托拉的膝盖有些发抖。不是每天你都有机会见到你最喜欢的天神之一的。不过她并没有弯下膝盖。她不再对任何男人卑躬屈膝了，即使阿瑞斯也不例外。而且，她认为战神更喜欢她表现得很强悍。

“你也不错，”她说，“我喜欢你的靴子。”

“多谢！”阿瑞斯咧嘴一笑，“我在斯巴达的军品店买的。这双鞋在打折……这不是重点。我想让你给我在这座岛上修一座神庙。你看到那块大石头了吗？”

“什么石头？”

阿瑞斯举起了他的矛。云层分开了。一大块陨石从空中极速坠落，撞击在小岛中央。当撞击的烟尘散去之后，一块跟校车差不多大的黑色巨岩就伫立在地面上。

“噢，”奥托拉说，“那块石头啊。”

“那是一块圣石。”

“好的。”

“对岩石祷告相当于联系我本人的电话专线。在它旁边修一座石砌神庙。每一年，你都要带着你的亚马逊人到这里来，献祭几头对于你们最重要的动物。”

“那就是我们的马了。”奥托拉说，“我们在战斗中使用马匹。它们给了我们很大帮助。”

“那就是马了！”阿瑞斯说，“为我献祭它们，我会一直在战斗中保佑你们。你们就能一直屠杀别人。我们会相处得很愉快的。你觉得呢？”

“跟我打一架。”

阿瑞斯用他那双核动力眼睛瞪着她。“什么？”

“我们都崇尚力量。让我们打一场来缔结这个盟约。”

“哇。我觉得我要爱上你了。”

奥托拉猛地冲向这位天神。她一拳打在他的面门上。他们摔倒在地，猛踢对方，猛击对方，竭尽全力把对方碾成碎片。这是一“拳”钟情。

他们打完之后，就决定结婚。从那天开始，奥托拉以“阿瑞斯的新娘”之名闻名于世。这让她在市井间的名头更富传奇色彩了。每当敌人看到她骑马奔来，都会尿湿自己的青铜腿甲。

奥托拉按照阿瑞斯的吩咐在岛上建了一座神庙。为了保护它，阿瑞斯派来了一群食人鸟，它们可以像发射利箭一样发射它们的羽毛。

每一年，奥托拉都会在岛上举行一场盛大的节日，献祭马儿，并与那块巨大的黑岩说话。食人鸟不会侵害亚马逊人，但如果别人胆敢接近神庙，鸟儿们会射得他们插满羽毛，再用它们的利喙把对方撕成碎片。换句话说，这座神庙旁边可没有几个外人。

阿瑞斯和奥托拉生了两个女儿：希波吕忒和彭忒西勒亚。这两个名字迅速登上了公元前一四三八年的二十五个最受欢迎的女婴名字排行榜。从她们开始，亚马逊女王，甚至亚马逊人都被称为“阿瑞斯的女儿们”。其中某些人确实是他的女儿。其他人则尽量表现出她们就是阿瑞斯的女儿的样子。“啊，看呀！她笑起来像爸爸，而且杀人时狂暴的样子也一模一样。多可爱啊！”

阿瑞斯很开心。亚马逊人也很开心。但有一个重要人物被《亚马逊建筑和神圣朝拜工程》落下了：阿耳忒弥斯，另一个奥托拉最喜欢的天神。作为一位明智的领袖，奥托拉明白她最好趁银色的箭雨射来之前向狩猎女神表现出一些诚意。

奥托拉决定为阿耳忒弥斯在土耳其西岸的以弗所城建一座神庙。她认为这样离希腊人比较近，方便他们来朝拜，因为他们的岛屿就在爱琴海对面。

她这回没有采用会射箭的鸟，它们会降低旅游业收入。相反，奥托拉把神庙建在一座高山上，这样四面八方都能看到它。她让神庙尽可能美轮美奂，用芳香的雪松筑墙，抛光的大理石铺地，天花板则用黄金镶嵌。在神庙的中心，阿耳忒弥斯的神像身披一条用泪滴形琥珀作为装饰的裙子，每当阳光透过窗户照进来的时候，神像就会闪闪发光。

每一年，奥托拉都会在神庙中举行盛大的节日庆典。亚马逊人会花上一整天时间举行宴会，在以弗所的街道上跳吓人的战舞。她们把首饰挂在神像上，献给阿耳忒弥斯，所以节日结束之后，阿耳忒弥斯看起来就像一个嘻哈风格的模特，刚刚从迈达斯王[1]的特价金器店扫货回来的样子。

这座神庙大获成功——它是奥托拉最伟大的事迹。她本人死后神庙还在。古希腊时代结束后它还在。见鬼，罗马帝国都快要结束时它仍然在。它被毁坏了几次，不过以弗所人总是重新修复它。基督教时代开始时它依旧存在，那时有个名叫约翰的人去那里向当地人传教。

这个地方太有名了，它被列为古代世界七大奇迹之一……跟埃及金字塔以及……呃，其他一些东西一道。可能包括第一家麦当劳？我忘了。

神庙在许多方面都给予了奥托拉丰厚的回报，不仅是旅游业收入。有一次，它使她和她的整支军队免于一死，而这个灾难来自——葡萄。

这是怎么回事呢？当时，新的酒神狄奥尼索斯，跟他的一大群追随者一道在凡人世界四处游走，教会每个人以下乐趣：宴饮不停，烂醉如狂，还有为晚餐选择一瓶上好的解百纳红葡萄酒。如果你的王国欢迎狄奥尼索斯，好极了！如果你想反抗他，糟透了！

他正在入侵印度的路上——因为当时这似乎是个不错的想法——碰巧路过亚马逊人的领地。

他遇到第一支亚马逊侦察小队的时候，感到很开心。

“噢，嘿！”他说，“一个女人国？我能接受这个。你们这些姑娘今晚跟我们一起开派对怎么样啊？”

亚马逊侦察兵说：“好呀，干吗不呢？”

她们发现酒很诱人，于是加入了狄奥尼索斯的超级女粉丝团，她们被称为迈那德斯。这些女士大多数是宁芙[2]，因追随酒神变成了一心宴饮的刺客，她们会赤手空拳杀掉酒神的敌人。所以你能想象到亚马逊人变成迈那德斯会有什么后果了。没错，就像连电锯都不用就能大杀特杀的得州电锯杀人狂。

过了一阵子，一群亚马逊人试图阻止狄奥尼索斯。她们不会追随任何男人，

---

① 迈达斯王是古希腊传说中一位具有点石成金能力的国王，以富有著称。

② 宁芙，山林与泉水仙女，根据其在自然界的不同居住环境分为不同种类。

尤其是因为这个男人的大军还包括一群半羊人以及烂酒鬼，他们闻起来就像廉价的夏敦埃酒。

亚马逊人进攻了。狄奥尼索斯用他的神力把她们弄得神志不清，再把她们变成葡萄藤，最后还践踏了她们，好酿出更多葡萄酒。

奥托拉听说了这些刚发生的失败事件：某个男人自称是神，蹂躏她的王国，偷走她的追随者，或者把她们变成葡萄。她决定用她惯用的外交手段解决这个问题。

“把他们全杀了！”她咆哮道。

她召集了自己的整支大军，声势浩大，令人震撼。成千上万的矛和盾在阳光下闪着寒光。一排排全副武装的弓箭手——世界上最好的装甲部队——正在准备她们的利箭。

亚马逊人只需几分钟就能摧毁大多数敌人。她们的名声太慑人了，其他国家都会雇她们当雇佣兵参与本国的战争了。一般情况下，交战另一方只要一看到亚马逊人到来就会马上投降。

这些年来，奥托拉变得富有、强大而自负。她认为自己可以横扫一队醉醺醺的乌合之众，完全不成问题。

她最致命的缺点？我认为就是骄傲。

她忘了早年那些想把她击倒的村夫的遭遇了：永远不要低估你的敌人。

狄奥尼索斯是一个天神。奥托拉和阿瑞斯以及阿耳忒弥斯关系再好也无济于事。他们不可能帮她对付奥林匹斯山的同伴。亚马逊人发动了袭击，迎来了溃败。迈那德斯仅用双手就把她们撕开了。半羊人用棍子和空酒瓶暴揍她们。每当狄奥尼索斯打起响指，就有一个营的亚马逊人失去意识，或者被变成袋熊，或者被疯狂蔓延的葡萄藤勒死。

奥托拉很快意识到她根本不是狄奥尼索斯的对手。在全军覆没之前，她撤回了军队。随后亚马逊人就逃命去了。

狄奥尼索斯和他的醉鬼军团追到半路，来到了土耳其的海岸上。最后，奥托拉逃回了以弗所，跑进了阿耳忒弥斯的神庙。她飞身扑倒在女神的塑像前。

“求求您，阿耳忒弥斯女神！”她哀求道，“救救我的人民！不要让她们因为我的愚蠢而被毁灭！”

阿耳忒弥斯听到了她的祷告并插手了此事。也有可能是狄奥尼索斯正好觉得无聊了，决定去杀点别的什么人。酒神的军队改变了方向，向印度进军，没有入侵以弗所。亚马逊人得救了。最终，她们重建了军队，并且想办法把夹在脚趾之间的烂葡萄都弄了出去。

从那时开始，阿耳忒弥斯的神庙就得到了女性庇护所的名声。任何来到神坛前祈求得到保护的女性都能得到阿耳忒弥斯的力量的庇佑，没人能伤害她。如果有必要，神庙的女祭司和整个以弗所城都会为她而战。

之后，奥托拉的故事就结束了。她退居她的都城锡诺普，基本上维持着和平的统治。她和邻国都缔结了盟约，把和平与安全带给了她的人民。

她唯一无法使亚马逊人免遭谁的伤害？其他亚马逊人。就像在她的两个了不起的、嗜血的女儿身上发生的事……

正如我之前提到的，伟大的“阿瑞斯－奥托拉自由搏击式”婚姻的产物是两个女儿。得益于她们的父母，她们都是可爱、甜美的小女孩，喜欢亮晶晶的东西、小马驹和粉红色带褶边的饰品。

嗯，并非如此……

没人知道具体什么时候奥托拉女王决定退位，不过显然没过多久所有的战斗、掠奴行动和狂野的舞会都变得无聊起来了。她把亚马逊人的统治权交给了她的大女儿——希波吕忒。

一开始，希波吕忒干得很不错。她的父亲阿瑞斯对她感到非常满意，于是给了她一套有魔力的盔甲，可以在成人礼和攻城战这样的特殊场合下穿戴。他还给了她一条有魔力的腰带，能让希波吕忒变得异常强大。

不幸的事，希波吕忒运气不好，遇到了一个叫海格力斯的男人。详细情况稍后再讲。现在，我们就简单说他俩大战了一场，让亚马逊人遭受了自从酒鬼入侵以来最大的失败。

在混战中，希波吕忒意外被她的妹妹彭忒西勒亚杀死了。亚马逊人的腰带遗失了（至少遗失了一小会儿）。希腊人离开后，彭忒西勒亚成为女王，在悼念过她死去的姐姐之后，她再次重建了亚马逊军队。

尽管是个意外，彭忒西勒亚永远无法对自己导致了希波吕忒之死释怀。她也永远无法原谅希腊人。多年以后，当特洛伊战争爆发时，她组建雇佣军去帮助特洛伊国王普里阿摩斯，这样她就能杀掉希腊人为姐姐报仇了。

事情没有这么顺利。彭忒西勒亚英勇杀敌，杀死了许多伟大的战士，然而最终她被著名的希腊斗士阿喀琉斯杀死了。当阿喀琉斯把她的尸体从战场上带回来以后，他擦洗了她的伤口，好让她得到一个符合身份的葬礼。他取下了她的头盔，发现这位亚马逊女王是如此美丽，这让他感到万分沮丧。一位如此英勇又标致的女士就这样死去似乎是一种浪费。

阿喀琉斯等待着下一次休战，那时特洛伊人和希腊人会交换遗体，各自下葬。到时候场面一定很有趣。“我用乔治换约翰尼和比利乔。噢，等一下。我想这条腿是比利乔的。我不敢肯定。”

阿喀琉斯把彭忒西勒亚的遗体交还给特洛伊人。他对她的英勇和美貌大加称赞，以至于他的一位希腊战友，一个名叫忒耳西忒斯的家伙被惹恼了。

忒耳西忒斯有很多朋友被彭忒西勒亚杀死了。他转向阿喀琉斯说：“哥们儿，你干吗这样夸她？她是敌人，而且还是个娘儿们。你是爱上这个死掉的姑娘了吗？”（他还用了一些比“姑娘”更糟糕的词称呼她。）

阿喀琉斯轻轻放下了彭忒西勒亚。他转身面向他的这位战友，反手抽了他一巴掌，力道之大让他的每一颗牙齿都飞了出来，那样子就像小小的白色鲑鱼从红色的河流中一跃而起似的。忒耳西忒斯倒地身亡。

阿喀琉斯面朝特洛伊人说：“请用光荣的方式厚葬彭忒西勒亚。”

特洛伊人都不想死于严重的牙科伤病，照他的吩咐做了。

我不知道当奥托拉的女儿们死去时她是否还在人世。为了她好，我宁可她已经不在了。即使对奥托拉这样一个骁勇善战的女士来说，这种悲剧也很难面对。

奥托拉和她的女儿们变成了传奇，跻身于史上最伟大的女战士之列。

可能你会好奇为什么我把奥托拉也写进这本书里，因为这是讲希腊英雄的书，严格意义上，她并不是希腊人。可能你也会好奇她是否算得上英雄。

我承认她也有不少缺点：时不时杀人，到处搞大屠杀。她还喜欢阿瑞斯，这一点真的很恶心。

但我也要克服我自己的偏见。我有一次和奥托拉起过冲突，她死而复生，还想杀了我（说来话长，别提了）。

不过事情是这样的，女人在昔日传说中往往得不到公平对待。即使是奥托拉，这位最著名、成功、强大的古代女性，也几乎无人提起。

我不得不钦佩她的勇气。她从一位被摧残的青铜时代家庭主妇成了一个帝国的女王。亚马逊人变得那么出名，我们以她们的名字命名了一条南美洲的河流，还命名了一家现代公司，当然这家公司和古代亚马逊国没有任何关系（咳咳，嗯哼）。

对所有她拯救并教会她们作战的女人来说，奥托拉毫无疑问就是英雄。她给了她们希望。她让她们自己主宰自己的人生。要是我的话，会对那些被斩首的丈夫们下手轻一点点，也不会把小男婴留在荒野中等死，不过她毕竟是一个生活在蛮荒时代的蛮荒女子。

所以，是的，我想她属于这本讲述希腊英雄的书。如果她让你做了噩梦，就像当年她让那些古希腊作家噩梦连连一样，那么……只要记住，亚马逊人现在已经不复存在了。她们几千年前就从历史中消失了（眨眨眼）。她们不太可能会来尾随你。最多也就百分之二十的概率吧。也可能是百分之三十……

我们既然说到了我遇到的死人，我猜最好还是讲讲另一个很有难度的话题吧。

我得深呼吸一下。这个人唤起了我的一些很痛苦的回忆。

好了，我能做到的。让我们聊聊代达洛斯吧，史上最伟大的发明家。

PERCY JACKSON

代达洛斯差不多发明了其他所有东西

我觉得写这个人的故事很难。

首先，我跟他打的交道和古代故事并不吻合。当然，古希腊的时候也没有我。我个人亲历的某些事来自梦中，而梦一般不怎么可靠。我会尽我最大的努力告诉你们代达洛斯当年是什么样的，不过如果那看起来跟你们在我的冒险故事中看到的有矛盾，那是因为事实如此！

其次，理解这个男人的想法对我来说很难，因为——我知道这会让你们很震惊的——我从来都不是一个天才。

“吓得我倒吸了一口凉气！波西，我们以为你的智商有十亿那么高呢！”

对呀，不好意思打破了你们的幻想。理解代达洛斯那种像爱因斯坦一样聪明的人对我来说真的不容易。我要弄懂我的女朋友已经很不容易了，她在天才俱乐部里也有一席之地。

最后，嗯……代达洛斯的人生实在太古怪了。

我想这不足为奇。毕竟这位老兄是一块手帕的后代呀。

也许我们该从这里讲起。你看，他的曾祖父埃瑞克索尼欧斯是从一块手帕里出生的，雅典娜曾用这块手帕来拭去她腿上留下的赫菲斯托斯的神圣体液，当时赫菲斯托斯友好得有些过分了（欲知详情，请见《奥林匹斯众神：极度恶心的故事》。或者，你们懂的，也可以看我写的那本讲希腊诸神的书）。

由于获得了至高无上的王室头衔“手帕之王”，埃瑞克索尼欧斯长大后成了雅典的王。他的后代都是雅典娜和赫菲斯托斯——两位最具创造力的奥林匹斯神——的半神后人。

代达洛斯本人不在王位继承人之列，不过他让他的奥林匹斯曾曾祖父母感到非常骄傲。他很快就赢得了能够制造或修建几乎任何东西的名声。

“战车悬挂系统出故障了？代达洛斯能修好。”

“你的硬盘崩溃了？请拨打 1-800-555 转代达洛斯。”

“你想建造一座豪宅吗，附带三百六十度观景天台、无边泳池、最先进的安保系统——包括独特的滚烫热油和机械弩？代字头先生不费吹灰之力即可完成。”

很快代达洛斯就成了雅典最有名的男人。他的维修店的新顾客要在登记簿上等上五年才能得到服务。他设计并建造了所有最佳住宅、神庙和购物中心。他雕刻的塑像栩栩如生，它们甚至能走下底座，融入人群，成为对社会有贡献的一员。

代达洛斯发明了无数新技术，每年秋天，媒体会为他发布的最新一代产品而疯狂：代达洛斯牌凿子，代达洛斯牌写字蜡板，当然也少不了代达洛斯牌长矛——使用青铜矛尖技术（专利申请中）。

这个男人是一个不折不扣的天才，同时也是一个非常勤奋的天才。

“我简直是太受欢迎了，”代达洛斯自言自语道，“修硬盘和搞大型发明让我太忙了，我都没有什么属于自己的时间了。我得培训一个学徒帮我做那些枯燥的工作！”

正巧他姐姐有一个儿子名叫波迪克斯。有这样一个名字，你懂的，他肯定在操场上被取笑得很厉害①，但这孩子很聪明。他有着雅典娜的智慧和赫菲斯托斯的手工艺才能。他确实是当年从那块手帕上掉下来的小线头。

总之，代达洛斯雇了他的外甥。一开始代达洛斯很高兴。波迪克斯能搞定大部分复杂的维修工作。他只看一次蓝图就能把它记住。他甚至还对代达洛斯出品的长矛 2.0 版做了一些改进，比如防滑矛杆，以及三种按需定制的矛尖：锋利型、极利型和超利型。他很乐意把声誉归于代达洛斯。但人们仍然开始说悄悄话了：“那个少年，波迪克斯——他简直跟他舅舅一样聪明！”

---

① 波迪克斯（Perdix）在英语里与山鹑属鸟类同名，所以容易被取笑。

几个月后，波迪克斯发明了一种名叫陶轮的精巧装置。你再也不需要徒手制作陶器了，那样耗时极长，造出来的陶器也凹凸不平；现在你可以在旋转的表面上给陶土塑型，只需几分钟就能造出美观的陶碗。

人们开始议论："那个孩子，波迪克斯——他简直比代达洛斯还要聪明！"

顾客开始指名要波迪克斯为他们服务了。他们想让这孩子为他们的豪宅设计无边泳池，他们想让这孩子从他们崩溃的硬盘里找回数据。荣誉与名望的天平开始从代达洛斯那一方倾向这一方了。

一天，代达洛斯在卫城——一座悬崖上的巨型城堡，位于雅典城中心——顶上，为他正在设计的一座新神庙选址，这时波迪克斯跑了上来，肩膀上扛着一个大皮口袋。

"舅舅！"波迪克斯咧嘴笑着，"你来看看我的新发明！"

代达洛斯握紧了拳头。他下周就要举行新闻发布会公布代达洛斯牌锤子，对敲钉子的方式进行一场革命。他可不需要他这位发明新星外甥用哪个烦人的超酷突破性产品抢了他的风头。

"是什么新发明呀，波迪克斯？"他问，"拜托别讲更多把我的蜡板屏幕加大的废话了。"

"不是，舅舅。你看！"波迪克斯从他的皮口袋里掏出一块某种小动物的下颚骨，上面还留着一排尖牙，"这是从蛇身上取下来的！"

代达洛斯皱起了眉。"这不是什么发明呀。"

"不是，舅舅！我在玩这个的时候，用牙划过了一片木头，我发现这东西可以割开表面，所以我照着做了这个！"

波迪克斯拿出一块固定在木头把手上的金属片。金属片的一条边是齿状的，就像一排牙。"我叫它锯子！"

代达洛斯顿时感到仿佛被代达洛斯牌锤子一锤砸中眉心。他立刻意识到了波迪克斯的发明潜能有多大。用锯子代替斧子切开木板会更轻松，更迅速，也更精确。这个发明会彻底改变伐木业！说真的，谁没有做过要在伐木业扬名立万、富甲天下的梦啊？

如果锯子从此流行起来，波迪克斯会变得很有名，代达洛斯会被遗忘。代达洛斯可不允许这个年少轻狂的家伙得到远胜于他的名声。

“不赖嘛。”代达洛斯挤出笑容，“等我们回到工作室，再做几个测试。现在，我需要你对这块悬崖提点意见。我担心它不够稳固，不足以支撑我的新神庙。”

“好的，舅舅！”波迪克斯小跑到护墙边上，“哪里？”

“就在下面半中腰。朝外面探探身，你就能看到了。在这儿，我来拿你的锯子吧。”

“好的。”

“多谢。”

波迪克斯向外探出身子。“我没看到——”

代达洛斯把这孩子推下了卫城。

此事的准确细节……嗯，取决于你相信哪一个故事。

有人说波迪克斯没有死。这孩子掉下去的时候，雅典娜同情他的遭遇，把他变成了一只鹧鸪。这就是在古希腊语里“波迪克斯”的意思是“鹧鸪”的由来。这位女神当然不会赞成代达洛斯只因为他的外甥有才能就谋杀了这个孩子的行为。雅典娜非常关心培育有才能的新人。同时，把聪明的孩子推下悬崖会降低整座城市的考试平均分。从此时起，她想方设法让代达洛斯的人生充满了诅咒。再也没有大型新闻发布会了，也没有狂热的媒体簇拥着他了。

不过要是雅典娜真的让波迪克斯作为一只鸟获得了新生，那该怎么解释这孩子留在卫城山脚下的尸骸呢？

代达洛斯看着波迪克斯的遗体。他本可以走到一边去，假装自己是无辜的。“什么？波迪克斯掉下去了？你在开玩笑吧！那个孩子总是笨手笨脚的。”

负罪感占据了他内心中善良的一面。

他爬下了山，在波迪克斯的尸体前哭泣。他用油布把他可怜的外甥包起来，把尸体拖到城郊。他想挖一个坟坑，但是地面的石头太硬了。我猜他还没有发明代达洛斯牌铲子。

有几个当地人看见了他。代达洛斯还没来得及逃走，人们就聚过来了。

“你在埋什么？”一个男人问。

代达洛斯的汗不停地流下来，就像个马拉松选手似的。“噢，呃……是一条蛇。”

那个男人看了看裹起来的大包。他用脚尖轻轻踢它，波迪克斯的右手就露了出来。

“我很确定蛇没有手。”他说。

代达洛斯崩溃大哭，坦白了他犯下的罪行。

人们差点就地将他处以私刑。也怪不得他们如此生气，其中有一半人预约了下周让波迪克斯给他们修战车。

有好几个星期，他的审判都是雅典新闻网的头条。他的姐姐，即波迪克斯的妈妈要求将他处死。问题在于，代达洛斯多年来为富裕市民出了不少力。他修建了许多重要建筑，也发明了许多有益的新事物。法官将他的死刑减刑为终身流放。

代达洛斯永远离开了雅典。人们都认为他离开之后会死在某个岩洞里。

没这回事。由于他犯下的谋杀罪，雅典娜准备让代达洛斯在漫长的人生中备受煎熬。对这位发明家的惩罚才刚刚开始。

代达洛斯搬去了克里特岛，这座岛凑巧是雅典当时最大的对手。克里特岛的米诺斯王拥有地中海上最强大的海军。他总是侵扰雅典人的船只，破坏他们的贸易。

你可以想象雅典人得知他们的顶尖发明家和硬盘维修师现在为米诺斯王工作是什么感觉。就好比美国所有的一流产品突然间都成了中国制造。

哦，等等……

总之，代达洛斯去米诺斯的宫里面试，米诺斯大概是这么问的："你为什么离开你的上一个职位呢？"

"因为我犯了谋杀罪，"代达洛斯回答，"我把我外甥从卫城上推了下去。"

米诺斯摸着胡子说："所以……这跟你的工作质量无关喽？"

"无关。我仍然很聪明能干。我只是谋杀了一个人。"

"嗯，那么，我看没问题，"米诺斯说，"你被聘用了！"

米诺斯给了他一大笔钱。他给代达洛斯在都城克诺索斯配备了一间最先进的工作室。代达洛斯的名气很快就恢复了，甚至比以前更有声望。他大量制造各种新发明，修建了这座王国里所有的一流庙宇和豪宅。

他从此过上了幸福的生活，大概有六分钟之久。

问题在于，米诺斯王的父亲有点麻烦。米诺斯是宙斯的儿子，这听上去是件好事，可惜对他担任克里特王并没有什么帮助。

长话短说：宙斯和米诺斯的妈妈欧罗巴之间的关系是以一种很奇怪的方式开始的。宙斯变成了一头公牛，哄骗欧罗巴骑到他背上，然后带着她游走了，横跨了整个克里特海。宙斯花了不少时间和欧罗巴在一起，他们一共生了三个孩子，米诺斯是老大。不过最终宙斯还是厌倦了他的凡人女朋友，众神总是这样，于是他回到了奥林匹斯山。

欧罗巴嫁给了克里特王，他名叫阿斯忒里翁。事情本来很顺利，阿斯忒里翁真心爱欧罗巴。他们两个没生孩子，于是国王收养了欧罗巴和宙斯生的三个孩子。

阿斯忒里翁死后，米诺斯当上了国王。很多当地人对此有怨言。米诺斯是继子，他的父亲据说是宙斯，但他们以前也听其他人说过自己是宙斯的孩子。每当城里有哪个未婚姑娘怀孕了，她就会说："哦，呃，对呀，绝对是宙斯的孩子！"米诺斯的妈妈甚至都不是克里特人，她是骑着公牛来的非法移民，米诺斯凭什么当国王？

米诺斯很把这些事放在心上。他公布了他的出生证明，证明他出生在克里特岛，还有别的各种证据，然而人们并不当成一回事。

他和本地一位公主结了婚，她名叫帕西法厄，是太阳神赫利俄斯的女儿。他们两人生了许多孩子，其中有一位聪敏美丽的女儿叫阿里阿德涅。你可能会以为国王是宙斯的儿子、王后是赫利俄斯的女儿是件大好事，然而完全不是。对克里特人而言不是。他们的反应依然是："米诺斯是外国人，他爸是头牛。我觉得米诺斯在偷偷帮牛干活！"

米诺斯觉得自己有必要在推广自己的个人品牌方面做得更好。人们想议论他的出身？很好！他是宙斯的儿子，而且以此为荣！米诺斯采用公牛作为他的王室纹章。他把公牛画到自己的旗帜上。他让代达洛斯设计了一只马赛克镶嵌的巨大公牛放在王座厅的地板上，还在他的王座扶手上雕刻了镀金的牛头。他有公牛图案的银餐具，花园里有修剪成公牛状的灌木丛，甚至还有公牛图案的平脚内裤和可爱的带小公牛头的毛绒拖鞋。每周三来参观王宫的人都能得到一个免费的公牛摇头娃娃作为入场礼物。

不知为何，拖鞋和摇头娃娃并未说服米诺斯的臣民认可米诺斯成为国王。他们还是怨声载道，不愿意纳税或者履行诸如此类的义务。

最终米诺斯认定，他需要为他的王家声誉进行一番宏大的展示——某种能让克里特人叹服，一举永远解决这个问题的展示。他召见了代达洛斯，因为这位发明家是王国里最聪明的人。

"我建议使用特效。"代达洛斯说，"闪光粉，烟幕弹。我可以造一个巨大的会说话的机器人，带着你在城里巡游，告诉每个人你有多了不起。"

米诺斯皱起了眉。“不。我需要众神发出的征兆。”

“我可以伪造一个！”代达洛斯说，“我们可以用上镜子，也许派人悬在看不出来的绳子上飞一圈。”

“不！”米诺斯咬牙切齿地说，“不能是假的，必须是真东西！”

代达洛斯挠了挠头。“你的意思是……真的向众神祷告，在公开场合下，希望他们给你显示一个征兆？我不知道啊，老板。听起来有点冒险。”

国王心意已决。他在码头下方修建了一个巨大的平台。他在此召集了全城居民，然后向人群举起双臂，高声说道：“你们中有人怀疑我是不是你们的合法国王！我会证明众神支持我！我会请求他们给我一个征兆！”

在人群中，某人啧啧取笑道：“那算不上什么证据！你只是在求你老爸帮你个忙。”

米诺斯脸红了。“不！”本来，他准备请宙斯发出一道闪电，可是现在这个计划被破坏了。

“我将……呃，向完全不同的另一个神祈求！”他盯着码头外面，突然有了主意，“克里特人拥有世界上最强大的海军，对吧？我将祈求波塞冬，四海之王，请求他赐福于我！”

“拜托，波塞冬，”米诺斯默默祈祷，“我知道我们没怎么说过话，不过请帮我解围。我会报答你的。也许你可以让一只动物奇迹般地跃出海面。我保证，等这场表演一结束，无论你派来的是什么动物，我都会把它献祭给你。”

在海底，波塞冬听到了他的祈祷。他其实根本不怎么在乎米诺斯，不过他喜欢祭品。他也喜欢人们向他祷告，他也不想放过在一支重要的海军面前展示自己力量的机会。

“嗯哼，”波塞冬对自己说，“米诺斯想要一只动物。他喜欢公牛，我喜欢公牛祭品。嘿，我知道了！我要给他一头公牛！”

海港的水面由内而外动荡起来。下了锚的船只倾斜摇摆。一道四十英尺高的巨浪凭空出现，站在浪尖上的是一头巨大的白色公牛。它在码头上登陆了，看上去一派王家气派，酷极了，它的头高高仰起，白色的牛角闪闪发光。

“噢噢噢！啊啊啊！”人们叫了起来，因为不是每天都有机会看到一头公牛乘着巨浪冲进码头的。

克里特人转向米诺斯欢呼起来。国王鞠躬致谢，让每个人都带着公牛形状的纪念咖啡杯回到了家。

国王的手下用绳子拴住公牛的脖子，把它牵回王家牛圈。当天晚上，米诺斯和代达洛斯前去查看这只动物，从近处看它显得更不可思议——比王家牛圈里的其他公牛都至少要高大强壮两倍以上。

“哇，”米诺斯说，“这真是头好牛！我想我应该把它留下来养着。”

代达洛斯忍不住啃起了自己的大拇指指甲：“呃，你确定吗，陛下？如果你保证要把牛献祭给波塞冬……那么，留下它就不太对了，是不是？”

国王轻蔑地哼了一声。“你把你的亲外甥推下了卫城，你觉得自己很懂得对错之分？”

代达洛斯内心有一种非常糟糕的预感。他能控制各种特效，至于奥林匹斯众神嘛……唉，就连他都发明不出一种能预测他们会有什么反应的好机器。他设法说服国王献祭白色公牛，可惜米诺斯不听。

“你太爱操心了，”国王对他说，“我会献祭我的另一头牛给波塞冬。他不会介意的！他可能都发现不了有什么不一样呢！”

波塞冬介意。他发现了不同之处。

波塞冬一发现米诺斯留下了那头漂亮的白牛，而没有遵守诺言献祭它，就像河豚一样气炸了。

“老弟！造出那头公牛可是害得我辛辛苦苦地工作了五秒钟之久啊！行啊，米诺斯，你觉得你很牛？你这么喜欢牛？你会后悔的。我保证我要让你这辈子再也不想见到一头牛！”

波塞冬本来可以直接惩罚克里特的。他可以用地震摧毁克诺索斯城，或者用一个大潮横扫整个克里特舰队，不过这只会让岛上的居民生他的气。波塞冬想羞辱王室，让每个人都厌恶米诺斯和帕西法厄，不过他可不想产生什么负面作用。他想让克里特岛居民继续向他的神庙祷告和献祭。

“我需要暗中报复，”波塞冬下了决心，“我想想……谁特别擅长诡计和羞辱他人呢？”

波塞冬去找爱情女神阿芙洛狄忒了，她正在她奥林匹斯山上的日间沙龙打发时间呢。

“你不会相信这个的，”波塞冬告诉她，“你知道克里特王米诺斯吧？”

“嗯？”阿芙洛狄忒没有从她的时尚杂志上移开眼睛，“大概吧。”

“他冒犯了我！他承诺说要给我献祭一头公牛，可他没有！”

“嗯哼？”阿芙洛狄忒继续浏览纪梵希皮包的广告。

“而且，”波塞冬说，“他的王后，帕西法厄——你应该听听她是怎么说你的。”

阿芙洛狄忒抬起了眼睛。“你说什么？”

“我觉得啊，的确，帕西法厄很漂亮，”波塞冬说，“但人们老是在议论她跟你比起来有多惹人爱，王后一直默许他们这样做。你能相信还有这种事？”

阿芙洛狄忒合上了她的杂志。她的眼睛闪烁着一道危险的粉红色光芒。“人们在拿这个凡人王后跟我比？她也容许了？”

“就是啊！你还记得最近一次帕西法厄给你的神庙献祭，称你为最好的女神是什么时候的事吗？”

阿芙洛狄忒翻了翻她脑海中的献祭和祷告登记簿。她密切关注着哪些凡人给了她应得的尊敬。帕西法厄的名字不在前二十页上。

“这个忘恩负义的巫婆。”阿芙洛狄忒说。

公平起见，帕西法厄确实是个女巫，她喜欢巫术和魔药。她甚至比她的丈夫还要贪婪和傲慢——基本上完全不是什么好人——不过要怪她不是阿芙洛狄忒的女粉丝……嗯，这就好比怪我不经常坐飞机。宙斯和我——我们尽量不进入对方的地盘。

不管怎么说，波塞冬看到了复仇的良机，并且牢牢把握住了。我不能为我父亲的选择辩护。即使是善良的神也可以变得很恶毒，如果你激发了他们邪恶的一面的话。

“你应该狠狠地惩罚她，”波塞冬提议，“让王后和国王成为笑柄，因为他们不尊敬我……我的意思是，不尊敬你。”

“你有什么想法？”阿芙洛狄忒问。

波塞冬的眼睛闪闪发光，比他的夏威夷 T 恤衫还要闪亮。“大概王后应该坠入情网。她应该有一段史上最恶心难堪的婚外情。”

“爱上大卫 · 哈塞尔霍夫[1]？”

“比他还糟！”

“查理 · 西恩[2]？”

“更糟！米诺斯的王室纹章是公牛，对吧？在他的牛栏里，他养了一头纯白色公牛，他爱它胜过世间一切。要是王后爱上了那头公牛呢，跟他一样……？”

即使对阿芙洛狄忒而言，都要花上一点时间来消化这个想法。“噢，众神啊……噢，你不是那个意思吧……噢，太变态了！”

波塞冬咧嘴笑道：“对吧？”

阿芙洛狄忒基本懂了。她去了女神的盥洗室，呕吐起来，然后她把妆容补好，回到外间。“很好，”她决定了，“这是一个很恰当的处罚，谁叫这个王后不知道敬重我呢。”

“还有我。”波塞冬说。

“随便啦。”阿芙洛狄忒说。

女神开始施展她的爱情诅咒术。第二天，下界的克里特岛上，帕西法厄正巧路过牛栏。她走得飞快，免得闻到臭气，此时她无意间看了国王最珍爱的白色公牛一眼。

她僵在了路上。

这就是真爱。

好吧，各位。这一刻，请尽管把书放下，绕圈乱跑，大声尖叫：“恶恶恶恶恶！”基本上这就是我第一次听说这个故事时的反应。希腊神话中有大量恶心的内容，不过这个故事就是催吐大集合。

问题在于，帕西法厄并没做什么应该受到如此报应的错事。没错，她是一个接触了黑魔法的讨厌的人，但我们每个人都有缺点！她又不是那个没有献祭公牛的人，她又没有侮辱阿芙洛狄忒。

就好比命运女神这样说道：“好吧，米诺斯，你做了错事？那么，你尝尝这个滋味吧，我们要惩罚站在那里的随便什么人！”

---

① 大卫 · 哈塞尔霍夫是美国男演员，曾主演电视剧《霹雳游侠》。

② 查理 · 西恩是美国男演员，参演过《惊声尖笑》系列电影和情景喜剧《好汉两个半》。

帕西法厄想摆脱这种感情。她知道他们不应该在一起，但她做不到。她回到她的房间，在床上坐了一整天，读与公牛有关的书，画跟公牛有关的画，最后她用光了所有白色蜡笔，在她所有的笔记本上都写满了公牛的名字：公牛。

她挣扎了好几个星期，想说服自己没有真的爱上一头牛，可她仍然在晕晕乎乎地兜圈子，哼唱着《魂牵梦萦》[①]和《奶牛布鲁斯》。

她想用符咒和魔药治愈自己。完全无效。

后来，出于绝望，她想用魔法让公牛也爱上她。她找到一些借口，穿着她最好看的裙子，盘着最好看的发型走过牛栏。她悄声念咒，把爱情药洒进公牛的饲料槽。还是没用。

公牛完全不感兴趣。对它而言，帕西法厄只是又一个每天给它带新鲜干草，或者在它面前挥舞红旗，或者做一些其他趣事的愚蠢的人类。

最后，帕西法厄求助于她心目中唯一一个比自己还聪明的人——代达洛斯。

发明家在他的工作室里，检查克诺索斯足球场和会议中心的建筑图纸。这时王后走了进来，她解释了她的处境，以及她希望他帮的忙。

代达洛斯四处乱瞟，想确定他是不是正在被真人秀节目偷拍。“所以……等等，你想让我干什么来着，现在？”

帕西法厄的脸抽搐了一下，解释一次就已经够尴尬的了。“我需要让那头公牛注意到我。我知道他也会爱上我，只要我能说服他——”

“它是头公牛啊。”

“对呀！”王后打断代达洛斯，“所以我需要让他认为我是头母牛！”

代达洛斯尽量不加褒贬地表达他的意见。“呃……”

“我是认真的！用你做机械的超级万事通能力给我做一套仿真母牛装。我就躲在里面，去认识那头公牛，聊聊天，问问他的老家在哪里，诸如此类吧。我敢肯定他会爱上我！”

“呃——”

“必须做一套很有魅力的仿真母牛装。”

---

① 《魂牵梦萦》（*Hooked on a Feeling*）是一首1968年的美国流行歌曲，字面意思可以理解为“被一种感觉勾住”，这里暗指被牛角钩住。

“王后，我不认为我有能力——”

“你当然能啦！你是天才！不然我们干吗要付你钱？”

“我很肯定你丈夫付钱给我不是为了这种事。”

帕西法厄叹了口气。“让我跟你说明白吧。如果你走漏一个字给米诺斯，我会彻底否认，你会因为散布有关王后的谣言而被处死。如果你拒绝帮助我，我会告诉米诺斯你调戏我，你会因为这个被处死。唯一能让你免于被处死的办法就是帮助我。”

汗水连成一条线，从代达洛斯的脖子上滑了下去。“我……我只是想说……这样做不对啊。”

“你把你的亲外甥推下了卫城！你觉得自己很懂得对错之分？”

代达洛斯真心期望人们不要再提起这件事了。杀了一次人，然后人们就会让你永远都忘不了这茬儿。

他并不想帮王后。穿上机械化的仿真母牛装就能让她跟公牛搭上话了？即使是代达洛斯也有做不到的事。但他也得替他的事业和家人着想。来到克里特岛以后，他就结婚了。现在他有了一个叫伊卡罗斯的儿子。要是被处死了，代达洛斯就不能去参加他儿子幼儿园的返校夜活动了。发明家知道自己已经别无选择了。他开始着手准备人类所能制造出的最有魅力的仿真母牛装。

这个机械化伪装一完工，王后就藏了进去。代达洛斯贿赂了守卫，这样他们就不会觉得发明家把一头假母牛从工作室推到王家牛栏有什么可奇怪的了。

这天晚上，公牛终于注意到了帕西法厄。现在是让我们所有人放下书，绕圈乱跑，大声尖叫“恶恶恶！”并用消毒眼药水清洗我们的眼睛的好机会。

不知道阿芙洛狄忒和波塞冬对他们的计谋得逞做何感想？

我希望他们没有坐在奥林匹斯山上，跟对方击掌相庆，同时说：“我们成功啦！”我更希望他们恐惧地看着下界的克里特岛上发生的景象，说：“噢，众神啊……我们这是干了什么啊？”

九个多月后，怀孕足月的帕西法厄王后要生孩子了。

米诺斯王都等不及了！他很想要一个儿子。他已经起好了名字：阿斯忒里翁，为了纪念他的继父，前一任国王。克里特岛人民会很喜欢这个名字的！

这个计划出了个小故障：生下来的这个男孩是个怪物。

从肩膀往下，他是人类。肩膀以上，他长着粗糙的毛皮，脖子上的筋脉像钢缆一样，他的头部是公牛的头。他的牛角长得飞快，想用婴儿背带把他抱起来或背起来而不被刺伤就成了不可能完成的任务。

国王虽然不像代达洛斯那么聪明，可他还是立刻发现这孩子不是他亲生的。国王夫妇大吵起来。他们砸东西、尖叫、大吼、赶走仆人。那些仆人肯定都因为这个可怜的婴儿而心烦意乱。

没有人比帕西法厄更惊慌了。阿芙洛狄忒的爱情诅咒在孩子出生那一刻就解除了。王后对她自己和众神都感到恶心，最恶心的还是那个孩子。她坦白了发生了什么，但她无法解释自己的行为。她怎么能做出这种事啊？无论如何，覆水难收。这可不是什么国王夫妇可以通过婚姻咨询解决的问题。

帕西法厄搬去了宫殿里的一套独立套房。终其余生，她就这样被软禁起来。米诺斯有想把这个怪物婴儿扔进海里的冲动，不过有什么力量阻止了他——可能是那条不许杀死家人的古老禁忌，也可能是他把这个孩子和那位神祇的惩罚联系起来了：这是一条变态而扭曲的消息，来自波塞冬。要真是这样的话，杀死这个孩子只会让众神更加愤怒。

米诺斯想封锁关于新生儿的消息，可是为时已晚。育婴女仆、助产士和仆人们都见过婴儿。没有什么比坏消息传得更快了——特别是当它发生在人人都讨厌的人身上时。

这下子克里特人算是确定他们的国王不配成为统治者了。那个变异小孩显然是众神的诅咒。那孩子的名字阿斯忒里翁是对老国王的亵渎，所以人们从来不用这个名字叫他。每个人都叫那个孩子米诺陶，意思是米诺斯的公牛。

米诺斯变得很残酷。他责怪所有人——众神、他的妻子、公牛、不知感恩的克里特人。但他不能处罚他们全部，他的支持率已经很低了。不过有一个人他可以处罚——某个参与了这场阴谋的人，非常适合担任出气用的沙袋。他下令把代达洛斯锁上镣铐，拖到他面前。

“你，”国王咆哮道，“我给了你第二次机会。我给了你工作、工作室、研发经费。这就是你给我的报答？你毁了我的名声，大发明家！除非你能发明出什么东西把这件事纠正过来，否则我会让你死得又慢又痛苦！然后我会想办法让你复活再杀死你一次！”

代达洛斯通常都能想出好主意。一般情况下他想办法的时候不用被铐住，同时还被带着利剑的侍卫包围，不过他确实思维十分敏捷。

“我们能把这件事变成好事！”他高声说。

米诺斯的眼神像干冰一样冷。“我的妻子生下了一个怪物。你想把这个变成好事。”

“没错！”代达洛斯说，“我们可以利用它！你看，你的臣民永远不会敬爱你，这很清楚了。”

“你并没让事情有所好转。”

“不过我们可以让他们害怕你！你的敌人一听到你的名字就会发抖。你的子民永远不敢冒犯你！”

国王眯起了眼睛。“继续说。”

“关于米诺陶的流言已经传开了。”

“他的名字是阿斯忒里翁。”

“不，陛下！我们要充分利用他的怪物属性。我们要叫他米诺陶。我们永远不让任何人看到他。我们要让人们疯狂想象。他现在的样子已经很糟了，我们要鼓励人们把他想象得更坏。在他成长的过程中，我们要把他锁在地牢里，喂他……我不知道，臭肉加辣酱——能让他非常愤怒的东西。我们要时不时地把囚犯扔进他的囚室，让米诺陶练习杀人。”

“哇，”米诺斯说，“我还以为我自己够残忍了呢。继续说。”

“米诺陶每杀死一个囚犯，我们就给他一块糖。他会学会如何成为一个邪恶的杀人野兽的！一旦他完全成年……”代达洛斯眼睛里的光芒让国王都紧张起来了。

“怎么样？”米诺斯问，“他成年了会怎么样？”

“到那时，我就会建好米诺陶的新家了。它将成为世上独一无二的监狱——一个位于王宫正后方的巨大工程。它的顶部是露天的，不过墙壁极高，不可逾越。迷宫走道蜿蜒曲折，整个空间布满陷阱。至于建筑的中央……那就是米诺陶将要居住的地方。”

米诺斯光是想象这番场景就激动得哆嗦了一下：“那么……我们喂他什么呢？”

代达洛斯露出了微笑。他此刻已经完全打开了邪恶天才模式。“每当你想惩罚什么人的时候，你就把他们推进去。你可以向他们许诺，只要他们找到了出来的路，你就会饶他们一命，不过我会保证没人能找到出口。他们迟早会迷路，他们会渴死或饿死……或者被米诺陶找到，吃掉。他们的尖叫声会传出建筑，在整座城里回响。米诺陶会成为所有人最大的梦魇。再也没有人敢取笑你了。”

米诺斯摸了摸下巴。“我喜欢你的计划。建造这个让人迷路的地方。我们要叫它……奇幻屋[①]！”

“呃，我想还是起一个更神秘恐怖的名字吧，”代达洛斯说，“可以叫它迷宫？”

“好吧，随便吧。现在快滚去工作，免得我改变主意杀了你！”

代达洛斯在迷宫上花费的时间比他花费在过去任何一个发明上的时间都要多——多于代达洛斯牌凿子，代达洛斯牌写字蜡板，甚至是代达洛斯食物处理机，它能做出一堆堆切成丝的薯条。他工作太忙了，忽略了家庭关系。他的妻子离开了他，他的儿子伊卡罗斯在跟父亲几乎没有接触的情况下长大。

代达洛斯辛勤工作了十五年之久，在王宫后院里建造了一个看起来像带战壕的操场的建筑。幸好，王宫后院真的非常大。你就是把美利坚商场[②]、迪斯尼世界[③]和二十个足球场一起放进迷宫，都还绰绰有余。

三十英尺高的砖墙蜿蜒曲折。走道忽窄忽宽，各种盘曲道、十字路和分岔路兜兜转转。有些路段会沉入地下变成隧道，还有些路是死胡同，或是通往长满剧毒植物的花园。墙壁会移动，活板门和陷坑则让地板机关重重。

如果你被判处了迷宫之刑，侍卫会把你推进去，入口会立刻消失，仿佛从未出现过。迷宫能够让你彻底迷失方向，只消走上三步你就迷路了。尽管能看见天空，但它的作用只是增强你的幽闭恐惧症。这个迷宫仿佛拥有生命——它在不停生长变化，试图置你于死地。

相信我，我曾经进去过。这可不是一般的迷宫，不是那种你会想着“等我长大以后，一定每个夏天都要带我的孩子来这里玩”的地方。

代达洛斯刚好及时完工。米诺陶长得太壮了，地牢里已经没有一个囚室能关

---

① 奇幻屋（Funhouse），游乐园里的游乐设施之一，是一间安装了哈哈镜和会翘起或塌陷的地板之类的机关的屋子，用来吓游客或让游客开心。

② 美利坚商场（Mall of America）是美国最大的商场，占地面积约为0.45平方千米。

③ 迪斯尼世界（Walt Disney World）是世界最大的迪斯尼乐园，占地面积约为110平方千米。

得住他了。他已经进入了青春期，常常变得阴郁、易怒、充满破坏力。米诺陶长着锋利的牛角，充血的眼睛，拳头跟攻城槌差不多大。从他小时候起，就一直被鞭子抽、被殴打，接受杀人训练。他很乐意亲手把一个大活人杀死，这对他而言是小菜一碟。

不知用了什么法子，米诺斯把米诺陶引诱进了迷宫正中央的新家里——大概是留下了一溜儿彩虹糖吧。从此，米诺陶已经准备好扮演他的新角色了——史上最恐怖的怪物。在夜里他会朝着月亮发出嘶吼，叫声回荡在克诺索斯的街道上。

米诺斯开始把囚犯扔进迷宫。毫无疑问，他们都没回来。他们要么迷了路，渴死在里面（这算运气好的）；要么遇到了米诺陶，这种情况下他们会发出濒死的惨叫声，为这座大城市的生活提供了“悦耳”的背景音乐。

克诺索斯的犯罪率骤降了百分之九十七。米诺斯王的受欢迎程度也骤降了这么多，但是人人都怕他和他的怪物儿子，于是噤若寒蝉。代达洛斯的计划大获成功。他设计了人类史上最复杂、最危险的迷宫。他把米诺斯的丑闻变成了力量和恐惧之源。

作为奖励，他被囚禁了。哦耶！米诺斯把代达洛斯关进了他自己建造的迷宫里的一个可爱的囚室套间。里面包括一个装备齐全的工作间，这样他就能继续为国王制造各种精妙物件了。侍卫每天都去检查一次他的情况，同时确保代达洛斯没在耍什么花招，他们通过有魔力的绳子在迷宫里往返。

为了让代达洛斯更加合作，米诺斯把伊卡罗斯关在了王宫里。每隔两周的星期二，伊卡罗斯可以去探视他的父亲，这成了代达洛斯面临的悲惨日子中的光明时刻。

他真希望自己从来没有听说过克里特岛，或米诺斯，或帕西法厄。在他的有生之年里，他再也不想见到任何一头公牛了。每天晚上他都得听着米诺陶在门外哞哞叫，还重重地捶墙。迷宫的高墙发生变化时会发出轰隆声和吱嘎声，让这位老人无法成眠。

作为一名真正的天才发明家，代达洛斯把绝大部分时间都花在了设计逃跑计划上。逃出迷宫倒不成问题，代达洛斯可以在其中畅行无阻，可是出口上了锁，还有重兵把守。米诺斯的军队沿着迷宫外墙巡逻，每周七天，每天二十四小时。就算代达洛斯设法溜了出去，没被发现，米诺斯还控制着港口的每一条船。不等代达洛斯登上任何一条船，他就会被抓住。

更糟的是，他的儿子还是国王的阶下囚。要是代达洛斯逃走了，伊卡罗斯会被处死的。

代达洛斯必须想出一个办法和他的儿子一起逃出这座岛——既不能走陆路也不能走海路。这位发明家开始研究他最伟大的糟糕设计了。

代达洛斯的时间变得更紧张了，因为迷宫第一次从内部被突破了。一个名叫忒修斯的哥们儿借助内部人士的帮助从迷宫里逃了出去，不过我们稍后再讲这件事。

现在，我们就这样说吧，这个事件让米诺斯的心情极其不爽。而每当米诺斯心情不好的时候，他总是去找他最喜欢的拳击沙袋：代达洛斯。发明家明白自己有用的日子已经到头了，他的时日不多了。他加快了自己的神奇坏设计的进度。

他只跟儿子透露了这个计划。

伊卡罗斯长成了一个讨人喜欢的英俊青年，不过他不是发明家，不是第二个波迪克斯。代达洛斯对此没有任何不满。伊卡罗斯极其崇拜和信任他的父亲，所以当代达洛斯告诉他他们会一起突破迷宫时，伊卡罗斯高兴得跳起了舞。

“太棒了！”伊卡罗斯问，“你造了一个推土机吗？”

“什么？”代达洛斯问，“不，那是行不通的。”

“但你说了‘突破’。”

“只是打个比方。从陆上和海上都不可能逃出去，米诺斯完全控制着这两条出路。不过有一条路他没有设防。”

代达洛斯指着天空。

伊卡罗斯点点头。“在鞋上装上弹簧，我们可以跳出去获得自由！”

“不。”

“训练鸽子！我们可以把几十只鸽子拴在躺椅上，然后——”

“不是！不过你的想法很接近了。我们能靠我们自己的力量飞出去！”

代达洛斯把计划告诉了伊卡罗斯。他警告儿子不要跟别人提起，过两周再来迷宫探视的时候要做好出发的准备。

伊卡罗斯走后，代达洛斯继续工作。他的熔炉没日没夜地燃烧着，好让他熔化青铜，锻造他的新装置的零件。此时，他的年纪已经不小了，他的视力不像当年那么好了，他的手也开始发抖了。他的设计造型非常复杂，对精确性的要求高得可怕。这样工作了数天之后，他真后悔自己没研究那个让鸽子拉躺椅的主意。

两周时间转眼就过去了。

伊卡罗斯来探视的时候，这孩子被他父亲那疲惫萎靡的样子吓着了。

“爸，侍卫们的表现很奇怪，”伊卡罗斯警告道，“他们说要跟你道别，还说这是我们最后一次见面。”

“我知道，”代达洛斯低声说，“国王准备处死我。我们必须快点！”

代达洛斯打开了他的柜子，把他的新发明拖了出来——两套适用于人类的青铜翅膀，每一片羽毛都经过精密铸造，每一个连接处都非常灵活。

“哇，”伊卡罗斯说，“亮闪闪的。”

“你还记得我们的计划吧？”代达洛斯问。

“当然。来吧，爸爸，我来帮你装上翅膀。”

老人本想提出异议，他更希望让儿子先准备好起飞，不过他已经累得不想争论了。他让伊卡罗斯绑紧了他的翅膀的全套皮索，用热蜡油把翅膀固定在他脊背和手臂的正确位置上。这个设计并不完美，但这是代达洛斯在供应有限、时间紧张的条件下能做到的最佳设计了。侍卫们不给他任何好用的黏合剂。要是有强力胶和管道胶带，代达洛斯就能征服世界。

“快点，儿子，”代达洛斯催促道，“侍卫很快就要来送午餐了……”

或者，要是米诺斯真的打定了主意要杀他，他们送来的可能就不是平时的芝士三明治，而是“断头台”了。

伊卡罗斯把最后一片羽毛固定在了他父亲的手腕上。“好了！你能飞了。现在帮我装上吧。”

老人的手在发抖。有好几次，他把热蜡滴落在了儿子的肩膀上，不过伊卡罗斯并没有抱怨。

代达洛斯正准备做最后的安全检查，工作间的大门就猛地打开了。米诺斯王亲自冲了进来，周围簇拥着侍卫们。

国王看着代达洛斯和伊卡罗斯崭新的青铜翅膀。

“这是什么玩意儿？”米诺斯说，“青铜大鸡翅？可能我应该拔光你们的羽毛把你们做成鸡汤！”

一个侍卫笑了。“哈……鸡汤。”

“伊卡罗斯，走！”代达洛斯踢开了熔炉的地板通风口。从下方涌出一股强烈的热风，把伊卡罗斯抬升到了空中。

“拦住他们！”米诺斯吼道。

代达洛斯展开翅膀，热风使他飘了起来。侍卫们都没带弓箭，所以他们只能把剑和头盔扔过去，同时米诺斯王也在一边怒吼一边挥舞拳头。发明家和他的儿子远走高飞了。

一开始，这段飞行之旅还挺精彩的……就像法厄同刚开始驾驶太阳战车的那段路似的，除了没有内置式蓝牙音响播放的太阳主题的背景音乐。当他们飞出克里特岛的领空时，伊卡罗斯高兴得大叫起来。

“我们成功了，爸！我们成功了！”

“儿子，小心！”代达洛斯叫道，同时努力跟上儿子，“记住我说过的话！”

“我知道！”伊卡罗斯在他下方不远处高声回答，“不要飞得太低，不然海水会侵蚀翅膀。也不要飞得太高，不然太阳会熔化固定用的蜡。”

“对！”代达洛斯说，“不要离开天空的正中！”

这句话听起来也很熟悉，似乎也是法厄同的驾驶课上说过的。希腊人太喜欢保持中间路线，避免极端了。他们是发明了温和主义的民族——不能太热，也不能太冷，需要恰到好处。

当然，这也不意味着他们善于遵守规则。

“我会很小心的，爸，”伊卡罗斯保证道，“不过先看这个！呜——呜！”

他表演了绕圈飞行和旋转飞行。他向波浪发起高速俯冲，接着迅速攀升，想要触摸云朵。代达洛斯冲他大喊，想让他停下，不过你知道孩子们疯起来是什么样的。我们要是有了翅膀，飞起来也会什么都不顾的。

伊卡罗斯不停地说：“最后做一次！这些翅膀太棒啦，爸！”

代达洛斯没有什么办法阻止他。这位老人光是要保持飞行状态就已经竭尽全力了。现在他们在茫茫大海的正上方，他既不能停下也不能休息。

伊卡罗斯想，我真想知道我能飞多高。爸爸造的翅膀能坚持住的。老爸最棒了！他超级聪明！

伊卡罗斯冲向云霄。他听见从下方某处传来他父亲的喊声，不过他正在享受肾上腺素爆发的愉悦感，顾不上了。

“我要碰到太阳了！”他对自己说，“我绝对能碰到太阳！”

他绝对不能碰到太阳。

固定用的蜡开始熔化，青铜羽毛开始脱落。

随着巨大的金属碰撞声——就像一大袋易拉罐被垃圾处理机碾轧时的声音——翅膀掉了，伊卡罗斯坠落下来。

代达洛斯发出痛苦的叫喊，嗓子都喊哑了，但他无计可施。他的儿子从三百英尺高空坠落到水面上，从这个高度落下时，水面和人行道也没有什么区别了。

伊卡罗斯沉入了波涛中。

为了纪念他，那片水域至今仍然叫作伊卡里亚海，虽然我也不明白一个人为什么会想要以杀死自己的东西来纪念自己。如果我也倒霉了，请别让他们命名波西·杰克逊纪念砖墙，波西·杰克逊锋利长矛，或波西·杰克逊纪念版时速百英里十六轮车。我不会觉得这是在纪念我的。

代达洛斯肝肠寸断，甚至想放弃生命。他可以选择直接坠入海中死去，追随他的儿子前往冥界。但他的求生本能仍然很强，他的复仇欲望也同样强烈。是米诺斯害得他们必须用这种方式逃亡，米诺斯对他儿子的死负有责任，国王必须付出代价。

发明家飞向夜空中。他还有很多东西要发明，很多麻烦要制造，至少还有一种确实令人满意的死法要安排。

代达洛斯一路飞往西西里岛，在意大利的西南端登陆。那里距离克里特岛有五百英里，这对一位拍打着金属翅膀的老人来说可是一段长路。

他登陆的时候，成了史上第一个讲这个烂俗笑话的人：“我刚从克里特岛飞过来，兄弟，我的胳膊累死了！”[①]

① 这个笑话是美国喜剧表演者经常在舞台上讲的经典笑话，最早的书面记录见于1948年。原版是：“我刚从（芝加哥／洛杉矶／纽约）飞过来，兄弟，我的胳膊累死了！”意在通过“其实是坐飞机来的，却说成是挥舞胳膊飞过来”制造笑点。

幸好，西西里人并不会因为你笑话讲得烂就判你死刑。

他们带代达洛斯去见当地的国王，一个名叫科卡罗斯的人。这位国王几乎不敢相信他交了这么大的好运，还从来没有哪个名人光临过西西里呢！

“噢，我的众神！”国王从他的王座上跳了起来，“代达洛斯？那个代达洛斯？”科卡罗斯像个追星的女孩一样兴奋得满屋子乱转，“我可以跟你合影吗？你能在我王冠上签名吗？简直难以置信！传说中的代达洛斯在我的王国里！我要告诉住在邻国的那些国王。他们会嫉妒死我的。”

“呃，好，关于这个问题……”代达洛斯解释了一下他刚刚从米诺斯王那里逃出来，对方拥有地中海最强大的海军，而且肯定在到处搜捕他。“我们要是对我出现在这里这件事保持低调，可能是最好的做法。”

科卡罗斯的眼睛睁大了。“好——吧。保持低调，明白！如果你愿意为我工作，那你的一切要求都能得到满足。我们会对你的身份保密。我们可以给你起一个代号叫……非代达洛斯！这样就没人会怀疑啦！”

“呃——”

“或者叫马达洛斯？吉米？”

代达洛斯意识到自己将来的工作可不轻松。他得搞清楚这位国王的智商不会害得他们开车出门的时候因为开得比最低限速还慢而被交警下令靠边停车。当然了，这仍然比坐在迷宫里等死强。

很快，代达洛斯就成了国王最信任的顾问。国王发现，代达洛斯能读整段文字，还会拼写单词，甚至会做数学题，他真是一个大魔法师！

科卡罗斯王是个信守诺言的人（只要你别要求他把自己的诺言写出来）。他为代达洛斯保密，在王宫里给这位老发明家安排了一个套间，一间全新的工作室，甚至还有一整套从雅典的顶尖硬件公司买来的优质工具，要进口这个可不容易。

当然，西西里和克里特不一样。科卡罗斯的权势和财力都比不上米诺斯，所以代达洛斯工作时并没有很多资源可以利用。但是他对此心存感激。他是在世界的这个角落出现的最了不起的人，他有点喜欢得到这样的关注。

科卡罗斯可能是个呆子，但这位国王的三个女儿全都很聪明，还有冷血潜质。代达洛斯认为她们将来会成为出色的统治者。他开始教导她们成为君主的基础知识——数学、阅读、写作、战争、基础拷问、征税、深度拷问，以及如何通过深度拷问征税。公主们学得很快。

代达洛斯也为当地人做了很多好事。他引入了室内管道系统，修建了美观的建筑，教会了当地人如何分辨自己的衣服里外穿反了。这在科卡罗斯的王国里算得上是一场文艺复兴运动了。如果你现在去西西里岛，还能看到一些代达洛斯修建的工程：塞利努斯的地热浴场，海布拉的水库，喀米克斯的水渠和防御工事，库迈的阿波罗神庙，别漏掉了巴勒莫的巨型青铜舞蹈树懒（好吧，最后一个并不存在，真可惜，要是真有的话一定很棒）。代达洛斯受到了热烈欢迎，他从前来致谢的人们那里收到的礼物都堆成了山。许多西西里人为了向他致敬，给他们的孩子起名叫吉米或者非代达洛斯。

代达洛斯知道克里特海军早晚会到这里来搜捕他，于是他给科卡罗斯王在悬崖上修建了一座新城堡。它唯一的入口在一条陡峭的小径顶端，只需四个人就能牢牢守住，即使一整支军队也攻打不下来。要说缺点的话，就是交通高峰期会严重堵车。

有一阵子，生活很美好。有几个晚上，代达洛斯甚至可以安然入睡，不会做噩梦梦到帕西法厄穿着她的仿真母牛装，或是伊卡罗斯掉进海里，又或是他的外甥波迪克斯从卫城上摔下去。

不过米诺斯可没有忘记这位发明家。他召集了舰队，慢慢搜索整个地中海地区，在每一座城市寻找代达洛斯。米诺斯在这方面倒是很聪明，他没有砰砰乱拍每一扇门去吓唬当地居民，而是设计了一个他认为代达洛斯无法抗拒的诱饵。

米诺斯说他在举行一场竞赛，目的是找到世界上最伟大的天才。无论是什么人，只要他能把一根细绳穿过一个海螺壳而又不损坏海螺壳，他就能获得永世流传的名声和一驴驮的金子。（我的意思是一头壮驴能驮得动的金子。天哪，你们这些人。你们以为我是什么意思？[①]）

为什么米诺斯选择用海螺壳进行挑战呢？可能他想开创一个全新的时尚潮流，用巨大的海螺壳做项链。如果你见过海螺壳，就会知道它们的内部是弯弯曲

---

① 原文是 an ass-load of gold，此处是关于 ass（驴子，屁股）的双关语笑话，参见第 75 页注释。

曲的。你可以把手伸进去一点，不过绝不可能把一根线穿过内部的螺旋部分从尖端穿出来——以当年的技术水平更是不可能。

关于这场竞赛的流言传开了。有很多人想要永世流传的名声，一驴驮的金子听起来也很不错。

代达洛斯听说了这个挑战，他只是微微一笑。他已经想到了米诺斯总有一天会用上这一类的招数。

他去面见科卡罗斯王。“陛下，关于这个海螺壳竞赛……我想参加，并且取胜。”

国王皱眉道：“不过你要是提交了冠军方案，就算你是用假名提交的，米诺斯不也会怀疑是你吗？”

“是的。”

“可是……那他就要到这儿来啦。他会要求见一见获胜者，而且——”

“您说得对。”

“等等……你希望他到这儿来？”

代达洛斯意识到自己还得为提升国王的智商做大量工作。“正是如此，我的朋友。别担心，我已经想好办法了。”

科卡罗斯想到要和地中海最强大的国王碰面，感到有点紧张，不过他很敬爱代达洛斯。他不想失去自己最好的顾问，于是照发明家说的做了。

首先，代达洛斯解决了海螺壳的问题。那很简单，他在海螺壳的尖上钻了一个小孔，在小孔边缘抹上一滴蜂蜜。随后他找到一只蚂蚁，小心翼翼地在它身上系了一根丝线（不要在家里尝试，除非你有的是时间，还有无穷无尽的耐心和一个特级放大镜）。

代达洛斯把蚂蚁轻轻推进海螺壳。蚂蚁闻到了壳尖那头的蜂蜜，便沿着螺旋爬了过去，同时把线也拖了过去。随着蚂蚁从小孔中爬出来——咔嗒！——一个穿在线上的海螺壳就做好了。

代达洛斯把这个海螺交给了科卡罗斯王，后者把它寄给了米诺斯，米诺斯的海军正沿着意大利的海岸线游弋呢。

数周后，米诺斯收到了海螺壳，上面还附有一张便条：

你的小谜题已经解开了。还有别的吗？

过来给我奖励吧。

我在西西里岛科卡罗斯的宫殿里。

此致

敬礼

非代达洛斯

米诺斯看穿了这个巧妙的假名。

“是代达洛斯！”他吼道，“快，我们要坐船去西西里！”

米诺斯的舰队在西西里岛的南部海岸下了锚。他登陆的地方立刻被命名为米诺亚，以纪念他的到来。正如我所说的，当年西西里真的没有发生过什么大事。尽管如此，你能想象你去过的每个地方都以你的名字命名吗？

这样会造成一些麻烦吧。比如——

妈妈：“你昨晚是不是去了新泽西？”

我：“呃，没有啊。干吗这么问？”

妈妈：“因为现在那边有个小镇起名叫波西阿波利斯了！”

科卡罗斯王派出了使者向米诺斯致意。他们邀请米诺斯王到宫里谈话。

米诺斯仰视着那座悬崖顶上的堡垒，发现通向它的路狭窄蜿蜒，大门则易守难攻。他明白了这座堡垒是不可能以武力夺取的，并且猜到了修建它的人一定是代达洛斯。

米诺斯把牙齿咬得咯咯响，决心奉陪到底。在数十名侍卫和随从的陪伴下，他跟着使者来到了科卡罗斯王的会客厅。

这位国王正紧张地坐在王座上。他身后站着三位年轻的红发淑女，米诺斯猜想她们应该是国王的女儿。

“我的朋友米诺斯！”科卡罗斯说。

米诺斯对他怒目而视。他从未见过科卡罗斯，也不想交这个朋友。“据我所知，你宫廷里的某个人解决了我的谜题。”他说。

“噢，是的！”科卡罗斯咧嘴笑道，“是我备受信赖的顾问，非代达洛斯解决的。他真的很棒！”

“我们就别说废话了，好吗？”米诺斯咆哮道，“我知道是你藏匿了逃犯代达洛斯。”

科卡罗斯的笑容消失了，“呃，这个——”

“他怎么解决那个海螺壳问题的？”

“他，嗯……用一只蚂蚁，你可能不相信。他在那个小东西身上系了一根丝线，然后用涂在海螺壳另一头的一滴蜂蜜引诱它从壳里爬过去。”

“天才的想法，”米诺斯说，“把代达洛斯交给我，我们之间就没事了。要是你不同意，克里特岛就是你的敌人了。相信我，你不会希望发生这种事的。”

科卡罗斯吓得面如死灰，这让米诺斯很高兴。他早就不是当年的他了，他曾经想用免费的摇头娃娃换来人们的拥戴，而现在他变得更加成熟睿智了，只想恐吓和杀死别人。

科卡罗斯的一个女儿往前挪了一小步。她在父亲的耳边说了几句话。

“你在说什么，小姑娘？”米诺斯问。

公主正视着他的眼睛。“陛下，代达洛斯是我们的老师和朋友，把他交给您是一种背叛行为。”

米诺斯咬紧了牙关。这个姑娘保护发明家的行为让他想起了他的女儿阿里阿德涅——那是一段痛苦的回忆，我们下一章再讲。

“公主，他不值得你这样忠诚。”米诺斯警告道，“代达洛斯也当过我女儿的老师，他毒害了她的心灵，让她为了我的敌人而背叛我。现在就把代达洛斯交给我！”

科卡罗斯王清了清嗓子。“当然，当然！不过，呃，您是不是说过解开谜题有奖励来着？”

米诺斯很了解贪婪心理。

他拍了拍手，他的随从就带上来了几个很重的箱子——装着一驴驮的金子，不包括驴。

“这是你的了，”米诺斯说，“把代达洛斯交出来，我就和平地离开。”

“成交！”科卡罗斯如释重负地擦了擦额头上的汗，“侍卫——”

“父亲，请等一下。”年纪最大的公主把手放在他的胳膊上，“您的话就是法律。显然，我们必须照米诺斯王的话做。不过我们不该先以合适的礼节款待我们的贵客吗？他刚刚航行了好几个月，肯定非常疲惫了。今晚，让我们为米诺斯王准备豪华的沐浴、干净的衣服和一场盛宴。然后，到了明早，我们再送他各种礼物，让他带着他的囚犯出发。”她朝着米诺斯王露出暧昧的浅笑，“我的妹妹们和我会很荣幸亲自服侍您沐浴。”

哟嗬，米诺斯王心想，这是个好主意。

他认为自己赢了。他能看到科卡罗斯王眼中的贪婪和恐惧。西西里不敢和克里特交战。来到此地的旅程确实又漫长又累人，他也没那么渴望马上回到船上航行回家。让三位美丽的公主为他准备洗澡水，再在宴席上款待他一番听起来很不错。

“我接受，”米诺斯说，“让我见识见识你们……西西里人的好客之情吧。”

三位公主陪同他去了一个舒适的套间。她们不停奉承他是多么富有、强大和英俊。她们说服他把侍卫们留在了屋外。毕竟，他是跟朋友在一起嘛！一位如此强大的国王还害怕三个小姑娘吗？

她们把米诺斯带进了浴室，一个热气腾腾的浴缸已经准备好了，里面放满了上等的玫瑰味沐浴泡泡。当老国王在浴缸里放松时，公主们把视线转开，以保持端庄的仪态（这也是因为他很老很恶心而且毛发浓重，她们不想看）。

“啊啊，”米诺斯说，“这就是人生啊。”

“是的，陛下，”大公主说，“这也是你的死期。”

“什么，现在？”

她按下了一个按钮。天窗打开了，一千加仑[①]滚烫的开水朝米诺斯倾泻下来。他被烫得不住地哀号，在极度的痛苦中死去了。

在毛巾架后面，一个暗门打开了。代达洛斯走了出来。

“干得好，我的公主们。”发明家说，“你们总是学得很快。”

公主们拥抱了他。

“我们不能让米诺斯抓走你！”大公主说，“你可以留下来跟我们在一起了，继续教导我们！”

“唉，亲爱的公主，我不能。”代达洛斯说，“雅典娜女神显然还没有停止对我的诅咒。趁我还没有给这个王国带来更多悲剧，我得离开了。不过别担心，你

① 美制1加仑约合3.79升。

们会成为完美的女王或王后。我还有其他计划……”

老发明家拥抱了尊贵的杀人犯公主们。接着他就走进密道消失了，在西西里岛上再也没有人看到过他。

公主们跑回王座厅。她们哭叫着报告说她们尊贵的客人米诺斯不小心滑倒了，掉进了放开水的浴缸里。这个可怜人一眨眼就断气了。

克里特岛来的侍卫们有些疑心。他们看到国王的尸身时，发现他浑身通红。不过他们又能怎么样呢？他们在这个宫殿里寡不敌众。这个堡垒又足以抵御一支军队的全力袭击。要是想报复，他们就得宣战，围攻这座岛，从一千英里之外召集更多军队。为了一位他们从来没喜欢过的国王费这么大劲儿可不值得。他们决定接受公主们的说法，同意国王的死是一个意外。

克里特人和平地返航了。科卡罗斯得到了那一驴驮的金子。他的三个杀人犯女儿从此过着平静的生活，成了“杰出”的拷问和征税人才。

那代达洛斯呢？

有些故事说他生命中的最后一段日子是在撒丁岛度过的，不过没人能肯定到底是不是。

除非你读过我的一些冒险故事，那么你就会知道这个老人身上发生了什么。不过既然我们要坚持讲原版的传说故事，那么这个故事就在这里结束吧。

再说，我的宠物地狱犬已经很伤心了。它知道我在写代达洛斯，它的前任主人的故事。它每当听到他的名字，就会大声叫起来，还把我的盔甲咬出好多洞。

所以说，代达洛斯是一个英雄吗？你们自己决定吧。这个人毫无疑问非常聪明，但是他的天才给他带来的麻烦至少跟拯救他的次数一样多。漫画中的超级英雄总是会得到类似这样的忠告：只能为了正义使用你的力量。对啊……代达洛斯没这样做。他为了贪念、金钱和保住小命都使用过自己的力量。不过偶尔他也想办法帮助别人。

在你得出结论之前，应该听听故事的另一面：当一个名叫忒修斯的家伙来到克里特岛的迷宫时发生了什么。看来，代达洛斯不是克里特岛上唯一一个聪明人，米诺斯也不是岛上唯一一个冷血凶手。阿里阿德涅和忒修斯……他们组成了一支凶杀小分队。

忒修斯痛击强权
——噢，快看！有只小白兔！

你想让忒修斯发火吗？

去问他：“你老爸是谁呀？”

他会用最快的速度给你当头一击。

没人能清楚知道谁是忒修斯的父亲。我们甚至不敢肯定他是不是有两个爸爸。古希腊人为此争论了好几个世纪。他们写了好多论文和故事，想搞清楚这件事，最后把脑子都弄炸了。

我尽量不让你们的脑子也炸掉，不过情况是这样的：

当时的雅典国王名叫埃勾斯。他树敌甚多，他们都对他的王国虎视眈眈，而他却没有儿子可以继承家业。他真心期盼能有个儿子，于是，他决定——你肯定猜到了——去德尔斐求神谕。

你注意到了这些故事里有多少个想要儿子的国王吗？我完全搞不清楚这是怎么一回事。你可能会觉得王室都生不出男孩吧——仿佛整个希腊四处流落着站在路边拿着纸板的国王，纸板上写着：

为了儿子找工作

请让我明白怎么生出儿子来

上帝保佑你[①]

他们应该跟亚马逊人签合同，因为那些女人总是把小男婴像垃圾一样扔出去，但是——噢，好吧。

埃勾斯去求神谕了，同时按惯例供奉了祭品。

“噢，伟大的预言者，吸入火山真气之人！”国王问，“我到底能不能生出个儿子来呀？”

女祭司坐在三脚凳上，由于被阿波罗神灵附体而战栗不已。“耐心一些吧，国王！在你回到雅典之前回避女子。你的儿子将拥有一位出身高贵的母亲和众神的血统，但他只能择吉时而来！”

“这到底是什么意思？”

“感谢你的祭品。祝你今天过得愉快。”

这个答案让埃勾斯很沮丧。他念叨了一路回到自己的船上，为回家的漫长航程做准备。

如果你走陆路，德尔斐距离雅典并不算远。不过放在当年你是绝对不会走陆路的，除非是发了疯或者陷入了绝境。那条路的绝大部分路段是泥泞的小径或崎岖的山路。剩下那一小段勉强能走的路则饱受土匪、怪物和廉价特卖商场的侵扰。因此，希腊人一般都走海路——并不绝对安全，只是相对要好一点。

为了回到雅典，埃勾斯需要绕过整个伯罗奔尼撒地区，这一大块延伸入海的土地构成了希腊的南方大陆。这条航线也不好走，但既然埃勾斯想活着回到家，他也没有什么别的选择。他家里的那些敌人会很乐意在陆路上截住他，设下埋伏，把他千刀万剐，再把现场布置得像是随便哪个怪物或是狂怒状态下的绵羊的杰作。

所以埃勾斯王绕过伯罗奔尼撒半岛航行回家。他会不时地停靠在某个城市，和当地的国王一起吃顿饭。埃勾斯会给他们讲述他的伤心事，再问问东道主对神谕的内容有何见教。当地国王总是这种反应：“噢，你想找个老婆？我当然能帮你牵线啦。我的侄女就很合适！”

① 这段话是模仿美国乞丐行乞时挂着的牌子上的常见语句。

人人都想和雅典这样强大的城邦联姻，不过埃勾斯记得神谕中的话。除非他回到家，否则应该回避女子。他坚持拒绝了一个又一个美丽的新娘，这可没让他心中的烦躁减弱分毫。

航行数周之后，他抵达了一个名叫特洛曾的小城，此地距离雅典大约六十英里。埃勾斯只要穿过萨罗尼克湾就能回到家啦。

特洛曾的国王名叫庇透斯。因为他的城紧挨着雅典，庇透斯和埃勾斯非常熟悉，经常往来，尽管他们的守护神之间是对立关系。雅典完全属于雅典娜，而特洛曾的守护神是波塞冬（特洛曾的人民真是相当有品位呀）。

总之，两个国王聊起了神使的预言。

庇透斯说：“噢，见鬼，你想找老婆怎么不早说？我有个女儿还是单身——你记得埃特拉吧，我的大女儿？”

“哥们儿，好意心领了，”埃勾斯说，“不过我应该回避女性，除非我回到了家，所以——”

“埃特拉！”庇透斯叫道，“过来一下好吗？”

公主仪态万方地走进了餐厅。“你好。”

埃勾斯的下巴掉在了盘子上。埃特拉简直是人间至美。

“呃，”埃勾斯说，“呃，嗯……”

庇透斯得意地笑了。他很清楚他的女儿对男人有这样的吸引力。“所以，正如我所说的，埃特拉还是单身，而且——”

“可……可那个预言……”埃勾斯勉强回答道。

庇透斯挠了挠他的大胡子。“神使没说你不应该跟女人结婚，对吧？她说的是你应该回避女人。那么，你已经尽力了。你这几个星期都避开了女人。你也没有要求见到我的女儿。是她来找的你！所以我想这完全没有问题。”

也许埃勾斯应该针对这番谬论争论一番，然而他没有。

就在餐厅里，他们举行了一个简捷的拉斯韦加斯式婚礼——有赫拉的女祭司，有鲜花，有模仿猫王的演员，全套班子[①]。埃特拉回到她的房间换上舒服一

---

① 赌城拉斯韦加斯以举行婚礼简单快速著称，这里的描述基本是常见的拉斯韦加斯式婚礼场景。

些的衣服，埃勾斯则匆匆忙忙地重新喷上止汗剂，刷好牙，在蜜月套房里等着他可爱的新娘。

埃特拉对所有这些做何感想呢？

既同意也不同意。正如我早些时候说过的，当年的女人对她们要嫁给谁并没有太多发言权。埃特拉完全有可能遇到更糟的结婚对象。埃勾斯长得并不难看，和她父亲又是朋友，会好好对待她。雅典是一座有势力的大城邦，这会让她在时尚圈比其他希腊王后更有面子。

不好的一面则是，埃特拉已经有了一位地下情人——海神波塞冬。

作为特洛曾的守护神，波塞冬初次注意到公主是在她来到海边献上祭品的时候。他决定向她求爱，因为埃特拉简直是美极了。一眨眼的工夫她就爱上了波塞冬。

现在埃特拉跟另一个人结婚了，她有些不知所措。

结婚仪式结束之后，正当公主的新婚丈夫忙着刷牙的时候，她偷偷溜出了宫殿。她跑到海边，涉水来到了附近的斯弗瑞亚岛，这是她和波塞冬平时碰面的地方。

波塞冬正在两张椰子树之间的吊床上等她。他穿着汤米·巴哈马牌衬衫和百慕大短裤，喝着装在椰子壳里的果汁饮料。

“嗨，宝贝儿，”他说，“你好吗？”

“这个……嗯，我结婚了。”

“你说什么？”

埃特拉告诉了他事情的经过。“我……我想我可以跟你私奔。”她满怀希望地提出这个建议。

波塞冬露出了微笑。他是喜欢埃特拉，不过还没喜欢到那个地步。众神最后总是会从恋爱关系中抽身而退，此刻看起来正是一个分手的好时机。

“不不，”他说，“埃勾斯在雅典人中也算是个好人了，他很适合做你的丈夫。我们必须说再见了，宝贝儿，不过我们在一起过得很开心。真的！”

他打了个响指。一个迪斯科舞厅灯球从椰子树上缓缓降下，《最后一支舞》[①]

---

① 《最后一支舞》（*Last Dance*），1978年迪斯科歌曲，由美国女歌手、有“迪斯科女王”之称的唐娜·桑默演唱。

的背景音乐响起，因为波塞冬是唐娜·桑默的铁杆粉丝。别问我为什么。只要你待在他的宫殿里，就能一直听到他在放那些迪斯科老歌。

不管怎么说，他们再次共度了一个良宵。随后埃特拉匆忙赶回她的新婚丈夫身边，他一定是真的很仔细地在刷牙，因为他没有注意到他的妻子离开了多长时间，也没注意到她身上的香味闻起来像海洋清风型须后水的味道。

埃特拉和埃勾斯在特洛曾度过了蜜月。埃勾斯并不急着回家，因为在那儿等着他的只有各种问题和敌人。好几个星期之后，国王开始做奇怪的梦，梦见他的新婚妻子游泳横穿萨罗尼克湾，手中还抱着一个男婴。

最后他向埃特拉问起这件事。

她脸红了。“这个……我很肯定我怀孕了。”

“这太棒了！”埃勾斯说。

“除了……我不能肯定你是孩子的爸爸。”

她向丈夫坦白了她和波塞冬之间的风流韵事。

埃勾斯对这个消息的处理方式比你猜测的要好。众神总是爱上凡人公主，他无法责怪埃特拉被一位拥有不朽之身、无尽力量、非人间的帅气长相的美男子迷得团团转，更不能放肆诅咒波塞冬，否则就会被海啸袭击，或是在地震中掉进地缝里。

“好吧，我明白了，”埃勾斯说，“不过如果孩子是男孩，我会对外宣布他是我的儿子，行吗？”

“如果是女孩呢？”埃特拉问。

埃勾斯叹气道：“让我们往好处想吧。要是男孩就太好了！我会做一些安排。”

“安排？”

“你会看到的。”

第二天，埃勾斯把埃特拉带到城外的一座小山上。山顶矗立着一块巨石，足有能容下两辆车的车库那么大。国王的十几个部下用绳子绕在巨石上捆住了它，并用一队马匹来拉绳子。

“哇，”埃特拉说，“你要搬动这块石头？”

“是的，就是这样。”埃勾斯走到巨石边上的一个浅坑旁。他解下了他的剑。“这把剑的剑柄上有雅典的王室纹章，看到了吗？”

“猫头鹰和橄榄枝图案？”

“没错。剑柄的头上还有我的名字的首字母缩写。这是一把上好的宝剑——用仙铜等优质材料铸造。”他把剑扔进了坑里，“此外，我还要埋了这些东西。”

他从一个仆人的手中接过一个抛光的木质鞋盒。他在埃特拉面前打开了它，里面是……你可以猜一猜。是鞋子。

埃特拉不禁吹了一声口哨。“这真是一双很棒的凉鞋。”

“嗯，没错。真皮鞋底，优质绑带，采用足弓支撑技术。这双鞋可以穿一辈子。”埃勾斯把鞋盒也扔进坑里。

现在你可能会这样想：一双鞋有什么大不了的？不过在当年，好穿的鞋子可是超级难找的。你不可能随便走进富乐客[①]商场里逛逛，下单买一双阿迪达斯。如果你想成为英雄，从怪物的巢穴、毒蛇的老窝，以及各种战场上凯旋，你总不想光着脚吧。你肯定不希望一双廉价人字拖害得你在血泊中滑倒。做工精良的鞋子就像精心铸造的剑一样能挽救你的性命。

埃勾斯的部下抓住绳子，使它绷紧。那队马儿使劲儿往前拉。极其缓慢地，它们拽着那块巨石盖住了那个浅坑。

“这就好了，”埃勾斯说，“如果我们的孩子是个男孩，等他长到合适的年纪，你就告诉他我给他在这块岩石下面留了一些礼物。如果他能够拿到它们，他就有资格做我的儿子。之后他就可以去雅典了。”

埃特拉皱眉道：“你想让我来告诉他这些话？那你要去哪儿呢？”

“亲爱的，你知道我最近一直在做的那些怪梦吧？梦境变得更可怕了。如果你跟我一起回雅典，我敢肯定我的敌人会杀了你。他们绝对不会允许你生下我的继承人。就算这个孩子生下来了，他在雅典也不安全。最好还是我独自回家去，并对我们的婚姻保密。这样一来我的敌人就会认为我没能得到儿子，他们会心满意足地等到我死去。只要我们的儿子长到了足以保护自己的年纪，他就能来到雅典，以王太子的身份获得他应有的地位！”

“所以你是希望我留在这里独自养育这个孩子，要养到他十六七岁大。”

“就这么办，谢谢。”埃勾斯吻了她一下，“好了，我的船在港口已经准备起

---

① 富乐客（Foot Locker），美国著名运动鞋商场。

航了。爱你哟！祝你好孕！”

埃勾斯起航返回雅典，留下埃特拉在特洛曾等待孩子降生。

她有点期望自己将要生下的是个女孩，因为这样她就能松一口气了。无论是埃勾斯还是波塞冬都不会把女孩放在心上的……毕竟他们都是“开明的女权主义者”嘛。埃特拉可以平平安安地把女儿带大，不用去操心大石头底下的鞋子。

不过要是这孩子是个男孩……那么，埃特拉至少希望他能成为一个英雄。这样他的两个爸爸都会很骄傲地认他当儿子。

你可能猜到了，她生了个男孩，于是希腊的故事作者们在接下来的一千年时间里为了他的爸爸到底是谁而争论不休。有些人说是埃勾斯，有些人说是波塞冬。还有些人说他有两个父亲，这一点我敢肯定在医学上是不可能的。不过得重申一下，我们是在讨论关于神祇的事情，所以谁知道呢？

至于埃特拉呢，她独自把儿子养到了十七岁，这也是一种特殊的英雄功业。

埃特拉的儿子十分高大健壮，你可能已经料到了，毕竟他有一个或者两个很有力量的爸爸。她给他起名叫“忒修斯”，意思是“汇聚”，可能是因为她希望他能够把雅典的所有人都团结成为一个幸福的大家庭吧。也有可能是因为这孩子的精力太充沛了，埃特拉和十几个保姆成天都在想方设法让他集中注意力。

我遇到的大多数半神都患有注意力缺陷多动障碍。这能让你在战场上幸免于难，因为你能够观察到周围所有的情况。不过忒修斯是最早的注意力缺陷多动障碍患儿，他还在襁褓中就很亢奋了。他老是在科林斯柱[①]之间蹦蹦跳跳。他是那种摄入了超量咖啡因的小孩，患有缺乏症的半神——好了，你应该懂了。这孩子是个惹祸精。

随着他的成长，他很快就无事可做，没有恶人可杀了。特洛曾附近的各种怪物？小菜一碟。强盗，杀人犯，妄想统治古希腊的邪恶天才？不值一提。他们死光了之后忒修斯还来得及去睡个午觉。

到他十七岁的时候，忒修斯已经十分精通格斗技能，同时也快要无聊死了，所以他的妈妈决定把他打发到他父亲那里去。她实在需要休息休息了。

她带他去了那座有巨石的小山。

---

① 科林斯柱是古希腊建筑常用的立柱式样之一。

“我的儿啊，”她说，“你真正的父亲是埃勾斯，雅典之王。也可能是波塞冬，海洋之神。或者是他们俩。”

她想再详细解释解释，但忒修斯不感兴趣。“这石头是怎么回事？”

“埃勾斯说当你长到一定的年纪，我就应该带你来这里。如果你能找到法子挪开这块巨石，取出底下的礼物，就可以去雅典找你的父亲了。”

“礼物？酷啊！”忒修斯绕着巨石走了一圈，然后用双手去推它。

“别弄出疝气来，”他母亲警告道，“你的父亲用了十几个人和一队马匹来——”

轰隆！

巨石翻了过去，一路朝山下滚去。

忒修斯的注意力持续时间跟沙鼠差不多，但是他在评估对手方面极有天赋——即使他的对手是一块大石头。他立刻就注意到了巨石有些倾斜，顶部重心偏左。这是由于十七年来那一侧的泥土流失了。忒修斯只需在右边恰到好处地推它一把，它就会自己往下滚了。

当然，忒修斯对结果的预判就不那么准确了。巨石飞快地滚过附近的一个村子，毁坏了好几间小屋，吓坏了好几头猪，这才停了下来。

“对不起！”忒修斯朝山下喊道。

他在巨石原来所在的那个坑旁边跪下。“这把剑很不错。还有——噢！一双鞋！”

忒修斯穿上了凉鞋，他绕着山顶跑了几圈好适应这双新鞋。“这鞋非常合脚！”

“是的，”他母亲说，“它采用了一流的足弓支撑技术。不过，忒修斯，关于你的命运——”

“对！”他像跳芭蕾一样跳来跳去，“我怎么去雅典？”

“有两条路能去，”他母亲说，“一条是好走的海路，直接穿过萨罗尼克湾就到了。”

“没劲！”忒修斯拔出剑来，继续绕圈慢跑，假装在攻击敌人，尽管他母亲已经告诉过他一千次不要拿着剑跑步了。

“另一条路是陆路，”埃特拉说，“这条路十分危险，而且到处都是廉价特卖商场。这条路要走上好多天，可能会害你丧命。”

“棒极了！”

埃特拉知道他会这样说。他总是喜欢挑最危险的路，她想她最好还是警告他一下前方有哪些危险。

“就我所知，那条路上至少有六个致命的敌人，”她说，“我会把他们的情况告诉你，尽量专心听。”

忒修斯跳了起来，朝空中乱砍。“好啊，我听着呢！”

埃特拉告诉了他她所知道的一切。她很难集中精神，因为忒修斯在玩他的“功夫凉鞋斗士”游戏。她不禁怀疑他有没有听进去她说的哪怕一个字。

“拜托了，儿子，”她恳求道，“去雅典的路上这六个恶徒比你熟悉的那些本地强盗要可怕多了。好几代人以来，他们始终让特洛曾和雅典之间的这条路难以通行。”

“那么我就把他们都杀了，让这条路变得很安全！”忒修斯亲了他母亲一下，往山下跑去，挥舞着他的新佩剑，“拜拜，妈妈！谢谢你为我做的这一切！”

埃特拉长出了一口气。宫里少了像龙卷风一样的忒修斯到处捣蛋，她总算可以睡个好觉了。她倒不是很担心她儿子的这趟旅途。至于那些强盗和怪物？可怜他们对即将到来的命运一无所知。

没过多久忒修斯就找到了他的第一个敌人，这很不错，因为他想消耗掉一点能量了。

他正跋涉在一条泥泞的小道上，沿途都是枯死的树木和烧光的村庄，他欣赏着这番风景。这时他迎面遇上了一个站在路中间的大块头丑男。此人肩头横着一根泛着光的青铜大棒。他脚边的地上散落着好多个长了毛的碎掉的圆球。

忒修斯走得更近之后，他认出了那些圆球原来是人头——身体都深深地陷入地下，看起来他们是被竖着埋在地里的。显然，这些倒霉的旅行者是被用来玩一场邪恶的打地鼠游戏了。

“站住！”拿着大棒的家伙喝道。这挺傻的，因为忒修斯已经停下来欣赏那些被砸烂的脑袋了。“把值钱的东西都给我！然后我就杀了你！”

这个强盗站着有七英尺高。他的块头也就比一辆装甲车小一圈吧。而他的脸丑陋肿胀，仿佛他用红火蚁洗过脸。他的双臂肌肉发达，不过他的双腿却萎缩扭曲，从大腿到脚踝都装了青铜的辅助支架。

“我听说过你！”忒修斯说，“你是珀里斐忒斯！”

你看，他还是听进去了他母亲讲的故事嘛，这也证明了你永远不要低估一位得了注意力缺陷多动障碍的英雄。我们吸收的信息比你们以为的要多得多，一边跑圈一边舞剑只是我们保持注意力的方式罢了。

总之，这个叫珀里斐忒斯的家伙是一个半神，是赫菲斯托斯的儿子，继承了他的力量和残疾的双腿。他的斜视很严重，人们有时会以为他只有一只眼睛，把他错当成一个独眼巨人（无意冒犯我的独眼巨人朋友和家人）。

珀里斐忒斯挺起了他巨大的胸膛。“我威名在外！既然你知道我是谁，那你就该知道抵抗是没有用的！”

“这些脑袋是怎么搞的？”忒修斯问，“你是先埋了他们再杀了他们，还是——”

珀里斐忒斯大笑起来。“我用我的棒子把他们敲进地里去的！我就爱这么干！我的外号是‘使棒棒的’！”

“哦。”忒修斯挠了挠腋下，“我还以为他们叫你‘死蹦蹦的’是因为你经常去迪厅呢。”①

“什么？胡说！我又凶暴又吓人，我能把人砸进地里！”

“那……我们今晚就不能去参加派对，跟姑娘们调情，再痛快地跳舞啦？”

珀里斐忒斯沉下了脸。他不是很习惯被人邀请去蹦迪。“我会抢了你的钱再杀了你，小鬼。这双鞋挺好的，给我！”

他耀武扬威地挥动他的大棒，可忒修斯并没有像平常那些人一样吓得直发抖。

“这根棍子还可以嘛，”忒修斯说，“它是木头芯子外面包上青铜制成的吗？”

自豪感顿时让珀里斐忒斯的心变暖了。他是一个邪恶的杀人犯不错，但他同时也是赫菲斯托斯的儿子，他很高兴有人赏识他的手艺。“还用说，那当然！特别结实的橡木芯子外面包上二十层青铜。它挥舞起来的手感相当不错。”

忒修斯皱起了眉。“二十层青铜？拜托，老兄，那也太重了，哪有人拿得起来呀？”

“我很强壮的！”

“你确定它不是用铝箔包着的泡沫棒子吗？”

“我当然确定！”

“证明给我看。让我检查一下。”

---

① 原文珀里斐忒斯的外号是Clubber，既有“使棒的人”的意思，也有“爱泡迪厅夜店的人”的意思。

珀里斐忒斯觉得这没什么害处。在他看来这个小鬼会被大棒的重量压垮的，那就太搞笑了。他把他的大棒给了忒修斯。忒修斯并没被压垮，而是挥舞着它给珀里斐忒斯头上来了一下，立刻要了他的命。

“好耶！”忒修斯说，“这确实是青铜包木头做的！多谢，老兄。我看我就留着它吧。”

珀里斐忒斯没有发表意见，因为他死了。忒修斯把他新到手的趁手武器挂在肩头，继续他的旅程。他偶尔冲进树林里去找松鼠，或是飞快地往前跑去看看路面上那个亮晶晶的东西是什么，又或者随便停在哪个地方盯着小虫看。这就是那句老话的由来：“随意乱逛，拿上大棒。”[①]

我基本确定这句老话就是这样说的。

随着忒修斯一路往北，有头脑的怪物和强盗都躲开了他，那些没头脑的则让自己的脑袋开了花。

几天后，忒修斯来到了一处狭窄的陆桥，连接着伯罗奔尼撒半岛和北方大陆阿提卡。由于此地是天然形成的咽喉要道，也就成了强盗的势力范围。

忒修斯漫步走出一片高高的松树林，正好看到一个穿得像个伐木工似的家伙——他穿着牛仔裤，法兰绒衬衫，留着浓密的黑胡子，卷发上戴着一顶鸭舌帽。不知怎么做到的，此人扳弯了一棵五十英尺高的松树，用双手把树梢固定在地面上。他一看到忒修斯就露出了笑容。

“你好呀，陌生人！我名叫辛尼斯，那边是我的女儿，佩丽古娜。”

有个穿着法兰绒连衣裙的漂亮姑娘正躲在树背后偷看这边。她紧张地挥了挥手，脸上的表情仿佛在说：“快跑！求你了！”

忒修斯对那个伐木工笑了一下。“为什么你把松树扳弯到地面上来呢？”

“哦，这只是我的一个爱好，”辛尼斯说，“别人管我叫扳松贼！”

“这外号挺顺口的。”

“对，我喜欢挑战其他人。无论是谁，只要他能像我这样把松树扳下来抓住，

---

① 此句原文为“Walk aimlessly and carry a big stick”，是调侃西奥多·罗斯福总统著名的外交政策“大棒政策”，他的原话是“Speak softly and carry a big stick”（温言在口，大棒在手）。

就可以娶我的女儿。到目前为止还没人做到过。你想试试吗？”

忒修斯走得更近了些。他看到辛尼斯的四肢微微抖动。把一棵完全长成了的松树扳弯，即使对像他这样肌肉发达、经验丰富的人来说，也并非易事。

幸好，埃特拉告诉过忒修斯有关辛尼斯的事，所以他知道接下来会发生什么。

辛尼斯是波塞冬的儿子。他继承了他父亲的巨大力气和几乎在任何情况下都能牢牢站稳的能力——我猜这是因为波塞冬是地震之神，即使是大地的根基也能撼动（我没继承波塞冬的这些特质，不过我会尽可能不抱怨什么）。

辛尼斯还年轻的时候，他喜欢把大树扳弯再放手让它弹回，并以此取乐，比如把西瓜和森林里的小动物弹射到平流层上去。他干这个可是得心应手。接下来他发现他可以弹射人类。他只需要欺骗他们或者强迫他们过来抓住地面上的树梢就行。

这些年来，他不断完善他的这个爱好。有时他会把受害者的手绑在树梢上，这样他们就不能松开手了。有时他会同时扳下来两棵树。接着，由于他的手腾不出来，他会命令佩丽古娜过来把受害者的左胳膊绑在一棵树上，右胳膊绑在另一棵树上。随后辛尼斯会同时放开两棵树。嘿，这简直“有趣”极了！

“有趣的挑战，”忒修斯说，“理论上讨论一下，我要是拒绝会怎么样呢？”

“哦，那好，理论上说，你这是在侮辱我女儿的美貌，所以我会坚持让你接受一个更困难的挑战。我会把你捆在两棵松树上，一只手腕捆在一棵树上。我会让你抓住它们贴近地面，你能坚持多久就多久。而当你终于累了……”

“明白了，”忒修斯说，“所以我可以用扳弯一棵松树换来得到那个漂亮姑娘的机会。不然我就得扳弯两棵松树送掉自己的性命。”

“你反应很快嘛！”

“那我要是跑掉呢？”

辛尼斯哈哈大笑。“那就祝你好运了。看到那些乱糟糟地堆在松果周围的白骨了吗？”

“我正想知道那是怎么回事呢。”

“那些是拒绝接受我的挑战的人。我从来没在徒手搏斗中输过，所以跟我对打是白费劲儿。如果你想逃跑的话……那么，我在三英里范围内用起松树弹弓来弹无虚发，我能用一块飞过去的大石头或者一头麋鹿把你钉死在地上。”

“我完全没有兴趣被飞起来的麋鹿击中，”忒修斯说，“我要选一棵树的那个挑战！”

“很好！过来吧！”

忒修斯把他的大棒放在一边。他一边走向扳松贼一边评估现在的状况。他不如辛尼斯强壮，也没有那种死死站定在大地上的能力，他甚至没有什么计划。不过他远远瞟了一眼那个姑娘佩丽古娜，这让他那爱分神的大脑又开始信马由缰了。“树林里的姑娘。姑娘。树。树有精灵。我好饿。哇，辛尼斯好臭啊。一个树仙女。我敢打赌住在这些树里的树仙女总是被扳下来一定已经很不耐烦了。嘿，那儿有只花栗鼠。”

“随时来接手都行。”辛尼斯低声说，汗水顺着他的脖子淌下来。

忒修斯的指尖触到了松树枝。他想，你好，树中的精灵，你想摆脱这个扳松树的家伙吗？帮帮我吧。

他不知道树仙女有没有听到，但他依然抓住了树梢。

“抓紧了？”辛尼斯问，“我想确定你牢牢握住了。”

他对他正要杀掉的人总是非常有礼貌。

“是的，”忒修斯说，“我抓紧了。”

“很好，不过为防万一……”辛尼斯很小心地松开一只手，从裤兜里掏出一根皮带。他把忒修斯的左手腕绑在了树上，要一只手做到这件事可不容易，不过辛尼斯已经这样做过无数次了。“这就好了。现在你算是系上你这趟旅行的安全带了。走好！”

辛尼斯往后一跃。他本想看到松树像平时一样朝天际反弹，把忒修斯射入发射轨道，可能还会卸掉他的左胳膊吧。

松树纹丝不动。忒修斯牢牢地把它摁在地面上。

可能是树精灵帮助了他。同时，忒修斯既强壮又聪明，他知道如何用最小的力量得到最大的成果——举例来说，就像让大石头碾过村子那样。

他让双脚在地面上牢牢站稳。他的胳膊甚至都没有使出全力。

“所以，”他说，“我要这么抓住它多长时间才能得到你女儿呢？”

辛尼斯竭力掩饰他的惊讶之情。“我……我没想到你能坚持到这会儿，小个子。不过你也只是普通人类，最终你会没有力气的，那时候你就会死了。”

“哦，原来如此，”忒修斯说，“要是那样的话，我最好让自己舒服一点。这条安全带磨得我很疼。”

他从树上腾出一只手来。树仍然没有弹回去。他把自己的剑抽出来，开始把皮带割断。

“你在干吗？”辛尼斯叫起来，“如果你以为自己能从这个挑战中一走了之——”

“不，不。我还是要抓住这棵树的。”忒修斯把剑收回鞘中。他继续用一只手抓住松树。“我能这样保持一整天。你想等多久呢？”

忒修斯敢打赌辛尼斯既然身为半神，那就跟自己一样也有注意力缺陷多动障碍。

确实如此，只过了十秒钟辛尼斯就失去了耐心。“这不可能！你有什么诀窍？”

“重点是抓握的方式，”忒修斯说，“过来，我让你看看。”

辛尼斯往前凑了凑。

“好的，”忒修斯说，“看到我的手背是怎么放的了吗？”

辛尼斯被松针挡住了视线，除非他整个身体往前倾，从上往下看。于是他就这样做了，而忒修斯则松了手。松树弹了起来，击中辛尼斯的脸，把他击昏了。

几个小时之后，扳松贼从梦中醒来，他梦到了飞翔的麋鹿什么的。他还是晕乎乎的。他嘴里的味道很奇怪，像嚼过圣诞树似的。他发现自己被摆成“大”字形躺在森林里的地面上。

忒修斯笑嘻嘻的脸出现在他的正上方。“很好，你醒了！”

“什……什么？”

“是这样，我考虑了一下两棵树的那个挑战。我觉得你可以给我示范一下是怎么做的。”

辛尼斯挣扎起来。他的手腕被绑得牢牢的。“你对我做了什么？”

“嗯，我把两棵松树扳弯到地面上，就在你脑袋后面的位置。我用我的两只脚把它们踩在地面上。你的手腕现在就绑在这两棵树上，如果我是你的话，现在就会站起来做好准备了。”

辛尼斯痛苦得大叫起来。他挣扎着想站起来，然而当双手都被绑住的时候很难做到。他必须像螃蟹那样横着移动再翻几个身才能抓住松树的树梢。“你怎么敢！”

“哎呀！”忒修斯退后了几步，让辛尼斯自己抓住松树。

辛尼斯这辈子都在扳松树。他力大无比，而且几乎任何情况下都能站稳脚跟。可是现在他有些头晕，还很疼。这两棵松树似乎在主动跟他搏斗，竭尽全力想要从他手中逃走。这些松树似乎很……愤怒。

“你怎么做到的？”辛尼斯哀号道，“你怎么可能在抓牢两棵树的同时把我绑起来？”

“有人帮我。”

这个强盗的女儿从一棵树后面走了出来。“嗨，老爸。”

“佩丽古娜，不！放了我！”

“对不起了，爸。这个帅哥赢了你的挑战，所以现在我是他的人了。拜拜！”

忒修斯把他的大棒拿了起来。他和佩丽古娜走了，手牵着手，任凭辛尼斯在他们身后嘶吼。

“这样做你真的觉得没关系吗，佩丽古娜？”忒修斯问。

“呃，是的。我爸太可怕了！不知道什么时候他就会把我也弹到空中去的。”

“不知道他能握住那两棵松树多久。”

他们身后传来了某人彻底断气前的惨叫，接下来是两棵松树朝上反弹的嗖嗖声。

“不怎么久。”佩丽古娜说，“你想去吃饭吗？我饿了。”

他们走向最近的村子，在一起度过了一段美好的时光。有些故事说佩丽古娜甚至和忒修斯生了几个孩子，不过我不在那儿，所以不准备聊这个八卦。过了一阵子，忒修斯解释说他必须继续出发了。他在雅典还有事要办。佩丽古娜对这条路和路上的强盗都受够了，所以她决定留下来，开始自己的新生活。他们友好地分了手。

在这片荒原中再次度过美好的一天之后，忒修斯来到了一个名叫克罗米俄尼亚的村庄。在中心广场上，一大群当地人正在哭泣。忒修斯有些好奇他们这么伤心是不是因为必须住在叫“克罗米俄尼亚”这种名字的村子里。后来他发现，他们是聚在一位老者的尸体周围，这具尸体上的伤痕十分严重。

“他这是怎么了？”忒修斯问。

一个男孩含着泪抬起头来。“都怪那个老太太和她的猪！”

“你说什么？”忒修斯问。

“淮亚！”男孩大声说，“她住在野地里，跟她那头特别大的吃人母猪在一起。”

“她们都是怪物！”一个女人哭道，“那头野猪把这片地方都毁了。它吃我们的庄稼，杀死我们的农民，撞倒我们的房子。然后那个老太婆淮亚就会跟在后面抢走我们值钱的东西。”

“我能解决这个问题，”忒修斯说，“我来杀了那个老太婆和她的猪。”

这可能不是听上去最有英雄气概的许诺，不过村民们都发出了惊叹，纷纷跪倒在忒修斯身前，仿佛他是从奥林匹斯山上下来的。

他看起来是有点像一个天神。他有一根巨大的青铜棒子，一把一看就很贵的剑，还有一双超级高级的鞋子。

“你是谁呀，伟大的陌生人？”一个男人问。

“我是忒修斯！雅典之王埃勾斯的儿子！也是海洋之神波塞冬的儿子！也是特洛曾公主埃特拉的儿子！”

农民们都静了下来，想搞明白其中的道理。

“别想它了！”忒修斯说，“我会杀掉那个强盗淮亚和她的宠物怪，克罗米俄尼亚的野猪！”

“噢，千万别这样叫它，”一个农民说，“我们可不想让我们村因为这头吃人猪而被人们永远记住。”

从此以后，这头猪永远被称为克罗米俄尼亚的野猪，这也是后人能记得的唯一一件跟这个村子有关的事。

忒修斯在村子附近转悠，想找到那头惹麻烦的小肉猪。它倒是不难找。忒修斯只要跟着死尸、被踩坏的庄稼、着火的庄稼一路找过去就行了。那头猪跟谷仓差不多大，这很容易对比出来，因为它正站在一座只剩下架子的谷仓里，乱拱地上的农民尸体。它的毛皮是灰色的，带着斑点，身上覆盖着一层跟剑一样长的猪鬃。它的蹄子上有一层溅起来之后凝固了的血块。至于它的气味嘛……哇。即使远在这块田地的另一头，那股臭气都要把忒修斯熏倒了。他很怀疑自己以后还能不能吃得下火腿。

“嘿，小猪！”他喊道，“美味、好吃的小猪！”

这些话有一种魔力。

那头猪转过身，看到一个鲜美多汁、一口就能吃掉的英雄，便攻了过来。

我以我的亲身经历告诉你们，一头迎面冲过来的大猪完全没有什么可爱或搞笑之处。当你亲眼看到那对冷酷的黑眼睛和那些锋利的獠牙离你越来越近的时候

（对，没错，它们是有牙齿的），你唯一的想法就是惊叫着跑掉，躲进最近的能防御野猪的掩体里。

忒修斯坚守自己的阵地。最后一刻他才往左边一闪，用剑刺中了那头猪。野猪发出一声长长的尖叫，陷入狂怒中。它掉过头来再次进攻。这一次忒修斯闪到了右边。

关于大猪你还应该知道：它们不是很聪明，转弯技术也非常差劲。不要在它们旁边平行停车，否则不会有什么好下场的。

忒修斯用斗牛士的方法对付这头猪，直到它被刺中太多次，失血过多，力竭倒地。忒修斯走过去，举起他的青铜大棒，送克罗米俄尼亚的野猪上了路。

忒修斯正要把沾在他的大棒上的猪血擦干净，这时他听到了一声惊叫。

一个穿着粗麻布裙子的胖女人一瘸一拐地朝他走来，双手拿着一柄战斧。她的皮肤灰蒙蒙的，带有斑点。她的头发像乱糟糟的猪鬃一样朝天耸着。

"你跟这头猪是亲戚吗？"忒修斯问，"因为你们的样子——"

"它是我的宠物，你这个白痴！"女人叫道，"你都干了些什么呀？"

"你一定是淮亚了。"

"没错！那头猪让我在抢劫这一行赚了不少钱呢！"

"那么，女士，我将因为您在克罗米俄尼亚村境内饲养牲畜而传唤您上庭受审。其他罪名包括杀人、抢劫、未经许可长得这么丑。"

这个女人举起了她的战斧。"去死吧！"

给你们一个小提示：如果你遇到了一个刚刚杀死一头大野猪的全副武装的英雄，冲他喊"去死吧"并且用斧子攻击他不是明智之举。

不久之后，淮亚就倒地而死，和她的猪躺在一起了。忒修斯用她的麻布裙擦干净自己的剑。他本来准备回到克罗米俄尼亚告诉村民发生了什么，不过他觉得他们很快会发现这个情况的。再说了，一旦你把野猪杀了，在克罗米俄尼亚也就无事可做了，所以忒修斯继续上路了。

这时，忒修斯已经建立起了一套关于杀戮的个人哲学：人不犯我，我不犯人，而且只要有条件，就以其人之道还治其人之身。用大棒揍忒修斯？忒修斯会夺过你的棒子用它杀了你。把忒修斯绑在松树上？他会把你绑在两棵松树上。这套方法很公平，只是很遗憾他不能用淮亚自己的野猪杀了淮亚，不过哲学也不是万能的嘛。

一天下午，忒修斯正在一座高达一百英尺的悬崖顶上闲逛（英雄们总是爱干这类事）。大海在遥远的下方泛着微光。阳光照在他脸上，很温暖也很舒服。

此情此景如此轻松平和，忒修斯开始感到烦躁了。

幸好，大约五十英尺之外，一个强盗从石头后面跳了出来，高声喊道："站住！交钱！"

此人身穿脏兮兮的黑衣服，脚穿皮凉鞋（没有忒修斯那双高级），戴着黑色宽檐帽，用头巾蒙住了脸。他用一张十字弓瞄准了忒修斯。

忒修斯咧嘴一笑。"老兄，见到你可真开心。"

这个人的十字弓垂了下来。"你觉得开心？"他问。

"是呀！我正无聊呢。"

强盗眨了眨眼。"嗯……那好吧。这是抢劫！给我你的好东西——那把剑，那根棍子，当然还有那双凉鞋。那双凉鞋真高级呀。"

"我猜我们之间的冲突大概无法避免了？因为我想尽量不杀人，除非他们先来攻击我。"

强盗大笑起来。"你，想杀我？说得好！我这么跟你说吧，如果你来给我洗脚，表示对我的敬意，我就不杀你。我会拿走你的财物，不过会留下你的小命。你最多只能得到这个结果了。"

提到洗脚让忒修斯想起来了。"噢，我妈跟我提起过你。你肯定是斯喀戎吧。"

强盗把胸膛挺起来。"正是本人！我很有名的！斯喀戎，波塞冬之子！在福布斯十大最富有强盗榜排名第六！"

"嘿，我也是波塞冬的儿子，"忒修斯说，"你不会抢你的兄弟吧？"

"我最喜欢抢亲戚了。好了，现在给我洗脚吧！在这块悬崖边上正好合适。别担心，我不会把你踹下去的。"

忒修斯朝悬崖外看了看。一百英尺下方，一个巨大的圆形物体正在波涛之下移动。"下面是有只大乌龟吗？"

"对呀，那是我的宠物。"

"他不吃人吧？比如说，要是你把你的受害人踢下去的话，他吃不吃？虽然你说过你不会这样做的。"

“我的乌龟不是公的，她的名字叫莫莉。而且她当然不吃人啦。这念头太蠢了！”

就好比养了一只大乌龟然后给它起名叫莫莉不蠢似的。

斯喀戎举起了十字弓。“现在，给我洗脚，不然就去死！在那块石头后面有一个篮子和擦脚布，把消毒喷雾也带上。你肯定用得着的。”

忒修斯很小心地放下了武器。在他去取洗脚用的各种工具，并且在斯喀戎面前跪下的整个过程中，斯喀戎一直用十字弓对准忒修斯的前胸。

“祝你开心。”斯喀戎把他的左脚放在一块石头上，摆好位置，这样一来忒修斯就必须背朝大海了。斯喀戎只需抬腿一踢，就能把忒修斯从悬崖边踢下去。

幸好，忒修斯早有防备。

他解开斯喀戎的鞋带的时候忍不住吹了一声口哨。这个强盗的脚趾长了很多毛，而且有很多不明物质都在上面结成块了。在他的大脚趾趾甲缝里，绿藻都快发展出一整个农业文明来了。

这只脚的恶心程度让忒修斯分了心，不过因为他总是心不在焉，这倒也没什么影响。他察觉到斯喀戎腿上的肌肉收紧了。就在这个强盗出脚的前一刻，忒修斯朝旁边一倒。斯喀戎踢空了，失去了平衡，忒修斯顺势给了他屁股一脚，让他飞出了悬崖外。

“哇啊啊啊！”斯喀戎胡乱扑腾着双臂，不过很遗憾，波塞冬的半神孩子们并没有飞行的能力。大乌龟的脑袋从水面下伸了出来，张开了她的血盆大口。

“别，莫莉！”斯喀戎大叫道，“是我！”

咕噜。

看来莫莉并不介意把给她喂食的人的手咬掉……也不介意把剩下的那部分身体一起吞下去。

忒修斯用杀菌喷雾把手洗干净，继续上路了。

最后他来到了大陆桥的尽头，穿过它进入了阿提卡（安娜贝丝告诉我，连接两块面积较大的陆地的狭窄地段叫作“地峡”。我读不出来这个词，不过反正告诉你们了，地理学霸）。

忒修斯来到了厄琉西斯城，此地以得墨忒耳神庙著称。不过这会儿当地人并没有忙着兜售得墨忒耳主题的旅游纪念品，或是提供景点导游服务，而是尖叫着到处乱跑，想找地方藏起来。

“出了什么事？”忒修斯问一个路人。

“国王！他疯了！他想摔跤！”

忒修斯蹙起眉头。他母亲警告过他要小心厄琉西斯的国王刻耳库翁。听起来此人狠毒而强壮，喜欢杀死旅人。不过她没有提到过摔跤什么的。

忒修斯前往城镇中心的祭祀火炉。一般情况下那里是每个希腊城市里最安全的地方。旅行者和外交使节会去那里，立下誓言宣布自己不怀恶意，并得到本城的善意对待。

此时，这座城市的善意体现在一个像熊一样高大健壮的男人身上。他绕着火炉跺脚，身穿一件闪闪发光的金色斗篷和金色的弹力三角裤，戴着一个面具，眼部的洞挖得非常大，看起来和内裤惊人的相似。

“谁来跟我摔跤？”内裤男咆哮道，“我是刻耳库翁，这里的国王！”

“哇，”忒修斯说，“你的衣服很炫啊！”

“嗷！”刻耳库翁胡乱冲向街道另一边的得墨忒耳神庙，挥拳打穿了一根大理石柱，弄垮了整个前廊。

“嘿，现在，”忒修斯说，“你不该再破坏神庙了。再说，这对你的拳头也不好。”

“我是刻耳库翁！”刻耳库翁说，“在摔跤中打败我，你就能当上国王！不然我就会杀了你！”

国王停顿了一下，好像是想不起来他正在干什么了。可能要把那么多词连在一起说出来太费力了，让他的脑子都过热了。

忒修斯想好要怎么做了。显然刻耳库翁国王疯得很彻底。可能众神诅咒他发疯，因为这些年来他一直在杀害旅行者，树立自己的坏名声。忒修斯不想杀一个疯子，不过他也不能放任刻耳库翁吓唬当地人，破坏神庙，穿着金色弹力三角裤横冲直撞。

“所以如果我用摔跤打败了你，”忒修斯说，“我就是国王了？”

“对！”

“我需要把内裤套在头上吗？”

“是！”

忒修斯把他的剑和棒子放在一边。“我必须杀了你吗，还是我把你按住不动了你就会认输？”

“这不可能！”刻耳库翁说，“因为我要扭断你的脊椎！”

忒修斯的脸抽搐了一下。“我真希望你没说过这话。你看，我的哲学是——”

“嗷嗷嗷！”刻耳库翁发起了进攻。

忒修斯躲开了国王的第一次攻击。刻耳库翁的确高大强壮，但他也像大野猪一样笨拙。忒修斯对这种类型很熟悉。

刻耳库翁再次进攻。这一次忒修斯横跨一步躲开了。他踢中刻耳库翁的背部，就像踢中斯喀戎那样。那位摔跤手踉跄着踩进了火炉，马上尖叫着跳了出来，他那亮晶晶的斗篷着火了。

“要命！”刻耳库翁喊叫起来。

忒修斯背朝神庙。一等到刻耳库翁向他飞奔过来，忒修斯便从这个大个子的双腿之间溜了出去，这位摔跤手很配合地先用脸撞上了大理石墙。

那堵墙裂开了。刻耳库翁的脸也没好看到哪里去。他摇晃了几下，摔倒在地。忒修斯用尽浑身力气，把这个晕倒的国王拖了起来，举过自己的头顶。

吓坏了的居民们纷纷从藏身之处走出来。人们聚过来看忒修斯举着国王绕广场巡游了一周。

“投降吧，刻耳库翁！”忒修斯说，“我会饶你不死！”

“绝不，”这个疯子低声说，“扭断……你的脊椎。”

忒修斯叹了口气。“好吧，大伙儿，你们都听到了。”

他把国王砸在自己的膝盖上，姿势跟贝恩把蝙蝠侠脊椎弄断的那招一模一样[①]。刻耳库翁摔到地面上，死去了。

忒修斯剥掉了国王的面具。他把它举了起来，好让人们都看到。

“各位！”他大声说，“你们真的不应该服从那些脑袋上套着内裤的人的命令！再说了，‘摔跤摔到死’这整件事都挺傻的。”

“万岁，我们的新国王！”有人喊道。

“噢，不，”忒修斯说，“我还有自己的活儿要干呢。谁是这里最聪明的人？”

人们犹犹豫豫地指向了一个留着白胡子的老人，可能他是这里的哲学家吧。

“你现在是国王了，”忒修斯说，“好好干。把神庙修好。把这个摔跤手的尸

① 贝恩是蝙蝠侠的敌人，在漫画中他弄断蝙蝠侠的脊椎那一幕很有名。

体扔了。别戴内裤面具。”

“我明白，英雄。”老人说。

所以忒修斯把厄琉西斯城留给了更好的人，同时也使这里的弹力内裤数量大大减少了。

忒修斯已经十分接近雅典，甚至都能闻到它的气息了。

我的意思就是字面的意思。当年，卫生情况不怎么好。一个雅典这种规模的城市一般都会臭气熏天，你离它二十英里就能闻到那个味道了。

不过忒修斯有些疲倦。太阳要落山了，他想他最好还是在路边再睡一晚，第二天再走去雅典。

他在整条路上最差劲、最廉价的特卖商场停下了脚步。在离他最近的店铺门外，一块大招牌写着："克鲁斯提的接近新品二手床，今晚跟我们在一起吧！"

忒修斯看不出来这个地方是家旅馆还是卖床垫的商铺，或是别的什么，不过看到了那样一块招牌之后，他很难抵抗进去看一看的诱惑。另外，停车场上拴着很多驴子，所以他认为这个地方肯定人气很旺。

奇怪的是，他在店里没看到顾客，只有一个昏暗的展示间，天花板很低，橄榄油灯忽明忽灭。房间内摆着两张脏兮兮的旧床。一张床大约有十英尺长，另一张则长约四英尺。

这肯定能把古希腊人逼疯。正如我说过的，他们是一帮温和主义者。他们总是选择居中的那个选项，这样才"正好合适"。而在克鲁斯提的接近新品二手床店铺，并没有中间项可选——一张床太长了，而另一张床则太短。

"欢迎欢迎！"店主从房间后面的帘子后冒了出来。

一开始，忒修斯还以为他是斯喀戎的乌龟莫莉。此人长着一个巨大的光头，几乎一根头发都没剩下。他身穿一件垂到脚面的黑色皮围裙，就是屠夫们用的那种。他一边走过来一边擦手，似乎他刚刚才洗干净手上的血迹。

他的名牌上写着：嗨！我是克鲁斯提！

"你是克鲁斯提？"忒修斯问。

"干吗这么问？对，我是。我的真名叫普罗克汝斯忒斯——"

"意思是'拉伸者'，"忒修斯说明道，"好吧，我听说过你。我只是没认出来这个名字的简称'克鲁斯提'。"

“嗯，克鲁斯提对大多数人来说更好记，在门前的招牌上也更好看。总之，欢迎来到鄙人这家床垫商店兼路边旅馆！您有兴趣让我为您介绍一张几乎未使用过的水床吗？”

“水床？”

克鲁斯提打了个响指。“抱歉。我忘了水床还没被发明出来了。不过我还有两张很可爱的样品床。它们是我们店最受欢迎的款式。”

“它们也是你们店唯一的选择。”忒修斯四下看了看。

克鲁斯提咯咯笑起来。“看得出来您是位精明的顾客。所以哪款样板您更喜欢呢？是克鲁斯提加大床，还是克鲁斯提纳米小床？”

忒修斯查看了一下大床。“这就是加大床？它太长了。”

“没错，不过别担心！看到床头和床尾的那些皮带了吗？如果你的身长跟床不合适，我会把你拉长到合适的长度。”

“所以你要把我拉伸到十英尺长了。那如果我承受不住这个拉伸过程呢？”

“那么，很显然，你就会死掉。那些床垫上的污渍就来自之前的顾客，他们，嗯，裂开了。我说过了，这是‘接近新品’的。”

忒修斯查看了一下小床。床头板和床尾板都结了一层干了的褐色污泥。

“你的克鲁斯提纳米小床看起来有点……结壳了[①]。”

“如果你的身长跟纳米床不合适，我只需砍掉伸出床头和床尾的那一小部分就行了。”克鲁斯提从他的围裙口袋里抽出一把匕首。“所以你要选哪张呢？”

“我猜你不能接受我‘只是随便看看’了？”

“当然不！”

“纳米床的床垫够硬吗？要是太软我可睡不着。”

“噢，它很完美的。记忆海绵与衬垫弹簧的结合能在你还活着的这几秒钟里为你提供完美的舒适体验。”

“即使是像你这么高这么重的人也能睡？”

“毫无疑问。”

“对不起啊，不过我不太相信。我以前在这种廉价特卖场里上过当。”

---

① “克鲁斯提”和“结壳”的原文都是crusty，此处一语双关。

普罗克汝斯忒斯满面怒容，他很不高兴他的产品被怀疑。“关于我的产品我从不说谎。你看！”

他坐到克鲁斯提纳米床上，在床垫上弹了几下。“看到了吗？”

“酷。”忒修斯把他的大棒从肩膀上取下来，给了普罗克汝斯忒斯重重一击，让他朝旁边倒下了，脑袋撞上了床头板。

当店主醒来时，他已经被牢牢绑在克鲁斯提纳米小床上了。他的脑袋伸出了床头外，双脚也悬空在床尾外面。“这是什么意思？我……我睡这个不合适！”

“我能让你合适。”忒修斯抽出了剑，帮助普罗克汝斯忒斯完美契合他自己的床。这就是另一句老话的由来：“自己做的床就得自己躺上去，要是你躺着不合适，我们就会修理你的头和腿。”①

忒修斯在克鲁斯提加大号床上过了夜，其实还挺舒服的，只要你忽略掉那些污渍。第二天一早他就出发去雅典了，已经做好准备见到他的国王父亲（相应的是他还有个天神父亲）。

雅典的情况可不怎么样。

第一个问题：埃勾斯王正在变老变弱。他的势力范围大约只到王宫外两英尺那么远吧。这座城市的其余部分由相互对立的各个帮派控制，帮派首领都是埃勾斯的敌人。

哪些敌人最出色呢？自然是国王的亲戚啦！

你看，埃勾斯有个弟弟叫帕拉斯（不是帕拉斯·雅典娜女神的那个帕拉斯。是是，我也知道这很容易搞混）。埃勾斯和帕拉斯从来都合不来。帕拉斯想当国王。由于他是弟弟，所以他什么也捞不着。

所以帕拉斯用他的整个人生来抱怨和生孩子——他有五十个儿子，整整五十个。一个人到底是怎么生出五十个儿子来的？帕拉斯肯定是有十几个老婆，或者有一台特别先进的克隆人机器。这些孩子多少算是他对他哥哥的报复，好比说——“噢，不好意思啊，埃勾斯，你生不出儿子来？老子有五十个！难受吧？”

---

① 这句话只有前半句是一句老话“You made your bed, now lie in it”（自己铺床自己躺），意思是“种什么因得什么果”。

总之，他的儿子们被称为帕拉泰德，即帕拉斯之子——就像混乱之子[①]，只是不骑摩托车。他们长大后全都成了职业恶棍，而且都想让他们的伯父埃勾斯去死。

他们分裂成若干帮派，占领了不同街区。他们为争夺地盘争斗不休。每个雅典人都被迫给这个或那个帮派交保护费。如果你站错了队，就可能会被一辆飞驰而过的战车中投出的标枪扎穿胸口。

忒修斯来到雅典的时候，五十个帕拉泰德已经完全建立起了他们的帮派，只等埃勾斯老死了。他们准备在那之后好好来一场按老规矩办的内战，让最强大的帕拉泰德登顶称王。基于这种情况，这座城比之前那条路更加危险。如果忒修斯就这样随随便便走进去，宣布自己是埃勾斯的儿子，那还不等他走到王宫就会被无数利剑捅成针垫。

第二个问题：埃勾斯给自己找了个新妻子——一个名叫美狄亚的女巫。我在后面的故事中再多说些她的情况。总之，她向埃勾斯许诺说她的魔力能让她给埃勾斯生下男性继承人。那五十个帕拉泰德表示他们可不怕这个。要不是王宫的防御十分完善，侍卫都全副武装，里面还有个吓人的女巫，他们早就去大闹王宫了。所以，即使忒修斯进得去王宫，美狄亚也会把他杀了，以免他破坏自己的计划。

第三个问题：雅典正被一支外国势力整得很惨，那就是克里特岛。忒修斯对克里特所知甚少——只有一些荒谬的流言说有一个半牛半人的怪物住在一个大迷宫里。不过从路上偶然听到的只言片语里，他得知雅典和克里特早在他出生之前就已经结仇了。

梁子是这样结下的：米诺斯王有一个儿子叫安德洛革俄斯，他二十年前来雅典参加本地举行的一个运动会，被帕拉泰德中的某些人杀害了。

米诺斯勃然大怒，召集了他的海军出征雅典。他围困了这座城，烧掉了码头。他还呼唤他的父亲宙斯降下雷暴、瘟疫、蝗虫和臭虫。

最终埃勾斯不得不投降。米诺斯同意停止破坏，但有一个条件：雅典必须每七年一次把城里七个最勇敢的少年和七个最美丽的少女作为贡品送来克里特岛，他们会被喂给住在迷宫里的米诺陶。

---

① 《混乱之子》（*Sons of Anarchy*）是一部讲述加利福尼亚州摩托车匪帮生活的美剧。

如果你在想这听上去很像《饥饿游戏》，那是因为《饥饿游戏》的灵感来源于这个故事。不，迷宫中的情景不会电视直播，不过这只是因为代达洛斯还没发明电视呢。

不管怎么说，第三个七年就要到了。再过几个月就要选出十四个贡品了，每个人都怕得要死。

这些问题对一座城市来说已经够多了吧？

还没完呢。他们还有一个附加问题！

一头巨大的野牛正在雅典城郊的马拉松附近的乡村肆虐，没有人阻止得了它。雅典人非常肯定马拉松的野牛是众神给他们传递的一个信号：你们这些人烂透了。

“哇，”忒修斯自言自语说，“这个地方真是一团糟。我爱它！有好多事可做啊！”

他想进入宫殿看看他的父亲好不好，但这事说起来简单做起来难。

侍卫对刺客高度警惕，他们不让任何人进去。当然了，大声宣布自己是埃勾斯的儿子的话，足有二十种方法能让他在走进王座厅之前被干掉。

“我需要的是，”他想，“在不泄露自己真实身份的前提下觐见国王。”

他去附近的酒馆看了看，外墙上贴满了传单告示，其中之一写着：

觐见国王！ *

杀死马拉松的公牛！ **

赢得荣誉、奖金和王室晚宴！ ***

* 不适用于帕拉泰德

** 需要提交公牛的死亡证明

*** 荣誉以实际颁发情况为准。奖金需征税。如对特定食物过敏请告知你的侍者

“就是这个！”忒修斯想，“我要杀掉马拉松的公牛，赢得参加王室晚宴的机会。而且，我对什么食物都不过敏！”

忒修斯出发去找公牛，不过他刚一离开城区就迎头遇上了一阵密集的雷阵

雨。朵朵乌云仿佛沸腾的墨水，道道闪电撕裂了天穹。雨点打在身上太疼了，忒修斯感觉自己像是走进了一个喷沙机。

他在路边发现了一间小茅屋，于是立刻冲进去躲雨。

一位老年妇女正坐在炉边搅拌一锅汤。她见到忒修斯似乎并不惊讶。

“欢迎，年轻人，”她说，“雨挺大的，嗯？”

“对呀，”忒修斯放下了他的大棒，“你介意我在这里坐一会儿吗？”

“一点也不。出发去杀马拉松的公牛，是吧？”

忒修斯眨了眨眼。“你怎么知道的？”

“我的名字叫赫卡勒。我以前是宙斯的女祭司。我知道的事情很多。”

“哦……”忒修斯不禁想到他进屋之前应该先把脚擦干净的。“所以……您能给我一些建议吗？”

赫卡勒笑道：“那头牛是宙斯之子米诺斯的神牛。这就是宙斯不允许任何人杀掉它的原因。这也是为什么神祇要用这场暴雨阻止你。如果你保证在抓住那头牛以后把它带回来给我，我就会把它献祭给宙斯。那会让天空之主感到喜悦。”

“就这么定了！”忒修斯说。

转眼之间，雨停了，雷声消失了。忒修斯往外望去，看到了晴朗的蓝天，听到了鸟儿在树林中歌唱。“哇，这可真够快的。”

“宙斯从不浪费时间。”赫卡勒说，“现在，别忘了你的承诺！”

忒修斯赶到马拉松之后，看到一头白色的公牛正在废弃的村子里横冲直撞，顶倒房屋，践踏篱笆。

忒修斯本可以用他的大棒杀死这头牛，不过他得把它活着带给女祭司让她来献祭。他决定设下陷阱。他溜进所剩无几的谷仓中的一座，做了几个圈套，用上了绳子、滑轮，以及一大捆用来充当平衡物的干草。

他打开了谷仓门等着，直到公牛接近到能听见他喊话的距离。

“哇！”忒修斯嚷道，“有好多漂亮的母牛在这个谷仓里啊！”

公牛转过头来，喷了喷鼻息。它歪着头，仿佛在问：“你说有漂亮的母牛？”

“你得不到它们！”忒修斯嚷嚷着，“它们都是我的！我今晚要做汉堡包吃啦！哈哈哈！”

他说完便跑进了谷仓。

公牛朝他冲了过来，决心把漂亮的母牛从这个虐待狂人类手中救出来。公牛的蹄子踩进了圈套，绳子立刻缚紧了它的四条腿，把它放倒了，接着倒挂在了空中。它气得又是挣扎又是吼叫，可惜挣脱不了。

忒修斯检查了一下，确保公牛已经被绑紧了。然后把它降下来，弄进一辆四轮马车里，再找来两匹马，把这头牲口运回城里去。

他遵守之前的承诺在赫卡勒的小屋前停下，可是这位老妇人前一晚刚刚去世。可能是汤坏掉了，也可能是她为宙斯大神完成最后一个任务之后就天数已尽了。

“谢谢你，老夫人。”忒修斯说，“我不会忘记你的。我会把牛带到雅典去，亲自在宙斯的神庙献祭给他。”

他动身之前先安葬了赫卡勒，为了向她表示敬意，他修建了一个圆顶纪念碑。这个纪念碑在那片荒野中矗立了好几个世纪，提醒人们奇怪的地方也会有好建议。

忒修斯回到雅典的时候，出场仪式颇为夸张。那头白色公牛大约有五百磅重，忒修斯却把它扛在肩膀上穿过整个城市，引来了一大群人围观他登上卫城的阶梯前往宙斯神庙的英姿。他拔出他的剑献祭了那头公牛，围观人群高声欢呼，撒花庆祝。

神庙祭司立刻传话进宫：一个年轻的陌生人杀死了马拉松的野牛。一个小时后，一位王室传令人就给忒修斯带来了王室晚宴的邀请。

忒修斯激动极了，归根结底，他要见到他的父亲啦。他决定等到晚宴进行到一半的时候再宣布这个消息：“对了，我是你的儿子！”接下来，在他杀光他父亲的敌人之后，也许他们父子可以一起打个球什么的。

这个计划有个障碍：女巫美狄亚已经知道了忒修斯的身份。她既会魔法又有探子，已经得知忒修斯来到雅典的路上那一系列历险，也知道了他是埃勾斯的儿子。

她不能容忍忒修斯妨碍她的计划。她想让她自己的孩子登上雅典的王座。于是在庆功宴之前，她先去见了老国王埃勾斯。

“哦，甜甜小兔兔，”她给他的爱称已经足以证明她有多恶毒，“我很担心那个来赴宴的年轻英雄。我觉得他是帕拉泰德派来的刺客。”

埃勾斯皱起了眉。他不像年轻时那么机敏了，但他讨厌刺客。“那么……你的建议是？”

“用毒药。”美狄亚说，“我们给这个英雄敬酒的时候，给他斟上一杯下了毒的酒。”

“这听起来可不太友好啊。他不是我们的客人吗？”

“最最亲爱的，你不希望我们还没生下儿子你就被杀死了吧，对不对？”

埃勾斯叹了口气。美狄亚许诺说会给他生个儿子已经说了好多年，从来也没成真。很久以前，国王曾经遇到过一位真正的好女人——埃特拉。他曾想过她的儿子最终会从特洛曾前来，出现在他面前，可惜啊，他一直也没露面。现在国王是被一个女巫老婆、一群等着他死的敌人给困住了，看起来还要算上一个伪装成英雄的刺客。

“很好，”埃勾斯说，“把毒药在宴席上备好吧。”

忒修斯进宫以后，对他的父亲是如此衰老虚弱感到震惊。他不太意外的是美狄亚，他们一边吃开胃菜，一边聊起天气和杀死野牛的最好方式的时候，她看着他的目光就跟刀子一样。

主菜是烤牛肉，配了一大杯葡萄酒来佐餐。

忒修斯注意到当他面前的酒被斟满时王后十分紧张。聊了这么多客套话之后他感到很口渴，不过他还是决定等会儿再喝酒。

“烤牛肉看起来很棒！”他说，“不过我可能应该先把它切成小块，方便一口一口吃。我要用我自己的剑，如果你们不介意的话……”

在晚宴上拔剑通常不符合礼仪，不过忒修斯还是这样做了，他取下他的剑，把它放在桌子上。他拔剑出鞘，开始切他的肉。

国王的心智已经有些昏聩了，不过他认出了他的王室纹章和剑柄头上的名字缩写。那把剑……那是他的剑。他用这剑干了什么来着？哦，对了，他把它放在特洛曾城外的一块大石头下面了，等着他的儿子取出来。

这个强壮的帅小伙儿拿着他的剑，这就表示……

忒修斯刚拿起他的高脚酒杯，国王就大叫着从他手中打翻了它。毒药流了出来，随着嗞嗞声在大理石地板上蒸发了。

“我儿！”埃勾斯叫道。

“爸爸！”忒修斯说。

“美狄亚！”国王怒吼道。

“甜甜小兔兔？”美狄亚匆忙从椅子上起身，退得离餐桌远远的。

“你明知道他是谁，”埃勾斯说，“你想害我毒死我的亲儿子。你这个邪恶、狠毒的——”

“亲爱的，现在我们可以谈谈这件事嘛。”

“侍卫，抓住她！”

美狄亚在十几个侍卫的追捕下从房间里逃了出去。不知怎的，她设法从这个王国里逃走了。美狄亚对逃离各个王国已经驾轻就熟了。不过至少她是从埃勾斯的生命里消失了。

国王泪流满面地拥抱了他的儿子。他们一直谈话到深夜。忒修斯得到了王宫里最好的客房，睡在一张比克鲁斯提加大号床还要舒适的床上。第二天一早，这对父子决定一起去朝拜众神的神庙，以感谢忒修斯的到来。终于，国王有继承人啦！

流言传得很快。国王多年来第一次敢踏足王宫之外的地方了。五十个帕拉泰德意识到他们最好趁还有机会的时候赶紧动手。

他们把各自的帮派都集合起来，整编成两支军队。他们的计划是等国王和忒修斯走到去神庙的半路上，这两支帕拉泰德军队就会分别从路的两端发起进攻，用钳形攻势困住国王，再彻底消灭他的全体人马。

这个计划很不错。我不能肯定忒修斯能不能同时对付这么多敌人，即使他是忒修斯。

幸好，帕拉泰德们有一个仆人，名叫里俄斯，他仍然秘密地效忠于国王。里俄斯凌晨时分跑到王宫里警告了埃勾斯和忒修斯接下来要发生的行动。里俄斯还特别讲了敌人们会在哪个地方设下埋伏等待他们。

忒修斯从王室兵器库里找出了一身盔甲。他把剑绑在身上，拿起了他的大棒，大踏步走出王宫。他找到了帕拉泰德的第一支军队，他们正坐在一个昏暗的小巷子里吃松饼，等着王室队伍经过。

“嗨！”忒修斯高兴地打了个招呼。然后他把他们都杀了。

他并不怎么同情他们。他们原本打算屠杀全体王室人马，所以忒修斯觉得他们这是罪有应得。按他的哲学来看这很简单。

他昂然走过整座城，他最爱的鞋子现在踩得地面血浆四溅，最后他找到了第二支帕拉泰德军队，他们正在星巴克咖啡店门前排队，不耐烦地等着他们的南瓜香辛口味拿铁。

“嗨！”忒修斯让等待的队伍变短了不少，因为他杀掉了所有敌人。接着他点了一杯双份加奶泡的卡布奇诺带回王宫。

这之后，国王平安无事地带着他的队伍去了各个神庙。

他感谢众神赐给他这个新来的、极其暴力的儿子。每个雅典人这一天都过得很棒，这是他们几十年来第一次不再受到帕拉泰德帮派的滋扰。

告诉你们一个有趣的小知识：记得那个背叛了帕拉斯之子的家伙里俄斯吗？据说帕拉斯之子的老家帕勒涅的当地人至今都很害怕听到“狮子”[①]这个词。他们从不用这个词给孩子起名；如果一个孩子出生的星座是狮子座，就是厄运的征兆。我有个朋友名叫雷奥，他很喜欢这个故事。他曾经去过帕勒涅，一天跟别人自我介绍五十次，就是为了看到那些人的反应。

总之，忒修斯解决了他的待办事项清单中的好多项。他杀死了马拉松的野牛，他驱逐了邪恶女巫王后，他只用了一天早晨就屠杀了他父亲的大多数敌人。

只有一朵小小的乌云仍然笼罩着地平线……那朵乌云看起来挺像米诺陶的。

忒修斯以王子身份在雅典生活了一个月之后，七年一度的克里特大抽奖活动又一次举行了。每一个少年男女都必须登记参加克诺索斯免费游的抽签，抽中者将在米诺斯王的宫廷得到美酒和美食的款待，随后被扔进迷宫跟米诺陶一起接受媒体拍照，再然后就得痛苦地死掉了。

雅典人民在街道上抗议示威。嘿，我可不怪他们。他们的国王在庆祝儿子的到来，而其他所有人却被迫献出自己的儿女当贡品。

忒修斯认为这是不对的。

“爸，”他说，“我要自愿当贡品。”

“什么？”埃勾斯想从他的王座上站起来，但他的双腿颤抖得太厉害了，“儿子，不！我只有你了！我不想失去你！”

“别担心！跟克里特的约定中说过，只要我们其中一个人能杀死米诺陶，这套进贡程序就会永远终止，对吧？”

“是的，可是——”

---

① 狮子（Leo）的英文发音接近“里俄”，这个词是里俄斯（Leos）这个名字的由来。下文的雷奥原文就是Leo。

“所以我会杀了米诺陶，很简单！”

埃勾斯不知道是不是真有这么简单，可忒修斯心意已决。这样做才对。再说，忒修斯好几个星期都没有杀掉哪只怪物或者摧毁哪支军队了，他都快无聊死了。

当人们听说王子自愿当贡品时，他们都惊呆了。他们老是讽刺政客和他们的空头许诺，现在这个年轻人却站了出来，冒着生命危险跟普通老百姓在一起。他的支持率随之攀升到了百分之七十五。

当其他成为贡品的人通过抽签选出来之后，他们都没有抱怨。他们全部团结在忒修斯身后，他承诺要带他们去克里特岛，再把他们平安带回家。

出航前一天晚上，埃勾斯王和他的儿子共进了最后的晚餐。

“拜托，忒修斯，”老国王说，“请帮我做一件事：以往送贡品们去克里特岛的船返航时，都挂着黑色的帆，因为所有人都死了。如果你真的活着返航了，就告诉船长挂上另一种颜色的帆。这样一来，我只要在海平线上看到你们的船，就知道你没事了。等你们靠岸以后我们就能举行一场盛大的宴会来向你致敬。”

忒修斯拥抱了他的父亲。“当然好。你想挂什么颜色的帆？”

“亮紫红色，”国王提议说，“再加上蓝绿色作为点缀。”

“呃，白色怎么样？”忒修斯说，“那样比较容易准备。”

国王同意了，虽然白色有些太传统了。

十四个雅典贡品一起登上了他们的船，出航前往克里特，留下他们的父母站在码头上，向他们挥手告别，同时拼命抑制住自己的泪水。航行过程中，忒修斯想用宾果游戏和桌上沙壶游戏让大家的精神振作一些，可是人人都很紧张。他们知道他们不能携带任何武器进入迷宫，以前也从来没人能从这种境遇中幸存下来。这就让人很难在船上泳池旁纵情享受团队游戏之夜了。

经过了三天的海上航行，他们在克诺索斯的码头靠岸了。克里特都城里的那些金色高塔、大理石庙宇、各个花园和宫殿让雅典相形之下就像一个垃圾场。

迎接贡品们的是嘲笑他们的人群，那些人挥舞着画着公牛的旗帜和泡沫做的大手，上面写着：“克里特是第一名！”除了忒修斯，这十几个年轻人是第一次离开自己的家乡。他们又害怕又不知所措，这就是米诺斯期望实现的效果。

迷宫进贡日对他而言是一个巨大的公关上的胜利。这一天给了克里特人一个庆祝的理由。他们可以看到最出色最活泼的雅典青少年被吓得尖叫起来，受到最彻底的羞辱，之后再被扔进米诺陶的迷宫中迎接死亡。

忒修斯让这种效果削弱了不少。他一边微笑一边挥手，在贡品们走向王宫时对人群频频致意。“你好吗？我是忒修斯。嗨，能到这儿来我很高兴！我准备杀掉你们的米诺陶哟。好的，给我打电话，宝贝儿。你打扮得真漂亮！”

雅典来客被带到米诺斯王的宫殿里，按惯例参加欢迎宴会和“在你死前了解你”主题庆典。

米诺斯王很期待他的客人们按老规矩表现得低声下气的。他喜欢人们卑躬屈膝的样子。又一次，忒修斯把宴会上的这个乐子给毁了，他竟然敢尽情享乐。他哈哈大笑，讲笑话，还用他从特洛曾出发后的旅途历险故事逗得克里特王室成员们很开心。那个关于大乌龟莫莉的故事效果好得出奇。忒修斯用长棍面包做了一个斯喀戎小人，把它扔进了长桌另一端的国王的汤碗里，同时喊着：“不——！莫莉——！”

米诺斯的孩子们都笑开了。阿里阿德涅公主正巧坐在忒修斯对面。她被这个英俊、风趣、面无惧色的雅典王子迷住了。宴会结束的时候，她已经无法自拔地爱上了他。她一想到他可能会死在迷宫里就受不了。她的父亲实在很惹人厌——老是拷打弄残他的臣民，把她的半牛半人兄弟米诺陶扔进迷宫里，还不等她有机会了解那些帅哥就把他们都处死了。哼！

另一方面，米诺斯王倒没有这么快就迷上忒修斯。

他认为这个年轻的英雄在接受迷宫挑战之前就必须死掉。这能让剩下那些贡品陷入应有的恐惧感中。否则米诺斯就无法在把他们扔进迷宫中时充分享受他们的尖叫了。他喜欢雅典年轻人的尖叫声，那声音能让他脆弱的神经得到放松。

“哦，忒修斯，”国王在桌子另一头说，“我听说你是波塞冬的儿子？”

“是的，陛下！”忒修斯答道，“我拥有两位强大的父亲的庇佑——一位是雅典国王，另一位是海洋之神。”

“真有趣啊，”米诺斯说，“希腊第二有权势的国王，和第二有权势的天神。如你所知，我本人就是最有权势的国王，而我的父亲则是宙斯。”

米诺斯就是这样一个讨厌鬼。

国王站起身来，他摘下了他的王室图章戒指——一枚纯金戒指，上面有一个用蓝宝石刻成的公牛头。“我们来试试看你的父系血统如何啊，忒修斯？”

米诺斯走到窗前。这个宴会厅正好在最高的塔楼的第二十层楼上，俯瞰着深邃的大海。"我来把这枚戒指扔进海里，你潜水去找它怎么样？这样我们就能确认你是波塞冬的儿子了。在经历过你那些冒险之后，我觉得这对你来说算不上什么挑战吧。"

那枚戒指大约价值一百万德拉克马币，但米诺斯干吗要在乎这个？他还有十二个跟这个一模一样的戒指放在他的床头柜抽屉里。他猜这个新来的会吓得发抖，或者编出一些蹩脚的借口来解释为什么他不敢从二十楼的窗户跳出去。不过要是他真的跳下去了，那就更有意思了。

米诺斯把戒指扔出了窗户。

跟平常一样，忒修斯按照本能的驱动行事。"快速移动的闪亮物体？抓住它！"

他跑向窗户，一头栽进了空中。

米诺斯王哈哈大笑："嗯，这个雅典人完蛋了。"

忒修斯掉下去的过程中想了想是不是应该先准备点什么……降落伞，或是冲浪板什么的。他勉强接受了祈祷这个选择。

"嘿，波塞冬，"他说，"帮个小忙呗？"

他撞上了水面。这本该立即要了他的命，而他却轻松地切入了海水深处。海流把他带到了海底。他看到一个金色的小光点躺在沙地里，于是捡起了这枚米诺斯的戒指。

忒修斯踩着水游了上去，露出了水面。他甚至都没有喘不过气来的感觉。"谢谢你，爸！"

海浪把忒修斯平安地送回了岸边。几分钟后，一个王室宴会厅的侍者跑到国王面前。"呃，陛下，有个湿漉漉的家伙在门口，他说他带来了您的戒指。"

忒修斯突然出现打断了他："当当！米诺斯陛下，我替第二重要的天神波塞冬向您问好。他说：'你还有什么招数，输家？'"忒修斯把戒指扔进了国王的汤碗里。

雅典人都哈哈大笑起来。连克里特人都不禁发出了窃笑。

米诺斯王竭力保持冷静，不过这实在很难。他脑门儿上的青筋似乎都要爆炸了。

"宴会结束了！"国王站了起来，"好好睡一觉吧，贡品们。明天，你们就要去见米诺陶了。我们这位爱出风头的朋友忒修斯将有幸第一个去死……我的意思是，走进去。"

阿里阿德涅公主那天晚上睡不着。

她的父亲太刻薄了，想让她爱着的男人去死。她下了决心，不能容忍这件事。她用一件带兜帽的斗篷把自己裹得严严实实的，偷偷溜出她的房间去找她的导师代达洛斯。他住在迷宫里的一间工作室里，是国王下令把他囚禁在那儿的。

这些年来，阿里阿德涅已经成了老发明家的朋友。他教她数学和科学，倾听她对她父母的抱怨（你也得承认她的父母确实一团糟）。代达洛斯是迷宫的建造者，所以他教会了阿里阿德涅如何安全地进出迷宫——要坚持直走和右转，还要解开一个线团边走边放，这样才能找到回去的路。她至少一周要偷偷溜进去一次拜访这位老人。现在她需要得到他的建议来拯救她的新男友。

她到了发明家的工作室，说明了她的问题。“我必须帮助忒修斯！我要教给他你的认路技巧，这样他就能逃出迷宫了。但是他怎么才能打败米诺陶呢？”

代达洛斯紧张得直拽自己的胡子。他喜欢阿里阿德涅，也想帮助她，但他有种预感这件事对他俩都不会有好结果的。

阿里阿德涅用最可怜巴巴的小狗一样的眼神盯着他。

代达洛斯叹了口气。“好吧。你的男朋友不能带任何武器进入迷宫，但米诺陶的脑袋上就有两把上好的武器。告诉你的男朋友借来一用。还有，米诺陶的真名是阿斯忒里翁。”

“哇，”阿里阿德涅说，“我都忘了。”

“大多数人都不记得。米诺陶可能也忘了吧。不过忒修斯也许可以用这个名字把这头怪物弄糊涂。这能给他换来几秒钟时间。”

阿里阿德涅亲了一下老人的前额。“你最好了，代达洛斯！”

那天半夜，忒修斯听到了一声敲门声。他以为是侍卫来检查看看他有没有再次跳出窗外。然而，他开门之后看到的是阿里阿德涅公主，她的脸红扑扑的，在公主的长裙之外罩着一件朴素的旅行者穿的斗篷。

“我能帮助你进出迷宫，”她说，“我会告诉你怎么杀死米诺陶。不过我有一个条件。如果你成功了，你要带我跟你一起走。我恨克里特！”

“我觉得没问题。”忒修斯说。

阿里阿德涅说明了如何在迷宫里认路。她给了他一个线团。“你会在迷宫中心找到米诺陶。如果你用他的真名阿斯忒里翁来称呼他，可能会把他弄糊涂一小会儿以取得主动权。你不能带任何武器进去，不过代达洛斯说你可以用那头怪物自己的角来对付他。”

“好的，”忒修斯说，“或许我只用我的双手也行。这双手在二十七个国家作为致命武器登记在案。”

公主的眼睛瞪大了。“真的吗？”

“不，我开玩笑的。我会用那对牛角的。谢谢你给我线团。”

第二天早上，侍卫把十四个雅典贡品赶去迷宫。围观人群甚至比以往还多，每个人都想看看忒修斯这位雅典王子怎么面对自己的死亡判决。

忒修斯把它当作一场派对。他挥着手，保持着微笑。他和克里特人握手，亲吻婴儿，还会停下跟崇拜者合影。

当他走到迷宫的入口时，他让贡品同伴们聚成了一个圆阵。“我先进去，”他告诉他们，“我会走到中心，沿路放下一根线。你们慢慢地跟过来，一定要沿着线走。等我一杀掉米诺陶，我就会回来，把你们都集合起来，这样我们就能全部活着回家去。准备好了吗？解散！”

迷宫那巨大的石门转动着敞开了。侍卫搜了贡品们的身，确保他们没带武器，不过没人注意到忒修斯的线，因为他把线缠在手腕上，就像护腕一样。

忒修斯喊道：“耶，迷宫！哇——呼！”

他跑着进去了。其他雅典人跟着进去了，不过没他那么热情高涨。大门重重地合上了，外面的人群等待着第一声惨叫划过天际。

忒修斯解开了他手腕上的线。他把线的一头拴在出口旁边的一个火炬台上，并提醒其他贡品不要走散了。

“互相多交流吧，”他告诉他们，“跟大家说说话。我很快就回来。”

他往迷宫深处走去。

这个地方就是为了让人晕头转向而设计的。走了四五步之后，要不是有阿里阿德涅的指示——不确定的时候总是直走再右转——忒修斯肯定会失去方向，陷入绝望。

他穿过了弹簧触发的十字弓阵、布满涂了毒药的长钉的陷坑、安装了旋转利刃的长廊，和带有一排镜子的走道，那些镜子不是把他照成胖子就是把他照成瘦子。最后，迷宫豁然开朗，面前是一个像是牛仔竞技场的圆形斗兽场。

米诺陶就在这儿等着。

由于他的饮食结构包括红肉、类固醇、糖果和辣酱，他足足长到了八英尺高。他那公牛的双肩、脖颈、头部，以及他那双血红的眼睛和闪光的尖角，能让马拉松的公牛看上去就像一只初生的牛犊。他肩部以下的部位也同样吓人。他的胳膊和双腿都是鼓起来的肌肉。他只穿了一条兜裆布，而且这家伙已经二十年没有洗过澡剪过指甲了。

他周围的地面上撒满了断掉的锁链和骨骸，都来自这些年来他吃掉的人。斗兽场几乎是空荡荡的，除了几捆干草用来睡觉，一个装着脏水的水槽用来喝水，地上的一个洞用来当马桶，还有一两本过期的《国家地理》可以读。难怪米诺陶会如此愤怒了。

忒修斯走近牛头人。他不知道他对这头怪物的情感是害怕、好奇，还是同情。“哥们儿，你的日子过得真惨。你确定我们非开打不可吗？我可以带你越狱出去，而且——”

“嗷嗷嗷啊！”米诺陶攻了过来。他从出生起就被训练学会杀戮和仇恨。他被拷打、嘲弄和孤立，他现在可不打算相信一个人类。

忒修斯试图闪开，不过米诺陶的速度很快。他左边的牛角划破了忒修斯的胸口，划出了一道血口子。

忒修斯懂得很多徒手搏斗的技巧，不过他很快就意识到米诺陶比他以前面对过的对手都要强壮和聪明。当这头怪物掉过头来再次发起进攻时，他踌躇着后退了。

忒修斯闪避到左边，米诺陶已经预料到了。这头怪物反手一击，让忒修斯飞到了斗兽场的另一头。

忒修斯呻吟着在干草上挣扎。在绝望中，他摸到了一段锁链。米诺陶逼近他时，忒修斯甩出了锁链，缠住了怪物的一只角。

米诺陶本能地想挣脱。忒修斯使出浑身力气往后一拽，牛角便从根部断开了。

“啊啊啊嗷！”米诺陶蹒跚着走了几步，不过断角带给他的震惊更胜于疼痛。

这头怪物重新站稳了脚跟。他攥紧拳头，怒视着忒修斯。

平生头一次，忒修斯对自己产生了怀疑。他紧握着怪物的断角，不过不知道自己来不来得及用上。这头怪物简直是太迅速太强壮了。除非被撕成碎片，否则忒修斯永远也没办法离它足够近。

“我们来谈谈吧，老兄。”他缓缓站起身来，“不一定非得这样不可。你不完全是怪物。你有一部分是人类。”

“嗷！”米诺陶想不出来还有什么比把他说成是人类更大的羞辱。他冲向忒修斯，决定把他踩成肉泥。

“阿斯忒里翁！”忒修斯叫道。

米诺陶僵住了，仿佛被一拳击中了鼻子似的。那个名字……他记得那个名字。他最初的记忆……温柔的声音。一个女人，可能是他的妈妈？一个舒适的育儿室，里面有真正的婴儿食品和温暖的毯子，火炉里有火苗。米诺陶回忆起了迷宫之外的日子。他产生了一种转瞬即逝的温暖的感觉，那是身为人类的感觉。

就在这一刻，忒修斯用米诺陶自己的断角戳穿了他的腹部。

牛头人浑身抽搐，哀号不已。他的惨叫声在克诺索斯的每条街道上回响。他想抓住忒修斯，可这位英雄飞快地跑开了。

米诺陶在后面追他，可他的双腿像灌了铅一样，肚子上的疼痛更剧烈了。他眼前一片模糊。这头怪物双膝跪地，倒了下去。他最后看到的景象是忒修斯站在他面前，脸上的表情是悲伤，而不是胜利的喜悦。

“安心睡吧，阿斯忒里翁。”忒修斯说，“睡吧。”

怪物闭上了双眼。在他死前，似乎飘进了梦中，梦里有温暖的毯子以及和善的说话声。

忒修斯把牛角从怪物的肚子上拔出来。他的衣服浸透了鲜血。他想把这座迷宫的每一块砖都拆掉，他想用阿斯忒里翁的角把米诺斯捅死。可他还要替另外十三个雅典人着想。他承诺过要带他们回家。

他找到了那条线的线头，顺着它原路走了回去。他集合了他的贡品同伴们，十四个人一起站到了迷宫的出口前。

通常情况下，即使到了这儿也无济于事，侍卫不会开门放任何人出来。但是阿里阿德涅公主就等在门外。她听到忒修斯在里面大喊：“有人吗？米诺陶已经拜拜啦，我们现在能出来了吗？”

“打开大门！”阿里阿德涅对侍卫说，“这是你们公主的命令！”

侍卫照她的话做了。

忒修斯走了出来，其他贡品跟在他身后。他举起了带血的牛角，好让每个观众都看到。“米诺陶不在了！贡品不会再有了！”

人群静了下来。他们有可能会袭击他。当客队获胜时场面是有可能变得很难看的。然而事实是，克里特人对勇敢的英雄的热爱和米诺陶之死的庆幸，要远远胜过他们对米诺斯王的好感。

人群爆发出一阵欢呼。他们撕掉了公牛旗，一遍又一遍地欢呼着："忒——修——斯！"把这位英雄和阿里阿德涅公主高举在肩膀上，带着他们游行前往港口，雅典人的船已经等在那儿了。这座城的安保人员也加入了庆祝活动。阿里阿德涅的小妹妹淮德拉正好也在人群里，她朝姐姐大叫道："等等，你要离开克里特？带我一起走！"所以两个公主都跟雅典人一起走了。

米诺斯束手无策，只能大喊大叫，在他的宫殿里直跳脚，因为克诺索斯的全体人民都在为忒修斯举办派对，再护送他上船返航，还送给他成吨的礼物，以及阿里阿德涅公主，额外奖品淮德拉公主。

当晚那条船就开走了。他们的归途就是一场持续了整整三天的盛大派对。这一次每个人都玩了宾果游戏。大家都在船上泳池畔的团队游戏之夜玩得特别疯。

如果你希望看到一个大团圆结局，最好读到这里就不要继续了。

因为现在忒修斯已经登上了人生巅峰，接下来他一秒钟也没耽误地变成了一个混蛋。

在海上度过的第一晚，雅典人光顾着开派对了，害得他们的船在纳克索斯岛附近出了故障。就在船员们修理船舶期间，阿里阿德涅和忒修斯为了什么事而吵翻了。他们在一起还不到二十四小时，忒修斯已经觉得俩人没办法相处了。可能是因为阿里阿德涅对这段感情比他更认真，也可能是因为她睡觉时会流口水。

总之，忒修斯告诉阿里阿德涅他要继续航行回家了，要把她留在纳克索斯岛上。

太冷血了，对吧？

不仅如此，他还宣称是雅典娜女神在他梦里命令他这样做的。"天哪，宝贝，对不起，不过一位女神命令我必须跟你分手。根本不怪我啊。"

是是，你说得都对，哥们儿。

最糟糕的是什么呢？他立刻开始跟阿里阿德涅的妹妹淮德拉约会了。

哎哟。

阿里阿德涅心碎了，不过她的结局挺不错的。忒修斯的船开走之后，酒神狄奥尼索斯偶然路过纳克索斯岛，遇到了她。他爱上了她并娶她为妻，让她拥有了不朽之身。

阿里阿德涅一点也不想嫁给忒修斯了。你们立刻就会看到，他连做丈夫的基本常识都学不好。

雅典人的船开走了，然而忒修斯因为没完没了的派对而分了心，犯了一个典型的注意力缺陷多动障碍患者的错误。他完全忘了要换上不同颜色的船帆来通知他的爸爸一切都没问题。

这条船出现在港口前时挂着黑色的帆。

雅典人开始恸哭悼亡，他们以为他们的贡品跟以前一样都死了。老国王埃勾斯从城堡中最高的塔上远远望见了。当他看到船帆不是亮紫红色（或白色，随便吧）时，他伤心欲绝，跳进了大海。

跟忒修斯不一样，埃勾斯没有从二十楼的高度跳海还能幸存。他死了，而地中海的这片海域为了纪念这位老国王而被称为爱琴海[①]。

忒修斯登上了雅典的码头。他发现他的父亲去世了，感到十分沮丧。他们还从来没有机会一起去打场球呢。

往好的一面看，忒修斯现在是雅典国王了。他已经消灭了家族的所有敌人，新娶了一位妻子淮德拉（她比他新娶的另外一个妻子阿里阿德涅要漂亮多了），而且永远结束了雅典向克里特进贡的日子。

有那么一阵子，忒修斯王格外受欢迎。带他返航的那条船被改造成了一座纪念他的水上纪念馆，船上还有一个很棒的咖啡馆和礼品商店。这条船在港口停泊了好几个世纪。每当船上有一块木板坏掉，雅典人都会换上一块新的，结果每一块木板都被换过好多次。

当地哲学家由于手上有大把空闲时间，开始辩论“忒修斯之船问题”。如果你用完全相同的复制品逐步替换掉原物上的每一个部分，它仍然还是原来那个物体吗？我很好奇那些做过好多次硅胶填充整容手术的明星算是怎么回事，不过安娜贝丝告诉我我完全跑题了……

忒修斯兼并了阿提卡，使其接受雅典的管辖。他和淮德拉生了几个孩子，一开始的那些年他们很幸福。不过你懂的，一旦你感到百无聊赖，你就无法摆脱。

① 爱琴海（Aegean Sea）的词根与埃勾斯（Aegeus）相同。

当然，这不完全是忒修斯的错。

他结交了一个坏朋友——那一类你妈老是警告你不要接触的爱冲动的少年犯。一般情况下，我就是那个朋友。对忒修斯而言，则是一个名叫庇里托俄斯的家伙。

庇里托俄斯是拉庇泰人的酋长——拉庇泰人是希腊北部的一个部落，他们非常野蛮，甚至和半人马一起玩乐。相信我，半人马的派对可不是给胆小鬼准备的。

庇里托俄斯经常听到远在南方的那位强大而勇敢的国王忒修斯的传说。有一段时间，你看新闻的时候总也躲不开忒修斯这样、忒修斯那样的标题。

庇里托俄斯被弄烦了。“他不可能那么厉害。我要去南方会一会这小子。”

他给他的马装上鞍，一路骑到了马拉松，很久以前忒修斯就是在这里抓住了那头白色野牛。庇里托俄斯心想，忒修斯觉得他偷一头牛就很酷了？我要把这里的每头牛都偷走。

他就这么干了。他把马拉松的牛都赶到了一起，因为拉庇泰人是很出色的偷牛贼，这只是他们的优良品质之一。由于庇里托俄斯长得很吓人，当地村民没人敢来阻止他。

“你们想把牛要回去吗？”庇里托俄斯说，“干吗不叫你们的国王来帮你们呢？告诉忒修斯我等着他呢。”

庇里托俄斯把牛往北边赶去了。

这桩偷牛案的新闻传到了忒修斯那里，他可不愿平白受辱。他独自骑马往北去了。庇里托俄斯一点也不难找，因为这么多牛一路留下了一大堆牛粪饼。

忒修斯追上庇里托俄斯之后，他俩先是对喷了一小时的脏话，直到再也讲不出侮辱对方的新词了。接着他们来了一场史诗级的巅峰对决。他们用石头砸对方的脑袋，把对方扔下悬崖。他们比试了摔跤，用利剑交锋，还互掷了手榴弹，不过他们就是杀不死对方。他们一样的强壮、敏捷、运气好。

最终，他们筋疲力尽了，于是坐在一起分享了一瓶酒。

“敬哈迪斯。”忒修斯说，“要是我们不能杀了对方，那最好还是交个朋友吧。”

这就是半神的逻辑。

不幸的是，庇里托俄斯给忒修斯惹来了各种各样的麻烦。每个周末他俩都在一起狂欢——喝个痛快，卷入酒吧斗殴，毁掉这个或那个国家。忒修斯忘了他昔日的哲学，就是“人不犯我，我不犯人”那套做法。他忘了报复敌人不能超出敌人伤害他的程度。他变得随心所欲了，他开始杀掉挡道的任何东西。

忒修斯会拖着步子在周日夜里回到王宫，而王后淮德拉会问：“你去哪儿了？”

“出去。”

“你又跟庇里托俄斯一起毁了一个国家吗？”

“让我一个人待着，娘儿们！我就是想放松一下。众神啊！”

有一次忒修斯和庇里托俄斯决定跟亚马逊人开战，忒修斯最后跟亚马逊女王希波吕忒好上了。这到底是怎么发生的我不敢肯定，不过他们确实一起生了个儿子，叫希波吕托斯。这个消息传开之后，淮德拉感觉很不好受。

她决定带着孩子们搬到另一座宫殿去。忒修斯生了一阵子气。接着他做了平时想振作精神时会做的事：他跑去跟拉庇泰人鬼混了。

忒修斯跟他们在一起的时候，庇里托俄斯正准备跟当地一个名叫希波达弥亚的姑娘结婚。我不知道为什么一个人会给自己的孩子起“希波”开头的名字[①]，不过据说她长得很漂亮。婚礼上，庇里托俄斯邀请了附近的所有部落，也包括半人马。不幸的是，半人马们喝得烂醉，想绑架新娘。即使是对拉庇泰人而言，这也十分无礼。婚礼变成了战场。庇里托俄斯和忒修斯带领拉庇泰人大战派对小马驹[②]，狠狠地踢了他们的马屁股。

忒修斯认为这是他最伟大的胜利。他把这支粗暴的拉庇泰人军队带回雅典，在卫城举办了一场狂饮无度、极端暴力的庆功宴，不过这种做法对他的名誉没有半点好处。那个地方有好几个星期都堆满了由被砍掉的半人马脑袋和派对彩旗组成的垃圾。

接下来庇里托俄斯冒出了一个真的很糟糕的主意。他认为他和忒修斯应该一起去给自己找新妻子。

“我们是世界上最好的战士！”庇里托俄斯用胳膊搂住他的好朋友，“我们应该——嗝儿！——我们应该跟宙斯的女儿结婚才对。”

跟平常一样，忒修斯甚至都没怎么分析这件事。这是个很炫的主意，他只顾着一头扑上去了。“耶，酷。不过娶谁呢，怎么娶？”

---

① “希波”（hippo）英文意思是河马，前文提到的几个以“希波”开头的人名都与此相同。

② 美国的儿童派对经常请来表演用的小马，此处是对半人马的调侃。

“哪个都行，老兄！我们只要绑架她们就行啦！”

“棒极了。”

“我会帮你抓到一个老婆。接着你再来帮我。你想要谁？”

忒修斯选了他见过的最漂亮的姑娘——宙斯的女儿海伦（正是特洛伊的海伦）。她还太年幼了，没到结婚的年纪，不过忒修斯认为他们可以先绑架她，再等到她长大。这个念头很邪恶？可不是吗！我说过庇里托俄斯对他有很坏的影响吧？

他们不费吹灰之力就绑架了海伦。忒修斯把她带到了特洛曾，他母亲埃特拉现在是这里的女王了。他让她把海伦放在冰袋上“保鲜”几年，直到她长到能结婚的年纪。

我觉得埃特拉不怎么赞成这个主意，因为后来海伦从特洛曾脱身了，长大成人后嫁给了别人，不过那是另一个故事了。

现在庇里托俄斯认为到他给自己选个老婆的时候了。“我只要那位夫人！珀耳塞福涅！”

忒修斯的脸沉了下来。“你的意思是……冥界的王后？”

“正是！我们要去冥界抓住她，这肯定会非常棒！”

就跟脑袋不开窍似的，忒修斯同意了这个主意。他们找到了通往哈迪斯的国度的入口，一路打过去，边走边杀怪物和可怕的幽灵。他们威胁船夫卡隆带他们渡过斯提克斯冥河。

他们快要走到哈迪斯的宫殿的时候觉得太累了，于是决定坐在石头上休息几分钟。忒修斯的眼睛都要睁不开了，他开始打瞌睡了。接着他想到在冥府打瞌睡可就不好办了。他想站起来，可他的双腿一动不动，他的双臂也动不了了。

“庇里托俄斯！”他叫道，“救命！”

他往旁边一看，他的朋友已经完全变成了石头。庇里托俄斯头上盘旋着三个手拿火焰鞭、长着蝙蝠翅膀的丑老太婆——复仇三女神。

“这是你们想绑架我们王后应得的惩罚！”其中一个咝咝地说道，“两位游客！”

复仇女神飞走了，留下了僵住不动、无比绝望的忒修斯。他在那里待了很长一段岁月，除了幽魂没有别的东西做伴，不过最后另一个英雄为了另一个目的经过这里时，把他救了出来。

那个人的名字叫作海格力斯。我们稍后会讲到他，等我吃了比萨饼补充维生素和能量再讲，因为那个家伙，怎么说呢？什么事都干了。

忒修斯最后回到了老家雅典，但他再也不是当年的他了。

雅典人民也不再敬爱他了。他们厌倦了他那些狂欢和其他的混账行为。已经跟他疏远了的妻子淮德拉，爱上了他跟亚马逊女王生下的儿子希波吕托斯，他现在已经长大成人，准备好继承王位了——这整个情况的离奇程度都快赶上言情肥皂剧的水平了。

忒修斯发现这件事之后，完全丧失了理智。他杀了他的儿子，这可是犯了最糟糕的“众神之怒”级别的禁忌。这时，他认为自己最好还是永远离开雅典，免得这里的人民把他私刑处死。

带着人们的蔑视和辱骂，他前往附近一个名叫斯库洛斯的小岛，但是这里的居民也不喜欢他。这里的国王吕科墨得斯愿意庇护忒修斯，而城里的居民则投票把他扔出了岛外，是名副其实的扔出岛外：他们把他拖到一个悬崖顶上推了下去。这一次，波塞冬没有救他。

忒修斯死后，他在足足一代人的时间里都恶名昭著。到后来人们才忘了他做过的那些坏事，开始关注起他年轻时的英雄壮举。

我自己呢，认为忒修斯罪有应得，跟他自己的哲学完全符合。自从他对阿里阿德涅失去兴趣，把她抛弃之后，事态就开始恶化了。最终雅典人对他失去了兴趣，把他抛弃了。因果报应不是闹着玩的。

从他的故事里能总结出什么经验教训呢？如果真有的话，我郁闷地认为对我也适用。爱冲动、感觉超级敏锐可能非常有帮助。注意力缺陷多动障碍可以保住你的命，甚至可以让你成为英雄。

另一方面，如果你无视重要的事，如果你变得鲁莽又愚蠢，放任自己心不在焉，连你正在学习非常重要的教训的时候都是——

噢，有只花栗鼠！[①]

---

① 结尾和本章标题提到的小动物，包括文中对忒修斯喜欢追逐闪光物的描述都接近于宠物狗的行为。狗的注意力不集中、容易分心是很常见的，作者借此调侃忒修斯和波西的注意力缺陷多动障碍。

阿塔兰塔对决三个果子：终极死亡之战

有好多年，我都以为这位女士是佐治亚州的首府。

后来我才发现“阿塔兰塔”和“亚特兰大”是两个词，我又在想，阿塔兰塔是不是为了纪念亚特兰大才起了这个名字，因为她真的很喜欢亚特兰大勇士队或可口可乐[①]。

然而并不是。

原来，阿塔兰塔这个名字在古希腊语里的意思是“重量相等”。

这就说得过去了。阿塔兰塔和任何男性英雄都不相上下。事实上，她比他们中的大多数人更加矫健、迅捷，但希腊男性绝不会承认一个女人“比我们强”。那会伤了他们的自尊。他们愿意付出的最高赞誉就是“和男人一样强”。

给阿塔兰塔起这个名字的不是她的父母。她出生的时候，他们讨厌她。

她的父亲伊阿索斯（发音像“耶，酱汁”[②]）是阿卡迪亚的国王。和许多希腊国王一样，他执迷于生下儿子来继承王位。可能有一个听起来像“耶，酱汁”王这样的名字，使他对显得不够爷们儿这件事格外敏感。他的第一个孩子竟是个女孩，他感到十分沮丧，把亚马逊人的传统反过来照做了。他把这个新生儿带到

① 亚特兰大勇士队是该城职业棒球队，可口可乐总部位于该城。

② 在英文中，伊阿索斯（Iasus）发音与“耶，酱汁”（Yay Sauce）接近。

荒郊野地里，把她留在一块石头上等死。

他是无法获得那一年的世界最佳爸爸奖了。

小婴儿又哭又叫。我也会的，要是我爸把我抛弃了的话。她有一对很强壮的肺叶，所以没过多久就有一头母熊蹒跚着走出树林来看这吵闹声是怎么一回事。

故事的进展本来可能以这个婴儿的悲剧和这头熊的一顿美餐而告终。

幸好，这头熊是一个悲伤的母亲。她自己的熊崽刚被猎人杀死了。熊妈妈发现阿塔兰塔在岩石上细声细气地哭叫，扭动着身子，于是决定把这个婴儿当成亲生孩子养大。她小心翼翼地把阿塔兰塔叼在嘴里带回她的洞穴，在那里用美味的熊奶哺育这个孩子。

在她生命中的最初几年，阿塔兰塔成长的过程中认为自己是一头熊。她既健康又强壮。她学会了什么都不怕，除了人类猎手。夜里，她依偎在母亲厚厚的毛皮里。白天，她吃蜂蜜，在垃圾桶里翻找吃的，或者做别的古希腊熊会做的事。

她的生活很美好……直到猎人又回到这片地方。一天午后，熊妈妈出去觅食了，两个猎人爬进了洞穴想找到几只熊崽，这样就能得到熊皮，或者活捉之后卖给巡回马戏团。然而，他们发现一个人类小孩在兽皮铺成的床上睡觉。

“哥们儿，这不太对劲儿啊。”第一个猎人说。

“我们应该把这孩子带出去。”第二个猎人说。

他们的声音吵醒了阿塔兰塔。她呜呜叫起来，露出了牙齿。

“没事的，小姑娘，”第一个猎人说，“我们来救你了。”

阿塔兰塔不需要被救。她抓了猎人们的眼睛，踢了他们的裤裆，但这两个男人比她体形更大，更强壮。他们绑架了她，把她带回他们村里，这肯定让熊妈妈的心都碎了。这是第二次了，人类袭击了她的家和孩子。她真的应该装一套更好的家庭安保系统了。

村民们尽了最大的努力把阿塔兰塔作为人类养大。他们教会了她说话，穿衣服，用叉子吃饭。他们阻止她殴打他人和在冬天冬眠。

阿塔兰塔适应了，但她从没有失去她野性的一面。比起裙子她更爱穿兽皮，她锐利的目光能让最老练的战士退后。她长到十四岁的时候，无论是射箭还是使刀，技术都比村里的任何人更好。她跑起来能超过最快的马。

她长得比村民见过的其他任何女人更高也更强壮。她的皮肤是古铜色的，一头长发则是金色的（这在希腊很罕见），看起来既美丽又可怖。村民们开始叫她阿塔兰塔，“重量相等”，因为没有哪个男人能控制她。敢尝试的男人最后都死了。

你可能不会觉得奇怪，她最爱的女神是阿耳忒弥斯，身为处女的狩猎神。阿塔兰塔从来没有成为阿耳忒弥斯真正的追随者，但她仰慕这位女神的一切：她的自信，她的狩猎技巧，她杀死所有那些男人的方式——哪怕他们仅仅是用奇怪的眼神看了她。

阿塔兰塔十六岁大的时候，她已经不再受村民欢迎了。他们开始讨论给她安排婚事了，于是阿塔兰塔决定最好还是离开这里，趁她还没伤害任何人。

她回到了原野之中，在这里她可以像阿耳忒弥斯一样生活，不需要任何烦人的男人的陪伴。阿塔兰塔再也没能找到她的熊妈妈，不过她找到了一个洞穴，让她想起她们的家。那个洞穴在一座大山的半山腰，那儿有一条溪水从岩缝中涌出来，为她提供不竭的活水。茂密的常春藤像帘子一样覆盖着洞穴的出入口，为她提供隐蔽。她门前的风景十分壮观：这座山谷开满了野花，还有橡树林和松树林，举目望去看不到一个人。

她唯一的邻居是半人马，他们很识趣，不会来打搅她。

嗯……大多数是如此。有一次，一对年轻的牡马兄弟罗伊克斯和海拉伊欧斯喝多了，自以为想到了一个绝妙的主意：抓住阿塔兰塔，强迫她嫁给他们俩。

两个半人马，一个阿塔兰塔。他们中到底谁能娶她呢？他们还没计划那么远的事。他们喝多了，他们是半人马，他们不需要不傻的主意。

他们把脸涂成红色，再用葡萄藤缠住脑袋，穿上了他们最蹩脚的那件扎染的费西乐队[①]演唱会T恤衫。一般情况下，这样就足以吓坏最坚强的硬汉了。那天下午，趁阿塔兰塔在外面狩猎，半人马兄弟躲在她的洞穴附近的树林里，想等她回家的时候伏击她。

阿塔兰塔带着她的弓和箭袋回来了，肩上扛着一头鹿的尸体。两个半人马从树林里跳了出来，一边嚷嚷一边挥舞着长矛。

“不嫁给我就得死！”罗伊克斯叫道。

他本指望阿塔兰塔吓得崩溃大哭。然而，她放下了鹿尸，冷静地把一支箭搭

① 费西乐队（Phish）是20世纪80年代成立的美国摇滚乐队，有很多忠实乐迷。

在了弦上，射进了罗伊克斯的脑门儿正中。这个半人马就此倒地身亡。

海拉伊欧斯愤怒得咆哮起来。“你怎么敢杀了我的朋友？”

“退下，”阿塔兰塔警告道，“否则你就是下一个。”

“我要娶你为妻！”

“哦……不可能的。”

海拉伊欧斯举起长矛攻了过来。阿塔兰塔一箭射中了他的心脏。

她用一支箭蘸着半人马的血在他们尸体的肩胛骨上写下：“不就是不。”随后她就走了，任由他们烂在那儿。

这件事之后，其他半人马离她更远了。

阿塔兰塔本来应该会幸福地独自在森林里生活一辈子——吃坚果和树莓，编编篮子，和森林王国里可爱的小动物们一起玩，再追捕它们，杀了它们。

不幸的是，她的名声传开了。半人马很爱传八卦，村民们和偶尔经过她的领地的猎人也是。他们总是说起有个狂野的金发女人，跑得比风还快，射箭百发百中。有些人怀疑她是化身为凡人的阿耳忒弥斯。

终于，有个人找到了阿塔兰塔——不是为了求婚，是为了请她帮忙对付一头巨大的野猪。

如果你们读过其他我写的关于希腊众神的书，可能会想起一头可爱的小怪物，名叫卡莱顿的野猪，即死亡之猪。阿耳忒弥斯把这头五十吨重的暴怒大猪派到了卡莱顿王国，因为国王是个笨蛋，还忘了给她献祭。

总之，这里还有一部分故事我没有跟你们讲。

国王的儿子墨勒阿革王子负责组织王国的防御工作。他决定主持一场全希腊全体顶尖战士参加的大型狩猎活动。

墨勒阿革是个有意思的人。他出生的时候，命运女神们出现在他母亲面前，预言说这孩子会一直活下去，只要火炉里的某块木头还没被烧掉。如果这看起来太随意了，那是因为确实如此。命运女神肯定很有幽默感。她们喜欢跟凡人搞恶作剧，比如：“噢，我的众神！我们去告诉那个女人她儿子的命全在那一小块木头上吧。肯定会很搞笑的！”

总之，墨勒阿革的妈妈从火炉里把那块木头抢救出来，把它安全地保管在一个盒子里。因为这个，墨勒阿革长大的过程中认为自己基本上是不可被征服的。

只要那块木头没事，他就没事。到了要去狩猎卡莱顿野猪的时候，墨勒阿革也不害怕。那头猪要杀死他只有一个办法：冲进王宫，找到他母亲的房间，打破她上锁的箱子，拿出有魔力的木头，再学会怎么点燃火柴。没听说过哪头野猪能干出这些事。

不过墨勒阿革自己一个人也杀不掉这头怪物。他也不完全信得过已经加入了他的名人大型狩猎活动的那些人的技术。这就是他为什么决定招募阿塔兰塔。

这段时间，她的传奇在全希腊传开了，墨勒阿革非常非常想见她。他很爱狩猎，他也很爱漂亮女人。世界上最好的猎手是个漂亮女人？简直太有趣了，不可能不去看看啊。

他在荒野里找了好几个星期都一无所获，直到遇到了一个半人马，告诉他怎么去阿塔兰塔的洞穴。

“只是别告诉她是我告诉你的，”半人马哀求道，“那个女人是个疯子！”

墨勒阿革到了悬崖下面。他放下了他的武器，透过遮住岩洞入口的茂密的常春藤帘子往里张望。

“你好，阿塔兰塔？”

常春藤发出沙沙声，一个声音传了出来。“这儿没有叫那个名字的人。”

“你看，我只想跟你说说话。我的名字是墨勒阿革。”

常春藤分开了。阿塔兰塔站在岩架上，她的箭瞄准了墨勒阿革的头。她那闪亮的金发，火焰般的双眸，还有兽皮裙都让她显得比墨勒阿革以前想象的还要漂亮。没有多少人能把死亡野兽装穿得好看，但穿在阿塔兰塔身上的效果简直太棒了。

“滚开，”她警告道，“否则我会一箭射中你的脸。我烦死了男人们跑到这儿来跟我求婚。”

“我不是来跟你求婚的。”墨勒阿革说，虽然他的心脏怦怦直跳，他的脑子也在大叫，“娶她！娶她！”

他说明了有关卡莱顿野猪和他的大型狩猎活动的情况。

“我们真的需要你的帮助，”他说，“击倒野猪的猎人能赢得财富和荣誉。”

“我不在乎财富。”阿塔兰塔说，“在这样的野地里没有什么需要买。我已经拥有我需要的一切了：住所、净水、食物、兽皮。”

“那荣誉呢？”墨勒阿革问，“这头野猪是阿耳忒弥斯的诅咒。只有得到了女神赐福的人才有可能杀掉它。如果你打倒了这头怪物，你就能证明自己是世界上最好的猎手，阿耳忒弥斯喜爱的人。你的名字会永垂不朽。你还能让队伍里的男猎手显得像是没用的傻瓜。”

阿塔兰塔放下了弓。她没有什么用得上这个王子的地方，还有他的钱，或是他许诺的荣誉，不过让男猎手看起来像傻瓜一样……这很有诱惑力。

“如果我加入狩猎，”她说，“我不会容忍你调戏我。别想跟我结婚。如果你队伍里的任何人想非礼我，我很有可能会杀了他。”

“这……很公平。”墨勒阿革说，虽然他暗自希望她能跟他关系再好一点，“欢迎加入！”

他把阿塔兰塔带回他的王国，事先派回很多信使发出了警告：“阿塔兰塔要来了。不要调戏这位猎手，她会一箭射穿你的脑袋。”

他们到达宫殿的时候，几十位著名的猎手已经聚集在此了：安开俄斯，摩普索斯，克甫斯……所有狩猎界最有名、最难念的那些名字！

他们没把关于阿塔兰塔的警告当回事，他们也并不为即将见到她感到激动。一个他们不能占有的漂亮女人，还自称比他们这一行的任何人干得更好？得了吧！

“你想让我跟这个女人一起打猎？”克甫斯说，“这是对我的冒犯！这种水平的比较拉低了我的档次！”

“我也不愿意！”摩普索斯说。

阿塔兰塔吼道：“那滚回家去吧，你们全部。这样至少我不必忍受你们的臭气了。”

男人们都做出了拔刀的动作。

“各位！”墨勒阿革求情道，“我们要团队协作啊。我们需要阿塔兰塔的狩猎才能。”

“可笑，”安开俄斯说，“我不需要任何女人的帮助。我一只手就能把那只野猪放倒。”

“我们这样约定吧，”墨勒阿革说，“我们一起狩猎野猪，不要自相残杀。不许抱怨有女的之类的牢骚话。你们一起平分奖金和荣誉。无论是谁第一个让那头野兽受伤，都可以获得一份特殊的奖品。他——或者她——将得到怪物的兽皮。

这将决定谁是最好的猎人。”

我不知道为什么会有人想要一张臭烘烘的大野猪的皮，但是这些猎手的眼睛都兴奋得放光了，他们都同意了墨勒阿革的提议。

第二天，他们出发去找野猪。这一路上，其他猎人都对阿塔兰塔非常冷淡，所以她的每餐饭基本上都是跟墨勒阿革一起吃的。他费了很大的劲儿才能忍住不跟她说暧昧的话。他问了问她小时候的事，也就追踪猎物和设陷阱的最佳手法寻求了她的建议。不由自主地，阿塔兰塔开始和这个男人产生了共鸣。她还从来没跟某个人这样相处过，这个人对她几乎算是……嗯，尊重吧。

他们本来可能会成为朋友，也可能不会。但在这段关系发展下去之前，阿塔兰塔发现了野猪的踪迹。她找到了野猪的蹄印，大得跟垃圾桶盖子差不多，一路通向一片沼泽。是她发现了第一个线索。

猎人们呈扇形散开。他们在沼泽里仔细地搜索，那里的泥水齐腰深，他们的凉鞋在淤泥里踩得黏糊糊的。他们站在比自己还高的草丛里时，蚊子多得像云一样，围住他们的脸嗡嗡叫，简直什么都看不清了。

你可能会认为一头巨大的野猪冲过来的时候一定很容易被发现，然而死亡之猪并没有给他们任何警告。它穿过芦苇丛冲了过来，就像猪肉形成的巨浪一样，它的蹄子踩翻了克甫斯，獠牙刺穿了安开俄斯，还把摩普索斯掀翻在地。摩普索斯的矛刺在这头野兽的厚皮上弹开了，没造成一点伤害。这头野猪的嘴里还能喷出闪电，这对站在齐腰深的沼泽泥水里作战的敌对方而言格外棘手。很快就有二十个猎人死了。有个叫佩琉斯的猎手想方设法投出了标枪，但是他太害怕了，所以投偏了很多，意外刺死了他的朋友欧律提翁。

唯一一个还能保持冷静的人是阿塔兰塔。那头野猪肆意暴跳时，她坚守自己的阵地，拉满弓弦，等待放箭的时机。那头野猪转向了墨勒阿革，正准备用闪电把这位王子炸开花。阿塔兰塔放箭了。她的箭力道极大，射中了野猪的背部，甚至射穿了脊椎。野猪的后腿站不住了，下半身立刻瘫痪了。

死亡之猪疼得号叫起来，如果一支箭射穿了你的脊椎你大概也会这样叫的。它拖着身子爬过沼泽，墨勒阿革追上去，一剑刺穿了它的胸腔，正中它的心脏。

剩下的猎手慢慢从惊慌中恢复过来。他们埋葬了死者，包扎了伤口。他们还给野猪剥了皮，这项工作估计得花上一辈子那么长的时间吧。完成所有这些事之后，每个人都又热又累，心情烦躁。

“我应该得到野猪的皮。”摩普索斯说，他竟然奇迹般地活了下来，“我投出了第一支矛。”

“但丝毫没有伤到它。”阿塔兰塔提醒他。

“我们应该分享那张皮！”佩琉斯说。

阿塔兰塔嘲笑道：“你想因为不小心杀了你的朋友而获得奖励？”

“诸位！”墨勒阿革喊道，“阿塔兰塔率先伤了野猪。要不是她，我绝不可能放倒那头野猪。兽皮属于她是最正当的。”

墨勒阿革的两个亲戚走上前来——他的弟弟托克修斯和舅舅佩勒西普斯（我们可以用一分钟的时间佩服一下这些名字有多烂吗？谢谢）。

“你会后悔的，兄弟。”托克修斯警告说，“不要偏爱那个野女人胜过你自己的亲人。”

“我永远不会因为主持公道而后悔。”墨勒阿革说。

他将野猪皮交给了阿塔兰塔，她肯定一直在想：天哪，太好了，我一直想做一个我自己的猪皮热气球。不过她也因为墨勒阿革站在她这边而多少有些感动。

猎手们回到王宫，去参加本应是庆功宴的晚宴，不过墨勒阿革的亲戚们没有参加派对的心情。他们喝得越多，心中的怒火就越旺盛。“愚蠢的阿塔兰塔，愚蠢的墨勒阿革，给她那张野猪皮就因为他是个看到漂亮女人就没主意的孬种。”

这也没说错。墨勒阿革的确希望阿塔兰塔成为他的妻子，但我们永远不知道这事能不能成。

宴会进行到一半，托克修斯和佩勒西普斯把阿塔兰塔从椅子上撞了下来。他们拿走了野猪皮，而且拒绝归还。其他猎人都开怀大笑，说着风言风语，直到发展成一场混战。阿塔兰塔本来可能会把他们都杀了，但墨勒阿革先动手了。他拔出剑来，杀了他的弟弟和舅舅。

墨勒阿革的母亲阿尔泰亚王后万分惊骇。

“你还是个婴儿的时候我救了你！”她叫道，“这就是你给我的报答？你为了这个野女人杀了你的家人？”

“母亲，等一下——”

阿尔泰亚像风一样冲出了宴会厅，她冲进自己的卧室，打开她上锁的箱子，把有魔力的木头扔进了熊熊燃烧的火炉。

那块木头渐渐化为灰烬。在远处的宴会厅里，墨勒阿革的生命也化为了灰烬。

阿塔兰塔竭尽全力抑制她的悲愤之情。她想手刃王宫里的每个人，但她实在寡不敌众。她知道如果她再待下去可能会被处死，于是她跑回了自己的岩洞，泪水刺痛了她的眼睛。她发誓永远不再回到“文明”世界。人类只会带来麻烦。熊、鹿和松鼠要好懂多了。

遗憾的是，文明世界还是没有放过她。

狩猎卡莱顿野猪让她变得比以前还要出名。她的名声传开了。最后她的父亲，阿卡迪亚的伊阿索斯王认为现在该把他的女儿带回家了。

可能你会好奇伊阿索斯是怎么认出阿塔兰塔是他的女儿的。我的意思是，那时候又没有亲子鉴定，也没有出生证明。伊阿索斯又不是古希腊唯一一个抛弃他刚出生的女儿的人。她可能是被野兽养大的别人的孩子。这种事很常见。

这些故事有一点模糊，不过似乎是这样的：阿塔兰塔和伊阿索斯在大约同一时间去见了神使并得知了真相。

阿塔兰塔正在回家的路上，正巧碰到了一个当地的女先知，她正在兜售老一套的塔罗牌解读、半价爱情迷药，以及众神的神圣智慧服务。阿塔兰塔因为野猪狩猎事件引起的家族惨案受到了很大震动。她觉得自己也许需要一条小小的建议。

“噢，神使啊，”她说，“我会遇到什么事呢？我能生活在旷野中，不再受到骚扰吗？我能永远摆脱结婚这件事吗？”

先知用刺耳的声音说：“女猎人，你不需要丈夫，要是没有丈夫你会更幸福的，不过婚姻是你无法摆脱的命运。即使是现在，你的父亲伊阿索斯都在找你。直到你跟某个合适的男人结婚，否则他不会罢休。你最好直面这个挑战，为你的婚姻设定你自己的标准。”

“这能保证我婚姻幸福吗？”

“噢，不，婚姻会毁了你。婚后你会失去自我。那是无法避免的。”

“太烂了。”阿塔兰塔说，“我恨预言。”

“谢谢你的祭品，祝你今天过得愉快。”

同时，在阿卡迪亚，伊阿索斯王也咨询了一位神使，证实了他的猜想：了不起的女猎手阿塔兰塔就是他失散多年的女儿，她很快就要回家来结婚了。

“太棒了！”国王叫道，“我爱预言！她现在这么出名……我可以靠她得到最完美的婚姻同盟。我要怎么做才能把她找回来呢？”

“好好坐着就行，”神使说，“阿塔兰塔会自己回来的。”

国王于是回到了自己的王宫。几天后，他一点也不惊讶地发现阿塔兰塔出现在了他的门前。侍卫们陪同她进来，伊阿索斯被眼前的景象震撼了。阿塔兰塔美极了！可能作为一位得体的公主而言有点太高大，肌肉太发达了，但她那头闪闪发光的金发是个优势。她看起来很健康，完全适合生孩子。是的，她是适合结婚的完美女性代表。

“我可爱的女儿啊！”他说。

阿塔兰塔面色一沉。“就是你留在野地里等死的那个女儿。”

“那个，那显然是个疏忽。干吗要纠结过去的事呢？我们来谈谈怎么把你嫁出去吧！”

阿塔兰塔真想一箭射穿国王的脑袋。真是个混蛋！

然而……她能在伊阿索斯身上认出与自己相似的地方。他也有跟她一样的残暴笑容，一样的残忍眼眸。他丝毫没有感情。他只对能帮助他存活下去的东西感兴趣。阿塔兰塔懂得这种感觉，即使内心有些伤痛。她开始好奇她到底是从谁那儿继承了野性，是熊妈妈呢，还是她的国王父亲。

“我不想结婚，”她说，“不过既然神谕说我无法摆脱它，那么我要自己设定条件。”

国王皱眉道：“一贯都是新娘的父亲设定条件的。我知道哪个结婚对象能给王国带来最强大、最有利可图的盟军。”

“我们按我的规矩来。”阿塔兰塔坚持道。

“不然呢？”

“不然我就赌一把运气，反抗神谕。我把你和你的侍卫都杀了，然后回到荒野中去。”

“我们按你的规矩来吧，”国王同意了，“我们做些什么准备呢？”

阿塔兰塔微微一笑。“你这儿有跑道吗？”

“当然。每个还有点小钱的希腊城市都有跑道。”

“明早在那儿等我。把话传出去：任何想跟我结婚的人最好都穿上最好的跑鞋过来。”

伊阿索斯王想多问几句，不过他想最好还是别多嘴。阿塔兰塔紧握着她的弓，看起来她是认真的。“很好。明早见。”

国王的信使把消息传遍了阿卡迪亚。美丽又骇人的公主阿塔兰塔回到王国了，她要公开在跑道上招亲，带上你最好的跑鞋!

（其实呢，当时大多数希腊人都是光脚的。他们跑步的时候是裸体的。不过要是你不介意的话，我就想象他们都穿着安德玛的运动服和锐步鞋。）

第二天一早，人群把田径场围得水泄不通。每个人都对阿塔兰塔这种奇怪而又极具健康意识的择偶方式感到好奇。有五六十个求婚者聚集在跑道上——都是出身良好的年轻男子。嘿，谁不想跟一位公主结婚呢？而且如果他们只需要赢得赛跑就能得到新娘——这简直是最简单的考验了!

阿塔兰塔、伊阿索斯王和他的侍卫们列队入场了。阿塔兰塔穿了一件样式简单的短白袍，腰部用皮带扎紧，上面插了两把带鞘的匕首，一条金色发辫垂在身后。她高举着一根像矛杆一样的长棍。

人群安静了。

“阿卡迪亚的人民！”阿塔兰塔洪亮的声音轻而易举地传遍了运动场，“以下是我的结婚条件！”

人群紧张地骚动起来。公主的话听起来更像是在对战争中的投降者宣布条件。她大踏步走到跑道中间，在黏土上直直地竖起了那根矛杆。

“这根三腕尺长的标志就是起点和终点线！”

（可能你们想知道腕尺是什么，真不知道你们管这个干吗。量一量从你的手肘到你中指指尖的长度。那差不多就是一腕尺长了。你们干吗关心这个？我真的不懂。我连公制单位都还没弄明白呢。）

求婚者们交头接耳起来。

“我们需要绕跑道跑几圈？”其中一个问。

阿塔兰塔的双眸中闪过一丝微光。“只跑一圈。”

“那很简单！”另一个人说，“所以我们一起赛跑，获胜者就能跟你结婚了？”

“噢，不。”阿塔兰塔说，“恐怕你们误会了。你们不用跟对方赛跑。任何想要我的人都要跟我赛跑——一对一。”

人群倒吸了一口凉气。求婚者们的下巴都惊掉了。

每个人都开始窃窃私语。“跟个姑娘赛跑？她是认真的吗？她看起来是跑得挺快……”

“还有，”公主说，“为了让你们轻松些，我会在起跑杆后二十步的地方出发，这样每个求婚者出发时都能领先。”

“荒唐！”一个求婚者叫道，“领先跟一个姑娘赛跑？这个想法太侮辱人了！”

他气冲冲地走了，还有十几个其他求婚者跟着走了。

其余人徘徊不去，要么是因为他们心胸更宽广，要么是因为他们更渴望得到一个有钱的妻子。

“所以我们跟你一对一赛跑，”另一个求婚者试探着说，“领先你二十步起跑。那么第一个比你先跑到终点线的男人就能跟你结婚了？”

“没错，”阿塔兰塔说，“不过，还有最后一个条件。”她拔出了匕首，“如果我在你跨过终点线前追上了你……我会杀了你。”

“哦哦哦……”人群小声议论起来。

他们都在座位上往前挪了挪，想看到求婚者们的反应。这天早晨的比赛变得更有意思了。

国王手扶王冠坐立不安起来。他没想到这是场死亡竞赛。他没时间组织合适的投注彩池。

最终，一个求婚者脱下了他的跑鞋，扔得远远的。“这太蠢了！没有哪个女人值得去送死！”

他跺着脚走了，大多数人也跟他一起走了。

有一些真的很蠢或很勇敢的求婚者留了下来。

“我接受！”一个人宣布，“跟一个女人赛跑？这是最简单的挑战了！别摔倒在你自己的刀子上了，宝贝。我不希望我未来的新娘断送了自己的性命。”

“你未来的新娘听了会动心的，”阿塔兰塔说，“让我们看看你跑得有多快吧。”

阿塔兰塔和大傻瓜（抱歉，是勇敢的求婚者）各就各位时人群欢呼起来。国王同意担任裁判。

伊阿索斯喊道：“预备……跑！”

求婚者全速起跑。他跑了十英尺远就被阿塔兰塔抓住了。她的青铜匕首寒光一闪，大傻瓜死在了她脚下。

“还有谁？”阿塔兰塔问道，甚至连口气都不用喘。

你以为剩下的求婚者会离开跑道，对吧？我是说，他们看到了阿塔兰塔跑得有多快。她扑倒那个男人的样子就像母狮扑倒一头鹿，一眨眼的工夫他就死了。

不过还有三个人敢来挑战她。也许他们以为自己跑得飞快，也许他们真的很喜欢阿塔兰塔，也许他们就是白痴。几分钟之内，三具尸体横在了跑道上。最快的那个人跑了十五英尺远。

“还有人吗？”阿塔兰塔喊道。

竞技场寂静无声。

“好吧，那么，”她说，“挑战继续，直到有人获胜。我下周同一时间再到这儿来，如果还有人想试试的话。”

她用自己的短袍子的褶边把她的匕首刃擦干净，然后大踏步走出了运动场。国王紧随其后，松了一口气，既为这场表演的结束，也为这样他就有时间在下周的比赛之前组织投注了。

如果阿塔兰塔在这之前还不够出名的话，在死亡竞赛之后她真是声名大噪。求婚者从全希腊拥来，想交好运。有些人在看到阿塔兰塔跑起来之后退缩了。还有些大胆挑战，然后死了。没人在被杀掉之前能跑完半圈赛道。

伊阿索斯有些不高兴他女儿还结不了婚。不过往好处想，比赛对旅游业大有裨益，他也可以通过赌客们赚上一大笔钱。

几个月后，一个名叫希波墨涅斯的人正巧有事来到这座城市。他来自一座海滨城市的一个富裕家庭。他的父亲墨伽柔斯是波塞冬的儿子，所以希波墨涅斯显然拥有高贵的血统。他也接受了成为英雄的训练，他的导师是最聪明的半人马喀戎，后者只教导最出色的学生（也包括我，不是我吹牛。好吧，我可能是有点吹牛了）。

一天早晨，希波墨涅斯正在城中闲逛，突然发现本地全体居民都关闭了自家店铺，匆匆赶往跑道。

“发生了什么事？”他问一个店主，“现在就午休未免也太早了吧？”

店主咧嘴乐了。“阿塔兰塔有一拨求婚者要杀了……我是说，要赛跑了。”

他解释了一下阿塔兰塔大受欢迎的当地真人秀节目《黄金单身汉（即我将要跑赢并且开膛破肚的人）》。希波墨涅斯不知道是该大笑还是该恶心得呕吐。

“这太恐怖了！”他说，“那些男人都是白痴吗？没有哪个女人，不管她有多美，值得让人冒这种风险。”

“我猜你没见过阿塔兰塔。”店主说。说完他就赶去田径场了。

希波墨涅斯输给了自己的好奇心。他跟着人群去往田径场，这里聚集了六个新的求婚者，准备试试自己的运气。希波墨涅斯不敢相信有这么多男人如此愚蠢。

接着他看到了阿塔兰塔。她站在一旁做跑前的拉伸。她穿着朴素的短白袍，梳着金色的长辫，她是希波墨涅斯见过的最漂亮的女人。在一阵眩晕中，他从人群中挤了过去，站到了那群求婚者身边。

“我必须道个歉，”他对他们说，“我原以为为任何女人冒生命危险都很荒谬。现在我看到了她，我完全理解了。”

其中一个求婚者皱眉道：“是，很好，朋友。走开吧。这星期的机会是我们的。”

阿塔兰塔无意中听到了这番对话。她假装没看，不过用眼角余光打量了希波墨涅斯一番：黑色的卷发，像海一样绿的眼睛，健美的四肢。他的声音确实引起了她的注意。那是一个浑厚、悦耳、铿锵有力的声音（“铿锵”是我这星期要记住的难词。谢啦，高考补习班），就像阿塔兰塔以前住的洞穴外面的瀑布水声。她胸中升起了一股陌生的暖流——某种自从墨勒阿革在狩猎卡莱顿野猪时和她站在同一战线之后就没有再体验过的感觉。

她尽量把思绪清空。她还要赛跑，还有六个求婚者要杀呢。

伊阿索斯王把第一个参赛者叫到起跑线前，阿塔兰塔站上了她的起跑位置，在二十步之外。

希波墨涅斯观望着，彻底入迷了，就在阿塔兰塔一个个地追上她潜在的丈夫的时候。她比锡西厄人[①]的弓射出的箭还要迅速（翻译：超级快），她的动作优雅得像一只豹。还有她抽出小刀屠杀那些求婚者的方式……哇。这是怎样一个女人啊！

如果他的头脑还正常的话，希波墨涅斯本来应该被吓跑的。然而，他无法自拔地爱上了她。

最后一次赛跑结束，人群开始散去时，他走到了获胜的公主身边，她正在擦

---

① 锡西厄人（Scythian）是古希腊时期在东欧至中亚一带生活的游牧民族。

干净小刀上的血。

“噢，美丽的公主！”希波墨涅斯说，“我能跟你说几句话吗？”

阿塔兰塔不知道他是不是在跟自己说话。赛跑了六次之后，她大汗淋漓。她的脸因为剧烈运动弄脏了，辫子也散开了。她的脚上沾满了黏土。她的衣袍也被她死去的对手们的血泪玷污了。

而这个男人还觉得她漂亮？

“你敢说就说吧。”她说。

“那些跟你赛跑的求婚者，”希波墨涅斯说，“他们根本不配当你的对手。打败那种男人能有什么光荣？跟我比赛吧。我懂你的价值。”

“哦，你懂，嗯？”

希波墨涅斯弯下腰。“我的祖父是波塞冬，波浪之主。当我见到自然的力量时能认得出来。其他人只能看到你的美貌或你父亲的财富，我看着你的时候，看到的是雷阵雨中的风，大河中咆哮的浪。我看到的是众神创造的最有力量的女人。你不需要一个丈夫来主宰你。你需要的是一个平等的对手和你共同生活。请让我来证明我就是那个男人。”

阿塔兰塔的心在胸膛中颤抖了。她从未听过如此发自肺腑的恭维。

“你叫什么名字？”她问。

“希波墨涅斯。”

“你是骑河马来的吗？”

“不是。”

“很好。听着，希波墨涅斯，我很高兴你有这份心意，不过我不值得你冒这个险。我敢肯定这座城里有一百个姑娘会为了嫁给你而激动。给自己一条生路吧，从她们中间选一个。转身回去吧，就当你从来没有见过我。我讨厌杀掉希腊仅有的一个有礼貌的男人。”

希波墨涅斯在她脚边跪下了。“太迟了，公主。我现在见到你了，我无法忘了你。”他握住她的一只手，“我只能祈祷我的爱就像你本人一样强大而不可遏制。我们什么时候赛跑？”

一道电流窜过阿塔兰塔的身体。这是什么感觉……悲伤？同情？她从未恋爱过。她不知道如何辨认这种情绪。

她想拒绝跟希波墨涅斯赛跑，但她的父亲就站在附近，像一只猎鹰一样监视着这儿。他的表情意思很明显：规则是你定的，现在你就得遵守规则。

阿塔兰塔说："可怜的希波墨涅斯，我情愿留下你的命，但如果你下了决心要死，下星期在这里见我吧，同一天同一个时间，让我们看看谁跑得更快。"

希波墨涅斯吻了一下她沾血的手："那就下周。"

他离开田径场时，人群出于敬畏都躲着他。没有哪个男人如此接近阿塔兰塔之后还能活着。当然更没有人亲吻了她的手之后不用动个脸部外科手术的。

希波墨涅斯的脑子正在飞速运转。他知道要是没有神力加持他是赢不了阿塔兰塔的。他的祖父波塞冬在很多方面都很了不起，不过希波墨涅斯怀疑他并不能帮助他赢得一场赛跑或是一个女人的心。也许波塞冬能引起地震或是海啸干扰比赛，但那有可能会杀死上千人，这种连带损害可不是希波墨涅斯希望在他的大喜之日出现的。

他到处打听才找到最近的阿芙洛狄忒神庙。它位于城郊，处于很少使用、被人忽视的状态。我猜这是因为比起谈恋爱来，阿卡迪亚人对给死亡比赛下注更感兴趣。

希波墨涅斯开始打扫神庙。他先清扫了神坛，然后向爱情女神祷告。

"帮助我吧，阿芙洛狄忒！"他哀求道，"爱是世界上最强大的力量。请让我证明这一点！我敢肯定阿塔兰塔爱我，我也爱她，可她崇拜的是处女神阿耳忒弥斯。请让全世界都看到你是最强有力的女神！请帮我通过赢得比赛来赢得阿塔兰塔的心！"

一股气息缠绕着整座神庙，让空气充满了苹果花的芳香。一个女性声音在风中低语："希波墨涅斯，我亲爱的年轻人……"

"阿芙洛狄忒？"他问。

"不，是战神阿瑞斯。"那个声音责备道，"当然，是阿芙洛狄忒。你是在我的神庙中祈祷，不是吗？"

"您说得对，对不起。"

"我会帮助你拥有阿塔兰塔的爱，不过这并不容易。我不能提升你的跑步速度，我对体育运动无能为力。胜利女神耐克负责这类事务，她简直无趣极了。"

"我跑得很快的，"希波墨涅斯保证道，"但阿塔兰塔跑得更快。除非有什么办法能让她慢下来——”

“我正好有那种东西。”三个跟棒球差不多大的金黄色果子飘进了神庙，落在神坛上。

“苹果？”希波墨涅斯问。

“不是普通水果。它们是我在塞浦路斯岛的神树结的果子。我特地把它们空运到这儿给你！”

“哇，谢谢。”

“第一次下单免运费。”

“所以我应该让阿塔兰塔吃掉这些果子？”

“不不。她让你先跑，对吗？”

“对。大概让我二十步。”

“你跑起来之后，只要阿塔兰塔离你太近了，就把其中一个苹果扔到她的赛道上。她会停下来把它捡起来，这会多给你几秒钟时间。你有三次机会让她减速。如果你的时机把握得正好，就可以在她杀掉你之前冲过终点线。”

希波墨涅斯盯着这些苹果。它们的确可能来自一棵神树，但看上去并没有魔力。它们看起来跟超市里卖的 1.29 美元一磅的普通金黄色苹果没有什么区别。

“为什么阿塔兰塔会停下捡它们？”他问，“难道她需要补充更多膳食纤维吗？”

“这些苹果是无法抗拒的，”女神说，“就像爱一样。就像我一样。要有信念，希波墨涅斯。”

“我会的，女神。我会照您的话做。”

“还有一件事：当你赢得阿塔兰塔的芳心之后，回到这里给我适当的祭品。别忘了给我好处。”

“当然了！谢谢您！”

希波墨涅斯兜起苹果跑回城里。在比赛前他还有许多训练要做。

一周后，人群再次聚集在运动场上。赌注下得很大。伊阿索斯为希波墨涅斯能跑半圈设了一赔六的赔率；他能获胜的赔率则是一赔一千。市民们都等不及想看到这个英俊又勇敢的年轻人在被杀掉之前能跑多远了。

阿塔兰塔这一个星期都睡不好。她辗转反侧，想着神使的预言，回忆希波墨涅斯如何握住她的手。此刻她紧张兮兮地在跑道上踱步，她的小刀似乎都比平时要重了。

另一方面，希波墨涅斯看起来精神饱满，信心十足。他大踏步走向阿塔兰塔，腰带上挂着一个布口袋。

“早上好，我的公主！”

阿塔兰塔皱眉道：“那个袋子里是什么？”

“只是几个新鲜水果，万一我饿了呢。”

“你不能带着那个跑。”

“你还带着小刀跑呢。我为什么就不能带上一袋午餐呢？”

阿塔兰塔怀疑这是个阴谋，但她从来没有规定过求婚者能带什么或不能带什么。“好吧。带着你的午餐跑吧。反正你都会死的。”

“噢，不。”希波墨涅斯保证说，“今天晚上，你就会嫁给我了。我都等不及了。”

阿塔兰塔咕哝着转身走开了，担心自己是不是脸红了。她走到了自己的起跑位置上，起跑线二十步之外。

“预备——”国王喊道，“跑！”

希波墨涅斯从起跑线上弹射出去。他一直都跑得很快。现在他命悬一线了。更重要的是：他的真爱需要他。阿塔兰塔跟他一样被困在这场比赛中，他看得出来她并不想杀掉他。他必须为了他们俩赢下这场比赛。

他跑了四分之一圈，比此前任何一个求婚者跑得都远，这时他感觉到了阿塔兰塔就在他身后。

他听到了小刀抽出皮剑鞘那细细的声音。

他把手插进口袋里，抓住第一个苹果，把它从肩头上扔了过去。

阿塔兰塔本能地闪开了。苹果掉到后面的时候她用眼角余光看到了一道金黄色的亮光。

搞什么鬼？她想，希波墨涅斯刚才用一个水果砸我？

出于惊讶，她回头瞟了一眼。毫无疑问，一个金黄色的苹果滚过了赛道。她知道她应该继续跑，但这个苹果躺在灰尘里的样子看起来有一种既可惜又悲伤的感觉。伴随着人群中传来的难以置信的惊叫声，阿塔兰塔掉转头捡起了那个苹果。

希波墨涅斯现在跑了三分之一圈了。

挫败感让阿塔兰塔吼了几声。她不明白为什么她要去捡那个果子，不过她不会因为一个雕虫小技而输掉这场比赛。她一手拿着苹果，另一手拿着小刀，全速冲刺，她的双脚抽在黏土上的速度跟呼呼响的直升机螺旋桨差不多。

希波墨涅斯刚跑完半圈。人群陷入了疯狂。他听不见阿塔兰塔的动静，也不敢回头看，但通过欢呼声和有节奏的“杀！杀！杀！”的助威声，他猜她正要一刀刺在自己背上。

他越过自己的头顶扔出了第二个苹果。

阿塔兰塔偏头避开了那个果子。可它的香气飘进了她的鼻子，把她拖得偏离了方向，就像用钓鱼线钩住了她似的。她在苹果落地之前就接住了它，然而要在跑步时拿着两个苹果和一把刀子并非易事，即使对世界上最伟大的猎手而言也不例外。她失去了宝贵的时间。

“我干吗要拿这些苹果？”阿塔兰塔追在希波墨涅斯后面的时候忍不住想，“这太傻了。我应该扔掉它们！”

但她不能。苹果的香气和温暖的金黄色让她想起了她最幸福的日子——和熊妈妈一起在森林里吃蜂巢，欣赏她的洞穴附近的水仙花盛开在瀑布旁，和身边的墨勒阿革一起追逐卡莱顿野猪。这些苹果还让她对一些从未了解过的东西产生了渴望。看着希波墨涅斯在她前面奔跑，她感到有些恍惚，对他的力量和速度产生了爱慕。和这样一个男人共度余生也不算糟糕嘛。

“别瞎想！”她责备自己，“快跑！”

她从来没有把自己逼迫到这种地步。她的双脚几乎都不沾地了，仿佛她是在飞向希波墨涅斯。他距离终点只有五十英尺远了，但她还是有机会缩小差距的。

她接近到攻击距离内时希波墨涅斯抛出了最后一个苹果。

阿塔兰塔已经料到了。她告诉自己不要分心。

但那个金黄色的果子飞过她耳边，一个声音仿佛在低语：“最后的机会。这个苹果是你失去的一切：伴侣，欢乐，真爱。你怎么能就这样跑过去，任由它躺在尘埃里呢？”

阿塔兰塔斜插到一旁。她抓住了最后一个苹果，同时希波墨涅斯也冲过了终点线。

观众们欢呼雀跃——尤其是那些按照一赔一千的赔率在希波墨涅斯身上下注的人。阿塔兰塔跌跌撞撞地走向他，袍子下摆里兜着三个苹果和一把干净的匕首。

“耍花招！”她抱怨道，“用魔法！”

“是爱的力量，”希波墨涅斯纠正道，“而且我向你保证，我的爱是不掺假的。”

“我甚至都不爱吃苹果呢。”阿塔兰塔把金黄色的苹果扔在了地上。她用双臂环住了希波墨涅斯。他的吻比蜂巢还要甜美。

那天晚上他们在王宫里结婚了。伊阿索斯王不怎么打得起精神，因为白天的赌局差点让他破产了，不过阿塔兰塔和希波墨涅斯高兴得都要发疯了。

他们一起度过了充满喜悦的一年。阿塔兰塔生了一个儿子，名叫帕耳忒诺派俄斯，他后来成了一个伟大的战士（有人议论说这孩子的父亲其实是墨勒阿革，甚至可能是战神阿瑞斯，不过我不喜欢八卦）。

阿塔兰塔和希波墨涅斯有资格从此过上幸福的生活，你们不觉得吗？

他们没有。

希波墨涅斯神魂颠倒地爱着阿塔兰塔，所以他忘记了一个非常非常小的细节：去阿芙洛狄忒的神庙给她献祭。

没错，这是很愚蠢。不过拜托！这哥们儿是在恋爱中啊。他分心了。你会以为阿芙洛狄忒是最能理解这种状况的人了。

不过，你就是不可能欺骗众神而不付出代价。

一个春日的下午，结束了一场愉快的狩猎活动后，希波墨涅斯和阿塔兰塔正在骑马回城。他们正巧停在了一个宙斯的小神庙前，决定在那儿吃午餐。吃完三明治的时候他俩的视线正好相遇，于是忽然间陷入了对彼此的强烈爱意中。在奥林匹斯山上，阿芙洛狄忒正在使用魔力——点燃他们的激情，让他们忘记常识。

“吻我，你这个傻瓜！”阿塔兰塔叫道。

“但这是宙斯的神殿啊，”希波墨涅斯勉强抗议道，“可能我们不应该——”

“谁管他啊！”阿塔兰塔和她的丈夫开始拥吻，就在神坛的正前方。

这可不是个好主意。

宙斯从奥林匹斯山俯瞰下界，看到两个凡人正在用公然秀恩爱的方式亵渎他的神坛。“真恶心！他们不能在我的神庙里这样做！只有我能在我的神庙里这样做！”

他打了个响指。这对爱侣顿时改变了身形。金色的皮毛覆盖了他们的身体。希波墨涅斯的脖子上长出了一圈蓬松的鬃毛。他们的指甲变成了爪子，他们的牙齿变成了猛兽的尖牙。阿塔兰塔和希波墨涅斯变成了一对狮子，逃进了树林。

根据某些传说，一位名叫库柏勒的女神最终驯服了这对狮子来驾驶她的战车，但大多数情况下阿塔兰塔和希波墨涅斯都在旷野中徘徊，无法驯服，也无法被猎捕，因为作为曾经的猎手，他们熟知所有的捕猎手段。

他们的某些孩子还生活在那里——某些比人类还聪明的狮子……不过我不建议去狩猎它们，除非你希望最后变成一道半神肉排。

这样一来，神使的预言也就成真了：结婚之后，阿塔兰塔确实失去了自我。不过至少她回到了伟大的大自然中，而且和她的丈夫在一起。

事情本来可能变得更糟糕的。

她本来可能落得英雄柏勒洛丰那样的下场。

当这个人摔下来的时候，他摔得非常惨。

PERCY JACKSON

不管是啥事，反正柏勒洛丰没干

古希腊人管这位仁兄叫作“清白的柏勒洛丰”，这很有意思，因为他似乎总在惹麻烦。

他的真名甚至不叫柏勒洛丰。他在第一次杀人之后得到了这个名字……不过我也许应该倒回来一点。

古时候，每个希腊城市都希望拥有自己的英雄。雅典有忒修斯，阿尔戈斯有珀修斯。

科林斯城没有这样的王牌。他们当地最出名的人是西绪福斯，他曾经捆住死神，因此被判处了永远不能停止推石头的刑罚。这样一来，他就不太适合充当这座城的招牌人物了。

西绪福斯被抓去冥界之后，他的儿子格劳科斯成了这座城的国王。他尽其所能地来提升本地的声誉。他修建了一座新宫殿，资助了一支专业足球队。他在主要街道上挂上了彩旗，上面写着：“科林斯——通往快乐的门户！”

格劳科斯还娶了一位名叫欧律诺墨的美丽公主。他希望生下几个小王子，将来他们可能会成为伟大的英雄，让科林斯在地图上占据一席之地。

只有一个问题：众神仍然对西绪福斯感到恼火。宙斯曾判决西绪福斯的孩子们永远也不能生下儿子来继承家业。宙斯可不希望再出现任何小西绪福斯（昵称是西西斐？）在全希腊乱跑，试图欺骗死神。

因此，格劳科斯没能生下儿子。欧律诺墨和他努力了很多年都没能成功。国王一直为此而烦恼。

一天晚上，他走进王宫卧室，痛苦地绞扭着双手。“我们该怎么办？”他问他妻子，“我怎么才能得到一个王位继承人呢？”

“嗯，我们可以生女儿啊，”他的妻子提议，“让她成为女王。”

“噢，拜托，”格劳科斯说，“我现在没心情开玩笑。”

欧律诺墨转了转眼珠。“那好吧。我们领养一个儿子如何？”

“人民绝不会接受一个领养来的国王！”

“嗯哼。”她凝视着卧室窗外那月光下的大海，“要是这样的话，可能我应该求助于神力。”

“这是什么意思？”

欧律诺墨微笑道：“让我来处理吧，亲爱的。”

王后一向是海洋之神波塞冬的崇拜者。显然，她很有品位。第二天夜里，她走向海滩，祷告道：“噢，伟大的波塞冬！我有个麻烦，我丈夫不能生下儿子，但他真的很想得到继承人。我能请你帮忙吗？如果你懂我的意思……”

波塞冬听到了美丽的王后在向他求助。他穿着盛装从波涛中升起，也就是说，他只穿了游泳裤。

“你好啊，欧律诺墨。”海洋之主说，“你想要个儿子？没问题，我会帮你的。”

这就是我爸的为人。永远心怀大爱。

九个多月后，欧律诺墨生了一个健康的男婴。她给他起名叫希波诺俄斯，因为还嫌我们这本书里叫希波什么什么的人不够多。

格劳科斯王高兴极了，他非常肯定这个儿子是他的。王后去祈祷获得一个奇迹，众神做出了回应，格劳科斯不会对他的幸运疑神疑鬼的。他刚得到的这个儿子和本地神庙里波塞冬的马赛克拼贴肖像看起来一模一样这件事只是个纯粹的巧合而已。

随着希波诺俄斯的成长，他得到了行事鲁莽的名声。他总是在错误的时间出现在错误的地点。有一次，他和他的小伙伴们在王室火炉旁烤棉花糖吃，他朝火上倒了太多油，烧掉了整个宴会厅。

“这是个意外！”王子哀号着说。

又有一次，他不小心用匕首戳中了一头用来献祭的公牛的屁股，导致神庙里的人们四散奔逃。

“这不是我的错呀！”他哭叫道。

几个星期后，他坐在王室码头上，心不在焉地锯断了一根绳子，因为他觉得无聊。那根绳子断开以后，他父亲最好的船就漂进了大海，船上当时一个人也没有。

“不是我干的！”他说。

王子最有名的意外事故是：

有一年，在他父母的新年晚宴上，他和他的朋友们在朝一捆干草扔飞刀，想射中上面的靶心。这时有人喊道：“嘿，希波诺俄斯！”

王子转过身去，同时也扔出了飞刀，因为他的协调性不大好。他的飞刀射中了一个名叫柏勒洛斯的人的胸口，当场要了他的命。

“这就是个意外！”希波诺俄斯抽泣着说。

大家都同意这不是蓄意谋杀。再说大家都不是特别喜欢柏勒洛斯，所以希波诺俄斯没有因此陷入什么麻烦。但人们开始叫这个王子柏勒洛丰，意思是“杀了柏勒洛斯的人”，这个外号从此甩不掉了。

想想看这样的生活吧。假设你杀了个名叫乔伊的人，在你今后的人生中，人家叫你“杀了乔伊的人”你都得答应。后来你弄了个头衔，类似于“清白的”，所以你的名字就成了“我杀了乔伊，但这不是我的错”。

压垮骆驼的最后一根稻草是发生在柏勒洛丰十几岁时候的事。他那时有个弟弟名叫得利阿德斯。国王和王后夫妇怎么又生了一个儿子呢？可能宙斯决定取消诅咒，也可能波塞冬仍然出于公民义务与王后见面。无论是哪种情况，某天下午，柏勒洛丰在教得利阿德斯如何战斗（我知道，这真是个糟糕的主意）。

打斗过程中，柏勒洛丰说：“好，得利阿德斯，我接下来要攻击你的右边，挡住这一击！”

得利阿德斯防守右边。而柏勒洛丰错误地朝左边挥剑了，因为他还不是特别分得清左右。他杀了他弟弟。

“这是个意外！”他说。

这时，他的父母举行了一场劝导会[1]。

“你看，儿子，”格劳科斯王说，“你不能一直造成事故。杀了你的弟弟……这是不行的。”

“但是，爸——”

“我知道你不是故意的，”欧律诺墨王后说，“无论如何，亲爱的，你父亲和我已经决定了，要把你送走一段时间，免得你一不小心早早地把我们送进了坟墓。”

“把我送走？可是，妈——”

“我的朋友普洛托斯王同意照顾你，”国王说，“你将去往阿尔戈斯，完成涤罪仪式，弥补你杀死弟弟的罪孽。”

“涤罪仪式？”柏勒洛丰抽噎道，“会很疼吗？”

“你需要花上几个月的时间哀悼，”他的父亲说，“向众神祷告。你不会有事的。”

“几个月？那之后我就能回家了吗？”

“也许吧。我们观察看看。”

柏勒洛丰的嘴唇颤抖起来。他本不想哭，但他感觉爸爸妈妈都不想要他了。没错，他偶尔是会烧掉一栋楼，或是杀掉一个弟弟，但他的父母真的非把他送走不可吗？

第二天他一个人离开了城里。他选择走陆路，尽管这条路很危险。他情绪很低落，走得很慢，所以太阳落山前他只走了几英里远。他在路边找到了一个雅典娜神庙，决定在这儿过夜。

睡觉以前，柏勒洛丰向女神祈祷：“雅典娜啊，我真心需要您的智慧来指引我。我父母认为我一点用也没有。我毁掉了每一样我碰到的东西。我应该就此放弃还是怎么办呢？”

他哭泣着爬上了神坛，睡着了。

在某个天神的神坛上睡觉一般情况下不是个好主意。你很有可能醒来的时候

① 一种在亲友间举行的会议，目的是帮助其中一位对某事成瘾或陷入了其他麻烦的成员。在会上，每个与会人员依次发言劝说该成员寻求有效帮助。

发现自己被变成了一只雪貂或是一个盆栽。

不过雅典娜很同情柏勒洛丰。尽管他是波塞冬的儿子，而她跟波塞冬关系不怎么好，但这个年轻人很有潜力，肯定不单是一个会走路的灾难制造机。

他睡觉的时候，雅典娜出现在他的梦中。灰色的烟雾像波浪般笼罩了整个神坛。一道闪电划过。“柏勒洛丰！”

柏勒洛丰在梦中跌下了神坛，撞倒了一座雕像，摔碎了。他立刻跳了起来：“不是我干的！”

雅典娜叹了口气：“没关系，这只是你的梦。我听到了你的祷告，柏勒洛丰。你不是无用之人。你真正的父亲是波塞冬，海洋之神。”

柏勒洛丰倒吸了一口凉气。“这就是我为什么长得这么像那幅马赛克——”

“是的。”

“还有我妈为什么那么喜欢海滩——”

“没错。所以别再自怨自艾了。如果你能找回自信，就能成为一位伟大的英雄。”

“我会……我会努力的，雅典娜。”

“为了帮助你开始，我有一个礼物给你。”女神拿出了一个用金色带子编成的奇妙装置。

“这是一张网吗？”柏勒洛丰问。

“不。”

“一件胸罩？”

雅典娜脸色一沉。“想清楚再说。我干吗要给你一件金色胸罩？”

“嗯……”

“这是一副马勒！就是你套在马头上的东西！”

“噢，对对。”柏勒洛丰从来没怎么注意过马勒的样子。每一次他骑马的时候，不是从哪个人身上踏了过去，就是连人带马冲进了某人的起居室。“所以……我应该找到一匹马把这个套上去？”

雅典娜开始怀疑自己出现在这个年轻人的梦境里到底合不合适了。他让她想起了波塞冬最狂暴的岁月：四处乱跑，无缘无故地毁坏东西。可她已经来到这儿了。她必须努力把这个少年引导到更好的道路上来。

“在这个神庙附近，”她说，“有一个地方叫皮瑞涅，你能在那儿找到一口纯净的泉水。那里是珀伽索斯经常喝水的地方。”

“哇！天马珀伽索斯？”柏勒洛丰听说过这匹长了翅膀的马的传说。据说它是从珀修斯砍掉美杜莎的头之后的血泊里冒出来的。有很多英雄试图抓住珀伽索斯，但没人成功过。

“说得没错，”雅典娜说，“你想骑上一匹永生不死的有翼神驹吗？”

柏勒洛丰摸着下巴说：“等等……如果我的父亲是波塞冬，珀伽索斯的父亲也是波塞冬，那么这匹马就是我的兄弟了？”

“最好还是不要去想这些，”雅典娜建议道，“照我的指示做就行了。你醒来以后，向我和你父亲波塞冬献上恰当的祭礼。这会让你得到我们的祝福。接着去皮瑞涅泉，等着珀伽索斯落地。它一收起翅膀去喝水，你就偷偷溜到它身后去，把这个马勒套到它头上。”

“呃，我不太擅长秘密行动。”

“尽力而为吧，别害得自己送命。如果你能成功把马勒放进珀伽索斯的嘴里，马勒的魔力会立刻让它冷静下来的。它会接受你的友谊，把你带去任何你想去的地方。”

“太棒啦！”

“只是不要得寸进尺，”雅典娜警告说，“英雄们得到某些很酷的礼物比如天马之后，总是会得寸进尺。不要这样做。”

“当然不会。谢谢，雅典娜！”

女神消失在了雾中。柏勒洛丰从梦中醒来，迅速摔下了神坛，撞倒了一座雕像，摔碎了。

他往天上望去。“对不起，这是个意外。”

风声听起来像是一声恼火的叹息。

柏勒洛丰走到了最近的农场，把他所有的旅费用来买了一头刚成年的公牛。他献祭了这头牛——一半给雅典娜，一半给波塞冬。

随后，他出发去用他的魔力金胸罩捕捉珀伽索斯了。

皮瑞涅泉从一块石灰岩的裂隙中涌出，注入一个点缀着朵朵荷花和睡莲的水池。

柏勒洛丰蜷伏在近处一丛灌木后面，等了仿佛有几个小时那么久，可能是因为他确实等了几个小时。他学会了大多数患有注意力缺陷多动障碍的半神都知道的事：我们很容易分心，但只要我们真的对什么东西感兴趣，我们就能像一束激光那样集中。而柏勒洛丰确实对捉住珀伽索斯很感兴趣。

最后，一个黑影从云层中盘旋而下。柏勒洛丰以为那是一只鹰，因为它长着和鹰一样的金棕色羽毛。不过随着它降得越来越低，柏勒洛丰发现这个生物比鹰大得多：它是一匹棕褐色的公马，口鼻部有一道铁锈红色的纹路，翼展大约有二十英尺之宽。

骏马着陆时柏勒洛丰屏住了呼吸。珀伽索斯用蹄子跑了跑青草。它收起翅膀，走向泉水，低下头开始喝水。

柏勒洛丰拿着金马勒匍匐前进。在草地上爬过一半路程的时候，他踩到了一根小树枝。

柏勒洛丰僵住不动了。珀伽索斯抬头查看，发现了金马勒。作为一只聪明的动物，它立刻明白了这是怎么回事。

珀伽索斯嘶叫起来。柏勒洛丰敢发誓这匹马是在说："老兄，你真是个废物。好吧，就这样吧。过来。"

柏勒洛丰走了过去。珀伽索斯允许他把那个金马勒套在自己头上。我不知道为什么珀伽索斯决定合作，但这对柏勒洛丰是件好事。他从未给马戴过马勒，所以他试了大概六次才成功。一开始，喉勒横在了这匹可怜的马儿的眼球上，嚼子从它的左耳旁戳了出去，不过最后柏勒洛丰总算弄对了。

当金马勒给它注入了温暖、兴奋、幸福的魔力时，珀伽索斯颤抖了。它轻柔地嘶鸣了一声，仿佛在说："我们去哪儿？"

"阿尔戈斯城。"柏勒洛丰拍了拍骏马的鼻子，"噢，众神啊，你太神奇了！你是最不可思议的——噢！"

珀伽索斯踩了他一脚，仿佛在说："闭嘴，骑上来，趁我还没改变主意。"

柏勒洛丰爬上了神驹的背。他们一起冲上云霄。

他们出现在阿尔戈斯的场面很不得了。不是每天都能看到一个科林斯人骑着马穿过王座厅的窗户的。幸好，那扇窗户挺大的，而且还没人把玻璃窗发明出来，否则就可能弄得一团糟了。事实上，珀伽索斯的一只后蹄缠在了挂毯的挂绳上，把那张毯子从墙上扯了下来，害得柏勒洛丰掉在了王座台上。接着它又飞出了窗户，那张毯子飘在它身后，就像广告横幅似的。

普洛托斯王把柏勒洛丰当作尊贵的客人盛情接待。无论谁能（多多少少）驯服珀伽索斯，他在国王心目中的形象就不会差。

他的妻子安忒亚见到这位英俊的年轻英雄，甚至比他还要高兴。

王后很孤独。她的祖国吕基亚远在大海彼岸，即今天的土耳其。她的父亲强迫她嫁给普洛托斯。她讨厌被硬塞给一个又老又恶心的丈夫。她一看到柏勒洛丰就爱上了他。

柏勒洛丰在宫殿里住了几个月。他每天都去神庙祈祷，献祭，乞求众神原谅他杀掉弟弟（噢，还有另外那个哥们儿，柏勒洛斯）。

每天晚上，柏勒洛丰尽量避免和安忒亚碰面。王后不断跟他调情，只要他独自一人就会截住他。但柏勒洛丰很清楚跟王后搞外遇对净化他的灵魂没有好处。

随着时间一周一周过去，安忒亚的挫败感变得越来越强。终于，一天晚饭后，她闯进了柏勒洛丰的卧室。

“你到底对我哪里不满意？”她质问道，“我不够漂亮吗？”

“呃……不。我的意思是，是，我是说……你结婚了。”

“所以呢？阿芙洛狄忒也结婚了，这也没妨碍她享受生活啊！”

“我不确定这是不是个合适的比较对象。”

“你到底要不要吻我？”

“我……我不能。这是不对的。”

“啊！”

安忒亚怒冲冲地跑出了他的房间。她讨厌自律的年轻人，尤其是那些拒绝跟她调情的帅小伙。她大踏步走进会客室，她那又胖又老的丈夫正在王座上打盹儿。

“普洛托斯，起来！”

国王畏缩了一下。“我只是在让眼睛休息休息。”

“柏勒洛丰袭击了我！”

普洛托斯皱起了眉。“他……他袭击你？但他总是很有礼貌啊。你确定这不是意外吗？他经常造成意外。”

“他在他的卧室里追我，还想抓住我！”

“你在他的卧室里干吗？”

“这不是重点！他想吻我。他用心肝小宝贝和其他各种可怕的下流的称呼叫我。”

普洛托斯在想他是不是在做梦。王后的话似乎毫无道理。“柏勒洛丰袭击了你，他叫你心肝小宝贝。”

“没错！”安忒亚握紧了拳头，“我要讨个公道。如果你还爱我，就逮捕他，把他处死！”

普洛托斯搔了搔络腮胡。“你看，亲爱的，袭击王后的确是非常重大的罪行。不过……我的意思是，你确定吗？柏勒洛丰在我看来不是那种人。他是我的老朋友格劳科斯王的儿子。杀了他可能会引起和科林斯之间的战争。再说，柏勒洛丰是我家的客人。众神对杀死宾客的行为可不会高兴的。”

安忒亚大骂道：“你太没用了！如果你不想杀他，就送他去吕基亚，我父亲那儿。我父亲肯定会杀了他！”

普洛托斯不想杀了柏勒洛丰，但他也不喜欢王后对他大吼。他必须跟她一起过日子啊。她不能为所欲为的时候会变得很不高兴。“如果我要送他去你父亲那儿处死他，到底该怎么做呢？”

安忒亚尽量耐住性子。说真的，她必须给她的蠢丈夫解释每一件事才行。“你是柏勒洛丰的主人，不是吗？你能决定他要为了他的涤罪仪式做些什么，什么时候算是结束，对吧？”

“嗯，是的。实际上，我正准备宣布他的涤罪完成了。”

“告诉他还有一件事要做，”安忒亚说，“在他赎清罪孽之前，他必须去吕基亚为我父亲伊俄巴忒斯服务。”

“但这怎么能让柏勒洛丰被处死呢？”

“让他带上一封介绍信给我父亲。柏勒洛丰会以为上面只写着一些称赞他的话。实际上，你要在信里要求伊俄巴忒斯把他处死。我父亲读了这封信，杀掉柏勒洛丰，问题就解决了。”

普洛托斯盯着他的妻子。他从来不知道她这么嗜血。他实在不敢相信有哪个人会管她叫心肝小宝贝。“好吧。我猜这是个很棒的计划……”

第二天一早，普洛托斯把柏勒洛丰召到王座厅来。“我的朋友，恭喜你几乎就要完成你的涤罪仪式了！你即将赢得头衔，清白的柏勒洛丰！”

“几乎？”

国王说明了一下他需要前往吕基亚。他递给柏勒洛丰一个用蜡封住的信封。“等你到了吕基亚，把这个交给伊俄巴忒斯王。这会确保他给你应有的待遇。”

柏勒洛丰不太喜欢安忒亚王后那冷酷的眼神，或是普洛托斯给他信封时颤抖的手，又或是让人毛骨悚然的管风琴演奏的背景音乐。不过普洛托斯是他的主人，柏勒洛丰不能质疑他的命令，否则就太无礼了。

“呃，好吧。谢谢你为我做的一切。”柏勒洛丰吹了一声口哨召唤他的坐骑。

珀伽索斯过去这几个月都自由自在地在云端漫游，不过他一听到柏勒洛丰的召唤，就盘旋而下，穿过窗户降落在王座厅里。

柏勒洛丰告别了他的男女主人，飞往吕基亚去递交他的死刑判决书。

一般情况下从阿尔戈斯航行到吕基亚要花上数周时间。珀伽索斯只花了半个小时就走完了这段路程——连在飞机上喝杯饮料的时间都不够。他们滑翔在吕基亚的乡村上空时，柏勒洛丰注意到许多火灾的痕迹——烧光了的村子，焦黑的田地，一片片冒烟的森林。要么是吕基亚刚输掉了一场战争，要么就是国家烧烤日活动完全失控了。

柏勒洛丰抵达王宫时，伊俄巴忒斯王十分惊讶。不是每天都有一个科林斯人骑着马飞进他的窗户的。当柏勒洛丰交给他一封来自他那又老又胖的女婿阿尔戈斯国王的介绍信时，他就更惊讶了。

伊俄巴忒斯打开信。上面写着：

亲爱的伊俄巴忒斯：

你面前的人是清白的柏勒洛丰。他冒犯了我的妻子，即你的女儿，他用心肝小宝贝及其他下流称呼叫她。请立刻杀掉他。万分感谢。

你的

普洛托斯

伊俄巴忒斯清了清喉咙。“这个……真是一封不错的介绍信。”

柏勒洛丰微笑道：“普洛托斯对我非常好。”

“是的。我猜你还没有读过这封信？”

“没读过。”

“我明白了……”

伊俄巴忒斯气得都快说不出话来了。他不是对柏勒洛丰生气。国王非常了解他的女儿安忒亚。她惯于跟年轻男子调情，然后只要他们没有回应她的热情就非要处死他们不可。伊俄巴忒斯本来指望她跟普洛托斯结婚之后能变得本分一些，显然她还在玩她的老把戏。现在她希望远在天边的他来替她把脏活干了。

他端详着柏勒洛丰，这个年轻人看起来很不错。他和当地神庙里的波塞冬马赛克画像一模一样，伊俄巴忒斯看出来这不是巧合。柏勒洛丰还是那匹永生不死的天马珀伽索斯的朋友，这肯定有些分量。

伊俄巴忒斯认为他不能就这么简单地杀了柏勒洛丰。这很无礼、麻烦，而且还可能引起波塞冬的不满。

国王另有主意，也许他可以一次解决两个问题。他会交给柏勒洛丰一个不可能完成的任务，让命运女神决定他应不应该活下去。要是柏勒洛丰没成功，安忒亚会对他的死很满意的。要是他成功了，伊俄巴忒斯的王国将受益匪浅。

“清白的柏勒洛丰，”他说，“你来到这里是为了完成你的涤罪仪式，对吧？我已经想到了一个你可以完成的任务。我得说实话：这个任务很难。不过你是一个强壮的年轻英雄，你有一匹飞马，你可能是最适合完成这项工作的人。”

柏勒洛丰站得笔直。他不太习惯得到信任去完成重要的任务。“我很乐意帮助您，陛下。这个任务跟易碎品没有关系吧？我的精细动作技巧不是很好。”

“不，不关易碎品的事。是关于一头怪物，它名叫奇美拉。可能你在飞来我的王国时已经注意到发生了一些火灾。”

“我注意到了。所以这不是国家烧烤日造成的了？”

“不是。一个邪恶的超自然生物在毁坏我的村子，烧掉我的庄稼，恐吓我的人民。没人能接近它，更别说杀掉它了。根据少数幸存的目击者描述，这头怪物一部分是狮子，一部分是恶龙，一部分是山羊。”

“一部分是山羊？”

“没错。”

“狮子和恶龙我能理解，它们很吓人，但一头山羊——”

“别问我。本地的祭司一直在想办法判断这头怪物是从哪里来的。他们能找到的最接近的答案是，奇美拉是从塔塔勒斯爬出来的。它可能是厄喀德那所生的。总之，附近有一位国王阿米索达瑞斯想了个‘好’主意要养奇美拉，还想训练它用于战争，但进展得不怎么顺利，奇美拉毁了他的王国。现在它在毁掉我的王国。它散播恐怖，吐出毒沫，喷出烈火，其温度足以熔化盔甲。”

“哦。”柏勒洛丰说。

“所以这就是你的任务。”伊俄巴忒斯说，“去杀了它吧。多谢了！”

柏勒洛丰从未得到过如此重要的工作。在他的人生中，人们总在叫他不要做各种事：不要扔飞刀，不要把那瓶油倒出来，不要割那根绳子。现在，伊俄巴忒斯王都还不怎么认识他呢，竟然如此信任他，把自己王国的命运托付给他。多么好的人啊！

柏勒洛丰决心不把这件事搞砸。

他跳上珀伽索斯的背，飞出了窗户。

他们发现奇美拉在首都以南二十英里的一个村子里像焊枪一样喷火。从上空掠过时，柏勒洛丰明白为什么没人能详细描述这头怪物了。任何接近它一百英尺之内的人都会被炸成飞灰。

（郑重声明，我见过奇美拉。当时，它的外表和柏勒洛丰见到的并不相同。怪物经常改变外表，所以这也不奇怪。再说，我遇到奇美拉时它伪装成了一只被称为“宝贝儿子”的吉娃娃犬，让恐怖程度升级到一个全新的水平。不过还是回到这个故事吧……）

柏勒洛丰看到的生物大约有一头毛发浓密的猛犸那么大。从正面看，它长着狮子的头和前肢。它的后半部身体有鳞，像是爬行动物，长着恶龙的腿和蛇尾巴，不知为何尾巴尖上是一只响尾蛇的头。蛇头急速前后甩动，不时愤怒地向空中乱咬。当然了，要是我被困在一头怪物的身体后部，我也会变得有些暴躁的。

这头怪物最奇怪的部分是那个山羊头，它像潜望镜一样直直地竖在怪物背上。它几乎可以三百六十度旋转，不停喷出一百英尺长的火柱来。

“哇，”柏勒洛丰低声说，“你怎么想，珀伽索斯？我们能俯冲轰炸那个玩意儿吗？”

珀伽索斯嘶叫了一声，仿佛在说：“不知道啊，小鬼。我是不死之身，可你呢？不是这么回事。”

就像任何出色的英雄一样，柏勒洛丰带着一把剑和一支长矛。他拿出了长矛，因为它要稍微长那么一点，同时催促珀伽索斯开始俯冲。他们冲到距奇美拉二十英尺的上空时，那个山羊头发现了他们，喷出了烈火。

珀伽索斯来了个急转弯，幅度之大让柏勒洛丰险些栽了下来。火苗烧焦了他胳膊上的汗毛。蛇头吐出了一团毒雾，让柏勒洛丰的肺部感到疼痛。狮子的咆哮声也十分骇人，他几乎要昏过去了。

全靠他的飞天神驹救了他。珀伽索斯急速上冲，脱离了险境，只留下了一股烧着了的马羽形成的尾烟。

柏勒洛丰不停咳嗽，想把毒气和烟气从肺部祛除干净。“刚才好险啊。”

珀伽索斯哼了一声。“你觉得呢？”

他们在上空盘旋时，奇美拉在观察他们。它尾巴尖儿上的响尾蛇在咝咝叫着，狮子露出獠牙，发出低吼。不过山羊头最让柏勒洛丰感到害怕，那个东西是一只家畜，却具有巨大的破坏力。

“咱们得想办法扑灭那些火焰，”柏勒洛丰说，“我可以把长矛扔进它的喉咙里，但它只会被烧熔……”

忽然间，柏勒洛丰有了主意。他想起他还是个小男孩的时候烧掉宴会厅的事了。在他把油倒出来之前，他在烤棉花糖，陶醉于它们插在扦子上被烤焦、被熔化的样子，最后它们会变成一团黏糊糊的美味。

“不要噎住了，”他的母亲总是说，“它们会堵住你的嗓子让你喘不上气来。”

“嗯哼，”柏勒洛丰自言自语道，“谢了，妈妈……”

他扫视着村子的废墟，在主干道尽头找到了一家废弃的铁匠铺。他催促珀伽索斯再做一次俯冲。他们一降落到那家铺子里，柏勒洛丰就跳了下来，在瓦砾堆中翻找。

奇美拉看到他们着陆了，它咆哮着冲过主干道，以它那不协调的几条腿力所能及的最大速度跑来。

“快点，快点！”柏勒洛丰小声念叨着。他把几根掉下来的木头从熔炉上推开。“啊哈！”

风箱旁边有一大块铅，大小跟枕头差不多。柏勒洛丰勉强才能搬动它，他跌跌撞撞地走向珀伽索斯，不知用什么办法终究爬上了马背。他们在奇美拉朝铺子喷出烈焰时冲上了云霄。

珀伽索斯发出了哼哼声，由于增加了新的负重飞得十分费力。“你拿这个铅枕头干吗？”

“你会看到的。”柏勒洛丰把矛尖插进了这个金属块中。幸好，铅很软，他能牢牢把它穿透，就像用一根扦子插中一个又大又重的棉花糖一样。“珀伽索斯，带我靠近那头怪物，我好把这个喂给那头羊。”

“我很乐意。”珀伽索斯嘶叫道。它再次发起了俯冲。

“嘿，奇美拉！”柏勒洛丰嚷道，“你想吃棉花糖吗？”

怪物的三个头都朝上看，奇美拉还从来没吃过棉花糖呢，在塔塔勒斯很难弄到棉花糖。毫无疑问，这个凡人英雄出现的时候举着一根扦子，上面插着一块巨大的灰色棉花糖。

奇美拉的三个小小的脑子开了个短会，讨论接受陌生人的棉花糖到底好不好。柏勒洛丰距离山羊头只有十英尺远的时候，山羊头认定这肯定是什么阴谋。它的嘴巴张开了，想把柏勒洛丰的脸烧化，然而这位英雄猛然把他的矛尖上的铅块投进了山羊冒火的喉咙里。

珀伽索斯转向一旁，而山羊头则噎住了，熔化的铅充满了它的肺。奇美拉站不稳了，狮子和蛇头痛苦地扭动起来。

柏勒洛丰从珀伽索斯的背上跳了下来，抽出了他的剑。真是神奇，他成功地做到了这一点，没有捅伤自己。

有生以来头一遭，柏勒洛丰感觉自己像一个真正的英雄一样，拥有管用的条件反射和运动协调能力。奇美拉的后肢高高立起来，准备猛扑过来时，柏勒洛丰朝它身体下方一跃，用剑划破了这头怪物的肚子。奇美拉轰然倒地，它尾巴上的蛇头还在抽搐。

“哦耶！”柏勒洛丰叫了起来。他高高举起了手，想跟珀伽索斯击个掌。马儿看着他的眼神仿佛在说：“拜托……”

作为纪念品，柏勒洛丰把奇美拉的头砍了下来，灌满了铅的羊嘴还在冒蒸气呢。他跟这头怪物的尸体一起拍了几张自拍照。随后他就骑上珀伽索斯回到吕基亚去告诉伊俄巴忒斯王这个好消息了。

国王很高兴奇美拉死了，不过他对柏勒洛丰活着回来感到很震惊。

“现在我该怎么办呢？”伊俄巴忒斯大声问自己。

柏勒洛丰皱起了眉。“陛下？”

“我是说……怎么才能表示我对你的谢意呢？干得漂亮！”

那天夜里，国王为了向柏勒洛丰致敬举行了一场大型宴会。他们吃了蛋糕和冰激凌，观看了小丑和魔术师的表演。不过国王禁止了烤棉花糖，因为看到奇美拉的遭遇之后有些反胃。

伊俄巴忒斯和柏勒洛丰畅谈到深夜。国王发现他真的很喜欢这个年轻的英雄。伊俄巴忒斯不想看到柏勒洛丰死掉，但也不想就这样无视他的女儿安忒亚那封要求处死柏勒洛丰的信。

为什么？大概伊俄巴忒斯担心柏勒洛丰会对这个王国造成威胁。或者他只是一个不愿对自己的孩子说不的父亲，即使他的孩子是个反社会分子。不管是哪种情况吧，国王下定决心要再给柏勒洛丰一个挑战，只是想确定命运女神真的希望这个年轻的英雄活下去。

“你知道的，柏勒洛丰，”伊俄巴忒斯吃完甜点以后说，“我无权要求你再帮我做任何事，但是……”

“您尽管说，主上！”

柏勒洛丰是真心的。他以前从来没有感觉自己像个英雄，他喜欢这种感觉。人们都爱他，国王漂亮的小女儿菲洛诺毫不害羞地跟他调情。最重要的是，伊俄巴忒斯相信他。国王给了柏勒洛丰一个机会证明自己，多么伟大的人啊！

“只要我能帮得上你的忙，”柏勒洛丰说，“我一定帮。你只管开口就行！”

人群鼓起掌来，举杯向柏勒洛丰致敬。

伊俄巴忒斯感到自己就是个人渣，但他还是挤出了一丝微笑。“那么，我国边境有个部族——索吕默人，他们一直在滋扰我们的东部边境。奇美拉杀死了我最好的士兵——除了你，当然了——所以我兵力不足了。我担心如果不阻止索吕默人的话，他们最终会蹂躏我的整个国家。”

“不必再说了！”柏勒洛丰说，“我明天就飞去那儿，把这事解决了。”

人群欢呼起来。菲洛诺飞快地呼扇着她长长的睫毛。

伊俄巴忒斯用各种各样的话语赞美这个年轻的英雄，但内心深处，国王感觉很内疚。

索吕默人从未被征服过，他们拥有战神阿瑞斯的祝福。在战斗中，他们几乎是无所畏惧的。只派一个人去对付他们……这无异于自杀。

第二天，柏勒洛丰跃上珀伽索斯的背，飞去跟这个邻近部族作战。可能是他从天而降使他们吃了一惊，也可能是他找到了自信，就像雅典娜建议的那样。伊俄巴忒斯信任他，所以他也相信自己。总之柏勒洛丰降落在索吕默大营正中央，展开屠杀。柏勒洛丰杀死一半人，把另一半人吓破了胆之后，酋长乞求讲和。他承诺永远不再袭击吕基亚。他和柏勒洛丰签署了和平协议，还为了流传后世一起拍了几张自拍照。之后，柏勒洛丰就飞回了王宫。

伊俄巴忒斯王又一次被震惊了。吕基亚的人民都快要乐疯了。当晚他们又举行了一场庆功宴。菲洛诺公主大胆追求这位年轻的科林斯人，同时恳求她父亲为他俩安排婚事。

伊俄巴忒斯左右为难。柏勒洛丰如此能干，又如此勇悍，而且的确清白无辜。他来到吕基亚以后还没有引起一桩事故呢——没有误杀，没有烧掉宴会厅，也没有放走空船。

然而……安忒亚想让这个年轻人死掉，而伊俄巴忒斯无法拒绝他这个杀人狂大女儿的任何要求。他决定再给柏勒洛丰一个危险的挑战，只是想绝对、百分之百地肯定命运女神站在这位英雄这边。

“我了不起的朋友柏勒洛丰，”国王说，“我真的不想提起，不过我们国家还有一个威胁……不，这太危险了，即使是对你这样的大英雄也不例外。”

“说吧！”柏勒洛丰说。

人群疯狂地欢呼，把杯子在桌上砸得砰砰响。

“好吧，”伊俄巴忒斯说，“这个国家正在和安纳托利亚[①]的所有城市交战。也许你听说过亚马逊人？”

欢呼声沉寂下来。柏勒洛丰哽住了。他当然听过亚马逊人的传说。只需提起这个名字就能吓得希腊小孩做噩梦。

“你……你想让我跟她们作战？”

“这个任务我信不过其他任何人。”伊俄巴忒斯说，这倒是真的。“如果你可

---

① 安纳托利亚(Anatolia)，即小亚细亚，亚洲西南部的一个半岛，位于黑海和地中海之间。

以击败她们，就像你击败索吕默人那样，那就太棒了。”

第二天柏勒洛丰起飞去作战。他不敢相信他就要面对亚马逊人了，但伊俄巴忒斯信任他，柏勒洛丰不愿让他失望。

柏勒洛丰径直飞向亚马逊人的营地。他猛烈袭击了她们的军队。亚马逊人惊讶得动弹不得。她们只是不敢相信居然有一个愚蠢的男人如此勇敢。等到亚马逊女王能够重整军中秩序的时候，柏勒洛丰已经杀掉了几百个她最出色的战士了。

女王要求停战。柏勒洛丰同意不再进攻，只要她们停止袭击吕基亚。亚马逊人签署了和平条约，这对她们而言是很罕见的。但她们尊重勇敢这一品质，而清白的柏勒洛丰显然拥有这种品质。亚马逊人不会跟他合影，不过这也没关系。柏勒洛丰士气高昂地飞回了宫殿。

当他跪在国王面前，宣布自己获得了胜利时，伊俄巴忒斯做了一件意想不到的事。

老人泪如雨下，他滑下了自己的王座，紧紧抱住柏勒洛丰的脚踝，边哭边说：“原谅我吧，孩子，请原谅我。”

“呃……没问题，”柏勒洛丰说，“你做了什么？”

伊俄巴忒斯坦白了关于普洛托斯写的死刑判决书这件事。他给柏勒洛丰看了那封信。他解释了那些任务的真正目的是想要尊重他女儿的意愿，让柏勒洛丰去送死。

这个英雄并没有生气。恰恰相反，他把国王从他脚边拉了起来。

“我原谅你，”柏勒洛丰说，“你没有直接杀了我，而是给了我机会证明自己。你让我变成了一个真正的英雄。我怎么能为这个而生气呢？”

“我的好孩子！”伊俄巴忒斯满怀感激，因此他安排柏勒洛丰跟他的女儿菲洛诺结了婚。柏勒洛丰成了王位继承人。若干年后，伊俄巴忒斯死后，柏勒洛丰成了吕基亚的国王。

至于安忒亚，她的报复没能得逞。当她听说柏勒洛丰娶了她的妹妹，继承了她父亲的王位时，便气得自杀了。

而柏勒洛丰和菲洛诺从此幸福地生活在一起。

哈哈哈。并不尽然。

到目前为止，你已经听到了够多的故事，足以了解柏勒洛丰这个人了。他还有一个大娄子要捅，这会让他彻底完蛋。

柏勒洛丰成为国王多年以后，他开始怀念过去的好日子了。人们不再像当年他杀掉奇美拉时那样为他欢呼了。没有人记得他如何击败了索吕默人和亚马逊人。每当他在王室晚宴上讲起那些故事的时候，他的客人们都在努力忍住哈欠，连他的妻子菲洛诺都在翻白眼。

这种事真是有意思。新的英雄出现了，老的英雄被抛到了一边。我们忘记了过去发生的坏事。我们怀念起过去的好时光了——烧掉宫殿啦，被疯子王后判了死刑啦。

柏勒洛丰觉得自己需要再进行一次冒险——这是中年危机给他的挑战，他想让每个人都再次喜欢上他，也想给他的生活增加一些调剂。

他要飞得比任何英雄都高。他要去奥林匹斯山拜访众神！他登上了王宫里最高的露台，吹起口哨召唤珀伽索斯。

珀伽索斯回应了他的召唤。他们好多年没见面了。珀伽索斯是不朽之身，看起来没有任何变化，但它发现柏勒洛丰已经年纪这么大了，多少有些惊讶。

珀伽索斯歪了歪头。“有什么事？”

“噢，我的朋友！”柏勒洛丰说，“我们还有一个挑战要完成！”

柏勒洛丰骑上了马背，握住了金色的缰绳。珀伽索斯飞向天际，以为他们是要出发去攻打亚马逊人，或者诸如此类的事。

柏勒洛丰向错误的方向驱赶它——西边。很快他们就飞到了爱琴海上空，朝云端不断攀升。

珀伽索斯嘶叫起来。“呃，我们这是要去哪儿？”

“奥林匹斯山，我的朋友！”柏勒洛丰开心地大叫道，“我们要去拜访众神！”

珀伽索斯发出了咕噜声，想掉过头去。它曾经飞到过奥林匹斯山，知道那里是禁飞区。凡人肯定不能拿到通行证。

柏勒洛丰牢牢地握住了缰绳。他强迫珀伽索斯违心地飞得越来越高。天马和柏勒洛丰，他们之间总是保持着一种平等关系，可现在柏勒洛丰是发号施令的一方了。

他忘了雅典娜多年前对他的警告：不要得寸进尺，不要这样做。

柏勒洛丰一心想着他带着会见众神的故事回家以后能得到多大的荣耀，可能还能给孩子们带回一些纪念品吧。

同时，在奥林匹斯山上，赫尔墨斯正站在一个露台上享用冰镇神饮呢，这时他看到柏勒洛丰飞了上来。

“呃，宙斯，”信使之神叫道，“你叫了快递吗？”

宙斯来到露台上跟他站在了一起。“那人是谁？为什么他脸上带着傻笑飞到这边来？伽倪墨得斯，拿我的闪电来！”

赫尔墨斯清了清嗓子。“伽倪墨得斯在午休呢，宙斯陛下。你想让我飞下去给那家伙一巴掌吗？”

“不，”宙斯喃喃道，“我另有打算。”

宙斯从最近的一朵云里取出了一小撮蒸汽，把它变成了一种全新的昆虫——牛虻。如果你没见过牛虻的话，算你好运。它基本上就是你能想象出来的最大、最丑的苍蝇和最恶心、最嗜血的蚊子的杂交产物。它那锋利的颚部就是用来刺穿马的皮肉的，这就是为什么有时它会被叫作马蝇。

宙斯把这个小吸血鬼派去享用它的第一顿大餐。牛虻一口叮在了珀伽索斯的双眼之间。

珀伽索斯是不朽的，但它还是能感觉到疼痛。牛虻的叮咬是它自从被超级山羊的火苗烧到之后最糟糕的体验了。

天马剧烈挣扎起来。柏勒洛丰失去了控制。他摔了下来，坠落了几千英尺迎接了自己的死亡。

珀伽索斯感到很难过。不过，拜托，柏勒洛丰理应知道不该飞到奥林匹斯山来。这只能让他死得很丢脸，现在我们剩下的人还得对付牛虻。

往好处想，柏勒洛丰和菲洛诺有三个很了不起的孩子。当然了，他们的大儿子伊桑忒洛斯后来被阿瑞斯杀了。哦，他们的大女儿拉俄达弥亚被阿耳忒弥斯杀了。他们最小的儿子，希波洛库斯——他活了下来！不过当然，他的儿子格劳科斯（为了纪念科林斯的老国王起了这个名字）在特洛伊战争中被埃阿斯刺穿了。所以，没错……基本上柏勒洛丰和每个跟他有关的人都被谋杀了。

故事完。

如果你不喜欢这个故事，请记住它不是我编造出来的。你可以叫我清白的波西。这完全不是我的错。

PERCY JACKSON

昔兰尼一拳击中狮子

作为一个半神，我有很多问题：泰坦们可以生下半神孩子吗？曾经有凡人爱上过两个不同的神吗？赤手空拳杀死狮子的正确方法是什么？

昔兰尼很厉害，因为她的故事回答了以上全部问题，还讲了别的呢！

她出生在色萨利，这个地方是希腊北部的一部分。你可能还记得她的部落拉庇泰，在忒修斯的故事里讲到过。他们喜欢举行宴会，杀掉半人马，看星期天的足球比赛，以及毁掉整个国家。拉庇泰人十分粗鲁野蛮，所以在昔兰尼的成长过程中，她更喜欢长矛而不是芭比娃娃，更喜欢利剑而不是迪斯尼电影。她的朋友们都不敢在她面前唱那首《冰雪奇缘》里的歌，不然她会把他们揍得昏迷不醒。

我喜欢昔兰尼。

她年纪还小的时候，她的爸爸许普修斯成了拉庇泰人的王。他的祖父是俄刻阿诺斯，掌管海洋的泰坦，这就证明了泰坦可以生下半神孩子。而许普修斯的父亲是一位河神。祖上有这两位神祇，昔兰尼的身体中有超过百分之六十的水分也就不奇怪了，这比一般人身体中的水分百分比要高[①]。我不是在比较哪一种更好啊，我自己的身体里已经有足够的盐水了。

---

① 成年人体内水分占比约在60%至80%之间，这里波西说错了，因此下文才被安娜贝丝嘲讽为“脑子里都是水”。

(安娜贝丝说那些盐水有一大部分都在我的脑袋里。这个笑话不错嘛，就你聪明。)

总之，昔兰尼成长的过程中十分向往战争和冲突。

她想成为一个像她父亲那样伟大的战士。她想每周六都去屠杀半人马，每周日都跟男人们一起看足球比赛！遗憾的是，拉庇泰女性不能做这些好玩的事。

“男人去打仗，”她父亲说，“女人待在家。只需要在我不在的时候看着羊群就行了。”

“我不想看羊，”昔兰尼抱怨道，“羊很没意思。”

“女儿，”他坚定地说，“如果没有人去看守羊群，羊会被野兽吃掉的。”

昔兰尼精神一振。“野兽？”

“没错。熊啊，狮子啊，狼啊。有时还会有恶龙。各种危险的动物都爱吃我们的牲口。”

昔兰尼握紧了她的矛和剑。“我想我可以看守羊群。”

就这样，许普修斯王出发与邻国作战时，昔兰尼留在家里与野兽作战。

她有很多选择。当年，希腊的丘陵和森林里充满了危险的肉食动物，美洲狮、熊、变种獾……应有尽有。昔兰尼也没有坐等掠食者来攻击她的羊群。当她的羊群在刮着大风的峭壁下的山谷里吃草时，她就在附近的小山中巡视，找到并铲除任何潜在威胁。她能杀死体形是她的三倍大的熊。要是哪天在吃午饭以前她还没跟至少一头恶龙搏斗过，她就会认为这一天无聊透顶。她几乎让变种獾这个物种灭绝了。

昔兰尼觉得危险很有吸引力。她的朋友们邀请她去参加派对的时候她会说：“算了，我还是去杀几只美洲狮吧。”

“你昨晚才去过！”她的朋友们会这样抱怨。

昔兰尼不在乎。她废寝忘食，把绝大部分时间都花在荒野中，跟她的羊群在一起，只有非回不可的时候才回到村子里。

她把这份活儿干得太好了，村民后来让她像牧羊一样去牧牛。昔兰尼很乐意。牛群对肉食动物而言是更有诱惑力的目标。她把牲口赶到危险的地方去，希望吸引更大更坏的野兽以便与之搏斗。羊和牛都不害怕，它们完全信任昔兰尼。

一头母牛要是闻到了一丝危险的气味，会问另一头母牛：“那是什么味？”

“哦，”第二头母牛会说，“只是一群狼而已。”

“它们不会吃掉咱们吧？我们是不是应该惊慌失措到处乱跑了？”

“不用，”第二头母牛说，“你看着吧。”

昔兰尼冲进黑暗中，像报丧女妖一样号叫，痛宰整个狼群。

“噢，真酷。”第一头母牛说。

“对，她很棒。想嚼点反刍的草吗？”

昔兰尼成了如此杰出的猎手，连阿耳忒弥斯都注意到她了。女神送给她两只优秀的猎犬作为礼物。她想招募昔兰尼成为她的追随者，不过昔兰尼并不渴望一辈子都保持处女之身。

“我很荣幸，真的，”昔兰尼说，“不过我喜欢独自狩猎。我不知道我在一支人数众多的队伍里表现如何。再说，嗯，我将来还是想结婚的。”

阿耳忒弥斯出于反感皱起了鼻子。“很遗憾你这么说。你很有才能。给，拿上宣传册吧，万一你改变了主意呢。”

有了那两条猎犬，昔兰尼的威慑力变得更大了。很快，她把当地的掠食者吓得要死，以至于要是她有一只羊走散了，两头熊会很愿意把它带回羊群，免得给自己惹上麻烦。

有一天，在奥林匹斯山上，阿耳忒弥斯跟她的兄弟阿波罗聊起了最好的凡人弓箭手都有哪些。

“昔兰尼绝对能排进前五，”阿耳忒弥斯说，“她擅长用矛和剑，不过她用起弓来也是出神入化。我希望她可以加入我的狩猎者队伍，不过她说她还没准备好放弃男人。”

阿波罗抬起了他那神圣的眉毛。“你没提到过啊。她漂亮吗？”

“老兄，别妄想了。”

“噢，我正在妄想呢。”阿波罗承认道。

第二天一早，昔兰尼正像往常一样在牧群周围的小山间巡逻时，感到一阵尿意袭来。（这是另一个我被问过很多次的问题：半神们也上厕所吗？首先，是的，废话。其次，你们干吗要问这种问题？）

昔兰尼的猎犬在看守牧群的另一边，所以她是独自一人。她放下了武器，因为聪明的英雄上厕所的时候从不会手拿利刃。她走向了最近的一丛灌木。

不幸的是，一头巨大的雄狮正巧蜷伏在那丛灌木里跟踪昔兰尼的牧群。

昔兰尼发现了这只肉食动物，僵住了。她和这只大猫带着各自的烦心事盯着对方——狮子是因为它想吃羊，昔兰尼是因为她想尿尿。她此时赤手空拳，而且估计狮子不会给她时间去拿矛和剑，不过她不是特别害怕。

狮子吼了一声，好像在说："退后，小姐。"

"我不想。"昔兰尼活动关节，让它们发出响声，"你想要那些羊的话就得从我身上踏过去。"这不是一句你经常能听到的英雄的台词。

狮子一跃而起，昔兰尼正面冲了上去。

小朋友们，请不要在家里尝试这种行为。狮子有锋利的爪子和獠牙，人类没有。昔兰尼不在乎这一点。她一拳打在狮子的脸上，然后在它攻击她的时候闪开了。

战斗变得更加激烈的同时，附近一座小山顶上的云层分开了。昔兰尼没有注意到，有一辆由四匹白马拉着的黄金战车从天空中降落到了山顶上。

太阳神阿波罗往下看着两个小东西在山谷里打斗。由于他具有神级视力，他能看到昔兰尼打得很不错。她那长长的黑发在她闪避狮子时不停摇摆。她优雅的四肢在阳光下闪着古铜色的光泽。即使搏斗正酣，她的脸仍然既美丽又安详。她让阿波罗想起了一位战争女神，他当然对她们所知甚深——他和其中几位有亲戚关系[①]。

他看到昔兰尼用柔道动作把狮子摔翻在草地上。

"哇……"他小声对自己说，"没有什么场面比一个小妞跟狮子摔跤更养眼了。"

这话听起来可能很低级。但从另一方面来看，有很多神都可能会插手这场打斗。他们会说："嘿，小姑娘，你需要我帮忙对付那只大坏狮子吗？"阿波罗则看得出来昔兰尼不需要任何帮助。他和他妹妹阿耳忒弥斯一起长大，所以很熟悉自信心很强的女人。他很乐意当一个旁观者。

老天，我真希望我可以跟谁分享这个，这位天神心想，嘿，我知道了！

阿波罗站着的这座小山正巧跟喀戎的洞穴非常近，这位富有智慧的半人马是

---

① 希腊神话中除了雅典娜之外还有多位与战争有关的女神，其中部分是阿瑞斯的女儿，阿波罗与雅典娜、阿瑞斯的父亲都是宙斯。

所有顶尖英雄的教练。

“喀戎肯定会很欣赏这个的！”阿波罗打了个响指，那位半人马就在他身旁出现了，手里还捧着一碗汤。

“呃，你好……”喀戎说。

“哥们儿，抱歉打扰你吃午饭了，”阿波罗说，“不过你得来看看这个。”

喀戎顺着阿波罗的手指看过去。

狮子扑向昔兰尼，在她的上臂上撕开一道血淋淋的口子。昔兰尼愤怒地咆哮起来。她一个回旋踢踢在狮子嘴上，接着通过助跑跃上了一棵树的侧面，顺势弹到狮子背上，在它身后落地。她朝着狮子招了招手，意思是“来啊”。

“啊，”喀戎说，“这场面可不是每天都能见到的。”

“那位小姐很有一套，对吧？”阿波罗说。

“是的，我听说过昔兰尼的各种传说，”喀戎说，“我希望有机会教导她。”

“那干吗不这样做呢？”太阳神问道。

喀戎悲伤地摇了摇头。“他的父亲许普修斯绝不会同意的。他对女性应该扮演的角色还是老观念。要是昔兰尼继续跟拉庇泰人一起生活，我担心她的潜力将永远不能完全激发出来。”

在下面的山谷里，昔兰尼抓住狮子的后腿把它举了起来，转了好几圈，再把它扔到了一块大石头上。

“所以，”阿波罗说，“假如说，一个神爱上了这个姑娘，飞快地把她带到别的地方去，那会如何呢？”

喀戎若有所思地拈着他的胡子。“要是昔兰尼被带到一片全新的土地上，她的族人的规矩再也不能限制她的话，她就可以实现她的任何梦想——成为英雄，成为女王，或是建立一个伟大的国家。”

“成为一位天神的女朋友呢？”阿波罗问。

“完全有可能，”喀戎同意道，“而且能成为许多英雄的母亲。”

阿波罗看着昔兰尼给狮子来了个锁喉。她把这头野兽扼死了，之后绕着它的尸体游行了一周，高举双拳以示庆祝。

“改天见，”阿波罗对半人马说，“我得去绑架我的女朋友了。”

昔兰尼刚上完厕所，包扎好她胳膊上的伤口，一辆被一团巨大的火球包裹住的黄金战车就出现在了她的身边。她的牛羊都没有惊慌，因为它们以为这不过是另一头马上会被昔兰尼干掉的猛兽。

阿波罗走出了战车。他穿上了他最好的紫色长袍，头戴一顶月桂冠。他的眼睛就像熔化的金子一样闪闪发光，他的微笑让人目眩神迷。一团蜂蜜色的火焰光晕笼罩在他周围。

昔兰尼皱眉道："我猜你不住这附近吧？"

"我是阿波罗。我观察你有一阵子了，昔兰尼。你是可爱的化身，强悍的典范，一位不仅仅有资格放羊的真正的英雄！"

"放羊也不差啊。我能杀野兽。"

"而且你干得很漂亮！"阿波罗说，"不过要是我把你带去一片全新的土地，让你在那里建立一个王国呢？你可以像女王一样统治那里，和一大群敌人作战，还可以跟天神约会！"

昔兰尼考虑了一下。阿波罗还挺帅的，他打扮得比拉庇泰男人要好看。他说话挺讨人喜欢的。黄金战车也是很棒的代步工具。

"我愿意跟你约会一次，"她说，"我们看看会有什么发展吧。你想去哪儿？"

阿波罗笑道："你听说过非洲吗？"

"嗯哼。我以为我们会去村里的意大利餐馆，不过我想非洲也不错吧。我能带上我的猎犬吗？"

"当然！"

"那我的牛羊呢？"

"战车装不下了，对不起啦。等我们到了那儿我给你买一群新的。"

昔兰尼耸了耸肩，用口哨唤来了她的猎犬，登上了阿波罗的战车。他们飞向非洲，战车在天空中划出了一道火光闪闪的弧形痕迹，留下了可怜的牛羊群。它们必须自己保护自己了，好在昔兰尼已经杀掉了周围五十英里内的每一头掠食动物，所以它们也许会没事的。

阿波罗把他的新女友带到了非洲北部海岸上。他们在一片山地上着陆了，这里就是今天的利比亚。在这儿，像波浪一样的小山丘上点缀着雪松、桃金娘树和血红色的夹竹桃。泉水从岩缝中涌出来，清澈的小溪蜿蜒流过开满野花的草地。远处，大海被白沙海滩镶上了边，波光粼粼的蓝色大海一直延伸到视野的尽头。

“这里比我家乡好一些。”昔兰尼承认。

“而且全是你的啦！”阿波罗说。

昔兰尼无法抗拒得到她自己的国家的诱惑。她和阿波罗变成了热门话题。他们一起在小山间狩猎，一起在月下的海滩上奔跑。而且有时候，只为了好玩，他们会在赫尔墨斯飞来传递众神的消息时用箭射他。射中赫尔墨斯的屁股总是能让他们大笑一场。

在希腊那边，阿波罗的神使们把这个消息传开了：任何想在一位了不起的女王治下过上新生活的人都应该去非洲参加这场狂欢。

很快，一个希腊殖民地就在这片山谷中发展成熟了。他们兴建了一座名叫昔兰尼的城市，显然，是以女王的名字命名的。同样明显的是，他们最大最重要的神庙是献给阿波罗的。

昔兰尼城成了第一个也是最重要的一个在非洲的希腊殖民地。罗马帝国时期的大部分时间里它都存在（我听说这座城的遗址还在，但我没去过。每次我去某个这类地方都得跟怪物作战，还差点死掉，所以还是你们替我去吧，给我发些照片来就好了）。

阿波罗和女猎人昔兰尼生了两个儿子。长子叫阿里斯泰俄斯，意思是“最有用的”。这孩子无愧于这个名字。他小时候，阿波罗把他带回希腊接受半人马喀戎的训练。阿里斯泰俄斯不太擅长用矛或剑，不过他发明了很多重要的技能，比如做奶酪、养蜂，这让他在当地农贸市场上大受欢迎。众神也非常喜欢他，最终让他变成了一位小神。下次你玩常识问答游戏的时候，要是被问到了谁是养蜂人和奶酪工的守护神，你就知道答案了。不用谢我。

昔兰尼的小儿子伊德蒙长大后成了一个预言家，因为他的父亲阿波罗是预言之神。不幸的是，伊德蒙第一次预见未来时就看到了自己的死法。知道这类事情往往会让大多数人的生活变得一团糟，但伊德蒙表现得若无其事。许多年后，当英雄伊阿宋召集一支半神梦之队来解决他的挑战，即取得金羊毛的时候，伊德蒙加入了队伍，即使他知道自己会在“阿尔戈号”船上被杀。他不想错过像英雄一样死去的机会。他的献身是为了你们。

昔兰尼在非洲过得很幸福。她喜欢成为属于自己的城市的女王。然而，随着时间流逝，她逐渐变得孤单了。她的猎狗们死去了，她的孩子们长大了，阿波罗

来看她的次数越来越少了

众神就是这样的，他们很容易厌倦跟凡人之间的恋情。对他们来说，人类就像教室里的沙鼠。你第一次带一只沙鼠回家过夜时，会兴奋不已，想好好照顾它。但到了学年末，当你已经带沙鼠回家足足六次以后，你的反应就会变成——“又轮到我啦？我非带它回去不可吗？”

昔兰尼没想到她会想念在希腊的老家，但她开始怀念过去的好时光了——和狮子摔跤，放牧羊群，被毛发浓密的拉庇泰男人轻视。昔兰尼决定回一次色萨利，看看她的儿时伙伴，还有她的父亲是否还在世。

这是一条很长的旅途。她最终回到老家时，得知她的父亲已经去世了。拉庇泰人的新国王不想跟她产生一丝瓜葛。她的大多数朋友都结婚了，甚至都认不出她来，还有的已经死了，因为拉庇泰人的生活极为艰辛。

昔兰尼独自冒险前往荒野中，徘徊在她昔日曾放牧羊群的小径上。她怀念她的猎犬，怀念她的青春。她感到空虚和愤怒，尽管她不知道要恨谁，只能把剑尖刺入坚硬的土地。

“那会让你的剑变钝的。”她身后有一个声音说。

她身后站着一个穿着全套战甲的莽汉。他拿着一支带血的长矛，似乎他刚刚才为了喝杯咖啡休息一下离开了大屠杀现场。他的相貌像大山一样英俊——轮廓分明，不带感情，雄伟庄严，还有几分潜藏的致命危险。他的胸甲上画着一只狂暴的野狮。

“你是阿瑞斯。”昔兰尼猜道。

战神咧嘴一笑。他的双眼像小小的火堆一样熊熊燃烧着。“你不怕吗？我能看出阿波罗为什么喜欢你。不过你干吗要跟他那样的诗人先生、小白脸在一起？你是个战士，你需要真正的男人。”

“哦，我需要吗，嗯？”昔兰尼猛地从地上把剑拔出来。她并不害怕。她在这样的蛮荒之地长大，周围都是狂暴的战士。她了解阿瑞斯。他代表了她的整个童年——自从阿波罗带走她以后迅速被她抛下的一切。她不知道她是恨战神还是爱他。

“我猜你要把我迷得神魂颠倒？”昔兰尼吼道，“你要把我带到某块陌生的土地上让我当上女王？”

阿瑞斯哈哈大笑。“不。不过如果你希望想起原来的自我……那我就是你要找的人。你是无法摆脱你的根的，昔兰尼。你流着热爱杀戮的血。”

伴着喉咙深处的一声低吼，昔兰尼袭击了战神。他们在山脊上翻来覆去地对打，竭尽所能想把对方的头砍掉。昔兰尼在搏斗中坚持住了，阿瑞斯大笑着，大叫着鼓励她。最后，昔兰尼筋疲力尽地扔掉了她的剑。她扭住了阿瑞斯的前胸，他则温柔得不可思议地抱住了她。接下来你懂的，他们用接吻代替了打斗。

我管这个叫失去判断力。在我看来，砍掉阿瑞斯的头永远都是首选。不过当时昔兰尼又脆弱又孤独。她想要什么不一样的东西，而阿瑞斯是你能想到的跟阿波罗最不一样的东西了。

昔兰尼和战神一起生活了几个月。他们生下了一个叫狄俄墨得斯的儿子，他后来成了色雷斯的国王——一个比色萨利更往北、蛮荒程度超过色萨利一倍的国家。阿瑞斯是色雷斯人的守护神，所以他们拥立狄俄墨得斯当国王也就不奇怪了。

狄俄墨得斯是个特别“可爱”的人。他在不打仗和折磨农民的时候，就养马，喂它们吃人肉。只要一有哪个囚犯或者客人让他看不顺眼，他就把他们扔进马厩……直到一个叫海格力斯的人结束了这种行为。我们再过几章就会讲到这个人。

最终昔兰尼对狂野的北方感到厌倦了。她回到了她在非洲海岸的城市，发现阿波罗在许多年以前他们乘坐他的战车初次降落的那座小山上等她。

太阳神微笑着，但他那金色的眼睛显得悲伤又疏离。“在色雷斯过得开心吗？”

“呃，听我说，阿波罗……”

太阳神抬起了手。“你不必向我解释任何事。我没能像从前那样关心你。我带你离开了家乡然后又离开了你。这不是你的错。不过恐怕我们不能再在一起了，昔兰尼。”

“我知道。”昔兰尼感到解脱了。她和两个天神生下了三个半神孩子。她这辈子的经历比大多数人经历的多多了，特别是比她那个时代的大多数女人都要多。她已经准备好接受平静祥和的生活了。

“你想住在哪里？”阿波罗问，“色萨利还是这里？”

昔兰尼凝视着点缀着桃金娘和夹竹桃的小山坡，碧绿的草地，白色的沙滩，还有波光粼粼的蓝色大海。希腊殖民者们忙着在这座以她命名的城市里兴建给众神的新神庙。

“我属于这里。”她说。

阿波罗点点头。“那么我还有一件礼物要送给你。阿瑞斯错了：你的根在你决定应该在的地方。我会把你永远和这片土地联系在一起。你的精神会永远存在。”

昔兰尼还不太明白“永远联系在一起”是怎么回事，但阿波罗已经挥了挥手，这就完成了。一道暖流穿过了昔兰尼的身体。她的视野忽然变得无比清晰，仿佛有人终于给她戴上了合适的近视眼镜。这个世界的分辨率顿时提高了。她能看到风精灵在天空中翻飞，树仙女在树林中跳舞，把树林变成了一副绿色的光影织成的织锦。野花闻起来更加芳香。她脚下的大地感觉更加坚实。小溪的潺潺流水声变成了一组清澈、美丽的合唱。

“你做了什么？”昔兰尼问，喜悦之情更胜于惊讶之情。

阿波罗吻了一下她的前额。“我把你变成了水仙女。你的曾祖父是俄刻阿诺斯，你的祖父是一位河神，你本来就拥有一部分水的灵魂。现在你的灵魂和这座山谷里的河流联系在一起了。你会比一般的凡人活得久得多。你能好好享受平和、健康的生活。只要这座山谷还有生机，你就能跟它一样。别了，昔兰尼。谢谢所有的回忆。”

我不知道昔兰尼对此做何感想。我甚至不知道还能把一个凡人变成一个自然精灵。不过众神总是能带来惊喜。

正如阿波罗所承诺的，昔兰尼活得很久。她最终离开了她的希腊殖民地，彻底和其他水仙女一起住在河里，尽管有时她会从水中升起来为她的朋友和家人提供建议。有一次，她的儿子阿里斯泰俄斯弄丢了他的所有蜂群，她帮他再次找回了它们……不过那完全是另一个故事了。也许我们会在《波西 · 杰克逊与各种真的很小的神》中讲到这个故事。

（开玩笑的，各位。请不要再让我的出版商有更多新想法了。）

没人知道昔兰尼最终是否消失死去了，或是还在她昔日城市遗址附近的某些小溪里游荡。尽管如此，我还是很羡慕这位女士。任何能平安结束两段和天神的恋爱关系还没有发疯的人都比大多数英雄强多了。昔兰尼成功地彻底改变了自己好几次。她全身心接受了她的新国家和新生活，在去过色雷斯一次之后，她再也没有转身回顾。

这需要很多勇气。回头看有时会有致命危险。

不信就问俄耳甫斯吧。

噢，等等，你不能问他。他被斩首了。

想听听是怎么回事吗？你肯定想。让我来给你们讲讲世界上最伟大的音乐家和他是怎么惹出麻烦的吧。

PERCY JACKSON

俄耳甫斯一个人来了

可爱的老色雷斯啊，我最爱的天灾后的废土，在这里人生很艰难，祭司向阿瑞斯献上血祭，国王们饲养吃人肉的马！听起来就是个“适合”让小男孩成长为竖琴演奏家的地方嘛，对吧？

这就是俄耳甫斯出生的地方。当然啦，披头士乐队来自利物浦，而 Jay-Z[①]来自布鲁克林的廉租房，所以我猜音乐的来源无法预测。

而俄耳甫斯的父母相遇的方式呢……甚至更加难以预料。

他的父亲是一位色雷斯王，名叫俄阿格雷斯。（想读出这个名字的话得祝你好运了。噢——啊——格雷斯，差不多吧？）当俄阿格雷斯还是个年轻的单身汉时，他热衷于宴饮和歌唱，就跟喜欢打斗一样。所以当酒神狄奥尼索斯和他的酒鬼大军席卷沿途城市去攻打印度时，俄阿格雷斯欢迎他们的方式是张开双臂，同时拿着一个有待斟满的空酒杯。

“你要入侵一个陌生国家，而且没有什么特别的原因？”俄阿格雷斯问，“我绝对要加入！”

俄阿格雷斯召集起他的人马，加入了酒神的征途。

一开始，这段路充满了彩虹和夏敦埃酒。俄阿格雷斯和酒神的追随者们相处

① 美国著名说唱歌手。

得很好，特别是迈那德斯——疯狂的宁芙们，她们喜欢徒手把敌人撕碎。色雷斯人可能很欣赏这一点。

每天晚上，在营火旁，俄阿格雷斯和迈那德斯一起喝酒，唱着色雷斯的小曲儿。这个男人的嗓音是音色格外丰富的男中音。他唱起悲伤的曲调时，能让听众流下眼泪。他唱起欢乐的乐曲时，能让所有人跳起舞来。事实上，他唱得太动听了，甚至吸引了一位缪斯的注意。

（我弟弟泰森也在这儿。他以为我说的是麋鹿[①]。不，泰森，故事里的这个人没有引起麋鹿的注意。现在泰森不开心了。）

九位缪斯女神是掌管不同艺术的姐妹，比如歌唱、戏剧……呃，比画猜游戏、回响贝斯[②]、踢踏舞，可能还有一些我已经忘了的门类吧。卡利俄珀是最年长的缪斯，她主管英雄史诗。她指引讲述英雄和战争故事的作家，还有……你知道吗？我刚意识到我应该在开始写这本书之前给她献祭的。这完全是她负责的领域啊。

惨了。抱歉啦，各位。这本书没有经过掌管此事的缪斯的正式认可。如果它在你们手里爆炸了的话，那都是我的错。

总之，和所有缪斯一样，音乐是卡利俄珀的弱点。在奥林匹斯山上的公寓中，她听到了俄阿格雷斯在追随酒神大军东征的路上所唱的歌。卡利俄珀听得太入迷了，所以她隐身飞到下界来看看这位拥有如此美妙声音的酒鬼战士。

“哇，这是怎样一位歌手啊！”卡利俄珀叹息道。

尽管没有受过正规训练，但俄阿格雷斯的确具有歌唱天赋。他的歌唱充满情感和自信。他长得也不难看。随着队伍的进发，卡利俄珀一路隐身跟着他们，在他们头顶打转，就像一只看不见的巨大海鸥一样，这样她就能每天晚上都听到俄阿格雷斯的歌声了。

最后，狄奥尼索斯抵达了印度。如果你读过我的另一本书《波西·杰克逊与希腊诸神》，你就会知道他的入侵并不那么顺利。跨过恒河的希腊人被一帮朝他们开火的印度圣人打得屁滚尿流。在慌乱的撤退中，俄阿格雷斯跑进了恒河。然

---

① 在英文中，缪斯（Muse）和麋鹿（moose）发音相近。

② 回响贝斯（Dubstep）是一种电子音乐。

而他忘了一个很小的细节：他不会游泳。

成群成群的酒鬼战士和迈那德斯在想办法逃跑的时候从他身上踩过。俄阿格雷斯本来会被淹死，要不是卡利俄珀看到了他的话。他一沉进水里，她就跳进了河里。不知怎么做到的，她把他扛到了自己的肩上，背着他游到了另一边的河岸上。那个场面肯定很奇怪——一位穿着白袍的可爱女士从恒河里浮出来，肩头扛着一个毛发浓密的大块头色雷斯战士。

狄奥尼索斯的军队心情沮丧地行军返回希腊，但卡利俄珀和俄阿格雷斯过得很开心。在归途中，他们相爱了。等色雷斯人回到家乡的时候，卡利俄珀已经生下了一个半神儿子，名叫俄耳甫斯。

这个男孩在色雷斯长大，这里对一个敏感的年轻音乐家来说不是一个好地方。他父亲一发现俄耳甫斯永远也成不了一个战士就对他失去了兴趣。你要是给这孩子一把弓，他就用弓弦弹出一个调子来。你要是给他一把剑，他会扔掉它然后尖叫："我讨厌锋利的刃！"其他孩子会取笑、欺负、疏远俄耳甫斯……直到他学会用音乐来保护自己。他逐渐意识到他的歌声可以让最有敌意的坏孩子落泪。他只要吹起牧笛就能从狼牙棒下逃走。攻击他的人只会站在那儿，如痴如醉，白白放走俄耳甫斯。

每个周末，他的妈妈卡利俄珀会带他去其他缪斯那儿上音乐课。俄耳甫斯生活的唯一重心就是这些见到缪斯的机会。他那些不朽的姨妈们把她们知道的所有关于音乐的事都教给了他，那基本上就是世间所有的音乐知识了。

没过多久，这孩子就比他的老师们更出色了。俄耳甫斯继承了他妈妈的灵巧和神圣的技艺，也继承了他爸爸的质朴天赋和凡人的犀利。缪斯从未听过如此美妙的声音。

她们给了俄耳甫斯一大堆不同的乐器让他试奏：架子鼓，圆号，一九六七年的特利卡斯特电吉他。俄耳甫斯演奏所有这些乐器的水平都是世上最好的。某一天，他发现一种乐器能让他名扬天下，而唯一的问题是：它属于一位天神。

某个周末，阿波罗拜访了九位缪斯，想就他的新音乐剧得到她们的协助。这出戏的名字叫《我的二十五件得意之事（〈我的二十件得意之事〉续集）》。

阿波罗用竖琴弹奏了几首歌给她们听，这时俄耳甫斯就坐在屋子的角落里，带着惊讶之情倾听着。他从来没有听过竖琴演奏的音乐，也没有别的凡人听过。

当年只有阿波罗拥有世界上唯一一把竖琴。赫尔墨斯用一块龟壳、两根小棒、几根羊跟腱筋发明了它，因为他当时只有这些材料。他把竖琴送给阿波罗，免得因为偷牛而坐牢（说来话长），从此竖琴就成了阿波罗的珍爱之物。

弹了几首曲子之后，阿波罗放下了竖琴，和九位缪斯聚到房间另一头的一架钢琴旁。他们热烈地讨论，想解决宏大的压轴曲中的九声部合唱存在的问题。俄耳甫斯则走向了竖琴。

他无法控制自己的冲动。他拿起了那把琴，拨动了一根弦。

阿波罗猛然站起身，他的眼睛被怒火烧得通红。九位缪斯迅速扑到孩子身边护住他，因为没有人能不经允许乱动一位天神的玩具。

只有两件事阻止了阿波罗把这个孩子炸成灰。首先，俄耳甫斯拿着那把竖琴，阿波罗不希望弄坏它。其次，俄耳甫斯开始演奏一支阿波罗听过的最不可思议的曲子。

这个男孩演奏起来仿佛竖琴就是他身体的一部分一样。他的手指在琴弦上飞舞，引出甜美得难以置信的旋律和复调。九位缪斯喜极而泣，阿波罗的怒火也消失殆尽。

俄耳甫斯的音乐充满了凡人的痛苦与忧伤。没有哪个神能奏出如此质朴而强烈的音乐。阿波罗很欣赏这一点。以前有两次，他被宙斯惩罚暂时变成了人类。阿波罗回想起了那段时光有多么艰难——他那属于神的灵魂困在了一具脆弱的肉身之中。俄耳甫斯的音乐将这种情感把握得十分完美。

俄耳甫斯奏完了曲子。他怯生生地看着阿波罗。“我很抱歉，大人。我……我控制不了自己。你现在可以杀掉我了。我已经弹过竖琴了，我的人生圆满了。”他跪下来，把竖琴递给太阳神。

阿波罗摇了摇头。“不，我的孩子，留着竖琴吧。我会再造一把。”

俄耳甫斯的眼睛睁大了。“真的？”

“你配得上它。拿走竖琴吧。让音乐传遍大地，教会其他人如何演奏。不过帮我一个忙，别教他们弹《通往天堂的阶梯》[①]，好吗？我真的听腻那首歌了。”

---

① 《通往天堂的阶梯》（*Stairway to Heaven*）是齐柏林飞船乐队在1971年发行的摇滚名曲。

俄耳甫斯鞠了一躬，匍匐在这位天神身前表达自己的感激之情。他完全照阿波罗所说的做了。他周游世界，教其他人如何制作并好好演奏竖琴。他把每一块土地上流传的歌都收集起来。他甚至旅行到埃及去了，把这个古老国家的音乐加入他掌握的曲目中。他不断完善自己的演奏和歌唱技巧。而每当他发现有人想学《通往天堂的阶梯》，他都把他们的乐器夺走，在墙上敲烂。

俄耳甫斯的才能越发惊人，他的音乐能使整个城市陷入停滞。他边走过市场边演奏竖琴的话，每个人都会僵立不动。商贩会停止贩卖货物，扒手会停止偷窃。小鸡会停止咯咯叫，婴儿会停止哭泣。人群会跟随他走出城外，只为了继续听他演奏。他们会跟着他走上几百英里，直到最后他们才会疑惑地四处张望，心想：我住在埃及啊，怎么到耶路撒冷来了？

俄耳甫斯还在精益求精。野兽在他的音乐面前变得软弱无力。他走过一座森林时，狮子们都会聚过来，在地上打滚，这样就可以让他一边唱歌一边拍它们的肚子了。他唱起狼群最爱的歌《宛如饿狼》[①]时，狼群会在他的腿边磨蹭，不停地摇尾巴。鸟儿们安静地停在树上，听着俄耳甫斯的演奏，希望它们能学会一些技巧来提高自己的歌唱水平。

最终俄耳甫斯的音乐变得太强大了，甚至能对环境造成影响。大树离开了地面，用它们的根像螃蟹一样跑动，好离他的竖琴更近一点儿。岩石听到他的歌声会哭泣，在表面凝结出许多水珠。滚动的石头一路跟着他（可能还有滚石乐队吧，因为那些家伙看起来老得不得了，应该有可能认识俄耳甫斯）。河流在河道里停下来，只为了听他唱歌。云朵在他上空驻足不前，这样它们就可以占据他演唱会的最佳位置了。

这个世界上没有任何东西能够抗拒俄耳甫斯。他的音乐就像太阳的引力，吸引每样东西朝向他。

他不教音乐的时候，也完成了很多英雄壮举。比如，他也乘“阿尔戈号”远航了，不过我们会在讲伊阿宋的章节再讲这个。继续收听哟。

（懂这个双关语了吗？音乐？继续收听？好吧，泰森觉得这个双关语很有趣。）

俄耳甫斯变得太出名了，他走到哪儿都要吸引一大帮男女粉丝。他一唱歌，

---

① 《宛如饿狼》（*Hungry Like the Wolf*）是杜兰杜兰乐队 1985 年发行的歌曲。

人们的心都化了。他赢得了很多大奖。世界各地的人都向他求婚，他在全球最大的视频网站 YouTube 的个人频道点击量太高，网站都崩溃了。他比猫王更火，比贾斯汀 · 比伯更火，比任何一个——此处输入任意本周最流行的男子组合名称——都要火（抱歉，我没怎么关注过现在流行什么）。

为了逃避他的盛名，俄耳甫斯回到家乡色雷斯，因为这里的人不怎么看得上他。这个现象真是有趣。无论你在外面的世界变得多举足轻重，看着你长大的那些人的反应总是这样的："哦，无所谓。"

"嗨，老爸，"俄耳甫斯会说，"我回家来是为了躲开我那几百万粉丝。"

"粉丝？"他爸发牢骚说，"你怎么会有粉丝？"

"这个嘛，我的音乐可以让河流停止流动，让树移动，还有一次整座城的人跟着我走了几百英里听我演奏。"

"哼，"他爸面色一沉，"你还不是连剑都拿不稳。"

在色雷斯时，俄耳甫斯大多数时间都跟狄奥尼索斯的追随者们在一起，因为至少她们懂得欣赏优秀的宴会音乐。俄耳甫斯协助组织了狄奥尼索斯秘礼，这是一个大型的心灵节日，需要大量酒、音乐和戏剧来向酒神致敬。倒不是说狄奥尼索斯还需要更多戏剧性，不过我猜音乐是个不错的附加品。

不过即使是在色雷斯，俄耳甫斯也有疯狂的粉丝。节日期间，迈那德斯会喝得烂醉，开始和他调情。俄耳甫斯只关心他的音乐，不理会她们，迈那德斯很生气。有好几次她们差点造成骚乱，把他撕成碎片。

他的母亲卡利俄珀认为，为了保障他自身的安全，俄耳甫斯应该结个婚。也许这样就能让他的粉丝收敛一点。她和阿波罗聊起了这件事，正巧他有个般配的半神女儿，名叫欧里狄克。

卡利俄珀给欧里狄克安排了一张俄耳甫斯下一场音乐会的后台通行证。他俩见面了，而且一见钟情了……至少在第一次相亲结束之前就彼此钟情了。作为阿波罗的女儿，欧里狄克血液里流淌着对音乐的爱。她立刻就能理解俄耳甫斯的内心世界。在俄耳甫斯幕间休息时，他们在他的更衣室里聊个不停。俄耳甫斯结束最后一支返场曲之后，把欧里狄克带到了舞台上，宣布他们结婚了。

他的粉丝们哭叫起来，把自己的头发都揪掉了。但欧里狄克看上去那么美，俄耳甫斯看上去那么开心，所以粉丝们展示出了高尚的情操，克制住了蜂拥到舞台上的冲动。长达数周的时间，社交媒体都在对这对情侣有多可爱议论纷纷，尽管没人能给他俩起一个共同的昵称。叫他们“俄耳狄克”，还是“欧里甫斯”？

所有相貌出众的凡人和神祇都出席了他们的婚礼。九位缪斯演奏音乐，阿波罗主持仪式，狄奥尼索斯是他们的花童（好啦，这一点可能是我编的）。

婚礼之神许墨奈俄斯亲自来引领婚礼队伍，然而奇怪的是，他陪同新娘走红毯的时候落泪了。他的衣服是葬礼的黑色。他那神圣的火炬本应欢快地燃烧，可它只是噼啪作响，冒出黑烟。宾客们都感到很奇怪。这对正在进行的婚礼而言是一个很不祥的征兆，但大家都太害怕了，不敢去问他是怎么回事。

至于俄耳甫斯和欧里狄克，他们完全沉浸在热恋中，根本没注意到这些。在婚宴上，新郎为新娘唱的歌太美妙了，全体来宾都不禁流下了眼泪。

他们本应拥有世上最浪漫的蜜月。不幸的是，一个跟踪狂毁了这一切。你可能以为我说的是俄耳甫斯的跟踪狂，然而并不是。原来他的妻子也有一个疯狂的跟踪狂。

很多年了，有一个名叫阿里斯泰俄斯的小神总想引起欧里狄克的注意。也许你还记得上一章讲到的阿里斯泰俄斯——昔兰尼的儿子？如果你没想起来，那也没什么可担心的。他是养蜂人和奶酪工的守护神，不算什么重要角色。

总之，他疯狂地迷恋欧里狄克，但她并没意识到他的存在。欧里狄克和俄耳甫斯结婚时阿里斯泰俄斯都要疯了。欧里狄克犯了一个重大的错误！她本可以跟奶酪之神结婚，凭什么要嫁给世界上最伟大的音乐家呢？阿里斯泰俄斯必须让她恢复神智。

蜜月里的一个下午，欧里狄克和俄耳甫斯在森林里的一块美丽的草地上休息。俄耳甫斯决定演奏一会儿竖琴，因为即使是音乐天才也是需要练习的，所以欧里狄克就自己去散步了。

这简直大错特错。

阿里斯泰俄斯跟踪她，躲在了灌木丛里。他等到欧里狄克离草地已经有半英里远的时候，猛然跳到她面前，喊道：“嫁给我吧！”

阿里斯泰俄斯这是在想什么啊？我猜他唯一了解的女性类型就是他的妈妈昔兰尼，而她可完全不是懂浪漫的那类女人。她赢得第一任丈夫的喜爱的方式是杀死一头狮子；她赢得第二任丈夫的心的方式是差点把他的头砍掉。也许阿里斯泰俄斯以为如果他表现得比较具有侵略性，欧里狄克终究会注意到他。

好吧，她是注意到他了。她尖叫着逃走了。

十有八九，要是有人突然跳到你面前，喊着“嫁给我吧”，尖叫着呼救并且逃跑是最好的办法。然而，在这个故事里，欧里狄克更明智的做法应该是一拳打在阿里斯泰俄斯的脸上。毕竟他只是奶酪之神啊，他很有可能会哭着跑掉的。

然而欧里狄克太惊慌了，甚至没有留意脚下，于是她在几棵长得很高的草上绊倒了，直接摔进了一个满是毒蛇的巢穴里。一条毒蛇的獠牙深深地咬住了她的脚踝，年轻的新娘立刻失去了知觉。

等阿里斯泰俄斯追上来时，她的肤色都变蓝了。他发现那些毒蛇正在溜走——全希腊境内最致命的那种毒蛇。它的毒液可能已经流进欧里狄克的心脏了。

“噢，糟了。”阿里斯泰俄斯喃喃自语道。

他不是那种神力很强的神。也许他可以救她的命，比如把她变成一只蜂后或是一块漂亮的门斯特干酪之类的，但他还来不及采取什么行动，就听到了俄耳甫斯在叫她的名字。音乐家肯定是听到了她的尖叫声。

阿里斯泰俄斯不想承担害死欧里狄克的罪名，那就再也不会有人来农贸市场买他的蜂蜜或奶酪了！他像个懦夫一样逃跑了。

俄耳甫斯绊倒在了爱人的尸体上。他的心粉碎了。他抱住她，啜泣起来。他想用歌声唤回她的生命，可这不起作用，于是他哀求那些听到他的歌声后聚集过来的毒蛇咬他一口，好让他追随他的妻子到冥界去。而那些蛇只是看着他，仿佛在说：“不，我们喜欢你。你唱歌很好听。”

俄耳甫斯神志不清地把欧里狄克埋葬在了那片草地上，他们在那里共度了最后一小段欢乐的时光。接着俄耳甫斯拿出了竖琴，毫无目的地游荡，把所有悲伤都倾注到了他的音乐中。

他一连许多天都在演奏令人心疼得无法承受的哀歌。回想一下你经历过的最悲痛的时刻吧，再想象一下把那种哀伤乘以一百倍。这就是俄耳甫斯的音乐彻底从你身上碾过时你的感觉。

无数座城市都在哭泣。大树渗出了树液作为眼泪。云朵持续不停地降下咸雨。在奥林匹斯山上，阿瑞斯靠在赫菲斯托斯的肩膀上痛哭。阿芙洛狄忒和雅典娜穿着睡衣一起坐在沙发上，一边狂吃冰激凌一边大哭。赫斯提亚在王座厅里奔忙，给每个人分发一盒又一盒饼干。

俄耳甫斯演奏了音乐史上最长、最悲伤的独奏曲。当那段音乐响起时，每个人都什么也干不了了。整个世界都在哀悼，但即使这样对这个音乐家而言都不够。

“欧里狄克的死太不公平了。我要去冥界。”俄耳甫斯下定决心。

当你深爱的某个人死去，要重新恢复平静是很难的。相信我，我失去过一些很好的朋友。尽管如此……我们大多数人都学会了继续生活。我们大多数人都没有别的选择。

俄耳甫斯不能让欧里狄克就此离开。他必须把她从死亡中带回来。他不在乎会有什么后果。

也许你在想：糟糕的打算，这样做不会有好结果的。

你说对了。

另一方面，我明白俄耳甫斯的感觉。有好多次，多得我都不愿意去想，我差点就要失去我的女朋友了。要是她死了，我会做任何我能做的事把她带回来。我会抽出我的剑，冲进哈迪斯的宫殿，去……去做可能跟俄耳甫斯的行为一样鲁莽的事，只是我不会唱歌。我不爱唱歌。

冥界有很多个入口——大地上的裂缝啦，倾泻入地下的河流啦，纽约佩恩火车站的洗手间啦。一个哭哭啼啼的林中仙女把俄耳甫斯带到了一堆大石头旁，在它们后面隐藏着一条通往哈迪斯的国度的隧道。俄耳甫斯弹起了竖琴，岩石就裂成了碎块，露出了一条通往大地深处的陡峭小径。

他往黑暗深处走去，弹奏着美妙的乐曲，因此没有幽魂或恶魔敢阻止他。最后他走到了斯提克斯冥河的河岸上。船夫卡隆正在把新的一批死者领到渡船上。

“哎！”卡隆对他说，“退后，凡人！你不能来这里！”

俄耳甫斯立刻开始了一段穿透灵魂的演奏，曲目是《相信白日梦的人》①。

卡隆双膝跪地。“这是……这是我们的歌！我当年是一个充满幻想的少年恶魔，她是一个甜美的年轻僵尸女孩。我们，我们……”他泣不成声。“好吧！”船夫擦干了眼泪，“上船吧！我受不了你弹的这首伤心得可怕的曲子了。”

当他们渡过斯提克斯河时，俄耳甫斯演奏了太多哀伤的曲子，以至于有些亡

---

① 《相信白日梦的人》（*Daydream Believer*）是门基乐队 1967 年发布的单曲。

灵选择跳下河去溶化在河里。也许他们不喜欢怀旧金曲。

在黑暗界的大门前，俄耳甫斯随手弹了一个和弦，铁门就晃动着打开了，它们的铰链都在他的竖琴的威力之下颤抖了。巨大的三头守门狗刻耳柏洛斯伏下身子，低吼着，已经准备好把这个凡人入侵者撕成碎片了。

俄耳甫斯唱起了《老吼叫者》①的主题曲。刻耳柏洛斯哀号着滚到了一旁。俄耳甫斯就这样通过了大门。

他走过了长春花之地，用音乐吵醒了那里的幽魂。平时他们都是灰色的、低声说话的阴影，甚至想不起自己的名字，但俄耳甫斯的歌声把凡人世界的记忆带了回来。有那么一会儿，他们重新得到了人类的形体和色彩，都喜极而泣了。

竖琴的声音传到了惩罚之地。三位复仇女神，哈迪斯最无情的执法者，忘记了她们的责任。她们坐成一圈，都快把自己的魔眼给哭瞎了，随后她们召开了一次集体治疗会，分享彼此的感受，互相称赞对方的火焰鞭和蝙蝠翅膀。同时，受惩罚的幽魂暂时从刑罚中解脱出来了。西绪福斯在他那座山上坐下了，他的大石头忘了滚动。坦塔罗斯本来终于可以够着吃的和喝的了，但他光顾着听音乐了，没注意到。在拷问台上的那些家伙的反应基本上是这样的："请问，我就应该在这儿受刑吗？你好，有人吗？"

俄耳甫斯一路演奏，朝哈迪斯的宫殿前进。手臂都抬不起来的僵尸侍卫都没有阻止他。他们跟着他走过走廊，同时发出干巴巴的咕哝声，因为他们想回忆起如何哭泣。

在王座厅里，冥王和冥后正在共进午餐。哈迪斯在他那件丝滑的黑袍外面套了个吃龙虾用的黄色围嘴，少量甲壳动物的壳散落在他的骷髅王座周围的台子上。珀耳塞福涅小口小口地吃着一份发光的地下沙拉，是用王宫花园的蔬菜做的。她的裙子是黄色和灰色的，就像躲在冬季云层后的太阳。她的王座是用石榴树的秃枝编织成的。

当入侵者走近他的王座时，哈迪斯站了起来。"这是什么意思？侍卫，消灭这个凡人！"但他的样子看起来实在不怎么有威胁，毕竟他的下巴上还滴着黄

---

① 《老吼叫者》（*Old Yeller*）是1957年上映的迪斯尼电影，讲述狗儿"老吼叫者"和一家人之间的感人故事。

油，围嘴上还画着一只卡通龙虾。

俄耳甫斯弹奏了一首艾灵顿公爵①的曲子《跟踪怪》。

哈迪斯的下巴都掉了。他跌坐回自己的王座上。

“噢！”珀耳塞福涅鼓起掌来，“亲爱的，这是我们的歌！”

哈迪斯从来没听过艾灵顿公爵的曲子被演奏得如此美妙——如此质朴、痛苦而又真实，仿佛这个凡人音乐家提取了哈迪斯的生命，把其中的忧伤和失望、黑暗与孤僻都提取出来了，再把它变成了音乐。冥王发现自己在哭泣。他不想让音乐停下。

最终俄耳甫斯的乐曲结束了。僵尸们的眼睛都哭干了。幽魂们在王座厅窗外叹息。

冥界的主人努力使自己平静下来。“你……你想要什么，凡人？”他的嗓音因为充满情感而显得有些脆弱，“为什么你要把这样使人心碎的音乐带到我的王宫里来？”

俄耳甫斯鞠躬道：“哈迪斯陛下，我是俄耳甫斯。我不是作为游客到这里来的。我不想滋扰您的国度，但我的妻子欧里狄克最近尚未尽享天年就死去了。我没有她活不下去。我来到这里请求您重新赋予她生命。”

哈迪斯叹了一口气。他取下了围嘴，把它放在盘子旁边。“如此超凡脱俗的音乐，如此陈词滥调的请求。年轻人，如果每一次有人向我祷告归还一个亡灵我都满足他们的话，我的王宫里就会变得空空荡荡了。我就没有职责可以履行了。所有凡人皆有一死。这没的商量。”

“我明白，”俄耳甫斯说，“你最终总会得到我们所有人的灵魂。我能接受这个。但不能这么快啊！我和我的灵魂伴侣相处还不到一个月就失去了她。我试过要承受这份痛楚，可我就是做不到。爱的力量甚至比死还强。我必须把我妻子带回凡间。要是不能，请杀了我，这样我的灵魂也能留在这儿和她在一起了。”

哈迪斯皱眉道：“那好，我倒是可以考虑杀了你——”

“夫君，”珀耳塞福涅用手拦住哈迪斯的手臂，“这太甜蜜，太浪漫了。难道这没有让你想起你为了赢得我的爱都经历了什么吗？你也没有完全遵守规则嘛。”

---

① 艾灵顿公爵（Duke Ellington，1899—1974），美国著名爵士乐音乐家。

哈迪斯的脸红了。他的妻子说得有道理。哈迪斯绑架了珀耳塞福涅，并且由于和她的母亲得墨忒耳僵持不下导致了全球饥荒。只要哈迪斯愿意，他是可以变得非常甜蜜也非常浪漫的。

“是的，亲爱的，”他说，“但是——”

“拜托了，”珀耳塞福涅说，“至少给俄耳甫斯一个机会去证明他的爱。”

当她用那双美丽的大眼睛看着他的时候，哈迪斯实在无法拒绝。

“好吧好吧，我的小石榴。”他转向俄耳甫斯，“我将允许你带着你妻子一起返回凡间。”

这些天来第一次，俄耳甫斯感到想演奏一支欢快的曲子。“谢谢你，大人！”

“不过有一个很重要的条件，”哈迪斯说，“你宣称你的爱比死亡更强大。现在你必须证明这一点。我将允许你妻子的灵魂跟着你走出冥界，不过你必须坚信她是在跟随着你的步伐。你的爱的力量必须足以引领她走出去。不要回头看她，直到你们回到地面上。假如你在她完全沐浴在凡间的阳光下之前瞟了她哪怕一眼，你都会再次失去她……这一次是永远失去了。”

俄耳甫斯的喉咙发干了。他扫视了一圈王座厅，想找到一丝他妻子的灵魂的痕迹，然而他看到的只有干瘪的僵尸侍卫的脸。

“我……我懂了。”他说。

“那就走吧，”哈迪斯命令道，“回程请不要再演奏音乐了。你得让我们在地下好好工作啊。”

俄耳甫斯离开了宫殿，沿着来路穿过长春花之地。由于不能专注于他的音乐，他认识到了冥界有多么可怕。幽魂们在他身边耳语，用冰冷的手摩挲他的胳膊和脸，乞求得到回应。

他的手指颤抖了，他的双腿打战了。

他不知道欧里狄克是否在他身后。要是她在人群中走散了呢？要是哈迪斯是在开一个很残忍的玩笑呢？来到冥界时，俄耳甫斯已经被悲伤耗尽了活力。现在他有希望了。他有可以失去的东西了。这甚至更可怕。

在冥府的大门前，刻耳柏洛斯摇着尾巴，呜咽着想听他再唱一次《老吼叫者》，然而俄耳甫斯只是埋头走自己的路。在斯提克斯冥河边，他以为自己听到了身后有轻柔的脚步踩在黑沙上的声音，但他不敢肯定。

船夫卡隆在他的船上等着。“我不常有反方向的乘客，”他倚在他的桨上说，“不过我老板说了可以。”

“我……我妻子在我后面吗？”俄耳甫斯问，“她在吗？”

卡隆狡猾地笑笑。“回答就等于作弊。全体登船啦。”

俄耳甫斯站在船舷边。紧张感像一队蚂蚁一样在他背上爬行，但他坚持让双眼紧紧盯住幽暗的河水。卡隆一边划桨一边哼唱《相信白日梦的人》，直到他们抵达对岸。

俄耳甫斯爬上那条通往凡间的陡峭隧道。他的脚步发出了回声。有一次，他听到了一个声音，仿佛是他身后的一声小小的叹息，但这也可能只是他的想象。还有那股金银花的香气……是欧里狄克的香水吗？他的心渴望明确的讯息。她可能正跟在他后面，为了他返回人间……这个念头既让他狂喜又让他苦恼。他必须用上全副意志力才能忍住不回头看。

终于，他看到了上方的隧道入口照进来的温暖的日光。

“只要再走几步，”他告诉自己，“继续前进，带着她走到阳光里。”

可他的意志力崩溃了。哈迪斯的声音在他脑海中回响。“你必须有信念。你的爱的力量必须足够强大。”

俄耳甫斯停下了。他从来都对他的力量没有信心。在他成长的过程中他的父亲一直在训斥他，说他是弱者。要不是有音乐，俄耳甫斯就是个无名小卒，欧里狄克也不会爱上他，哈迪斯更不会同意放她回来。

俄耳甫斯怎么能肯定他的爱足够强大呢？除了音乐，他还有什么能相信的呢？

他等待着，希望听到身后传来另一声叹息，希望闻到另一丝金银花香水的气味。

“欧里狄克？”他呼唤道。

没有回音。

他感觉自己是孤身一人。

他想象着哈迪斯和珀耳塞福涅在哈哈大笑，笑他如此愚蠢，被他们的恶作剧骗倒了。

“噢，我的众神！”哈迪斯会说，“他真的相信了？真是个白痴！再给我拿一只龙虾好吗，亲爱的？”

要是欧里狄克的灵魂不在他身后呢？或者更糟，要是她现在就在他身后，哀求得到他的帮助呢？她可能需要他的指引才能返回凡间。也许他走进阳光下回头一看，只能看到她坠落下去，永远离开他，因为通往冥界的隧道彻底崩塌了。这很像是哈迪斯会开的那种玩笑。

“欧里狄克，”他再次叫道，“求你了，说句话。”

他只能听到渐渐消失的回音。

如果有一样东西是一位音乐家无法忍受的，那就是沉默。一阵恐慌攫住了他。他回头了。

在他身后几英尺，在隧道的阴影里，距离阳光还不到一块石头能扔到的距离，他美丽的妻子穿着她下葬时穿的蓝色纱裙站在那儿。玫瑰色刚刚重新回到她的面庞上。

他们四目相对了。他们碰触到了对方。

俄耳甫斯拉住她的手，她的手指化作了轻烟。

她消失的时候，表情充满了遗憾……但没有责备。俄耳甫斯尽力去救她了。他失败了，但她仍然爱他。意识到这一点让他的心再一次被撕碎了。

“别了，我的爱。”她轻声说。接着她就消失了。

俄耳甫斯发出的凄厉叫声是他所发出过的最不像音乐的声音了。大地震动了，隧道崩塌了。一阵狂风把他逐出了隧道，跌入凡间，就像从气管里咳出一颗糖一样。他嘶吼着，用拳头捶在岩石上。他想演奏竖琴，可他的手指砸在弦上像铅一样沉重。通往冥界的路不会再打开了。

俄耳甫斯一动不动地过了七天。他不吃，不睡，不洗澡。他希望他的干渴和他自己身体的臭气能杀了他，但没能成功。

他乞求冥界的众神带走他的灵魂。没有回应。他爬上了最高的悬崖纵身跳下，但风儿轻柔地把他带到了地面上。他去找饥饿的狮子，但它们拒绝杀死他。毒蛇也不愿咬他。他想把自己的头在石头上撞碎，但石头化为了尘土。他就是死不了。这个世界太爱他的音乐了。每个人都希望他活下去，继续演奏。

最终，被绝望掏空之后，俄耳甫斯流浪到了他的老家色雷斯。

如果他的故事在那里结束，那应该是个悲剧吧？

噢，不。比悲剧更糟。

俄耳甫斯始终没有从失去欧里狄克的痛苦中恢复过来。他拒绝和其他女人约会。他只演奏悲伤的歌曲。他无视他曾经协助创办的狄奥尼索斯秘礼。他拖着步子走遍色雷斯，让每个人都变得情绪低落。

各位，如果你曾经经历过一个重大悲剧，比如看着你死去的妻子化为轻烟，大多数人会对你很宽容。他们的同情会保持一段时间。但过了一阵子之后他们就会开始变得不耐烦了，会觉得："已经够了吧，俄耳甫斯，回到正常人中来！"

我不是说这是最感性的做法，但这就是人类的本性，尤其是迈那德斯的本性。

这些年来，俄耳甫斯和狄奥尼索斯的追随者们建立了非常好的关系。他以前负责组织她们的节日，他的父亲是一位印度之战的老兵。但最终迈那德斯很不高兴俄耳甫斯再也不来参加她们的宴会了。他是色雷斯的头号黄金单身汉，但他却不跟她们调情。他不跟她们一起喝酒。他甚至都不看她们一眼。

俄耳甫斯的妈妈卡利俄珀想警告他这样做是很危险的，但她的儿子不听。他不会离开城里。他根本就不在乎。

终于，迈那德斯的怒火达到了顶点。一天晚上，她们喝得比平时还多，又听到了俄耳甫斯在树林里演奏他的竖琴——又一首关于恋爱悲剧和苍凉世界的曲子。他动听的声音使这些迈那德斯比平时更加疯狂。

"我恨这个家伙！"其中一个叫道，"他不会再跟我们一起玩了！他简直扫兴极了！"

"让我们杀了他吧！"另一个喊着。这基本就是迈那德斯解决大多数问题的方法。

她们朝俄耳甫斯的竖琴声传来的地方围拢过去。

俄耳甫斯正坐在一条河的河岸上，希望自己能溺水而亡。他看到迈那德斯过来了，但他仍然坚持弹奏。他不怕死，他都不知道自己能不能死。一开始迈那德斯用石头砸他，石头径直掉到了地上。迈那德斯扔出了长矛，但风把它们都吹偏了。

"好吧，"一个迈那德斯说，"我猜我们得亲自动手解决了。"她露出了她那又长又尖的指甲，"姐妹们，出击！"

她们狂野的尖叫声淹没了俄耳甫斯的音乐。她们紧紧包围了他。

俄耳甫斯没有逃走。他其实很感激有人愿意杀了他，好让他再次见到欧里狄克。

迈那德斯帮了他这个忙，她们杀死了他。

事后，沉默变得越来越沉重了。就连迈那德斯也对她们的所作所为感到恐惧了。她们逃走了，任由俄耳甫斯的残躯倒在树林里。

卡利俄珀和其他缪斯最后找到了他，把他埋在了奥林匹斯山脚下。然而，两个重要的部分还没有找到：俄耳甫斯的竖琴和他的头。它们顺着赫伯鲁斯河一路流到了大海。据说在整个漂流过程中，他的竖琴一直在自行演奏，而他的头一直在唱歌，就像那些不停讲话的电子菲比娃娃玩具一样。

（抱歉。我仍然会做噩梦梦到那类东西……）

最后，阿波罗在海里捡起了竖琴。他把它抛向天空，变成了天琴座。俄耳甫斯的头被冲到了莱斯博斯岛上。当地人给它修了一座神庙。阿波罗赐予了它预言能力，于是有一段时间，希腊各地的人都赶去莱斯博斯岛向那颗头颅求神谕。后来阿波罗觉得这有点让人毛骨悚然，于是解除了它的预言能力。神庙荒废了，而俄耳甫斯的头被安葬了。

至于俄耳甫斯的灵魂，我听说他和欧里狄克在极乐境团聚了。现在他可以对他的妻子想怎么看就怎么看，而不必担心她会消失了。但无论他们要去哪儿，保险起见，俄耳甫斯都会让欧里狄克走在前面。

我想这就表示他们从此幸福地生活在一起——尽管他们不是“活着”在一起。

可能有一首歌适用于这种情况。

“啦啦啦，无论生死我都将爱你，啦啦啦。”

算了，当我没唱吧。我想我还是专注于剑术吧。音乐实在太危险了。

PERCY JACKSON

海格力斯做了十二件蠢事

这家伙的故事我从哪里讲起才好呢?

就连他的名字都不简单。我会用他的罗马名字“海格力斯”叫他，因为这个名字大多数人都知道。希腊人叫他“赫拉克勒斯”，但那也不是他的真名。他出生时的名字要么叫“阿尔喀得斯”，要么叫“阿尔凯俄斯”，这取决于你读的是哪个版本的故事，但“伟大的英雄阿尔”听起来实在是不怎么给力。

总之，在这个“不知道叫啥名的人”出生前，希腊南部有一出肥皂剧大戏正在上演。还记得珀修斯吗，那个砍掉了美杜莎的头的哥们儿？他当上阿尔戈斯国王之后，联合五六个城邦——包括提林斯、皮洛斯、雅典、踢屁股屯等等——缔造了一个强大的王国，名叫迈锡尼。每个城邦都有自己的国王，但还有一个权力更大的国王统治整个王国。这位至尊王可以来自任何一个城邦，但他应该是珀修斯后代中的最年长者。

很容易把人弄糊涂吧？我也糊涂了。

珀修斯家传到第三代的时候，至尊王的主要竞争者是一对来自提林斯的堂兄弟。其中一个名叫安菲特律翁，另一个名叫斯忒涅洛斯。考虑到这两位的名字，你可能会以为他们选国王的标准是选出名字最难念出来的那个人。

安菲特律翁要年长几天，所以人人都认为他会得到王位。然而他不小心把自己的岳父杀了，把事情搞砸了。

事情大概是这样的：安菲特律翁和一个叫厄勒克特律翁的人商量，想得到他的允许娶他的女儿阿尔克墨涅。他们一把这事定下来，厄勒克特律翁就把阿尔克墨涅叫来告诉她这个好消息。

厄勒克特律翁："阿尔克墨涅，来见见你的丈夫，安菲特律翁！"

阿尔克墨涅："呃，好吧。你要是能提前告诉我一声就好了。"

厄勒克特律翁："别拉长着脸了。他很快就要成为至尊王啦！他为了娶你付了一大笔钱！再说他也爱你。你爱她，对吧？"

安菲特律翁："嗯——哼。"

阿尔克墨涅："你才刚见到我。"

安菲特律翁："嗯——哼。"

阿尔克墨涅："除了'嗯——哼'你还能说点别的吗？"

安菲特律翁："嗯——哼。"

阿尔克墨涅："爸，这个人是个笨蛋。"

安菲特律翁："但我爱你啊！我这么这么爱你！"（他张开双臂，不小心重重打在厄勒克特律翁脸上，把他打死了。）

安菲特律翁："哎哟。"

阿尔克墨涅："你这个笨蛋。"

消息传开之后，另一个王位竞争者斯忒涅洛斯看出这是他夺取至尊王继承权的好机会。他公开控告安菲特律翁是杀人凶手。他安排了一场大型诽谤活动，包括海报、街头宣传和电视广告："这个笨蛋杀了他的岳父，你们能放心让他治理我们的国家吗？"最终，事件热度实在太高，安菲特律翁必须逃出迈锡尼。他拖上了他的新婚妻子阿尔克墨涅，虽然她并不怎么乐意。

他们在底比斯住下了，这个小城在雅典的西北方向，不属于迈锡尼的势力范围。安菲特律翁当上了这座城的大将军，但这也不代表什么，因为底比斯军队的实力跟一个商场的五人保安组差不多。

阿尔克墨涅真的一点也不喜欢她丈夫。虽然他们结婚了，但这个傻瓜杀了她的父亲，还害得他们两个被迫流亡。

"我绝对不想跟你生孩子，"阿尔克墨涅告诉他，"这会拉低整个希腊文明的平均智商。"

“我会向你证明自己！”安菲特律翁保证，“我应该怎么做？”

阿尔克墨涅思索了一下，说道：“去征服几座城市试试。让我看到你是个好领袖。你可以先从毁灭塔弗斯岛开始。我的兄弟们几年前攻打那个地方的时候被杀了，去为我的兄弟们报仇。”

安菲特律翁在她刚说完第一句之后就跟不上了。“啥？”

阿尔克墨涅手一指。“塔弗斯。去杀他们！”

“好的。”

安菲特律翁带上他的军队，经历了一系列我不会讲到的冒险，包括一只抓不住的狐狸、一个长着长长金发的杀不死的男人，还有流血、致残和掠夺。你懂的，就是古希腊每个周末都会发生的那档子事。

安菲特律翁杀了一些人，毁掉了一些东西，最后他认为他已经证明自己对阿尔克墨涅有价值了，于是就收兵了，行军返回底比斯。他急着回家去享受蜜月。现在他都结婚一年多了，还没有亲吻过他的妻子呢。

对他来说比较糟糕的是，还有人也想跟他的妻子度蜜月。我们的老朋友宙斯，天空和漂亮姑娘之神，观察阿尔克墨涅已经有一阵子了。他很满意他所看到的。

宙斯已经答应过赫拉（第三十回了）不再跟凡人女子鬼混。当然，他不打算遵守承诺，但他仍然明白去找阿尔克墨涅的时候最好还是不要被逮到。他认为最简单的方式就是变成她的丈夫出现。宙斯变成了安菲特律翁的样子，飞到了底比斯城。

“亲爱的，我回来了！”他大声说。

阿尔克墨涅走进了起居室。“你这就回来了？信使说你还在军队里呢。我原以为你还要再过三天才能回来。”

三天？宙斯想，好极了！

“我提前回来了！”他大声说，“我们来庆祝吧！”

他订了比萨饼，开了一瓶香槟，开始播放贾斯汀·汀布莱克的歌。起初，阿尔克墨涅有些疑心。她丈夫看起来不像以前那么傻了。但她必须得承认自己比较喜欢现在的他。也许他从历险中增长了一些见识。

他们在一起度过了一个美妙又浪漫的夜晚。事实上，由于太美妙了，宙斯中途找了个借口拿着他的手机溜进了洗手间，给太阳神赫利俄斯发消息说：“兄弟，去休几天假，我希望今晚能持续得长一些！”

赫利俄斯回消息说："你跟阿尔克墨涅在一起？"

宙斯："当然。"

赫利俄斯："呃，我的众神啊，她很靓。"

宙斯："那还用说？"

此后七十二小时，赫利俄斯都没从车库里把太阳战车开出来。等太阳终于出来的时候，阿尔克墨涅已经严重睡眠不足，而且听贾斯汀·汀布莱克听得恶心了。

宙斯给了她一个早安吻。"哦，昨晚真棒，宝贝！我得走了，去检查一下……军队事务！"

他从前门优哉游哉地走了。

十分钟后，真正的安菲特律翁走进来了。"亲爱的，我回来了！"

阿尔克墨涅睡眼惺忪地看了他一眼。"这么快？你忘拿东西了？"

安菲特律翁原本指望得到更热情一点点的欢迎。"呃……没啊。我刚打完仗回来。我们能……庆祝吗？"

"你在开玩笑吗？你昨天就回来了！我们整晚都在一起！"

安菲特律翁虽然人傻，但他还是发现有什么不对劲儿。他和阿尔克墨涅去拜访了一位会算命的本地祭司，此人算出第一个安菲特律翁其实是宙斯。

古罗马的说书人觉得这个偷换身份的故事非常搞笑，他们写了好多部喜剧讲这件事，你可以想象那是什么场面。阿尔克墨涅看着观众的表情仿佛在说："那不是我老公？惨了！"然后一帮穿着罗马长袍的家伙就笑得满地打滚。

总之，安菲特律翁对此也无能为力。他和阿尔克墨涅一起庆祝了他们的蜜月。阿尔克墨涅怀孕到了中期的时候，她以一种妈妈们有时会有的直觉知道了，她怀的是双胞胎。她能感觉到一个孩子是宙斯的，另一个是安菲特律翁的。而这个宙斯的孩子会给她带来大麻烦。

同时，回到迈锡尼，安菲特律翁的堂弟斯忒涅洛斯仍然在设法当上至尊王。他觉得自己比起流亡的安菲特律翁来说可谓稳操胜券，但没人喜欢他。他又残忍又胆怯，而且，他的名字超级难读。贵族都拒绝支持他竞选，平民都嘲笑他。斯忒涅洛斯想通过公投解决这个问题，然而他最终排名第三，排在两个补名候选人[①]后面：

① 原文是Write—incandidate，指不在选票上的候选人名单里，通过投票人自行填写在选票上提名的候选人。

米老鼠和城里的名猫小毛球。

斯忒涅洛斯得到的唯一一个好消息是：他的妻子尼喀珀就要生下他们的第一个孩子了。如果这个孩子是男孩的话，他就是最年长的珀修斯后代（当然，没算上安菲特律翁）的长子了，这就意味着这个孩子有机会当上至尊王，即使斯忒涅洛斯没当上。

在奥林匹斯山上，天后赫拉跟他想到一起去了。她发现了宙斯和阿尔克墨涅的风流韵事。赫拉决定，与其对此大发雷霆，倒不如悄悄用冷酷的手段把事情解决了。

“宙斯可能想让阿尔克墨涅的私生子当上迈锡尼的至尊王，”她暗自嘀咕，“那么，他绝不可能得逞。”

第二天晚上，她竭尽所能来取悦宙斯。她放了他最喜欢的汀布莱克专辑，做了他最爱吃的菜——神食薄饼加神食酱汁，配菜是清炒神食。她给他的肩膀做按摩，在他的耳边悄声说：“亲爱的小甜饼？”

“嗯？”宙斯舒服得眼神都恍惚了。

“你可以为我发布一条小小的神律吗？”

“神律……关于什么的？”

她把一个蘸了神食的草莓喂到他嘴里。“噢，我只是在想，迈锡尼王国应该变得更加安定繁荣些。不是吗？”

“嗯哼。”宙斯把草莓咽下去了。

“你下一道神律，让下一个出生的珀修斯后代成为至尊王如何？这样不是能让事情变得简单多了吗？”

宙斯憋回去一个微笑。他知道阿尔克墨涅的双胞胎马上就要出生了，而斯忒涅洛斯的孩子至少还要再过一周才会出生。不过他不知道赫拉也知道这件事。“好的，那当然，亲爱的。没问题！”

当天夜里，神使们把宙斯的最新律令传遍了迈锡尼：下一个出生的珀修斯男性后代将成为至尊王！而且，不行，国民不能投票选猫咪小毛球来当国王。

晚饭后，赫拉飞快地降临到人间，她的女儿生育女神厄勒梯亚刚刚来到阿尔克墨涅的家。

“别动！”赫拉叫道，“不许让阿尔克墨涅生孩子！”

厄勒梯亚退后了，抓紧她的药箱。“但她已经临产了。你还记得那有多疼吧？”

“我才不关心呢！”赫拉说，“她不能生孩子——至少在斯忒涅洛斯的儿子出生之前不能生。”

“但我的日程表上那孩子是安排在下星期出生的。”

“跟我来提林斯就行了。现在就来！”

厄勒梯亚习惯了小孩出生的夸张场面，但赫拉制造的夸张场面她可控制不住。留下在床上躺着，大汗淋漓、呻吟咒骂的阿尔克墨涅，两位女神飞去了提林斯城。

她们一到，厄勒梯亚就挥舞了一下她的魔法助产枕头，于是斯忒涅洛斯的妻子尼喀珀马上开始阵痛了。砰！五分钟之后她怀里已经抱着一个小男婴了。这肯定是史上最容易的分娩。

他们给这孩子起名叫欧律斯透斯，因为这是他们仓促中能想到的最难读的名字。他确实是刚出生的珀修斯男性后代，所以这个小家伙立刻就被加冕为至尊王了，尽管要找到一顶适合新生儿的头的小王冠实在很不容易。

至于阿尔克墨涅，赫拉本想让她永远承受分娩的痛苦，毕竟赫拉的本性是很有“爱心”的嘛。但厄勒梯亚很同情她。等到赫拉照自己的意思搞定了至尊王继承权的问题，厄勒梯亚就让阿尔克墨涅平安分娩了。

先出生的是海格力斯（尽管当时他的名字叫阿尔），后出生的是他的弟弟伊菲克拉特斯。

骄傲的爸爸安菲特律翁看着新生儿。他立刻就爱上了他们两个，尽管阿尔克墨涅事先警告过他有一个孩子可能是宙斯的。

“哪一个是我的孩子，哪一个是宙斯的呢？”他不禁想知道。

伊菲克拉特斯哭了。阿尔（又名海格力斯）憋了一股劲儿，一掌打在他弟弟脸上，意思是：“闭嘴。”

“我猜那个更有力气的是宙斯的孩子。”阿尔克墨涅说。

安菲特律翁叹了一口气。“是呀，你应该猜对了。”

第二天，消息从提林斯传来了：至尊王欧律斯透斯出生了，他的出生时间只比海格力斯早几个小时。

“赫拉肯定在跟我捣乱，”阿尔克墨涅猜道，“这就是我的分娩过程这么长的原因。”

在她怀里，小海格力斯叫道：“嗷啊！”同时飞快地在他的尿布上拉了大便。

阿尔克墨涅被臭气熏得退了几步。“这是你发表的意见吗？”她问这个婴儿，“你不喜欢赫拉？”

“嗷啊！”又一堆大便。

这让阿尔克墨涅很担心——不仅是因为她不知道这孩子吃错了什么东西。她听说过各种各样赫拉折磨宙斯在凡间的恋人的传说。她的分娩这么不顺利就是赫拉想对付她的证据。她刚生下的阿尔（又名海格力斯）可能会害死她的。

那一刻她又虚弱又恐惧，于是阿尔克墨涅做了那件当年的许多父母对他们不想要的孩子做过的事。她偷偷溜出家门，把孩子带到最近的野地里，让他待在一块石头上等死。

小婴儿海格力斯可能有点烦躁。他在石头上扭来扭去，喊叫着，用婴儿的语言咒骂着，并且用拳头击打任何一只敢靠近的野生动物。

幸好，宙斯在找这个小家伙。宙斯现在明白赫拉在至尊王新生儿这件事上要的诡计了，他自言自语道：“哦，你想跟我斗？好啊，亲爱的小甜饼，那就斗吧。”他派智慧女神雅典娜去凡间找回那个婴儿。

海格力斯仰面朝天看着雅典娜，高兴地哼哼着，可他的肚子在咕咕叫。雅典娜不是那种有母性的人，并不知道该拿他怎么办。

“我需要找个乳母，”她喃喃道，“找个喜欢婴儿的人。嗯……”

她有了一个令人意想不到的主意：把孩子带去找赫拉。

“噢，我的天后！”雅典娜说，“我刚发现这个可怜的无名婴儿被抛弃在荒野中了。是不是很可怕？我不知道怎么喂他，可他很饿！”

赫拉不知道这个婴儿的身份。她看了这个小家伙一眼，母性本能立刻爆发了：“唉，小可怜。把他给我吧，我给他喂奶。”

当年，他们还没有婴儿奶瓶或者婴儿奶粉之类的东西。当一个婴儿饿了，就得从乳房里吃奶。就这么简单。平常是妈妈做这件事，但如果妈妈不在身边，别的女人就会给孩子喂奶。

赫拉作为母亲们的守护神，认为她该干这个活儿。她把海格力斯抱在怀里，让他从神圣的乳汁分泌器官上吸了几口奶。小婴儿本来会很喜欢这个的，这时雅典娜说了一声："谢谢你，赫拉！"

这是她第一次在这个婴儿面前说出赫拉的名字。海格力斯用力咬在赫拉娇嫩的肉上，尖叫着："嗷啊！"还大便了。这三件事是同时发生的，赫拉不禁尖叫起来，把孩子扔了下去。

幸好，雅典娜很擅长接东西。

有些传说认为，赫拉的母乳洒在天空中变成了银河。我有点怀疑，这就等于在说好多好多恒星星系都是从一次喷射中产生的。我能肯定的是：那几口好东西为海格力斯注入了神力和健康，是来自最痛恨他的女神的礼物。

雅典娜飞快地把这个婴儿带回他妈妈的家。她把他放在门前的台阶上，按了门铃，然后飞走了。阿尔克墨涅打开了门。婴儿海格力斯朝她咧嘴笑着，脸上都是奶。

"呃，好吧……"阿尔克墨涅认为这是众神发出的信号。她把这孩子带回屋里，再也没有想过要抛弃他了。

接下来几个月相对平安无事。海格力斯学会了爬，学会了打穿砖墙。他用牙咬坏了好几个马鞍，暂时停止了弄断他的保姆的胳膊，还说出了他的第一个词：乱砍。

一天晚上，当他和他的弟弟伊菲克拉特斯在睡觉时，赫拉决定彻底摆脱这个她最讨厌的幼儿。

如果我让这个孩子长大了，她想，他会成为一个大麻烦的。宙斯在照看他，所以我不能把这孩子炸成灰。嗯，我知道了！我要布置一个真实可信的事故——两条爬进育婴室的毒蛇。我很肯定这种事到处都有！

两条恶心的毒蛇从一条墙缝里溜了进来，径直爬向孩子们的小床。

伊菲克拉特斯先醒了。他觉得有什么东西从他毯子上滑过，于是尖叫起来。

楼下的阿尔克墨涅听到了他的喊声。她从床上弹起来，摇醒了她丈夫："安菲特律翁，育婴室有动静！"

这对父母冲进了育婴室，可他们来晚了。

海格力斯已经搞定了。凭借他超级快的幼儿条件反射，他把两条蛇都抓住而且掐死了。

他父母来到屋里的时候，海格力斯正站在床上，笑得很开心，挥舞着死蛇："拜拜！"

至于伊菲克拉特斯，他躲在毯子下面，蜷缩在角落里，又哭又叫。

安菲特律翁叹气道："来吧，伊菲克拉特斯，我来抱你。对不起，小家伙。你摆脱不了我的遗传基因啊。"

那晚之后，我们的掐蛇英雄有了一个新名字。他不再名叫阿尔喀得斯、阿尔凯俄斯，或任何其他以阿尔开头的名字了。他作为赫拉克勒斯（罗马名：海格力斯）闻名于世，这个名字的意思是：赫拉的荣耀。多亏了赫拉，他幼儿园还没毕业就出名了。赫拉肯定会很"高兴"的。

随着海格力斯渐渐长大，他接受了一些很出色的老师的教育。他的父亲安菲特律翁教他驾驶战车。底比斯的将军们教他击剑、射箭和摔跤。

他唯一学得不好的科目是音乐。他的父母雇来了城里最好的竖琴演奏家、俄耳甫斯的同母异父兄弟利诺斯，但海格力斯完全没有音乐天赋。他的手指对于拨弄琴弦来说太粗笨了。最终利诺斯失去耐心，叫了起来："不，不，不！那是C调音阶！"

利诺斯把竖琴从这孩子的手里夺过来，用它抽海格力斯的脸（请注意，被竖琴打脸很疼）。

海格力斯把竖琴从他老师那儿抢了回来。"见识一下这个调吧！"

他不停用竖琴打利诺斯的头，直到竖琴变成了碎片，而音乐老师死掉了。

海格力斯当时十二岁，他以一级谋杀的罪名受审。如果说这还不算是一种最赤裸裸的死硬派行为，那我就不知道还有什么算是了。不过海格力斯很聪明。他以"正当防卫"为自己辩护，由于是利诺斯先打了他，最终他只被判处在城外的一个牧场从事六年社区服务。

那个牧场也没多差劲。海格力斯喜欢在户外工作。他可以呼吸大量新鲜空气，而且再也不用上音乐课了。他的父母很欣慰他能够安全地藏起来，他在那里就不会把毒蛇吸引到屋子里来，或者再杀掉老师，或者不小心毁掉整座城市了。

海格力斯满十八岁时从牧场获释了。这时，他成了底比斯历史上最高大、最强壮、最不好惹的本地人。他离家很长时间了，而且也没有了解过城里的近况，所以当他回到家时很惊讶地看到市民都在公共广场哭泣，把他们的牛都赶到一起，似乎要举行拍卖。海格力斯认出了好多头他在完成社区服务时养大的牛。

海格力斯在人群中找到了他的家人。"爸！"他朝安菲特律翁叫道，"这些牛是怎么回事？”

他的继父畏缩了一下。“儿啊，你不在家的时候，我们和密耶斯人打了一仗。你知道住在那边那座城里的人吧——国王厄尔癸诺斯统治的人？”

“知道啊，所以呢？”

“我们输了，输得很惨。为了阻止密耶斯人毁掉我们全城，克瑞翁王同意每年给他们进贡一百头牛。”

“什么？太过分了！我养大了那些牛。那头是小圆点，就在那边。这头是小黄花。你们不能把小黄花给别人！”

一百头牛听起来好像不算什么，不过当年，这就相当于一百栋房子或是一百辆法拉利。牛很值钱，它们是你最重要的投资之一。再说——那是小黄花！老兄，你可不能把海格力斯费心起了名字的牛送走啊。

“我们必须战斗！”海格力斯说，“这次我会打败邪恶的密耶斯人！”

他瘦弱的弟弟伊菲克拉特斯反对说：“但他们拿走了我们所有的武器。这也是和平条约的一部分规定。”

“我们所有的武器？”海格力斯转向克瑞翁王，他跟他的侍卫就站在旁边，“我只离开了几年，你就输掉了我们所有的武器和我们的牛？陛下，不是吧？”

老国王脸红了，死死地盯着地面。

“我们必须做些什么。”海格力斯坚持道。

“太迟了，”伊菲克拉特斯说，“他们来了。”

人群让开一条路，十二个全副武装的大块头密耶斯人大摇大摆地走进广场，他们踢开挡路的老爷子，推倒老太太，还从路边摊上偷西班牙油条[①]吃。

克瑞翁王没有采取任何行动阻止他们，他的侍卫也没有。就连海格力斯的爸爸，大将军安菲特律翁也只是站在那儿，看着密耶斯人在走向牛栏的一路上欺负人。

最后海格力斯实在忍不住了。“住手！”

密耶斯人住手了。他们惊慌地看着海格力斯踏着沉重的步子走过来——他是一个毛发浓密的大块头青年，穿着朴素的皮质束腰外衣和牧人披风。

“你敢跟我们讲话？”密耶斯人头目说，“我们是你们的主人，放牛的！趴下

① 原文是Churros，一种西班牙油炸食物，是西班牙语地区流行的早餐食品。

来亲我的脚！”

“不可能。”海格力斯把关节活动得咔咔作响，“现在离开，就不会有人流血。你们别想再带走我们的牛了。”

密耶斯人哈哈大笑。

“看着，小子，”头目说，“我们有剑，你没有。按照和平条约里说好的，我们这就把这一百头牛带走。明年，我们会回来再带走一百头。你准备怎么阻止我们呢？”

海格力斯一拳打在这家伙的脸上，立刻把他打倒了。其他密耶斯人想拔剑，但海格力斯动作很敏捷。他们的剑还没有完全出鞘，这十二个密耶斯人就都躺倒在地了，有的鼻子断了，有的眼圈黑了，其中一半人牙齿掉了。海格力斯缴了他们的武器。

接着（预警：接下来有恶心情节），他用他们头目的剑，把每个密耶斯人的鼻子、耳朵和手都砍掉了。等俘虏们恢复了意识，也走得动之后，海格力斯拽着他们站起来。

“回去见厄尔癸诺斯王，”他下令道，“告诉他，他能从底比斯得到的唯一贡品就是这个！”

他用剑身打了头目的屁股，打发这些残疾的密耶斯人原路返回。

受了惊吓的底比斯人这才从震惊中恢复过来。年轻一些的欢庆起来，绕着重获自由的牛群跳舞。年长一些的公民已经见过太多战争了，并不那么激动。

“我儿，”安菲特律翁说，“厄尔癸诺斯王决不会原谅这种行为。他肯定会带着整支大军回来的。”

“很好，”海格力斯吼道，“我会把他们全杀了。”

克瑞翁王蹒跚着走了过来，他的脸色发青：“孩子，你都做了什么？我接纳了你流亡的家人，我给了你们一个家，而你……你要让我们倒大霉了！”

“陛下，别担心，”海格力斯说，“我会收拾密耶斯人。”

“怎么收拾？”国王质问道，“现在，你有……哦，十二把剑了？你不可能就用这个打败密耶斯大军！”

海格力斯以前不知道克瑞翁王是这样一个懦夫，不过他认为还是不做评论为妙。

“雅典娜神庙，”海格力斯说，“那里面不是有很多盔甲和武器挂在墙上吗？”

安菲特律翁紧张地瞥了一眼天空，担心会降下天谴。“儿啊，那些武器是仪式用的，它们是供奉给女神的。密耶斯人没拿走它们是因为敢用它们的人就太傻了。你会被雅典娜诅咒的！”

“才不，雅典娜和我是老相识了。再说，她不是主管城市防御的女神吗？她肯定想让我们保卫我们的城市！”

海格力斯转过身，对人群发表演讲。“我们不要活在对密耶斯人的恐惧中！谁想跟我站在一起，来雅典娜神庙武装起来！我们要把迫害我们的人踩在脚下！”

年轻的底比斯人都欢呼起来，聚集到海格力斯身边。就连伊菲克拉特斯，他总是那么病弱，连自己的影子都怕，这时也走上前拿起一把剑。这让许多年长一些的底比斯人感到羞愧，于是也加入了进来。

安菲特律翁把手放在海格力斯的肩上，说道：“儿子，你说得对。我现在才找回我的勇气。让我们为我们的家园而战！”

他们把雅典娜神庙里的武器和盔甲洗劫一空。女神并没有劈死任何人，所以他们认为这是个好兆头。海格力斯率领这支临时拼凑的武装力量走出城外，走到一处天然的咽喉要道，这里的道路夹在两座陡峭的悬崖之间。在这样狭窄的通道上，密耶斯军队即使人数众多也占不到什么便宜。

第二天，厄尔癸诺斯王亲自率领他的军队前来攻打底比斯。他们一走到那处通道，海格力斯就率队杀了出来。战斗很血腥。海格力斯的继父安菲特律翁在战斗中被杀了，还有其他许多底比斯人也牺牲了，但密耶斯军队完全被摧毁了。

海格力斯没有就此罢休。他行军前往密耶斯，把那座城市烧成了焦土。

海格力斯获胜回城。克瑞翁王十分感激他，把自己的长女墨伽拉嫁给了他。连众神也对此大为赞赏。他们从奥林匹斯山降临，送了海格力斯许多礼物，重得都快拿不动了，让他有些不好意思。赫尔墨斯送了他一把剑。赫菲斯托斯给他定做了一套盔甲。阿波罗送了他一把弓和一个箭袋。雅典娜送给他一套国王穿的长袍，而且慷慨承诺不会杀掉任何一个亵渎了她的神庙的人。这是一场充满爱的奥林匹斯众神的老派盛宴。

海格力斯和墨伽拉结婚了，生了两个孩子。有那么一段日子，生活很美好。海格力斯接替了他父亲的职位，担任元帅，带领底比斯军队发起了许多次成功的战役。在其中一次战役中，他的弟弟伊菲克拉特斯死了，留下了一个寡妇和一个还在襁褓中的儿子伊俄拉俄斯——不过，嘿，至少伊菲克拉特斯死得很勇敢。海格力斯为家乡赢得了尊敬和荣耀。大家都认为等到克瑞翁去世了，海格力斯就会成为底比斯的新国王。

如果故事到这里就结束了，海格力斯会作为最伟大的希腊英雄之一被铭记在史册上。但故事还远远没到结束的时候呢，他才刚开始热身而已。

赫拉也是如此。在奥林匹斯山上，天后由于海格力斯的成功而气急败坏。她不能让他得到圆满结局。她决心把他的人生弄得要多可怕有多可怕，要多悲惨有多悲惨，而且要多复杂有多复杂，这样将来波西·杰克逊写下这个故事的时候就会特别特别艰难了。

我恨赫拉。

当海格力斯在底比斯当放牛娃的时候，他的堂兄欧律斯透斯在当迈锡尼的至尊王。这听起来很棒，从你还是个婴儿的时候起，人们就朝你鞠躬，遵守你的每一个命令。但这让欧律斯透斯成了一个脾气暴躁、自以为是的人。

此外，赫拉认为他是自鲜榨橄榄油发明以来这世上最酷的事物了，于是保佑他的王国安定繁荣。每年他生日那天她都送给他二十德拉克马币。而且，她确保欧律斯透斯能听到每一条与海格力斯的功绩有关的烦人新闻，因为她希望至尊王做该做的事，燃起妒火。

欧律斯透斯十八岁的时候，赫拉在他梦里出现，鼓励他杀一杀他那个有名的堂弟的威风。

“把海格力斯召到你的王宫来，”女神说，“命令他为你效力，完成十件伟大的任务！否则他永远不会尊你为至尊王。”

欧律斯透斯醒了。“我有个好主意，”他自语道，“我要把海格力斯召到我的王宫来，命令他为我效力，完成十件伟大的任务！否则他永远不会尊我为至尊王！”

欧律斯透斯派出信使去底比斯，命令海格力斯到都城提林斯来为他效力。

海格力斯表现得很克制，他没有切掉信使的耳朵、鼻子或双手。他只是送回了一封信，写着：“哈哈哈，不干。”

欧律斯透斯没被逗笑。很可惜，底比斯不在他的统治范围之内。除非发动战争，否则他也做不了什么，而即使是欧律斯透斯也没愚蠢到对海格力斯发起战争。

那天晚上，赫拉再次在至尊王的梦中说话了：“耐心等待。海格力斯会臣服于你的。我保证。”

接下来的几个星期，每当海格力斯去神庙时，祭司们纷纷向他发出严重警告：“众神希望你为你的堂兄欧律斯透斯效力。不，没开玩笑。你最好去提林斯，不然会发生可怕的事。”

赫拉在幕后操纵这一切，当然了。她是唠叨女王，她确保海格力斯一天能从几十个不同的消息源那里收到几十次这个消息。

一开始，海格力斯无视了这些警告。他既伟大又有势力，不该去侍奉欧律斯透斯那种小人。但警告持续不断。陌生人会在路上拦住他，像被控制了一样用沙哑的声音说：“去提林斯，为国王效力！”

海格力斯的妻子开始紧张了。

“亲爱的，”墨伽拉说，“无视众神是不明智的。也许你应该去德尔斐求神谕，你知道的，寻求一点不同意见。”

海格力斯不想去，但为了让他的妻子高兴，他去了德尔斐。

这是一趟很糟糕的旅程。贡品贵得要死，德尔斐挤满了沿街兜售廉价纪念品的小贩。最后，海格力斯好不容易排到队伍最前面见到神使的时候，她对他说的是他这几个星期来听到的同样内容：“去提林斯城，为至尊王欧律斯透斯效力，完成十件他决定的伟大任务。谢谢你，祝你今天过得愉快。”

海格力斯气疯了，他夺过了神使的三脚凳，用这玩意儿追着她满屋跑。

“给我个更好的预言！”他吼道，“我要更好的预言！”

阿波罗不得不亲自干预此事。他的神音震动了整个洞穴。“老弟，这样一点都不酷。把三脚凳还给神使！”

海格力斯深吸了一口气。他不想被一支金箭射死，于是放下了三脚凳，一溜烟地走了。

他回到底比斯时，神经已经紧绷到极点了，他失去了耐心。他走在街上，每个人都在问他：“真的？给至尊王完成十件任务？哇，太惨了。”

回到家，墨伽拉问：“怎么样，亲爱的？你必须去提林斯吗？”

海格力斯的神经绷断了。他爆发出一阵强烈的想杀人的怒意，杀掉了家里的每个人，从他妻子开始。

我明白，这本书充满了各种疯狂又可怕的事，但现在这件事？惨不忍睹。

有些故事说赫拉让他发疯了，所以他不知道他做了什么。也许吧，不过我想这样为海格力斯开脱就太容易了。我们已经知道他有控制不住怒气的心理问题。他用竖琴杀了他的音乐老师，他从密耶斯使者们身上砍掉了不少零件。

赫拉不需要让他发疯。她只需要把他逼到崩溃边缘。

无论疯了还是没有，他击倒了墨伽拉。他杀了想阻止他的仆人们。他的两个儿子尖叫着逃跑了，但海格力斯拿出弓箭射死了他们，他那扭曲的意识把自己的儿子们当成了某些敌人。

唯一一个逃过一劫的是他的侄子伊俄拉俄斯，他自从伊菲克拉特斯死后就跟海格力斯一起生活。伊俄拉俄斯躲在一张沙发后面。当海格力斯发现了他，并把另一支箭搭在弦上之后，这孩子叫了起来："伯伯，不要！"

海格力斯僵住了，也许伊俄拉俄斯让他想起了他的弟弟伊菲克拉特斯，想起了他们还是孩子的时候。海格力斯总是保护伊菲克拉特斯不受坏孩子欺负。伊菲克拉特斯去世的时候，海格力斯发誓要像保护自己的亲儿子一样保护伊俄拉俄斯。

他的狂怒消失了。他惊恐地瞪着儿子们的尸体。他看着他手中的弓——阿波罗送给他的弓，来自预言之神的武器。神的消息不能再明确了："我们告诉过你如果你不听就会发生可怕的事。"

在彻底的绝望中，海格力斯飞奔出底比斯城。他的心碎了，他返回德尔斐，扑倒在神使身前。

"求您了！"他哀求道，全身都因为啜泣而颤抖，"我该做什么才能偿还我的罪孽？还有能饶恕我的办法吗？"

神使说："就像之前告诉你的那样，去至尊王那儿。好好服侍他，为他完成任何他要求你去做的任务。只有欧律斯透斯能决定每件任务是否让他满意了。只要十件任务都完成了，到那时，也只有到那时，你才能得到宽恕。"

海格力斯穿上了乞丐的破衣，一身灰尘，前往提林斯，跪倒在国王的王座前。

"陛下，我有罪。"海格力斯说，"我没有听从您或众神的命令。我在狂怒中杀死了我的妻儿。为了忏悔，我来到此地完成您要求的任意十个任务，无论它们有多艰难、多危险、多愚蠢。"

欧律斯透斯冷笑道："堂弟，这是你家人的不幸，不过我很高兴你总算恢复了理智。十个愚蠢的任务，你刚说的？我们这就开始吧！”

欧律斯透斯高兴极了。他可以安排给海格力斯任何任务，无论多危险都行，而且，要是运气好的话，海格力斯会死得很惨！那将消灭对王座最大的威胁。欧律斯透斯敢肯定，他这个有名的堂弟终有一天会想要统治迈锡尼的。

就算海格力斯没死，欧律斯透斯也能借此从他的待办事务清单上划掉一些不好办的项目。这简直就像拥有一个能满足你十个愿望的神灯精灵……只不过这个精灵是个一身腱子肉的大胡子底比斯人，而且没有魔力。

“第一个任务！”欧律斯透斯宣布，“就在此地北边的涅墨亚地区，这段时间有一头巨大的狮子在放肆。我希望你杀了它。”

“这头狮子有名字吗？”海格力斯问。

“因为它住在涅墨亚，我们管它叫涅墨亚狮子。”

“哇。很有创意。”

“去杀了它！”欧律斯透斯下令道，“就是这样……如果你办得到。”

令人发毛的管风琴背景音乐响起来了，所以海格力斯认为这个任务肯定有鬼，但他只是背起了弓，绑紧了剑，大踏步走向涅墨亚。

那天是一个适合猎杀狮子的好天气。

涅墨亚的一座座小山在阳光下反射出微光。一阵凉爽的清风吹得树林沙沙作响，金绿交错的光影投射在森林的地面上。在一块开满野花的草地中央，一头巨大的雄狮正在享用一头牛，把血沫碎肉撒得到处都是。

这头狮子比最大的马都大。它那油光发亮的金色皮毛下面，肌肉鼓胀得很明显。他的爪子和利齿闪着银光——更像金属而不是骨质物。海格力斯不禁对这头雄姿英发的捕食者感到由衷称羡，但他有任务在身。

“那东西杀了一头牛，”他提醒自己，“我很喜欢牛的。”

他拉满弓弦，射出一箭。

那支箭射中了狮子的颈部。它本应贯穿这头野兽的咽喉，使其当场毙命。然而，它却在狮子的毛皮上撞得粉碎，仿佛一块砸在砖墙上的冰块。

狮子转过身，咆哮起来。

海格力斯不停射箭，直到箭袋都空了。他瞄准了狮子的眼睛、嘴巴、鼻子、胸口，但每支箭都被撞得粉碎。狮子只是站在那儿，有点烦躁地低吼着。

“好吧，那——”海格力斯拔出了剑，“B 计划。”

他攻向狮子，用上了足以把一棵红杉劈成两半的力量，一剑砍在狮子的脑门儿上。剑刃啪的一声断了。狮子只抖动了一下身体就化解了这一击。

“臭狮子！”海格力斯骂道，“那把剑是赫尔墨斯送我的！”

“嗷！”涅墨亚狮子亮出了爪子。海格力斯往后一跳，堪堪幸免于开膛破肚的厄运。他的胸甲像手纸一样被撕成了条。

“不！”海格力斯喊道，“那是赫菲斯托斯的礼物！”

狮子再度咆哮。海格力斯也咆哮回敬。他一拳击中狮子两眼之间。

狮子摇晃着走了几步，摇了摇脑袋。它不常产生疼痛感，它也不常退却，但还是认为不值得再跟海格力斯纠缠。牛是更容易对付的猎物。于是它掉头跑向树林。

“噢，不，别跟我来这套。”海格力斯追在它身后。

他一直追到狮子躲进了一个半山腰上的洞穴里。海格力斯没有贸然钻进去，而是观察了一下周围的地形。

如果我是这头狮子，他想，我会挑一个有两个出口的洞穴，这样我就不会被困住了。

他侦察了一圈。果然，在山体另一面有一条幽暗的锯齿状裂缝深入到洞穴中。海格力斯用最快的速度把大石头堆了起来，堵住了这个出口。

“现在你跑不了了，小猫咪。”海格力斯绕回前面的入口，喊道：“有人在家吗？”

从黑暗中传来一声咆哮的回音，仿佛在说：“没人，这是电话录音。请留言。”

海格力斯朝里面走去，把涅墨亚狮子步步逼退到了背靠石头堆的地步。

现在，孩子们，把野生动物逼到死角一般情况下是个很糟糕的主意。这往往会让它们变得有点暴躁而且充满杀意。不过海格力斯在暴躁和充满杀意方面是专家水平的。他伏低身子，摆出摔跤姿势。

“对不住了，小猫，”他说，“你是头漂亮的杀戮机器，不过至尊王白痴脸想让你死。”

狮子吼了一声，显然它不怎么关心至尊王白痴脸。它猛扑过来，不过海格力斯曾被训练成全希腊最优秀的摔跤手。他避开了爪子，灵活地跳到狮子背上，用双腿锁住狮子的胸腔，死死扼住狮子长满鬃毛的脖子。

“看来没有东西能穿透你的皮毛，”海格力斯在狮子耳边咕哝道，“但让我们看看要是没有空气能进入你的喉咙会发生什么事。”

他使出了浑身的力气绞紧。狮子瘫倒了。等海格力斯确定狮子已经死了，他便站起身来，喘了几口粗气，欣赏起狮子美丽的毛皮来。

“这能做一条超级无敌炫酷的披风，”他说，“但我怎么给它剥皮呢？”

他的目光飘到了狮子那隐隐发光的爪子上。“嗯哼，我想想……”

他用狮子自己的爪子割开了它的皮。这仍然需要几个小时骇人又累人的工作，不过最终海格力斯得到了一件新的皮外套，和足以填满整个冰箱的狮子肉排。

你也许会觉得狮皮要是每天穿会很热，特别是在希腊，这里的夏天闷热难耐。然而海格力斯的新披风却难以置信的轻便凉爽，穿这个可比穿青铜盔甲舒服多了。海格力斯用狮子头当兜帽，把它的前肢绕在自己脖子上系紧。

海格力斯在最近的池塘里欣赏了一番自己的影子。“哦耶，又时尚又坚韧，宝贝！”

他掉头返回提林斯向至尊王汇报。要是他所有的任务进展都这么顺利的话，完成之后他就会有整整一柜子的新衣服啦。

海格力斯悠然走回城里，引发了一场骚乱。身披涅墨亚狮皮披风使他看上去又像野兽又像人类，要不就是从《真爱如血》[①]连续剧里为了赶进度粗制滥造的某一集走出来的狮人。平民尖叫着逃散。卫兵朝他射箭，但都在斗篷上撞得粉碎。

在王座厅里，欧律斯透斯听到了这场骚动。他的侍卫们都吓跑了。一个狮人的壮硕身影出现在门前，国王显示出了堪称典范的勇气。他跳进了紧挨着王座的一个大青铜罐子里。

海格力斯戴着他那顶狮头兜帽，有点碍事，一时搞不清楚外面的情况。他走到王座台前，把他那顶毛茸茸的兜帽推到背后，惊讶地发现王座上空荡荡的。

“欧律斯透斯？”海格力斯叫道，“你好，有人吗？”

侍卫和仆人都躲在挂毯后面发抖。最后是稍微勇敢一点的国王传令官科普柔斯，挥舞着一方白色手绢走了出来。

---

① 《真爱如血》（*True blood*），美国吸血鬼题材电视连续剧，也有狼人等超自然角色。

“呃，你好，长……长毛王爷[①]。我们没认出来是您。”

海格力斯扫视了一圈。“人都去哪儿了？为什么挂毯在晃？至尊王在哪儿？”

科普柔斯拍了拍自己的脑门儿。“呃，国王陛下他……御体欠安。”

海格力斯瞟了王座台一眼。“他躲在那个装饰罐里面，是不是？”

“不，”科普柔斯说，“可能吧。对。”

“那好，告诉陛下我已经杀了涅墨亚狮子。我想知道第二件任务是什么。”

科普柔斯爬上王座台的台阶。他小声跟青铜罐说了几句，罐子也小声回答了他。

“罐子说……”科普柔斯顿了一下，“我是说，至尊王说你必须去勒耳那沼泽，杀死住在那儿的怪物。它就是九头蛇！”

“谁，什么？”海格力斯以为自己听到了《美国队长》电影里的一个名字，但他不太明白这个名字在这里是什么意思。

“九头蛇是一个长着很多个有毒的头的怪物，”科普柔斯解释说，“它一直在杀害我们的人民和牛羊。”

海格力斯皱眉道：“我讨厌杀牛的怪物。我会回来的。”

在出城的路上，海格力斯想起他完全不知道勒耳那沼泽在什么地方。他站在那儿正在想办法，一队黑马拉着一辆战车忽然停在了他身边。

“想搭车吗？”

拿着缰绳的年轻人看起来很眼熟，但海格力斯离开底比斯太久了，都认不出来这是他的小侄儿了。

“伊俄拉俄斯？”海格力斯难以置信地大笑道，“你在这儿做什么？”

“你好，伯伯！我听说了你的十个任务，我想来帮忙。”

海格力斯的心纠结得像一团乱麻。“但……我差点杀了你，你为什么要帮我？”

这孩子的表情变得严肃起来。“那不是你的错，是赫拉让你发了疯。你对我而言就像父亲一样，我想和你并肩作战。”

海格力斯热泪盈眶，不过他尽量用狮头兜帽遮住自己的表情。“谢谢你，伊俄拉俄斯。我……我是需要搭车。你知道怎么找到勒耳那沼泽吗？”

---

① 原文是 Your hairiness（直译：尊贵的毛），是对 Your highness（殿下）的恶搞，此处意译为“长毛王爷”。

“我有卫星导航。上车吧！”

海格力斯和他值得信赖的伙伴一块搭乘刚被命名为“海格力斯跑车”的战车驶出了城。

“我听说过有关九头蛇的流言，”伊俄拉俄斯说，“据说它有九个头，八个头能被杀死，但第九个是杀不死的。”

海格力斯脸色一沉。“这是怎么回事啊？”

“不知道，”伊俄拉俄斯说，“但如果你砍掉它的一个能杀死的头，在原来的地方就会长出两个头来。”

“太扯了！”

“是啊，嗯……我们很快就会知道到底什么情况了。”

战车在沼泽边停下了。薄雾紧贴着地面，形似利爪的矮树从苔藓和泥巴中生长出来。远远地，一个巨大的身影在柳枝稷[①]织成的帘幕中移动。

高大的草丛分开了，外形最奇特的怪物九头蛇缓缓行走在泥沼中。九根长长的脖子上长着像蛇一样的脑袋，它们起起伏伏的动作仿佛能把人催眠。九个头不时扎进水中，咬住鱼、蛙类或是小鳄鱼。这怪物的身体又长又粗，带有棕色斑点，很像巨蟒的身体，但它是用四只沉重的长了爪子的脚走路的。它那九对发出绿光的眼睛像矿工头灯一样能穿透雾气，黄色的毒液不时从獠牙上滴落。

海格力斯打了个寒战，想起了他小时候掐死育婴室里的毒蛇之后做过的那些噩梦。“哪一个头是不死的？它们看起来都一个样。”

伊俄拉俄斯没有回答。海格力斯看了他一眼，发现侄儿的脸色像骨头一样苍白。

“保持镇静，”海格力斯说，“没事的。你带了火炬吗？”

“火……火炬……带了。”

伊俄拉俄斯用颤抖的双手掏出一束涂满焦油的芦苇，他用打火石的火花点燃了它的一端。

海格力斯从箭袋里抽出六支箭，用油布把尖端都裹起来。“我要激怒那头怪物，让它来攻击我们。”

① 柳枝稷（Switchgrass），北美洲常见野生草本植物，可高达3米。

“你想让它主动攻击？”

“最好在这边坚实的土地上跟它战斗。不能去那边，在那儿我可能会滑倒在淤泥里，或是陷进流沙。”

海格力斯点燃了他的第一支箭。他把箭射进了柳枝稷草丛，立刻就引燃了一大片。九头蛇发出嗞嗞声，它迅速从着火处逃走，但海格力斯又射了一箭，正中它面前的位置，很快沼泽就变成了炼狱。怪物已经无路可走了，只能径直冲向他们。它冲过来了，浓烟在它斑斑点点的棕色厚皮上滚过。

“待在这儿，”海格力斯对他侄儿说，这时伊俄拉俄斯正努力稳住马儿免得它们惊跑，“对了，我能借你的剑用用吗？我的剑断了。”

海格力斯抓起这孩子的剑，跃出马车。

“嘿，意大利面脑袋！”他朝九头蛇嚷道，“在这儿！”

九头蛇的九个头发出了整齐划一的嗞嗞声。这头怪物不喜欢被当成意大利面。

在发起攻击之前，海格力斯有片刻的犹豫。毒液的臭气熏得他眼睛疼，怪物的脑袋朝无数个方向移动，让他不知道从何处着手。但他随即裹紧了披风，冲进了战场。

九头蛇的好几张嘴巴咬向他的斗篷，不过它的毒牙无法穿透狮皮。海格力斯闪开了，迂回前进，等待着机会出现。下一次其中一个蛇头唰地伸过来的时候，海格力斯把它砍掉了。

“啊哈！接招……噢，糟了。”

很不幸，伊俄拉俄斯的情报是准确的。被砍掉的那个头还没落到地面，流着血的断口就开始冒泡了。整条脖子从中间分开了，就像奶酪被切开那样拉出长长的丝，而两条新脖子上各自长出了一个蛇头。整个过程大概只花了三秒钟。

“噢，拜托！”海格力斯喊道，“这不公平！”

他一边躲闪一边挥剑，直到地面上到处都是死蛇头。但他砍掉的越多，长出来的也就越多。海格力斯暗暗期望他能击中那个不死的头。也许一旦他把那个头从身体上砍掉，整个怪物就会死掉；但他意识到他不能再用试错法来找了。毒液的臭气熏得他头晕，几十双绿眼睛在他的视野中忽进忽退。九头蛇迟早能发起有效进攻，用獠牙刺进他的肉里。海格力斯必须阻止这些头继续复制。

“伊俄拉俄斯！”他喊道，“拿着火炬过来——哇啊啊！”

怪物的一条脖子从侧面扫过来，把海格力斯击倒在地。他就地一滚，但另一条脖子缠住了他的腿把他举了起来。他挣脱了，但却发现自己必须爬过这座爬行动物版的儿童攀爬架，这里尽是滑溜溜的脖子和不时咬过来的脑袋。他拳打脚踢，但不敢再用剑了——暂时不能。

“伊俄拉俄斯！”他叫道，“我砍掉下一个头的时候，你得拿着火炬跳过来，烤焦那个断口，这样它就长不出新头来了，懂了吗？”

“螃……螃……螃蟹！”伊俄拉俄斯说。

海格力斯由于注意力高度集中已经大汗淋漓了。他又一拳打中了一个蛇头，再翻筋斗绕过另一只。“螃蟹？”

“螃蟹！”

这孩子在说什么呢？我问了他一个用是或否回答的问题，他却用“螃蟹”回答？海格力斯这样想着，冒险瞟了一眼他侄儿那边。

在伊俄拉俄斯面前，从淤泥里蠕动而出的是一只跟战车车轮一样大的螃蟹。它的嘴在吐泡泡，大螯在一开一合。

海格力斯从来没听说过栖息在沼泽里的巨蟹。当然了，毒蛇也不经常爬进小孩的卧室。

“赫拉又在跟我捣乱了，”海格力斯嘟囔道，“坚持住，伊俄拉俄斯！”

他在九头蛇脖子织成的迷宫里砍出一条路来。他知道这只会让更多蛇头长出来，但他不能让他仅存的侄子被一只甲壳动物吃掉。他一记飞踢踢向螃蟹，脚跟正好落在它的两眼之间。甲壳碎了，他的脚踏进了螃蟹的脑部，立刻让它丧了命。

“啐！”海格力斯把脚从那堆黏糊糊的东西中抽出来，“好了，孩子，拿好火炬——”

“小心！”伊俄拉俄斯叫道。

九头蛇从背后给了他一击，他整个人转了足足一圈。幸好涅墨亚狮皮披风救了他，没让他身上多出来十几个孔。

海格力斯斩断了距离他最近的蛇头，高喊道：“现在——孩子！”

伊俄拉俄斯把火炬戳到脖子上，烧焦了那个断口。这次什么也没从焦黑的断口上长出来。

“干得好！”海格力斯说，“只剩下五六十个啦！”

他们齐心协力不断减少九头蛇的脑袋，直到空气中充满了刺鼻的烟味和炭烤爬行动物的气味。终于，这怪物只剩下一个头了，周围是一大圈冒着烟的、烧焦了的圆形桩子组成的冠状物。

海格力斯嘟哝道："当然了，不死的头肯定是最后一个。"

他斩断了它的脖子。整头怪物轰然倒地。那个仍然活着的头在淤泥里扑腾，咝咝叫着吐出毒液。

"真恶心，"伊俄拉俄斯说，"我们拿它怎么办？"

海格力斯拍了拍他的肩。"你干得很好，侄儿。看住这个乱扑腾的头一会儿，别让它跑了。我有个主意……"

海格力斯把一些死蛇头从地上捡了起来。他铺开一张皮质防水布，小心翼翼地把九头蛇的獠牙毒液挤在了上面。接着他用这块防水布裹住他的箭头，让它们浸透致命的毒液。他把箭收拢，放回箭袋里去。

"毒箭将来应该会有用的。"他对伊俄拉俄斯说，"现在，至于这个不死的九头蛇头——我猜大概没办法毁掉它？"

伊俄拉俄斯耸耸肩，说道："这可能就是它被称为不死头的理由吧。"

"那我们得保证它再也不能惹麻烦才行。"

海格力斯挖了一个深坑，把那个头埋了进去，再用一块非常重的大石头盖住这个墓穴，这样就没人会不小心把这个恶心的东西挖出来了。接着他就和伊俄拉俄斯一起驾车返回提林斯了。

根据传说，九头蛇的头仍然活着，在勒耳那一带的一块大石头底下挣扎。我个人建议你们不要去寻找它。

回到王宫，至尊王欧律斯透斯终于从他的装饰罐里出来了。

海格力斯向他说明了击败九头蛇的过程。他向国王展示了一些死蛇头和一盒子上等蟹肉，是他们从赫拉那个会吐泡泡的朋友身上得到的。

欧律斯透斯两眼放光。"你说你侄子帮了你的忙？"

"这个……没错。他烧了那些断口，当我——"

"答错了！"国王猛拍扶手，"你完成任务的时候不能有人帮忙！这个任务不算！"

海格力斯脖子上的青筋像电线杆之间的电线一样绷紧了。"你在开玩笑？"

“当然不！神谕告诉你了，只有我才能裁定你的任务到底干得怎么样。而你刚才这个任务没干好！你还得再完成九个愚蠢的任务！”

欧律斯透斯露出了胜利的微笑，似乎没有注意到海格力斯把拳头攥得有多紧。海格力斯害得他仓皇躲进了罐子，欧律斯透斯想报复他。他不喜欢被人弄得看上去像个傻瓜（在这一点上其实他根本用不着海格力斯出力），他想让海格力斯受折磨。

“在我王国的边境上，”他继续说，“有一只大野猪带来了很多麻烦，蹂躏农田，伤害农民——”

“你想让它死。”海格力斯猜道。

“噢，不！一个像你这样有才能的英雄需要更艰巨的挑战。我要你活捉那头野猪，带它来见我！”

海格力斯默数到五，这是他心中想飞踢在至尊王嘴巴上的次数。“好。我要到哪儿去找这头野猪？”

“它平时在半人马的领土上活动，那地方紧挨着厄律曼托斯山脉。因此，我们叫它——”

“让我猜猜——厄律曼托斯野猪。”

“完全正确！这次不许带你侄子去了。你自己去完成任务！”

海格力斯步伐沉重地走出宫殿。他很不情愿地告诉伊俄拉俄斯留在城里，在他出去猎野猪的时候想办法把他们的上等蟹肉卖掉。

经过好几个星期的艰难跋涉，海格力斯抵达了半人马的土地。他有点担心会跟这里的居民处不好，因为半人马以狂野又粗鲁而闻名。但他第一个遇到的人，一个名叫福罗斯的老年雄性半人马，倒是对他非常友善。

“噢，我的天！”福罗斯惊呼，“海格力斯本人？我等这一天好久了！”

海格力斯挑起了浓眉。“你在等这一天？”

“当然了！我很乐意告诉你如何找到厄律曼托斯野猪，不过首先，能否赏光在寒舍用一顿晚餐呢？”

海格力斯又累又饿，所以他跟着福罗斯回到了他的洞穴。安顿好海格力斯以后，半人马点燃了烧烤炉，放上几条肋排。随后他用他那马的前腿跪在地上，把灰扑扑的地板擦干净，直到露出了一扇木质活板门。

“这底下是我的秘密贮藏室，”福罗斯解释说，“听起来可能很奇怪，不过好几代人以前，我的曾祖父得知了一个预言，将来有一天，他的后人会接待一位名叫海格力斯的贵客！”

“一个提到我的预言？”

“噢，是的！我的曾祖父特意为这次接待留了一罐酒……”福罗斯拿出了一个覆满灰尘和蜘蛛网的阔口陶罐，“它已经在这个贮藏室里存放了超过一百年，等待着你！”

“我很……我很荣幸，”海格力斯说，“不过它要是变成醋了呢？”

福罗斯打开了罐子。一股甜香充满了洞穴——仿佛是葡萄藤在夏日的阳光下渐渐成熟，又像温柔的春雨洒落在一块刚冒芽的草地上，或是珍稀的香料在火焰上烘烤。

“哇，”海格力斯说，“快给我倒一杯！”

他们干了一杯。两人都认为这是他们喝过的最甘美的佳酿。福罗斯正要告诉海格力斯到哪儿去找厄律曼托斯野猪，五个挥舞着长矛的半人马就冲进了洞穴。

“我们闻到了好酒！”其中一个说，“拿来！”

福罗斯站起身来。“达夫尼斯，你和你的流氓朋友没有受到邀请。这酒是特别留给我客人的陈酿。”

“我们要分享！”达夫尼斯嚷道，“不然杀了你！”

他举起长矛冲向福罗斯，但海格力斯动作更快。他抽出弓，放了五支毒箭，杀死了全体入侵者。

福罗斯面对死去的半人马目瞪口呆。“噢，天哪，我没想到我们这顿特别的晚餐会出现这样的场面。谢谢你救了我，海格力斯，不过我必须安葬他们。”

“为什么？”海格力斯说，“他们想杀你。”

“他们仍然是我的同胞。”半人马老者说，“家人就是家人，即使他们威胁要杀了你。”

海格力斯无力反驳。他对家族内的杀人事件并非毫无经验。他帮助福罗斯挖好了墓坑。他们正在安葬最后一个死者时，福罗斯从尸体的腿上拔出了一支海格力斯的箭。

海格力斯刚开口：“小心那个——”

“哎哟！”福罗斯不小心被毒箭头刺破了手指。这位半人马老者立刻倒下了。

海格力斯匆忙奔到他身边，但他并没有九头蛇毒液的解药。“我的朋友，我……我太抱歉了。”

半人马老者虚弱地笑道：“今天真是特殊的一天。我喝到了最好的酒，和一位英雄共进晚餐。你会在东边找到野猪，用……利用雪。”

福罗斯的眼睛翻白了。

海格力斯伤心极了。他给福罗斯堆了一个火葬柴堆，把剩下的酒都倒在了火上，作为给众神的献祭。他不懂福罗斯最后给他的建议“利用雪”，不过他还是出发往东边去搜寻野猪了。

家人就是家人，海格力斯想。但是，要不是欧律斯透斯派他来执行这个愚蠢的任务，老好人半人马可能还活着。海格力斯很想掐死他的至尊王堂兄。

正如福罗斯所言，他在东边的小山里发现了野猪踩过的痕迹。我在这本书里描述大野猪已经描述得够多了，你们大概能猜到它是什么样子的。看来，古希腊到处都是巨大又邪恶的死亡之猪。厄律曼托斯野猪就跟其他同类一样又大，又有鬃毛，又丑，又坏。杀掉它对海格力斯不成问题，但活捉它……这就有点难度了。

海格力斯在荒野中追逐那只野猪追了好几个星期。他试过挖一个陷坑让那头野猪跑进去。他试过网子、圈套和猎野猪尖端套装（内含铁砧和跷跷板）。那头野猪太聪明了，这些都抓不住它。它喜欢嘲讽海格力斯，让他靠近到几乎能碰到的距离，然后再次跑开，从他设下的绊索上跳过，尖声发出野猪式的大笑。

这玩意儿在一英里外就能闻到人类做的陷阱，海格力斯心想，但我还能怎么截住它呢？

这时，他已经跟着野猪来到了厄律曼托斯山上海拔更高的位置。一天下午，他在一道山脊上攀爬，想了解地势。他发现下方有一道陡峭的沟壑，几乎被雪填平了。

“嗯哼，”海格力斯说，“利用雪……”

他低声祷告，感谢半人马福罗斯。

海格力斯虽然失败了几次，不过借助带火的箭和不停大喊，他总算把大野猪逼进了那道沟里。野猪冲进了雪堆，无助地困在原地，就像装在泡沫塑料模子里的工具一样。

要是海格力斯有一个足够大的纸板箱和封箱胶的话，他就能直接用联邦快递把野猪寄去给欧律斯透斯了。由于他没有，他只好费了半天时间小心翼翼地挨着野猪把雪挖开，捆住它的四条腿和鼻子。接着，他使出浑身力气，把这头怪物拽出积雪，再拖着它返回迈锡尼。

提林斯的农民看到海格力斯回城，还拖着一头大猪，都很激动。他第一次回来给他们带来了狮子肉排，第二次让商店的货架上摆满了上等蟹肉。现在猪肉要占据接下来几个星期的菜单啦！

欧律斯透斯则不怎么开心。他吃早餐正吃到一半，海格力斯就闯进了王座厅，把厄律曼托斯野猪像保龄球一样掷到了王座台前。

野猪正好滑到欧律斯透斯脚边停下，它的红眼睛正对着国王的脸，它那剃刀一样锋利的獠牙离他的下体只有几英寸远。欧律斯透斯尖叫起来，为了求生，他径直跳进了他的大青铜罐。

"这……这是什么意思？"他质问道，声音在罐子里嗡嗡作响。

"这就是厄律曼托斯野猪，"海格力斯说，"按你的要求活捉了。"

"好！行了！拿走它！"

"那我的下一件任务是？"海格力斯问。

欧律斯透斯闭上眼睛抽泣起来。他讨厌英雄，他们都那么烦人的……英勇。他琢磨着能不能干脆命令海格力斯自杀算了。不行，众神会不高兴的。

除非……欧律斯透斯有了一个绝妙的主意。要是他命令海格力斯去做一件会让众神杀死他的事呢？

"刻律涅牝鹿！"国王叫道，"把它带来给我。"

"什么，啥？"海格力斯问。

"走！自己想办法！去网上搜！我才不管你呢！把那头牝鹿给我带来，不论死活！"

海格力斯不太擅长在网上查资料，所以他问遍了全城刻律涅牝鹿是什么。

他的侄儿伊俄拉俄斯给了他答案。"噢，对，我听说过那个故事。牝鹿就是母鹿。"

"哆，"海格力斯说，"是鹿，一只小母鹿。"①

---

① 母鹿（Doe）与音乐中的音名哆（Do）接近，海格力斯的话是著名音乐电影《音乐之声》中的歌曲《哆来咪》的一句歌词。

“没错，”伊俄拉俄斯说，“它住在刻律涅。这就是它为什么被称为——”

“刻律涅牝鹿。”海格力斯叹气道，“这些人，总是把这些动物用真的很复杂的地名来命名。哪怕一次也好，我真想抓一头名叫乔伊或蒂莫西的怪物。”

“总之，”伊俄拉俄斯继续说，“这头牝鹿据说速度奇快，比射出的箭还快。它有金角——”

“母鹿没有角吧？”

“这一头有。还有青铜蹄子。而且，它是阿耳忒弥斯女神的圣物。”

“所以我要是杀了这头鹿——”

“阿耳忒弥斯会杀了你。”伊俄拉俄斯肯定道。

“欧律斯透斯想跟我捣鬼。我讨厌那个家伙。”

“你确定不想让我跟你一起去吗？”

“算啦。我不想再被判为不合格。总之多谢了，孩子。”

所以海格力斯独自出发了，去寻找那只有魔力而且不叫蒂莫西的母鹿。

这个任务一点也不危险，但是极其漫长、艰难又让人冒火。海格力斯追了这头鹿整整一年，跨越了全希腊，一路往北追到了许珀耳玻瑞亚巨人们生活的冻土地带，再回到南方的伯罗奔尼撒。他这趟跑得可够远的，但他就是没办法接近那只牝鹿。他试过了用雪困住野猪那一招，然而那头鹿从冰壳上轻巧地跑掉了，根本没陷进去。

那头鹿唯一一次减慢速度是在它过河的时候。也许它不想弄湿它那闪闪发亮的青铜蹄子，因为它会犹豫几秒钟才跳进河里。这本来是海格力斯射中它的好机会，但既然他不能杀了它，这也于事无补。

除非……海格力斯心想，我能让它受伤但不至于要了它的命。

这不是最简单或最保险的方案，不过海格力斯决定射它一箭[①]（可以这么说）。他在自己的装备里翻找了一番，找到一团不错的钓线——他手头最结实也最轻的绳子。他把其中一头系在一支箭的羽翎上，接着出发去找那头鹿。

寻找最佳时机又花费了好多天。海格力斯必须侦察好地形，才能做到了如指掌。他必须预判那头鹿会往哪条路跑。接下来他必须及时把它赶到最近的河里才

---

① 原文是give it a shot，字面意思是“射它一箭”，常用的意思是“试一试”。

能找准时机放箭。

最后，他总算及时就位了。他站在下游一百码之外，拉满了弓，此时牝鹿正好要下水。

大约有心跳几拍的时间，它迟疑了。即使对最出色的弓箭手，这也是一个极险的放箭时机，但海格力斯别无选择。他射出了箭。箭头利索地穿过了牝鹿两条后腿胫部的薄膜，用钓线缠住了它的后腿。它摔倒了。在它重新恢复平衡之前，海格力斯冲刺到河岸上抓住了这头动物的青铜蹄子。他检查了一下伤口，松了一口气。他拔箭时让它流了一点血，不过这头牝鹿受的伤完全能够痊愈。

海格力斯把鹿扛到肩头，开始返回提林斯。

他才走了半英里，就有一个声音在他身后说："你要带我的牝鹿去哪儿？"

海格力斯转过身。站在他面前的是一名少女，穿着银色的束腰外衣，一手拿着弓。她身边站着一个潇洒的青年，穿着金袍，也带着一张弓。

"阿耳忒弥斯，"海格力斯说，极力克制住自己尖叫着逃跑的冲动，"和阿波罗。你们看，二位，我很抱歉我必须抓住这头鹿，不过——"

"不过，"阿耳忒弥斯瞥了她哥哥一眼，"你喜欢听凡人们说'我很抱歉，不过——'吗？好像这样他们就能为他们的无礼找到借口似的！"她冰冷的银色双眼死死盯住海格力斯，"很好，英雄，给我解释一下为什么我不应该让你当场死在这儿。"

"欧律斯透斯交给我十个愚蠢的活儿，"海格力斯说，"我是说，十项壮举。随便怎么叫了。他命令我把刻律涅牝鹿带给他，不论死活。当然我知道它是你的圣物，我绝对不会杀掉它的。但我必须得完成我的十个任务，遵照阿波罗的预言中的命令——"

"这是真的。"阿波罗承认。

"并且冒犯伟大的女神阿耳忒弥斯。是欧律斯透斯陷害我的。他想让我杀了牝鹿，这样你就会杀了我。但如果你能允许我把这头牝鹿带去给他交差，我保证不会再让它受一点伤。等我把它呈给国王看过之后，就会立刻放它走。"

阿耳忒弥斯把弓抓得紧紧的，指关节都泛白了。"我讨厌这些凡人利用我们干他们的脏活儿。"

"让神来执行死刑，"阿波罗抱怨道，"我们又不是职业杀手。我们不接受杀谁不杀谁的命令！”

阿耳忒弥斯挥手让海格力斯走。“海格力斯，带走牝鹿吧。遵守你的承诺，我就不会找你的麻烦了。不过这个欧律斯透斯……他最好永远别被我发现在林子里打猎。我不会对他这么仁慈的。”

微光一闪，两位天神消失了。海格力斯继续上路，不过他的膝盖又发抖了一阵子才恢复正常。只有傻瓜才不怕阿耳忒弥斯和阿波罗，尽管有很多缺点，但海格力斯并不是傻瓜。好吧，不管怎么说，大多数时候不是。

海格力斯把刻律涅牝鹿带到王座厅时，暗自期待欧律斯透斯会藏在他的罐子里，因为这样比较好玩。

然而，至尊王只耸了耸肩。“所以你成功地完成了这个任务。我要把牝鹿关在我的兽苑里。”

“你的什么？”海格力斯问。

“我的私人王室动物园，你这个笨蛋！每个国王都得有个兽苑。”

“不行。我答应过阿耳忒弥斯会放走牝鹿。如果你想把这头鹿关进动物园，你得自己把它关进去。”

“这是你任务的一部分！”

“不是的。你刚刚说了我已经完成了这个任务。”

“真是的，好吧！我来。”

国王从王座上站了起来。他刚走了一半的台阶，海格力斯就让那头鹿站起来，把绑住它腿的钓线砍断了。

“给你，欧律斯透斯。小心点，它很——”

牝鹿冲出屋子，只看得到一团金色和白色的影子。

“快——”

国王大喊大叫，疯狂跺脚，这几乎跟看到他跳进罐子里一样好玩。牝鹿跑回了荒野中，这让阿耳忒弥斯很高兴。

欧律斯透斯咆哮道：“你这个耍诈英雄！我要给你下一个不可能完成的任务！”

“我还以为前四件就是不可能完成的任务了。”

“这一件会更加更加不可能！在斯廷法利斯城有个湖，那儿有一群怪鸟正在肆虐——”

“如果它们名叫斯廷法利斯怪鸟——”

“它们就叫斯廷法利斯怪鸟！”

“我要吐了。”

“不许吐！你必须让那个湖上再也没有一只怪鸟。哈——哈！科普柔斯，我的传令官……”

国王的传令官小跑过来。“是，主上。”

“人们是怎么说的，就是他们祝某人好运，但其实是在说反话？”

“呃，干这个可得祝你好运了？”

“没错！干这个可得祝你好运了，海格力斯！哈——哈！”

海格力斯走了，同时小声嘀咕着什么。

他快走到斯廷法利斯的时候，注意到每块农田上的庄稼都被吃得干干净净，没有一棵树上还有一个果子。

接着他开始发现尸体——松鼠、鹿、牛、人，他们的身上都布满了伤痕。其中有些尸体的脖子上还插着羽毛。海格力斯拔出了一根，它像飞镖一样坚硬而锋利。

他走到湖边时，心里一沉。这块低地就像一个直径一英里的大碗，边缘镶嵌着树林，碗中倒了一层浅浅的碧水。沼泽草形成的一个个小岛上有许多黑色的小点正在蠕动——那是数百万只跟乌鸦差不多大的鸟。岸边的树在鸟群的重压下颤巍巍的。它们的尖叫声四处回响，就像穿过水波的声呐。

海格力斯缓缓移动到最近的树下。这些鸟的喙和爪子像抛光过的青铜一样闪着光。这些小恶魔中的一只用它那黄色的眼睛盯住了他，发出了粗哑的叫声，把整个身体鼓起来，放出一阵羽毛组成的弹幕对他狂轰滥炸。要不是有他的狮皮斗篷，海格力斯一定会被扎成筛子。

“这个真的不可能，”海格力斯说，“这世上的箭都不够杀光这么多鸟。”

“那就用你的智慧。”一个女性的声音说。

海格力斯转过身。他身边站着一位女性，她有着一头乌黑的长发和风暴般的灰眼睛。她拿着一面盾和一支长矛，仿佛随时准备开战，但她的笑容既温暖又熟悉。

海格力斯鞠了一躬。“雅典娜，好久不见了。”

“你好啊，”女神说，“我看到你把我给你的王袍换成了狮皮。”

“哦，呃，无意冒犯。”

“没关系，我的英雄。你用披风来护体是很明智的。再说，你是不可能轻易惹我生气的。我现在想起那次赫拉给你喂奶的事还会憋不住笑——”女神停顿了一下，“噢，天哪……你不会仍然，呃，一听到她的名字就拉肚子吧？”

海格力斯脸红了。“不。我还是婴儿的时候就改掉了。”

“很好，很好。无论如何，这件事都很好笑。我今天来是因为宙斯觉得你可能需要得到一些指点。”

“太好了！那么这些鸟的秘密是什么？”

雅典娜摇了摇手指。“我说了指点，可没说要把答案告诉你。你必须用你的智慧。”

“啐。”

“想一想，海格力斯，什么能赶走这些鸟？”

海格力斯抚弄着他的狮爪围巾。“更大的鸟？”

“不对。”

“几千只猫？”

“不对。”

“食物耗尽？”

雅典娜迟疑了一下，“这很有趣。可能最终这些鸟会主动迁徙，等它们全部的食物来源都耗尽之后。但你不能指望那个，你需要让它们现在就走。你能怎么办？”

海格力斯回想他在牧场度过的日子。他曾花过很多时间观察草场上的鸟群。

“有一回，在暴风雨中，”他回忆道，“打雷了，上千只乌鸦从麦田里惊飞了。鸟类讨厌巨大的噪声。”

“很好。”

“不过……我怎么弄出那么可怕的声音呢？”海格力斯努力回想他的儿时生活。他那时因为制造出某种可怕的声音而备受责难。“我以前的音乐老师说我弹得那么糟糕，会吓跑听众的。我真希望我的竖琴还在，不过我把它在利诺斯头上砸坏了。”

“那么，我虽然没有竖琴，”雅典娜说，“但我有一件东西可能有用。”

女神从她长袍的褶子里拿出了一根棒子，上面镶嵌着几排小牛铃——很像响尾蛇的尾巴，只不过是用青铜制成的。“赫菲斯托斯发明了这个。这很有可能是世界上最烂的乐器了，就连阿波罗都不想要，但我有种感觉它总有一天会派上用场的。”

她把这根响棒递给海格力斯。他刚摇了一下棒子，他的耳膜就在头骨深处痉挛起来了，哀求着想去死。每一个牛铃发出的声音都跟其他的一点也不和谐。如果五辆垃圾场的废车粉碎机在一起组了个乐队，它们的首张专辑可能跟这根响棒的声音有一拼。

周围一百码之内的怪鸟都惊起来了，四处飞散，但海格力斯刚停止制造噪声，它们就又落到树上了。

海格力斯皱眉道：“这个的作用是暂时的，要赶走全部怪鸟，我需要更多牛铃。”

雅典娜抖了一下。“凡人不应该说出‘更多牛铃’这种话。不过也许响棒只是答案之一，你要是在怪鸟起飞时用箭射它们呢？”

“我不可能把它们都射下来！数量太多了。”

“你不必把它们都射死。如果你能让这些怪鸟相信这里已经不再是适宜的栖息地……”

“哈！懂了。谢谢，雅典娜！”他跑向湖面，摇动响棒，同时大喊着，“更多牛铃！”[①]

“看来我该离开了。”雅典娜化为一朵灰色烟云消失了。

海格力斯花了许多天的时间绕着湖边冲刺，带着他的响棒和弓。当斯廷法利斯怪鸟被他那惊天地泣鬼神的音乐吓坏，飞向空中的时候，他就用毒箭把它们射下来，越多越好。

一周的牛铃加毒箭袭击之后，整个鸟群腾空而起，组成了一朵乌云，飞向天际。

海格力斯又多待了几天，为了确保这些长羽毛的小怪物没回来。之后，他就用鸟尸做了一条可爱的项链，回提林斯去了。

“至尊王！”海格力斯闯进王座厅的时候大声喊道，“我很高兴地送你这个鸟——我是说……这些鸟，复数形式。下一个游泳季节斯廷法利斯湖安全了！”

国王还没开口，这间会客厅就爆发出一阵掌声和欢呼。廷臣们团团围住这位

---

① 原文是More cowbell，这是一句美国流行语，源于综艺节目《周末夜现场》的一个喜剧短剧，剧中牛铃是乐队表演中声音最大、最刺耳的乐器。

英雄，举着签字笔和海格力斯的照片。很多王室侍卫在炫耀他们的T恤衫，上面写着“海格力斯队”，尽管欧律斯透斯给他们下过特别禁令，把穿着这种服装视为违反着装规定。

至尊王把牙咬得紧紧的。海格力斯每完成一个愚蠢的任务，就变得更有名，威胁也更大，迈锡尼人民都崇拜他。

也许欧律斯透斯搞错了方向。比起想办法杀死海格力斯，也许他应该给海格力斯安排一个最恶心、最可耻的任务，让他变成一个大笑柄。

至尊王微微一笑。“干得好，海格力斯。现在听好你的下一个任务！”

人群静下来了。他们等不及听到海格力斯下一个要解决的怪物是哪一个，同时也等不及想知道最近该期待哪种新奇的肉类出现在餐桌上了。

“我的朋友奥革阿斯，厄利斯的国王，以他的畜群闻名。”欧律斯透斯说，“不过我担心他的牛圈这些年来变得有点……脏乱了。既然你有过在牧场工作的经验，我希望你去清理他的牛圈。你自己一个人，不能找人帮忙。”

人群中有些人朝远离海格力斯的方向挪了挪，仿佛他身上已经沾满了牛粪。

海格力斯的眼睛恨不能在至尊王的脸上烧出洞来。“这就是我的下一个任务？你想让我去清理牛圈？”

“哦，我很抱歉。难道老老实实地干一天活儿辱没了你吗？”欧律斯透斯要是也去体验一次东奔西跑，使劲摇牛铃的经历，就会知道什么叫老老实实干一天活儿了。人群小声议论：“哎哟，真烂。”

“好，”海格力斯嘟囔道，“我会去清理牛圈。”

他给一些人签了名，把他带回来的斯廷法利斯怪鸟尸体作为纪念品分发给大家，接着出门去买长筒橡胶靴和铲子去了。

这里有件事很有讽刺性：奥革阿斯这个名字的意思是“明亮”，而他本人是全希腊最脏、最乱、最不明亮的国王了。他养牛养了三十年，但一次都没想过要清理牛圈。

部分原因是，他的牛群也不需要清醒。它们是奥革阿斯的父亲，即掌管太阳的泰坦赫利俄斯的神牛的后代，所以它们能生活在任何环境中，无论是肮脏还是干净。它们从不生病。

不过最重要的是，奥革阿斯不清理牛圈是因为他很小气，也很懒惰。他不想付钱给任何人干这个活儿。而随着这个活儿的难度变得越来越高，也就越来越没人想干了。由于这些牛的健康程度是天界水平的，它们的排泄量也很大。经过三十年之后，牛圈看起来就是一座巨大的牛粪山，围绕着一大群密密麻麻的苍蝇，从外面几乎都看不见里面的牛了。

海格力斯离奥革阿斯的王国还有五十英里就闻到味儿了。他走到厄利斯城的时候，看到所有当地人都用围巾捂住口鼻，一溜小跑，好抵挡那股臭气。市场上的生意很萧条，因为没有人想来这个牛粪城参观或旅行。

海格力斯决定先侦察一下牛圈的情况再去跟国王会面。他立刻就意识到他的长筒橡胶靴和铲子完全不够用。牛栏的占地面积比这座城市的其他部分都要大。它位于城市西郊，在阿尔甫斯河形成的巨大 C 形河湾包围的平原上。

海格力斯很同情那些牛。没有哪种动物，无论它们神圣不神圣，应该住在这种环境里。他在牧场待了六年，所以他很了解牛圈的结构，即使在堆积如山的粪便的掩盖下他根本看不到牛圈。他沿着河岸做了测量，也做了一些工程学演算，再用他的智能手机上的木工尺应用程序推敲了一番，最终一个解答方案在他的脑海中成形了。

随后他出发去王宫了。

他差点进不去王座厅的大门，因为这个地方垃圾堆成了山。有些糊里糊涂的侍卫穿着二手制服到处闲逛，徘徊在老报纸、废家具、旧衣服和过期宠物食品堆积而成的狭缝中。

海格力斯捂住鼻子，想办法走到王座台前。奥革阿斯就在上面，坐在一张权充王座的摇摇晃晃的金属折叠椅上。他的袍子以前可能是蓝色的，现在已经污渍斑斑，无从辨认原来的颜色了。他的大胡子上沾满面包屑和小动物。他身后站着一个可能是他儿子的年轻人，表情似乎永远都是一副正在呕吐的样子。海格力斯觉得这也怪不得他。这座王宫散发出一股臭气，使人仿佛置身于一箱坏掉的牛奶中间。

“你好，奥革阿斯王，”海格力斯鞠躬道，“我听说你需要有人帮你打扫牛圈。”

国王身后的青年叫了起来：“感谢众神！”

奥革阿斯阴沉着脸说：“安静，费琉斯！”国王转向海格力斯说，“我儿子在胡说八道，陌生人。我们不需要帮忙做打扫。”

“爸！”费琉斯抗议道。

“闭嘴，孩子！我不会为了这个付钱给任何人。这样要花太多钱了。再说，我的牛都健康得很。”

“你的人民可不是，”王子小声说，“他们都要被臭气熏死了。”

“陛下，”海格力斯插话道，“我能干这个活儿，只收取非常公道的费用。”

海格力斯本来没准备要报酬，但现在他觉得他应该收钱。这项工作很恶心，而且这个国王让他的牛在如此恶劣的条件下生活，应该付出代价。“您只需付给我您的牛的总数的四分之一。”

国王在椅子上猛地往前一倾，从他的大胡子里扑簌簌落下了好多面包屑和沙鼠。“你好大胆！我连百分之一的牛都不会给你。”

“十分之一，”海格力斯回击道，“我能在一天内完成所有工作。”

奥革阿斯正要破口大骂，或是气得心脏病发作，这时费琉斯抓住了他的胳膊。

“爸，这是一个理想的机会！对这么重的活儿来说这价钱非常便宜了，而且他怎么可能一天之内干完？只需要告诉他，要是在这个时间限制之内干不完就一分钱也得不到。那么，他要是失败了，你就什么也不必付，而牛圈至少有一部分干净了。”

海格力斯微笑道：“你的儿子很精明呀。我们这就说好了？”

奥革阿斯咕哝道：“很好。侍卫，给我拿羊皮纸来，我来写一份合同。不要拿高级的那种。那边有一沓用过的羊皮纸，就在那几袋猫砂底下。”

“猫砂？”海格力斯问。

“你永远不知道什么时候用得上！”

海格力斯和奥革阿斯签了合同。费琉斯王子当证人。

第二天一早，只有费琉斯跟着他，海格力斯带上铲子前往牛圈。

王子用审视的目光看了看那座牛粪山。“你，我的朋友，做了一笔很糟糕的交易。你绝对不可能在日落之前清理干净所有这些的。”

海格力斯只是笑了笑。他悠然走到牛圈北面，开始挖一个坑。

“你在干吗？”费琉斯问，“牛粪都在那边呢。”

“看着吧，学着点，王子。”

海格力斯身强力壮，又不知疲倦。接近中午时，他已经挖了一道深沟，从牛圈北端通向河流上游，只留了一道薄薄的土层没有挖开，免得河水流出来。他用剩下的半天挖了另一道沟，从牛圈南端通往阿尔甫斯河的C形湾的底部，那里是这条河流出本城的地方。同样，海格力斯在合适的位置留下了足够的土来防止河水渗入沟中。

接近傍晚时，费琉斯快要失去耐心了。海格力斯的活儿干不完了，他连一铲子牛粪也没弄走。

"你挖了两条沟，"王子说，"这有什么用？"

"会发生什么事呢？"海格力斯问，"假如我把北边的护堤挖开，让河水流进来？"

"河水会……噢！我懂了！"

海格力斯走向北边河岸时，费琉斯跟着他，兴奋得上蹿下跳。只挥舞了一铲，海格力斯就把护堤挖开了。河水倾泻到沟中，迅速流向牛圈。海格力斯此前认真测量过了，坡度和水位都正好合适。激流冲进牛圈，摧毁了牛粪山，把牛粪冲进了南端那条通往河湾下方的沟中，最后注入河流的下游。

海格力斯发明了世界上最大的抽水马桶。只需一次冲水，他就清理干净了牛圈里积累了三十年的污物，只留下一块泛出微光的泥土地和一千头被冲洗过的、略显困惑的牛。

费琉斯高兴得叫了起来。他陪同海格力斯回到王座厅，激动地和他父亲分享这个好消息。"父亲，他办到了！牛圈被清理干净了！这座城闻起来再也不像污水处理厂啦！"

奥革阿斯正在把一堆有凹痕的青豆罐头垒起来，他抬起头说："哦？我不信。"

"我就在那儿！"费琉斯说，"我是合同的证人，你应该付报酬给这个人——十分之一的牛，你在合同里承诺过的。"

"我不知道你在说什么，"国王说，"我没签过什么合同。我从来没向这个人承诺过任何东西。"

费琉斯的脸都绿了，跟九头蛇的眼睛一样。"可是——"

"你还算是我儿子吗？"国王尖声喊道，"你帮着这个陌生人反对我？你们这是谋反，我要把你们驱逐出境！侍卫！"

侍卫没出现，可能是因为他们在王座厅的各种垃圾堆中间迷路了。

海格力斯对费琉斯说："你看起来是一个通情达理的年轻人。如果你是国王的话，你会清理这座宫殿吗？”

“马上就办。”

“你会当一个好统治者吗？”

“会的。”

“遵守你签署的合同？”

“当然。”

“好，这就够了。”

“你们好大胆！”奥革阿斯王叫道，“侍卫！来人！”

海格力斯爬上了王座台。他一拳击中奥革阿斯王的脸，使其当场毙命。从他脸上的毛发中还掉出来了一些尚未发现过的啮齿动物。

海格力斯看着费琉斯。“对不起。他真的把我烦死了。”

费琉斯继位成了国王。他立刻就下令把王座厅里的过期宠物食品、猫砂、老报纸以及生锈的盔甲都清理掉。他宣布囤积废品是重罪。厄利斯城得到了彻底的打扫，而海格力斯得到了王室牛群的十分之一。

海格力斯回到提林斯时，带着价值一百万德拉克马的牲口，而身上没有沾上一丁点牛粪，这都要把欧律斯透斯气疯了。

“发生了什么事？”他质问道。

海格力斯把整个故事告诉了他。“我清理了牛圈。我得到了财富。每个人都很高兴。”

“我不高兴！这件任务不算。你收了报酬！”

海格力斯克制住自己的愤怒。“你从来没说过我不能收报酬。”

“就算是这样，你也没有亲自干这个活儿。是河水帮你干的！”

“使用河流和使用铲子有什么不同？都是工具啊。”

至尊王气得直跺脚。“我说了这个任务不算，我是至尊王！既然你这么喜欢牛，我就再给你安排一个跟牛有关的任务。去克里特岛见米诺斯王，说服他送我他的宝贝公牛。这应该够你忙上一阵子了！”

海格力斯觉得他的胸口都要气炸了。没错，他是同意了要为谋杀全家人苦修赎罪。没错，他是个惹是生非的半神。但现在他的十个蠢任务增加到了十二个，而他才只做完了清单上的一半。他想杀了他的堂兄。他极力克制才没去碰他的剑柄。

“一头克里特公牛，”他嘟囔道，“马上就来。”

米诺斯王拥有恶毒的名声和强大的军队，所以欧律斯透斯希望他一听到海格力斯胆敢问他要他的宝贝公牛就杀了海格力斯。结果呢，这个任务就是小菜一碟。

海格力斯到了克诺索斯，优哉游哉地走进王座厅，向米诺斯王说明了他的请求。“长话短说，陛下，我必须把你的宝贝公牛带给至尊的‘藏罐子’王。”

“拿走。”米诺斯说。

海格力斯眨了眨眼。“真的？”

“当然！把它带走！可算是解脱了！”

赶巧了，白色公牛本是波塞冬的礼物，但海格力斯的到来正好在帕西法厄王后爱上这头怪物并生下米诺陶之后，所以现在这头宝贝公牛成了总在米诺斯王眼前出现的耻辱柱了，他巴不得摆脱它。他可能也预感到了要是这头公牛在希腊大陆上获得了自由会发生什么事吧。欧律斯透斯得到的会比他想要的还多。

海格力斯返航回到迈锡尼，一路把白色公牛拴在货舱里。他抵达码头之后，把公牛举了起来，像一袋面粉一样顶在头上，带回了王宫。“你想把这个放在哪儿？”

这一次至尊王下决心不再慌乱。他坐在王座上，假装在看杂志。“嗯？”

“克里特公牛，”海格力斯说，“你想把它放在哪儿？”

“哦，”欧律斯透斯把一个哈欠憋了回去，“把它放那儿吧，挨着窗边。”

海格力斯步履沉重地走到窗边。

“我改变主意了，”国王说，“它放在沙发边上更好看。”

“这里？”

“再靠左一点。”

“那就是这里了。”

“不，我更喜欢它在窗边的样子。”

海格力斯忍住了把牛扔向王座的冲动。“那么，这里如何？”

“算啦，公牛跟我的装饰风格不搭。把它带到城外放掉吧。”

“你想把这东西放走？这是头有野性的动物，还长着利角。它会毁坏东西，还会杀人。”

“照我说的做，”国王下令道，“然后回来听你的下一个任务。”

海格力斯很不情愿，但他还是把克里特公牛在希腊的乡间放走了。毫无疑问，它到处冲撞，造成了各种损失。最终它游荡到了马拉松，被人们称为马拉松野牛。它在那儿无法无天地杀人毁物，直到忒修斯最终抓住了它。不过那是好几年以后的事了。

海格力斯回到了王座厅。“下一个愚蠢的任务，陛下？”

欧律斯透斯微微一笑。他近来听说了一些关于色雷斯的国王狄俄墨得斯的传言，据说他养了一些吃人肉的马，而且会用他的宾客来喂马。自从听说了这个，欧律斯透斯总是做美梦，梦见海格力斯被撕成碎片。

“我跟狄俄墨得斯很熟，他是色雷斯的国王，养了很多好马，”他说，“去那儿给我带四匹他最好的母马回来。”

海格力斯捏了捏自己的鼻梁，他觉得快要得偏头痛了。“你就不能早点想到这个，趁我追赶刻律涅牝鹿追到色雷斯的时候？”

“不能！”

“好吧。色雷斯母马。随你便吧。”

海格力斯再次出发，希望有人发明了飞机或高铁，因为他的鞋子由于走遍全希腊都快被磨坏了。

这次他准备坐船去。他租了一条三列桨座战船，招募了一批志愿者当船员，向他们承诺能够在去色雷斯的路上参与历险并获得财富。他也带上了他的侄儿，因为伊俄拉俄斯已经成为一个很有经验的军队指挥官了。海格力斯担心要是船员们帮他抓住那些马，欧律斯透斯会宣布任务无效，于是他决定等抵达色雷斯之后，就把他们都留在船上，他自己去见狄俄墨得斯。

这一路上，海格力斯经历了儿场相对次要的冒险。他发明了奥林匹克运动会，入侵了几个国家，帮助众神击败了一支不朽巨人的大军。我猜我可以给你们讲讲这个，要是我还有另外几百页空间的话，不过我自己最近也得跟巨人作战，所以还没准备好对付这个话题。

海格力斯最终抵达色雷斯之后，跟计划好的一样，他把他的船员们都留在了船上，独自前往狄俄墨得斯的宫殿。由于上一次跟克里特岛的米诺斯王直接谈话的效果很不错，海格力斯决定再试一次同样的方法。

“你好，狄俄墨得斯，”海格力斯说，“我能带走你的马吗？”

狄俄墨得斯咧嘴一笑。他眼中闪烁着疯狂，这让他看起来就跟万圣节的杰克南瓜灯一样“友好”。“你听说过我的马，嗯？”

“呃，只听说过它们是最出色的。迈锡尼的至尊王大傻帽儿派我来这里取四匹你的母马。”

“噢，没问题！跟我来！”

海格力斯简直不敢相信他运气这么好。连续两个简单的任务？好极了！

他跟着狄俄墨得斯往前走时，注意到越来越多的侍卫在他们身后列队跟随。到他们走到马厩的时候，他已经被五十个色雷斯战士围住了。

“我们到了！”狄俄墨得斯骄傲地张开了双臂，“我的马儿！”

“哇。”海格力斯说。

和狄俄墨得斯的马厩比起来，奥革阿斯的牛圈简直就是迪斯尼乐园了。地板上覆满了恐怖的骨肉残渣。马儿们的蹄子和腿上都溅满了血。它们的眼睛充满野性，显得狡黠且恶毒。它们看到海格力斯的时候发出了嘶鸣，还想用锋利且带血的牙咬他。位置最近的母马竭力要冲出畜栏，全靠它们脖子上缠着的粗粗的青铜链才能把它们困在原地，束缚在一排铁栏杆里面。

“我的宝贝们很强壮，”狄俄墨得斯说，“这就是为什么要用链子拴住它们。它们很爱吃人肉。”

“很有魅力，”海格力斯嘟囔道，“我猜我就是今晚的主菜啦？”

“不是针对你的，”国王说，“我对我所有的囚犯和宾客，还有我的大多数亲戚都是这么干的。侍卫！把他扔进去！”

这是五十对一。侍卫们没有一点机会。海格力斯把他们一个接一个扔进了畜栏，让马儿们吃到了一顿用色雷斯战士做成的有五十道主菜的大餐。

最后，只剩下了海格力斯和狄俄墨得斯。国王退到了角落里，说道：“等等！我们谈谈吧。”

“跟你的马去谈吧，”海格力斯说，“因为我不想听。”

他把国王举了起来，扔进了畜栏。马儿们都吃饱了，不过它们还是腾出了一点肚子吃这道甜点。

吃了这么多好吃的之后，马儿们变得昏昏欲睡又很温顺。海格力斯挑出了四匹最好的母马，给它们装上马具，把它们牵到了他的船停靠的码头上。

他们准备回到海上时，海格力斯和他的水手们跟色雷斯人爆发了一场小规模冲突。当然，海格力斯打败了他们所有人，但他也有几名志愿加入的船员被杀了。其中一个名叫阿布得罗斯的人战斗得十分英勇，海格力斯为他修建了一座巨大的墓，还建立了一座城市来纪念他。这座城市叫阿夫季拉，后来成了色雷斯海岸上的一个主要港口。今天这个希腊城镇依然存在——只是以防万一告诉你一声，你懂的，要是你哪天去了狄俄墨得斯的国家，想消磨一个下午的话。

海格力斯把吃人肉的母马带给了欧律斯透斯，但至尊王太害怕了，不敢役使它们。他把它们放生到了奥林匹斯山附近的荒野中。有的故事说这些马被更大的掠食动物吃掉了。还有的故事说这些马的后代几世纪后仍然生存在那里，直到亚历山大大帝来到此地驯服了它们。我凭借个人经验所知道的是：你要是走错了街区，仍然能遇到吃人肉的马。所以我的建议是：别走错了。

这时，欧律斯透斯开始心慌了。他快要没有问题能抛给海格力斯解决了。乡间的怪物都被处理了。邪恶的国王们要么被打死了，要么被喂给了自己的马。海格力斯变得越来越出名，而且仍然令人讨厌地活着。

至尊王还有另外一件烦心事：他那宠坏了的十几岁的女儿阿德墨塔已经念叨了几个星期，想要一条纯金腰带来搭配她的新裙子。“我想要世界上最好的腰带，爹地！好不好？”

所以，当海格力斯站在他面前等待自己的下一个任务，欧律斯透斯脑海里正缠绕着这几个乱七八糟的念头：杀了海格力斯。金腰带。危险的任务。

忽然间，他有了一个绝妙的邪恶点子。谁拥有世界上最好的金腰带呢？谁喜欢杀死男性英雄呢？

“海格力斯，”欧律斯透斯说，“我希望你到亚马逊人的领土上去，把她们女王的金腰带带来给我的女儿。”

在王座后面，阿德墨塔拍起手来，高兴得上蹿下跳。

海格力斯露出了凶恶的表情，跟他的狮子兜帽很相配。“你的女儿想成为亚马逊女王？”

“不，她只是想要一条闪亮的腰带来搭配她的裙子。”

海格力斯叹了口气。“你知道我本来可以在从色雷斯回来的路上顺便去一趟亚马逊国，对吧？我本来可以节约点时间和里程，还有——算了。金腰带，行啊。你还想加一份薯条吗，陛下？”

“什么是薯条？”

“当我没说。”

海格力斯再次出发了。唯一的好消息是：欧律斯透斯没有抱怨海格力斯在色雷斯那次任务中雇来的一船志愿者，所以他猜想这次也能这么干。他把他的人再次召集起来，还有他的老朋友兼侄儿伊俄拉俄斯。就这样，他向黑海南岸的亚马逊国出发了。

海格力斯想避免战斗。他已经厌倦了为满足欧律斯透斯的愿望而让人们送命。他尤其不希望为了给一个宠坏了的公主弄一件时尚配饰而挑起战争。

另一方面，他知道亚马逊人崇尚武力，所以当他的船停泊到她们国家的海岸一带时，他让手下人全副武装划小船靠岸。他们拿着矛和盾，排好阵势走上海滩。

亚马逊人的侦察兵已经观察了他们一段时间。希波吕忒和她的大军已经准备好了。女王的妹妹彭忒西勒亚认为她们应该直接冲上前去大杀特杀，但希波吕忒比较谨慎。她听过海格力斯的传说，她想知道这个希腊英雄有什么话要说。她带领几个贴身保镖，举起免战旗，策马奔向希腊人的队伍。海格力斯也带了几个人策马前来与她会面。

“嗨，”海格力斯说，“你看，我知道这很傻，不过希腊有一个十几岁的公主想要你的腰带。”

他解释了整个情况。一开始希波吕忒觉得这很放肆。接着，当海格力斯清楚地表明了他有多痛恨至尊王以及他的各种要求，她开始觉得这很好笑。海格力斯把欧律斯透斯叫作“至尊王牛便便”的时候，希波吕忒甚至笑出了声。

“那么，”女王说，“我知道你曾经抓到过刻律涅的牝鹿。”

“没错。”

“你向阿耳忒弥斯承诺过你会平安地放走那头鹿，而且遵守了这个诺言？”

“是的。”

“这为你赢得了不少赞誉。阿耳忒弥斯是我们的守护神。如果我把我的腰带借给你，你能用你的荣誉发誓把它带回来吗？这能避免很多无谓的流血冲突，不是吗？”

海格力斯放下心来。“是的，我很乐意。这样做再好不过。”

他们相处得很好。海格力斯的外表给希波吕忒留下了深刻的印象：他的身材高大健壮，穿着狮皮披风，用天神所赐的武器武装到了牙齿。海格力斯也认为希波吕忒十分性感迷人。如果事情没有发生变化，他们本来有可能开始共同生活，生下一群极具威胁的孩子。

然而这没有发生。赫拉在奥林匹斯山上她的战况室里观察着这一切。自从用巨蟹干扰过海格力斯的九头蛇任务之后，她被宙斯好好警告了一通，类似于“你敢再这么干我就把你倒吊在混沌之坑上面”什么的。她已经在努力克制自己了。她一直期待欧律斯透斯不靠她帮忙也能想办法弄死海格力斯，但现在这个英雄又要轻松拿下一个任务了。

“拜托，亚马逊人，”女神自言自语道，“你们的战斗精神都到哪里去啦？”

最终她实在忍不住了。她变成一个亚马逊战士，飞到凡间混入了她们之中。当海格力斯和希波吕忒一边谈判一边调笑的时候，赫拉行走在亚马逊人之间，小声在她们耳边说：“这是个陷阱。海格力斯要抓住女王当人质了。”

亚马逊人变得烦躁起来，她们天生就对男人抱有怀疑，她们相信了这个流言。女王跟那个穿狮皮披风的大个子谈得太久了，肯定有什么不对劲儿。

彭忒西勒亚拔出了剑。“我们必须保护女王！出击！”

海格力斯正在恭维希波吕忒的青铜护胫套时，他的人听见了警报。亚马逊人出击了。

“这是什么意思？”海格力斯质问道。

女王看上去很惊讶。“我不知道！”

在战场另一边，彭忒西勒亚举起了标枪。“我会救你的，姐姐！”

希波吕忒绝望地想要阻止这场战争，她喊道：“不，你弄错了！不要——”

当彭忒西勒亚掷出标枪时，她挡在了海格力斯身前。枪尖刺穿了希波吕忒的胸甲，亚马逊女王在海格力斯脚边倒地死去了。

彭忒西勒亚悲痛得发出了哀鸣。亚马逊人像暴风一般冲进了希腊人的阵中。

海格力斯没时间弄清楚到底是怎么回事。他从希波吕忒的尸身上脱下了金腰带，命令他的人撤退。

亚马逊人像恶魔一样战斗，但海格力斯杀出了一条通往海岸的血路来。数十名希腊人战死了。数百名亚马逊人倒下了。海格力斯拖住了敌军，好让他的人登上小船，划船回到大船上去。接着他跳进海里，游泳回到大船上，这期间许多箭和矛在他的狮皮斗篷上撞得粉碎。

希腊人逃脱了，不过他们并没有心情庆贺。

归途中，海格力斯进行了一些更加不重要的冒险。他击败了一只海怪，拯救了特洛伊城，在一场摔跤比赛中杀死了几个人……诸如此类的小事。回到提林斯后，他把亚马逊人的腰带扔到了欧律斯透斯脚边。

“几百个可敬的战士为了这条腰带牺牲了。我希望你的女儿会高兴。”

阿德墨塔公主一把抓过腰带，高兴得跳起舞来。“噢，我的众神，这太完美了！我都等不及要系上它试试了！”

她匆忙赶去向她的朋友们炫耀了。

“好吧，还不错，”欧律斯透斯说，“我们看看，海格力斯……现在还有多少个任务呢？八个？”

“不，陛下，”海格力斯一字一顿地说，“这是第九个任务了。我本来应该只剩下一个任务，但既然你用你有限的智慧判定有两个任务不算数——”

“那就还有三个任务，”国王说，“噢，别摆出那么阴沉的脸色。这对我也不容易呀，你懂的。每次都要想出更难、更蠢的活儿实在不轻松。”

“你可以提前释放我啊。”

“不，不。我想到了一个任务。”

“我发誓，如果你把我派回色雷斯或亚马逊国——”

“别担心！这次是去不同的方向！我听说有一个叫革律翁的巨人，他像怪物一般，住在遥远的西边——就在伊比利亚。”

海格力斯瞪着他。“你在开玩笑吧？”

今天，我们称为西班牙和葡萄牙的国家就在伊比利亚半岛上。但对古希腊人而言，那就是已知世界的尽头。就好比内布拉斯加州或者萨斯喀彻温省[①]——你有时会听说这个地方，但你很难相信真的有人住在那儿。在伊比利亚以外，就古希腊人所知，除了怪物出没的大洋以外一无所有。

---

① 内布拉斯加州是美国中西部的一个州，萨斯喀彻温省是加拿大的一个省，分别是这两国人口较少的地区。

“这个叫作革律翁的人……”至尊王继续说，“据说他有一群鲜红色的牛。你能想象吗？我很好奇它们挤出来的奶是不是草莓味的。无论如何，我想让你把他的牛群带来给我。”

“你跟牛到底是结了什么仇？”海格力斯问。

“给我去做！”

海格力斯租了另一条船，带上了另一群志愿水手。有趣的是……除了伊俄拉俄斯，参加过他上一次旅行的那些人中没有一个想再跟他出门。他航向世界的尽头，去寻找草莓味的奶牛。

当年，横跨地中海的长距离航行是一项危险的活动。海格力斯的船沿着非洲海岸行驶，因为这看起来是最不容易迷失方向的路线。沿途，他杀掉了一帮邪恶的国王和怪物，等等等等。

抵达突尼斯附近时，他遇到了波塞冬的儿子安泰俄斯，他既高大又丑陋，而且绝对不在我要寄圣诞节贺卡的家人名单上。

安泰俄斯的母亲是盖娅，大地女神。别问我波塞冬和盖娅为什么能一起生下孩子，思考这个实在太可怕了。我只知道：安泰俄斯更像妈妈。他嗜血、邪恶，而且块头非常非常大。任何经过安泰俄斯的地盘的人都必须跟他摔跤到死。我猜这是因为突尼斯电视台没有什么好看的节目。

海格力斯本来可以航行绕过这里，避开这次对抗，不过他不喜欢留下嗜血的杀人狂，让其他人面对这种威胁。他登陆了，向安泰俄斯挑战。

“嗷！”安泰俄斯用双拳捶打自己的胸膛，“你不可能打败我！只要我能碰到土地，我受到的创伤都将痊愈！”

“小提示，”海格力斯说，“不要在开始战斗前大声宣布自己的致命弱点。”

“这怎么会是弱点？”

海格力斯进攻了。他用双臂抱住安泰俄斯的腰，把他高高举起，这样他就碰不到地面了。安泰俄斯挣扎着，拳打脚踢，但海格力斯只顾越绞越紧，直到安泰俄斯胸腔内有什么东西断裂了。安泰俄斯全身瘫软下来。海格力斯等了一阵子，确定他真的死了以后，才把尸体扔到地面上。

“愚蠢的摔跤手。”海格力斯往尘土中啐了一口，返回他的船。

终于，他来到了地中海的尽头，在这里非洲的北端几乎与伊比利亚的南端接壤。为了纪念他难以置信的荒谬挑战，海格力斯竖起了两根宛如门柱的柱子。他管它们叫作——你肯定猜到了——海格力斯之柱。

有些故事说海格力斯把欧洲和非洲推向两旁，制造了它们之间的海峡。还有些故事说他把这条海路变窄了，这样那些巨大的海怪就不能从大西洋进入地中海了。

你愿意相信哪个就相信哪个吧。至于我呢，我是不怎么期待再去海格力斯之柱了。上一次我去那儿的时候，差点被飞来的菠萝砍了头，不过那是另外一个故事了。

到了伊比利亚之后，海格力斯把他的人留在了船上，独自漫游了几个月，寻找红色牛群。一个炎热的午后，他从一座小山上往下看，看到了一群红宝石色的牲口在底下的山谷里。

"这肯定就是那群牛了，"海格力斯喃喃道，"拜托一定要是那群牛啊。"

他走进了山谷，又累又烦躁。他快要走到牛群旁边时，一只凶猛的双头狗从高高的草丛里蹿了出来，一边咆哮一边露出它的满口尖牙吓唬他。

海格力斯很喜欢狗，不过这条长了两个头的狗看起来并不友善。它倒也没戴着狂犬病标牌。"噢，乖狗。呃……乖狗们？不必使用暴力嘛。"

"我来决定需不需要使用暴力！"一个拿着斧子的大块头男人拖着步子从狗身后走过来。

"你是革律翁吗？"海格力斯问。

"不，我为革律翁工作，"拿斧子的男人说，"我叫欧律提翁，这是我的狗，俄耳斯柔斯。"

"好的。"海格力斯举起手掌，想看上去显得友善一些，这并不容易，因为他带着各式各样的武器，头上还戴着狮头兜帽。"我是来买这些红色牛群的。迈锡尼的'至尊王大肚腩'想要它们。"

"恐怕这不可能。"欧律提翁说，"我的主人给我下了死命令：任何入侵者一经发现，格杀勿论。你这是走了一段很远的路来送死。"

"真可气。"海格力斯说。

牧人和他的狗同时发起了攻击。他们也同时死掉了。海格力斯一击就把他俩都干掉了。

他正在擦干净大棒上的血，另一个声音大叫起来："不，不，不！"

海格力斯抬头一看，正在急速跑向他的这个人看起来像是被一辆卡通片里的压路机碾过了。他的腿很正常，他的头也很正常，但这两者之间的部分都是扁平的，而且很不正常。他的脖子连着宽阔的肩膀，肩膀下面是三个独立的身体，一字排开。每个身体都穿着一件不同颜色的衬衫——红色，绿色，黄色。他的手臂左右各有一条，这样一来他肯定不能自己给中间那件衬衫系上扣子了。三个肚子共用一个超级粗的腰部，看上去需要系 82 码的腰带。他还有两把剑挂在两旁。

“你是怎么了？”海格力斯问，是真的很关心他。

“我是怎么——”这个人先是有些困惑，随后气坏了，“你是说我的身体？我生下来就是这样了，你这个大白痴！你干吗杀了我的牧人和他的狗？”

“他们先挑衅的。”

“哼！你知道在伊比利亚要找到一个好帮工有多难吗？”

“你是革律翁吗？”

“我当然是革律翁！伊比利亚之王，黄金王克律萨俄耳之子，红牛群的主人！”

“这是个使人敬畏的头衔，”海格力斯说，“红牛群的主人。说到这个，我想买下它们。多少钱？”

革律翁吼道：“你想付钱，很好。那就用你的血来付！”

红牛群的主人拔出双剑，发起进攻。海格力斯不太愿意攻击一个患有三个身体综合征的人，但他还是用他的大棒打中了革律翁中间那个胸口。他的肋骨伴随着一阵恶心的碎裂声断掉了。这本来是致命伤，但革律翁的胸口很快就鼓胀起来，恢复原状了。

“你杀不死我！”他说，“我有三套内脏，立刻就能痊愈！”

“顺便说一句，”海格力斯说，“你不应该告诉别人你的致命弱点。”

“这怎么就是致命弱点了？”

“我只要同时杀死你的三个身体不就行了，是吧？”

革律翁犹豫了片刻。“混蛋！我讨厌英雄！”

他尖叫着再次进攻，他的双剑在两旁挥舞着，让他看起来像是阿拉斯加帝王蟹的武士版本。

海格力斯扔掉了大棒，拿出了弓。

革律翁绝对没有能力转身。他冲上前来时，海格力斯闪到了一旁，在这位牧场主的左胳膊下射了一支箭。这支箭穿透了他的三个身体，刺穿了三个心脏，于是革律翁倒地死了。

“对不起，哥们儿，”海格力斯说，“我跟你说过了。”

他把红牛群赶回了他的船，起航回家。这次他沿着北部海岸航行，经过今天的西班牙、法国和意大利。他经历了更多冒险。在阿尔卑斯山脉，他杀掉了一些想偷走他的牛的人。在后来会成为罗马城的地方，他杀死了一个名叫卡库斯的会吐火的巨人。他建立了几个城市，毁掉了几个国家，等等等等。

最后，他回到了提林斯。欧律斯透斯发现红牛挤出的奶不是草莓味的，有点失望，不过他还是承认海格力斯完成了任务。

“这是第十个任务，”至尊王说，“也就是说你只剩下额外奖励的两个任务了！”

“这算额外奖励吗？”

“首先，”国王说，“我很想吃苹果。你给我带回来过很多不错的肉制品——蟹肉、野猪肉、牛肉、鸟肉……”

“你不应该吃斯廷法利斯怪鸟啊！”

“我的医生说我应该养成多吃水果和蔬菜的习惯。我希望你去找到赫斯珀里得斯的花园，给我从赫拉的神圣苹果树上带几个金苹果回来。”

“赫拉，”海格力斯重复道，“这个世界上最恨我的女神，你希望我去偷她的苹果。”

“是的。”

海格力斯的狮皮披风似乎比平时更闷热了，汗珠沿着他的脖子滴落。“那么这个花园的准确位置在哪儿呢？”

“我不知道。我听说它在很远很远的西方。”

“我刚从西方回来！我去了西方的尽头！”

“赫斯珀里得斯是泰坦阿特拉斯的女儿们，”欧律斯透斯总算说了句有用的话，“也许你可以问问阿特拉斯到哪里去找那个花园。”

“那我要到哪里去找阿特拉斯呢？”

“我猜你得去问了解泰坦的人。祝你好运！”

海格力斯对如何找到阿特拉斯毫无头绪。泰坦们在脸书网站上没有个人资料，也没有相应的维基百科词条。就连海格力斯可靠的侄儿伊俄拉俄斯也被难倒了。

最后，海格力斯咨询了宙斯的一位祭司，希望得到一点提示。

“如果你想找到一个泰坦，”祭司说，“也许你应该去问另一个泰坦。”

海格力斯挠了挠胡子。“你想到了谁吗？因为我知道大多数泰坦都被扔进了塔塔勒斯。”

“有一个泰坦可能帮得上忙，”祭司说，“他对人类总是很友善，而且他只是被链条锁在一座大山上而已，要找这种状态下的人很容易。”

“你是说普罗米修斯，把火种给了人类的泰坦。”

“给他一块饼干。”祭司说。

“你有饼干吗？”海格力斯满怀期待地问。

“不，这只是一种要给他好处的说法。总之，普罗米修斯是你最大的希望。你能在高加索山上找到他。我给你画个地图。”

自然，高加索山在一万万亿英里之外。在经历了好几个月的旅行和一系列冒险之后，海格力斯终于找到了普罗米修斯——一个十英尺高的男人，衣衫褴褛，手腕和脚踝都被链条锁在了悬崖的侧面。他的脸上有很多被爪子抓出的旧伤，但真正可怕的景象是他的肚子。

预警：接下来有恶心场面！

一只巨大的金雕落在普罗米修斯的胸腔上，啄食这位泰坦不朽的内脏。你知道那些廉价游乐场的鬼屋吧，那种用意大利冷面、去皮的葡萄和番茄酱做假内脏的地方？这个场面看起来跟鬼屋里的差不多……只是这个不是假的。

海格力斯走向普罗米修斯。“老兄，这看起来很痛。”

“的确……痛。”普罗米修斯忍不住发出一声惨叫，震动了整座大山，“对不起。很难……保持……专注。”

海格力斯十分同情他。他一定过了很多很多天苦日子，疼得仿佛要被啄死了一样。“我不想打扰你，但我在找阿特拉斯。我需要从赫斯珀里得斯的花园里取得几个金苹果。”

“我……能……帮你，”普罗米修斯说，脸上大汗淋漓，“但……这只……鹰……”

海格力斯点点头。“你被锁在这里多久了？一千年？”

“差不多……哎哟！……这么久了。”

“如果我杀了这只鹰，你能告诉我我需要的信息吗？”

“很乐意。啊啊嗷！没错。”

海格力斯看着天空。“我的父亲宙斯，我从来没有向你祈求过什么。在为欧律斯透斯完成所有那些愚蠢的任务时，我都在偿还我的罪孽，默默忍受。嗯……基本上吧。总之，普罗米修斯有我需要的信息。我认为他受到的惩罚已经够了。我现在要杀死这只鹰了，一般情况下我是不会这么做的，因为鹰都很酷。但这只实在让我毛骨悚然。”

一个威严的声音从天界传来：“那好吧。”

海格力斯相信他得到了父亲的允许，于是拉开弓把金雕射死了。

转眼之间，普罗米修斯的肚子就长好了，他的表情显得如释重负。“谢谢你，我的朋友，你真是一个高贵的蟑螂！”

“一个什么？”

“对不起，我是说人类。总之，这是你需要做的：去西北方，穿过许珀耳玻瑞亚巨人的领土，走到已知世界的尽头。”

“去过了，杀了点东西，还买了纪念 T 恤衫。”

“啊，不过阿特拉斯住在一座不可能被人类找到的大山上……除非这个人类很清楚该去哪儿找。我会给你个指南。你一到那儿，就能看到赫斯珀里得斯的花园就在旁边，但你不能自己去拿金苹果。巨龙拉冬负责保卫苹果树，它是杀不死的，即使像你这么强壮的人也做不到这一点。而且，如果你用武力抢走金苹果，赫拉完全有权当场把你劈死。”

“所以……”

“所以你必须说服阿特拉斯帮你去拿那些金苹果。赫斯珀里得斯是他的女儿们，他可以很轻松地走进花园，巨龙也不会来烦他。”

“但阿特拉斯不是要背负天空，不能离开吗？”

普罗米修斯微微一笑。“这个嘛，我不能解决你的所有问题啊。你得自己解决这个问题了。”

得到普罗米修斯的指点之后，海格力斯谢过这位衣着破烂的泰坦，上路了。他在路上有很多时间思考，所以当他最终找到阿特拉斯时，他已经想到了一个很好的办法。

老泰坦蜷伏在北方荒原最黑暗的边界处的一座大山顶上。阿特拉斯仍然穿着他那伤痕累累、被闪电烧熔过的盔甲，那场战争是一千多年前泰坦与众神之间发生的。他的皮肤很黑，就像在自然界中受到长期侵蚀的旧铜板。他双膝跪地，胳膊高举，用他的背支撑着一朵巨大的旋涡状漏斗云的底部——那是一股占据了整个天空的龙卷风。也许这是因为它本身就是天空。

“伟大的阿特拉斯！”海格力斯叫道。他倒不是纯粹在说恭维的话。阿特拉斯的身材有普罗米修斯的两倍大，健壮程度也是后者的两倍。即使经受了一千年残酷的刑罚，他看上去仍然令人感到震撼。

“你想要什么，渺小的凡人？”泰坦的声音隆隆作响。

“苹果。”

阿特拉斯咕哝道：“我猜你说的是我女儿们的花园里的苹果吧。”

泰坦下巴一伸，指出了方向。海格力斯之前没注意到，不过在大山的另一边，一英里之外的一座山谷里，一个美丽的花园闪耀着紫红色的光芒，仿佛永不消逝的晚霞。几个小小的身影——穿着白裙子的女人——在花丛中舞蹈。在花园正中，一棵巨大的苹果树耸入云霄。即使从这么远的距离，海格力斯也能看到金色的果子在它的枝丫间闪着光，而巨龙拉冬那蛇形的身体则盘绕在树干上。

海格力斯有点想自己走到那里去，杀死巨龙，拿到苹果。看起来很简单嘛。不过他认为普罗米修斯没有对他说谎。即使他能杀掉巨龙，赫拉也会在他摘下苹果的那一瞬间把他炸成灰。

“没错，”海格力斯同意道，“就是那些苹果。”

“你自己是永远也拿不到的。”

“普罗米修斯告诉我了。”

阿特拉斯皱起了他那汗涔涔的眉毛。“你认识普罗米修斯？”

“我射死了啄食他肝脏的鹰，他告诉我怎么找到你。”

“那么，你就是个坚定的泰坦追星族了，是不是？我告诉你：既然你帮助了普罗米修斯，我也会帮你。不过这并不容易。我去拿苹果的时候，你必须帮我支撑天空。”

海格力斯已经料到了。“没问题。不过你必须朝斯提克斯冥河发誓你会回来。”

阿特拉斯咯咯笑道：“信不过我，嗯？我也不怪你。好吧，我向斯提克斯冥河发誓我会带着苹果回来。不过你确定你能扛得动天空的重量吗？你个子很小啊。”

“哼，”海格力斯解下了狮皮披风，把它扔到一边，“交给我吧。”

你可能在想：哥们儿，这可是天空啊，你怎么能扛得动它，更别说还要把它转移给别人？而且要是天空那么重，那么让人受罪，阿特拉斯干吗不把它放下，一走了之？

道理不是这样的。我来告诉你。

要是阿特拉斯把天空放下了，还想逃跑的话，天空就会掉下来，压扁视野里的每件东西，包括这位泰坦和他的女儿们。至于你怎么扛住它……这个嘛，除非你亲自试过，否则很难形容。想象一下四千万吨重的盖子在你背上旋转，它的尖角直往你的两块肩胛骨中间戳。这是很难受，但你得拼命承受住，不然就会被压碎。

海格力斯在阿特拉斯身边跪下。阿特拉斯慢慢地、小心地把他肩膀上的重量转移到海格力斯肩上。这位英雄个子虽小，但没有被这份重担压垮。

“真是让我刮目相看啊。”阿特拉斯说。

“去拿苹果，”海格力斯低声说，“这个很沉。”

阿特拉斯咯咯笑道：“我能不知道吗？马上回来。”

阿特拉斯对“马上”的理解和海格力斯不一样。泰坦散步走到赫斯珀里得斯的花园里，和他的女儿们愉快地聊了很长时间，享用了一顿轻松愉快的野餐，还跟巨龙拉冬玩了一会儿，最后他才带上苹果回来了。

同时，海格力斯的肌肉都要变成橡皮泥了。他的四肢都在发抖，汗水流进了他的眼睛。天空转动着戳他的背部的力量太大了，肯定会留下一块讨厌的瘀青。海格力斯从来没有感到过如此无力，他不知道自己还能不能坚持住。

最后，阿特拉斯回来了，还吹着口哨。“谢谢你，我的朋友！我忘了自由的感觉有多好了！”

“很好，把天空接过去吧。”

“嗯，事情是这样的。我发誓要带着苹果回来，我也做到了，但我从来没有答应过要把天空接过来，还你自由。”

海格力斯低声发出一些不宜出现在书中的咒骂。

“好了好了，”阿特拉斯说，“我们不要这么粗俗嘛。你干得很不错！我要去带上我的女儿们，召集一支军队，再去摧毁奥林匹斯山了。”

“好吧，”海格力斯说，“你赢了。”

“的确，我赢了！”

“但请在你走前再帮我最后一个忙。我帮助普罗米修斯减轻了刑罚，至少你也能让我稍微舒服一点，好忍受你所受的刑罚。”

阿特拉斯迟疑了片刻。“你想要什么？”

“天空的那个尖角把我的背弄得疼死了。”

“这还用说，兄弟！”

“我真的很需要一个枕头。”

“我懂。我求过众神，想要一个特大号加厚的，他们理都不理。”

“那么，你有机会证明你比众神更仁慈了。把天空扛回去一小会儿，让我把我的狮皮斗篷叠起来放在我的脖子后面。然后我会再从你那儿把天空接过来，永远扛下去。我保证。”

阿特拉斯本来可以一笑了之，径直离开。

但一般来说泰坦不是全然无情的。他不讨厌像海格力斯这样的凡人，他只恨众神。也许他也对把他所受的刑罚施加给一个渺小的半神这件事感到了一丝丝愧疚，也许他只想表现得比宙斯更大度。

“好吧，”他说，“我可不是为了自己才这么心善的。”

“你最好了。”海格力斯附和道。

阿特拉斯放下了金苹果。他在半神旁边跪下，海格力斯把天空的重量再交还到泰坦的肩膀上。海格力斯一瘸一拐地走向金苹果，把它们用狮皮斗篷兜了起来。“谢啦，阿特拉斯。再见。”

“什么？”阿特拉斯吼道，“你答应过——”

“我没有向斯提克斯冥河发过誓。得了，哥们儿，这是入门级骗术呀。好好享受永远扛着天空的感觉吧。”

海格力斯走出五百英里之外都还能听到阿特拉斯在吼脏话。

轮到最后一个愚蠢的任务啦！

你激动吗？海格力斯激动。他准备好要解决这个垃圾任务了。那个正在写故事的倒霉蛋也准备好了。哦，等一下……那人就是我。

海格力斯带着金苹果回到提林斯时，至尊王欧律斯透斯变得脸色苍白，汗如雨下，辗转难眠。他担心了好几个星期，不知道海格力斯完成最后的任务之后会发生什么。他一旦获得自由，那就再也没有什么能阻止他把欧律斯透斯就近扔进垃圾槽里，并且篡位当上至尊王。整个国家都要变成狗窝啦！

欧律斯透斯还有一次机会。他需要一个彻底不可能完成的任务，确保海格力斯会耻辱地死去，永远回不来。

一个疯狂的念头出现在他脑海中。死去，回不来，变成狗窝……

“最后的挑战！”国王宣布，“前往冥界，给我带回哈迪斯的守门狗刻耳柏洛斯。”

“很好笑，”海格力斯说，“说正经的，我的任务是什么？”

“这就是你的任务！别拿什么基因变异的三头狗来糊弄我。我要的是真东西，非刻耳柏洛斯不可。去吧！”

最后这几句实在很难听，但海格力斯不会在如此接近终点线时失去理智。他向后转，大步走了。

他首先去拜访了厄琉西斯城的哈迪斯神庙，以便取得一些关于冥界的建议。接下来他前往宠物折扣商店，囤积了一大堆火腿口味的狗咬胶。

根据某些传说，他也抽出时间和伊阿宋以及阿尔戈英雄们一起出航了。我不会怪他。跟侵入冥界相比，一趟危险的海上远航听上去简直就像一段放松身心的假期。

最后，海格力斯坚定了自己的意志，找到了地面上最近的一处缝隙，往下爬到了厄瑞玻斯。渡过斯提克斯冥河完全不成问题，因为船夫卡隆是海格力斯的超级粉丝，他同意带这位英雄渡河的条件仅仅是让海格力斯用他的手机录一段语音邮箱问候语。

海格力斯抵达了黑色的大门，找到了刻耳柏洛斯。想找不到它也挺难的，毕竟它是一头巨大的黑色三头地狱猛兽，尾巴是蛇，眼睛闪着红光。

海格力斯对驯狗很有一套。他命令刻耳柏洛斯坐下，它坐下了。海格力斯拿出了几根火腿口味狗咬胶，给刻耳柏洛斯的每个头扔了一个。它立刻疯狂地迷上了这东西。

海格力斯本来可以直接牵起它走人，但只要有可能，他还是想有礼貌地办事。他决定去请求哈迪斯的允许。他知道这有风险，不过他也知道现在是冬天，也就是说珀耳塞福涅在地底世界。珀耳塞福涅作为宙斯的女儿，原则上讲算是海格力斯同父异母的姐姐，所以她可能会帮他一把。他认为这值得一试。

“我会回来的，乖狗，”他对刻耳柏洛斯说，“哪儿也别去。”

刻耳柏洛斯一屁股把它的蛇尾巴坐在了地上，这让那条蛇很头疼。

海格力斯在长春花之地穿行的时候，正巧走过那位雅典英雄忒修斯身边。他坐在一块岩石上，从脖子以下都僵硬不动。他这样动弹不得已经好多年了。

“救命啊。”忒修斯说。

海格力斯皱起眉头。“你是忒修斯？你在这儿干吗？”

“说来话长。我的一个朋友想了个蠢主意，要绑架珀耳塞福涅，我同意了。我朋友……嗯，他变成了石头，碎掉了。我还在这儿动不了。你能把我弄出去吗？”

海格力斯想把他拉起来，但忒修斯的屁股看来是牢牢连在石头上了。“嗯哼，我会去跟哈迪斯和珀耳塞福涅谈谈这事，看看我能不能帮上忙。”

“谢啦，老兄。我哪儿也不会去的。”

海格力斯漫步走进哈迪斯的宫殿，发现掌管死者的国王和王后正在他们的王座之间的小桌子上玩着“饥饿的小河马”游戏[①]。

“我是不是打扰你们了？”海格力斯问。

哈迪斯朝空中摆了摆手：“没有。她玩这个游戏总能把我杀得片甲不留！”

“秘诀是手腕的动作，亲爱的。”

哈迪斯的脸转向了海格力斯。“你不是死人，你也没把我的下午茶点送上来。你是谁？”

“我是海格力斯，大人。我到这里来是因为迈锡尼的‘至尊王废物点心’想让我把您的狗——刻耳柏洛斯，带给他。”

一丝生硬的微笑出现在哈迪斯的嘴角。“哇，真有意思。我差点就笑出声了。”

“我也希望这是个玩笑，”海格力斯说，“不幸的是，我有那十二项愚蠢的任务——”

“哦，我们都知道了，”哈迪斯说，“我妻子可喜欢你干的那些事了。”

---

① 原文是 Hungry Hungry Hippos，一种塑料棋盘儿童玩具。

珀耳塞福涅笑容满面。“我很早就关注你了！我很喜欢你对付密耶斯人的做法……”

海格力斯必须努力回想这件事，因为它发生在差不多五十页之前了。“没错。是我干的，还能有谁？”

“还有九头蛇！那一段很吓人。我们在濒死体验频道观看了你的战斗。”

“濒死体验频道？”

“我们本来担心你的灵魂要来拜访我们了，不过你活了下来！我为你是我的弟弟感到骄傲。”

哈迪斯像在说悄悄话一样往前倾了倾。“这些天来她一直在谈论你的事情。‘你知道海格力斯吗？哎呀，我是他姐姐。’”

珀耳塞福涅用力拍了一下她丈夫的胳膊。“总之呢，我们很高兴把刻耳柏洛斯借给你。是不是，亲爱的？”

哈迪斯耸了耸肩。“当然。你交差以后把它放了就行，它认识回家的路。”

“你们太酷了，”海格力斯说，“噢，顺便，有另外一个英雄忒修斯被困在了长春花之地。现在能放他走了吗？他待得很无聊了。”

哈迪斯挠了一下脑门儿。“忒修斯还在这儿？好啊，当然，带他走吧。”

于是，在几张自己的照片上签了名，并且礼节性地让哈迪斯赢了一盘“饥饿的小河马”以后，海格力斯走回长春花之地，救出了忒修斯，再回到冥界的大门前，带走了刻耳柏洛斯。

“跟上，乖狗。”

狗儿能闻到海格力斯的口袋里有狗咬胶的味道，于是它摇着蛇尾跟了上来。

他们来到地面时，海格力斯和忒修斯便握手道别了。海格力斯警告他要谨慎行事，但忒修斯由于受注意力缺陷多动障碍影响太严重，所以没怎么放在心上。他已经被人间的明媚阳光分了心，而且也太渴望回到雅典去了。

海格力斯转向了刻耳柏洛斯，它被阳光照得眯着眼睛，而且不停冲着树丛狂吠。

“好了，好伙计，”海格力斯说，“我要抓住你把你举起来，就是为了做些表面文章。你要吠叫挣扎，表现得好像是我把你拖到这儿来的。将来，艺术家们会画很多关于我们的陶罐画，如果你露出一副摇尾巴讨狗咬胶吃的样子，画出来会很傻的。”

刻耳柏洛斯似乎是理解了。海格力斯抓住它，一路拖着去提林斯。刻耳柏洛斯像疯了一样又是吠叫又是挣扎。他们回到城里时，人人都夺路而逃。人们关上了门，躲在床底下。连侍卫都吓得扔掉武器逃走了。

海格力斯冲进了王座厅。“欧律斯透斯，装死吧！”

至尊王大声尖叫，跳进了他的青铜罐里。

海格力斯咧嘴笑了。他一直很期待至尊王再跳进罐子里一次。

“把它赶走！”国王嚷嚷道，“把那头地狱野兽带走！”

“你确定吗？你不想检查检查它的牙齿，看看它的狗牌上写了什么，或是干点这之类的事吗？”

“不！我相信你！你的任务结束了，你的服役结束了。和平地离开吧，求你了！”

海格力斯一时间百感交集。他已经为这个国王工作了八年多了，也已经周游世界好几次了。有很长一段时间，他都幻想着等任务全部结束之后杀死欧律斯透斯是什么感觉。但现在，看着那个在王座旁颤抖的青铜罐，他只觉得可怜和解脱，还有一种已经很久没有体验过的感觉——幸福。

他转向刻耳柏洛斯。“回家吧，好伙计。给，带上最后这几个狗咬胶。”

刻耳柏洛斯用三条淌口水的舌头舔了舔海格力斯的脸，然后跳出了王座厅。

海格力斯对罐子说：“谢谢你，欧律斯透斯。你帮我为我家人的死赎了罪。你用我从来没有想象过的方式考验了我。甚至，你还让我看清了一点，我永远都不想要你的工作。当至尊王不适合我。你留着你的王位吧，我当英雄更开心。”

他大踏步走出宫殿，没有回头。

大团圆结局？众神啊，经历了这一切你们会希望有这样的结果，对吧？

可惜不是。

海格力斯想好了要再结一次婚，安一个家。他听说有一个偏僻的小城叫俄卡利亚，那里的国王名叫欧律托斯（这位老兄的名字当然要叫欧律托斯啦。这一点也不会让人搞混，即使这个故事里已经出现过牧人欧律提翁、至尊王欧律斯透斯，还有俄罗斯狗熊尤里或者那个谁来着）。

总之，欧律托斯在举行一场射箭大赛。大奖是他的女儿伊俄勒，她长得很美。真是好老爸，对吧？“噢，宝贝，你不介意我在射箭大赛里拿你当礼品吧？这对王国是很好的宣传。好极了，谢谢。”

海格力斯来到城里，很轻松地赢了比赛，但欧律托斯拒绝把女儿交给他。

“你看，海格力斯，”国王说，“不是针对你，但你把你前一个妻子和你的孩子们都杀了。这是我女儿，我不能把她交给像你这样的人。”

真是感人啊，欧律托斯在决定把女儿当作比赛奖品送出去之后又良心发现了，不过这不重要了。

海格力斯本来可以杀掉国王，但他只是感到十分震惊。他见过伊俄勒了，她真的很漂亮。他已经想象过他们会一起过上的美好新生活了。“你要食言？”他问欧律托斯，“你会后悔的！”

他气冲冲地离开了这座城。

几个星期后，欧律托斯的牛都不见了。当然，国王高度怀疑海格力斯。“那个恶棍！我要征讨他的家乡，毁掉那座城！”

他的儿子伊菲托斯是这个家里唯一还有一点理智的人，这时举手发言道：“呃，老爸……我觉得不是海格力斯干的。我跟你说过你应该遵守承诺把伊俄勒给他。我想丢牛这件事只是众神的惩罚。”

“这是撒谎！”国王叫道，“我要战争！”

“好吧，另外一件事……”伊菲托斯说，“海格力斯生活在提林斯，他的堂兄是迈锡尼的至尊王。他们的王国大概比我们的强大二十倍。所以跟他们打仗等于自杀。”

“哦。”国王讨厌面对现实，“那么，你有什么建议？”

“让我去跟海格力斯谈，”伊菲托斯说，“我会了解清楚。但如果他真的没有偷牛，你应该把伊俄勒给他做妻子。”

国王同意了。

伊菲托斯出远门去见海格力斯。

王子设法使用最具外交策略的语言来谈话。“听着，老兄，我是站在你这一边的。我知道你没有偷我父亲的牛。我只是来证明这一点，这样我们就能洗清你的罪名了。”

洗清罪名。

海格力斯怒火中烧。他为在射箭比赛中被取消资格感到羞耻，也感到被愚弄了。他花了八年时间来赎罪，完成愚蠢的任务好洗清他的罪名。而一等到他想展开一段新生活，他原来的罪过就又被甩在他脸上了。

“跟我来。”海格力斯吼道。他把伊菲托斯带到城墙顶上，让他看到全城的景观。“你在这里可以看到整座城，你能在哪个地方侦察到你的牛吗？”

伊菲托斯摇了摇头。“不，它们不在这儿。”

“那么，滚蛋吧你。拜拜啦。”海格力斯把伊菲托斯推下了城墙。这位年轻的王子掉到地面上摔死之前，尖声喊出了很多一点也不像外交辞令的词语。

海格力斯又犯了错，但我还能说什么呢？又是他著名的怒气控制问题导致的。第二天，众神用一种可怕的疾病狠狠惩罚了他。他发烧了，体重减轻了，他的皮肤爆发了大量奇痒难忍的脓疮，而且仿佛宇宙中的每一个白头痘痘都搬到他鼻子上来了。

“哦，好极了……”海格力斯一边发抖一边犯恶心，他裹上了狮皮斗篷，踉跄着走出城去，前往德尔斐求神谕。

德尔斐的女祭司一点也不想再次见到他。她不着痕迹地打开了她的包，好把她的防狼喷雾拿出来，以防事态升级。

“我很抱歉！”海格力斯说，“我把一个无辜的人推下了城墙，现在我长痘痘了。我得怎么做才能治好这个病——再完成十二件任务？”

“这个……好消息是，”神使紧张兮兮地说，“不必再完成任务啦！为了弥补你犯下的罪行，你只需把自己卖身为奴三年，把卖身的收入交给伊菲托斯的家人作为补偿。”

事态升级了。

海格力斯发疯了，首先把神坛给毁了。他满屋子追着神使跑，想用她自己的三脚凳去砸她。女祭司尖叫起来，猛喷防狼喷雾。

阿波罗从奥林匹斯山上下来插手这件事了。他和海格力斯厮打起来，轮流把对方摔倒在地板上，用箭射中对方的屁股。整个场面就像综艺节目里的大吵大闹一样。

最后是宙斯结束了这一切。一道闪电斜插进洞穴，击中了海格力斯和阿波罗之间的地板，用爆炸把他俩分开了。

“够了！”宙斯的声音隆隆作响，“阿波罗，冷静！海格力斯，尊重神谕！”

海格力斯冷静下来了。他和阿波罗很不情愿地握了握手。海格力斯打扫干净了德尔斐，同意卖身为奴。

贸易之神赫尔墨斯主持了拍卖。胜出的买家是一位名叫翁法勒的女王，她统治着小亚细亚的王国吕狄亚。由于当时的女性君主很罕见，翁法勒很高兴拥有像海格力斯这样的强人来确保人民服从她。

海格力斯帮她做了许多差事——常规战争、扫荡怪物、送比萨饼和暗杀什么的。其中最有名的事件是：有一对人称柯克普人的疯狂侏儒双胞胎——阿克蒙和帕萨罗斯——在王国里大肆破坏。他们抢劫商人，从便利店里偷东西，还搞恶作剧。比如改换高速公路指示牌位置啦，用泡沫塑料头长矛调包军队的武器啦。基本上他们就是最高级水平的大祸害，于是翁法勒派海格力斯去抓他们。

海格力斯很容易就找到了他们，但费了好大劲儿去抓他们。这两个小个子跟水獭一样油滑，牙齿也像水獭一样锋利。

最后，海格力斯终于把他们俩都绑起来了。

“放我们走！”阿克蒙叫道，“我们会给你亮晶晶的礼物。”

“闭嘴。”海格力斯嘟囔道。

“我们会给你讲笑话！”帕萨罗斯说。

“你们要去见女王，”海格力斯说，“她没有什么幽默感。”

他把柯克普人捆在一根棍子的两头上，让他们头下脚上地倒挂着，接着把他们挑在肩头。他出发上路了，而柯克普人立刻就爆发出一阵大笑。

“黑屁股！”阿克蒙说，“噢，众神，哈哈哈哈哈哈！”

“原来如此！”帕萨罗斯说，“妈妈是对的！哈哈哈哈哈哈！”

海格力斯停下了。“你们两个傻瓜在笑什么呢？”

侏儒兄弟指着海格力斯的屁股。他的束腰外衣缩到了腰带的位置上，而因为希腊人不穿内裤，海格力斯就这么露着屁股一路走着。

“你晒得好黑，所以有个黑屁股！”阿克蒙笑出了眼泪。

海格力斯沉着脸说：“你们在笑我的屁股？”

“是呀！”帕萨罗斯眼中也笑出了泪花，“很多年前，我们的母亲警告我们留心一个预言：要小心黑屁股！我们当时不知道这是什么意思，不过现在知道了。”

“很好，”海格力斯嘟囔道，“现在，闭嘴吧。”

“黑屁股，黑屁股！”双胞胎取笑了他一路。一开始这有点烦人，不过后来由于这实在很滑稽，海格力斯也觉得好笑了。

夜幕降临后，他停下来吃晚饭。他坐在营火边时，柯克普人给他讲了很多搞笑故事和傻乎乎的笑话，海格力斯的肚子都笑疼了。“为什么奇美拉要过马路？”“需要多少个斯巴达人才能换一个灯泡？”这对矮人知道所有的经典笑话。

“好啦，你们俩，”海格力斯说，“我给你们一个条件。如果你们保证永远不再在翁法勒的王国里惹麻烦，我就放了你们。你们太好玩了，杀了就可惜了。”

“好耶！”阿克蒙说，“我们是很好玩！”

“万岁，黑屁股！”帕萨罗斯叫道。

海格力斯砍断了绳子，径自走了。他对此感觉好极了，过了一阵子才发现柯克普人把他的剑和钱都偷走了，但他仍然咯咯笑得停不下来。这个世界需要更多爱开玩笑的人。

最后，海格力斯结束了当翁法勒奴隶的日子。她愿意嫁给他，但他礼貌地拒绝了。他们曾经是奴隶和主人的关系，要接受这一点实在很不容易。

他决定去别的地方给自己找个老婆。

你可能猜到这会造成什么后果了……

海格力斯四处流浪了一阵子，杀了一些强盗和怪物，无意间走到了卡莱顿城。

你可能还记得举行过死亡之猪狩猎庆典的这个地方。王室经历了一段艰难岁月。墨勒阿革和大多数其他王子都死了，不过国王俄纽斯还有一个漂亮女儿名叫得伊阿尼拉。她和海格力斯一见钟情。

等到上饭后甜点的时候，海格力斯就求婚了。

全家人都很高兴。没错，海格力斯的名声是很差，不过卡莱顿人的名声也好不到哪儿去。

“只是有一个问题，”国王说，“得伊阿尼拉已经和本地的河神阿刻洛俄斯订婚了。我要是不答应把女儿嫁给他，他就要用洪水淹没村庄。”

海格力斯把关节活动得咔咔响。这么多年来第一次，他感到他是在接受一个他真正关心的任务，只因为他想做这件事。“把河神交给我吧。”

他气昂昂地走到河岸上，叫道：“阿刻洛俄斯！”

河神从水底升起。他腰部以下的身体是牛，腰部以上的身体是人，只是额头上长了一对角。

“你要干吗？”阿刻洛俄斯说。

“跟得伊阿尼拉结婚。”

“她是我的。”

“我们来为她打一架吧。无论谁输了都必须保证不会向她、她的家人或这座城市复仇。”

“没问题，”阿刻洛俄斯说，“我不怕任何凡人。对了，你叫什么名字？”

“海格力斯。”

河神的脸色唰地变白了。“噢，可恶。”

海格力斯冲向牛人河神。他们在一起扭打了好几个钟头，想尽办法杀死对方，不过当然了，海格力斯更加强壮。他折断了河神的一只角，然后使出锁喉的动作，直到阿刻洛俄斯失去力量。

“不能报复，”海格力斯说，“这是说好了的。”

河神面色阴沉，揉着他的角断掉的地方。“哦，我不会报复，我不需要这样做。你的婚姻会以灾难收场。得伊阿尼拉和我在一起会好得多。”

“得了，随你怎么说。”

海格力斯胜利返回卡莱顿。阿刻洛俄斯的断角变成了丰饶之角，能够喷出各种各样的食物和饮品，以及不含麸质的零食。海格力斯为了庆祝他的婚姻把它献给了众神。最初的几个星期，他和得伊阿尼拉确实欣喜若狂……直到海格力斯又把事情搞砸了。

一天晚上，他们和平时一样在卡莱顿的王座厅里吃晚餐，这时一个侍童不小心把冷水洒在海格力斯手上了。

“嘿！”都没看一眼是谁洒的水，海格力斯重重地反手就是一拳，把那孩子打到了屋子的另一头，使他当场死亡。

这事让那天晚上蒙上了阴影。海格力斯非常窘迫，尤其是因为这个孩子是国王的亲戚。国王一家理解这桩死亡事件不是蓄意造成的，孩子的父亲原谅了海格力斯，但海格力斯仍然心怀愧疚。他决定离开这里，因为流放是过失杀人的常规处罚。俄纽斯王也没有很坚决地反对这个决定，他已经有些明白海格力斯就是个会走路的定时炸弹了。

于是海格力斯和得伊阿尼拉动身前往特拉喀斯。海格力斯听说过这里的国王在寻找一位新的将军，而这看起来是个好地方，适合重新开始一段新生活（这是第多少次了，第二十次吗？我都数忘了）。

途中，他们要跨过一条很宽、不怎么容易过去的河流。海格力斯和得伊阿尼拉在河岸上徘徊，想找到一座桥或是较浅的地方好涉水过去，可惜没找到。

“我可以游泳过去，”海格力斯说，“你可以趴在我背上。”

“亲爱的，这是我最好的裙子，”得伊阿尼拉说，“我们的全部家当都在这个包里了。要是我们必须游泳过河，里面有好多东西会被弄坏的。”

这时，从树林里传出了一个声音：“我能帮忙！”

一个半人马跑了出来。他脸上挂着友善的微笑，留着一副精心整理过的络腮胡，这在半人马身上是一个好兆头。

“我的名字是涅索斯，”他说，“我常年让路人骑在我背上渡过这条河。只要付给我你们认为公道的价钱就行了。”

“噢，海格力斯，”得伊阿尼拉说，“这太好了！”

海格力斯有些迟疑。他以前跟很多半人马打过交道。有些半人马，比如跟他分享美酒的老福罗斯，人非常好，而有些就不是这样了。

“你可以相信我，”涅索斯说，“众神给了我这份工作，因为我有很好的信誉，在点评网上都是五星好评。你们在上面搜我就知道了！”

海格力斯仍然感到不安，但得伊阿尼拉苦苦哀求，而且据这个半人马说，他在网上的评价也挺不错的。“好吧，先把我妻子背过去。小心点！好好干，我会付你好价钱的。”

“包在我身上，老板！”

得伊阿尼拉爬上了半人马的背，他走入了河中。

不幸的是，涅索斯对他的信誉撒谎了。他的点评网评价更多的是这类的：“非常令人失望”，“服务态度超差”，“我再也不会找这个半人马了”。

涅索斯一抵达对岸，便立刻狂奔起来。得伊阿尼拉必须紧紧抓住他才能不摔下来受伤。

“你是我的啦，宝贝儿！”涅索斯叫道，“今天的报酬真不错！”

得伊阿尼拉放声尖叫。在河对岸，海格力斯拉开了弓。半人马已经成了河对岸树丛中的一个模糊的影子。要射出这样一箭对大多数英雄而言都是不可能的。

要是射偏了，海格力斯可能会不小心杀掉自己的妻子。然而，他瞄准了，让箭飞了出去。这支箭射中了涅索斯的胸口，贯穿了他的心脏。半人马失足倒地了，得伊阿尼拉摔在了地上，不知怎的竟然没有摔断脖子。

在她的正前方，半人马直喘气，鲜血从他的胸口涌出来。

“姑娘，”他喘着气说，“过来一点。”

“不……不必了，谢谢。”得伊阿尼拉说。

“我很抱歉我想把你拐跑，你太美了。听着……在你丈夫到这儿之前，我……我有个礼物给你，表示歉意。半人马的血是一种强大的爱情灵药。取一些我的血吧。以后……你要是担心你的丈夫要离开你，就抹一些血在他衣服上，只要我的血沾上了他的皮肤，他就会想起他对你的爱，把别的女人都忘了。”

“你在骗人。”她说。

涅索斯张了张嘴，但什么也没说出来。他死了，玻璃般的眼珠子还盯着她。

在树林中，海格力斯在呼唤：“得伊阿尼拉？”

得伊阿尼拉畏缩了。她飞快地翻找她的包，翻出一个空香水瓶。她小心翼翼地不接触到半人马的血，让血滴了一些到瓶子里，接着把塞子盖上了。她把瓶子塞进包里的同时，海格力斯到了。

“你还好吗？”他问。

“很……很好。谢谢。”

“愚蠢的半人马。他弄伤你了吗？”

“没有。我们把他忘了吧。我们……我们应该走了。”

他们再也没有谈起过这个半人马事件。海格力斯和得伊阿尼拉来到了特拉喀斯城，海格力斯当上了国王的新将军。他打了很多胜仗。有那么一段日子，又一次，生活很美好。

但得伊阿尼拉开始听到流言了……说她的丈夫在外出征时并不总是对她忠诚。有时他会把一些女人当作他的战利品，而他并没让她们担任他的私人厨师或女仆。

得伊阿尼拉开始担心她的丈夫会离开她。她并不相信半人马涅索斯说过的话，但她越来越绝望了。

压垮骆驼的最后一根稻草落下了：海格力斯去攻打了俄卡利亚城。就是那个欧律托斯王的国家，他举行了一场射箭比赛，羞辱了海格力斯。

海格力斯对这位国王仍然怀有很深的怨恨，所以他很高兴能毁掉这座城，奴役城中的人民。他抢走了伊俄勒公主作为他的私人女仆，并把她用链子锁起来打发回了特拉喀斯，同时还运回了很多其他战利品。

这批人和物品寄到时还附了一张给得伊阿尼拉的便条：

嗨，宝贝：

我正在率军回家的路上。这段时间，照顾好我俘虏的这个新来的姑娘。我到家的时候会举行一场盛大的庆典。我最好的衬衫是干净的吗？请帮我准备好。

爱你的海格力斯

当得伊阿尼拉读到这个的时候，她吓坏了。海格力斯最好的衬衫就是他结婚时穿的那件。她很清楚伊俄勒的身份——海格力斯在跟她结婚之前想娶的那个姑娘。看看伊俄勒，她仍然年轻漂亮，得伊阿尼拉敢肯定这场“庆典”要干什么。海格力斯准备跟她离婚，娶伊俄勒为妻。

在惊恐中，得伊阿尼拉在她的东西中翻找那个装了涅索斯血的旧香水瓶。她把里面的东西涂在了海格力斯的结婚衬衫内侧。血很快就干了，而且变得了无痕迹。

“好了，”她自语道，“海格力斯会穿上这个，想起来他爱的人是我。”

几天后，海格力斯率领军队回来了。他穿上了他的结婚衬衫，抓住伊俄勒说：“来吧，我们要去神庙！得伊阿尼拉，我会晚点回家。”

但海格力斯不是要举行婚礼。他只是要把他的战利品献给宙斯，包括他的新奴隶伊俄勒。就在庆典进行到一半的时候，海格力斯正在向宙斯祈祷，忽然闻到一股烟味。

“伯父！”伊俄拉俄斯喊道，他现在是海格力斯的副官，“你在冒烟！”

半人马的血不是爱情灵药，它是世界上最可怕的剧毒——类似于氰化物和硫酸的混合物。海格力斯的皮肤起了水疱，火烧火燎的，备受煎熬。他惨叫起来，想撕掉他的衬衫，但它牢牢粘住了他的身体，血肉粘在了衣料上（糟了，抱歉，忘了预警此处有恶心情节了）。

“我要死了，”海格力斯说，在通往神坛的楼梯上缓慢地爬行，“伊俄拉俄斯，拜托，我需要你再帮我一个忙。”

“你不能死啊！”伊俄拉俄斯哭叫道。

但海格力斯显然即将离去。他疼得死去活来，他在流血。“拜托，给我建一个火葬堆，让我死得有点尊严。”

人们唉声叹气，放声大哭，因为海格力斯为他们赢得了许多战役。在伊俄拉俄斯的指挥下，他们修起了一个巨大的火葬堆，海格力斯自己走到了顶上。

“永别了，”他说，“告诉我妻子我爱她。”

火点燃了，最伟大的英雄在烈火中离开了人世。

得伊阿尼拉得知这个消息，意识到是她杀死了自己的丈夫，她惊骇万分，上吊死去了。

在奥林匹斯山上，宙斯俯瞰着他死去的儿子。他对其他天神宣布：“在下面的是我的儿子，他的成就比其他任何英雄都要多，他的苦难也比他们要多！我要让他成为天神，有人反对吗？”

他瞪着赫拉，但天后什么也没说。她必须承认海格力斯受了很多苦。她为了毁掉他的生活所做的每一件事只让他变得更强大、更出名。她知道什么时候该放弃。

海格力斯的灵魂升上了奥林匹斯山。他变成了不朽的天神，承担了奥林匹斯的守门人的职责。有海格力斯当保镖，不速之客就不会再带来任何麻烦了。他娶了青春女神赫柏，终于得到了平静与安详。他被希腊人、罗马人以及 B 级电影拍摄者奉为神祇，加以祭拜。

照我的看法，任何辛辛苦苦地读完了这一整章内容的人，也该得到不朽之身，作为遭受痛苦的奖励。不过奥林匹斯众神并没有征求我的意见。

我能提供的唯一奖励是继续看最后一位英雄的故事——一位我个人很喜欢的英雄。他和我的一个好朋友同名。而且，任何进行了一场危险的航行只为取回一张羊皮毯子的人在我书里都是好样的。

让我们和伊阿宋一道远航吧。

PERCY JACKSON

伊阿宋找到了一块能让全国齐心的毛毯

这个故事的开头很典型：少年遇到了云。少年和云生了孩子。少年和云离婚了。少年再婚了。邪恶的继母想杀了云的孩子们。孩子们坐着有魔力的飞羊逃走了。

我知道，你已经听过这个故事一百万次了，但再忍一忍，听我说吧。

故事中提到的少年名叫阿塔玛斯。他统治着一个名叫比奥蒂亚的城市，该城位于希腊中部偏北的色萨利地区。年轻的阿塔玛斯疯狂地爱着云仙女涅斐勒，两人结婚了。这很好，因为当地人已经开始好奇为什么阿塔玛斯成天在一朵云底下走来走去了。他们的恋爱关系公开之后，人们就会说："噢，他不是心情郁闷头上才有朵云，那只不过是他的老婆而已。"

国王和云仙女生了两个孩子：一个名叫赫勒的女儿和一个名叫佛里克索斯的儿子。又是些怪名字。你会给你的女儿起名叫赫勒吗？要是她的姓是史密斯，人们就会问了："她是史密斯吗？"你则会回答："噢，没错，她是赫勒·史密斯！"[①]

男孩的名字也好不到哪儿去。"佛里克索斯"的意思是"卷毛"。幸好他们没给他起名叫"莫"或"拉里"。

后来，阿塔玛斯和涅斐勒离婚了。也许是因为比奥蒂亚上空的气象静止锋终

① 赫勒的原文是Helle，发音接近Hella（即Hell of），后者的意思是"地狱的，非常的"。Smith这个常见姓的本义为铁匠，由于地狱有火，和铁匠的工作环境接近，所以Helle Smith这个名字很讽刺。

于离开了，而涅斐勒必须跟随云朵去别的地方继续工作。阿塔玛斯一秒钟也没多等，就娶了第二任太太——一位名叫伊诺的凡人公主。

伊诺是一个真的很“可爱”的人。一等阿塔玛斯和她有了他们自己的孩子，伊诺就认为赫勒和佛里克索斯应该死掉，这样她的亲生孩子才能继承王位。即使在古希腊，你也需要找一个很好的借口才能杀掉你的继子和继女。于是伊诺就找了一个理由。

当年，希腊女性负责干大部分农活。这是因为男人要把时间花在战场上互相厮杀。又由于伊诺王后负责管理庄稼，她偷偷用一个巨大的炉子烘烤了那一年所有的种子，让它们统统死掉了。她把这些种子分发给比奥蒂亚女人，让她们去种。这真是个“惊喜”：那些种子什么也没长出来。收获时节来临了，然而并没有庄稼可收。这实在很糟糕，因为这就意味着接下来一整年都没有面包、饼干、馅饼或奥利奥可吃了。

“天哪，”伊诺对她丈夫说，“我真不知道这是怎么回事。我们最好派几个使者去德尔斐求神谕，好弄明白我们是哪里得罪了众神。”

阿塔玛斯同意了。使者到了德尔斐，神使说出了真相：伊诺王后是一个狡猾的骗子，她想让整个王国遭受饥荒，这样她就能为所欲为了。

使者回到了比奥蒂亚，但伊诺王后设法提前和他们见面了。她重金收买了他们，以他们的家人相威胁，还提醒他们王室地牢是一个多么可怕的地方。于是当使者出现在阿塔玛斯王面前时，他们说出了王后教的说辞。

“众神一定是疯了！”带头的那个人禀告说，“神谕说解除饥荒的唯一办法是献祭你的头两个孩子，赫勒和佛里克索斯。”

伊诺王后倒吸一口凉气。“太遗憾了！我去拿刀子吧。”

阿塔玛斯大为震惊，但他知道不能挑战德尔斐的神谕。他同意把孩子们带到献祭用的海边神坛上去，伊诺王后已经在那儿把她的十四件套刀具磨得锃亮了。

同时，在天空中，云仙女听到了她的孩子们求救的叫声。作为一朵云，她是温和、非暴力的那类人，对营救人质这类事情所知甚少，但她有一个朋友可能帮得上忙，于是她向对方求助。

这一百多年来，有一只长了翅膀和金羊毛的公羊漫无目的地翱翔在希腊全境。它的名字叫克律索马罗斯，它是一个古怪的约会夜的产物，约会双方分别是一位凡人公主忒法那和我的父亲波塞冬。我在《波西·杰克逊与希腊诸神》中讲过这个故事了，所以请不要让我再解释一遍了。老实说，这挺尴尬的。

总之，克律索马罗斯每天都在希腊各地飞过，不过看到它的机会很罕见，就好比看到流星、双重彩虹，或是某个明星在路边汉堡包店排队。希腊人喜爱克律索马罗斯，因为——老兄，那可是只会飞的金羊啊！他们把看到它当作好兆头。无论它出现在哪儿，那座城的国王都会说："你看到了吗？我把国家治理得很棒！超级飞羊也支持我！"根据传说，如果克律索马罗斯在你的国家随便逗留一段时间，你的庄稼会长得更快，全国的病人都会痊愈，而你的无线局域网信号会提升差不多五百个百分点。

克律索马罗斯和涅斐勒是老朋友了，所以当涅斐勒呼叫说她的孩子们就要被当成祭品了，金羊回答："别担心，看我的！"

它从空中俯冲下去，把伊诺王后撞倒在地。"跳上来，孩子们！"它用公羊嗓说着人类的语言。

佛里克索斯和赫勒爬上了公羊的背，公羊带着他们起飞了。

公羊认为他们在希腊境内任何地方都不安全。要是希腊人想伪造神谕并牺牲自己的儿女，那他们就不配得到孩子和会飞的金羊这样的好东西。克律索马罗斯决定把佛里克索斯和赫勒带得越远越好，好让他们开始新生活。

"抓紧了，你们俩！"公羊说，"这片海域上空有很多湍流，而且——"

"啊啊啊啊！"赫勒并不怎么擅长听别人说话，于是从羊背上滑了下来，坠入海中死去了。

"见鬼！"克律索马罗斯说，"我说了让你们抓紧的！"

之后，佛里克索斯紧紧抓住公羊的金羊毛，说什么也不撒手。赫勒死去的地方是爱琴海和黑海之间的一道窄窄的海域，从此以后那里就被称为赫勒斯湾，我猜是因为管它叫"傻小孩湾"就太不礼貌了。

公羊一路飞向位于黑海东岸的科尔喀斯。在当年的希腊人眼中，这就是已知世界的最远端了。比科尔喀斯更远的地方就只有恶龙、怪物和中国什么的了。

科尔喀斯国王名叫埃厄忒斯。他热情地欢迎了佛里克索斯，很大程度上是因为他带来了一只很酷的飞羊。

克律索马罗斯确认了小男孩从此将会平安无事之后，就对佛里克索斯说："你现在需要献祭我。”

“什么？”佛里克索斯叫道，“但是你救了我的命啊！”

“没关系的，”公羊说，“我们需要为你的获救而向宙斯致谢。我的灵魂会变成一个星座。我一直都想变成一组星星！再说，我的金羊毛依然有魔力，在未来许多年里都能够保佑这个国家平安繁荣。很高兴认识你，卷毛！”

佛里克索斯眼中含着泪水杀掉了公羊。克律索马罗斯的灵魂变成了白羊座。埃厄忒斯把金羊毛钉在了阿瑞斯的圣林里的一棵树上，那里昼夜都有一条恶龙守卫着。

佛里克索斯在这里安家了，和国王的长女结了婚，生了很多孩子。科尔喀斯变得非常富强。希腊人则很郁闷，因为他们失去了超级公羊的保佑。

随着时间流逝，金羊毛变成了一个传说。时不时地，某个希腊国王会说：“嘿，我应该去科尔喀斯把金羊毛拿回来！这会证明我是受众神庇佑的人！”但没人知道科尔喀斯具体在什么地方，或者该怎么去。有些勇敢的英雄尝试了，他们的船从未回来过。

直到……当当当！

快进一代人的时间，这时伊阿宋弄丢了他的鞋子，同时变成了一个重要人物。

基本上色萨利地区的每一位国王都和阿塔玛斯沾亲带故，他们都对失去金羊毛感到很失落。每个国王都愿意付出一切代价取回金羊毛，但他们中没有一个人有资源来实现一场大规模探险。见鬼，他们中的大多数人甚至都不能维系一个完整的家庭。

例如克瑞透斯王。他统治着一个叫作伊奥尔科斯的小城，但他也积极参与到了这场大城市的大戏中。他收养了他的孤儿侄女蒂柔，这是件好事，但他的妻子西得罗却非常嫉妒这个姑娘，因为她年轻貌美。

蒂柔大约十七岁的时候，引起了波塞冬的注意，事情由此变得复杂了。后来蒂柔成了一个年轻的单身妈妈，带着两个半神儿子。她给年长的那个起名叫珀利阿斯，意思是“胎记”，因为他出生时她注意到的第一件事是他右眼下方的红色斑点。我猜这个名字还算好的，她本来也可能叫他“黑李子脸”或“小脏脸”。

总之，当西得罗王后听说蒂柔生了两个孩子，便大发雷霆了。“哦，当然了，他们是波塞冬的孩子。这故事编得不错！我敢打赌我丈夫跟这个小贱人有一腿！”

当然，蒂柔是国王的亲侄女，所以这种猜测很恶心，但是，嘿，我们是在谈论古希腊的事。如果你觉得这是你读到的最恶心的事，那你最好还是翻回前几章再好好看看。

西得罗不能直接杀了这个姑娘，国王不会允许她这样做，但王后想方设法让蒂柔的日子不好过。由于西得罗自己不能生育，她把蒂柔的儿子们夺走了，当作自己的儿子抚养。她不准蒂柔告诉孩子们谁是他们真正的母亲。接着西得罗派蒂柔去马厩工作，王后会找各种借口说这个姑娘做错事，殴打或鞭笞她。

所以，是呀，这真是一种“健康”的关系。

最终，当珀利阿斯长到十几岁时，他发现了真相，发现了他的继母西得罗这些年来是怎么对待他真正的妈妈的。他怒不可遏，拔出剑来，追着西得罗在王宫里跑。没人想阻止他，可能是因为珀利阿斯是波塞冬的儿子，而我们波塞冬的儿子一旦想发火可是很吓人的。而且，也没人喜欢王后。

西得罗逃到赫拉的神庙前。她一头扑倒在女神雕像的脚边，叫道：“求您保护我，赫拉！”

赫拉是妻子和母亲的保护神，但她不知是否该救她，因为西得罗并不是一位具有母爱美德的模范王后。事实证明赫拉也不必采取什么行动。当女神还在思索时，珀利阿斯就冲进了神庙，杀死了西得罗，鲜血溅满了赫拉的漂亮神坛。

赫拉并不在乎西得罗的死活，但没人能玷污她的神坛！从这一刻起，她就开始痛恨珀利阿斯，同时思考报复他的方法。

王后一死，老国王克瑞透斯就想，搞什么鬼？西得罗担心我会娶蒂柔？可能我是应该这么做！

他让蒂柔当上了他的新王后。他们一起生下了好多个孩子。最年长的是一个男孩，名叫埃宋（发音接近伊阿宋，不过要增加百分之五十的长音“阿——”）。

现在事情变得复杂了。克瑞透斯死后谁应该成为国王？他的长子珀利阿斯和他没有血缘关系。他是蒂柔和波塞冬的儿子。没错，克瑞透斯的确养大了他，但大多数人认为埃宋才是合法的王位继承人。

克瑞透斯也没发挥什么作用：他没有留下遗嘱或别的什么。当他暴毙后，珀利阿斯牢牢掌握了局势，他宣布自己是国王，立刻开始杀掉他的弟弟妹妹们，好确保他们永远不会对他的王位形成威胁。

不知怎的，埃宋逃走了。

也许他假死了，或者寻求了证人保护[①]。也许珀利阿斯数错了他的黑名单上的名字，以为自己已经解决了每一个人。要追踪每个需要杀掉的兄弟姐妹可不是件容易事。

总之，埃宋悄悄逃离了这个国家，和一位叫波吕墨得的女子结婚了。他们生了个儿子，名叫伊阿宋。我知道，你们肯定在想，这故事都开始五页了，我们终于等到主角出场了。是呀，这些古希腊人——他们从来都不能把事情弄得简单点。

为了他们的儿子的安全，还要对他的身份保密，埃宋和波吕墨得把伊阿宋送到荒野中，接受半人马喀戎的训练。喀戎花了很多年时间教导他英雄之道，而且告诉他，如果天理昭彰，他本应成为伊奥尔科斯的合法国王。

同时，在那座城里，珀利阿斯也成家了，有了孩子。他的长子名叫阿卡斯托斯。这孩子十六岁生日时，珀利阿斯王决定庆祝一番。他举行了一个盛大的体育节，比赛奖品十分丰盛，还准备了给波塞冬的祭品。波塞冬是珀利阿斯最喜欢的神（真讨厌）。

全国的年轻人都接到命令，要带祭品和生日礼物去伊奥尔科斯参加盛会。伊阿宋正好回家探访父母，接到了这个邀请。

“运动会？”伊阿宋挺起了胸膛，“这是我赢得名望和荣誉的好机会！我一定去！”

“儿啊，”埃宋说，“要是珀利阿斯认出了你是谁——”

“别担心，爸，他又没见过我，怎么可能认出我来呢？”

结果，珀利阿斯通过他的鞋认出了他。

就像所有邪恶的国王一样，珀利阿斯最大的担忧是失去王位。他刚杀掉了所有他能杀死的家庭成员，就去求了德尔斐神谕，想知道他是否安全了。

“所以，没问题了，对吧？”他问神使，“我能一直当国王吧？”

---

① 证人保护是美国司法体系提供给证人的保护措施，为了让证人免于受到报复，通常会让其改换身份进入新环境去生活。

“还有一个威胁，”神使警告他，“小心只穿了一只鞋的男人！”

珀利阿斯的手颤抖了。“这话是什么意思？他为什么只穿一只鞋？这会让他看起来很吓人吗？这是一种比喻吗？我不明白！”

“谢谢你的祭品——”

“别说了！”珀利阿斯不等神使祝他今天过得愉快就走了。要是听她说了这话，他怕自己会气得杀了她。

多年以后，到了举行大型体育节的时候，珀利阿斯几乎都忘了这个预言了。他的日子过得很滋润，诸事顺心。他差不多治好了自己的强迫症，不会老去检查人们的脚上穿了什么，或是对穿了遮住脚的长袍的外国使节大吼：“你穿的是什么鞋？”

节日当天早晨，伊阿宋漫步穿过树林，走向城里。他遇到了一条宽广的河流，看到一位穿着破旧衣服的老太太站在岸边，痛苦地绞着双手。

“噢，天哪，”她说，“我该怎么过河呢？”

伊阿宋不是傻子。他知道老太太们一般不会独自一人站在河岸边琢磨怎么过河。通常情况下，她们会让别人为她们做事；或者安全起见，会和一群老太太一起出门。伊阿宋认为这个老太太可能是一位经过伪装的女神。喀戎给他讲过很多这类故事。他决定要好好表现一下。

“我来帮你，夫人！”他有礼貌地鞠躬说道。

老太太咧开没牙的嘴，露出微笑。“真有礼貌！真是个善良的年轻人！但我很重的。你确定你能背得动我吗？”

“没问题。我有健身的习惯。”

他把老太太驮在背上，走入水中。水流寒冷湍急，老妇人又哼唱着“划，划，划你的小船”，这让艰难涉水的伊阿宋觉得有些闹心。但他心想，这可能也是测试的一部分。过河过了一半，伊阿宋有一只脚陷入了淤泥里。他把脚拔出来的时候，凉鞋掉了，陷进了河底。他趔趄了一下，往下看了看，但并没有什么办法能找回那只凉鞋，特别是因为他背上还背着一个老太太呢。

“你还好吗，亲爱的？”老妇人问。

“哦，当然，没事。”伊阿宋把她背到了河对岸，稳稳当当地把她放了下来。“还有什么我能帮你做的吗？”

老太太注意到了他的脚。“噢，我害得你丢了一只鞋！”

“别担心，我可以一路跳到伊奥尔科斯去。”

“你是一个有担当的人，伊阿宋。”老妇人的身影发出了微光。一转眼，她就变成了赫拉女神，戴着金色的王冠，穿着光滑的白色长裙，系着一条孔雀毛的腰带。“我是天后赫拉。”

“我就知道！”伊阿宋控制了一下情绪，“我是说……我完全不知道啊！”

“你帮助了我，所以我也会帮助你。去伊奥尔科斯，宣布你是合法的王位拥有者吧！”

“这是因为你恨珀利阿斯吗？喀戎跟我讲过他在神坛前杀人的故事。”

“这个嘛，是的，我恨珀利阿斯。不过我也认为你会成为一个好国王，真的！”

“珀利阿斯不会想办法杀了我吗？”

“不会在他的大型节日上，当着几百人的面杀你，那会成为一场公关灾难的。你必须想办法让他公开立下约定。你表露自己的真实身份时，要求珀利阿斯给你安排一个不可能完成的任务，来证明你配得上成为国王。他会同意的，因为他觉得你会失败身死。但在我的帮助下，你会成功的。之后你就会成为国王！”

“一个不可能完成的任务……能证明我配得上成为国王……”

“是的，”赫拉露出胸有成竹的微笑，“你将要去寻找——”

“金羊毛！”伊阿宋兴奋得跳了起来，“我要去找回金羊毛！”

赫拉叹气道：“我正要说这个呢。”

“哦，抱歉。”

“你有点扫了我的兴了，不过算了。去吧，伊阿宋！证明自己是一位伟大的英雄！”

赫拉消失在一道孔雀毛色的彩色闪光中，而伊阿宋急切地往前单脚蹦去。

他一到城里，人人都注意到他只穿了一只鞋。伊阿宋干吗不脱掉脚上那只鞋干脆光脚呢？我猜他是觉得一只鞋也比没鞋穿要好吧。再说了，当年鞋子是很贵的。他在炎热的路面上单脚跳着走，询问去运动会现场的路怎么走的时候，本地人都在偷笑，但伊阿宋没放在心上。他太兴奋了，这是他第一次来到大城市。（伊奥尔科斯可是有好多居民呢，有一千人那么多！）他终于找到运动会的检录台的时候，事无巨细地把什么都登记上了。

没人听说过他，所以在第一项比赛前，广播员决定拿他开个玩笑。“现在登场的是——伊阿宋！只穿一只鞋的男人！”

珀利阿斯王差点从王座上掉下来。

人群大笑起来，在伊阿宋走上前来时冲他喝倒彩。他把一支箭搭在了弦上，连续射中了三个靶心，以巨大优势赢得了射箭比赛。

这只不过是个巧合，珀利阿斯心想，人们经常掉鞋，这没有什么特殊意义。

接下来伊阿宋赢了摔跤比赛，还有掷标枪比赛、掷铁饼比赛、缝被子比赛和吃馅饼大胃王比赛。他甚至赢了五十码冲刺跑，尽管没穿着合适的鞋。

本地人开始齐声呼喊了：“单鞋男！单鞋男！”但不再是以开玩笑的口气了。这是一种赞美。

在颁奖仪式上，每个人都聚拢过来看伊阿宋获得的大量奖品。按照传统，国王要询问最大优胜者想获得什么作为头等奖。

珀利阿斯讨厌这个传统。他安排这个节日是为了他的儿子阿卡斯托斯，也为了增加波塞冬的荣光。现在活动的焦点成了某个只穿着一只鞋疯狂炫技的乡下少年。

“那么，年轻人，”珀利阿斯说，“你想要什么奖品？另一只鞋，是不是？”

没人对此报以笑声。

伊阿宋鞠了一躬，说：“珀利阿斯王，我是伊阿宋，埃宋的儿子，伊奥尔科斯的合法国王。我想请您归还我的王位，谢谢。”

人群鸦雀无声，因为这是一个很大胆的要求。他们认真端详伊阿宋，能看出来他和珀利阿斯十分相似——除了伊阿宋眼睛下方没有红色胎记，脸部也没有由于暴怒而永远处于扭曲状态。

国王想笑。这感觉简直就像有人把他背上的芒刺拔掉了一样。“伊阿宋，我们来考虑一下。假设你处在我的位置上，一个你不认识的年轻人从不知道什么地方冒出来，他自称是你的侄子，但没有提供证据，只要求得到王位，你觉得你会怎么做呢？”

伊阿宋开口想回答，但珀利阿斯举起了手。

“除此以外，”国王说，“多年前，我去求了德尔斐的神谕。这个预言说某一天一个只穿了一只鞋的男人会夺走我的王位，杀了我。那么……这是一种叛逆行为，对不对？这会让整个王国陷入动荡！所以我再问你一次，如果你处在我的位置，面对这个只穿了一只鞋的男人，你会怎么办？”

伊阿宋知道国王期待得到什么样的答案：天哪，你应该杀了他。

这样珀利阿斯就会觉得处死他是合情合理的了。

然而，伊阿宋想起了他和赫拉的对话。“珀利阿斯伯父，你的观点很有道理。如果是我，我会想办法确认这个人确实是合法的国王。我会给他一个机会证明自己，通过给他安排一个不可能完成的任务——某些只有最伟大的英雄能完成的任务。接下来，如果他能成功，也只有在他成功之后，我才会给他王位。”

人群骚动起来，窃窃私语。这比吃馅饼大赛还要激动人心。

珀利阿斯坐回王座，捋须问道：“那么这个不可能完成的任务是什么呢？”

伊阿宋张开双臂，说道：“我们是色萨利人，对吧？这个任务很明显了。我会要求这个将来的国王带回金羊毛！”

人群爆发出兴奋和难以置信的呼喊。一千个声音同时开始说话：“金羊毛？金羊毛？”“他疯了吗？”“太棒了！”“超级公羊？”

珀利阿斯举手命令人们安静。国王想让表情表现得不喜不悲，但内心深处他高兴极了。没有人从科尔喀斯回来过，这个年轻的小傻瓜伊阿宋已经签署了自己的死亡判决书。

“说得好，自称是我侄子的年轻人！”国王说，“金羊毛确实能让这个王国变得与众不同。它会把我们凝聚成为一个民族，带来和平与繁荣。它在王座厅里搭配那些我刚买的新窗帘也会很好看的。我们让众神来决定你的命运吧！我不会干预。找到金羊毛，把它带回伊奥尔科斯！如果你成功了，我会承认你是下一任国王。”

在珀利阿斯身后，他的儿子阿卡斯托斯说：“什么？”

珀利阿斯给他使了个眼色让他别说话，他们一家没什么好担心的。就算伊阿宋成功了——希望众神不会允许这件事发生——这个任务也要花费好多年时间，这就给珀利阿斯提供了大量时间去思考用什么新办法杀死他。

“带着我的祝福出发吧，伊阿宋。”珀利阿斯微笑道，“让我们看看你配不配成为国王！”

当寻找金羊毛的消息传出去之后，每个希腊英雄都想加入。没错，这是很危险，不过这是一代人的全明星活动。就像世界杯、奥运会、超级碗橄榄球大赛和糖果商店自助餐之旅的结合体。

为了航行到科尔喀斯，伊阿宋需要一艘最快速、最先进的三列桨座战船。它必须能够抵御海盗、敌方海军、龙卷风和海怪，而且甲板上的甜筒冰激凌自动贩卖机绝对不能出故障。

希腊最好的造船师阿尔戈斯作为志愿者要求来建造这条船。雅典娜本人绘制了该船的设计图。这艘船有五十个桨座，比当时任何一艘希腊船只都要多。它的龙骨设计得既能在浅水中航行而不搁浅，又能在大洋中航行而不倾覆。它的内饰极其繁复华丽：真皮座椅，宽敞的腿部空间，只弹射最精美的鹅卵石的手工弹弓。这艘船甚至还有一个语音识别界面，这要归功于它那有魔力的舰首像。这尊舰首像是雅典娜亲自用多多纳树林中的一棵神圣橡树雕刻而成的，而多多纳是希腊第二重要的神谕发布地。

显然，多多纳的女祭司们花了很多时间在森林里跳舞，在树影和树叶中寻找预兆，等待那些有魔力的大树对她们说话。在我听起来这有一点可疑，不过一等舰首像安装好，这艘船就拥有了它自己的声音。有魔力的舰首像并不总爱说话，但有时它会给水手们建议，或者发布众神的预言，再或者告诉伊阿宋最近的中餐馆在哪里。伊阿宋本来想给舰首像起名叫 Siri[①]，但由于商标侵权问题作罢了。

这艘船完工之后，阿尔戈斯决定把它叫作“阿尔戈号”，以他自己的名字来命名，因为他就是这样一个“谦虚”的人。

现在伊阿宋只需要一些阿尔戈英雄了，即“足够勇敢或足够愚蠢到乘坐‘阿尔戈号’出航的人”。他在招募志愿者方面没有遇到什么问题。就连海格力斯都露面了，而每个人的反应都是：“哇！他绝对应该当船长啊！”

但海格力斯的回应是：“各位，拜托，这是伊阿宋的主场。已经有一百页内容都是跟我有关的事情了。”

其他人同意这确实有点太过了。

海格力斯带来了一个新助手，名叫许拉斯，对海格力斯而言他就是还在受训中的“神奇小子”[②]。阿尔戈斯也加入了，因为他比任何人都了解“阿尔戈号”。音乐家俄耳甫斯加入了这个团队，因为这会是一段很漫长的航行，而他们

① Siri 是苹果手机智能语音助手的名字。

② 神奇小子（Boy Wonder），又名罗宾，是美国漫画英雄，担任蝙蝠侠的助手。

会很需要一份很棒的音乐播放曲目。伟大的女猎人阿塔兰塔也加入了，她估计是唯一一个可以和四十九个臭烘烘的水手混在一起，但是既不会有人搭讪又不会呕吐的女人。

最奇怪的船员可能是被人称为波瑞阿代的卡尔莱斯和泽西斯，北风之神波瑞阿斯的两个儿子。这对兄弟看起来像是人类，但他们长着巨大的紫色羽毛翅膀，所以你绝对不会想要挨着他们坐在划桨长凳上。不过他们会飞这一点很有帮助。如果哪个阿尔戈英雄忘带牙刷或是除臭剂，他们可以迅速飞到最近的便利店去买回来。

还有谁呢？我不准备把全体船员的名字都报一遍。不过他们中大多数是半神。有两个宙斯的儿子，三个阿瑞斯的儿子，两个赫尔墨斯的儿子，狄奥尼索斯、赫利俄斯、波塞冬、赫菲斯托斯的儿子各一个，还有一只梨树上的鹧鸪[①]。

他们出航前一晚，阿尔戈英雄献祭了几头牛向众神致敬。每个人都很神经质，声调也变高了。船员们在海滩上扎营，吵吵嚷嚷，打打闹闹，好摆脱“我比你强”之类的大男子主义问题。最后，俄耳甫斯给他们演奏了几首曲子好让他们睡着。

清早，“阿尔戈号”的声音把他们叫醒了。

“该出发了，孩子们！”有魔力的舰首像说，“别浪费时间了！还有个外国等着我们去薅羊毛呢！懂我的意思吗？薅羊毛？[②]”

阿尔戈英雄们登上了船，伴随着俄耳甫斯和舰首像用二声部合唱的《九十九罐葡萄酒在墙上》[③]的歌声驶出海港。

珀利阿斯王站在王宫露台上微笑着朝他们挥手，同时自言自语道：“摆脱了一群讨厌鬼。有五十个英雄我从此不必再担心了。我绝对能拿到今年邪恶希腊国王联盟的最有价值成员奖！”

---

① 一只梨树上的鹧鸪（A partridge in a pear tree）是民谣《圣诞节的十二天》（*The Twelve Days of Christmas*）中的一句。这首歌像报菜名一样报出很多圣诞礼物，而鹧鸪是最后一个，所以此处作者用来调侃人名很多。

② 羊毛的原文 fleece，这个词还有“剪羊毛”和“骗取”两个意思，此处为双关。

③ 这首歌是戏仿一首美国民谣《九十九个啤酒瓶》（*Ninety-Nine Bottles of Beer On the Wall*），这首歌类似于中国童谣《从前有座山》，可以无限循环地唱下去。

这座城的其他人聚集在码头和自家的屋顶上，看着这艘优美的船划破平静的蓝色海面。全体希腊人都有一种感觉，这是一个大日子。从来没有一队如此强大的船员驾驶一艘如此出色的船去追逐一个如此崇高的目标。伊阿宋要么载誉归来……要么就会坠入深渊，把希腊人的希望和梦想也一并带走。希望他不要觉得压力太大。

“阿尔戈号”的第一站是楞诺斯岛，又被称为臭烘烘的女人岛。

这地方怎么就得到了这个爱称呢？这个嘛，多年前，本地女性疏忽了对阿芙洛狄忒的供奉，而爱情女神是一位特别“宽容”的人，于是她诅咒楞诺斯岛的每位女子发出恶臭，没有哪个男人能忍受待在她们周围五十英尺之内。一位希腊老作家把这种臭味描述为“极闹的气味”，意思是一股强烈得能听到的臭气。这得有多臭啊。

岛上的女人很不高兴被她们的丈夫无视。这些男人都不肯亲她们，也不愿意和她们睡在同一个屋子里。他们几乎把所有时间都花在当地的酒吧里，一边看比赛一边喝啤酒，鼻子上夹着晾衣夹。

最后，女人们怒不可遏，几乎把楞诺斯岛的男人都杀了，因为这看起来比较合乎逻辑。只有少数男人逃跑了，向其他希腊王国发出了警告。楞诺斯岛上的女人于是选了一个名叫许普西皮勒的女子做她们的女王。

讽刺的是，她们杀死所有男人之后，就不再散发臭气了，可是已经太迟了。大屠杀的消息已经传开，没有船只会在楞诺斯岛靠岸。当地妇女都不懂航海技术，所以基本上她们是被孤立在岛上了，注定没有机会再生育任何后代，就这样过完自己的一生。

阿芙洛狄忒真是……甜美可人啊。

阿尔戈英雄们知道楞诺斯人的名声，但他们实在需要增加补给，于是决定冒个险。他们一到码头，几百个相貌姣好、一点也不臭的女人就拥了过来，喊道：“感谢众神！男人！求求你们，娶我吧！娶我吧！”

阿尔戈英雄们交换着眼神，意思是：“好极了！”

就连伊阿宋也被迷住了。许普西皮勒女王用一个拥抱加一个亲吻外加求婚来欢迎他。没过几天，阿尔戈英雄们就过得像国王一样了。他们都给自己选了新妻子。每天这些女人都对他们百般奉承，而阿尔戈英雄们也一天天变得肥胖懒散。

他们完全忘了他们的任务。

唯一一个不高兴的人是海格力斯。他已经享受明星待遇好多年了，不会因为一群漂亮的狂热追星女就动摇。他和阿塔兰塔谈了谈，她也对现在的情况很不满。她加入这场冒险，结果只看到同船伙伴们表现得像……嗯，男人。

“阿尔戈号”的魔力舰首像也附和他们说：“众神啊，我都无聊死了！把船员们带回来吧，我们必须离开！”

海格力斯和阿塔兰塔组织了一次阿尔戈英雄紧急会议。

“各位，集中精力到任务上！”海格力斯说，“你们的表现不像英雄。”

“我想海格力斯是想说——”阿塔兰塔补充说，“你们都是白痴。我们从伊奥尔科斯航行过来不是为了让你们在楞诺斯待着，什么也不干让漂亮女人给你们喂剥了皮的葡萄。”

“我是！”人群后方传来一个声音。

“再说一个字，”海格力斯吼道，“我就让你的脸跟我的大棒认识认识。”

伊阿宋终于想起了他的任务。“海格力斯是对的，”他说，“我放任自己三心二意了。这再也不会发生了。各位，跟你们的楞诺斯妻子说再见吧。我们必须立刻离开！”

女人们看到他们离开很难过，不过她们并没有抗议。大多数女人现在都怀有身孕了，所以至少她们有机会让阿尔戈英雄的儿女们增加这个岛上的人口。

这个小小冒险的教训是——要分心真是太容易了。舒服的沙发、友好的人们和好吃的食物听起来总是比接受艰巨的任务要有吸引力。但是如果你想实现人生目标，你必须双眼只盯着那个大奖——我说的是金羊毛，不是剥好皮的葡萄。要是他们给你的是芝士汉堡包……不，当我没说。我们继续前进吧。

几个星期后，“阿尔戈号”航行到了赫勒斯湾——就是爱琴海和黑海之间那段狭长的海域，小可怜赫勒掉进海里淹死的地方。

日复一日地划了这么多天船，船员们消耗掉了大量食物和饮用水，所以他们需要更多的补给。他们在一座名叫熊山的岛上靠岸了，这座岛的中部有一座大山，形状像（废话）一头熊。

这里居住的是多利恩人。他们是波塞冬的后代，所以他们自然非常炫酷。他们的国王希齐库斯是一个和伊阿宋同龄的年轻人。他新婚不久，他和他的王后都很高兴举行一场盛大的宴会来接待阿尔戈英雄们。每个人都玩得很开心。伊阿宋和希齐库斯交换了电话号码，约好要当一辈子的好朋友。

“我太高兴你们不是海盗了！”希齐库斯说，“我们这儿的海盗实在太多了。不过你们真的很棒，我希望你们的任务能完成。一定要远离这座岛的另一面，好吗？那边一点也不好玩！”

“为什么？”伊阿宋问。

就在这时，海格力斯讲了个有趣的笑话，大家都放声大笑。希齐库斯和伊阿宋就忘了这个话头了。

第二天一早，阿尔戈英雄们因为前一晚玩得太疯而感到头疼，胃里也难受。他们行动起来跌跌撞撞的，就像丧尸。他们勉强起航了，但离开码头三个小时之后，熊山岛都快看不见了的时候，他们才想起来彻底忘了储备补给这件事。

“派波瑞阿代回去！”阿塔兰塔提议说，“他们有翅膀。”

“我们只有两个人，”泽西斯说，“我们能拿一些东西，不过要带上全体船员的补给？我们还是得靠岸才行。”

俄耳甫斯呻吟道：“码头全都在岛的西端，掉头回去要花上好几个小时的时间。而且要是我们又被拉去参加一晚上狂欢，我不确定我的内脏还能撑得住。”

其他阿尔戈英雄也小声附议。

造船师阿尔戈斯指了指船尾后面。“看，各位，我们还能看见岛的东端。我敢肯定我们能在那边找到水和水果之类的东西。我们就在海滩上下锚，然后迅速跑到内岛去，很简单的。”

伊阿宋皱眉道：“希齐库斯告诉我岛的这一侧不好玩。”

“他这话是想表达什么呢？”阿尔戈斯问。

“我不知道。他警告我不要到那边去。”伊阿宋转向“阿尔戈号”的舰首像，“你怎么想，噢，有魔力的舰首像？”

“别问我，”舰首像说，“我原本是在多多纳长大的一棵橡树。这是我第一次离家这么远。”

海格力斯不耐烦地说：“没关系的，我们是阿尔戈英雄！我们能搞定任何事！”

于是他们起锚了，把一支狩猎小队派上岸。

原来，岛的东边一半是基基尼人的地盘。基基尼的意思是“土地所生的人”。

想象一下毛发浓密、只穿了兜裆布的九英尺高的食人魔。再想象一下他们有六条肌肉发达的手臂，身体两侧各有三条，这些手臂能够撕碎大树，掷出巨石。现在想象一下他们还有一股“极闹的气味”。你懂我的意思了吧？

伊阿宋率领狩猎小队走进了森林，寻找食物和淡水。他们没有遇上什么麻烦，但就在他们离开海岸不久，一群大约有二十人的食人魔包围了他们的登陆小艇，决定把它们都砸碎，然后把石头扔向“阿尔戈号”，直到把它击沉。

幸好，伊阿宋留下了海格力斯守卫小艇。这些土生人吼叫着，挥舞着大棒。海格力斯也挥舞着他的大棒吼回去。土生人朝他扔石头，但都在涅墨亚狮皮斗篷上撞碎了，没有造成任何伤害。海格力斯涉过浅水投入近战，杀掉了大多数食人魔，剩下的躲进了森林。

一个小时之后，伊阿宋和狩猎小队回来了，发现海格力斯站在一堆六臂的尸体旁。

“这是怎么了？”伊阿宋问。

“我们最好回船上去，”海格力斯说，“我有预感下次这些家伙发起攻击时，人数就更多了。”

恰好在这个时候，一阵由野人的咆哮声组成的和音响彻树林，传到熊山的山坡上，发出阵阵回声。

“回船上吧。”伊阿宋同意道。

他们刚起航，天气就变得极为恶劣。雾气迅速涌现，能见度降低到了大概四英寸以内。夜幕降临了，这是一个新月夜，正是雪上加霜。阿尔戈斯看不见星星，无法导航。阿尔戈英雄们点燃了火炬，但火苗完全被雾气和黑暗吞没了。

对我们现代人来说，很难想象没有任何城市灯光的情况下有多暗。我是曼哈顿人，除非有大停电，否则黑暗总显得像带有浪漫情调的幽光似的。而回到古希腊，黑暗意味着伸手不见五指的黑。“阿尔戈号”绝望地迷失了方向。

就连舰首像都讨厌这种情况。这块有魔力的木头一直在尖叫。“我看不见了！我瞎了！噢，众神啊，我瞎了！”

最后，一个船员在船首左舷方向看到了一团朦胧的红光。“那边！去那边！”

火光往往意味着文明。但当他们的船靠近红光时，阿尔戈英雄们心里并没有把握。他们听到低沉的声音在海岸上吼叫，但浓雾让那个声音变得十分模糊难辨，他们甚至听不出那到底是不是人类发出的声音。船在一片沙洲上来回转悠，舰首像忽然叫道："疼！"

一阵炮弹像雨点般倾泻到船上——也许是箭，或矛，或石头。

有人叫道："又是土生人！"

船员们一阵惊慌。他们拿起武器跳下船，在波浪中涉过浅水去寻找敌人。他们不能让那些食人魔毁掉他们的船。

接下来的战斗是一场彻头彻尾的混乱。没人能看见任何东西，只有剑互相碰撞的声音。阿尔戈英雄们在黑暗中呼喊。火炬只增加了雾色的浓重程度，让敌人更难被发现。

最后阿尔戈英雄们撤退了，用他们的盾沿着海岸建立了一条临时的防御线。他们等待着下一次攻击，但敌人似乎也撤退了。

最后，朝阳升起了。雾气散去，呈现在阿尔戈英雄们面前的是一个残酷的事实。不知怎的，"阿尔戈号"又绕回到了熊山岛的西岸。沿着海岸横七竖八地躺着几十具多利恩的尸体——正是前一晚与阿尔戈英雄们一起享受宴会的那些人。死者中有一位是伊阿宋一辈子的好朋友，希齐库斯王。

双方都意识到他们犯了可怕的错误。阿尔戈英雄以为他们是在和土生人战斗，多利恩人以为他们是在击退海盗的攻击。伊阿宋为自己无意间杀死了国王而悲痛欲绝。王后则比他更悲痛，她得知这个消息时，上吊自尽了。

双方宽恕了对方的过错，尽管并不容易。他们花了许多天哀悼和掩埋了死者。天气变得很晴朗，但一丝风都没有，因此无法起航。最后伊阿宋询问了舰首像的意见。

"为众神修一座神庙，"舰首像提议，"献上一些燔祭为这次流血事件赎罪。你们这些人真是白痴。"

伊阿宋照舰首像的建议做了。尽管花费了几个月的时间，不过神庙刚完工，海风就吹起来了，船员们于是驶离了熊山岛。

这段"欢乐"的探险的寓意是什么呢？也许是：不要在宴会上玩得太疯了。否则今晚和你一起喝酒的人可能会在第二天那个起雾的晚上想要杀了你。而第二件你应该知道的事则是：一块有魔力的木头会叫你白痴。

到目前为止，阿尔戈英雄们表现得并不太像英雄。他们迎娶了某些女人，杀掉了某些朋友，而且迷失了方向。他们的下一站也没能打破这个连败纪录。

由于需要补充淡水，他们在安纳托利亚的海岸下锚了，派出了一个登陆小分队：海格力斯，他的助手许拉斯，还有一个叫波吕斐摩斯的人（这也是一个独眼巨人的名字，不过我不认为这个人和那个独眼巨人有什么关系。至少，我希望没有）。

这三个阿尔戈英雄分开了，在偏僻地区展开搜索。许拉斯是第一个找到水源的——一条在树林里蜿蜒流淌的美丽、清澈的小溪。他感觉很棒，跪下来灌满他的空陶罐。

不幸的是，许拉斯长得十分英俊，河里又到处都是水仙女。这些自然精灵从水底观察他。她们那闪闪发光的蓝色长裙是很好的伪装，几乎能让她们隐身。

“噢，我的众神，他好帅啊！”其中一个说。

“我先看到他的！”另一个说。

“我想跟他结婚！”第三个说。

这个，你知道有一群水仙女在一起时是什么样的情景。她们变得又狂野又淘气，还不停地傻笑，然后她们就会绑架凡人男子。这三个精灵从溪水中升起来，抓住了可怜的许拉斯，把他拖到了水底，忘了他需要呼吸氧气。

许拉斯只来得及发出一声惨叫。波吕斐摩斯听到了，跑了过来，但等他来到这儿的时候，许拉斯已经被冲到下游去了。波吕斐摩斯只发现了打破的水罐碎片和岩石上的湿脚印，似乎这里发生过一场打斗。

“强盗？”他琢磨着，“土匪？海盗？”

波吕斐摩斯跑去找海格力斯，他们一起搜寻了这个地区。海格力斯由于助手的失踪感到心烦意乱，以至于完全把他的任务、“阿尔戈号”以及还在等他的同船伙伴们抛到了脑后。

在海滩上，伊阿宋开始担心起来了。太阳就要落山了，登陆小队还没有回来。他派出了一支搜寻小队，但他们只发现了溪水边的碎瓦片。海格力斯、波吕斐摩斯和许拉斯都无影无踪了。

第二天，阿尔戈英雄们又搜索了一次他们的同伴，一无所获。舰首像也给不出任何建议。最后，太阳落山时，伊阿宋宣布“阿尔戈号”第二天早晨必须出发。“我们只能假设海格力斯他们三人失踪了。我们必须继续航行。”

船员们不太满意，你不能抛下海格力斯起航啊。但第二天早晨，他们的伙伴仍然没回来。阿尔戈英雄们不情不愿地起锚了。

接下来几天，船员们都在私下抱怨。最终，有些人指责伊阿宋故意把海格力斯留下，这样他就不用和海格力斯分享聚光灯下的位置了。就在事态恶化的时候，一个水龙卷在船首左舷旁出现了。在泡沫柱的顶端坐着一位老人，他身上应该是手臂的位置长着鳍，应该长着腿的地方是一条鱼尾。

“是波塞冬！”泽西斯喊道。

“是俄刻阿诺斯！”阿塔兰塔说。

“是《小美人鱼》里的那个人！”俄耳甫斯说。

这位男性人鱼叹了口气，拍打着他的鳍。“事实上，我是格劳科斯。不过别担心，没人能搞清楚我是谁。”

阿尔戈英雄们交头接耳起来，想知道格劳科斯是什么人。

“噢，我的众神！”舰首像说，“你们这些人真是丢我的脸！格劳科斯是一个渔夫，他吃了某种有魔力的草，然后变成了不朽之身。现在他就相当于海里的德尔斐神使！”

“哦——”船员们纷纷点头附和，装作他们懂了舰首像的解释。

公平地说一句，我也从来没听说过他，而我还是波塞冬的儿子呢。我不太清楚格劳科斯是吃了哪种草后成神的。我知道的是：用鱼鳍来交换双臂，用鱼尾来交换双腿似乎不太值得。我的建议是：不要乱吃草，除非你想变成《小美人鱼》里的那个人。

伊阿宋走近护栏旁，说：“很荣幸见到您，格劳科斯！请问有何贵干？”

“噢，阿尔戈英雄们！”他说，他从水龙卷最上方冒了出来，“不要再为你们失踪的同船伙伴而焦急了。留下他们是众神的意愿。”

伊阿宋转向其他阿尔戈英雄，表情的意思是：看吧？

“海格力斯必须重新去完成他的任务。”格劳科斯继续说，“他的命运通往别处！至于波吕斐摩斯，他会留在那块土地上建立一座伟大的城市赛厄斯，所以不必担心。”

“许拉斯呢？”伊阿宋问。

“哦，他死了，被几个水仙女溺死了。不过除此以外，一切都没问题！继续你们的征途吧！”

水龙卷消失了。格劳科斯用力拍了一下鳍，做了一个令人震撼的反身翻腾两周，消失在波涛中。

于是阿尔戈英雄们继续航行，尽管失去了他们的头牌海格力斯，至少他们没有因此引起叛乱。这段故事的教训是……呃，别问我。我都不知道格劳科斯是谁。

阿尔戈英雄们驶过赫勒斯湾，继续往东。他们知道最终他们会抵达黑海，但从前几乎没有希腊人航行来到过这么远的地方。没人知道这段路有多长，还有什么样的危险在等待着他们。就他们所知，要进入黑海的入口需要一张特殊的通行证。

他们决定在下一个港口停船，问问前面有什么。想想这种情况吧，五十个人一致同意停下去问路，这就足以说明他们有多茫然无措了。

下一个港口的统治者是国王阿密科斯，听起来是一个很友好的名字——就像amicus，拉丁文中表示“朋友”的那个词——然而阿密科斯并不友好。他有七英尺高，四百磅重，人们都叫他“人山”。每当有船停靠在他的城市，他都会提出同样的要求。

“跟我打一架！”他吼叫道，“让我跟你们最好的拳击手打，我会在拳台上杀了他！”

伊阿宋打量了一下这位国王，他的拳头跟炮弹一样大。“呃，我们只是来问路的。我们正在完成一个神圣的任务——”

“我不管！来打！”

“要是我们拒绝呢？”

“那我就把你们都杀了！”

伊阿宋叹气道：“我就知道你会这么说。”他准备脱掉上衣，因为他是一个很正统的拳击手，但另一个阿尔戈英雄走上前来——宙斯的儿子波吕丢刻斯。“我来跟他打，船长。”

当地人爆发出一阵大笑。波吕丢刻斯站在他们的国王身边，看起来和国王有着天壤之别。他最多是一名羽量级拳手。不过你永远不该小看宙斯的儿子（这话是对我的好哥们儿伊阿宋·格雷斯表示支持）。

人群围着两位拳手形成了一个圈，阿尔戈英雄们在一头，当地人在另一头。阿密科斯攻过来，挥舞着他巨大的拳头。只需一拳他就可能杀死波吕丢刻斯，但这位阿尔戈英雄动作十分轻快。他迂回闪避，观察着阿密科斯的攻击方式。国王很强壮，但他也很鲁莽，每当他挥出右勾拳，都会用力过猛，往前冲一步。

下一次他打出右勾拳的时候，波吕丢刻斯朝右边猛地一转，由于国王正在猛冲过来，他的头像短跑选手一样是低着的，波吕丢刻斯跳了起来，一肘往下击在国王的耳根位置。

咔吧。

阿密科斯脸朝下栽倒在尘土中，再也没爬起来。

阿尔戈英雄们疯狂地欢呼起来。当地人冲上前来，想把波吕丢刻斯撕成碎片。但阿尔戈英雄们很明智地把他们的武器带上了，他们也冲上前来保护同船的伙伴。整件事演变成了流血事件。伊阿宋和他的队伍人数要少得多，但他们更有纪律性。他们击溃了当地人，抓了一群羊弥补损失，登上了“阿尔戈号”，起航出发。

这可能看起来不像一场大冒险，但这是第一次有一位阿尔戈英雄在一对一决斗中教训了某人。而且，船员们齐心协力击败了人数更多的敌人。伊阿宋觉得也许他们的运气要变好了。

唯一的问题是，他们仍然不认路。

伊阿宋决定询问舰首像。“噢，伟大的……橡树的木头。你怎么样？”

“我很好，”舰首像说，“你呢？”

“我也不坏。那么，这个……你知道黑海在哪里，或者我们该怎么去吗？”

“不知道，不过我可以告诉你们谁知道，向东航行两天多一点时间，寻找海岸上的废墟。你们将在那里找到一个名叫菲尼亚斯的老人。”

伊阿宋拽了一下自己的领子。“谢谢。不过你怎么会知道这个？我以为你从来没离开过多多纳。”

“我是没有离开过，你这个自作聪明的家伙。但菲尼亚斯是一个有预言天赋的先知。我知道这类事物的信息，因为我自己也有预言能力。我能预见到，要是没有菲尼亚斯的建议，你们将永远不能通过黑海，或活着抵达科尔喀斯。”

“哇，那幸好我问了你。”

“对呀，要是你没问就更糟了。对了，你去的时候带上波瑞阿代一起上岸。”

“为什么？”

“你会知道的。”

正如舰首像所建议的，他们航行了两天多一点时间，便看到了一座城市的废墟。在海上他们就能闻见那个地方——好比一百个大型垃圾箱在烈日下暴晒了一整个夏天的气味。

“看来会很好玩的。”泽西斯嘟囔道。

他和卡尔莱斯带着伊阿宋飞到了岸上。他们在废墟中搜寻，用袖子捂住鼻子免得吸入臭气。他们走到中心广场上时，发现一个老人在冰冷的炉灶旁哭泣。他的头发和胡子像一卷卷的棉花糖，衣服破破烂烂的，瘦骨嶙峋的胳膊遍布老年斑。他身边撒满了发霉的面包屑、腐臭的肉片和干硬的水果碎块。这些食物不多，但绝对是臭气的源头。

“你好！”伊阿宋开口道。

老人抬起头来，他的眼珠像牛奶一样白。“游客吗？别给自己惹事了，就让我这么悲惨下去吧！”

“你是菲尼亚斯吗？”伊阿宋问，“如果是的话，我们需要你的帮助。我是伊阿宋。这两位是波瑞阿代——泽西斯和卡尔莱斯。”

“波瑞阿代？”老人挣扎着站起来，他踉跄着往前走，没牙的嘴微笑着，双手在空中拍打着，仿佛在玩捉迷藏。“波瑞阿代？哪里？哪里？”

泽西斯清了清喉咙：“呃，在这儿。怎么了？”

“噢，真是个欢乐的日子！”老人叫道，“我的诅咒终于要解除了！”

他的脸差点撞上一根柱子，不过伊阿宋拦住了他。菲尼亚斯的呼吸几乎跟他脚边的那些食物一样“芳香”。

“做个交易怎么样？”伊阿宋提议，强忍住呕吐的冲动，“我们帮助你，你再帮助我们。告诉我们你怎么了。”

菲尼亚斯长叹一声。“你们看，我有预言天赋。有很多年时间，人们都来找我，我会说出他们想知道的任何事——彩票中奖号码，他们的死期，他们会跟谁结婚，是否会离婚。我实话实说，不出谜语，不要花招，也不隐瞒信息。我甚至不向我的顾客要报酬，也不说祝他们过得愉快。”

“这听起来不成问题啊。”伊阿宋说。

“噢，可惜它就是个问题！宙斯不赞成彻底揭秘，他只希望人类能窥探到部分神意。他相信，若非如此，凡人就再也不需要神祇了。他们什么都能知道！这对神庙和神使的生意可不好。”

卡尔莱斯嘟哝道：“宙斯也有他的道理。”

“所以他诅咒了我，”菲尼亚斯说，“让我变成了瞎子。他还用延长老年来惩罚我。我过去这二十年来每年都是八十五岁的状态，你们能想象出来吗？”

“听起来不好受，”伊阿宋承认，“不过这跟……呃，这些臭烘烘的食物垃圾有什么关系？”

“这是最惨的！我快被鹰身女妖给饿死了！”

伊阿宋从未见过鹰身女妖，不过他听说过关于她们的传说。据说她们是半鸟半人的混血生物——大概是母鸡、秃鹫和购物节时商场里疯狂的女人的组合。

波瑞阿代紧张兮兮地拍打了几下翅膀。

卡尔莱斯往天空中瞟了一眼。“我讨厌鹰身女妖。”

“想象一下我的感受！”菲尼亚斯问，“任何时候只要有人给我吃的，鹰身女妖就会闻到。她们会突然冲出来偷走我的美味食物。她们留下的食物残渣会立刻腐坏。她们只留给我一点东西，让我勉强不饿死，但我总是饥肠辘辘，反胃恶心。只有一个方法能阻止她们，鹰身女妖只有一个天敌。”

“波瑞阿代，”泽西斯说，“是的，北风的孩子们鄙视鹰身女妖，而她们也同样反感我们。”他紫色的羽毛都由于厌恶而奓开了，“我们很高兴杀掉这些鹰身女妖，但她们如果是宙斯的诅咒，我们可不想惹毛这位老大。”

“你们不会有事的！”菲尼亚斯保证，“这是我获救的条件！只要波瑞阿代击败了鹰身女妖，我就自由了。救救我，我会告诉你们怎么去科尔喀斯的。”

伊阿宋惊讶地眨了眨眼。“你怎么知道我们要去科尔喀斯？哦，对了，你是个先知。”

波瑞阿代飞回船上拿了一些吃的过来。在中心广场正中央，三个阿尔戈英雄为老人准备了一顿丰盛的露天野餐。

菲尼亚斯坐下了。“哦，闻起来真香。我等不及——”

“嘎嘎——！”两只鹰身女妖从云端盘旋着像神风特攻队飞行员一样俯冲下来，她们蓬乱的金发和白色的裙子在风中飘荡。她们像乌云一样的灰色翅膀扇出一阵狂风，把伊阿宋吹倒在地。菲尼亚斯急忙低头躲避，因为鹰身女妖用她们的脏爪子乱翻他的食物。

只有波瑞阿代坚定地站着。他们张开了紫色的翅膀，拔出了剑。鹰身女妖一看见他们就吓得僵住了，接着一边发出咝咝的叫声一边箭一般地飞入空中。

公平地说一句，鹰身女妖速度很快。如果要拼速度的话，她们可以飞得比任何东西都快，除了军用喷气机和波瑞阿代。即使是泽西斯和卡尔莱斯要跟上她们也有难度。他们追向西边，在云层间穿梭，在海面上飞快地掠过，直到终于抓住了鹰身女妖们的脚踝，把她们带到了地面上。

波瑞阿代牢牢按住了她们。鹰身女妖一边咝咝叫一边抓挠，但波瑞阿代更加强壮。这对兄弟举起利剑，正要结束这两个怪鸟女的生命，这时传来了一个女人的声音。“暂停！”

在他们面前站着一位闪闪发光的女子，她长着色彩斑斓的翅膀，戴着心形的眼镜，长长的发辫中簪着朵朵雏菊。

泽西斯倒吸了一口凉气。“伊利斯？彩虹女神？”

“正是，”伊利斯说，“我来给宙斯传个话：这些鹰身女妖不是你们应该杀的。”

卡尔莱斯皱眉道：“但杀掉鹰身女妖——”

“我知道，这是你们的天职，”伊利斯说，“平时我会同意你们开心地完成这项工作，但这一次不行。我保证这些鹰身女妖不会再骚扰这位老人了。你们已经解除了菲尼亚斯的诅咒。现在回去跟你们的同船伙伴会合，度过妙绝的一天吧！”

波瑞阿代很不愿意把怪鸟女放走，但他们也不愿和一位还在使用“妙绝”这种老派词语的女神争辩。他们放走了鹰身女妖，迅速返回船上。

同时，伊阿宋给“阿尔戈号”发了信号，让他的船员给菲尼亚斯带来了更多食物。他们让老人洗漱干净，穿上了新衣服。接着，菲尼亚斯一边狼吞虎咽，一边告诉了伊阿宋他需要知道的事。

“首先，你们要小心撞岩。噢，我的众神，这些饼干太好吃了。”

“撞颜？”伊阿宋问，“比方说，用橙色搭配荧光绿？”

“不，愚蠢的阿尔戈英雄！它们就是会相撞的岩石。砰，砰，砰！”菲尼亚斯拍着双手示意，把饼干渣撒得到处都是，“从赫勒斯湾进入黑海的必经之路是一个夹在两座高高的岩壁之间的狭窄海峡，但这些岩壁没有根基。它们会互相碾轧，来回摩擦，用力开阖，就像是……就像是臼齿！”

菲尼亚斯张开嘴，指着自己剩下的两颗长满污垢的大牙，这番景象伊阿宋情愿不看。

“你们要做的是——”菲尼亚斯继续说，“抓住几只鸽子。当你们接近撞岩时，放飞鸽子，观察接下来发生的情况。要是鸽子安全地飞过了，那你们就知道这是个好日子，岩石移动得比较慢，你们也许有机会划船平安通过。要是鸽子没飞过去……那么，你们也过不去。”

伊阿宋思考了一下这个问题。“要是鸽子不从海峡飞过去呢？要是它们往别的方向飞，或者飞了一半停在岩壁顶上呢？”

“它们不会这样做的。”

“为什么不呢？”

“我不知道！家鸽为什么会回家？你把母鸡的脑袋塞到它的翅膀底下为什么它就会睡觉？这就是鸟类的天性！那些鸽子肯定会径直穿过海峡飞过去。”

“但这说不通呀。”

“你就这么办吧！”菲尼亚斯猛灌了一口酒，“总之，要是你们通过了撞岩，再继续往东航行三十天，你们会经过一个养羊的农民的王国，别理他们。你们会再经过一个养牛的牧人的王国，停船跟他们交易，他们是好人。你们还会经过亚马逊国，别在那儿停船，那会很糟的。最后，当海岸线开始朝北弯曲，你们会看到有几座塔在一个河口的小山上矗立着。那就是科尔喀斯，埃厄忒斯王的国家。你们会在阿瑞斯的圣林里找到金羊毛。”

“谢谢你，”伊阿宋说，“那么……你能告诉我我的任务能不能成功，对吧？你知道我的全部命运？”

“我什么都知道，”菲尼亚斯打了个嗝儿，“除了你们怎么把这个羊肉干做得这么好吃。众神啊，真的太美味了！我可以告诉你你的整个未来，伊阿宋——好的，坏的，最坏的。不过相信我，你一定不想知道。”

汗水顺着伊阿宋的脖子滴落下来。“现在我是真的想知道。”

菲尼亚斯摇摇头。“宙斯诅咒我是对的。我承认既然我的肚子吃饱了，那没人应该知道他的全部命运。太危险了，也太压抑了。你就继续前进，尽力而为，希望一切顺利。这就是我们凡人所能做的事了。”

伊阿宋有些头昏眼花，他不确定是不是近处这些正在变质的食物残渣造成的。“似乎对我来说未知比已知更可怕。”

菲尼亚斯眼睛周围的皱纹绷紧了。“不，并非如此。”他的声音充满了悔恨，“现在走吧，英雄。我准备吃得饱饱的，洗个舒服的热水澡，然后死掉。这将是很美好的一天。”

第二天下午，阿尔戈英雄们已经做好了一个柳条笼子并抓住了几只鸽子（后者对波瑞阿代而言很简单）。他们航行了两天半之后，海面开始变窄了，仿佛他们是在驶入漏斗。狭窄的岩壁高高耸立在两侧的水面上，没有任何能让船只停靠的地方。

最后，前方大约半英里处，伊阿宋看到了肯定就是撞岩的东西。它们的颜色很协调，并没有撞色，这一点仍然让他想不通。在一道狭窄的、一百英尺宽的海峡两侧，白金双色的岩壁的轮廓依稀可见，就像四十亿吨重的一大堆洒上了焦糖糖浆的香草冰激凌。它们的顶端高耸入云。这两块岩石太大了，岩石上的图案也奇形怪状，犹如波浪起伏，伊阿宋都看晕了。他回头看了一眼，整船的船员有的朝一侧弯着身子，有的朝另一侧弯，想抵消岩壁那种奇怪的倾斜效果。

这不仅是视觉上的幻象。当“阿尔戈号”驶得更近时，伊阿宋看到岩壁在上下起伏和倾斜，让中间的海面也来回晃动起来。

接着，毫无征兆地，两块岩壁伴随着惊雷般的隆隆声拍在了一起，把船上的桨震得咔咔响，从海峡里冲出了一道水墙。

在舰首上，造船师阿尔戈斯喊道：“大家小心！”

巨大的海浪冲向他们时，阿尔戈英雄们差点来不及抓住栏杆。要是船再小一点，肯定会被弄翻或是粉碎。“阿尔戈号”承受住了这次冲击。同时，撞岩分开了，把一道由焦糖色的巨石汇集成的瀑布倾泻到海峡里——每块石头都有“阿尔戈号”那么大。

“好吧，”阿塔兰塔说，“这是挺吓人的。”

有一半船员都没听见这句话，他们正忙着朝船外呕吐呢。另一半人被吓得脸色苍白，仍然死死抓着栏杆。

“我们得航行穿过那个地方？”俄耳甫斯问，“怎么做得到呢？”

伊阿宋自己也有些动摇，但他必须为了船员们显得信心十足。“我们要放飞一只鸽子穿过海峡。我们要计时看它花了多长时间飞过去。要是鸽子安全飞过去了，我们就能过去。”

“要是鸽子没能飞过去呢？”波吕丢刻斯问。

“那我们就再等一天，或者想办法走陆路，或者……我不知道。不过众神跟我们同在！我们都走了这么远了，能克服这个困难的！”

船员们看上去并未信服，不过他们还是把“阿尔戈号”开到离撞岩稍微近了一点点的地方。伊阿宋一等他认为两块岩壁已经分开到了最远距离，便放飞了第一只鸽子。

正如菲尼亚斯的预言所说的那样，鸽子径直飞向海峡，速度快得像尾巴着了火一样。阿尔戈斯不停数数：“一、二……”

他数到三十的时候，岩壁又撞在一起了。又一波巨浪冲向这条船，船员们都坚持住了。岩石分开之后，波瑞阿代飞向海峡的尽头去寻找鸟儿的去向。

他们回来的时候，脸色都很难看。

“一小团羽毛和血污沾在一侧的悬崖上，”泽西斯报告说，“鸟儿飞了一半的路，接着就——吧唧。”

船员们的脸同时以同样的方式抽搐了一下。

“我们明早再试，”伊阿宋说，“还有后天早晨，如果明天不成的话。”

“鸽子要是都死光了呢？”阿塔兰塔问。

“我们可以让波瑞阿代中的一个飞过去。”俄耳甫斯提议。

“闭嘴，俄耳甫斯。”卡尔莱斯说。

第二天一早，伊阿宋让大家都准备好。船员在桨前就位，以便及时向前划。波瑞阿代在岩壁附近盘旋，这样他们就能观察到鸽子飞到哪儿了。阿尔戈斯也全神贯注，准备计时。

伊阿宋等到岩壁分开时放飞了第二只鸽子，它急速飞向海峡。阿尔戈斯数到了六十，岩壁再次轰然合拢。

当撞岩再次分开时，波瑞阿代疯狂地在头顶挥舞着胳膊——这是事先约好的信号，表示鸽子已经平安通过了。

“快！”伊阿宋吼道，“划，划，划！六十秒！”

“阿尔戈号”猛然前倾，船体甚至都发出了吱嘎声。船员们疯了一样划桨，俄耳甫斯用两倍速度演奏《通通甩掉》[①]来激励他们。水流帮了忙，在岩壁漂向

---

① 《通通甩掉》（*Shake it off*），美国女歌手泰勒·斯威夫特演唱的歌曲。

两边时把船儿推进海峡，但……在短短一分钟之内穿过这个通道看起来依然是不可能的。

三十二秒过去了，他们还没走完一半路程。撞岩的阴影笼罩在上方——旋涡状的白黄双色仿佛厄运的利齿。它们那浓重的阴影让阿尔戈英雄们背上的汗水都变冷了。碎石雨点般打在左右两边的船舷上。巨大的裂缝像网一样出现在岩壁两侧，威胁着随时要让岩石雨倾盆而下。在海面上，岩石周围堆积着旧木头和以前那些想通过这条海峡的船员们的骨头。

“还有十五秒！”阿尔戈斯叫道，“加快！”

不用他催，船员们不要命一样地划桨，他们都不知道哪一个会先断掉——是船桨还是他们的胳膊。

“我看到另一边了！”卡尔莱斯叫道，他正在桅杆上空飞行。

轰隆隆。撞岩开始合拢了。

“十秒！”阿尔戈斯喊道。

岩壁发出了呜咽声。它们猛然合拢时，船桨顿时折断了，一波巨浪把“阿尔戈号”抬升了起来，带着它离开了海峡进入黑海。

“好耶！”伊阿宋欢呼道。不过船员们还没缓过来，没有跟他一起欢呼。

“好险，”阿尔戈斯说，“就差一点。”

幸好，船体完好无损。阿尔戈英雄们只需要找到新的桨，换掉尿湿了的兜裆布就能继续出发了。

有好几个星期，“阿尔戈号”都沿着海岸航行，遇到了各种各样的麻烦。他们停靠在了奥托拉给阿瑞斯修神庙的那座岛上，发现这座岛由能发射羽毛的食人鸟守卫，差点来不及逃命。他们无意间登上了亚马逊人的领土，在女王的大军抓住他们之前赶紧逃跑了。他们失去了两位船员——一位病死了，一位被野猪袭击而死。他们和怪物搏斗，迷了路，在安纳托利亚的卡车休息站吃过期垃圾食品，还在锡诺普城郊外那个臭名昭著的车速监控点被勒令靠边停车。

艰难地挨过了一个月之后，“阿尔戈号”总算来到了法希斯河的河口，科尔喀斯的高塔矗立在近处的小山上，仿佛是插在大地中的巨大宝剑的剑柄。

伊阿宋注视着海港中的战舰，主城的城墙，以及宫殿的防御工事，意识到他绝对不可能用武力夺取这个地方。即使有最好的船员和最好的船，他的劣势也是令人绝望的。

“我要举着免战旗去跟国王会面，”他告诉船员们，“我要尽力谈条件得到金羊毛。”

“要是埃厄忒斯俘虏了你，杀了你呢？”泽西斯问，“他凭什么要放弃他珍爱的宝物？”

伊阿宋挤出一个微笑。“嘿，既然我能跟珀利阿斯谈好条件，那也能跟埃厄忒斯谈拢。我在跟杀人狂国王谈判方面算是老行家了。”

看在他的勇气的情分上阿尔戈英雄们只能同意了，但他们仍然很担心。伊阿宋穿上了他最好的长袍——以前楞诺斯岛女王很喜欢他穿的那件衣服。接着他只带了一个仪仗队的人进了城。

同时，在奥林匹斯山上，赫拉在关注伊阿宋的进展。到目前为止她很满意（尤其是在海格力斯不再出现之后。哦，她讨厌海格力斯）。不过她仍然很担心伊阿宋在埃厄忒斯王面前能有多大机会。

她坐下来和雅典娜一起开了一个作战会议，这一次雅典娜是站在赫拉一边的。两位女神都希望金羊毛回到希腊。

“伊阿宋绝对不可能用武力征服科尔喀斯，”雅典娜说，“那儿有恶龙，骷髅战士，科尔喀斯舰队——”

“是的……”赫拉冷笑道，“但那儿也有美狄亚。”

“国王的女儿？”雅典娜把玩着她的埃癸斯盾上的戈耳工头颅，“这能有什么帮助？她是个女巫。”

“她是个女人，”赫拉说，“而伊阿宋是个英俊的男人。”

雅典娜皱起了鼻子。“你想让阿芙洛狄忒掺和进来？我不知道这行不行，赫拉。爱情是一种不可靠的动力。”

“你有更好的办法吗？”

这一次，雅典娜哑口无言了。

她们在爱情女神的公寓里找到了她，十二把有魔力的梳子正在给她梳头，要梳五千次才能让头发蓬松有光泽。

“女士们！”阿芙洛狄忒说，“你们是来请我去修指甲的吗？太好了！”

“呃，不，”赫拉说，“实际上，我们来请你帮忙。我们想让某人爱上伊阿宋。”

阿芙洛狄忒的眼睛发光了。“嗯，伊阿宋超级帅，这倒不成问题。你们选中的人是谁呢？”

“美狄亚，”雅典娜说，“埃厄忒斯王的女儿。”

“哦……”阿芙洛狄忒噘起了嘴，“那我们就遇上问题了。那个姑娘简直没救了。她把所有时间都花在赫卡忒的神庙里学魔法。她冷酷无情，渴望权力，跟她老爸一个样！你们知不知道？有一次她把塞勒涅从月亮上用魔法召唤下来，让她爱上了一个凡人，只为了好奇会有什么结果。”

“我听过那个故事，”雅典娜说，“人物很有趣，不过情节有点牵强。总之，既然美狄亚在摆弄爱情魔法，她就侵犯了你的管辖范围，不是吗？有什么处罚比让美狄亚爱上她父亲的敌人更好呢？”

阿芙洛狄忒嘘了一声赶走了她的魔力梳子空中小分队。“嗯……这倒是。我会派厄洛斯去凡间让美狄亚爱上伊阿宋。不过我必须警告你们，爱情的咒语在美狄亚这样的人身上是难以预料的。她在爱情上投入的热情会跟她在魔法上投入的热情一样。要是她和伊阿宋的关系恶化——”

“值得冒这个险，”赫拉说，彻底证明了她对未来一无所知，“施你的法就够了！”

她真是史上，最差，媒人。

在凡间，伊阿宋带着手下穿行在埃厄忒斯的宫殿里。这个地方简直炫得不可思议。银色和金色的门扉会自动开合。在中庭里，四个喷泉喷出不同的液体——水、葡萄酒、橄榄油和牛奶。为什么会有人想要这种玩意儿，我虽然不太明白，但阿尔戈英雄们显然被镇住了。

“哥们儿，”泽西斯低声说，“一座牛奶喷泉？这个国王肯定跟赫菲斯托斯很熟。只有神才造得出像牛奶喷泉这么炫的东西！”

“你们看看那个！”卡尔莱斯指向某处。

在宏伟的大厅另一侧有一个封闭的围栏，两头巨大的青铜公牛在里面摇着铃铛走动。它们发光的眼睛像熔岩一样。伴随着每一次呼吸，它们的鼻孔里都会喷出火焰来。即使在房间的这一头，伊阿宋的袍子都被热气吹得飘了起来。

他开始怀疑自己之前脑子里到底在想什么，才会想到要来科尔喀斯。显然，在炫酷的玩物这方面，埃厄忒斯王的优势很明显。

他们看到国王坐在一个金色王座上，王座的造型是光芒万丈的太阳。他穿着一身金盔甲，以前是属于战神阿瑞斯的。伊阿宋之所以知道，是因为那件盔甲的领子上还用油性记号笔写着一行字——“阿瑞斯的所有物”。国王左边站着他的儿子阿布绪耳托斯王子、长女卡尔喀俄珀，还有她和佛里克索斯——希腊人卷毛，现在已经不幸过世了——所生的四个孩子；在国王右边站着他的小女儿，也是更危险的女儿，美狄亚——赫卡忒的女祭司，像石头一样冷酷的杀人者，手段多样的交际花。

伊阿宋鞠躬道：“陛下，我是伊阿宋，伊奥尔科斯的合法王位继承人。我是来把金羊毛带回希腊老家的！”

他的声明听起来有点傻气，但没人发笑。埃厄忒斯王身子向前倾了一点，他的眼睛像黑曜石一样亮。他细细打量着伊阿宋，似乎在考虑有多少种有趣的方法能杀死他。

“没有希腊人曾经航行到过我们的海岸，”埃厄忒斯王说，“我还从来没有见过除了佛里克索斯以外的希腊人，他给我们带来了金羊毛。你们航行了这么远，提出这么放肆的要求，那么你们肯定不是非常勇敢，就是非常愚蠢。”

伊阿宋耸耸肩。“那就是勇敢了。众神希望我们获胜。赫拉保佑这次航行。雅典娜本人设计了我们的船。‘阿尔戈号’上有各种各样的半神：波瑞阿斯的儿子，阿瑞斯的儿子，宙斯的儿子——”

“这对我来说不算什么，”国王咆哮道，“我是赫利俄斯的儿子！”

“我们也有一个。重点是，陛下，我看到了你的王国，看得出众神偏爱你。赫菲斯托斯给了你两头青铜牛，还有喷出油和奶的喷泉。阿瑞斯给了你一套他的旧盔甲。我听说他还给了你一片圣林。你的父亲是赫利俄斯。你可爱的女儿……我能从她身穿的法衣看出她似乎是一位赫卡忒的女祭司？”

伊阿宋说话时，爱神厄洛斯隐身站在人群中，等待着合适的时机。就在伊阿宋说出“你可爱的女儿”的时候，厄洛斯用一支爱之箭射中了美狄亚的心，接着窃笑着飞走了。

美狄亚的脉搏加快了，她的掌心开始出汗。在这之前，她一直用鄙视的眼光盯着伊阿宋。现在……为什么她之前没有发觉他如此英俊又高贵呢？科尔喀斯没有人敢像他那样站在她父亲面前。伊阿宋显然拥有非凡的勇气。美狄亚心中的“爱上希腊人”仪表盘在三点五秒之内就从零加速到了六十英里。

“显然，陛下，”伊阿宋继续说，“你有今天的成就是因为尊敬众神。所以请再一次尊重他们的意愿吧！给我一个机会来证明自己。给我布置一个任务来赢得金羊毛。”

埃厄忒斯用戴着好几枚钻石戒指的手重重拍在他的王座扶手上。“我可以轻易杀了你，烧掉你的船。”

“但您不会的，”伊阿宋说，尽量显得很有信心，“因为一个明智的国王会让众神来做决定。”

埃厄忒斯的四个外孙，即佛里克索斯的儿子们，围绕在他身边，摇着他的手。

“求您了，外公！”其中一个说，“我们也有一半希腊血统！爸爸总是给我们讲希腊的故事。”

埃厄忒斯皱眉道：“你们的父亲到这儿来是因为希腊人想拿他当祭品！”

“但这个人不一样，”他的外孙说，“至少给他一个机会！”

国王把他们赶开了。埃厄忒斯觉得用不可能完成的任务来处死一个人简直是毫无必要的自找麻烦，但要是这能给他的外孙们一个教训，让他们知道希腊人有多蠢，那倒也有几分好处。

“很好，伊阿宋，”埃厄忒斯说，“我不会让你做任何我自己干不了的事。你提到了我的阿瑞斯圣林。每当我需要更多战士的时候，我就从我的桶里拿出一些脱落的龙牙……”

他的外孙们高兴得跳上跳下，兴奋地拍着手。“噢，好耶！他要进行龙牙挑战！”

伊阿宋觉得嘴里干巴巴的。“你有一桶龙牙？”

埃厄忒斯微笑道：“这个嘛，我有一条龙啊。所以，是的。恶龙守卫着金羊毛，以免……不速之客来访。总之，我会把这些牙齿带到圣林下面的一块地去。我会驾驭我的青铜牛来犁出犁沟，把龙牙像种子一样种下。我用少量血来浇灌这些牙，于是砰的一下，一队战士就从地里像庄稼一样长出来了。”

伊阿宋眨了眨眼。“呃，好的。”

“明天，你要证明你跟我一样是个伟大的国王。如果你能种出一队战士来，你就能拿走金羊毛，航行回到希腊去。否则的话，那么……”

他没有说出“你将痛苦地死去”，不过这层意思暗示得很清楚了。

伊阿宋有点想要求换成另外一种挑战，比如吃馅饼什么的，但他只是鞠了一躬。“那么就明天吧，陛下。请您允许我的人和我本人在你们的码头旁的海岸上扎营。”

伊阿宋飞快地看了一眼美狄亚——也许是因为他注意到了她盯着他的方式有些奇怪。随后他和他的护卫小队就转身离开了。

美狄亚第一时间飞奔出王座厅。她几乎连气都喘不过来了。

“我这是怎么了？”她发出不满的嘘声，在走廊中踉踉跄跄地走着，“我不是什么幼稚的中学女生！我是美狄亚。我怎么会对一个刚刚见面的男人产生什么感觉呢？”

伊阿宋的形象灼烧着她的心——他那高贵的面庞，他那闪耀的双眼，他说出“呃，好的”的时候下唇颤抖的样子。这是怎样的一个男人啊！

美狄亚知道她父亲安排的挑战对伊阿宋而言无异于自杀。她甚至不敢去想那个勇敢英俊的希腊人明天一早就会被铜牛变成烤肉。

在眩晕中，她跑向树林深处的赫卡忒的神庙。美狄亚过去总能在那儿找到安逸和清明的思绪。她盯着女神的雕像，这尊雕像有三张安详的面孔——一张朝左，一张朝右，一张面向正中。在赫卡忒高举的手中，巨大的火炬上永不熄灭的蓝色火焰正在燃烧。

“掌管三岔路口的女神啊，”美狄亚说，“我需要你的指引！我爱上了伊阿宋，但要是我帮助了他，我的父亲肯定会发觉的。他会放逐我或杀了我。我会牺牲掉我的一切！”

赫卡忒的神像保持沉默。

“我想嫁给这个希腊人，”美狄亚说，“但……但这是为什么？我这是怎么了？他也会爱我吗？他会带我一起走吗？我真的能背叛我的家人，离开我的家园，只为了一个几乎不认识的男人吗？”

她的心回答了：是的。

神像仍然盯着三个不同的方向，仿佛在说：“嘿，你站在三岔路口上了。自己搞定吧。”

美狄亚感到又烦恼又激动。“唉！我真是个傻瓜，在我为了伊阿宋搭上性命之前，要先让他保证也爱我呀。”她跑回她的魔法实验室，花了好几个钟头来配制一种特殊的药膏。接着她用一件黑袍裹住自己，偷偷溜到阿尔戈英雄们的营地里。

凌晨两点左右，伊阿宋和他的顾问们仍然没睡，在开作战会议。他们看到了那两头喷火的公牛，在竭力想出办法赢得埃厄忒斯的挑战，又不会让伊阿宋被活活烧死。目前，他们最好的方案中含有三千袋冰块和一对隔热手套。这实在不是一个好主意。

一个侍卫来敲了敲帐篷杆。“呃，大人，有人来找你。”

美狄亚径直冲了进来。众人都倒吸了一口凉气。

阿尔戈英雄们对可怕的女人并不陌生，他们是跟阿塔兰塔一起航行过来的。但美狄亚的可怕是另外一种类型。

这位公主的头发像影子一样黑，披散在她的肩膀上。她穿着黑色的丝绸长裙，戴着金项链，上面的赫卡忒标志——两把交叉的火炬——泛着幽光。她的表情是冷酷超然的，就像一位刽子手在挥舞斧头时会露出的那种表情。她眼眸中的闪光表明她懂得很多暗黑术——能把大多数男人逼疯的那类东西。不过当她看着伊阿宋时，她脸颊上的红晕倒是和普通姑娘没什么不同。

“我能救你，”她说，“但你也必须救我。”

伊阿宋耳朵里嗡嗡作响。“各位，请给我们一些空间。”

阿尔戈英雄们不安地退出了帐篷。他们一离开，美狄亚就紧紧握住了伊阿宋的手。她的皮肤很凉。“我一看到你，就立刻坠入了爱河。求你了，告诉我我没发疯，”她哀求道，“告诉我你也有同样的感觉。”

伊阿宋不太确定他有什么感觉。美狄亚很漂亮，这一点毋庸置疑，但撞岩也有一种美啊。

“呃，我……等等，你说救我是什么意思？”

“我父亲的任务是不可能完成的，你肯定已经知道了。没有凡人能驾驭那两头青铜牛，我父亲全靠穿了阿瑞斯的盔甲才能做到这一点，其他人要是这样做就会被烧死。但我能阻止你被烧死。”

她从自己的腰带取下一小瓶药膏。“如果你明天早晨在挑战前把这个涂抹在你的皮肤上，就能免受烈焰的伤害。药膏还能在数小时之内赋予你巨大的力量——但愿足够让你驾驭公牛犁完那块地。”

“这太棒了，谢谢你！”伊阿宋想接过那个瓶子，但美狄亚把手缩了回去。

“此外，”她说，“你要是耕种成功了，龙牙会长成骷髅战士。这些战士只服从我父亲，他们会来杀你，但我可以教你怎么击败他们。而在这之后，还需要去偷金羊毛。”

“但我要是赢得了挑战，埃厄忒斯就会给我金羊毛了呀。”

美狄亚干笑了几声。“我父亲绝不会放弃它。如果你赢得了挑战，他就会干脆用另一种办法杀掉你。除非你接受我的帮助。”

“那么……你想要什么作为回报呢？”

“只要你永不停息的爱。对我发誓你会把我带回希腊。向众神发誓你会娶我而且永远不离开我。你只要保证做到，我就会尽我所能来帮助你。对了，我的能力可是很强的。”

伊阿宋感觉自己仿佛又回到了熊山岛，在浓雾中疯狂而盲目地挥舞着剑。和美狄亚结婚就像和一个非常有吸引力的大规模杀伤性武器结婚。力量强大？是的。长期接触是否安全？那就未必了。

但他又有什么选择呢？他不可能全靠自己完成这次挑战。他很干脆地接受了这个事实。他召集了阿尔戈英雄们来帮助他完成任务，那么招募美狄亚进入他的阵营又有什么不同呢？

“我会娶你，”他说，“我向众神发誓。帮助我，我就会带你回希腊，永远不离开你。”

美狄亚抱住他，吻了他一下。伊阿宋得承认这感觉还不赖。

“这是药膏，”美狄亚说，“你犁完地，等骷髅战士从地里长出来之后，把一块石头扔到他们中间。”

伊阿宋等了一会儿才开口。“就这么简单？”

“就这么简单，你会看到的。一解决掉他们，你就赢得了挑战。我父亲会非常生气，他会很想当场杀了你，但他又不愿当众这么做。你就装作一切顺利的样子，告诉国王你第二天一早会去王宫里觐见他，到时去取金羊毛。”

“但是……他不会真的把金羊毛给我。”

“你说得对。他会等你出现在王宫里，再下令杀了你。不过我们不会给他这个机会的。明天夜里，让你的人悄悄准备好起航。等天黑下来之后，你和我偷偷溜进圣林里，解决那条龙，偷走金羊毛，离开这个国家。”

“听起来是个好办法……亲爱的。”

这话让美狄亚非常高兴。她眼中那种杀人者的凶光都快消失了。“祝你好运，我亲爱的！记住你的承诺！”

她没有说要是没做到会怎么样。跟她的父亲一样，她很擅长用暗示来表达威胁。

清晨，伊阿宋来到阿瑞斯圣林报到，迎接任务。

你们可能已经猜到了，这片圣林并不是以可爱的花朵或适合开茶会的露台著称的。它在城外的一座有大片台地的小山上蔓延生长，整个国家都能看到。圣林四周被铁铸的围墙和有毒的带刺树篱包围起来。青铜大门后面是一大块足球场大小的平地，散落着白骨和坏掉的武器。一副巨大的牛轭倚靠在一面墙上，同时拴在一根长杆上，还连着一副比“阿尔戈号”的龙骨还要大的犁刀。两头青铜牛在这块地上自由地嬉戏，一边冲撞白骨一边喷出火焰。

在小山上方远处是圣林的主要部分——占地好几英亩[①]的茂密且扭曲的橡树林。在山顶上那棵最高的橡树的枝条上，挂着闪闪发光的金羊毛。伊阿宋从这么远的距离看来，它比一张邮票大不了多少。它在清晨的阳光下反射出血红色的光芒，像激光笔射出的光束一样灼烧着他的眼睛（直视激光是很危险的，不要这样做）。

科尔喀斯的每个人似乎都在看热闹，他们站在附近的小山坡上，站在城里的屋顶上，甚至站在港口里的船只的桅杆上。伊阿宋往下瞥了一眼正停靠在河口旁的“阿尔戈号”，心想这会儿跑回船上，大叫“我不干了”，是不是已经太晚了。

此时埃厄忒斯王乘着他的黄金战车轰隆隆地来了。国王穿着他那件阿瑞斯的旧盔甲，看起来很像一位天神。他的头盔上那个满面怒容的青铜面罩让伊阿宋发抖。一串汗珠从他脸上滑落下来，让他闻到了一股自己刚刚涂上的药膏的气味——鼠尾草和肉桂混合一点点腐臭的火蜥蜴血。众神啊，他希望美狄亚没有用恶作剧捉弄他。

国王的战车停下了。埃厄忒斯王居高临下瞪着伊阿宋。

“傻子！”国王咆哮道，这就是他平常说早上好的方式，“现在你看到你的任务有多难以完成了吗？赶快跑回你的船上去！没人会拦住你的！”

伊阿宋不知道国王是不是有读心术，或者是他害怕的样子表现得太明显了。不知为何，他鼓起了勇气。

---

① 1英亩约合4046.86平方米。

“我不会打退堂鼓的！”他宣布，“那些你想种的龙牙在哪里？”

国王打了个响指，一个仆人匆忙赶来，把一个皮口袋扔在伊阿宋脚边。里面装的东西发出像碎瓦片一样的碰撞声。

“给你，”国王说，“祝你好运。我会一直在这儿，酷酷地站在战车上！”

伊阿宋刚进入大门，门扉就咔啦啦响着合拢了。青铜牛转过身来盯着他。

“乖牛儿。”他说。

它们步调一致地冲了过来，还喷着火。热量抽空了伊阿宋肺部的空气，他觉得自己的眼球像墨西哥辣椒奶酪泡芙一样，然而神奇的是，他没有死。一股神力充满了他的全身。他一拳正中第一头牛的面门，它往旁边摔倒了。接着他用胳膊锁住第二头牛的脖子，把它拖到犁的旁边。

人群都疯狂了——他们发出难以置信的欢呼和尖叫声。伊阿宋强迫这头牛架上它的轭，接着回去把另一头弄来。他把那头牛拖到牛轭旁，用蛮力让它戴上挽具，接着抓住了犁把儿。

“驾！”他叫道。

公牛朝天喷出火焰。它们拉着巨大的犁刀划过泥土，犁出一道深沟。浓烟在伊阿宋身边翻滚，火花飞溅入他的眼睛。他觉得自己仿佛是在驾驶一辆蒸汽火车，同时还站在锅炉里面，不过不知怎么做到的，他还是努力把龙牙播种到了犁沟里。正午时分，整块地都犁好了，伊阿宋还没死。他让公牛停下来，把它们拴在杆子上，决定喝水休息一下。阿尔戈英雄们疯狂地欢呼起来。

“对男人而言干得不赖！”阿塔兰塔喊道。

“那是我哥们儿！”波吕丢刻斯嚷道。

俄耳甫斯开始演奏一首他刚写好的歌，名叫《驾驭公牛的男人》，这首歌随后以第五名的位置排进了古希腊流行音乐榜。

同时，埃厄忒斯只是站在他的战车上，盯着伊阿宋。他的脸被面罩遮住了，但伊阿宋能感觉到埃厄忒斯的表情比金属面罩的怒容更不友好。

“开头还不错，”国王最终承认道，“不过现在你要收割你种下的东西了。给他拿来……血罐！”

一个仆人匆忙跑上前来，拿着一个可爱的绿色水罐，上面还点缀着雏菊图案。侍卫把门开了一道缝，刚好够把罐子递给伊阿宋。他看了看罐子里面，是满满一罐鲜血，他决定还是别问这些血是从哪儿来的了。

伊阿宋走过一道道犁沟，浇灌他种下的龙牙。他刚刚浇完最后一部分，整块地就开始隆隆作响。骷髅手从泥土中伸出来，几十个骷髅战士爬了出来，全都装备着生锈的剑和有凹坑的盾。他们的眼窝幽暗又空洞，不过当他们转向伊阿宋时，他觉得他们能毫不费力地看见他。

伊阿宋一阵心慌，随后他想起了美狄亚的忠告。

一块石头，他心想，我需要一块石头。

他找到了一块跟棒球差不多大的石头，用投高弧球的方式把石头扔了出去。

骷髅战士正在列队，那块石头击中了其中一个骷髅战士的头，把他的头盔打掉了。那个战士绊倒在他的一个战友身上，后者把他推开了，不小心碰倒了第三个战士，这让这个战士的胳膊抡圆了，扇在了第四个战士的脸上。

很快，全部骷髅都对打起来，他们不知道是谁挑起的，反正也无所谓。他们互相乱砍，直到地面上堆满残骸，断骨像剪刀一样在泥土里翻动，想找到自己的身体。

伊阿宋走向最后一对战士，他们正在互相推搡对方的前胸，就像街上的恶霸一样。伊阿宋捡起最近的一把剑，把他们的腿斩断了。

有一会儿，人群寂静无声。接着，阿尔戈英雄们开始反复欢呼："伊阿宋！伊阿宋！"

他们推开了青铜大门，像潮水般涌了进来，把伊阿宋举在他们的肩膀上。他们带着他去游行，而埃厄忒斯恶狠狠地瞪着他们。

"谢谢你安排的挑战，陛下！"伊阿宋朝国王喊道，"我明天早晨去宫里拿金羊毛！今晚，我们要庆祝！"

阿尔戈英雄们心情大好地返回他们的营地。科尔喀斯人各自回家，把门都锁得好好的。他们知道国王生气的时候是什么样子。

埃厄忒斯看着阿尔戈英雄们远去，他低声自语道："去开宴会玩乐吧，伊阿宋。享受你在人间的最后一晚吧！"

那天晚上，尽管还有些失望，但埃厄忒斯睡得很好。没有什么比一场大屠杀更让他期待了。

午夜时分，大多数阿尔戈英雄都悄悄回到了船上，只留着营火，好欺骗城里的守卫。伊阿宋正在他的司令帐篷里收拾东西，美狄亚带着埃厄忒斯的四个外孙来了。

“他们必须跟我们一起走，”美狄亚把孩子们往前推了推，“他们想看看希腊，他们的父亲出生的地方。再说，一旦埃厄忒斯发现我们带走了金羊毛，他们就不安全了。他会把怒气发泄在任何给你说过好话的人身上。”

伊阿宋皱眉道：“他肯定不会杀死他的亲外孙啊。”

“你不了解我父亲。”美狄亚说。

伊阿宋没料到要带四个孩子登上“阿尔戈号”，但他也很难拒绝。他们全都用水汪汪的小狗一样的眼睛看着他，小声说：“秋（求）你了，秋（求）你了，秋（求）你了。”

“好吧，”他说，“我的人会陪你们去船上，美狄亚和我去取金羊毛。”

阿瑞斯的圣林晚上仍然是那么令人毛骨悚然。

美狄亚带着伊阿宋去了南墙的一个秘密入口。她挥了挥手，念了几句魔咒，带刺的灌木就分开了，露出了铁板墙的一个缺口。

他们穿过白天那片骷髅地，美狄亚带着他沿着错综复杂的小径上山。伊阿宋意识到要是没有她的话他肯定会迷路。他走过树根的时候它们会缠在他腿上，树会变形，树枝会捅到他不舒服的部位。每当那些树显露出攻击性时，美狄亚就念出几句魔咒，它们就恢复了平静。

最后，他们抵达了山顶。

遇到龙的时候，伊阿宋本想拔出他的剑来。但实际上，他的胳膊变得软绵绵的。他只能看着这个巨大的爬行动物蜿蜒滑行，它的黄眼睛像灯笼一样，它的鼻孔里冒出含有硫黄的烟气。这个生物在树干上盘绕了太多圈，已经看不出来它到底有多长了。锋利的鳍竖在它背上，就像锯齿刀的利刃。龙的每一块鳞片都有盾牌那么大，顶端朝上翘起，而且很锋利。很可笑的是，这让伊阿宋想起了致命的洋蓟。

这头怪物张开大嘴的时候，伊阿宋可以很容易地想象出“阿尔戈号”被那个红色的喉咙吞下去的场景，那两排锯齿状的白牙会让它的船体嘎吱嘎吱地变成一堆柴火。龙的嘶嘶声传到山下，回响在山谷中。它要不吵醒科尔喀斯的每一个人简直是不可能的。

伊阿宋绝望得简直要发笑了。他之前到底是在想什么？他的剑在这头野兽面前就像一根牙签一样“有用”。

美狄亚抓住了他的手腕。她指着金羊毛，它在巨龙头上的一根树枝上闪闪发光。

“你必须爬到龙的身上去拿金羊毛，”她说，“别睡着了。”

“什么？”

美狄亚开始吟唱了。

她吐出的字眼不属于伊阿宋知道的任何一种语言，但他捕捉到了一个名字——许普诺斯，睡眠之神。歌声在他身上流过，仿佛温暖的蜂蜜。他的眼皮变得沉甸甸的。美狄亚用自己的指甲直戳他的前臂，这才让他清醒过来。

巨龙的眼睛眨了一下，两下，接着就睁不开了。它那巨大的脑袋垂到了地上，同时开始打呼噜，鼻孔边还挂着硫黄。

“现在过去，”美狄亚耳语道，“快。”

在伊阿宋往前爬的时候，美狄亚继续唱歌。他小心翼翼地爬到巨龙的背上，不让自己被它那尖锐的鳞片刺穿。他刚够着金羊毛，巨龙就在睡梦中扭动了一下身体，差点把伊阿宋摔下来。美狄亚把歌声提高了一点，她往前挪了挪，在巨龙的眼睛上洒了一些粉末。这头怪物的呼噜声更沉重了。

伊阿宋费了很大的劲儿才把金羊毛拖了下来。它又大又重，而且佛里克索斯把它相当牢固地钉在上面。最后他终于把它拽下来了。金羊毛垂落在他身上，上面的一只羊角差点重重地击中他的脑袋。

他刚回到地面上，一阵鼓声就在城中响起来了。

“守卫发现了！”美狄亚警告道，“快走！”

他们跑过树林，再次穿过骷髅地。伊阿宋觉得他们肯定要被包围抓住了，但不知怎的，他们及时赶到了码头，没被发现。除了一点，城里的每个守卫都接到了警报，伊阿宋带着全国最耀眼的东西逃跑了。

伊阿宋和美狄亚登上“阿尔戈号”之后，科尔喀斯水手乱哄哄地登上他们的船，开始架设投石机。

“走，走，走！”伊阿宋命令他的船员。

军号声十分嘹亮，随着“阿尔戈号”从码头驶出，火焰箭在他们头顶飞出一道道弧线，十几条科尔喀斯船穷追不舍。

在火炬的映照下，美狄亚面如死灰：“要是我们走运的话，率领那些船的可能是我的哥哥阿布绪耳托斯，至少他会让我们死个痛快。要是我的父亲在船上……那么，我们还不如被巨龙撕成碎片来得轻松呢。”

美狄亚真的很擅长鼓舞士气。阿尔戈英雄们划得更快了。

天亮以前，美狄亚想办法召唤出了一道雾堤，这样阿尔戈英雄们便暂时甩掉了追兵。由于科尔喀斯人不知道“阿尔戈号”到底去了哪边，他们分成了两支舰队继续追赶。

在拼命划了好几个星期之后，“阿尔戈号”在正要抵达黑海西岸时被一支科尔喀斯舰队追上了。伊阿宋的哨兵在瞭望台上报告敌军的旗帜颜色。

“那是我哥哥的标志。”美狄亚说，“阿布绪耳托斯是这个舰队的司令。”

“呃，还有一件事！”哨兵叫道，“另一支科尔喀斯舰队刚刚在南边海平线上出现。他们距离我们大约有一天半的航程。”

“好极了。”美狄亚把一缕垂到她脸上的头发吹开，“既然他们把舰队一分为二了，那就表示我父亲在率领另外一支舰队。”

阿尔戈英雄们累得都没力气发出咒骂了。

“我们赢不了他，”伊阿宋说，“船员都筋疲力尽了。”

“我有个主意，”美狄亚说，“我哥哥的船更近，我们可以趁我父亲赶到这里之前跟他谈判。”

“为了死得快一点而谈判吗？”

美狄亚指着海岸。“你看到那条河的河口了吗？它从几百英里以外的内陆流过来，它也许能把我们带去希腊。做好准备吧。”

美狄亚在桅杆上升起了一面白旗。在她的指挥下，伊阿宋向科尔喀斯的旗舰大声呼喊，说他想讨论投降事宜。

得到安全往返的承诺后，阿布绪耳托斯和几个侍卫划船来到“阿尔戈号”上。这看起来是种愚蠢的行为，但当年人们把诺言看得很认真。把某人迎接到你那升起了和谈旗帜的船上就跟把宾客邀请到你家里来是一样的。你不会伤害他们，除非你想让所有的神祇都对你感到愤怒。

当阿布绪耳托斯看到他妹妹和希腊人站在一起时，他厌恶地摇了摇头。“你在想什么，美狄亚？你就为了这个男人背叛你的祖国？”

“对不起，哥哥。”

阿布绪耳托斯哈哈大笑。“道歉也没有用。我会在父亲赶到之前迅速处死你，这是我唯一能给你的优待了。”

“你误会了，”美狄亚说，“我不是为帮助伊阿宋道歉。我道歉是为了这个。”

美狄亚从她的袍子里拔出一把匕首，以致命的精确度把它投了出去，刀刃刺中了她的哥哥，他倒地而亡。王子的侍卫想拿出他们的武器，但阿尔戈英雄们把他们都杀了。

美狄亚跪在她哥哥的尸体旁。船员们都恐惧地盯着她。

“你这是干了什么呀？”俄耳甫斯说，“在和谈旗下杀死使者……而且他还是你的亲哥哥？你会让我们所有人都被诅咒的！”

美狄亚抬头看着他，她的眼神像秃鹫一样冷静。“我们回头再担心众神吧。现在我们必须从我父亲的手中逃走。伊阿宋，快来帮忙。”

“你说什么？”

“没时间争论了！”美狄亚吼道，“剩下的人，去划桨！往那条河的方向划！”

这时，阿尔戈英雄们都巴不得他们从来没认识过美狄亚，但她说得对，没时间可浪费了。他们划进了那条将来有一天会被称为多瑙河的河流。

阿布绪耳托斯的船反应很慢，他们不太明白发生了什么事。王子平常不会坐敌人的船走，但科尔喀斯人根本就没想到希腊人会在谈判中杀了他。他们起航追上来的时候，已经失去了宝贵的时间。

埃厄忒斯王的舰队赶上了这支舰队，他们一起跟着“阿尔戈号”往河流的上游追来，这时美狄亚开始把阿布绪耳托斯王子的尸体扔出船外。

埃厄忒斯王看到他儿子的右胳膊漂了过来。他怒吼着命令整支舰队停船。他们把那条胳膊捞了起来，再彻底搜索了河流的这一带，以确保没有漏掉任何东西。直到这时，科尔喀斯船只才获准继续追击目标。

再次说明，这听起来可能挺奇怪，但科尔喀斯人非常重视他们的葬礼。如果你希望你的灵魂能前往冥界，那就必须以正确的方式安葬遗体。首先，你的尸体要被牛皮裹起来，挂在一棵树上，直到你的肉完全腐烂。接着，你的骨骸会跟一堆昂贵的珠宝一起下葬，同时有祭司念诵献给众神的祷词。你的遗体不能有缺失的部分，并且必须集中在一起，才能举行科尔喀斯式的葬礼。否则，他们不得不把你用一排小小的塑料购物袋挂在树上，那样看上去就太傻了。

无论如何，通过不时把她哥哥尸体的不同部分抛下船，美狄亚给“阿尔戈号”争取到了足够的时间逃跑。多瑙河是一条很大的河，它有很多支流、河汊和河湾可以躲藏。美狄亚把最后一块她哥哥的尸体扔出去的时候，“阿尔戈号”已经彻底甩掉了科尔喀斯人。

“好了！”美狄亚说，她的脸上洋溢着胜利的光彩，“我告诉过你们我们能做到的！”

船员甚至都不敢直视她的眼睛。伊阿宋想表现得充满感激，但他害怕极了。他答应要娶的这个女人是个什么人啊？

现在，孩子们，如果你们想往多瑙河上游航行去希腊的话，你们最终会到达德国。但不知怎的，阿尔戈英雄们找到了一条出路。也许他们在某个地方把船拖出了水面，通过排在一起的原木把它推到另一条河里，再航行穿过意大利北部，南下进入亚得里亚海。

在这条路上，他们经过了法厄同坠毁的那个湖。阿尔戈英雄们经历过太多事情了，他们只看了一眼水下那个法厄同的尸体仍然在沸腾和冒烟的地方，然后心想，不错嘛，这家伙倒是很轻松就解脱了。

他们回到海上时，所有坏事都赶上了。怪物袭击了他们，暴风雨把他们像骰子一样来回摇晃，风向总是不对，而船上的甜筒冰激凌自动贩卖机也终于坏了。

“众神在惩罚我们，”阿尔戈斯瞪着美狄亚，“都是她的错。”

“别说了，”伊阿宋警告他，“要不是美狄亚，我们早就死光了。”

船员在伊阿宋背后偷偷议论，但他们太害怕也太沮丧了，无力发动叛乱。舰首像已经好多个星期沉默不语了。就连现在钉在桅杆上的金羊毛，也不能再让他们振作起来了。要是金羊毛曾经有过任何能帮助人的魔力，那现在它肯定没把这魔力用在他们身上。

“阿尔戈号”还经历了一些九死一生的冒险。他们从塞壬们的岛经过，塞壬们的歌声有魔力，能诱使水手跳进大海溺水而亡。幸运的是，俄耳甫斯演奏了一首吉米·亨德里克斯[①]的曲子，大概有三个小时那么长吧，盖过了塞壬们的歌声，

① 吉米·亨德里克斯（Jimi Hendrix），美国著名摇滚乐吉他手。

直到他们的船平安驶出危险地带。

他们登上了希腊西部的科孚岛，差点被科尔喀斯的赏金猎人给抓住了，但当地女王介入调停了此事。她判定如果美狄亚已经与伊阿宋合法结婚了，那么就不能被带回科尔喀斯去。这对情人于是匆忙举行了婚礼，女王便把他们放走了。

之后，“阿尔戈号”在地中海里转悠了好几个星期，不知道自己在什么地方。由于粮食和淡水完全耗尽了，他们在一个未知的岛上下锚了。

“这里是什么地方并不重要，”伊阿宋说，“我们必须去补充补给了。”

伊阿宋率领一支登陆小队出发了，其中也包括美狄亚。

他们在树林里用水罐从一条河里装水，这时听见了一种奇怪的隆隆声从他们过来的方向传来——就像巨大的齿轮发出的摩擦声。

“那是什么声音？”波吕丢刻斯问，“俄耳甫斯又在弹亨德里克斯的曲子了吗？”

年长的造船师阿尔戈斯的脸色变得惨白。“那个金属音……就像关节的嘎吱声……噢，众神啊，不。难道这个岛是克里特？”

从海岸上传来了一个巨大的声音。咔——哗啦！随之传来的是阿尔戈英雄们召唤大家返回划桨位的鼓声。

登陆小队把水罐扔下，跑回海岸。他们刚跑出树林，就吓得僵住了。一百码开外站着一个有生命的青铜雕像，跟城堡塔楼一样高。它的打扮像一个战士。它的金属面庞是空白的，没有任何表情，不过它毫无疑问是在看着“阿尔戈号”，此时这条船正在四分之一英里外的波浪里摇摇晃晃。

巨大的铜人跪了下来，从海岸上就近挖出一块大石头——跟他们的船一样大的石头。它把石头掷向“阿尔戈号”。石头砸偏了几英尺，不过掀起的海浪差点把船给弄翻了。

“它是塔罗斯，”伊阿宋说，“它要把船毁掉了！”

“塔罗斯是什么？”美狄亚问，“哪个神智正常的人会造出这么个东西来啊？”

伊阿宋耳朵里都是洪亮的金属声，差点听不见她的问话。“赫菲斯托斯为米诺斯王造了它。这尊雕像每天绕着克里特岛走三圈，防御海盗。塔罗斯要是看到了一艘它不认识的船——”

“我的船！”阿尔戈斯叫道，“我们必须阻止它！”

波吕丢刻斯把老人拉了回来。“这玩意儿太大了！我们的武器对它不起作用！”

“我有个主意。”美狄亚说。

波吕丢刻斯愤愤地说：“我讨厌听到她这么说！”

“听我说就行了。我以前见过赫菲斯托斯的作品。它们的动力一般都来自模拟血液的熔化了的铅。这个雕像最初被注入铅液的地方应该有一个安全阀。”

“在那儿！”伊阿宋指着一个地方。毫无疑问，在雕像的左膝盖后方有一个环状的塞子，大小跟盾牌差不多。

“我来吸引雕像的注意力，”美狄亚说，“你们跑过去把阀门打开！”

他们还来不及对此事提出任何异议，美狄亚就全速跑向了海滩。塔罗斯捡起了另一块石头。它把石头高高举起，正要扔出去，这时美狄亚开始吟唱了。

塔罗斯转过身来，往下盯着她。

美狄亚的声音没有颤抖，她召唤了睡神许普诺斯，唱起了冰冷的熔炉，上好润滑油的关节，舒适的金属毯子，以及其他任何巨大的青铜雕像可能会梦到的东西。

塔罗斯可能会丢掉石头，把美狄亚砸扁，要是这样的话就给伊阿宋省掉很多今后的麻烦了。然而，雕像只是听着歌声，显得很困惑，动作也很呆滞。伊阿宋从海边迂回过来，跑到这个怪物的身后。他把他的剑插进那个塞子的边缘缝隙里，把它撬开了，在这个过程中弄断了剑。

熔化的铅差点把他烧成了灰，但他及时朝一边跳开了，雕像的“血液”猛地涌出来，他的衣服因此布满了蒸气烧出来的洞，而这片沙滩也变成了世界上最大的铅制镜子。塔罗斯转了几圈，蹒跚着走了几步。

这个巨人手中的石头掉了下来，它脸朝下摔倒了。它着地的冲击力太大了，伊阿宋的牙都要震掉了，眼珠乱跳。

等到伊阿宋恢复神志时，美狄亚站在他身边，微笑道：“干得漂亮，我的丈夫。不知你对一百万磅重的废铁感兴趣吗？”

阿尔戈英雄们找到了食物和淡水，起航回家了，趁着米诺斯王还没发现是谁弄坏了他最喜欢的玩具士兵。

最后，仿佛已经过了好多年（因为的确过了好多年），“阿尔戈号”回到了故乡，停靠在了伊奥尔科斯的码头上。

当地人为返乡的阿尔戈英雄们举行了一场盛大的宴会。他们沿着主干道游行，带着金羊毛，再把它挂在了中心广场上。伊阿宋和美狄亚带着胜利的荣耀走进王宫，老国王珀利阿斯见到他们并不特别激动。

“干得好！”他用敷衍的语气说，“所以，嗯……好吧，就这样！谢谢你给我们带来了金羊毛。”

“我的王位，”伊阿宋说，“这是说好了的。”

“啊，对了，王位。”珀利阿斯的脸抽搐了一下，“好吧……没问题。我死了以后，你就可以当下一任国王。”

“什么？”他儿子阿卡斯托斯叫道。

“什么？”伊阿宋叫道。

“我们开始庆祝吧！”珀利阿斯说。

伊阿宋筋疲力尽了。他已经满足了珀利阿斯提出的全部条件，但珀利阿斯从来没有规定过他把王位交给伊阿宋的准确时间，所以现在伊阿宋得等到鬼知道什么时候了。

“你可以用武力夺取王位。”美狄亚怂恿他。

伊阿宋面色一沉。“这里不是科尔喀斯。我们不冷血地谋杀别人……好吧，总之，不是那么频繁。”

“行啊，”美狄亚说，“我敢肯定那个老家伙很快就会死掉。”

美狄亚的语气本应让伊阿宋对她是不是在打什么鬼主意有所警惕，但我猜他根本不想知道。

几个星期后，等到宴会都结束了，美狄亚和伊阿宋也搬进了王宫里的贵宾套房，伊阿宋的父亲埃宋拖着年老体弱的身体，颤颤巍巍地来到城里看望他们。美狄亚用一份特殊的礼物对他表示欢迎。她配制了一剂药水，使他的关节恢复青春，使他的肌肉变得强壮，还给他增加了大约十年的寿命。到他结束这次拜访的时候，老人扔掉了他的拐杖，决定跑步回家。

珀利阿斯的女儿们大为震惊，因此来拜访美狄亚。“哇，你的魔力太神奇了！”其中一位公主阿尔刻斯提斯说。

美狄亚微笑道：“谢谢，亲爱的。”

“你能为我们的父亲施同样的法术吗？”阿尔刻斯提斯问，“他很可怜，遭受着非常严重的关节炎、恶疮、痛风，还有其他十几种疾病的折磨。我们想让他变得更年轻，作为他生日的惊喜！”

“真贴心呀，”美狄亚的脑子里飞快地思考着各种可能，“唉，你们不会喜欢药水发挥效力的方式的。需要极大的勇气和坚强的胃才能完成必要的工作！”

阿尔刻斯提斯和其他公主看上去生气了。“我们很勇敢！”

美狄亚假装在思考。“我会展示给你们看必须做什么，不过我得警告你们，这场面可不好看。”

美狄亚把公主们带到了她新建好的实验室。她让侍卫从王室羊圈带来一只老山羊。同时，她把一口大锅架在火上，装满了水，煮到沸腾。她小声念了几句咒语，把某些魔法草药撒进锅里。

侍卫给她带来了一只老得都快站不稳了的山羊。它的眼睛由于白内障显得白浊，它的毛一撮撮地往下掉。

“假设这只羊是你们的父亲。”美狄亚对公主们说。她拿出她的匕首杀死了这只羊，接着把它砍成了好几块。

“你在做什么？”阿尔刻斯提斯尖叫起来。

美狄亚脸上带着血，抬头看着她。“我告诉过你这并不容易。看着点。”

她把被肢解的山羊扔进了沸水。锅剧烈摇晃起来。一只年轻的山羊跳了出来，热气腾腾，咩咩直叫，到处蹦跶，仿佛在说：“嗷，嗷，真烫。”

“太神奇了！”阿尔刻斯提斯说。

“是的。”美狄亚叹气道，“很遗憾你们永远不可能有勇气为你们的父亲做这样的事。如果你们这样做了，他能再多活四五十年呢！”

“我们有这个勇气！”阿尔刻斯提斯说，“教给我们这个魔法吧！”

美狄亚准备了一袋无害的药草——迷迭香、百里香、少量嫩肉粉。“给。祝你们好运！”

那天晚上，四位公主在御膳房里准备了一口大锅，烧开了水。她们告诉父亲为他准备了一份特殊的生日惊喜。她们把珀利阿斯的眼睛蒙住，把他带到了厨房里。

珀利阿斯咯咯笑起来，猜想她们是要送他饼干，或者一个装饰得乱七八糟的蛋糕。“噢，姑娘们，你们不必这么大费周章的。”

“惊喜！”阿尔刻斯提斯把他的蒙眼布解下来了。

国王看见他的四个女儿站在一大锅开水前面，每人都面带笑容，手里拿着一把大刀。

“呃……姑娘们？”

“生日快乐！”公主们击倒了她们的父亲，把他和草药、香料一起扔进了锅里，等着他跳出来，变得年轻力壮。然而这没有发生。

她们意识到她们被耍了，于是号啕大哭起来。她们告诉了每个人是美狄亚让她们这样做的。由于在伊奥尔科斯没人喜欢美狄亚，他们都归咎于她。

伊阿宋吓坏了。他想和他妻子撇清关系，他发誓他跟这个谋杀诡计毫无瓜葛，但为时已晚。在他妻子犯下这桩罪行之后，没人能容忍伊阿宋当上国王。他和美狄亚被迫逃离这座城市，以免被愤怒的暴民私刑处死。

伊阿宋终于梦想成真了。他通过把金羊毛带回故乡把这个城市的人们凝聚在了一起。他们团结一致反对伊阿宋本人。

阿卡斯托斯，珀利阿斯的儿子，当上了国王。

伊阿宋和美狄亚得到了科林斯城的庇护，该城的国王克瑞翁是阿尔戈英雄冒险的铁杆粉丝。他确信伊阿宋跟那起骇人听闻的丑闻没有关系。

伊阿宋和美狄亚生了两个孩子——都是可爱的小男孩。美狄亚重建了她的秘密实验室，为当地人重新设计了咒语和魔药。科林斯人对她的态度要好一些，尽管他们仍然觉得她挺可怕的。他们的态度并没有因为美狄亚的祖父赫利俄斯送给她一辆新战车作为生日礼物而得到改善。

为什么赫利俄斯觉得这个想法很好，我不得而知，但这辆魔法战车还搭配了两条龙来拉车。美狄亚需要买菜或者带孩子去踢足球的时候就会驾车飞过全城，而这真的让科林斯人感到很紧张。没人管她叫“龙母”①，这儿没有这种事。

至于伊阿宋，他成了国王麾下最出色的将军。王室对他很满意，但国王能看出来伊阿宋内心很悲伤。

“我的孩子，”克瑞翁说，“很显然你那个会巫术的老婆是你的痛苦之源。你不可能真的爱她。她害得你失去了本应合法继承的王国！她甚至都不是希腊人！你需要放弃她了。跟我的女儿克柔萨结婚吧，我会让你成为我的继承人，将来你就能成为国王，你也理应成为国王！”

---

① 此处是作者对奇幻小说《冰与火之歌》中的人物丹妮莉丝·坦格利安的调侃，她因孵化了三条龙而被称为“龙母”。

最初几次国王提议这样做时，伊阿宋拒绝了。他毕竟对美狄亚做出过承诺。但随着岁月流逝，他的意志力也消磨殆尽。他开始找借口来正当化他的欲望。真是奇怪啊，人们总能做得出这种事。

噢，这对美狄亚也有好处，他想，我可以给她一大笔生活费和子女抚养费。她也可以嫁给跟她更投缘的人——男巫师啦，杀人犯啦，这一类的人吧。

最终他和克瑞翁王商量好了，婚期定下来了。伊阿宋说服自己相信美狄亚会很开心，而且如释重负。他脸上带着大大的笑容回到家，对她毫无保留地说出了他的安排。他在她面前做了一番演讲，大谈为什么这样做确实对他们俩都有好处。

“我明白了。”美狄亚的声音就像永久冻土一样冷，“你不会改变主意了？”

“不，恐怕不会。但是，嘿，你和儿子们会得到很好的照顾。我希望你们都能来参加婚礼！”

“哦，当然了，”美狄亚说，“我还要给你的新娘送一件礼物呢。”

“哇，谢谢你把这件事处理得这么酷！”

这就说明伊阿宋根本一点也不了解他的妻子。

美狄亚给克柔萨公主送了一件有毒的婚纱。它是克柔萨见过的最美的物件，她立刻就试穿了这件婚纱，于是开始冒烟和惨叫。她在一间间大厅里疯跑，皮肤起了水疱，手臂着了火。克瑞翁王想救她，却被婚纱缠住了，于是这对父女悲惨地死在了一起。

当伊阿宋得知此事，他跑回家，尖叫道：“美狄亚！你干了什么？”他身后跟着一群愤怒的科林斯人，他们手拿火把和干草杈——不过他们并不是站在他这边的。

伊阿宋破门而入，眼前的景象让他的心都要炸了。他的两个儿子躺在地板上，死了，美狄亚站在他们身旁，拿着一把匕首。

“我们……我们的儿子？”伊阿宋抽泣道，“为什么？他们什么也没做啊！”

“是你害的，”美狄亚咆哮道，“没有我你什么都不是！我为了你离开了家。我为了你什么都干了。你向所有神祇发过誓要永远爱我，而你打破了誓言！我要让你受折磨，伊阿宋。我要夺走任何对你有意义的东西。永别了，前夫。我希望你独自悲惨地死掉！”

伊阿宋还没恢复神志，美狄亚就跳上了她的双龙战车，飞走了。

伊阿宋还来不及埋葬他的孩子，暴民就冲进了他家，他被迫逃出了科林斯。

美狄亚飞去了雅典，在那里她作为忒修斯的邪恶后母展开了一段全新的冒险。后来她回到了科尔喀斯，发现她父亲埃厄忒斯已经死了，于是登上了王位。为什么科尔喀斯人能接受她回来，我并不知道。也许她证明了她就是他们需要的那种女王。

至于伊阿宋，他孤零零地在希腊流浪，过得很悲惨。最终，他变得又老又瘸，满头白发，没人能认出他来了，他便回到了伊奥尔科斯，“阿尔戈号”在这里的码头上日渐腐坏。

这艘船曾经是这座城市的骄傲，提醒人们想起他们最伟大的英雄。但自从美狄亚做出了那番勾当，没人愿意再想起阿尔戈英雄们或伊阿宋，甚至包括金羊毛。金羊毛已经被存放在王宫地窖里很长时间了。

“阿尔戈号”的名声变坏了。它被留给了破坏公物的人和涂鸦艺术家。伊阿宋爬上了船，蜷缩在有魔力的舰首像下面。

“你是我唯一的朋友，”他对着船说，“你理解我。”

但这块多多纳的魔力木头很多年前就不再说话了。那天晚上在伊阿宋睡觉的时候，舰首像彻底腐烂了，掉在了伊阿宋的脑袋上，把他砸死了。

所以阿尔戈英雄梦之队就这样被遗忘了。他们的任务徒劳无功。他们的伟大领袖伊阿宋独自死去，遭人唾弃。

如果这不是这本书的美好结局，那我就不知道还有什么更合适啦！

这让你们立刻就想跑出家门，成为希腊英雄，对不对？

至少我们这一路上学到了几件重要的事情，比如：

- 不要把你们的孩子抛弃在荒野中。
- 不要在神殿里亲热。
- 不要用橙色和荧光绿撞色。
- 不惜一切代价躲开赫拉！

但正如我多年前告诉你们大家的：这场半神的表演是很危险的。别说我没警告过你们呀。

结束语

哥们儿，现在是什么时候了？

我要去参加我们的“阿尔戈二号”月度聚会，看来要迟到了，我死定了。

写这本书花费的时间比我预想的要长得多，不过我希望这些付出对你们有价值。也许它能救你们的命，至少我给你们列出了很多选项，不管是痛苦的死法还是有趣的死法。

我也希望我很快就可以开始吃免费比萨饼和蓝豆豆软糖了，我真的饿死了。

在读完全部内容之后，如果你仍然决心成为一个英雄，那你真是没救了。再次声明，我也没救了，而且我的绝大多数朋友也是，所以我猜我得说，欢迎加入我们的俱乐部。

让你们的剑保持锋利，各位。要随时睁大眼睛。而如果你们坚持要去德尔斐求神谕，那好吧……祝你今天过得愉快。

来自曼哈顿的祝愿

Percy Jackson

埃及守护神
凯恩与邪神之塔
埃及守护神
凯恩与烈焰王座
埃及守护神
凯恩与蛇神暗影

诸神的藏书架

3 号藏书架

波西·杰克逊

奥林匹斯英雄系列

带你走进希腊+罗马神话的奇妙冒险

美国前总统奥巴马钦点推荐的最佳读物

“魔戒三部曲”译者朱学恒、“兽王”系列作者雨魔真诚推荐

诸神的藏书架

4 号藏书架

波西·杰克逊

番外图书

商人之神赫尔墨斯的书店

系列/类型	书名	定价
波西·杰克逊系列 希腊神话 少年冒险版	波西·杰克逊与神火之盗	27.00
	波西·杰克逊与魔兽之海	24.00
	波西·杰克逊与巨神之咒	26.00
	波西·杰克逊与迷宫之战	27.00
	波西·杰克逊与最终之神	27.00
波西·杰克逊 奥林匹斯英雄系列	失落的英雄	38.00
	海神之子	38.00
	雅典娜之印	39.80
	决战冥王圣殿	38.00
	奥林匹斯之血	38.00
波西·杰克逊 番外图书	波西·杰克逊半神宝典	29.80
	波西·杰克逊与半神外传	24.00
波西·杰克逊 希腊神话	波西·杰克逊与希腊诸神	38.00
	波西·杰克逊与希腊英雄	38.00
埃及守护神系列	凯恩与邪神之塔	35.00
	凯恩与烈焰王座	35.00
	凯恩与蛇神暗影	35.00